Linda Nichols

Geborgtes Leben

francke

Über die Autorin:
Mit ihren Romanen berührt Linda Nichols auf einzigartige Weise die Herzen ihrer Leser. Bereits ihr christliches Romandebüt war für den Christy Award nominiert. Zusammen mit ihrem Mann und ihren Kindern lebt sie in Tacoma, Washington.

Bibliografische Information Der Deutschen Bibliothek
Die Deutsche Bibliothek verzeichnet diese Publikation in der Deutschen Nationalbibliografie; detaillierte bibliografische Daten sind im Internet über http://dnb.ddb.de abrufbar.

ISBN 978-3-86827-330-4

Deutsch von Dorothee Dziewas
Umschlagbilder: © iStockphoto.com / AlexanderNovikov
© iStockphoto.com / da-kuk
Umschlaggestaltung: Verlag der Francke-Buchhandlung GmbH /
Christian Heinritz
Satz: Verlag der Francke-Buchhandlung GmbH
Druck und Bindung: CPI Moravia Books, Korneuburg

www.francke-buch.de

Prolog

Hattie wusste nicht genau, für was sie betete. Oder für wen. Sie wusste nur, dass dieser spezielle Drang sie geweckt hatte, diese innere Unruhe, die sich anfühlte, als würde ein hölzerner Löffel in ihren Eingeweiden rühren. Vor Jahren hätte sie ihn vielleicht ignoriert und wäre wieder eingeschlafen. Sie hätte gedacht, dass ihr etwas nicht bekommen war oder sie schlecht geträumt hatte. Aber inzwischen wusste sie es besser. Nach mehr als achtzig Jahren, die sie mittlerweile auf Gottes Geist hörte, hatte sie sich endlich an seine Wege gewöhnt.

Sie lag unter ihren schweren Steppdecken und fühlte die Kälte im Zimmer deshalb nur in ihrem Gesicht. Früher wäre sie vermutlich aus dem Bett geschlüpft, hätte sich hingekniet und still im Dunkeln gebetet, um Alvin nicht aufzuwecken. Aber Alvin war jetzt seit zwanzig Jahren tot und sie wurde so sehr vom Rheumatismus geplagt, dass sie noch nicht einmal ohne Hilfe aufstehen konnte, geschweige denn auf dem harten Holzfußboden knien. Gott wusste das.

„Lieber Herr Jesus", flüsterte sie. „Irgendjemand ist in Schwierigkeiten. Du weißt, wer es ist. Du weißt, was dieser Mensch braucht." Sie betete immer weiter, ohne auf die Uhr zu sehen. Als sie spürte, wie ihr Geist leichter wurde, fielen bereits die ersten gelblichen Strahlen der schwachen Wintersonne durch die Jalousien auf ihr Bett. Sie hatte kaum ein Auge zugetan, aber das spielte keine Rolle. In ihrem Alter waren Tag und Nacht dasselbe. Hier ein bisschen schlafen, dort ein bisschen, und vermutlich würde auch der Tod ähnlich kommen. Eines Tages würde sie in ihrem Sessel einschlummern und in der Herrlichkeit aufwachen.

Sie hörte ein Klappern aus der Richtung, in der die Küche lag. Die Tür zum Garten öffnete und schloss sich quietschend.

„Ich bin es, Miss Hattie."

„Guten Morgen, Martha", rief sie als Erwiderung. Ihre Stimme klang zittrig und alt, selbst in ihren eigenen Ohren.

Sie hörte die Fußbodendielen knarren und folgte Marthas Bewegungen im Geiste. Noch eine Tür öffnete und schloss sich. Martha hängte ihren Mantel auf. Metall auf Metall – die Ofentür wurde geöffnet. Dann das Geräusch von knisterndem Zeitungspapier und das Poltern von Brennholz auf dem Rost, als Martha Feuer machte. Hattie lächelte. Es wäre für Martha einfacher gewesen, die Heizung anzumachen, aber sie wusste, wie gern Hattie ein Feuer im Ofen hatte. Wieder das Geräusch von Metall auf Metall, als die Ofentür geschlossen wurde. Weitere Schritte, und gleich darauf strahlte Marthas Gesicht sie an. Sie hatte hohe Wangenknochen, die aussahen wie aus dunklem Stein gehauen, und ihre Augen waren beinahe schwarz. Wie immer umspielte ein Lächeln ihren hübschen Mund. Martha war schön und klug genug, um etwas Wichtigeres in der Welt zu tun, als sich um eine alte Dame zu kümmern. Hattie fragte sich, ob sie mit ihrem Dasein als häusliche Pflegekraft zufrieden war. Aber Martha stellte sie diese Frage nie, weil sie Angst hatte, ihr einen Floh ins Ohr zu setzen, und dann würde irgendwann anstelle ihrer Freundin eine andere Hilfe durch die Tür kommen.

Sie absolvierten ihre morgendliche Routine. Martha half ihr beim Anziehen und kämmte ihr die Haare aus, um sie dann wieder zum Zopf zu flechten und zu einem Knoten hochzustecken, den sie mit vier Haarnadeln befestigte.

„Ich habe Sie doch nicht gepiekst, oder, Miss Hattie?"

„Nein, Liebes, aber das würde mir auch nichts ausmachen. Mein Kopf ist nicht so zart besaitet", antwortete sie und versuchte, so gut es ging, mitzuhelfen, als Martha sie ins Bad brachte und anzog. Sie lehnte sich vor, während Martha ihr Kleid zuknöpfte, und hob ihre verkrümmten Füße hoch, damit Martha sie leichter in ihre Hush Puppies schieben und die Schuhe dann zuschnüren konnte. Martha summte. Hattie beobachtete ihre Hände, die so flink und doch sanft waren.

So gesegnet sie auch war, jemanden zu haben, der für sie sorgte, wünschte sie doch wieder einmal, sie könnte mehr allein tun. Sie war es gewohnt, etwas für andere zu tun, nicht umgekehrt. Die Gesichter ihrer Lieben tauchten vor ihr auf. Für sie konnte sie auch nichts tun. Sie konnte nur beten. Hattie spürte, wie eine Schwere sich in ihrer Brust ausbreitete, aber beinahe im selben Augenblick wurde ihr die Wahrheit bewusst. Beten war Tun. Es erreichte mehr, als sie selbst jemals hätte erreichen können, auch als ihre Hände noch biegsam und ihre Beine stark gewesen waren.

Martha half Hattie in ihren Rollstuhl, schob sie in die Küche und parkte sie am Tisch. Hattie sah zu, wie Martha sich daranmachte, ihr Frühstück zuzubereiten. Sie sang, wie sie es immer tat. Diesmal war es das Lied „Ein kleiner Spatz zur Erde fällt".

„Möchten Sie heute Morgen eine Wurst und Sauce zu Ihren Eiern, Miss Hattie?"

Als Hattie nickte, legte Martha die Wurst in die Pfanne. Dann öffnete sie die Mehldose, schüttelte einige Löffel Mehl in die angeschlagene Rührschüssel, fügte Backpulver, Salz und etwas Biskin hinzu und goss Milch in die Schüssel. Anschließend vermischte sie alles mit ihren bloßen, sauberen Händen, so wie Hattie es auch immer getan hatte. Man brauchte die Berührung, um zu wissen, wann der Teig genau die richtige Konsistenz hatte. Nur vom Sehen war das nicht festzustellen. Martha formte den Teig zu einer Kugel, bestäubte diese mit Mehl und rollte sie dann mit einem sauberen Glas aus.

„Heute gibt es Brötchen, Miss Hattie. Ich hoffe, das ist recht."

„Ist gut, Martha", antwortete Hattie, aber sie war nur halb bei der Sache, weil sie wieder abgelenkt wurde. Sie verspürte den gleichen Druck auf ihrer Seele, der sie letzte Nacht wach gehalten hatte, nur stärker, und diesmal war die Aufforderung zu beten mit einem Bild verbunden. Sie schloss die Augen.

Sie sah ein Schaf, das allein in der Wüste war. Es lag auf blutigem Sand. Sein Hals war aufgerissen und es war zu betäubt und verwundet, um zu schreien. Ein Wolf umkreiste das Schaf mit gefletschten Zähnen, begierig darauf, sein Opfer endgültig zur Strecke zu bringen.

Hattie spürte, wie Zorn in ihr aufflammte, und sie begann unwillkürlich zu beten. „Vater, der Feind will eines deiner Kinder vernichten. Dieses Kind ist verletzt, Herr, und niemand außer dir kann ihm helfen." Sie hatte am vergangenen Abend, bevor sie schlafen gegangen war, im Buch Daniel gelesen, und plötzlich schien ihr das kein Zufall mehr zu sein. „Herr, du warst der vierte Mann im Feuerofen, in den der König deine drei Diener geworfen hatte, und nicht ein einziges Haar auf ihrem Kopf wurde versengt. Als Daniel in die Löwengrube geworfen wurde, hast du deine Engel geschickt, um die Mäuler der Löwen zu verschließen, und er wurde befreit. Keinen Kratzer hat er abbekommen."

„Ja, Herr", stimmte Martha in das Gebet ein. „*Nichts* ist für dich zu schwer."

„Du bist heute derselbe, der du damals warst“, betete Hattie weiter. „Zeig uns deine Macht, Herr. Rette dein Kind.“

Sie hörte, wie ein Ei am Rand der Pfanne aufgeschlagen wurde. Ein lautes Zischen ertönte, als es ins heiße Fett rann. Dann erklang erneut Marthas Stimme.

„Dein Herz ist sanft, Jesus, und dein Arm hat die Macht zu retten“, betete sie.

Hattie schlug die Augen auf. Martha wendete die Eier, ließ sie auf einen Teller gleiten, öffnete die kreischende Ofentür und holte das Brötchen heraus. Hattie spürte, wie die Anspannung von ihr wich. Sie war so erschöpft, als hätte sie eine Schlacht geschlagen.

Martha ließ die Wurst abtropfen. Als sie einander am Tisch gegenübersaßen, nickte sie, als hätte sie gerade etwas beschlossen. „Ich habe das Gefühl, dass der Herr unser Gebet erhört hat“, sagte sie. „Er handelt.“

Hattie nickte auch. Ihre Unruhe hatte sich gelegt. Sie war hungrig. „Reichen Sie mir doch bitte das Pflaumenmus.“

„Ja, Ma'am“, sagte Martha und wartete, bis Hattie das Glas fest im Griff hatte, bevor sie es losließ.

Hattie aß, bis sie satt war. Wieder einmal war sie froh darüber, dass sie noch eine Gabel halten konnte. Als sie mit dem Frühstück fertig war, schob Martha ihren Rollstuhl zum Ofen. Das Feuer brannte heiß und knisterte, als Martha einen Holzscheit nachlegte. Im Zimmer war es warm. Hattie spürte, wie sie schläfrig wurde. Bevor Martha mit dem Abwasch begann, sagte sie noch einmal: „Ich habe das Gefühl, dass alles gut wird.“

Hattie lächelte zufrieden, schloss die Augen und schlummerte ein.

1

„Ist das dann alles für Sie?“ Der Kassierer, ein alter Mann mit Zweistärkenbrille und einem hängenden grauen Schnurrbart, sah sie neugierig an, aber das war alles. Mary Bridget Washburn lächelte zaghaft. Ihre Schüchternheit war nicht gespielt und sie senkte den Blick, als sie die Sammlung an Husten- und Erkältungsmitteln auf dem Tresen vor ihr sah.

„Es ist die Grippe“, log sie. „Die ganze Familie hat es erwischt – meinen Mann und die Kinder. Und meine Eltern pflege ich auch noch.“ Sie befühlte mit den Fingern den Führerschein in ihrer Tasche, einen der vielen, die Jonah bei dem Typen in Charlotteville für sie hatte herstellen lassen. Manchmal wollten sie einen Ausweis sehen, wenn man so viel kaufte, selbst wenn man bar bezahlte.

„Mhm.“ Er schüttelte den Kopf. „Sie sehen gar nicht alt genug aus, um verheiratet zu sein, geschweige denn Kinder zu haben.“

Mary überlegte, was sie darauf erwidern sollte, aber dann wurde ihr klar, dass der Mann keine Antwort erwartete. Er gab die Waren in die Kasse ein und packte die Flaschen in eine Tüte.

Also nickte sie nur. Wieder einmal hatten ihre seidigen blonden Haare und die großen blauen Augen ihren Zweck erfüllt. „Ich werde fünfundzwanzig“, sagte sie. Es war das einzige Wahre, was sie dem Mann während ihres Gesprächs erzählt hatte.

„Mhm“, wiederholte er. „Sie sehen keinen Tag älter aus als siebzehn.“

Sie hielt die Luft an, bis er ihr das Wechselgeld auf ihren Hunderter herausgegeben hatte.

„Danke“, sagte sie und zwang sich aufzublicken. Er sah ihr jetzt unmittelbar in die Augen, als wäre ihm mit einem Mal aufgegangen, was sie im Schilde führte. Sie ließ sich nichts anmerken, sondern lächelte noch einmal. Als die Türklingel hinter ihr ertönte, verspürte sie das vertraute Gefühl der Erleichterung. Sie trat auf den Gehweg hinaus und sah sich nach dem Kleintransporter um, der ausnahmsweise sogar da war. Normalerweise musste sie ewig darauf warten, dass Dwayne seine Einkäufe in der Eisenwarenhandlung und dem Markt für Landwirtschaftsbedarf erledigt hatte und zurückkam, aber diesmal wartete er auf sie. Das war gut so, denn es war kalt, selbst für Virginia im Oktober. Sobald die Sonne fort war, würde es wieder gefrieren.

Dwayne schnipste seine Zigarette aus dem Fenster und ließ den Motor an, während sie den Beutel mit der Erkältungsmedizin auf der Ladefläche verstaute, neben den Flaschen mit Frostschutzmittel und Abflussreiniger und den beiden großen Kanistern mit getrocknetem Ammoniak. Sie versuchte nicht daran zu denken, was aus alldem werden würde. In der Schule hatte sie einmal Bilder von einem Mann gesehen, der Methamphetamin genommen hatte. Auf dem ersten Bild sah er normal aus. Das zweite Bild schien zehn Jahre später aufgenommen worden zu sein und das dritte, als er ein alter Mann war.

„Zwischen diesen Fotos", hatte der Beamte von der Polizei, der die Schüler über Drogen aufklären sollte, gesagt, „liegen jeweils sechs Monate. Das ist die Wirkung von Crystal Meth."

Mary verdrängte den Gedanken. Jedenfalls versuchte sie es. Sie kletterte auf den Beifahrersitz, und zum Glück sagte Dwayne nichts, sondern grunzte nur und legte den Gang ein. Dann fädelte er sich in den Verkehr ein, fuhr in Richtung Umgehungsstraße und nach Hause. *Nach Hause,* dachte sie mit einem Schaudern. Ein schmaler Wohnwagen, in dem sie aßen und schliefen, und eine alte, baufällige Räucherhütte im Hinterland, wo Jonah den Kandis herstellte, wie Dwayne das Zeug nannte. Sie schloss die Augen und versuchte die Stimme zu ignorieren, die sie mit jedem Tag lauter fragte, was sie eigentlich hier tat.

Es ist nicht meine Schuld, widersprach sie der Stimme. *Ich muss doch auch irgendwie überleben.* Schließlich hatte sie nach dem Highschool-Abschluss bewusst beschlossen, eine Karriere in der Drogenproduktion einzuschlagen. Nein. Wie ihre Großmutter immer sagte, war es so gewesen, als würde man einen Frosch kochen. Die Hitze hatte langsam zugenommen, bis das Wasser um sie herum in Bewegung geraten war, und jetzt saß sie immer noch hier. Sie dachte an die Schritte zurück, die sie hierhergebracht hatten. Die guten Gründe, warum sie mit Jonah von zu Hause weggegangen war und sein Angebot, schnell und einfach Geld zu verdienen, angenommen hatte. Aber während sie ihr Verhalten vor sich selbst rechtfertigte, konnte sie die Stimme ihrer Mutter hören, die sie liebevoll, aber bestimmt, selbst aus dem Grab heraus noch warnte, dass es keine guten Gründe gab, falsche Dinge zu tun.

Wenn Mama hier wäre, würde noch immer alles richtig laufen. Oder zumindest nicht so falsch wie jetzt. Aber Mama war tot, Papa war nicht mehr da und ihre Brüder und Schwestern waren überall verstreut. Und sie war hier.

Jedenfalls im Moment. In den letzten fünf Jahren hatte sie an mehr Orten gelebt, als sie zählen konnte. Sie waren wie Nomaden gewesen. Jedes Mal, wenn die Gesetzeshüter anfingen, sich für sie zu interessieren, hatten sie ihre Sachen gepackt, um weiterzuziehen. Manchmal war ihr Timing nicht so gut gewesen und Jonah oder Dwayne waren verhaftet worden. Sie hatten eine Zeit im Gefängnis abgesessen, waren wieder herausgekommen und hatten weitergemacht. Sie selbst war nie gefasst worden. Aber das war wohl nur Glück, vermutete sie. Eigentlich hätte sie während einer der Haftstrafen der beiden gehen können. Sie könnte auch jetzt gehen.

Sie war keine Gefangene. Zumindest nicht im praktischen Sinne. Sie hatte mehrmals am Tag die Gelegenheit abzuhauen, indem sie eine Apotheke durch die Hintertür verließ, während Dwayne vorne mit dem Pick-up wartete. Oder zur Bushaltestelle zu gehen, während er etwas verkaufte. Aber wohin sollte sie gehen? Und was sollte sie tun, wenn sie dort angekommen war? Nach Hause konnte sie nicht mehr. Allein der Gedanke an zu Hause – bei dem vor ihrem geistigen Auge das Bild eines alten, weißen, mit Schindeln bedeckten Hauses aufstieg – versetzte ihr einen schmerzlichen Stich. Sie konnte nicht nach Hause. Es war nicht nur eine Stunde entfernt, sondern ein ganzes Leben. Nein, nach dem, was sie getan hatte und geworden war, konnte sie nicht dorthin zurückkehren. Und sie hatte kein Geld, um woanders neu anzufangen.

Der versprochene Gewinn war ihr nie ausgezahlt worden. Hin und wieder bat sie um Geld, doch Dwayne sagte dann, sie solle Jonah fragen, und Jonah gab ihr immer nur zwanzig Dollar auf einmal. Den Hundertdollarschein, den Dwayne ihr jedes Mal gab, wenn sie in eine Apotheke ging, um Erkältungsmittel oder Diätpillen zu kaufen, nicht eingerechnet. Wahrscheinlich ahnten sie, dass sie sich aus dem Staub machen würde, wenn sie jemals mehr Geld in die Finger bekommen sollte.

Und was dann?, fragte sie sich müde. Sie hatte keine Ausbildung. Keine Fähigkeiten, außer Zutaten für Crystal Meth zu kaufen, und sie hatte Angst vor dem, was geschehen könnte, wenn sie auf der Straße lebte. Schon jetzt warfen ihr die Männer, die mit Dwayne Geschäfte machten, vielsagende Blicke zu, ganz zu schweigen von Dwayne selbst.

Jonah hingegen, mit dem sie hatte zusammen sein wollen, bemerkte sie kaum noch. Die Erde könnte sich auftun und sie verschlingen, es würde ihn nicht kümmern. Er war immer im Schuppen und stellte seinen Kandis her, und selbst wenn er körperlich anwesend war, lebte er in seiner eigenen Welt. Aber das war ja nichts Neues.

Jonah war schon immer anders gewesen. Er war nicht wie die anderen Jungs zu Hause, die sich nur für Fußball und die Jagd interessierten. Ihm waren ihre Dummheit, ihre großen Autos und ihre dämlichen Gesellschaftsspielchen immer zu blöd gewesen, und das hatte er auch offen gesagt. Wenn sie an Jonah dachte, sah sie ihn immer vor sich, wie er im Wald verschwand. Irgendwie hatte er geheimnisvoll und ein bisschen abgehoben gewirkt, wie jemand, der im falschen Jahrhundert geboren worden war. Wie oft war Jonah schweigsam und ernsthaft durch die Hügel und Täler gestreift und mit den Taschen voller Pfeilspitzen zurückgekommen oder mit Ginsengpflanzen, deren Wurzeln er ordentlich in sein Taschentuch gewickelt hatte, oder einer Handvoll glitzernder Steine, die er aus der roten Erde aufgesammelt hatte. Sein bester Freund war sein Großonkel gewesen, der in der Hütte auf dem Bergrücken wohnte. Die Hände des alten Mannes waren dick wie Leder gewesen von all den Stichen, die er in den vielen Jahren als Imker abbekommen hatte, aber er hatte den besten Sauerbaumhonig gemacht, den man sich vorstellen konnte. Er war süß und duftete und hatte die Farbe von hellem, klarem Bernstein. Jonah hatte seinen Hang zur Einsiedelei von diesem Onkel.

Er sah auch aus wie er – der Schatten des alten Mannes erschien in dem jungen. Beide hatten die gleichen kantigen Gesichtszüge, die an die Berge erinnerten, die beide so liebten. Beide hatten eine hohe, breite Stirn, hervorstehende Wangenknochen und einen breiten, kantigen Unterkiefer. Wie das seines Onkels war auch Jonahs Gesicht schlicht und gerade, so als wäre es aus Stein gehauen. Seine Augen waren wie der graue Granit der Berge, und wie diese Felsen hatten sie auch kleine weiße Flecken.

Jonahs Bewegungen waren schon immer geschmeidig gewesen und für einen so schlaksigen, großen Mann erstaunlich elegant. Er war schnell und lautlos durch den Wald gehuscht und seine Augen hatten alles bemerkt, was sich seit dem letzten Mal verändert hatte. Er kannte den Standort aller Bienenkörbe und Eichhörnchennester. Es gab nichts auf diesem Berg, das er nicht sah.

„Er ist eigenartig", hatte ihr Vater rundheraus gesagt und immer misstrauisch geschaut, wenn Jonah vorbeigegangen war. Mary verzog den Mund zu einem bitteren Lächeln. Wenn Papa Jonah damals schon für merkwürdig gehalten hatte, was würde er dann wohl jetzt über ihn sagen?

Wahrscheinlich würde er ihn nicht einmal mehr erkennen. Jonahs Haut war fahlweiß geworden, sein Gesicht ausgemergelt und eingefallen. Und sein Körper war nicht das Einzige, was sich an ihm verändert hatte. Es war, als wäre seine Persönlichkeit, dieses undefinierbare Etwas, das Jonah ausmachte, langsam aufgefressen worden, Zentimeter für Zentimeter verdrängt von seiner Bitterkeit und der ständig zunehmenden Menge an Methamphetamin. Plötzlich hatte sie eine Vision, in der Jonahs Seele wie ein Stück Schweizer Käse aussah. Wer auch immer jetzt in seinem Körper lebte, war paranoid und verrückt im Kopf. Er rastete wegen der winzigsten Kleinigkeiten aus, was für Meth-Abhängige typisch war.

Dwayne brüstete sich damit, dass er das Zeug nur gelegentlich nahm, aber Mary wusste, dass es bei Jonah auch so angefangen hatte. Sie selbst nahm hin und wieder schwächere Sachen, aber nichts füllte wirklich die Leere in ihrem Innern. Doch wann immer sie sich fragte, warum sie sich überhaupt zurückhielt, erinnerte ein Blick auf Jonah sie daran.

Er machte immer wieder denselben Kreislauf durch. Jedes Mal nahm er ein bisschen mehr und wurde immer verrückter. Dann schrie und brüllte er und sah Dinge. Diese Phase konnte Tage oder sogar Wochen anhalten. Irgendwann brach er schließlich zusammen, wobei er manchmal ein paar klare Stunden hatte, und anschließend schlief er tagelang, beinahe wie im Koma. Wenn er dann aufwachte, verlangte sein Körper nach dem Stoff und das Ganze begann von vorne.

Sie hatte von einem Mann in New Mexico gehört, der auf dem Höhepunkt eines solchen Suchtkreislaufs durchgedreht war. Er war plötzlich davon überzeugt gewesen, dass sein Sohn besessen sei, hatte dem Jungen den Kopf abgehackt und ihn aus dem Fenster seines Lastwagens geworfen. In letzter Zeit hatte auch Jonah solche paranoiden Phasen, in denen er sie und Dwayne anstarrte und dann plötzlich verstummte, so als würden irgendwelche Stimmen in seinem Kopf ihm Dinge einflüstern, die sogar ihm Angst machten. Sie fürchtete sich vor ihm und hatte angefangen, sämtliche Messer und Rasierklingen zu verstecken, genauso wie alles andere, was er benutzen konnte, um sich selbst oder andere zu verletzen. Letzte Woche war er in das Wohnzimmer des Trailers geplatzt, ein Gewehr im Anschlag, und hatte davon gesprochen, dass jemand sein Gehirn stehlen wolle.

„Gib mir das Ding, bevor du jemanden damit umbringst", hatte Dwayne gesagt und Jonah die Waffe entwunden, und der hatte ihn mit wildem Blick und keuchendem Atem angesehen. Seine scharfen Züge waren noch kantiger, seitdem er so viel abgenommen hatte. „Hier." Dwayne hatte ihr das Gewehr gegeben. „Pass lieber darauf auf. Jonah hat zu oft von dem Stoff probiert. Ein bisschen zu viel Kandis gelutscht."

Sie hatte die Waffe entgegengenommen, und in dem Moment, in dem sie den glatten Kolben in der Hand gespürt hatte, war ihr wie ein lange erwarteter Morgen eine Erkenntnis gedämmert. Dwayne vertraute ihr. Aber dann, als ob er ihre Gedanken gelesen hätte, hatte er sich neben sie auf das kaputte Sofa gesetzt, eine seiner tätowierten Pranken gehoben und auf ihre Schulter fallen lassen. Sie hatte versucht, nicht zusammenzuzucken.

„In Boone's Mill gab es vor einiger Zeit mal einen alten Kerl, der versucht hat, uns über den Tisch zu ziehen", hatte er im Plauderton gesagt. „Weißt du, was mit ihm passiert ist?"

Sie hatte den Kopf geschüttelt und so getan, als interessiere es sie nicht.

„Jemand hat ihn mit Benzin überschüttet und angezündet, während er schlief."

Sie hatte nicht reagiert. Es war wahrscheinlich nur ein dummer Spruch gewesen. So war Dwayne nun mal. Er gab immer an. Aber bei Jonah konnte man sich inzwischen nicht mehr sicher sein, was er als Nächstes tun würde. Mary hatte nichts mehr gesagt, sondern nur den Blick auf den Fernseher gerichtet, aber der kleine Funke Hoffnung war trotzdem gestorben.

Nach einer Weile war sie in ihr Zimmer gegangen. Immer mehr Leute waren gekommen und gegangen und die Musik hatte angefangen, die Wände zu erschüttern. Sie hatte ein bisschen in einer Zeitschrift gelesen und war irgendwann eingeschlafen. Gegen fünf Uhr morgens war sie aufgewacht und aufgestanden, um ins Bad zu gehen. Endlich waren alle gegangen und jemand hatte die Stereoanlage ausgeschaltet. Sie hatte Dwayne auf dem Sofa schnarchen hören können. Als sie zu ihrem Zimmer zurückgegangen war, war Dwayne aufgewacht, aufgestanden und ihr den Flur hinunter gefolgt. Hastig war sie in ihr Zimmer gelaufen, hatte die Tür leise zugedrückt und den lächerlichen Riegel vorgeschoben. Nicht, dass der viel nützen würde, wenn Dwayne beschloss hereinzukommen. Er war näher gewankt, und sie hatte gehört, wie er vor der Tür stehen blieb. Sie hatte die Luft angehalten. Nach ein paar Minuten hatte der Fußboden geknarrt und sie hatte gehört, wie seine Schlafzimmertür sich öffnete und schloss. Aber sie hatte gewusst, dass es nicht mehr lange dauern würde. In dieser Nacht hatte sie die Stirn gegen ihre Zimmertür gelehnt und versucht zu beten, aber sie hatte keine Worte gefunden.

Jetzt wandte Mary ihr Gesicht dem Fenster des Pick-ups zu, doch sie bemerkte die Schönheit der Berge kaum, die flammend roten Blätter an den Bäumen. Wie war ihr Leben zu solch einer trockenen, heißen Wüste geworden? Es war, als hätte sie sich in einem Canyon aus Stein und Staub verirrt, in den jede Biegung sie weiter hineinführte anstatt hinaus in grüne Täler mit schattigen Bäumen und stillen Seen. Sie fühlte sich bis auf die Knochen erschöpft. Müde lehnte sie den Kopf an die Fensterscheibe.

Wer war sie eigentlich in Wirklichkeit? Gewiss nicht die Person, die sie geworden war. Mary versuchte sich an das letzte Mal zu erinnern, als sie ihr wahres Selbst gesehen hatte. Sie konzentrierte sich, weil sie nicht nur mit dem Gedanken spielen, sondern sich wirklich erinnern wollte, und ihre Erinnerung brachte sie an einen Ort zurück, den sie immer krampfhaft vermieden hatte. Ihr Mädchengesicht strahlte sie aus der Vergangenheit an. Ihre Zähne waren ein bisschen zu groß für ihr Gesicht, ihr Haar fiel hellblond auf ihre Schultern. Ihre Beine waren dünn und vom Spiel verschrammt, und in ihren hellen Augen leuchtete ein Licht, das noch nicht verloschen war. Mary Bridget lächelte, als sie sich an den Höhepunkt jenes Jahres erinnerte. Sie hatte in der Sonntagsschule einhundert Bibelverse auswendig gelernt und eine nagelneue, in weißes Leder gebundene Bibel gewonnen, auf deren Einband in geschwungenen goldenen Buchstaben ihr Name stand.

Eine andere Szene tauchte vor ihrem geistigen Auge auf, und plötzlich war sie mit ihrer Mutter bei Grandma, wo sie Bohnen putzte und diese Verse lernte. Beinahe konnte sie den vertrauten Duft von Grandmas Küche riechen – eine Mischung aus Kaffee und Keksen und Äpfeln und Holzrauch und dem, was es jeweils zum Abendessen gab. Sie konnte fast das energische Zischen des Schnellkochtopfes hören, das Knarren ihrer Stühle, die Klänge von Grandmas Gospelmusik im Hintergrund.

Mama und Grandma waren beide an dem Abend in der Kirche gewesen, als sie ihre Bibel verliehen bekommen hatte. Mary starrte geradeaus und anstelle des staubigen Armaturenbretts des Pick-ups sah sie die beiden in ihren gestärkten und gebügelten Sachen, wie sie in der ersten Reihe saßen und vor Stolz so strahlten, dass sie noch immer die Wärme spüren konnte. Sie hielt das bittersüße Bild so lange fest, wie sie konnte, aber nach einigen Augenblicken verblasste es.

Bekümmert starrte sie aus dem schmierigen Fenster des Pick-ups. Wo war dieses Mädchen geblieben? Was war geschehen, dass sie sich so verändert hatte? Das war eine Frage, die zu stellen sie sich selbst nie gestattet hatte. Und der einzige Grund, warum sie sich die Frage jetzt stellte, war die nagende, fauchende Qual, die sie in letzter Zeit immer wieder überfiel. Etwas in ihr, das sie all die Jahre unterdrückt hatte, erwachte allmählich, und wand und mühte sich, in die Freiheit zu gelangen. Und es tat weh. Seit den ersten Tagen hatte sie sich nicht mehr so elend gefühlt, seit dem ersten Morgen, an dem sie neben Jonah aufgewacht war und ihr bewusst geworden war, was sie getan hatte. Ein Schamgefühl hatte sich in ihrer Brust und ihrem Magen ausgebreitet wie etwas Kaltes, Giftiges. Es hatte sich so schlimm angefühlt, dass sie geglaubt hatte, sie würde es nicht überleben. Deshalb hatte sie gelernt, das Gefühl zu verdrängen.

Man dachte einfach nicht daran, das war alles. Man blickte stur geradeaus und dachte nicht nach und fühlte nichts und tat nur, was als Nächstes zu tun war, und wann immer es etwas gab, weswegen man sich schlecht fühlte, sah man weg oder klappte das Buch zu oder schaltete den Fernseher aus oder fand etwas, das einen ablenkte.

Aber offenbar wurde sie allmählich müde oder das Gefühl wurde stärker, denn diese Methode funktionierte nicht mehr. Immer häufiger, wenn sie in ihrem Bett lag und kurz vor dem Einschlafen war, wenn sie aus dem Fenster starrte und sich nicht in Acht nahm, wurde diese Stimme in ihr laut. *Wer bist du?*, fragte sie. *Zu wem gehörst du?* Und wann auch immer die Stimme das fragte, erschien das Gesicht des kleinen Mädchens vor ihrem inneren Auge. Mary konnte nicht sagen, ob sie verhöhnt oder zu etwas zurückgerufen wurde, das immer noch möglich war.

War es möglich? Existierte diese Person noch immer irgendwo in ihr drin oder war sie für immer verloren? Während diese Frage in Mary widerhallte, fielen ihr die lange verschollenen Worte wieder ein. Plötzlich erschienen sie ihr richtig und wie eine genaue Beschreibung dessen, was aus ihrem Leben geworden war. Sie schloss die Augen und flüsterte sie lautlos in sich hinein. „Angst und Schrecken überkommen mich und ich zittere am ganzen Leib …"

Der Vers ging noch weiter, aber sie konnte sich nicht erinnern. Den ganzen Heimweg über wiederholte sie den ersten Teil und versuchte, sich an den Rest zu erinnern. Schließlich, als Dwayne von der Autobahn abfuhr und durch die sich windenden Seitenstraßen kurvte, fiel ihr wieder ein, wie es weiterging. „Hätte ich doch Flügel wie eine Taube", flüsterte sie lautlos, „dann würde ich fortfliegen und zur Ruhe kommen!"

„Fortfliegen und zur Ruhe kommen", wiederholte sie im Geiste, als sie in den langen Schotterweg einbogen, der zu ihrem Wohnwagen führte. „Fortfliegen und zur Ruhe kommen", flüsterte sie, als ihr Blick auf den Müll von der Drogenherstellung im Graben fiel – Berge von leeren Frostschutzmittelkanistern und Abflussreinigerflaschen und aufgebrauchten Petroleumdosen. Sie murmelte die Worte immer wieder, und als der Pick-up zitternd vor dem rostigen Wohnwagen zum Stehen kam, hatte sich irgendwie etwas verändert. Jetzt waren die Worte kein Gebet mehr, sondern ein Plan.

2

Sie war klug genug, den richtigen Zeitpunkt abzuwarten. Ein Tag verstrich, dann noch einer, dann eine ganze Woche und schließlich eine zweite. Als dann endlich alle nötigen Faktoren gegeben waren, brauchte sie ein paar Minuten, bis ihr bewusst wurde, dass dies der Augenblick war. Die Gelegenheit, auf die sie gewartet hatte.

Sie und Dwayne verbrachten wieder einmal einen langen Tag damit, Geschäfte abzuklappern, um die Zutaten zu besorgen. Gegen sechs Uhr kamen sie zurück zum Wohnwagen. Jonah kam nur aus der Räucherhütte, um sich zu holen, was er brauchte, und machte sich dann wieder an die Arbeit. Mary Bridget ging in die Küche. Sie wusch das schmutzige Geschirr ab und warf die leeren Bierdosen fort. Als Dwayne zum Pick-up hinausging und mit zwei Literflaschen selbst gebrautem Bier zurückkam, schlug ihr Herz schneller. Dies war ihre Chance.

„Ich habe heute in Franklin County ein paar Geschäfte gemacht." Dwayne grinste und schnupperte an dem Flaschenverschluss. „Ein schwacher Duft mit einem Hauch Batteriesäure und einem winzigen Nachgeschmack von Bleirohr."

Mary Bridget lachte, als hätte er etwas Witziges gesagt. Sie holte die Hühnchen, die sie gestern gekauft hatte, aus dem Kühlschrank und schickte ein Dankgebet zum Himmel, dass sie das Fleisch noch nicht aufgebraucht hatten. Sie kochte ein mächtiges, schweres Essen – gebratenes Hühnchen mit Brötchen und Sauce – die Art Mahlzeit, bei der Dwayne immer dreimal so viel aß wie nötig und dann auf dem Sofa vor dem Fernseher einschlief.

Sie machte den restlichen Abwasch und setzte sich anschließend sogar neben ihn, um fernzusehen. Eine Sendung nach der anderen. Alle ein, zwei Minuten trank Dwayne einen Schluck aus der Flasche. Irgendwann, als sie die Hoffnung, ihr Plan könnte aufgehen, schon beinahe aufgegeben hatte, rollte sein Kopf nach hinten und er fing an zu schnarchen.

Sie blieb eine Minute sitzen und vergewisserte sich, dass er wirklich schlief, dann wand sie sich unter seinem Arm hervor und zwang sich, so normal wie möglich den Flur hinunterzugehen. Sie durfte nicht riskieren, dass er wach wurde und sie dabei ertappte, wie sie auf Zehenspitzen herumlief. Hastig sah sie auf ihre Uhr. Sie hatte ungefähr eine Stunde, bevor die ersten Autos eintreffen würden. Abendliche Käufer, die sich das, was sie brauchten, hier besorgten. Sie ging ins Bad und sah aus dem Fenster. Es war dunkel, aber um den Rand des schwarzen Plastiks vor dem Fenster der Räucherhütte konnte sie einen silbernen Schein erkennen. Leise ging sie wieder in den Flur zurück. Dwayne sägte immer noch ganze Wälder ab.

Jonahs Tür war nicht abgeschlossen. Er schlief nie in seinem Zimmer. Genau genommen schlief er überhaupt nie, und sie betete, dass er das Geld hier aufbewahrte und nicht bei sich in seinem improvisierten Labor. Sie warf einen letzten Blick zum Wohnzimmer hinüber, dann drehte sie den Knopf der Schlafzimmertür und trat ein.

Es sah aus, als hätte eine Bombe eingeschlagen. Das Bett war nicht gemacht und es roch streng nach ungewaschener Kleidung. Jonah badete schon lange nicht mehr und sie hatte kleine Stellen mit blutigem Schorf an seinen Armen entdeckt, wo er sich gekratzt hatte. Sie rümpfte die Nase und dankte Gott, dass sie sich gleich an den Gestank gewöhnt hatte. Überall lag Geld herum. Zehner und Zwanziger zusammengeknüllt auf der Kommode, mit zerknitterten Quittungen und Münzen zwischendrin. Sie beachtete die Geldscheine nicht weiter, weil sie wusste, dass es irgendwo einen größeren Stapel geben musste. Jeden Tag nahmen sie mehrere tausend Dollar ein und sie war sich hundertprozentig sicher, dass Jonah nicht zu einer Bank gegangen war und ein Konto eröffnet hatte. Sie durchsuchte erst eine, dann zwei Schubladen, entdeckte jedoch nur graue Unterwäsche und Socken und ein Schlangennest aus alten Latzhosen und T-Shirts.

Als sie hörte, wie die Hunde draußen anschlugen, machte ihr Herz einen Satz. Sie ging zum Fenster und spähte hinaus. Das Licht in der Hütte war immer noch an und sie sah nichts und hörte auch kein Geräusch außer dem heiseren Bellen. Manchmal fingen sie einfach an zu kläffen, und man wusste nicht, warum. Vielleicht war ein Waschbär oder eine Beutelratte im Dunkeln vorbeigelaufen. Mary öffnete das Schlafzimmerfenster, reckte den Hals und blickte den Flur hinunter. Dwayne schnarchte immer noch.

Die Angst trieb sie zur Eile an. Systematisch machte sie sich auf die

Suche, öffnete schnell und leise jede Schublade, ging zum Kleiderschrank und sah unter dem Haufen dreckiger Kleidung und den stinkenden Stiefeln und Schuhen nach. Schließlich hatte sie den ganzen Raum durchsucht. Das Geld war nicht zu finden. Sie lehnte sich an die Wand und ließ sich daran auf den schmutzigen Teppich hinuntergleiten. Am liebsten wäre sie in Tränen ausgebrochen. Sie schlug sich die Hände vors Gesicht.

„Hilf mir, Gott!", betete sie, und die Ironie war ihr durchaus bewusst. Aber sie musste hier raus. Darauf kam alles an. Das Geld musste draußen bei Jonah sein. Sie öffnete die Augen und fragte sich, wie sie ihn von der Räucherhütte weglocken könnte. Sie starrte geradeaus, ohne das unordentliche Zimmer zu sehen, während sie versuchte eine Antwort zu finden, aber während sie so starrte, wurde ihre Aufmerksamkeit auf etwas gelenkt. Zwischen der vergilbten Matratze und dem Bettgestell lugte ein winziges Stück grünes Papier hervor. Aufgeregt kroch sie zu dem Bett und zog vorsichtig daran. Es war ein Hundertdollarschein. Sie hob die Matratze hoch, und da war er: der Geldvorrat. Gebündelte Banknoten lagen beinahe über das ganze Bett verteilt. Sie starrte noch eine Sekunde darauf, dann nahm sie ihren grünen Seesack und stopfte die Bündel aus Hundertern und Fünfzigern hinein, bis der Reißverschluss kaum noch zuging. Wenn schon, denn schon.

Sie hob den Seesack hoch, und weil sie das Risiko, an Dwayne vorbeizugehen, nicht eingehen wollte, ging sie ins Bad. Sie öffnete das Fenster und warf den Seesack und ihren Rucksack hinaus. Dann kletterte sie selbst hinterher, ließ sich auf den weichen Boden unter dem Fenster fallen und schloss es vorsichtig wieder. Sie schlich zu dem Pickup, öffnete die Tür so leise, wie sie konnte, und schob den Beutel über den Schaltknüppel hinweg auf den Beifahrersitz. Sie hatte sich gerade hinters Steuer gesetzt und hoffte, dass der Wagen anspringen würde, wenn sie ihn den Hügel hinunterrollen ließ, während sie sich gleichzeitig fragte, was sie tun würde, wenn er es nicht tat, als die Hunde erneut anfingen zu bellen. Sie erstarrte und ihr Herz setzte eine Sekunde lang aus, um dann umso heftiger zu schlagen.

Ein Lichtschein durchdrang die Dunkelheit, als Jonah die Tür der Räucherhütte aufstieß. Er blinzelte und seine Haare und Augen sahen wild aus. Wieder hielt er sein Gewehr in den Händen, und der Strahl der Taschenlampe hüpfte unkontrolliert über den Hof, bis er auf dem

Fahrersitz des Wagens liegen blieb. Mary holte tief Luft und beschloss, nicht ohne Kampf aufzugeben.

„Dreh das verdammte Ding weg, bevor ich blind werde."

Das Licht leuchtete noch einen Moment weiter, dann wanderte es zu ihren Füßen. Sie konnte ihn sehen, schrecklich und Furcht einflößend, eingerahmt vom Licht aus dem Schuppen, und obwohl sie furchtbare Angst dabei hatte, ging sie auf ihn zu. Das Letzte, was sie wollte, war, dass er zu ihr kam und die Tasche auf dem Beifahrersitz entdeckte. Als sie näher kam, konnte sie sehen, dass sein kantiges Gesicht eingefallen wirkte. Er kaute auf seiner Lippe und bewegte den Unterkiefer auf diese merkwürdige Weise, die er sich angewöhnt hatte, seit er Drogen nahm. Sie ging weiter und nahm den Geruch bereits wahr, bevor sie die Sammlung von Einmachgläsern, feuerfesten Glasbehältern und Schläuchen auf den Tischen hinter ihm sah. Sie versuchte nicht zu atmen. Es roch wie Nagellackentferner, nur hundertmal so stark. Bevor er ihr eine Frage stellen konnte, baute sie sich vor ihm auf und ergriff das Wort.

„Gib mir den Wagenschlüssel", forderte sie, wobei sie ihre Stimme ruhig und fest klingen ließ.

„Wozu?" Seine Augen waren dünne graue Kreise um schwarze Scheiben.

„Ich muss in die Stadt fahren." Sie gab sich Mühe, ungeduldig zu klingen.

Er starrte sie skeptisch an, während sein Unterkiefer mahlte. Seine Hand war damit beschäftigt, den Schorf an seinem Arm abzukratzen, und die Wunde fing an zu bluten.

„Du meine Güte!" Sie machte ein verärgertes Geräusch. „Ich brauche etwas. Frauensache."

„Oh." Jonah sah verwirrt drein.

„Gib mir den Schlüssel", verlangte sie noch einmal

Er starrte sie eine Minute lang an und legte den Kopf schief.

„Den Schlüssel!", wiederholte sie, und endlich kramte er in seiner Tasche und gab ihn ihr.

Sie streckte die Hand aus, weil ihr plötzlich eine Idee kam. „Und etwas Geld."

Jonah stellte das Gewehr ab und holte sein Portemonnaie heraus. „Hier." Er reichte ihr zwanzig Dollar, und bevor sie etwas erwidern konnte, schloss die Tür sich vor ihrer Nase.

Danach rannte sie, während ihr das Herz bis zum Hals schlug. Sie kletterte in den Pick-up, legte den Leerlauf ein und betete, dass Dwayne immer noch bewusstlos auf dem Sofa lag. Ohne Licht fuhr sie den Hügel hinunter und hoffte, dass sie nicht in ein Schlagloch geriet. Erst als die Straße ebener wurde und ihr nichts anderes mehr übrig blieb, schloss sie die Tür und ließ den Motor an.

Es war gerade zwei Uhr morgens, als sie in Charlottesville auf den Parkplatz einer Wal-Mart-Filiale fuhr, die rund um die Uhr geöffnet hatte. Einen Augenblick blieb sie regungslos im Auto sitzen und überlegte; dann, als ihr Plan feststand, ging sie hinein und kaufte ein Paar Ohrringe, einen Lippenstift und eine Packung dunkelbraune Haarfarbe.

Sie ging in die Damentoilette und färbte ihre Haare, wobei sie sich die herunterlaufende Farbe mit Papierhandtüchern von Hals und Schultern wischte und die neugierigen Blicke einer Verkäuferin ignorierte, die hereinkam und wieder ging, ohne etwas zu sagen. Mary sagte ebenfalls nichts, sondern trug störrisch weiter die Farbe auf. Sie verdrängte den Schmerz, der sie durchfuhr, als sie sah, wie ihr maiskolbenfarbenes Haar die Farbe von Schlamm annahm. Anschließend bemühte sie sich, ihre Haare, so gut es ging, zu trocknen, indem sie den Kopf unter den kleinen Händetrockner an der Wand hielt. Bevor sie ganz trocken waren, kämmte sie sie glatt auf ihre Schultern hinunter. Ihre Haare fühlten sich dick und klebrig an, so als hätte sie die Farbe nicht gut ausgespült. Mary lehnte sich vor und betrachtete im Spiegel ihr Gesicht, das schon jetzt ein wenig ungewohnt aussah.

Die langen Ohrringe ließen sie noch fremder erscheinen, und als sie ihre Lippen mit dem dunklen Lippenstift ausgemalt und sich die Augen geschminkt hatte, starrte eine andere Person sie aus dem Spiegel an. Jetzt war sie bereit. So würde niemand sie erkennen, und bei den vielen Ausweisen, die der Typ für Studenten am College herstellte, würde er sich nie im Leben an sie als frühere Kundin erinnern. Es war so gut wie ausgeschlossen, dass er sie mit Jonah in Verbindung bringen würde.

Sie lenkte Dwaynes Wagen zur Schule und fuhr langsam die Straßen auf und ab. Da war es, das Wohnhaus. Leise flüsterte sie ein Dankgebet, auch wenn es ein komisches Gefühl war, wegen einer solchen

Sache zu beten. Sie rechtfertigte ihr Handeln vor sich selbst. Ohne Ausweis bekäme sie keine Arbeit, und wenn sie unter ihrem eigenen Namen oder einem ihrer Pseudonyme arbeitete, wäre das wie eine Spur aus Brosamen, die Jonah zu jedem Versteck führen würde, das sie finden konnte.

Mary zog die Handbremse des Wagens an und eilte zielstrebig durch das Betonlabyrinth des Wohnblocks. Sie ging zu den Briefkästen und hoffte, dass sie den Namen des Mannes wiedererkennen würde, wenn sie ihn sah. Sie hatte gerade die erste Reihe abgesucht, als ihr der Gedanke kam, dass er vielleicht umgezogen war. Immerhin waren zwei Jahre vergangen, seitdem sie seine Dienste das letzte Mal in Anspruch genommen hatte. Ihr Magen zog sich zusammen, entkrampfte sich aber wieder, als sie den Namen sah: Eric Whitley.

Zufrieden ging sie zum Wagen zurück, um ein wenig zu schlafen. Zumindest war das ihr Plan, aber ihre Nerven waren zu angespannt. Irgendwann schlummerte sie allerdings doch ein. Als sie wieder aufwachte, war es beinahe acht Uhr. Sie ging zu Erics Wohnung auf der Rückseite der Wohnanlage und klopfte an die Tür. Nichts rührte sich, also klopfte sie noch einmal, diesmal lauter. Ihre Hartnäckigkeit wurde mit einem schlurfenden Geräusch und dem Bellen eines Hundes belohnt.

Sie räusperte sich und atmete tief durch, während sie versuchte sich daran zu erinnern, wie Eric aussah. Groß und dünn, das wusste sie noch. Ganz anders, als sie sich einen Fälscher vorgestellt hatte. Er sah aus, als könnte er Lehrer an einer Schule sein, und so benahm er sich auch. Ingesamt machte er einen ruhigen und fleißigen Eindruck. Sei Bart war zottelig rot und sein Haar schütter werdend. Aber sie wusste selbst am besten, dass man einem Menschen nicht ansehen konnte, welche Umstände schuld daran waren, dass er auf die schiefe Bahn geraten war. Sie verlagerte ihr Gewicht auf das andere Bein und lehnte sich vor, als die Tür aufging.

Vor ihr stand ein Kind, kaum älter als vier oder fünf, ein kleines Mädchen mit blonden Haaren, die ein gutes Shampoo und einen Kamm hätten vertragen können. Die Kleine trug einen kurzen Schlafanzug und sah aus, als friere sie. Der Hund hatte kurze, krumme Beine und sah aus wie die Rasse, die die Königin von England hatte. Er drängte das Mädchen beiseite und streckte Mary Bridget seine Schnauze entgegen.

„Hallo“, sagte Mary Bridget und hielt dem Hund die Hand hin. Er schnupperte daran und schob seine kalte, feuchte Nase in ihre Handfläche. „Ist dein Papa oder deine Mama wach?“

Das kleine Mädchen antwortete nicht, sondern rieb sich mit dem Fuß die Wade des anderen Beines. Der Hund versuchte wegzulaufen, aber Mary Bridget packte ihn am Halsband, und das Mädchen, das offenbar das Interesse verlor, zog sich von der Tür zurück. Da sie nicht wusste, was sie sonst machen sollte, trat Mary ein und schloss die Tür hinter sich.

In der Wohnung war es unordentlich, aber ihr Zustand war nicht so schlimm, wie sie es gewohnt war. Die Tische aus Spanplatten waren mit Cola- und Bierdosen, Aschenbechern und zwei Tellern mit Pizzaresten vom vergangenen Abend übersät. Auf dem Fußboden lagen eine Zeitung und ein paar Kleidungsstücke des kleinen Mädchens. Das letzte Mal, als sie hier gewesen war, hatten keine Kinder in der Wohnung gelebt, da war sie sich sicher.

Das Mädchen ging zum Sofa zurück und zog sich eine Kuscheldecke über die nackten Beine. Im Fernsehen lief ein Trickfilm.

„Wo ist denn deine Mama?“, fragte Mary sie wieder. Ein stechendes Mitgefühl für das Kind erfasste sie, das hier ganz allein saß und bestimmt Hunger hatte. Andererseits musste sie zugeben, dass das Kind weder ängstlich noch misshandelt wirkte. Wahrscheinlich projizierte sie ihren eigenen Kummer auf die Kleine, sagte sie sich.

„Mama schläft“, erklärte das Kind.

„Wie heißt du?“

„Brittany.“

„Gehst du in die Schule, Brittany?“

„Manchmal.“ Sie zog eine Schulter hoch. „Wenn Mama rechtzeitig wach wird.“

Mary Bridget riss sich zusammen und konzentrierte sich wieder auf den Grund ihres Hierseins. Sie war keine Sozialarbeiterin. Der Wagen stand draußen, wo jeder ihn sehen konnte, und auch wenn er nicht die Polizei rufen würde, bestand ihrer Meinung nach kein Zweifel daran, dass Jonah sie suchen würde, sobald er von seinem Trip herunterkam. Oder er würde Dwayne schicken. Sie hatte keine Zeit, sich um anderer Leute Kinder zu kümmern. „Und wo ist dein Papa?“, fragte sie, um ihr Anliegen loszuwerden.

Wieder zog das kleine Mädchen eine Schulter hoch, und als ob sie genau wüsste, was sie sagen musste, um Marys Schicksal zu besiegeln, sagte sie: „Ich habe Hunger." Dann wartete sie.

Mary seufzte und erhob sich. Sie spähte den Flur hinunter. Alle Türen waren fest verschlossen. Zögerlich ging sie in Richtung Küche. Der Gedanke, in den Schränken einer anderen Frau herumzukramen, fühlte sich falsch an, aber vielleicht konnte sie eine Packung Cornflakes oder etwas in der Art finden und dem Kind davon etwas geben. Dann hätte sie ein reines Gewissen und könnte zum Wagen zurückgehen und dort warten. Das Mädchen beobachtete sie ernst und schweigend. Mary seufzte noch einmal, schaltete das Licht an und sah in den Schränken nach. Keine Cornflakes. Gar keine Lebensmittel außer ein paar Dosen mit Gemüse und einem Glas mit Saftpulver. Sie öffnete den Kühlschrank. Dort entdeckte sie ein paar Eier und eine Brotdose, in der zwei trockene Kanten Brot lagen. Sie überlegte noch einen Augenblick. Sich in der Küche anderer Leute breitzumachen, war nicht gerade guter Stil, aber das schien ihr ein albernes Argument zu sein, wenn man bedachte, was sie sonst so tat. Außerdem hatte das Kind Hunger.

Sie schlug die Eier auf und benutzte das alte Brot, um einen Armen Ritter zu machen, den sie mit Butter und braunem Zucker servierte, weil sie keinen Sirup hatte. Als Ersatz für die Milch rührte sie ein wenig Saftpulver mit Wasser an. Plötzlich stieg in ihr die deutliche Erinnerung an andere Tage auf. Auch damals hatte sie sämtliche Küchenschränke durchsucht, um etwas zu finden, was sie ihren Geschwistern zu essen geben konnte, und aus allem Möglichen Mahlzeiten zubereitet. Sie verdrängte die Erinnerung und konzentrierte sich auf das Kind.

Zwischen den Bissen unterhielten sie sich, und als das Mädchen so viel gegessen hatte, dass es satt war, und wieder zu seinen Trickfilmen zurückkehrte, vertilgte Mary Bridget den Rest des Frühstücks. Sie wusch den Teller ab und überlegte sich, dass sie genauso gut das restliche Geschirr spülen könnte. Wieder erinnerte sie sich an die Jahre, in denen sie gezwungenermaßen den Haushalt für ihre Familie geführt hatte. Dann wurde sie in die Gegenwart zurückgerissen. Brittany tauchte wieder auf und zeigte den Flur hinunter. „Da ist Mama", sagte die Kleine.

Kurz darauf stand die Frau in der Tür und blinzelte ein paar Mal. Sie hatte kurze braune Haare, sechs oder sieben Ohrstecker im einen und keine im anderen Ohr und war hochschwanger. Es schien sie nicht zu stören oder auch nur zu wundern, dass Mary sich in ihrer Küche zu schaffen gemacht hatte. Anscheinend war es nicht ungewöhnlich, dass Fremde in der Wohnung herumliefen. „Wer sind Sie?“, fragte sie schließlich aber doch, während sie ihren Bademantel über ihrem Bauch zusammenzog.

Mary öffnete den Mund und wollte gerade wahrheitsgemäß antworten, als ihr einfiel, warum sie hier war. Auf keinen Fall durfte sie ihren richtigen Namen nennen. Sie hatte nicht darüber nachgedacht, welchen Namen sie benutzen wollte, aber jetzt kam er fast wie von selbst über ihre Lippen. Und anschließend erschien es ihr ganz passend, dass sie der Frau den Namen ihrer Mutter genannt hatte. So würde sie jedes Mal, wenn sie ihn gebrauchte, daran erinnert werden, wie weit sie sich von der Person entfernt hatte, die sie hätte werden sollen. Der Name wäre eine grausame Erinnerung daran, wer sie war – und wer sie nicht war. „Ich heiße Bridget“, sagte sie. „Bridget Collins. Aber alle nennen mich Bridie.“

Irgendwann kam Eric aus dem Schlafzimmer. Er stellte ihr einen neuen Führerschein aus, ging ins Internet und hatte nach wenigen Klicks Mamas Sozialversicherungsnummer gefunden. Die Karte berechnete er nicht extra.

Mary Bridget öffnete den Reißverschluss ihres Seesacks und zog so unauffällig wie möglich vier Hundertdollarscheine aus dem ersten Bündel, das ihr zwischen die Finger kam. Sie reichte ihm das Geld. Der Führerschein war von dem Laminiergerät noch ganz warm, und das Gesicht, das auf dem Foto abgebildet war, wirkte fremd. Es war ihr eigenes Gesicht, aber auch wieder nicht, und bei dem Namen ging es ihr genauso. „Bridie.“ Sie wiederholte den Namen entschlossen und sagte sich, dass sie sich daran gewöhnen würde. Das war sie jetzt. „Bridie Collins.“

Eric stellte keine Fragen. Die Frau sprach fast gar nicht. „Sie kennen sich in der Küche aus“, war alles, was sie zum Dank sagte.

„Meine Mama war lange krank, als ich ein Kind war. Ich habe einen Großteil des Haushalts gemacht.“

„Ist sie gestorben?“, fragte die Frau beinahe beiläufig.

Mary antwortete nicht gleich. Warum glaubten Fremde immer, sie hätten ein Recht darauf, dass man ihnen alles über die eigene Person sagte? Schließlich nickte sie, als sie sich an die knappe Anweisung ihres Vaters erinnerte, sie solle ihren Geschwistern sagen, ihre Mutter sei gestorben. „Ich muss zur Arbeit“, hatte er gesagt. „Du machst das sowieso besser, als ich es kann.“

Nachdem das Geschäftliche erledigt war, verabschiedete Mary sich von Brittany, bedankte sich bei Eric und ging zur Wohnungstür, wo sie sich noch einmal umdrehte. „Sie erzählen doch niemandem davon, oder?“, fragte sie.

„Ich wäre nicht lange im Geschäft, wenn ich es täte“, antwortete Eric mit seiner merkwürdig sanften Stimme.

Einer spontanen Regung folgend kramte Mary wieder in ihrem Beutel, dann ging sie zu der Frau und drückte ihr hundert Dollar in die Hand. „Hier. Kaufen Sie etwas für die Kinder“, sagte sie und wandte sich ab, bevor die Frau antworten konnte.

Eric sagte nichts. Das Kind sagte nichts. Nicht einmal die Frau bedankte sich für das Geschenk. Mary Bridget warf ihnen einen letzten Blick zu. Schweigend und trostlos saßen sie da und sahen ihr vom Sofa aus nach.

Der Pick-up fand seine letzte Ruhe hinter einer riesigen Magnolie auf dem Parkplatz eines Supermarktes. Sie nahm die Wagenpapiere aus dem Handschuhfach und stopfte sie in ihren Rucksack. Nicht, dass es viel nützen würde. Sie könnten den Wagen über die Nummernschilder zurückverfolgen. Aber sie hatte weder die Zeit noch das nötige Werkzeug, um sie abzuschrauben. In der Hoffnung, dass jemand den Wagen stahl, ließ sie den Schlüssel im Zündschloss stecken. Was nicht da war, konnte nicht zurückverfolgt werden. Sie ging über die Straße zu einem Busbahnhof der Greyhound-Linie und ärgerte sich darüber, dass sie sich um Dwayne und Jonah sorgte. War sie denn die Mutter der ganzen erbärmlichen Welt?

„Wohin, Miss?“, fragte der Mann am Schalter, als sie an der Reihe war.

Mary Bridget schulterte ihren Rucksack und packte den Seesack fester, während ihre Hände vor Angst und Hunger und Erschöpfung zitterten.

Sie schüttelte den Kopf und wollte „irgendwohin" sagen, aber das wäre ein Fehler. Es war wichtig, dass sie ruhig und bestimmt war und nichts tat oder sagte, was ihn dazu bringen würde, sich an sie zu erinnern. Sie las den Zielort des nächsten Busses von der Tafel hinter dem Angestellten ab, und als sie antwortete, tat sie es mit fester, selbstbewusster Stimme. „Alexandria", sagte sie.

„Das macht zweiundzwanzig Dollar", erwiderte er und Mary drückte ihm zwei Zwanziger in die ausgestreckte Hand.

Nachdem er ihr den Fahrschein und das Wechselgeld gegeben hatte, senkte sie den Kopf und ging zu dem Bussteig, an dem die Linie abfahren sollte. Sie stieg ein. Erst als der Bus angefahren und auf dem Weg zur Autobahn war, wagte sie sich umzusehen. Eine Stunde lang blickte sie aus dem Fenster. Doch sie sah keine bekannten Fahrzeuge, und irgendwann, als die sanften Hügel flachen grünen Wiesen wichen, benutzte sie ihren Rucksack als Kopfkissen und fiel in einen unruhigen Schlaf.

Dass der Bus anhielt, musste sie geweckt haben. Sie setzte sich, noch ganz benommen, auf und blickte sich um. Dann spähte sie aus dem Fenster und las das Schild. Culpeper. Alle um sie herum schienen in Bewegung zu sein. Einige stiegen aus, andere ein. Sie fragte sich, ob sie Zeit hatte auszusteigen, um auf die Toilette zu gehen und sich etwas zu essen zu kaufen. Müde griff sie unter sich, um einen Fünfzigdollarschein aus ihrem Seesack zu holen, aber ihre Hände tasteten vergeblich nach dem Stoff. Sie beugte sich vor, dann kniete sie sich auf den Boden, um unter den Sitz zu sehen. Dann unter den Sitz vor ihr und den in der Reihe hinter ihr. Nichts. Der Beutel war fort. Sie saß einen Augenblick da und schlang die Arme um ihren Leib. Dann bahnte sie sich einen Weg nach vorne.

„Entschuldigen Sie, Sir?"

Der Busfahrer wandte sich mit freundlicher Miene zu ihr um.

„Haben Sie gesehen, dass jemand mit einem grünen Seesack ausgestiegen ist?"

Er antwortete nicht, sondern warf ihr nur einen ungläubigen Blick zu und zeigte auf die Menschenmenge im und um den Busbahnhof. Alle trugen irgendwelche Rucksäcke oder Reisetaschen mit sich herum.

Sie nickte und schwor sich, dass sie nicht weinen würde. Und sie würde sich auch nicht übergeben. Sie ging zu ihrem Sitz zurück und saß dort, bis ihr Atem sich beruhigt hatte. Bis sie überlegen konnte, was sie jetzt tun sollte.

Dies war eine unvorhergesehene Komplikation. Sie hatte sich auf das Geld verlassen und an einen weit entfernt liegenden Ort reisen wollen. Alexandria hatte nur ein Zwischenstopp sein sollen, bis sie sich einen Plan überlegt hatte. Aber jetzt sah es so aus, als würde es nicht nur für den Greyhound-Bus, sondern auch für sie selbst die Endstation sein. Sie dachte über das Problem nach, und es dauerte nicht lange, bis sie eine Lösung gefunden hatte. Wenn sie keinen Kontinent zwischen sich und Jonah bringen konnte, oder auch nur einen Bundesstaat oder zwei, dann musste sie sicherstellen, dass er nicht in der Lage sein würde, ihr zu folgen. Sie nickte entschlossen und stählte ihr Herz, dann öffnete sie den Reißverschluss ihres Rucksacks und holte das Wechselgeld von dem Hunderter heraus, den sie benutzt hatte, um die Haarfarbe zu kaufen. Das und der Rest von dem Fahrscheinkauf waren das einzige Geld, das sie noch besaß. Sie schob es in ihre Hosentasche und ging wieder durch den Mittelgang nach vorne.

„Habe ich noch genug Zeit, um zu telefonieren?"

„Verstanden." Seufzend legte Walter Hinkley sein halb gegessenes Butterbrot beiseite und legte den Gang des Streifenwagens ein. Einige Leute hatten offenbar nicht genug zu tun, sonst würden sie nicht wegen einiger Drogenutensilien in einem verlassenen Pick-up so einen Wind machen. Charlottesville war vielleicht eine verschlafene kleine Stadt gewesen, als Thomas Jefferson noch hier gelebt hatte, aber heutzutage war ein solcher Fund wohl kaum ein Ereignis, für das man seine Mittagspause unterbrechen musste.

Trotzdem fuhr er zu dem Supermarktparkplatz, wobei er jedes Mal, wenn er an eine rote Ampel kam, einen Bissen von seinem Schinken-Käse-Sandwich nahm. Er hätte Blaulicht und Sirene einschalten können, aber er sah keinen Grund, alle aufzuschrecken.

Da war er. Der Filialleiter flatterte um den verlassenen Wagen herum wie ein aufgescheuchtes Huhn. Walter schüttelte den Kopf und verdrehte die Augen, bevor er aus dem Streifenwagen stieg. Ned Pearson war ein Möchtegern-Sheriff, einer dieser Leute, die wahrscheinlich keine einzige Sendung von *Aktenzeichen XY ungelöst* oder *Ärger im Revier* verpasste. Obwohl er tagsüber den Lebensmittelladen führte, war er insgeheim ein Verbrechensbekämpfer und patrouillierte in seinem Supermarkt, so gut er konnte. Beinahe jeden Tag erhielt Walter einen Anruf, weil Minderjährige versuchten Alkohol oder Zigaretten zu kaufen. Das hier war ein echtes Highlight für Ned.

Walter hielt an und fuhr sich mit der Hand übers Kinn, um sich zu vergewissern, dass keine Krümel daran hingen. „Hallo“, rief er, als er die Tür öffnete.

„Sehen Sie sich das an!“ Ned zeigte aufgeregt auf die Ladefläche des Transporters. Sein quer über den Kopf gekämmtes Haar wurde von einem kräftigen Windstoß aufgewirbelt und Walter musste ein Lächeln unterdrücken.

„Was haben wir denn da?“, fragte er und ging auf den Wagen zu.

„Sehen Sie sich die ganzen Sachen an.“

Ned deutete wieder auf die Ladefläche und Walter spähte unter die Plane. Da war ein Zwanzigliterkanister, der am Ausguss blau verfärbt war – ein Hinweis darauf, dass er getrocknetes Ammoniak enthalten hatte anstelle von Kühlflüssigkeit.

„Ich habe in den Polizeinachrichten davon gelesen und ich glaube, hier handelt es sich um einen Tatort.“

„Mhm“, machte Walter, ohne seine Stimme zu heben oder eine Miene zu verziehen. Wahrscheinlich hatte Ned recht und dies war eine ernste Angelegenheit. Der Mann konnte ja nichts dafür, dass er auf Walter wie eine Witzfigur wirkte. „Gehen Sie rein“, sagte er ruhig. „Rufen Sie die Abteilung für Gefahrgut an. Sagen Sie ihnen, dass wir es möglicherweise mit einem Labor für Methamphetamin zu tun haben.“

Neds kurze Beine stapften schon davon, bevor Walter den Satz überhaupt beendet hatte. Er lächelte wieder. Eigentlich wollte er nur auf Nummer sicher gehen. Der Kanister mit dem Ammoniak war natürlich gefährlich, aber es sah nicht so aus, als hätte jemand tatsächlich in dem Wagen Crystal Meth gebraut. Trotzdem würde er das überprüfen. Er hatte genügend Labore in Kofferräumen gesehen, um zu wissen, dass nichts unmöglich war. Er öffnete die Beifahrertür, klappte das Handschuhfach auf und blickte sich in der Fahrerkabine um. Nichts war dort zu sehen außer dem Schlüssel, der noch im Zündschloss steckte. Wie er es sich schon gedacht hatte: Das Labor war woanders.

Walter zögerte einen Augenblick und runzelte die Stirn. Warum ließ jemand einen funktionierenden Pick-up mit dem Schlüssel im Schloss und belastendem Material auf der Ladefläche einfach hier stehen? Er schüttelte den Kopf. Man wusste nie. Drogendealer waren nicht die intelligenteste Spezies auf dem Planeten. So viel stand fest.

Er ging zu seinem Wagen zurück und gab die Nummernschilder durch. Eine Minute später meldete die Zentrale sich wieder. Der Wagen gehörte einem gewissen Dwayne Heslop, als Adresse war eine Anschrift in der ländlichen Gegend eines angrenzenden Bezirks hinterlegt. Er ließ sich mit der Polizeibehörde von Nelson County verbinden und gab ihnen die Daten durch. Er hatte keinen Zweifel daran, dass sie irgendwo draußen im Wald ein großes Labor finden würden.

„Wir haben gerade einen Tipp für die gleiche Adresse erhalten", wurde ihm gesagt. „Wahrscheinlich sind die Kollegen schon dort."

„Ach ja?"

„Ja, Sir. Eine Frau. Anonymer Anruf. Offensichtlich war da jemand sauer auf Daddy."

„Könnte sein. Also gut." Walter legte auf. Damit war ein Rätsel schon mal gelöst. Wenn Frauen wütend waren, waren sie zu allem fähig. Dann spülte er den letzten Bissen seines Brotes mit einem Schluck kalten Kaffee hinunter und wartete auf die Mannschaft von der Gefahrguttruppe.

Gegen fünf Uhr fuhr der Greyhound-Bus in den Bahnhof von Alexandria ein. Mary Bridget nahm den Stadtbus ins Zentrum und stieg an einer willkürlich gewählten Haltestelle aus. King Street. Sie ließ den schalen Dieselgestank des Busses hinter sich und fühlte sich zerknittert und klebrig und müde und kalt bis auf die Knochen. Einen Augenblick lang starrte sie nur geradeaus. Alexandria war nicht so, wie sie es sich vorgestellt hatte. Es war eine alte Stadt mit roten Backsteinhäusern und Kopfsteinpflaster. Und vielen reichen Leuten. Das konnte sie an den neuen, teuren Autos sehen, die am Straßenrand standen, und an den makellos restaurierten Gebäuden. Menschen, die offensichtlich auf dem Heimweg von der Arbeit waren, drängten sich auf dem Gehweg an ihr vorbei wie ein Fluss an einem Felsen. Schließlich trat sie zur Seite und flüchtete sich unter die Markise eines Restaurants. Sie war erschöpft und ihr Gehirn funktionierte nicht mehr richtig, sodass sie Mühe hatte, darüber nachzudenken, was sie als Nächstes tun sollte. Weil ihr nichts Besseres einfiel, fing sie an zu laufen. Die Lichter in den Bürogebäuden verloschen eines nach dem anderen und ihr Spiegelbild starrte sie aus den getönten Fenstern an. Sie ging schneller, vorbei an den Restaurants, die offensichtlich teuer waren. Ihr Magen knurrte, doch sie ignorierte ihn und ging weiter.

An der Ecke war eine Drogerie. Als sie eintrat, fühlte sie, wie die warme Luft sie wie eine Decke umfing. Sie kaufte zwei Packungen Kräcker mit Erdnussbutter und eine Cola light. Nachdem sie bezahlt hatte, stopfte sie das Wechselgeld wieder in die Tasche ihrer Jeans. Sie überlegte, ob sie jemanden ansprechen sollte, aber sie wusste nicht, wo sie anfangen sollte. Sie hatte keine Bleibe, keine Arbeit und kaum Geld, obwohl sie nicht genau nachgezählt hatte. Und das größte Problem war, dass sie nicht klar genug denken konnte, um einen Plan zu schmieden. Sie war zu müde. Zu erschöpft. Sie ging wieder nach draußen und lief weiter. Es schien keine Hotels hier zu geben außer dem Hilton und dem Sheraton. Nichts, was sie sich leisten konnte. Der Rucksack war schwer und sie spürte einen ziehenden Schmerz zwischen den Schulterblättern.

Sie ging weiter, bog einmal, zweimal ab, und bald bemerkte sie, dass die Gebäude um sie herum Wohnhäuser waren und keine gewerblichen Immobilien. Hübsche Häuser aus rotem Backstein. Licht schien golden aus den Fenstern und sie stellte sich vor, was die Menschen in diesen Häusern wohl taten. Ehepaare begrüßten sich am Ende des Arbeitstages, spielten mit ihren Kindern, kochten das Abendessen. Es fing an zu regnen. Sie beschleunigte ihre Schritte und brach eine Packung mit Kräckern an, die sie ganz aufaß. Dann öffnete sie die zweite und wünschte sich, sie hätte mehr gekauft. Als sie fertig war, steckte sie die Verpackung in ihre Tasche.

Sie wurde langsamer und allmählich holte die Verzweiflung sie ein. Der Regen fiel jetzt heftiger und lief ihr übers Haar. Sie konnte nur hoffen, dass die Tönung sich nicht herauswusch. Irgendwann blieb sie stehen und stellte sich die offensichtliche Frage: Was glaubte sie eigentlich, wohin sie ging? Sie kannte hier niemanden. Sie hatte kein Ziel. Zitternd wischte sie sich über die Augen – nicht dass es etwas genutzt hatte – und setzte sich auf den Bordstein, gerade dort am Gehweg, und ließ den Kopf auf die Knie sinken. Sie weinte, wobei sie versuchte so leise wie möglich zu sein, um nicht verhaftet oder in die Psychiatrie eingewiesen zu werden, obwohl ihr das im Augenblick gar keine so schlechte Idee zu sein schien. Wenigstens gab es dort etwas zu essen und ein warmes Bett. Sie schluckte und schluchzte, bis sie all ihren Kummer herausgelassen hatte. Als die Tränen versiegten, ging es ihr etwas besser. Sie hob den Kopf und versuchte sich die Augen mit dem Ärmel ihrer nassen Jacke zu trocknen. Die Lichter in dem Haus auf der anderen Straßenseite waren angegangen, während sie im Selbstmitleid gebadet hatte.

Es war kein besonders schickes Haus, nur ein Kasten aus rotem Backstein. Stufen auf beiden Seiten der schmalen Veranda führten zu zwei glänzenden dunkelgrünen Türen hinauf. Die Fenster waren altmodische quadratische Glasscheiben und hinter jedem von ihnen leuchtete hell eine Lampe. Es war eine Kirche. *John Knox Presbyterian Church* stand auf dem Schild. Sie stand auf und ging auf das Gebäude zu. Mama und Grandma waren Baptisten gewesen, aber in diesem Augenblick wäre auch ein Hindutempel in Ordnung gewesen, Hauptsache, die Türen waren nicht verschlossen.

Die Tür öffnete sich, als sie den Griff betätigte. Sie sah niemanden. Es roch alt und angenehm muffig, wie im Schrank ihrer Großmutter. Leise schloss sie die Tür hinter sich und stand einen Augenblick einfach nur da. Ihr eigener Atem und ihr Schniefen waren die einzigen Geräusche, die zu hören waren. Als sie einen Schritt ging, knarrte der hölzerne Fußboden unter ihren Füßen und ihre nassen Turnschuhe quietschten. Sie ging weiter und warf einen Blick in den Kirchenraum. Er war alt. So viel konnte selbst sie erkennen. Die Bänke standen in engen Reihen und waren sorgfältig weiß lackiert. Der Boden war mit einem roten Teppich bedeckt. Die Lichter, die sie von draußen gesehen hatte, waren Sturmlampen, die auf jedem Fensterbrett flackerten. Sie hielt Ausschau nach einer dämmrigen Ecke. Als sie eine entdeckte, ging sie darauf zu und schlüpfte in die Kirchenbank. Dann zog sie ihre Jacke aus, damit das Kissen nicht nass wurde, und setzte sich, um ihre Gedanken zu ordnen. Es half nichts. Ihr Körper würde sich keinen

Zentimeter weiterbewegen und sie war so schläfrig, dass sie kaum die Augen offen halten konnte. Sie nahm ihren Rucksack als Kopfkissen, legte sich hin, zog ihre nasse Jacke als Decke über sich und schlief ein.

Jonah blinzelte einmal. Zweimal. Seine Augen brannten, während sein Blick durchs Zimmer huschte und er versuchte, klar zu denken. Die Spitzen kamen wieder aus seiner Haut. Er konnte sie fühlen. Kleine Eisscherben, kleine Kristalle, die aus seinen Poren ragten. Er zog einen heraus, dann einen zweiten. Sein Herz raste, als er unter die Matratze blickte und erkannte, was das bedeutete – sie war abgehauen und hatte sein Gehirn mitgenommen.

Entsetzt versuchte er sich die Lippen zu lecken, aber sein Mund war zu trocken. Er brauchte etwas zu trinken. Jonah kratzte am nächsten Splitter. Zuerst musste er Wasser trinken und dann musste er überlegen, wie er Mary finden und sein Gehirn zurückholen konnte. Für die Suche brauchte er sein Gewehr. Er ließ die Matratze fallen, nahm die Waffe, die er an die Wand gelehnt hatte, und öffnete die Tür. Aber kaum hatte er sie aufgestoßen, erklang ein Rufen und Getrampel, und gleich darauf lag er auf dem Boden und hatte ein Knie im Rücken. Er versuchte zu sprechen, brachte aber kein Wort heraus. Jemand zerrte ihn unsanft durch den Wohnwagen. Sie packten seine Hände und fesselten sie hinter seinem Rücken. Sie brachten ihn zum Thron des jüngsten Gerichts.

Da fing er an zu schreien. Sein Untergang war besiegelt. Er würde ohne sein Gehirn in die Hölle fahren. Daran ließ die Bibel keinen Zweifel.

Jetzt griffen mehrere Hände nach ihm und er versuchte sich zu befreien, aber es gelang ihm nicht. Jemand hatte einen Arm um seine Kehle gelegt und drückte so fest zu, dass ihm die Luft ausging.

„Was hat er denn da geschrieen?“, fragte eine Stimme, als er wieder zu sich kam. Sein Gesicht lag auf einem Autositz, seine Arme waren hinter ihm gefesselt, aber die Tür war offen. Solange diese Tür offen stand, bestand Hoffnung, obwohl die Dämonen draußen Wache standen.

„Etwas von einer Frau, die sein Gehirn gestohlen hat“, antwortete eine andere Stimme. „Er muss sie finden, sonst fährt er für immer in die Hölle."

„Ach, du lieber Gott", sagte der Erste. „Mit dem werden sie im Knast Spaß haben." Beide lachten.

Jonah überlegte, ob er um Hilfe rufen sollte, aber ihm wurde klar, dass es nichts nützen würde. Sie hatten ihn jetzt und er konnte nichts dagegen unternehmen. Trotzdem nahm er all seine Kraft zusammen und hechtete zur offenen Tür. Er warf sich hinaus und stieß dabei einen seiner Fänger um. Beinahe wäre er entkommen, aber dann packte ihn jemand und er lag mit dem Gesicht im Dreck.

„Meine Güte, der ist ja stark wie ein Ochse", hörte er. Dann legte der Arm sich wieder um seine Kehle und alles wurde schwarz.

3

Ein Jahr später

Alasdair Robert MacPherson saß still und aufrecht, wie sein Vater es ihm beigebracht hatte. So gehörte sich das, wenn man in der Kirche war. Nur seine Augen bewegten sich, als er zum Fenster hinüberblickte. Es war ein grauer Tag. Neblig und trüb, trotz der tanzenden Flammen der Sturmlampen auf den Fensterbänken. Die Orgel spielte das Vorspiel. Er senkte den Blick und inspizierte den Saum seiner Hose, der genau an der richtigen Stelle auf seinen glänzenden Budapestern auflag. Er schloss die Augen und ließ die Hände auf seinen Beinen liegen, die angespannt waren, als müssten sie gleich in Aktion treten.

Plötzlich, und wer wusste schon warum, musste er an die Legende vom Fischerkönig denken, diesem mythischen Mann, der von einem Schwert niedergestreckt worden war und mit einer Wunde in seinem Schenkel zurückblieb, die niemals heilen würde. Er öffnete die Augen und blickte auf sein eigenes Bein hinunter, als würde er dort jeden Augenblick einen sich ausbreitenden Fleck sehen. Den sah er natürlich nicht. Er sah nur seine Hände, die auf seinen Knien lagen, und der einzige Fleck war der am Mittelfinger seiner rechten Hand von dem alten Füller, von dem er sich nicht trennen konnte. Ruckartig hob er den Kopf und starrte das Altartuch an, aber selbst dort sah er das ungebeten erschienene Bild. Er konnte den verletzten Ritter beinahe sehen, zu verwundet, um zu überleben, und doch nicht in der Lage zu sterben. Er spürte einen schmerzhaften Stich in seiner Brust, als wäre jemand gegen einen blauen Fleck gestoßen. Gequält runzelte er die Stirn und konzentrierte sich wieder.

Körper und Papiere machten Geräusche, als die Mitglieder des Chores hereinkamen, sich aufstellten und ihre Noten aufschlugen. Ihre leuchtend roten Gewänder schufen eine fröhliche Atmosphäre, die einen Kontrast bildete zu der Musik, die sie ausgewählt hatten. Sie war von Bach, voller Ausdruck und Trauer. Wieder schloss er die Augen und versuchte seine Gedanken zu kontrollieren, aber gegen seinen Willen schlug die Musik über ihm zusammen. Er neigte den Kopf und war erleichtert, als das Stück zu Ende war. Noch erleichterter war er, als er die Stimme der Diakonin, die den ersten Teil des Gottesdienstes leitete, klar und kräftig durch die Anlage hörte. „Die Gnade unseren Herrn Jesus Christus sei mit euch allen."

„Und mit deinem Geiste." Er blickte auf und antwortete automatisch. Seine Stimme verschmolz mit denen der Menschen um ihn herum.

„Dies ist der Tag, den der Herr macht", erklärte sie.

„Lasst uns freuen und fröhlich an ihm sein."

„Wir beten."

Er senkte den Kopf wieder.

„Allmächtiger Gott, der alle Herzen sieht, alle Wünsche kennt und vor dem keine Geheimnisse verborgen sind", begann sie.

Er löste sich von ihren Worten. Seine Augen öffneten sich und ihre Stimme wurde zum Hintergrund. Er blickte sich in dem Meer von Menschen um. Ihre Köpfe waren geneigt, bedeckt von unterschiedlichen Schattierungen und Längen aus angelsächsischem Haar. Das Gebet endete und ihre Köpfe tauchten wieder auf, die Gesichter ausdruckslos. Leer. Sie warteten darauf, dass jemand etwas daraufschrieb.

Da war seine Tochter. Sie fing an, Anna zu ähneln, wies die gleiche porzellanartige Zerbrechlichkeit auf. Und sie begann auch, sich so zu verhalten wie sie. Sie saß allein, unnahbar, neben einer Traube flüsternder Mädchen. Er beobachtete sie und spürte, wie etwas in ihm sich löste, herabfiel und auf dem Weg nach unten hohl gegen die Wände seiner Brust und seines Bauches prallte. Noch ein Stück. Noch ein kleines Stückchen von dem, was so solide und beständig gewesen war. Er bewegte seinen Körper, als könnte er so seine Gedanken kontrollieren, und er konnte hören, wie sein Vater ihn daran erinnerte, dass Fragen zwar verständlich, aber nicht sinnvoll waren.

Das Gebet war vorüber. Die Diakonin setzte sich und ihr Talar umspielte ihren Körper, als sie sich bewegte. Der Chor stand wieder auf und stimmte den Choral an. „Jesus nimmt die Sünder an."

Anschließend erhob sich die Diakonin erneut und leitete die Gemeinde durch Sündenbekenntnis, Vergebungszuspruch und Friedensgruß. Das war die akzeptierte Reihenfolge. Erst das Sündenbekenntnis. Dann der Zuspruch der Vergebung und der Friedensgruß. Er fragte sich, was passieren würde, wenn sich ein Klumpen Unglaube im Glaubenskanal festsetzte. Er kannte die Antwort. Es würde wehtun. Wäre ein schneidender Schmerz. Beinahe schlimmer, als man sich vorstellen konnte. Dann käme eine langsam zunehmende Taubheit – ein tödlicher Mangel an Gefühl, der sich im ganzen Körper ausbreitete, während lebendiges Fleisch verblasste und starb.

Wieder runzelte er die Stirn und hustete leise in seine Faust. Wann war sein Verstand ein Wegelagerer geworden, der auf der Lauer lag, um ihn zu überfallen? Fessle jeden Gedanken in den Gehorsam Christi, ermahnte er sich selbst.

Die Gemeinde erhob sich. Sie sprachen das Gloria Patri. Dann setzten sie sich wieder. Der Lektor sprach die Bitte um Erleuchtung, dann folgte die erste Lesung. Und die zweite. Dann noch ein Choral. Der Chor schlug die Ordner zu und trat reibungslos von dem Podest ab, ohne auch nur ein Notenblatt fallen zu lassen. Er saß noch einen Augenblick still da und allmählich verebbte die Bewegung um ihn herum. Alle machten sich bereit. Gesangbücher wurden verstaut, Blätter eingesammelt, Röcke und Jacken zurechtgezupft. Ein Husten hier und da und das Geräusch eines weinenden Babys, das aber gleich beruhigt wurde; dann waren sie alle still und bereit. Alle warteten darauf, Erleuchtung zu erfahren, Erkenntnisse zu gewinnen, einen Grund zu finden, warum sie morgens aufstehen, einen Fuß vor den anderen setzen, ein- und ausatmen sollten. Es war Zeit für die Predigt.

Er erhob sich von seinem Platz und ging zur Kanzel.

„Zerstörerische Emotionen überwinden." Lorna las die Überschrift von Alasdairs Predigt und verspürte einen schmerzlichen Stich angesichts der Ironie. Sie legte das Gottesdienstblatt in die Schublade neben dem Telefon im Haus ihres Bruders.

„Es ist noch *keine* zwei Jahre her", behauptete Fiona, während sie den Deckel auf die Plastikdose drückte.

„Es sind mindestens zwei Jahre, wenn nicht sogar mehr", berichtigte Winifred mit fester Stimme. „Ich fürchte, du irrst dich."

Winifred hatte recht, aber Lorna war klug genug, sich nicht einzumischen. Trotz ihrer fünfunddreißig Jahre war sie schließlich immer noch die Jüngste und in den Augen der anderen kaum erwachsen. Ihre Stimme würde sicherlich nicht den Ausschlag geben in einer Auseinandersetzung der beiden Älteren. Wenn Fiona und Winifred sich stritten, war es, als würden Zeus und Apollo sich eine Schlacht liefern, dachte sie, und noch im gleichen Augenblick überlegte sie, dass ihr Vater, Gott hab ihn selig, diese Analogie nicht gutgeheißen hätte. „Zwei heidnische Gottheiten, deren Namen nie über die Lippen einer Presbyterianerin kommen sollten", konnte sie ihn beinahe mahnen hören, und sofort änderte sie die Analogie in Wesley und Calvin.

Ihr Bruder erinnerte sie immer mehr an ihren Vater, seit Anna gestorben war. Vor mehr als zwei Jahren war das gewesen, egal, was die anderen sagten. Sie verspürte ein Unbehagen und wusste nicht, welcher Gedanke es ausgelöst hatte – die Erinnerung an ihren Vater, die Persönlichkeitsveränderung ihres Bruders oder Annas Tod.

„Sprich leiser", sagte Winifred und beendete damit den Streit, indem sie das letzte Wort hatte. „Alasdairs Arbeitszimmer ist gleich hier drüber, und ihr wisst doch, dass Gespräche durch die Heizungsschächte zu hören sind."

Fiona nickte leicht, wusch ihre Hände über der Spüle und trocknete sie mit einem Papierhandtuch ab. „Wie auch immer", sagte sie. Ihre Stimme war jetzt kaum mehr als ein Flüstern. „Es wird Zeit, dass ein paar Dinge dauerhaft geregelt werden, was seinen Haushalt betrifft. Ich weiß nicht, warum er ihn schleifen lässt. Er kommt doch mit allem anderen gut klar."

Sie hatte vermutlich recht, dachte Lorna, als sie den Kühlschrank öffnete und Platz für die Mahlzeiten für diese Woche machte. Außer ihr schien niemand zu finden, dass etwas mit Alasdair nicht stimmte. Selbst in den ersten Tagen nach Annas Tod hatte sein Verhalten vorbildlich gezeigt, wie ein Christ mit einer Tragödie umgehen sollte. Sie selbst war nicht da gewesen, als die Polizei ihm die Nachricht von dem Unfall überbracht hatte. Als sie gekommen war, war Alasdair gerade von der Identifizierung der Leiche zurückgekehrt. Selbst in dieser Situation hatte er nicht die Fassung verloren. Sie war diejenige gewesen, die zusammengebrochen war. Sogar Fiona und Winifred, die Anna nie besonders nahe gestanden hatten, waren wochenlang mit Tränen in den Augen herumgelaufen. Nur Alasdair hatte die angemessene Mischung aus Traurigkeit und Glauben gezeigt, die im

Gegensatz zu ihrem eigenen Kummer stand und Samanthas unbeherrschter Wut.

Sie erinnerte sich noch daran, wie sie zu Gott geschrien hatte, als ihr Bruder es ihr gesagt hatte. „Warum?“, hatte sie gejammert. „Warum?“ Es war in Wirklichkeit ein Gebet gewesen, aber Alasdair hatte sich bemüßigt gefühlt, ihr zu antworten.

„Sollte der Richter aller Welt nicht gerecht richten?“, hatte er gefragt. Die Worte hatten gestimmt, aber die Heiserkeit seiner Stimme und die Dunkelheit in seinen Augen hatten die Wahrheit verraten.

Alasdair hatte in dieser schrecklichen Zeit alle nötigen Entscheidungen getroffen und seine Schwestern nur um Hilfe gebeten, was die Betreuung der Kinder betraf. Er hatte alles organisiert, ohne Rücksprache zu halten, und sich für eine private Bestattung anstelle eines Gottesdienstes entschieden. Die Blumen hatte er an Altersheime und Krankenhäuser in der Stadt geschickt, und seine Sekretärin hatte sämtliche Beileidsbekundungen abgewehrt und Danksagungen für die üblichen Aufläufe geschickt. Ja im Hinblick auf Annas Tod hatte Alasdair alles so effizient geregelt, wie er es in allen Bereichen seines Lebens tat. Wie man es von ihm gewohnt war, hatte er die Situation analysiert und das Nötige getan. Sie fragte sich nur, wie viel Kraft es ihn gekostet hatte.

Sie hörte auf, ihre Tupperdosen zu ordnen, als sie erschrocken feststellte, was sie ihrem Bruder gegenüber empfand. Verärgerung. Nein, Wut. Sie schämte sich sogleich für das Gefühl. Alasdair hatte ein furchtbares Schicksal erlitten – er hatte die Frau, die er liebte, verloren und dann versucht, mit den neugeborenen Zwillingen und der elfjährigen Tochter, die sie zurückgelassen hatte, zurechtzukommen. Jeder Mensch verarbeitete Trauer auf seine eigene Weise, ermahnte sie sich, denn das hatte der Hilfspastor ihr gesagt, als sie ihm von ihren Sorgen berichtet hatte.

Irgendwann würde Alasdair wieder er selbst sein. Einen Augenblick lang tauchte die Person, die er früher gewesen war, in ihrer Erinnerung auf. Sie dachte daran, wie er als Kind gewesen war, über die Maßen gutherzig und leidenschaftlich in seinem Einsatz für Benachteiligte. Die schlimmste Strafe, die er jemals erhalten hatte, war eine Folge davon gewesen, dass er sie verteidigt hatte, weil sie ständig wegen ihres Gewichts gehänselt worden war. Das hatte er Vater nie erzählt und hatte auch ihr verboten, etwas zu sagen. „Es spielt keine Rolle“, hatte er zu ihr gesagt, weil er ihr die Demütigung ersparen wollte, die Namen zu wiederholen, mit denen die anderen sie bezeichnet hatten.

Sie erinnerte sich an seine Intensität, sein Feuer. Er hatte mit seinem ganzen Wesen geliebt und sich mit Haut und Haar dem verschrieben, was er tat. Sie erinnerte sich daran, wie sie ihm beim Laufen zugesehen hatte, und merkwürdigerweise wurde das Bild zu einem Symbol für alles, was er verloren hatte. Sein Körper hatte sich mit einer solchen geschmeidigen Leichtigkeit bewegt, hatte die Luft wie Butter durchschnitten, und die Füße und Beine schienen über der Erdoberfläche zu schweben, anstatt darauf zu treten, während seine Miene voller Freude und Hingabe war.

Sie dachte an den Mann, zu dem ihr Bruder geworden war, und kannte die Wahrheit, auch wenn niemand sonst sie wahrhaben wollte. Etwas stimmte nicht. Etwas war verschwunden. Etwas Kostbares war verloren gegangen. Sie fühlte einen Stich der Traurigkeit und hoffte, dass diese neue Person sich nicht auf Dauer in Alasdairs Körper eingerichtet hatte.

„Und, was gibt es noch?“, wollte Winifred wissen, und Lorna wandte ihre Aufmerksamkeit wieder dem Inhalt des Kühlschranks zu.

„Die Mahlzeiten für die Woche sind fertig“, antwortete sie, froh über die Ablenkung. Sie schob den letzten Plastikbehälter in den Kühlschrank.

„Speisekammer und Kühlschrank sind gefüllt, und Samanthas Geld fürs Mittagessen ist in den Umschlägen“, ergänzte Fiona.

Lorna sah zu der Pinnwand hinüber, an der mit Heftzwecken fünf Umschläge befestigt waren, auf denen die Tage von Montag bis Freitag standen.

„Hast du fünfundzwanzig Cents für Eis reingetan?“, fragte sie, obwohl sie die Antwort schon kannte.

„Eis ist unnötig“, sagte Winifred. „Es hält sie nur davon ab, vernünftige Dinge zu essen. Außerdem“, fügte sie hinzu und sah Lorna von der Seite an, „wollen wir ja nicht, dass sie dick wird.“

Lornas Gesicht wurde warm, aber sie gab keine Antwort. Sie hätte die fünfundzwanzig Cents dazugetan. Aber es war nicht ihre Entscheidung.

Das Telefon klingelte und Winifred nahm schnell ab. Fiona trocknete sich die Hände an einem Handtuch und lehnte sich erschöpft gegen die Küchenzeile. „Wir haben also gekocht und die Wäsche angestellt."

„Ich habe gestern ein bisschen saubergemacht", warf Lorna ein.

Winifred legte den Hörer auf und wandte sich ihnen mit grimmiger Miene zu. „Das war die Babysitterin."

„Nicht schon wieder!" Lorna schloss die Augen und schüttelte den Kopf.

„Doch, schon wieder. Sie sagte, sie habe das Gefühl, dass sie eine Erkältung bekomme."

„Was machen wir denn dann?" Fionas Stimme klang so müde, wie Lorna sich fühlte.

„Morgen ist Alasdairs freier Tag", bemerkte Winifred. „Da muss er dann einfach alleine klarkommen."

„Aber es ist nicht nur das." Fiona zog kopfschüttelnd einen der Küchenstühle unter dem Tisch hervor und ließ sich darauffallen. „Es ist alles. Ich weiß nicht, wie lange wir das noch durchhalten." Ihre Stimme klang niedergeschlagen. Es war das erste Mal, dass eine von ihnen sich auch nur annähernd beklagte.

„Es könnte nicht schaden, wenn der Rest der Gemeinde mehr täte." Winifreds Gesicht verzog sich zu einer grimmigen Miene.

„Ich bezweifle, dass sie überhaupt merken, was los ist", sagte Lorna. „Die Maschine läuft doch."

Winifred sah sie stirnrunzelnd an und Lorna errötete. Sie sollte ihre Meinung für sich behalten. Ihre Schwestern waren zu Recht stolz auf Alasdair. Wer wäre das nicht? Er hatte die mittelgroße Gemeinde übernommen, die sein Vater ihm hinterlassen hatte, und sie in eine landesweite Organisation mit täglichen Radiosendungen, einer Monatszeitschrift, Tagungen, Seminaren und Büchern zu jedem Aspekt des christlichen Glaubens gemacht. Er gab sogar seine eigene Studienbibel heraus. Sie war auch stolz auf ihn, sagte sie sich, als hätte das jemand bezweifelt. Trotzdem wurde sie das nagende Gefühl nicht los, dass etwas nicht stimmte. Etwas war nicht so, wie es sein sollte.

Seine Predigten waren immer noch gut recherchiert und interessant, dynamisch vorgetragen, wenn auch vielleicht ein wenig ernst. Wütend war das Wort, das ihr eigentlich auf der Zunge lag, aber andererseits war sie schon immer zu sensibel gewesen. Sie lächelte ein wenig, als sie an die ersten Tage in Alasdairs Dienst zurückdachte. Die Gemeinde, die an den eher distanzierten Stil seines Vaters gewöhnt war, hatte Alasdairs persönliche Fürsorge wie ein Schwamm aufgesogen. Er hatte leidenschaftlich und mitfühlend gepredigt, hatte am Bett vieler Sterbender und Kranker gesessen und getröstet, geraten und gebetet.

Aber dann hatten ein paar Vorstandsmitglieder die kluge Idee gehabt, eine Radiosendung auf die Beine zu stellen. Eins kam zum anderen, und bald war Alasdair ein gefragter Prediger und Redner. Irgendwann war er öfter unterwegs gewesen als zu Hause. Da hatte Bill Wright die Lücke gefüllt. Sie spürte, wie ein Gefühl der Zuneigung in ihr aufstieg, als sie das ernste, schlichte Gesicht ihres früheren Hilfspastors vor ihrem inneren Auge sah. Wenn das Kind eines Gemeindemitglieds im Krankenhaus lag, war es Bill, der den Besuch machte und mit der Familie betete. Wenn eine Ehe in die Brüche ging, war es Bill, der half, die Scherben zusammenzufügen. Sie erinnerte sich an tränenreiche Stunden, die sie selbst mit diesem Prozess zugebracht hatte, an Bills freundliche und ruhige Stimme, die wie ein Rettungsseil über die tosenden Wellen hinweg ihre ausgestreckte Hand erreicht hatte.

Zum ersten Mal fragte sie sich, ob es der belastende Gemeindedienst gewesen war, der Bill vertrieben hatte. Je länger sie darüber nachdachte, desto wahrscheinlicher erschien ihr das. Die Gemeinde hätte niemals einen dritten Pastor einstellen können und in Bills neuer Gemeinde würde er zwar die gleichen Pflichten haben, aber auch einen Assistenten. Sie bedauerte, dass er in ihrer Gemeinde nicht genügend gewürdigt worden war, und ein Anflug von Sorge erfüllte sie, als sie daran dachte, was geschehen würde, nachdem er jetzt fort war.

„Heute Morgen habe ich gehört, wie jemand gesagt hat, Alasdairs Heilungsprozess wäre erst abgeschlossen, wenn er wieder heiraten würde.“ Fionas Stimme riss Lorna aus ihren Gedanken.

Winifred schnaubte. „Ich bin mir sicher, es gäbe genügend Anwärterinnen für diese Stelle.“

„Wahrscheinlich“, sagte Fiona lächelnd. Doch gleich darauf verdunkelte sich ihre Miene. „Übrigens habe ich ein Gerücht gehört, das mir zu denken gibt.“

„Was denn?“, wollte Winifred wissen.

„Dass es eine neue Bewegung gibt.“

„Und was soll das für eine Bewegung sein?“, fragte Winifred, offenbar kaum daran interessiert.

Lorna verstand, warum Gerüchte nicht sofort Panik auslösten. Die drei Schwestern waren von dem Pastorendienst ihres Vaters eine Menge gewöhnt. Sowohl winzigste Störungen wie Unzufriedenheit mit der Farbe des Teppichs in den Sonntagsschulräumen konnte diese sogenannten Bewegungen auslösen als auch entscheidende theologische Differenzen. Sie konnten alles sein von einem kurzen Schauer bis zu einem vernichtenden Hurrikan. Sie wartete darauf, dass Fiona sich näher erklärte. Das flaue Gefühl in ihrem Magen fühlte sich an wie eine Vorahnung.

„Eine Bewegung, um Alasdair loszuwerden."

Ihr Magen drehte sich um. Das war schon ein orkanartiger Wind.

„Unsinn", winkte Winifred ab. „Wer hat dir denn das erzählt?"

„Ruth Anderson sagte, sie habe es von Edgar Willis gehört."

Winifred runzelte die Stirn, und das mit gutem Grund. Edgar Willis war einer der diensthabenden Ältesten, der Gemeindeleiter sogar. „Wenn das stimmt, ist Bill Wright schuld. Er hätte nie gehen dürfen."

Lorna fand, dass sie Bill eher dafür danken sollten, dass er so lange geblieben war und die Sache für Alasdair einfacher gemacht hatte.

„Aber ich bin nicht überzeugt, dass an der Sache etwas dran ist", fügte Winifred hinzu. „Nur der übliche Tratsch."

Fiona antwortete nicht, sondern zog nur eine ihrer elegant geschwungenen Augenbrauen hoch.

Lorna holte tief Luft und versuchte das Gefühl der dunklen Vorahnung, das in ihr zunahm, zu ignorieren. Sie schloss die Kühlschranktür und ging zur Spüle, um ihr abschließendes Ritual zu vollführen. Keine ihrer Schwestern machte das Spülbecken sauber, und die Essensreste im Auffangsieb und die gelben Flecken auf dem Porzellan ließen die Küche noch düsterer und vernachlässigter aussehen als sonst. Sie leerte das Sieb in den Mülleimer und gab etwas Reinigungsmilch in die nasse Spüle. Sie spürte eine Frustration, die sie nicht näher bestimmen konnte, und plötzlich war sie wütend auf Winifred und Fiona. Und auf Alasdair war sie auch wütend, erkannte sie erschrocken.

„Worüber streitet ihr zwei euch denn?" Alasdairs Stimme ließ Lorna zusammenfahren, und es erstaunte sie, dass der kleine Adrenalinstoß durch das Erscheinen ihres Bruders ihre Gedanken nicht etwa verdrängte, sondern sie eher noch verstärkte. Alasdair nahm die leere Kaffeekanne und langte an ihr vorbei, um sie unter dem Wasserhahn zu füllen.

Winifred sah entsetzt aus, wahrscheinlich fragte sie sich, wie viel ihr Bruder mitbekommen hatte, und versuchte sich zu erinnern, was sie gesagt hatte. Alasdair sah sie jedoch nicht einmal an. Er streckte die Hand aus und holte Filter und Kaffee aus dem Schrank.

„Ich kann mich gar nicht erinnern", sagte Fiona lachend. „Du kennst uns ja."

Plötzlich wurde Lorna so heiß, als hätte jemand ein kleines Feuer in ihrem Brustkorb entzündet. Warum sagte niemand in dieser Familie jemals die Wahrheit?

„Sie haben sich darüber gestritten, wann Anna gestorben ist", platzte sie heraus. „Wie lange ist es her, Alasdair? Du weißt das doch bestimmt."

Winifreds Kinnlade klappte herunter. Fiona starrte sie mit weit aufgerissenen Augen an. Selbst Lorna war entsetzt, obwohl sie die Worte selbst ausgesprochen hatte. Alasdair unterbrach seine Kaffeevorbereitungen und sah sie an. Einen kurzen Moment lang hob sich der Schleier in seinen Augen und sie sah die aufgewühlten Emotionen dahinter.

„Ich weiß es nicht mehr so genau." Er wandte sich ab.

„Also wirklich, Lorna", tadelte Winifred sie leise. Fiona sagte nichts, sondern interessierte sich plötzlich ungeheuer für den Inhalt ihrer Handtasche. Alasdair widmete sich wieder seinem Kaffee und blickte nicht noch einmal auf. Lorna fing an, mit unbändigem Eifer die Spüle zu schrubben, und als sie damit fertig war, ließ sie ihren Ärger an der Arbeitsplatte aus, auf der sich im Verlauf der letzten Woche die verschiedensten Sachen angesammelt hatten.

Da lagen Telefonnotizen, ein Schulbuch von Samantha, eine saubere, leere Babyflasche, zwei dreckige Löffel, ein gelber Schreibblock, ein kaputter Becher voller Kugelschreiber und Bleistifte, zwei Briefe, die an Reverend Alasdair MacPherson, John Knox Presbyterian Church, 922 Fairfax Street, Alexandria, Virginia, adressiert waren, einer von B. Henry, 33 Harrison Street, Richmond, Virginia, und ein anderer mit dem schnörkeligen Absender der Zentrale der United Presbyterian Church in derselben Stadt, beide ordentlich entlang dem Falz aufgeschlitzt, sowie ein kleiner Handschuh, der ohne seinen Partner verloren aussah.

Das ganze Haus benötigte eine Grundreinigung. Sie sollte die Gardinen über der Spüle abnehmen und waschen. Sie waren schrecklich – golden mit brauner Zackenlitze und einem Rand aus kleinen orangefarbenen Bommeln. Eigentlich war alles schrecklich. Die Tapete war dunkel – ein Muster aus orangefarbenen und braunen Pilzen auf grünem Hintergrund. Die Schränke waren dunkel und altmodisch. Insgesamt vermittelte der Raum den Eindruck von Verfall und Depression. Und Lorna musste zugeben, dass das selbst zu Annas Lebzeiten so gewesen war.

„Ich gehe meine Predigt für heute Abend noch einmal durch." Alasdair schaltete die Kaffeemaschine ein und sie begann zu gurgeln. Er sah ihnen allen in die Augen. „Wie immer danke ich euch für eure Hilfe." Jede Regung war wieder aus seinem Gesicht verschwunden.

Lorna schüttelte den Kopf, und eine Mischung aus Frustration und tiefer Traurigkeit erfüllte sie, als sie an das Vermächtnis ihrer Schwägerin dachte: Eine kleine Messingplatte auf dem Friedhof nebenan, eine immerwährende Sammlung von Topfpflanzen mit braunen Spitzen und schlaffen Bändern am Ufer des Potomac unter der Woodrow Wilson Bridge, drei mutterlose Kinder und ein Ehemann, der mit jedem Tag unnahbarer wurde. Sie öffnete den Mund, wieder ohne bewusste Absicht, und sprach, die Worte angefacht durch dieses ungewohnte Gefühl des Zorns.

„Anna ist am fünfzehnten Oktober vor zwei Jahren gestorben. Heute ist der vierundzwanzigste Oktober, also ist es jetzt genau zwei Jahre, eine Woche und zwei Tage her."

Niemand sagte etwas. Alasdair drehte sich um und starrte sie einen Augenblick lang an. Einerseits hatte sie Angst vor seinem Zorn, andererseits hoffte sie, er würde reagieren. Aber als er sprach, klang seine Stimme ruhig und seine Miene war ausdruckslos, abgesehen von den traurigen Augen. „Also, da haben wir's. Damit wäre der Streit geklärt." Er drehte sich um und verließ den Raum.

Fiona und Winifred warfen ihr hinter seinem Rücken missbilligende Blicke zu. Lorna wollte etwas sagen, doch dann zögerte sie und folgte ihm. Sie trat auf den Flur hinaus, als er gerade an der Treppe angekommen war. Sie öffnete den Mund, um sich zu entschuldigen, aber etwas hielt sie zurück.

Alasdair war am Fuß der Treppe stehen geblieben. Seine Hand lag auf dem Geländer, sein Kopf war gesenkt. Seine Schultern waren vorgebeugt, und sie war sich nicht sicher, ob er betete, weinte oder einfach Kraft schöpfte. Ein starkes Gefühl der Scham erfüllte sie, weil sie so grausam gewesen war. Wieder öffnete sie den Mund, aber wieder hielt etwas sie zurück.

Nein, sagte eine leise, kleine Stimme zu ihr, *lass ihn*.

Sie nickte und blinzelte die Tränen zurück. Alasdair hob den Kopf. Seine Schultern hoben und senkten sich, als er tief Luft holte. Dann ging er die Treppe hinauf. Sie sah ihm nach, bis er aus ihrem Blickfeld verschwunden war, dann ging sie in die Küche zurück, wo ihre Schwestern auf sie warteten.

„Was in aller Welt sollte das?", wollte Winifred mit zorniger Miene wissen.

„Wirklich, Lorna. Ich dachte, du willst, dass er nach vorne blickt", fügte Fiona sanft hinzu.

Lorna wusste nicht, was sie darauf erwidern sollte. Sie schämte sich für ihr Verhalten. Ihre Wut war längst verflogen. Was hatte sie sich nur dabei gedacht? Was wollte sie beweisen?

Ihre Schwestern vermieden jede weitere Unterhaltung mit ihr, drehten sich wie auf Absprache um und fingen an, ihre Jacken und Handtaschen einzusammeln. Eine alte Methode, um Lorna unter Kontrolle zu bringen, und wirksam wie eh und je.

„Ich bleibe zum Abendgottesdienst", sagte Lorna, die sich elend und schuldig fühlte.

„Ich muss die Kinderbetreuung organisieren", stellte Winifred klar, als hätte Lorna sie beschämt. Ihre Schwester hasste es, bei dem Wettbewerb, wer am meisten helfen konnte, zu unterliegen.

„Geh nur", besänftigte Lorna sie. „Ich werde hier sein, wenn die Kleinen aufwachen, und behalte Samantha im Auge."

„Das klingt gut." Fiona sah auf die Uhr und zog energisch ihre Jacke zu. „Komm, Winifred. Ich muss noch Klassenarbeiten korrigieren."

Widerstrebend willigte Winifred ein und die beiden Schwestern gingen. Lorna überrollte eine Welle der Erleichterung, wie immer, wenn ihre Schwestern sich von ihr verabschiedeten. Schon die Anwesenheit der beiden löste ein Gefühl der Unwissenheit und Unbeholfenheit in ihr aus. Sie goss Alasdairs Kaffee in die Thermoskanne, setzte für sich selbst den Wasserkessel auf und ging dann nach oben, um nach Samantha zu sehen.

Ihre Tür stand einen Spaltbreit offen und ein dünner Streifen Licht fiel auf den dunklen Teppich im Flur. Lorna öffnete die Tür leise, um ihre Nichte nicht beim Lernen zu stören, aber Samantha saß nicht an ihrem Schreibtisch. Ihre Schulbücher sahen unberührt aus, immer noch zu einem ordentlichen Stapel aufgetürmt. Sie stieß die Tür ganz auf. Samantha war nicht da. Sie musste wieder davongeschlichen sein.

Lorna seufzte und fragte sich, ob sie Alasdair Bescheid sagen sollte. Sie sah sich im Zimmer um, bevor sie die Tür schloss. An den Wänden hingen neue Poster – von Rockgruppen – und einige davon sahen ziemlich bedrohlich aus. Der Frisiertisch war mit Lippenstift und Augenmake-up übersät, die glitzernde Sorte, die man für einen Dollar in einem Drogeriemarkt bekam. Sie hatte Samanthas Versuche in dieser Richtung bemerkt und wünschte, sie könnte ihr helfen. Sie war ein so hübsches Kind. Braune Haare, rosige Wangen und die feinen, ebenmäßigen Züge, die sie von ihrer Mutter geerbt hatte. Lorna wünschte, sie hätte mehr Selbstbewusstsein, ihrer Nichte bei den praktischen Dingen des Frauseins zu helfen, aber ihre eigene Jugend schien ihr Lichtjahre entfernt. Es war, als wäre das süße Mädchen, das ihre Nichte gewesen war, über Nacht verschwunden. Lorna fühlte diesen Verlust so schmerzlich, als wäre er ein weiterer Todesfall. Wieder fiel ihr auf, wie merkwürdig ihre Rolle in Bezug auf diese Kinder war. Sie bewegte sich in der grauen Zone zwischen Mutter und Tante. Im ersten Lebensjahr der Zwillinge war sie es gewesen, die sie versorgt hatte. Sie war eine Zeit lang auch nachts geblieben und später war sie jeden Morgen hergekommen, bevor sie aufwachten. Sie waren ihre Schätze, vor allem die Kleinen. Es war fast so, als wären sie ihre eigenen Kinder. Wenn sie ehrlich war, stellte sie sich oft vor, sie wären es wirklich. Sie wiegte sie, fütterte sie, machte sich Sorgen um sie. Die Grausamkeit ihrer eigenen Situation wurde ihr wieder einmal bewusst. Michaels Untreue und die finanzielle Katastrophe hatten mehr als nur ihre kleine Welt erschüttert. Ihr kleiner Anteil an den Schulden, die bei der Insolvenz nicht getilgt worden waren, hatte ihrer Rolle als Ersatzmutter ein Ende bereitet. Jetzt verbrachte sie ihre Tage bei einer Arbeitsstelle und die Nächte bei einer zweiten, anstatt hier zu sein und für die Kinder zu sorgen, die sich so sehr wie ihre eigenen anfühlten. Sie hielt einen Moment inne, um ihren Zorn loszulassen und Michael erneut zu vergeben.

Lorna schloss Samanthas Tür, dann blieb sie vor dem Zimmer der Zwillinge stehen. Drinnen war alles still. Sie schlich die Treppe hinunter und atmete erst wieder richtig, als sie in der Küche angekommen war. Sie kam gerade rechtzeitig, um den Kessel vom Herd zu nehmen, bevor er anfing zu pfeifen.

Sie nahm die Teekanne vom Regal, ließ Wasser laufen, bis es endlich heiß war, dann füllte sie die Kanne und holte die Teedose heraus. Sie leerte die Kanne wieder aus, gab Tee hinein und goss das kochende Wasser über die Blätter. Während der Tee zog, erledigte sie die üblichen Telefonate. Beim zweiten Anruf fand sie Samantha – in dem Haus des armen Jungen mit den vielen Ohrringen, der nie jemandem in die Augen sah. Was für eine Art Radar hatten diese unglücklichen Kinder, dass sie einander fanden?

„Bitte komm nach Hause", sagte sie freundlich, aber als Antwort erhielt sie nur eine mürrische Bemerkung. „Soll ich deinen Vater ans Telefon holen?", war sie gezwungen zu drohen. Samantha legte auf. Lorna seufzte, legte den Hörer aus der Hand und startete einen halbherzigen zweiten Versuch, die Küchenzeile aufzuräumen.

Sie nahm die leere Flasche und wollte sie verstauen, doch dann überlegte sie es sich anders und holte eine zweite heraus. Sie füllte beide mit Milch und stellte sie in die Kühlschranktür, damit sie nur noch aufgewärmt zu werden brauchten, wenn die Babys aufwachten. Sie waren zwei Jahre alt und sollten eigentlich von der Flasche entwöhnt und aufs Töpfchen gesetzt werden. Aber der Tag hatte nur eine begrenzte Anzahl an Stunden und sie verbrachte acht davon an einem Schreibtisch im Sekretariat der John-Knox-Schule, und vier Nächte die Woche entwickelte sie Filme bei Kodak. Schließlich musste sie Rechnungen bezahlen. Sie lächelte schwach über die Ironie dieser Untertreibung, dann sah sie auf ihre Armbanduhr. Um drei Uhr morgens musste sie anfangen. Sie sollte wirklich nach Hause gehen und etwas schlafen.

Wieder machte sich Lorna ans Aufräumen. Den gelben Block legte sie in die Schublade unter dem Telefon und die verschiedenen Notizen sammelte sie ein, wobei sie kurz nachsah, ob etwas Dringendes dabei war oder etwas noch zu Erledigendes. Es gab sechs Nachrichten von diversen Gruppenleitern und Gemeindemitgliedern über fehlende Sonntagsschullehrer, Familien, die Hilfe brauchten, und Leute mit Fragen, die nur Alasdair beantworten konnte.

Und eine Nachricht von Mrs Tronsett von der Knox-Schule. Lorna runzelte die Stirn. Mrs Tronsett war die Direktorin. Die Nachricht war am späten Freitagnachmittag notiert worden. *Bitte wegen Samantha an-*

rufen stand in der runden Handschrift der Babysitterin auf dem Zettel. Das löste eine neue Welle der Besorgnis aus, und Lorna verbrachte ein paar Minuten damit, über Samanthas Probleme nachzudenken.

Seufzend nahm sie den letzten Zettel in die Hand – noch eine Telefonnotiz, diesmal von jemandem namens Bob Henry mit einer Telefonnummer aus einem anderen Bundesstaat. Sie runzelte die Stirn, als sie sich daran erinnerte, warum der Name ihr bekannt vorkam. B. Henry war der Name auf dem Brief, den sie vorhin gesehen hatte.

Lorna suchte den Umschlag heraus, zusammen mit dem von der Kirchenverwaltung. Beide drehte sie um und betrachtete die Rückseiten, dann legte sie sie so vorsichtig auf die Arbeitsplatte, als enthielten sie Dynamit, das in ihren Händen explodieren könnte.

Sie nahm den Handschuh und steckte ihn zu den anderen Sachen in der Waschmaschine. Dann stellte sie die Maschine an, brachte Samanthas Schulbuch nach oben und legte es auf ihren Schreibtisch. Anschließend ging sie in die Küche zurück und wusch die beiden Löffel ab. Während sie sie abtrocknete und in die Schublade legte, warf sie immer wieder einen Blick auf die beiden Briefe. Dann tat sie zum dritten Mal an diesem Tag etwas, für das sie keine Erklärung hatte. Oder zumindest keine Rechtfertigung. Sie nahm den ersten Brief in die Hand – den mit dem Logo der Kirche –, faltete ihn auseinander und fing an zu lesen. Sie hatte erst die Hälfte gelesen, als ihr Erstaunen sich in Besorgnis verwandelte.

Sehr geehrter Reverend MacPherson,
obwohl ich noch nie das Vergnügen hatte, Sie persönlich kennenzulernen, grüße ich Sie, wie der Apostel Johannes die Gemeinde in Thyatira in Offenbarung 2,19 grüßt. „Ich weiß von all dem Guten, das ihr tut: von eurer Liebe, eurer Glaubenstreue, eurem Dienst füreinander, eurer Standhaftigkeit." Sie geben, wie die Menschen dort, Ihr Leben im Dienste des Evangeliums, und Ihr hervorragender Ruf ist allen bekannt. Es ist meiner Aufmerksamkeit nicht entgangen, dass etwas mehr als zwei Jahre vergangen sind, seit Ihre Frau Anne zu ihrem Schöpfer heimgegangen ist.

Lorna schüttelte den Kopf. Er hätte wenigstens ihren Namen richtig schreiben können.

Mir ist bewusst, dass eine Trauer solchen Ausmaßes ihre Schatten in die tiefsten Tiefen der menschlichen Seele und des eigenen Einflussbereichs wirft. Und obwohl wir ermahnt werden, den Wettlauf, der uns bestimmt ist, mit Eifer zu bestreiten, kann es Zeiten geben, in denen Ruhe nötig ist.

Das klang fast wie eine Drohung. Ihr Magen zog sich zusammen, aber sie las schnell weiter.

Auch wenn Sie Ihre Pflichten mit einer Kraft ausgeübt haben, die nur Christus verleihen kann, ist der Preis dafür vielleicht sehr groß, nicht nur für Sie persönlich, sondern auch für Ihre Familie und Ihre Gemeinde.

Lorna runzelte die Stirn, während sie die umständliche Formulierung zu verstehen versuchte, und ihr Puls schlug schneller, als die Nachricht deutlicher wurde.

Da ich die Aufsicht habe – nicht nur über die Schäfchen, sondern auch über jene, die sie führen –, wäre ich dankbar, wenn wir uns über Ihre Bedürfnisse und die Bedürfnisse Ihrer Gemeinde unterhalten könnten. Es ist keine Schande, sich eine vorübergehende Auszeit zu gönnen, und ich muss gestehen, dass meine Motive nicht gänzlich selbstlos sind. Die Dienste eines Mannes mit Ihrer einzigartigen Begabung würden von vielen hier im Kirchenbüro geschätzt werden.
Mit freundlichen Grüßen
Ihr Mit-Arbeiter in der Ernte,
Gerald Whiteman,
Kirchenpräsident

Lorna sank auf einen Stuhl und ließ die Hand, die den Brief hielt, auf den Tisch fallen. Ihr Bruder wurde vorgeladen. Eine andere Interpretation gab es nicht. Sie hatte gewusst, dass die Lage ernst war, aber nicht, wie ernst. Sie holte drei- oder viermal tief Luft und beruhigte sich schließlich genug, um einen klaren Gedanken zu fassen. Entschlossen, sich allen schlechten Nachrichten auf einmal zu stellen, zog sie auch den zweiten Brief heraus und las auch ihn. Er trug dasselbe Datum wie der Brief von Gerald Whiteman.

Al,
ich kann nicht fassen, dass du den Insassen erlaubt hast, die Anstalt zu übernehmen. Gerry hat einen Brief von ein paar Abtrünnigen aus deiner Herde bekommen, die blöken, du hättest den Verstand verloren. Vielleicht ist es noch nicht zu spät, ihn abzulenken, aber wir müssen einen Plan schmieden. Ruf mich an.
Bob

Der Brief war schwungvoll unterzeichnet. Lorna kniff die Augen zusammen und starrte auf die Wand gegenüber, bis sie sich schließlich an Bob Henry erinnerte. Er war zusammen mit Alasdair am Seminar gewesen, war aber vor dem Abschluss ausgestiegen und gehörte jetzt offenbar zum inneren Kreis der Verwaltung in Richmond.

Sie schob beide Briefe wieder in ihre Umschläge und legte sie dorthin zurück, wo sie sie gefunden hatte. Ihren Tee hatte sie ganz vergessen. Er war schwarz wie Teer. Sie schüttete ihn fort, setzte sich wieder an den Tisch und versuchte nachzudenken.

So. Die Gerüchte waren also wahr. Diejenigen, die mit Alasdair unzufrieden waren, hatten Bills Weggang ausgenutzt, um gegen ihn vorzugehen, und es war nicht schwer zu erraten, warum sie es hintenherum getan hatten. Wenn Alasdair versetzt würde, statt dass man ihn bat zu gehen, würde der Schaden sich in Grenzen halten. Es würde keine Verbitterung geben, keine Beleidigungen, keine wütenden MacPherson-Getreuen, die die Gemeinde verließen und ihren Zehnten mitnahmen.

Ohne es zu wollen, erinnerte sie sich an das Getratsche, dass sie gehört hatte. Es sickerte immer durch. Es hieß, Alasdair interessiere sich mehr für sein Imperium als für seine Gemeinde. Er mache sich mehr Gedanken darüber, apologetische Bücher zu schreiben, als die Herde, die ihm anvertraut war, zu führen. „*Wenn ich die Stimme meines Pastors hören will, schalte ich das Radio ein*“, hatte jemand bei der letzten Gemeindeversammlung gescherzt. „*Seine Bürotür ist immer geschlossen.*“

„*Ich habe das Gefühl, dass zu viele an mir herumzerren*“, hatte er ihr anvertraut, als die Versammlung vorüber gewesen war. Ihr waren hundert Dinge eingefallen, die sie hätte sagen können. *Vielleicht solltest du deine Prioritäten neu überdenken. Vielleicht brauchen sie dich, Alasdair. Du bist schließlich ihr geistlicher Leiter.* Sie versuchte sich zu erinnern, was sie tatsächlich gesagt hatte, und schnitt eine Grimasse, als ihr einfiel, dass sie ihm einen Tee angeboten und das Thema gewechselt hatte.

Das würde jetzt nicht mehr helfen. Dieser Sache konnten sie nicht mehr ausweichen. Das Thema zu wechseln, würde nichts nützen. Aber trotz der Dringlichkeit hatte sie keine Idee. Das Einzige, was ihr einfiel, war Beten. Sie neigte den Kopf, mehr aus Mutlosigkeit als vor Ehrfurcht.

„Ach, Vater“, fing sie an, dann zögerte sie und verstummte.

Ihre Schwestern hatten recht. Sie war schwer von Begriff, weder schlagfertig noch klug. Schließlich hatte sie nie etwas von der Welt gesehen, nie etwas Wichtiges getan. Fiona und Winifred würden wissen, was sie sagen sollten, wie sie helfen konnten.

„Ach, Vater“, wiederholte sie, „hilf meinem Bruder. Hilf Samantha. Ich weiß nicht einmal, wie ich beten soll.“ Doch kaum hatte sie diesen Gedanken formuliert, kam ihr plötzlich ein Bibelvers in den Sinn, den sie vor langer Zeit auswendig gelernt hatte. „Der Geist selber tritt jedoch für uns ein mit Seufzen, das wir nicht in Worte fassen können.“ Sie dachte einen Moment lang darüber nach, dann fasste sie sich ein Herz, holte tief Luft und sprach weiter.

„Du wirkst auf eine Weise, die wir nicht sehen können“, brachte sie schließlich heraus. „Bahne für Alasdair einen Weg durch dieses Problem. Mach seine Last leichter, Herr. Heile sein Herz.“

Sie hatte das Gefühl, dass sie dem Herrn wenigstens ein paar Vorschläge machen sollte, wie er die Aufgabe lösen könnte. Fiona hätte bestimmt eine ganze Liste mit Ideen. Sie dachte an ihre Schwester – intelligent, eine erfolgreiche Lehrkraft an der Universität, klug und geistesgegenwärtig. Sie könnte sie anrufen.

Nein, sagte eine leise Stimme.

Dann eben Winifred. Winifred, die jeden dazu bringen konnte, zu tun, was sie wollte, und wenn sie ihn an den Ohren hinter sich herzog.

Nein. Wieder spürte sie die Antwort klar und deutlich.

„Ach, Herr“, flüsterte sie. „Irgendjemand muss doch etwas tun.“

Du bist jemand, sagte die Stimme dicht an ihrem Ohr.

Ein Gefühl der Angst machte sich in ihr breit.

„Ich bin nicht …“ Sie zögerte, und eine ganze Reihe Adjektive wetteiferten miteinander, um den Satz zu vollenden. Klug genug, schnell genug, mutig genug.

Aber ich bin es, antwortete die Stimme unerbittlich.

„Das bist du", stimmte sie zu, aber diese Gewissheit schien nicht bis zu ihrem Magen vorzudringen, der immer noch schmerzhaft verkrampft war.

Ich kann dich gebrauchen, bekräftigte die Stimme. *Darf ich?*

„Immer und überall", flüsterte sie schweren Herzens. „Ich wünschte nur, du hättest mehr, um damit zu arbeiten." Aber dann erinnerte sie sich an eine Predigt, die ihr Bruder vor Jahren gehalten hatte, bevor die Dunkelheit sich auf ihn gesenkt hatte. Er hatte gesagt, Gott gebrauche ganz gewöhnliche Menschen, die fehlbar und unvollkommen sind, um seine Ziele zu erreichen. ‚Gott schreibt auf krummen Linien gerade', hatte er gesagt. Sie schlug sich die Hände vors Gesicht.

„Wenn du jeden gebrauchen kannst, Herr, dann ja vielleicht auch mich", sagte sie. Plötzlich fiel ihr der Hirtenjunge David ein, den Gott zum König auserwählt und der gegen den Riesen Goliath gekämpft hatte. „Auch alle, die hier versammelt sind, sollen erkennen, dass der Herr nicht durch Schwert und Speer Rettung verschafft; denn es ist ein Krieg des Herrn", sagte sie auswendig auf. Sie nickte. Natürlich. Sie sah jetzt, warum er sie auserwählt hatte. Sie legte die Hände nach oben geöffnet auf den Tisch.

„Wenn du jeden gebrauchen kannst, Herr, dann kannst du auch mich gebrauchen." Sie wiederholte die Worte, diesmal mit mehr Überzeugung, aber noch während sie sie aussprach, fielen ihr Samanthas Probleme ein, ihr Bruder, der aufrecht ging, aber litt, die mutterlosen Babys. Die Gedanken fühlten sich wie kleine scharfe Pfeile an, die ihre aufkeimende Entschlossenheit angriffen.

„Wenn du jeden gebrauchen kannst, Herr, dann kannst du auch mich gebrauchen", wiederholte sie wieder, jetzt stur. Er konnte siegen, selbst gegen eine so dichte Dunkelheit. Denn das war es, was das Licht wollte. Sich in die Dunkelheit ergießen und die Schatten vertreiben.

Plötzlich sah sie ein leuchtendes Bild vor sich. Alasdair mit offenem, lächelndem Gesicht. Samantha, die wieder wie ein Kind spielte und lachte. Und die Zwillinge, die geliebt und umsorgt wurden.

Dann verklang die Stimme, in einem abschließenden Segen, ein letztes Mal. *Das werde ich tun*, sagte sie. *Und du darfst mir helfen.*

„Danke, Herr", rief sie aus. Kaum hatte sie die Worte ausgesprochen, fing eines der Babys an zu weinen. Seine Stimme klang heiser und belegt. Dann stimmte das andere mit ein. Die Haustür fiel ins Schloss. Samantha kam herein und stapfte die Treppe hinauf. Lorna erhob sich und eilte hinter ihr her, während sie sich fragte, was als Nächstes geschehen würde. Aus welcher Richtung würde wohl Verstärkung kommen?

4

Mary Bridget nahm die letzte Kurve der Schotterstraße und da war es. Ihr Zuhause. Ein weißes, mit Schindeln verkleidetes Haus mit einem schrägen Blechdach, einer breiten Veranda vor dem Haus, glänzenden Buchsbaumhecken und riesigen rosafarbenen und roten Azaleen, die sich an den Sockel des Hauses schmiegten. Ein Stück weiter, auf dem weitläufigen, kühlen Rasen standen zwei große Eichen, mit Hartriegel und Judasbaum darunter, und an einer Seite war eine Gruppe Kiefern zu sehen. Dahinter ragten die neblig blauen Berge auf. Sie trat auf die gekieste Auffahrt. Die Fliegengittertür öffnete sich quietschend und sie kniff die Augen zusammen, um das Gesicht der Person zu erkennen, die dort stand. Es war ein vertrautes und geliebtes Gesicht. Ihre zögerlichen Schritte wurden schneller, bis sie rannte.

Sie fuhr aus dem Schlaf auf und starrte in das dämmrige Licht ihres Zimmers. Es dauerte einen Augenblick, bis sie sich orientiert hatte. Sie war hier in Alexandria in der Wohnung, die sie sich mit Carmen teilte. Dies war jetzt ihr Zuhause. Sie setzte sich auf und sah auf ihren Wecker, woraufhin sie von der kalten Luft eine Gänsehaut auf ihren Armen bekam. Es war beinahe sieben Uhr. Sie stellte den Wecker aus, der in ein paar Minuten ohnehin geklingelt hätte, zog den Morgenmantel vom Fußende ihres Bettes und zog ihn an. So. Das war besser. Sie schob die Füße in ihre Hausschuhe, öffnete leise ihre Schlafzimmertür und trat in den Flur hinaus. Carmens Tür war geschlossen. Auf Zehenspitzen ging sie zum Wohnzimmerfenster und spähte durch den Spalt zwischen den Gardinen hindurch. Newlees Auto war fort. Sie ließ die Gardine los und atmete erleichtert auf. Es machte sie nervös, wenn er in der Nähe war, obwohl sie wusste, dass ein Polizeibeamter in Alexandria unmöglich von einer Drogenrazzia in einem anderen Teil des Bundesstaates wissen konnte, die ein Jahr her war. Er konnte unmöglich etwas über dic Person wissen, die entwischt war.

Während der angespannten ersten Tage damals hatte sie so lange gesucht, bis sie einen Zeitungsstand gefunden hatte, der die Tageszeitung von Charlottesville im Angebot hatte, und hatte sie gewissenhaft studiert. Am ersten Tag hatte nichts darin gestanden, und sie hatte nicht gewusst, ob sie erleichtert sein oder Angst haben sollte. Überall glaubte sie Jonah zu sehen. Sie sah ein kantiges Kinn in der Menge verschwinden, fuhr herum und stellte dann fest, dass es jemand anderem gehörte. Oder sie hörte eine ähnliche Stimme und erstarrte. Oder eine schlaksige Gestalt kam auf sie zugeschlendert und sofort klebte ihre Zunge an ihrem Gaumen. Selbst als sie die Wahrheit kannte. Dass Jonah sie nicht verfolgen konnte.

Nach drei Tagen war der Artikel, auf den sie gewartet hatte, endlich erschienen. Es hatte sich wie eine Ewigkeit angefühlt. Sie hatten sogar eine Doppelseite darüber gebracht. „Drogenfahndung zeigt Ergebnisse", hatte die Schlagzeile gelautet. Dann wurde beschrieben, dass die Polizeibehörde von Nelson County und die Polizei von Virginia gemeinsam daran arbeiteten, Meth-Labore auszuheben, und es dabei gezielt auf die Orte abgesehen hatten, an denen die Dealer ihre Zutaten kauften. Sie hatte den zweiseitigen Bericht überflogen, bis sie gefunden hatte, was sie suchte. Da, neben der Erwähnung mehrerer anderer Razzien waren zwei wundervolle Absätze über einen anonymen Hinweis, der zur Entdeckung eines riesigen Labors geführt hatte, genau dort, wo der anonyme Anrufer es gesagt hatte. Sie hatten sogar ein Foto von dem rostigen Wohnwagen und der baufälligen Hütte abgedruckt. Mary Bridget hatte die Luft angehalten, bis sie den Abschnitt zweimal gelesen und sich vergewissert hatte, dass sowohl Jonah als auch Dwayne verhaftet worden waren. Dwayne war allerdings aufgeflogen, als er in der Stadt versucht hatte, einem verdeckten Ermittler Drogen zu verkaufen. Typisch.

Sie hatte den Artikel ausgeschnitten und in ihre Bibel gelegt, die mittlerweile so etwas wie ihr Safe war. Gelegentlich las sie ihn noch einmal durch, aber nur, wenn die Angst die Oberhand gewann, denn normalerweise hatte sie ein schlechtes Gewissen, wenn sie daran dachte, was sie getan hatte.

Du hast getan, was du tun musstest, sagte sie sich, aber das war ein schwacher Trost. Sie konnte nur erahnen, was für eine Qual das Gefängnis für einen Mann wie Jonah sein musste – jemanden, der in der Stadt kaum atmen konnte und der durch den Wald laufen musste, um sich lebendig zu fühlen.

Diesen Jonah gibt es nicht mehr, sagte sie sich. *Der Jonah, den du gekannt hast, ist nicht der Mann, den sie eingesperrt haben.* Sie konnte sich kaum noch an den alten Jonah erinnern. Sie versuchte es jetzt und ging im Geiste mehrere Jahre zurück. Er war ungehobelt gewesen, kantig, undurchschaubar und distanziert, aber seine Leidenschaft für die Natur hatte wie eine reine, heiße Flamme gebrannt. Er wäre vollkommen glücklich gewesen, wenn er durch eine Lücke in der Zeit in eine lange vergangene Epoche hätte treten können. Wenn er in einer Zeit ohne Autos und Fabriken hätte leben können und ohne Menschen, die seine Berge verschmutzten.

Seine Andersartigkeit war der Grund gewesen, warum sie sich in ihn verliebt hatte. Seit sie denken konnte, hatte er sie fasziniert. In der Mittelstufe war sie oft an seinem Haus vorbeigegangen, weil sie gehofft hatte, einen Blick auf ihn erhaschen zu können. An den meisten Tagen hatte sie sich jedoch damit zufriedengeben müssen, die großäugigen Kühe zu betrachten, die auf den Hängen weideten, die Berge aus Kohlköpfen, die Obstgärten voller Apfelbäume.

Wenn sie ihn angetroffen hatte, waren sie zusammen durch den Wald gelaufen – das heißt, Jonah war mit seinen langen Beinen davongestapft und sie hatte sich bemüht, mit ihm Schritt zu halten. Er redete nicht viel, wie alle anderen es taten, aber wenn er etwas sagte, dann war es in der Regel hörenswert. Er wusste alles über die Büsche und Bäume und Tiere und ihre Gewohnheiten, und er hatte einen gesunden Menschenverstand. Aber er hielt sich nicht an die Spielregeln der vornehmen Gesellschaft; so viel stand fest.

„*Dieser Junge ist regelrecht unfreundlich. Da kommt bestimmt die Seite seiner Mutter durch. Sie ist eine geborene Crawford, müsst ihr wissen*“, hatte Marys Tante Brenda mit hochgerecktem Kinn und dem für sie typischen kleinen Schniefen gesagt. „*Und außerdem völlig verrückt.*“

Was Mary schrecklich geärgert hatte. Es war nicht richtig, wie alle über seine Familie sprachen. Immer hieß es, sie sei armselig und unbedeutend. Es war doch nicht Jonahs Schuld, dass sein Vater immer wieder seine Arbeit verlor und dass seine Mutter Probleme hatte, was auch immer das für Probleme waren.

Heute vermutete sie, dass Jonah und sie zwei verlorene Seelen gewesen und deshalb zusammengekommen waren. Ihre Familien waren jedenfalls von ähnlichen Schicksalen ereilt worden. Jonahs Eltern hatten sich scheiden lassen und die Bank hatte ihr Haus gepfändet. Einer seiner Brüder war zur Marine gegangen. Der andere war nach Lynchburg gezogen und hatte eine Stelle in einem Möbelgeschäft angenommen. Jonah hatte damals schon bei seinem alten Onkel gelebt. Er hatte in der Handtuchweberei gearbeitet, aber sie hatten Leute entlassen müssen, und Jonah war als Letzter eingestellt worden. Aber wahrscheinlich hätte er auch das alles überstanden, wenn sein Onkel nicht gestorben wäre. Joshua Porter war eines Tages nach draußen gegangen, um seine Vögel zu füttern, hatte sich die Hüfte gebrochen, eine Lungenentzündung bekommen und war kurz darauf gestorben. Und ab da war Jonah einfach alles egal gewesen. Da hatte er mit den Drogen angefangen. Und beschlossen, so schlecht zu sein, wie er konnte.

Sie hatte das alles natürlich gewusst, als sie mit ihm weggelaufen war, aber sie hatte es sich nicht leisten können, wählerisch zu sein. Jonah hatte ihr eine Möglichkeit geboten, einer unerträglich gewordenen Situation zu entfliehen. Jetzt schüttelte sie den Kopf angesichts der bitteren Ironie. Sie war ganz eindeutig vom Regen in die Traufe geraten.

Aber jetzt war sie in Sicherheit. Er konnte ihr nichts tun. Genauso wenig konnte er allerdings die Sonne über den Bergen aufgehen sehen oder den Regen auf den Blättern hören oder den lehmigen Geruch des Erdbodens nach einem kräftigen Schauer riechen.

Sie riss sich zusammen und rief sich die Tatsachen ins Gedächtnis. Jonah hatte seit Jahren keinen Sonnenaufgang mehr gesehen. Er war zu sehr damit beschäftigt gewesen, Crystal Meth herzustellen. Außerdem wollte dieser Jonah, der von Drogen zerfressene Jonah, der in der Realität existierte und nicht in irgendeinem Mädchentraum, sie höchstwahrscheinlich umbringen, sagte sie sich, und wieder überkam sie das vertraute Gefühl der Angst.

Sie bemühte sich, den Gedanken zu verdrängen, und ging in die Küche. Dort setzte sie eine Kanne Kaffee auf, steckte eine Scheibe Brot in den Toaster und setzte sich dann an den Tisch. Carmen war stolz auf diesen Tisch aus gelbem Resopal mit einer Umrandung aus Chrom. Sie hatte ihn für fünfzig Dollar auf einem Flohmarkt erstanden. „Ich könnte ihn für das Vierfache verkaufen – jederzeit, Bridie." Sie lächelte, als sie daran dachte, wie Carmen ihren Namen immer aussprach.

Bridie, dachte sie plötzlich. Inzwischen sah sie sich selbst als Bridie. Endlich hatte sie sich an ihre neue Identität gewöhnt, obwohl es zuerst wie ein Spiel gewesen war. Immer wenn sie eine Entscheidung hatte treffen müssen, hatte sie sich gefragt: „Was würde Mama tun?", und es dann getan. Wenn ein Kunde im Supermarkt gereizt gewesen war, hatte sie sich gefragt: „Was würde Mama tun?", und dann hatte sie freundlich und geduldig geantwortet. Mittlerweile drehte sie sich sogar ohne zu zögern um, wenn jemand den Namen rief. Sie hatte alle an der Nase herumgeführt. Alle dachten, sie wäre ein nettes, süßes, unschuldiges Mädchen aus den Hügeln Virginias.

„*Verhalte dich lange genug auf eine bestimmte Weise, dann wird es zu deiner Natur*", hatte ihre Großmutter gerne gesagt, und einen Augenblick lang flackerte eine winzige Hoffnung in ihrem Herzen auf. Doch die Flamme erstarb wieder, bevor sie sich daran wärmen konnte. Jonah war nicht der Einzige, der sich verändert hatte. Sie kannte die Wahrheit. Sie redete vielleicht wie Mama, benahm sich wie Mama und dachte sogar wie Mama, aber der Schatten von Mary Bridget Washburn folgte ihr, wohin sie auch ging.

Ein Streifen Papier lag neben Carmens Zigarettenschachtel. Sie hob ihn auf. Es waren Fotos aus einer dieser Kabinen, die vier oder fünf Bilder hintereinander machten. Sie lächelte. Da war Carmen, mit ihren großen Augen und der dunklen Mähne, mit dem breiten Lächeln und den weißen, geraden Zähnen. Hinter ihr stand Newlee Wache. Er sah aus wie ein Soldat mit seinem kurzen Haarschnitt und dem ruhigen Blick. Plötzlich fühlte sie sich einsam. Sie ließ die Fotos zurück auf den Tisch fallen, als könnte sie sich daran die Finger verbrennen. Dann stand sie auf, um zu duschen. Sie war schon am Ende des Ganges angekommen, als sie den Toast herausspringen hörte und ihr das Frühstück wieder einfiel. Sie ignorierte es, duschte, zog sich an und nahm den frühen Bus zur Arbeit, ohne auch nur eine Tasse Kaffee zu trinken. Und das, obwohl sie sich extra die Mühe gemacht hatte, welchen zu kochen.

5

Alasdair wich den vereisten Stellen auf dem Gehweg aus, die in der Dämmerung kaum sichtbar waren, und ging langsamer. Er durfte nicht fallen und sich etwas brechen. Was sollte dann aus den Kindern werden? Er hob die aufgeweichte Washington Post auf, die auf dem Pflaster lag, und nahm die Post aus dem überquellenden Briefkasten. Allerdings registrierte er die Briefe kaum. Er war in Gedanken noch bei der Kolumne, die er für seine Zeitschrift geschrieben und gerade abgeschickt hatte, und bei den Themen seiner nächsten Sendereihe fürs Radio. Damit würde er sich heute Abend beschäftigen. Außerdem wollte er noch den Verlagsvertrag für seine Studienbibel durchgehen. Und er musste noch einen Vortrag für Ende Dezember vorbereiten. Es kam ihm vor, als wären all diese Dinge Teller, die sich auf Stäben drehten, mit ihm als Zirkusartisten. Er setzte den ersten in Bewegung und ging dann die Reihe entlang, um anschließend wieder vorne anzufangen, wenn der Schwung nachließ und das Porzellan zu kippeln begann. Das Geheimnis war, immer in Bewegung zu bleiben, sagte er sich.

Er drehte den Schlüssel im Schloss herum und trat ein. Samantha wartete im dunklen Flur auf ihn, sodass er eine Weile brauchte, bis er sie richtig sehen konnte. Noch bevor er seinen Mantel ausziehen konnte, streckte sie ihm Bonnie entgegen.

„Sie hat eine Stunde lang geweint." Ihre Stimme klang wütend und trotzig.

Er nahm Bonnie und reichte Samantha die Post, die sie sofort auf die Treppe fallen ließ. Einige Umschläge rutschten durch das Geländer auf den Boden. Er beschloss, deswegen keinen Streit anzufangen. „Wo ist Lorna?", fragte er.

„Sie ist mit Cam zum Arzt gefahren."

Alasdair nickte und Sorge keimte in ihm auf. Cameron hatte jetzt schon seit Tagen Fieber. Ein Gefühl der Dankbarkeit gegenüber Lorna erfüllte sein Herz. Sie hatte auf ihren einzigen freien Nachmittag verzichtet, um ihm mit den Kindern zu helfen. Was würde er nur ohne sie machen? Er schob Bonnie ein Stück höher auf seine Schulter. Ihr kleines Gesicht fühlte sich heiß an. Sie wurde auch krank. Er schloss die Augen und holte tief Luft.

„Ist gut", sagte er besänftigend. „Eins nach dem anderen. Alles ruhig und geordnet."

Er ging hinauf ins Schlafzimmer, während seine Tochter sich auf seinem Arm wand und jammerte. Vorsichtig legte er sie aufs Bett und zog seinen Mantel aus. Bonnie robbte auf dem Bauch zur Bettkante. Er fing sie gerade noch rechtzeitig auf, bevor sie kopfüber hinunterrutschen konnte. Schließlich stand sie richtig herum auf dem Boden. Er führte sie in ihr eigenes Zimmer, wechselte ihre Windel und putzte ihr die Nase, dann nahm er ihre kleine Hand in seine und sie gingen die Treppe wieder hinunter und in die Küche. Er setzte sie in den Laufstall und gab ihr ein paar Spielzeuge. Samantha saß auf dem Sofa und sah fern. Er setzte sich neben sie, weil es kein anderes Sitzmöbel gab, und tätschelte ihr Knie. Dann versuchte er ein Gespräch mit ihr anzufangen.

„Danke, dass du auf Bonnie aufgepasst hast. Hast du Hausaufgaben, die du machen musst?"

Sie zog ihr Bein weg und antwortete nicht. Seine Schuld. Er hätte sein Lob nicht mit einer Ermahnung verbinden sollen.

Er versuchte es noch einmal. „Wie war dein Tag?"

Samantha antwortete nicht, sondern drückte auf eine Taste der Fernbedienung und schaltete um. Jetzt lief eine Talkshow.

Alasdair starrte seine Tochter einen Augenblick an. Wann waren sie Feinde geworden? Er seufzte. „Such dir bitte was anderes, Samantha, oder mach den Apparat besser ganz aus. Das ist für ein zwölfjähriges Kind nicht geeignet."

Sie ignorierte ihn und starrte nur geradeaus. Er runzelte die Stirn und beugte sich näher. Sie trug Make-up. Sogar eine ganze Menge, vor allem um die Augen. Dazu hatte er ihr nie die Erlaubnis gegeben. „Samantha –", begann er.

„Ich bin dreizehn." Wieder betätigte sie die Fernbedienung. Nachrichten. Gerade berichteten sie über den tödlichen Zusammenstoß eines Autos mit einem Sattelschlepper.

„Mach ihn aus", sagte er in scharfem Tonfall und mit leicht erhobener Stimme.

Samantha warf ihm einen kalten Blick zu, schleuderte die Fernbedienung weg und stapfte davon. Er schaltete den Fernseher selbst aus und wollte sie gerade zurückpfeifen, um mit ihr über ihren mangelnden Respekt zu sprechen, als Bonnie anfing zu weinen und das Telefon klingelte. Er überlegte kurz und ging dann zum Apparat.

Auf dem Display wurde keine Nummer angezeigt. Es konnte ein Anwalt sein. Es konnte jemand sein, der sich über die Liedauswahl am letzten Sonntag beschweren wollte. Oder es konnte jemand aus der Gemeinde sein, der ihn brauchte. *Und was für Hilfe kannst du leisten?*, flüsterte eine vertraute, verhasste Stimme. Er biss die Zähne zusammen und nahm den Hörer ab.

„Mann, ich dachte schon, dich gibt's gar nicht mehr."

Alasdair fühlte Verärgerung in sich aufsteigen, als er die Stimme erkannte, die ihm inzwischen durch die wiederholten Nachrichten auf Band in den vergangenen Wochen wieder vertraut war. Er zwang sich, höflich zu sein. „Wie geht es dir, Bob?"

„Gut", antwortete Bob Henry schnell. „Besser als dir. Warum hast du nicht zurückgerufen?"

„Ich weiß es zu schätzen, dass du mir helfen willst, aber das ist etwas, mit dem ich alleine fertig werden muss." Keine Tricks, dachte er bei der Erinnerung an die Täuschungsmanöver, auf die Bob sich schon während des Studiums spezialisiert hatte. Hinter ihm stieß Bonnie ein jämmerliches, hohes Heulen aus. Er drehte sich zu ihr um. Sie rieb sich mit ihrer kleinen Hand über Nase und Stirn.

Die Haustür öffnete und schloss sich. Alasdair streckte den Kopf um die Ecke. Es war Lorna mit einem elend dreinblickenden Cameron auf der Hüfte. Sie lächelte und winkte ihm zu. Alasdair hob eine Hand zum Gruß und deutete dann mit entschuldigender Miene auf den Laufstall.

Lorna nickte und ging zu dem weinenden Kind. „Es ist ein grippaler Infekt und man kann nichts machen", flüsterte sie, als sie an ihm vorbeiging.

Natürlich. Er schloss kurz die Augen, aber das änderte nichts an Bob Henrys heiserer Stimme in seinem Ohr.

„Ich glaube, du verstehst nicht, was hier los ist, Alasdair. Die Räder quietschen ziemlich laut und Whiteman ist so ernst wie ein Herzinfarkt."

„Diese Situation hat nichts mit Gerald Whiteman zu tun. Ich arbeite hier mit der Zustimmung der Gemeinde und des Presbyteriums."

„Oder auch nicht", wandte Bob ein. „Sie haben Kontakt mit Gerry aufgenommen und ihn gebeten, sich einzuschalten. Du solltest lieber froh sein, dass er die Sache *nicht* an das Presbyterium zurückverweist. Wenn er das nämlich tut, kann ich nicht mehr viel machen. Und was hast du dir dabei gedacht, als du ihm gesagt hast, du könntest dich nicht mit ihm treffen?"

„Meine Arbeit lässt es nicht zu."

„Ich bitte dich!", protestierte Bob.

Alasdair sagte nichts. Er nahm seine Brille ab und rieb sich die Nasenwurzel.

„Hör mal zu", fuhr Bob fort. „Ich weiß, dass du ein ehrlicher Typ bist, aber mit offenen Karten zu spielen funktioniert diesmal nicht. Ich könnte dir vielleicht helfen, wenn du mir erzählst, was los ist."

Es klingelte an der Tür. Die Zwillinge weinten immer noch. Alasdair setzte seine Brille auf. „Bob, ich muss Schluss machen. Du hast mich gerade zu einem ungünstigen Zeitpunkt erwischt. Ich denke über das nach, was du gesagt hast."

Bob stieß einen frustrierten Seufzer aus. „Mach das, Kumpel. Du hast meine Nummer."

Ja, die hatte er tatsächlich.

Alasdair legte auf, ohne sich zu verabschieden, und ging zur Tür. Die Glühbirne im Flur brannte schwach und gelblich, als hätte sie keine Kraft mehr, die Dunkelheit zu bekämpfen. Er nahm sich vor, sie durch eine Leuchte mit höherer Wattzahl zu ersetzen. Seine Beine fühlten sich schwer an, aber er bewegte sie trotzdem. Samantha kam die Treppe herunter, ging wortlos an ihm vorbei, und kurz darauf hörte er ihre Stimme und die von Lorna in der Küche. Die Zwillinge hatten aufgehört zu weinen.

Vor der Tür blieb Alasdair stehen und blickte durch den Spion. Er blinzelte, beugte sich vor und sah noch einmal hin. Vier der neun Ältesten seiner Gemeinde standen gedrängt zwischen der Tanne im Topf und dem gusseisernen Geländer. Alasdair trat zurück, öffnete die Tür und blickte schnell auf seine Uhr. „Habe ich eine Sitzung vergessen?"

„Nein, Reverend." Der in jedem Sinne des Wortes älteste der Herren, Edgar Willis, trat vor. Seine weißen Haare wehten im Wind und er sah so zerbrechlich aus, als würde er jeden Augenblick fortgeweht, wenn das Triumvirat nicht wäre, das ihn umrahmte – die Mächtigen Drei, wie Lorna sie nannte. Sie waren diejenigen, die Macht hatten, und sie blickten grimmig drein. Entschlossen.

„Wir müssen etwas mit Ihnen besprechen. Es ist einigermaßen dringend, aber wahrscheinlich hätten wir vorher anrufen sollen“, gab Edgar zu.

„Bitte, kommen Sie doch rein.“ Alasdair trat noch einen Schritt zurück, als sie an ihm vorbeigingen. Er bat sie in das offizielle Wohnzimmer, das nur für solche Zwecke benutzt wurde, dann entschuldigte er sich kurz und ging in die Küche.

Die Zwillinge saßen in ihren Hochstühlen und aßen Banane. Der Großteil davon klebte in ihrem Gesicht und in ihren Haaren. Lorna öffnete gerade eine Dosensuppe. Bonnies Nase lief schon wieder, aber wenigstens hatte die Kleine aufgehört zu weinen.

„Tut mir leid“, sagte er zu Lorna, „ich habe sie nicht erwartet.“ Das war nicht so ganz wahr, aber er hatte nicht heute mit ihnen gerechnet. So viel stimmte jedenfalls.

„Macht nichts – was ist mit dem Dienstagsauflauf passiert?“

„Ich habe vergessen, ihn aufzutauen.“

„Macht nichts“, sagte Lorna noch einmal und tätschelte seinen Arm. „Ist schon gut. Geh du zu deiner Sitzung. Weißt du, worum es geht?“ Sie sah besorgt aus.

Wieder wurde ihm bewusst, wie dankbar er ihr war, und Wut auf den Schurken, der sie nach fünfzehn Jahren Ehe verlassen hatte, flammte in ihm auf. Er schüttelte den Kopf. „Es ist bestimmt nichts.“ Der Druck hinter seiner Stirn nahm zu, deshalb setzte er die Brille ab und rieb sich die Augen. Er ließ seine Schwester mit beunruhigter Miene in der Küche stehen und ging zurück zum Wohnzimmer.

„*Weide meine Lämmer.*“ Die Worte fielen aus dem Nichts in sein Ohr. Er holte tief Luft, setzte die Brille wieder auf und betrat den Raum. Die Atmosphäre war angespannt und ihm war, als könnte er die Luft knistern hören, als er hindurchging. Er zog einen der Chippendale-Stühle seiner Urgroßmutter aus der Ecke und setzte sich dem Halbkreis gegenüber, den die Männer gebildet hatten. Der Stuhl hielt seinen Rücken aufrecht. Er legte beide Handflächen auf seine Oberschenkel und wartete darauf, dass sie das Wort ergriffen.

„Reverend MacPherson“, begann Edgar, „wir hätten schon eher zu Ihnen kommen sollen.“

Alasdair sagte nichts. Ihm fiel auf, wer zu der Besprechung eingeladen worden war und wer nicht. Seine vier treuesten Anhänger – MacPherson-Getreue, die sogar die Katze der Familie wählen würden, wenn sie zur Wahl stünde – waren nicht dabei, ebenso das neueste Mitglied der Ältestenrunde, eine noch unbekannte Größe.

Edgar räusperte sich. Die Mächtigen Drei rutschten neben ihm unbehaglich auf ihren Stühlen herum. „Wir hatten gehofft, diese Art der Konfrontation vermeiden zu können", sagte er.

Alasdair schwieg weiter. Edgar öffnete seine Aktentasche und zog ein Blatt Papier heraus. Seine Tagesordnung, erkannte Alasdair. Er spürte eine Mischung aus Verärgerung und Angst in sich aufsteigen, doch er verzog keine Miene.

„Wir haben Briefe von mehreren Gemeindemitgliedern erhalten. Dazu noch einige Anrufe. Manche sind auch persönlich zu uns gekommen. Die Gemeinde ist nicht glücklich", sagte Edgar rundheraus.

„Und Ihre Lösung für diese Situation war es, dem Kirchenpräsidenten nahezulegen, dass er mir eine Stelle in Richmond anbietet."

Edgar errötete und die anderen blickten verlegen zu Boden. „Vielleicht hätten wir erst zu Ihnen kommen sollen", murmelte Edgar.

Alasdair bemühte sich, mit ruhiger Stimme zu sprechen. „Ja, ich bin der Meinung, das hätten Sie tun sollen."

Edgar richtete sich ein wenig auf. „Wie auch immer, jetzt sind wir ja hier. Wie ich schon sagte, hat es Klagen gegeben. Viele."

„Gibt es ein Problem mit meinen Predigten?"

„Nicht, wenn Sie hier sind, um sie zu halten."

Er ignorierte den Sarkasmus. „Was dann?"

„Die Seelsorge. Oder das Fehlen derselben."

„Wie bitte?"

„Es tut mir leid, Reverend", sagte Edgar. „Aber es stimmt. Seit Pastor Wright nicht mehr da ist, gibt es überhaupt keine Seelsorge mehr."

„Dann stellen Sie einen Ersatz für ihn ein, anstatt die Zügel schleifen zu lassen." Die Worte kamen aggressiver heraus, als er es beabsichtigt hatte.

„Wir haben kein Geld für einen Ersatz."

Alasdair starrte Edgar ungläubig an. Vielleicht hatte er die Finanzen nicht so sorgfältig verfolgt, wie er es hätte tun sollen, aber kein Geld für eine Stelle, die vorher finanziert worden war? „Wie kann das sein?", wollte er wissen, als er seine Stimme wiederfand.

„Die Spenden sind zurückgegangen. Maßgeblich." Edgar nickte einem seiner Mitstreiter zu, der wie auf Kommando seinen Aktenkoffer aufklappte und Edgar einen Stapel Papier reichte.

„Hier sind die Zahlen von letzter Woche." Edgar gab ihm die Unterlagen. „Die allgemeinen Spenden sind um fünfundzwanzig Prozent niedriger als im Haushalt veranschlagt, und für Evangelisation und diakonische Arbeit gilt das Gleiche. Wir mussten Gelder zwischen den Kategorien hin und her schieben, um die laufenden Kosten zu decken."

„Das ist doch lächerlich", protestierte Alasdair. „Die Kirche ist jeden Sonntag voll."

„Voll mit Besuchern, die Sie im Radio gehört haben und einen Fünfdollarschein in die Kollekte werfen."

„Sie unterstützen die Radiosendungen."

„Schön und gut." Edgars Tonfall wurde strenger. „Aber Ihnen wurde nicht das Radiopublikum anvertraut, und das bringt uns zum nächsten Punkt."

Für Alasdair bekam die ganze Sache allmählich einen unwirklichen Charakter. Der zerbrechliche Edgar Willis stauchte ihn zusammen. Edgars Gesicht war gefährlich rot und in seinen Mundwinkeln hatten sich kleine Speichelbläschen gebildet. Er hatte im letzten Jahr einen Herzinfarkt gehabt und diese Aufregung konnte nicht gut für ihn sein.

„Eine beträchtliche Anzahl Gemeindemitglieder ist der Meinung, dass Sie den besten Teil Ihrer Mühe auf anderes verwenden", fuhr Edgar energisch fort. Sein Herz und seine Stimme waren offenbar in bester Verfassung. „Die Bedürfnisse der Leute werden nicht befriedigt und sie wollen nicht für Ihr Gehalt bezahlen, nur um Ihrer Karriere zu dienen. Vielleicht ist es ein lobenswertes persönliches Ziel, der größte Apologetiker seit C. S. Lewis zu sein, aber es ist kaum eine Qualifikation dafür, eine Ortsgemeinde zu leiten."

Wut flackerte in Alasdair auf wie eine züngelnde Flamme. Die Angst schien in ihrer Hitze zu verdunsten. Er sprang auf und hätte dabei beinahe seinen Stuhl umgeworfen. „Das habe ich nie gesagt. Wenn Sie sich mit mir anlegen wollen, dann kämpfen Sie wenigstens mit fairen Mitteln." Der Vergleich, den die *Washington Post* vor ein paar Jahren in einem Artikel über ihn gezogen hatte, war ihm damals schon peinlich gewesen, und daran hatte sich bis heute nichts geändert.

Edgar schniefte, faltete die Hände und presste die dünnen Lippen aufeinander. „Jedenfalls ist die Situation untragbar." Schweigen senkte sich über den Raum.

Alasdair atmete einen Augenblick lang tief durch, dann ging er zum Kamin, legte eine Hand darauf und unterdrückte seinen Zorn. „Wollen Sie, dass ich mich zu einer Gehaltskürzung bereit erkläre?", fragte er und hob den Kopf.

„Ich fürchte, das wird nicht reichen", sagte Edgar zu schnell, als dass er das Angebot ernsthaft in Erwägung hätte ziehen können.

Alasdair wurde bewusst, dass sie ihre Entscheidung schon getroffen hatten. Sie waren nicht gekommen, um mit ihm zu diskutieren. Sie waren gekommen, um ihm ihre Entscheidung mitzuteilen. „Das klingt, als wollten Sie mir nahelegen zu kündigen", sagte er. „Ist das Ihre Absicht? Ohne jede Diskussion? Auf diese hinterhältige Weise? Wo sind die anderen Ältesten? Warum wird die Sache nicht bei einer regulären Sitzung besprochen, bei der alle anwesend sind und ihre Meinung sagen können?"

„Sie wissen genau, was passiert, wenn die Sache offiziell zur Sprache gebracht wird. Es bilden sich Lager und die Gemeinde wird in zwei Teile gespalten. Alle Dienste werden eingestellt, solange Krieg herrscht. Außerdem: Hätten Sie anders reagiert, wenn wir den offiziellen Weg eingeschlagen hätten?", fragte Edgar. „Gerald Whiteman hat mich heute Morgen angerufen und gesagt, dass Sie sich weigern, auch nur mit ihm zu sprechen. Warum sollten wir also glauben, dass Sie auf unseren Appell gehört hätten? Sie können recht stur sein, Reverend. Und einschüchternd."

„Sie hätten zu mir kommen sollen", wiederholte Alasdair. „Das ist nicht richtig."

„Wir sind jetzt zu Ihnen gekommen. Werden Sie sich ändern? Werden Sie die Radiosendungen und Vorträge aufgeben, weniger Zeit mit Schreiben verbringen und stattdessen die Gemeinde leiten?"

„Das ist eine unverschämte Forderung."

„Wir verlangen es trotzdem." Edgar presste die Lippen aufeinander.

Alasdair spürte, wie ihm eine Hitzewelle ins Gesicht stieg, und plötzlich hatte das hier nichts mehr mit dem Dienst für den Herrn zu tun.

Sein Herz hämmerte, sein Blut kochte, seine Lungenflügel atmeten keuchend ein und aus, während er sich fühlte, als würde er von einem kriegerischen Stamm angegriffen. Als stünde er auf einem Bergkamm und sähe zu, wie sein Dorf in Flammen aufging und feindliche Horden es plünderten.

„Ich. Werde. Nicht. Kündigen." Sein Atem ging so keuchend, als würde er Schläge austeilen anstatt bloßer Worte.

Edgar Willis blinzelte. „Werden Sie Ihre außergemeindlichen Aktivitäten aufgeben?"

„Das werde ich nicht."

Suttons Miene verfinsterte sich. „Wollen Sie die Gemeinde spalten? Ist es das, was Sie beabsichtigen?"

„Wenn die Gemeinde sich spaltet, dann ist das Ihre Schuld und nicht meine."

Sutton runzelte die Stirn. „Einige Leute sind bereits gegangen, Reverend. Und ein paar weitere haben angekündigt, dass sie es tun werden. Es liegt an Ihnen. Wir können es so regeln, dass es dem Herrn zur Ehre gereicht, oder wir können die Gemeinde in Stücke reißen, indem wir Fronten bilden."

Er durfte seine Gemeinde nicht verlieren. Das war einfach nicht akzeptabel. „Ich werde nicht kündigen", wiederholte er.

Smith seufzte. Sedgewick schloss seinen Aktenkoffer.

Das Telefon klingelte. Dann hörte es auf zu klingeln. Samantha trat mit trotziger Miene, aber ängstlicher Stimme durch die Tür.

„Telefon für dich", sagte sie. „Angeblich dringend."

Seine Besucher standen auf und schoben sich schweigend in Richtung Tür.

„Das letzte Wort ist noch nicht gesprochen", sagte Edgar, und Alasdair war sich nicht sicher, ob das ein Versprechen war oder eine Drohung. „Es ist Gottes Gemeinde und nicht Ihre."

Er schloss die Haustür hinter seinen Besuchern und ging in die Küche, um ans Telefon zu gehen.

„Ja?"

„Hallo, Reverend MacPherson? Hier ist Lois Tronsett."

„Ja?", wiederholte er.

„Ich bin Samanthas Direktorin."

Diesmal antwortete er gar nicht. Seine Gedanken waren vollends damit beschäftigt zu begreifen, was gerade geschehen war. Im Moment war in seinem Kopf kein Platz für die akademischen Probleme seiner Tochter.

Lois Tronsett wartete einen Augenblick und sprach dann weiter.

„Ich mache mir Sorgen um Samantha", sagte sie unumwunden.

„Weswegen machen Sie sich Sorgen?"

„Es gab heute in der Schule Ärger."

Die Zwillinge fingen an, mit ihren Löffeln auf den Tisch zu schlagen. Er hielt sich mit dem Finger das freie Ohr zu. Lorna musste den Krach gehört haben, denn sie kam herein, holte die Kinder aus ihren Stühlen und brachte sie fort.

„Was für Ärger?", brachte er heraus.

„Es hatte etwas mit einem Jungen zu tun, aber meine Sorgen beziehen sich nicht nur auf diesen einen Vorfall. Ich würde gerne persönlich mit Ihnen sprechen."

„Was war mit dem Jungen?" Alasdairs Puls hämmerte in seinem Ohr.

„Knutschen hinter einem Baum während der Mittagspause, aber mir geht es um die gesamte Entwicklung. Samantha hat sich von den anderen Mädchen zurückgezogen. Sie ist eine Einzelgängerin geworden. Ich glaube, eine Therapeutin sollte mit ihr sprechen."

Die Worte seines Vaters kamen ihm in den Sinn, sein klarer Blick, seine feste Stimme. „*Gottes Wort, richtig interpretiert und angewandt, ist genug für alle Fragen des Lebens und Glaubens.*"

„Ich würde mich gerne mit Ihnen zusammensetzen und die Sache ausgiebiger besprechen." Sie klang entschlossen.

„Ich rufe Sie morgen von meinem Büro aus an", sagte er, während er noch immer zu begreifen versuchte, was sie gesagt hatte. „Wenn ich meinen Kalender vor mir habe, kann ich besser einen Termin ausmachen."

Das schien sie zufriedenzustellen. Alasdair legte auf und stand einen Augenblick lang reglos da. Seine Wut wich einem anderen Gefühl. Einem merkwürdigen Gefühl. Es war, als wären seine Füße am Boden angewachsen, aber eine große Hand hätte ihn am Schopf gepackt und zöge ihn nach oben. Er konnte spüren, wie er immer dünner und dünner wurde, während die Hand zog, und er fragte sich, wann er so lang gezogen sein würde, dass er einfach durchriss.

Alasdair ging zurück ins Wohnzimmer und ließ sich aufs Sofa fallen.

Er starrte die Wand an, vorbei an den golden gerahmten Pflanzendrucken seiner Mutter und den Porzellantellern auf die verblichene Tapete. So saß er eine Zeit lang da, ohne etwas zu tun, ohne etwas zu denken. Er starrte nur die Wand an, als erwartete er, dass irgendeine Schrift mit einer göttlichen Botschaft für ihn darauf erschien. Er lachte auf.

„Was ist denn?“ Lorna beugte sich über ihn. Ihre Miene war besorgt. Er hatte nicht bemerkt, wie sie hereingekommen war.

„Mene mene tekel upharsin.“

Ihre Augen weiteten sich. „Alasdair, du machst mir Angst.“

„Tut mir leid.“ Er wandte sich von der nackten Wand ab und richtete den Blick auf das Gesicht seiner Schwester, während er den Kopfschmerz wegzureiben versuchte. „Das ist aus dem Buch Daniel“, erklärte er. „Es war die Schrift an der Wand – das Menetekel.“

Sie fragte nicht, was das hieß. Er fragte sich, ob sie wusste, wie die göttliche Botschaft für den König gelautet hatte: *Du wurdest gewogen und für zu leicht befunden.* Zum ersten Mal identifizierte er sich in der Geschichte mit dem heidnischen König anstatt mit dem Propheten des Herrn.

„Alasdair“, sagte sie, und er erwartete, dass seine Schwester ihn besänftigen würde. Dass sie ihn mit einer ihrer üblichen Weisheiten bedachte, und er fragte sich, welche es diesmal sein würde. „Du bist müde, das ist alles. Wenn du einmal richtig ausgeschlafen hast, wirst du dich besser fühlen.“ Oder vielleicht: „Wenn wir die richtige Kinderbetreuung finden, wird alles besser.“ Oder: „Nach Ostern oder Weihnachten oder der Fastenzeit wird es ruhiger“, oder welches Ereignis gerade als Nächstes im Kalender stand. Was sie dann tatsächlich sagte, überraschte ihn allerdings. Ihn, den niemand mehr überraschen konnte.

„Ich habe gebetet“, sagte sie einfach. Ihr Gesicht war ruhig, aber es lagen Liebe und Schmerz darin.

Er hatte nicht den Mut, sie auf das hinzuweisen, was er durch bittere Prüfungen gelernt hatte. Gebete wurden nicht immer erhört. „Irgendeine Lösung wird sich schon finden“, sagte er stattdessen, auch wenn er es nicht glaubte.

„Ich glaube, sie ist schon gefunden“, antwortete sie. „Wir kennen sie nur noch nicht.“

6

„Um Himmels willen, Lorna, was ist denn so wichtig, dass du uns unter der Woche sehen willst?“ Winifred knöpfte ihre Jacke auf und hängte sie ordentlich über die Lehne des Restaurantstuhls. „Ich verpasse ein Vorbereitungstreffen für den Weihnachtsbasar, und Gott allein weiß, was sie beschließen, wenn niemand sie an die Hand nimmt.“ Die Bedienung erschien neben ihr und Winifred sah die Frau so gereizt an, als hätte diese einen gesellschaftlichen Fauxpas begangen, indem sie die Speisekarte brachte. „Ich nehme einen Salat des Hauses und einen Kaffee“, sage sie, ohne die Karte zu nehmen. „Koffeinfrei mit Milch.“

„Danke“, sagte Lorna, als die Bedienung sich umdrehte und ging, aber sie hatte es wohl nicht gehört.

„Und?“, drängte Winifred. „Worum geht es?“

„Warte, bis Fiona kommt“, sagte Lorna und wappnete sich gegen weiteren Unmut von Winifred. „Ich erkläre es euch beiden gleichzeitig.“

Winifred runzelte die Stirn und sah auf ihre Uhr. Dann seufzte sie theatralisch und blickte sich in dem Restaurant um. „Und wie bist du nur auf dieses Lokal gekommen?“

„Tut mir leid“, antwortete Lorna automatisch. Genau genommen hatte sie eine ganze Weile darüber nachgedacht, bevor sie sich für das kleine Café entschieden hatte, aber sie wusste, dass Winifred seit fünfzehn Jahren darum trauerte, dass man ihr Lieblingsrestaurant, Honora's Tea Room, in eine Sushi-Bar verwandelt hatte.

Winifred schüttelte den Kopf und hob eine Hand, um ihre Frisur zu richten.

Lorna zog ihre Jacke enger um ihre Schultern. Es war kälter als sonst in dieser Jahreszeit. Sie wandte sich von dem verärgerten Gesicht ihrer Schwester ab und blickte durch die getönte Scheibe nach draußen. Die Sonne hatte den ganzen Tag über tapfer versucht herauszukommen, aber es war ihr nicht gelungen, die tief hängende Wolkendecke zu durchdringen. Auf den Straßen drängte sich der Feierabendverkehr und ganze Menschentrauben strömten von der Straßenbahnhaltestelle an der King Street zu ihren Häusern am Stadtrand. Morgen früh würde der Vorgang sich umkehren, wenn alle wieder nach Washington D. C. zur Arbeit fuhren.

Sie blickte an den Autos vorbei und betrachtete das Viertel selbst, mit den Häuserreihen und Geschäften aus Backstein, von denen einige bestimmt schon seit dem Unabhängigkeitskrieg existierten, und den kahlen Bäumen, die die mit Kopfsteinpflaster versehenen Gehwege säumten. Die Straßen glänzten vom Regen und die antiken Straßenlaternen leuchteten ruhig in der sich senkenden Dämmerung.

Sie hatte früher einmal gedacht, sie würde auf diese Straßen hinausgehen und sich von ihnen zu Abenteuern und Aufregung bringen lassen, aber irgendwie war es ihr nie gelungen, sich weit von den Toren des Pfarrhauses zu entfernen. Die ersten beiden Studienjahre hatte sie am George Mason College absolviert, aber dann hatte sie sich nicht für ein Hauptfach entscheiden können. Als Michael gekommen war und ihr einen Heiratsantrag gemacht hatte, war es ihr richtig erschienen, ihn anzunehmen. Aber selbst dann war sie nur ein paar Häuserblocks von zu Hause fort gezogen. Sie hatte geglaubt, sie würden Kinder haben und eine Familie gründen, aber Gott hatte ihnen das nie geschenkt. Rückblickend war es vielleicht besser so.

Es fiel ihr immer noch schwer zu glauben, was Michael getan hatte, obwohl sie jeden Tag mit den Folgen seines Verhaltens leben musste. Er hatte all ihre Ersparnisse genommen, ihr Haus belastet, Kreditkartenverträge abgeschlossen und die Karten bis zum Limit ausgereizt – und alles, ohne ihr ein Wort davon zu sagen. Um in irgendeine Immobiliengeschichte zu investieren. Dummerweise hatte er genug Gewinn gemacht, um eine ordentliche Steuerschuld zu verursachen, bevor die Spekulationsblase geplatzt war. Er hatte alles verloren, und bevor sie diese Tatsache hatte verdauen können, hatte er ihr verkündet, dass er eine andere hatte. Der Vermögensausgleich war nur dazu gut gewesen, die Schulden aufzuteilen – jedenfalls diejenigen, die nicht in der Privatinsolvenz gestrichen worden waren.

Sie spürte das vertraute Schamgefühl in sich aufsteigen, weil sie verlassen worden war, und ein schlechtes Gewissen wegen ihrer Schulden. Wenn sie nicht wären, könnte sie ihre Arbeit aufgeben und Alasdair ganztägig mit den Kindern helfen. Sie wusste nicht mehr, wie oft sie Gott schon gebeten hatte, er möge ihr einen Weg zeigen, wie sie genau das tun konnte, aber bis jetzt waren ihre Gebete nicht erhört worden. Ein kleiner, unangenehmer Gedanke nagte an ihrem Bewusstsein – dass diese Bitte mehr mit ihren eigenen Bedürfnissen zu tun hatte als mit denen der Kinder.

Alasdair würde sich freuen, da war sie sich sicher. Er hatte ihr schon einmal angeboten, sie könne ins Gästezimmer ziehen. Doch obwohl die Versuchung groß gewesen war, hatte sie abgelehnt. So gerne sie auch bei den Kindern war, spürte sie, dass das zu weit ginge. Es wäre so einfach, aber es wäre nicht richtig. So verlockend die Versuchung auch sein mochte, konnte sie sich des Gefühls einfach nicht erwehren, dass es Diebstahl wäre. Sie würde sich etwas nehmen, das ihr nicht gehörte, und es vermutlich so sehr festhalten, dass es erdrückt würde. Sie fragte sich mit einem dumpfen Schuldgefühl, wie viel ihre Sorge um die Familie ihres Bruders zum Ende ihrer Ehe beigetragen hatte. Nichts konnte rechtfertigen, was Michael getan hatte. Aber hatte sie ihm den Weg zur Sünde freigemacht, ihm ein Tor geöffnet und ihm zum Abschied nachgewunken? Hätte er sich nicht so weit vom rechten Pfad entfernen können, wenn sie enger mit ihm verbunden gewesen wäre? Sie wusste es nicht. Einen Augenblick lang erfüllte sie tiefes Bedauern, dann rief sie ihre Gedanken zur Ordnung. Sie hatte vieles, wofür sie dankbar sein konnte. Das kleine Zimmer, das sie bei einer der Lehrerin an ihrer Schule gemietet hatte, reichte ihr vollkommen, da sie sowieso kaum zu Hause war. Und sie war dankbar für ihre Arbeit.

Ihre Stimmung verbesserte sich, als sie an ihre Arbeit in der Schule dachte. Sie war gerne dort, auch wenn sie nur Sekretärin war. Jeden Tag sah sie, wie die Kinder kamen und gingen. Sie kannte ihre Namen, besuchte ihre Klassenzimmer und half bei Kunstprojekten, wenn im Büro nicht so viel zu tun war. Sie hätte die Arbeit auch unentgeltlich gemacht, aber das Gehalt war ein zusätzlicher Bonus. Und ihre andere Stelle, bei der sie Filme entwickelte, war sehr gut bezahlt. Die Arbeit war nicht schwierig und in gewisser Weise sogar interessant. Vier Nächte in der Woche betrachtete sie die eingefrorenen Momente im Leben anderer Leute. Bild für Bild zogen sie an ihr vorbei.

Wieder nagte der vertraute Gedanke an ihr, dass sie nichts erreicht hatte, dass sie nichts aus ihrem Leben gemacht hatte. *Sieh dich doch mal an*, sagte die Stimme. *Fünfunddreißig Jahre alt, und was hast du schon geleistet?*

Winifred stieß wieder einen tiefen Seufzer aus, rutschte unruhig auf ihrem Stuhl hin und her und holte Lorna damit in die Gegenwart zurück. Zum Glück kam Fiona gerade in diesem Moment mit einem nassen Windstoß zur Tür hereingeweht und bahnte sich durch die eng besetzten Tische einen Weg zu ihnen. Sie setzte sich und richtete ihre Kleidung.

„Also?“, fragte Fiona, nicht so unhöflich wie Winifred, aber in ihrer üblichen schnörkellosen Art.

„Es geht um Alasdair“, sagte Lorna.

„Was ist mit ihm?“, fragte Winifred schroff.

„Lass sie in Ruhe, Winifred. Erzähl alles der Reihe nach“, machte Fiona ihr Mut, wobei sie ein bisschen langsamer sprach als gewöhnlich.

Lorna merkte, dass sie ungehalten wurde. „Er hat einen Brief vom Präsidenten bekommen.“

„Der USA?“ Winifred starrte sie ungläubig an.

„Der Kirche“, berichtigte Lorna sie, ohne die Stimme zu erheben. „Er hat ihm einen Job angeboten.“

Beide Schwestern runzelten misstrauisch die Stirn. Ihre Verwunderung wandelte sich in Verstehen, als sie fortfuhr. „Es gab noch einen Brief von einem alten Bekannten von Alasdair – Bob Henry. Er arbeitet jetzt für Gerald Whiteman. Er schrieb, es habe Beschwerden gegeben. Und das Stellenangebot sei der Versuch, einen Kanzelkrieg zu vermeiden.“

„Das habe ich kommen sehen“, verkündete Fiona fast triumphierend.

Winifreds Miene war wie versteinert. „Ich wüsste gerne, wer das angezettelt hat.“

„Das spielt doch keine Rolle“, gab Fiona zurück, aber auch sie blickte grimmig drein. Sie wussten alle drei, wie so etwas funktionierte. Ihr Vater hatte mehrere Putschversuche überstanden. Es hinterließ immer irgendwelche Narben.

„Das ist noch nicht alles“, fuhr Lorna fort. „Gestern Abend waren Edgar Willis und die Mächtigen Drei da. Mit Finanzbericht und allem. Sie sagten, die Gemeinde sei unzufrieden, weil sie keine Seelsorge mehr erhalte, seit Bill weg ist, und Alasdair sei unnahbar und einschüchternd. Sie haben ihn aufgefordert zu kündigen.“

„Nein!“ Fiona sah sie entsetzt an.

„Doch." Lorna nickte.

„Was hat Alasdair getan?", wollte Winifred wissen.

„Er hat sich geweigert. Ganz entschieden." Sie sah wieder seine Augen vor sich, die plötzlich so hart und leblos wie Granit ausgesehen hatten. „Ich glaube nicht, dass sie sich direkt an die Gemeinde wenden werden. Sie fürchten, es könnte eine Spaltung geben."

„Wahrscheinlich gehen sie wieder zu Präsident Whiteman und üben von dort aus Druck aus", vermutete Winifred.

„Alasdair wird den Job in der Verwaltung nicht annehmen", sagte Fiona kopfschüttelnd. „Er sagt schließlich immer, die Aufgabe eines Pastors sei es, zu predigen und nicht, Papier hin und her zu schieben und Erbsen zu zählen."

„Vielleicht muss er am Ende doch klein beigeben", gab Winifred zu bedenken.

„Ich kann mir nicht vorstellen, dass ein Umzug nach Richmond im Interesse aller Beteiligten wäre", sagte Lorna. „Die Kinder haben genügend einschneidende Veränderung hinter sich. Was sie jetzt brauchen, ist Stabilität."

„Samantha hat ohnehin Schwierigkeiten", pflichtete Winifred ihr bei.

„Und wie soll Alasdair ohne seine Familie auskommen?", fragte Lorna. „Auf sich allein gestellt, ohne irgendjemanden, der die Kinder liebt." Ihre Augen füllten sich schon bei dem Gedanken mit Tränen.

„Es kommt gar nicht in Frage, dass Alasdair geht", verkündete Winifred. „Auf der Kanzel der Knox Presbyterian Church hat immer ein MacPherson gestanden. Erst Ururgroßvater Hamish, dann Urgroßvater Dougal und Großvater Seamus. Vater natürlich –"

„Und jetzt sieht es so aus, als wäre Alasdair der Letzte in einer langen Tradition", beendete Fiona den Satz.

Winifred sah Lorna missmutig an. „Ich wünschte, du hättest früher etwas gesagt."

Lorna wollte sich verteidigen, aber Winifred sprach weiter, bevor sie die Gelegenheit hatte, ihre Gedanken zu formulieren.

„Vielleicht können wir ihm sagen, er soll seine anderen Verpflichtungen aufgeben."

„Um Himmels willen, Winifred", widersprach Fiona. „Alasdair ist ein erwachsener Mann. Er ist nicht mehr unser kleiner Bruder. Außerdem weißt du doch, wie stur er sein kann."

„Wenn er sich nicht ändert, wird er jedenfalls seine Stelle verlieren“, gab Winifred zu bedenken. „Vielleicht muss er einfach tun, was wir ihm sagen.“

„Ich denke über die Sache nach“, sagte Fiona. „Und dann reden wir mit ihm.“ Winifred nickte zustimmend, und damit war die Angelegenheit für sie erledigt.

Lorna war erleichtert, dass sie das Problem delegiert hatte, aber dann erinnerte sie sich an den merkwürdigen Auftrag, den sie auf ihr Gebet hin erhalten hatte. Auch das Gefühl, dass *sie* auserwählt war, um ihrem Bruder zu helfen, und nicht ihre kompetenten Schwestern. Aber das war bestimmt nur Einbildung gewesen.

Das Essen kam, und Winifred und Fiona fingen an, über andere Dinge zu reden – Winifred über den Weihnachtsbasar, den die Frauengruppe organisierte, Fiona über ihre Bewerbung für den Vorsitz der historischen Fakultät am George Mason College. Als sie zu Ende gegessen hatten, standen die beiden wie auf Kommando gleichzeitig auf. Lorna tat es ihnen gleich.

„Übrigens“, sagte Winifred, „die Babysitterin hat offiziell gekündigt.“

„Sie gehen schneller wieder, als wir jemand Neues einstellen können“, sagte Fiona grimmig. „Die Kinder müssen einfach in eine Krippe gehen. Ich habe nicht ständig Zeit für Bewerbungsgespräche und das Einholen von Referenzen.“

„Das kann ich doch machen“, bot Lorna schnell an. „Ich rufe bei der Zeitung an und lasse sie die Anzeige wieder reinsetzen. Vielleicht ist es diesmal ja anders“, sagte sie, auch wenn sie es eigentlich nicht glaubte. Es war schwierig genug, eine fähige Kraft zu finden, die bereit war, für ein ordentliches Gehalt zu arbeiten, geschweige denn eine, die den Job für das machte, was ihr Bruder zahlen konnte.

„Wir können genauso gut jetzt einkaufen gehen, wo der Spar gleich um die Ecke ist“, sagte Winifred. „Wir brauchen noch Sachen für das Thanksgiving-Essen.“

Fiona nickte. „Und ich muss noch Katzenfutter kaufen.“

„Es gibt eine Lösung“, versicherte Winifred Fiona.

„Ich lasse mir etwas einfallen“, stimmte Fiona ihr zu. „In ein, zwei Tagen rufe ich dich an.“ Und Lorna, die hinter ihnen ging, hatte das Gefühl, sie hätte ebenso gut gar nicht da sein können.

Bridie schob den Fünf-Kilo-Sack Kartoffeln zu Jeremy weiter, der die Einkäufe in Papiertüten packte, und wandte ihre Aufmerksamkeit den drei Schwestern zu. Normalerweise genoss sie deren wöchentlichen Ausflug zum Lebensmittelladen. Sie waren so korrekt und quetschten jeden Groschen aus, bis Blut kam, wie ihre Großmutter immer gesagt hatte. Ein Stich durchfuhr sie, als sie an ihre Großmutter dachte, aber sie schob das schmerzliche Gefühl schnell beiseite. Es war ihr gelungen zu überleben, indem sie ihr Leben in strikt voneinander getrennte Kategorien eingeteilt hatte. Die Vergangenheit existierte nur in einer weit entfernten Welt, und sie versuchte ihr einen Hauch von Unwirklichkeit zu verleihen, so als wäre sie ein Buch, das sie vor langer Zeit gelesen, oder ein Film, den sie irgendwann einmal gesehen hatte. ‚Sei mit den Gedanken dort, wo dein Hintern ist', war ihr Motto. Und im Augenblick saß ihr Hintern hier, an Kasse Nummer drei in einem Spar in Alexandria, Virginia.

Wieder einmal rief sie sich ins Gedächtnis, wie gut sie es hatte. Sie hatte ein bisschen Geld gespart. Sie hatte ein Dach über dem Kopf. Sie hatte in Carmen eine Freundin. Oder zumindest so etwas Ähnliches. Und Jonah hatte sie nicht gefunden. Noch nicht. Sie fröstelte ein wenig, wie sie es bei diesem Gedanken immer tat, da konnte sie sich vergewissern, sooft sie wollte. Am Anfang hatte sie jeden Tag an Carmens Computer gesessen, und auch jetzt rief sie noch mindestens zweimal die Woche die Internetseite der Justizbehörde von Virginia auf. Sie klickte auf den Button für die Online-Insassensuche und gab den Namen „Porter, Jonah" ein. Jedes Mal ging sie die Spalten durch. Status: aktiv. Haft: Sicherheitsstufe 2. Und die Spalte, die sie am meisten beruhigte: das Entlassungsdatum, das noch weit genug entfernt war, dass sie sich keine Sorgen darüber machen musste. Irgendwann würde sie sich damit auseinandersetzen müssen, sagte sie sich. Man konnte nicht wissen, was im Gefängnis aus ihm geworden war, und er war schon vorher Furcht einflößend gewesen. Irgendwann würde sie noch deutlich mehr Kilometer zwischen sich und Jonah bringen müssen, aber nicht heute.

Sie holte tief Luft und blinzelte, um den Gedanken an ihn zu vertreiben, dann konzentrierte sie sich wieder auf die Schwestern. Die eine, die jetzt vor ihr stand, die älteste, war eine Erscheinung. Winifred Graham. Rote Haare, mit Grau gesprenkelt, und ein Mund, der ebenso fest verschlossen war wie ihr Portemonnaie. Mit einem Buchhalter verheiratet. Drei erwachsene Töchter, von denen zwei verheiratet waren und in einem anderen Bundesstaat lebten. Die jüngste hatte im letzten Monat ihr Studium am College begonnen. In Montreal. Bridie überlegte, ob es da ein Muster gab. Sie schalt sich selbst für ihre Gehässigkeit und begrüßte sie, wie es ihre Gewohnheit war, als Erste.

„Wie geht es Ihnen heute, Mrs Graham?“, fragte sie.

„Sehr gut, danke, Bridie“, antwortete sie wie immer. Mrs Graham sprach sie immer mit ihrem Vornamen an, hatte aber noch nie vorgeschlagen, dass Bridie sie Winifred nennen sollte. Bridie lächelte sie an und wog die Süßkartoffeln ab, scannte die Tüte mit den Mini-Marshmellows, die grünen Bohnen, die Dose mit den gebratenen Zwiebelringen, die Champignoncremesuppe, die beiden Packungen mit Brötchen und den Truthahn – einen Zwanzigpfünder.

„Planen Sie ein großes Thanksgiving-Essen?“, fragte Bridie und verstieß damit gegen die Firmenpolitik, den Einkauf der Kunden nicht zu kommentieren.

„Das geht Sie nichts an, Bridie“, hatte Winslow schon mehr als einmal zu ihr gesagt. *„Und rümpfen Sie nicht die Nase, wenn Leute Schnaps kaufen. Sie hat nur zu interessieren, ob die Käufer sich ausweisen können.“*

Bridie hatte damals nichts gesagt, und sie sagte auch nichts, wenn sie ein Sixpack einscannte. Wenn man ihre eigene Geschichte bedachte, machte sie wohl aus einer Mücke einen Elefanten. Trotzdem hatte sie ihre Gründe. Sie hatte mit eigenen Augen gesehen, welchen Schaden Alkohol anrichten konnte, und eine Sekunde lang schmerzten ihre Rippen allein von der Erinnerung daran.

„Ja, die Lebensmittel sind für Thanksgiving.“ Winifred – Mrs Graham – nickte, aber sie wirkte ein wenig beleidigt, als hätte Bridie tatsächlich eine Regel der vornehmen Gesellschaft gebrochen.

Bridie errötete, scannte den Sellerie und die Möhren und schwor sich, in Zukunft den Mund zu halten. Sie blickte an den ersten beiden Schwestern vorbei zu der, die sie am liebsten mochte. Lorna war offensichtlich jünger als die anderen beiden, ein wenig schüchtern und von einer Freundlichkeit, die echt war und nicht so aufgesetzt, dass sie einen mit den Zähnen knirschen ließ. Sie war hübsch und rundlich, mit einem herzförmigen Gesicht, das von weichem braunem Haar eingerahmt wurde. Und es war komisch: Obwohl ihre gesamte Beziehung sich auf Gespräche über das Laufband der Supermarktkasse hinweg beschränkte, hatte Bridie das Gefühl, dass Lorna eine Freundin hätte sein können, wenn ihrer beider Leben anders verlaufen wäre. „Wie geht es Ihnen heute, Lorna?“, fragte sie.

„Mir geht es gut, Bridie.“ Lorna leerte ihre Handtasche auf dem Laufband aus. Ein zerknülltes Papiertaschentuch gesellte sich zu einem Schlüsselbund und einem Scheckheft.

„Was suchst du denn, Lorna?“, fragte die andere Schwester, Fiona, mit einem übermäßig geduldigen Tonfall, der Bände sprach.

„Ich bin mir sicher, dass ich einen Coupon für diese Zwiebelsuppe hatte.“

Winifred verdrehte die Augen und sie und Fiona wechselten einen Blick.

Bridie ärgerte sich um Lornas willen darüber, und so griff sie in ihre Schublade, in der noch ein Coupon lag. „Hier ist er.“ Sie scannte ihn schnell ein und sah zu, wie der Computer den Rabatt anzeigte.

„Was machen Sie denn während der Feiertage, Bridie?“, fragte die mittlere Schwester. Sie war hübsch, mit rötlichen Haaren, die dunkler waren als die von Winifred, und feinen Zügen. Sie hatte Bridie erzählt, dass sie am George Mason College unterrichtete – Frühgeschichte oder so etwas. Ihr Mann war Arzt. Keine Kinder. Aber sie war nett und hatte keinen ganz so langen Stock verschluckt wie Winifred. Als Bridie sie Mrs Larkin genannt hatte, hatte sie auf Fiona bestanden.

„Ach, ich werde wahrscheinlich arbeiten.“

„Aber man gibt Ihnen doch sicherlich frei, damit Sie in die Kirche gehen können, oder?“, fragte Winifred.

Bridie murmelte etwas Vages. Winslow würde ihr die Hölle heiß machen, wenn er merkte, dass sie mit einer Kundin über Religion sprach, selbst wenn sie nicht damit angefangen hatte. „Ist das alles für heute?“, fragte sie die Schwestern mit dem Finger über der Summentaste. Fiona nickte. Winifred nickte. Lorna wirkte beunruhigt, so als versuchte sie etwas zu sagen, aber ihr Mund schien sich stets automatisch zu schließen, sobald eine ihre Schwestern den ihren öffnete.

„Das ist alles, danke“, sagte Winifred.

Bridie schob die Sachen schwungvoll zu Jeremy weiter und las die

Summe vor. „Das macht dann einhundertundzweiundzwanzig Dollar und neunzehn Cent.“

„Wie sollen wir das aufteilen?“, fragte Winifred.

„Wir nehmen es aus der Haushaltskasse und machen das später“, schlug Fiona vor.

„In Ordnung“, stimmte Winifred zu, dann sahen die beiden Schwestern erwartungsvoll Lorna an. Sie nickte und kramte wieder in ihrer Handtasche. Erneut wechselten Fiona und Winifred einen Blick.

Bridie half Jeremy, die restlichen Waren einzupacken, und als sie die Zutaten für das Festessen sah, überwältigte sie wieder ein Gefühl der Leere. Als sie aufblickte, bemerkte sie, dass Lorna ihr Scheckheft offenbar gefunden hatte, und sah sie mit einem Ausdruck des Mitgefühls und der Fürsorge ansah. Bridie errötete. Wieder einmal hatte sie gezeigt, wie es ihr ging, und war dabei ertappt worden. Sie warf Lorna ein strahlendes Lächeln zu und wiederholte den Betrag. Lorna nickte und füllte den Scheck entsprechend aus.

Die Schwestern bezahlten ihre Lebensmittel immer mit einem vorher von Alasdair MacPherson unterzeichneten Scheck. Es machte Bridie Spaß, sich Geschichten auszudenken, wer dieser mysteriöse Alasdair MacPherson wohl war. Vielleicht ihr alter, verkrüppelter Vater. Vielleicht ein junger Mann, ihr Cousin oder Bruder, der in der Blüte seines Lebens von einer Krankheit niedergestreckt worden war und in einem Rollstuhl saß. Ein Kriegsveteran vielleicht. Aber sie fragte nie. Es war lustiger zu rätseln. Wieder eins ihrer albernen kleinen Spielchen.

Lorna reichte ihr den Scheck und stellte Bridie dann mit der Hand auf ihrem Portemonnaie die Frage, die sie immer stellte. „Möchten Sie Alasdairs Ausweis sehen?“

Bridie wusste nicht, was in sie gefahren war, aber anstatt abzuwinken und den Kopf zu schütteln, wie sie es sonst immer tat, verspürte sie diesmal den plötzlichen Drang zu erfahren, wie dieser Alasdair MacPherson aussah. „Ich würde gerne einen kurzen Blick darauf werfen. Wenn Sie nichts dagegen haben“, fügte sie hinzu, um die überraschten Mienen der Schwestern zu besänftigen.

„Natürlich.“ Lorna erholte sich von ihrem Erstaunen und gab ihr das Ausweisdokument, einen abgelaufenen Führerschein, der in Virginia ausgestellt worden war. Das Bild war eher dunkel, deshalb hielt Bridie es ins Licht der Lampe neben ihrer Kasse und sah es sich gut an. Er war ein junger Mann. Das war die erste Überraschung. Und er sah gut aus, auch wenn er so kämpferisch und streng dreinblickte, als hätte er jemanden in der Kirche flüstern hören. Er hatte braune Haare, das aus der hohen Stirn zurückgekämmt war, dunkelblaue Augen, eine Habichtsnase, ein kantiges Kinn und einen hübschen Mund, der aber ernst und so gerade war, als würde er nie an den Seiten nach oben gezogen. Bridie machte ein kleines Kreuz auf den Scheck und kritzelte ein paar Nummern und Buchstaben darauf, aber das war nur Show. Sie war einfach neugierig gewesen.

„Danke", sagte sie. „Der Chef ist diese Woche schlecht drauf. Bis zum nächsten Mal hat er sich bestimmt wieder beruhigt." Sie gab den Führerschein zurück und hob die letzte Tüte in den Einkaufswagen, peinlich berührt von ihrer eigenen Neugier. „Bitte schön", sagte sie. „Bis nächste Woche." Die beiden älteren Schwestern sagten Auf Wiedersehen und schoben den Wagen zum Ausgang, aber Lorna blieb wie angewurzelt vor ihr stehen. Sie beugte sich vor, holte Luft und machte dann den Mund wieder zu. Bridie konnte aus dem Augenwinkel sehen, dass der Kunde hinter ihr allmählich unruhig wurde. Lorna rührte sich nicht von der Stelle.

„Kann ich noch etwas für Sie tun?", fragte sie.

„Was machen Sie an Thanksgiving?", platzte Lorna heraus. „Ich habe mich gefragt … ich meine, würden Sie gerne mit uns essen?"

Bridies Gesicht brannte und sie fühlte sich so gedemütigt, als wäre sie mit der Hand in der Kasse erwischt worden. Jetzt verstand sie. Lorna hatte Mitleid mit ihr. Sie antwortete und hörte ihre eigene Stimme wie durch ein Rauschen in ihren Ohren. „Danke, nein", sagte sie. „Es tut mir leid, aber das geht nicht."

Lornas liebes Gesicht sah aus, als hätte Bridie ein Glas kaltes Wasser hineingeschüttet, und plötzlich war sie es, die mit Lorna Mitleid hatte.

„Ich verstehe", sagte Lorna. „Natürlich. Sie haben wahrscheinlich andere Pläne."

Bridie bestätigte das nicht, verneinte es aber auch nicht. „Auf Wiedersehen", sagte sie und fühlte sich elend.

Die beiden anderen Schwestern sahen sich um. Sie waren jetzt bei Carmens Kasse angelangt und warteten mit offensichtlicher Ungeduld.

„Lorna", rief Winifred verärgert nach ihrer Schwester. „Komm jetzt."

„Wissen Sie was?", sagte Lorna fröhlich und verschlimmerte Bridies

Schuldgefühle noch, indem sie ihre Hand tätschelte, als wollte sie ihr zeigen, dass sie nicht beleidigt war. „Ich gebe Ihnen die Telefonnummer, für den Fall, dass Sie es sich anders überlegen. Sie können eine Nachricht hinterlassen." Sie riss einen Teil des Kassenbons ab, kritzelte etwas auf die Rückseite und drückte Bridie den Zettel in die Hand. Bridie wollte gerade sagen, dass es ihr leidtat und dass sie nicht unhöflich hatte sein wollen, als Lorna sich umdrehte und wegging. Bridie starrte ihr einige Sekunden hinterher und kämpfte gegen die Versuchung an, den Schwestern nachzulaufen.

„Ich würde liebend gerne zum Essen zu Ihnen kommen", hätte sie gerne gesagt, aber sie wusste mit einer dumpfen Endgültigkeit, dass das niemals geschehen würde. Sie befühlte das Papier in ihrer Hand. Sie würde nie das Haus anständiger Leute betreten und an ihrem Tisch sitzen. Sie würde hier an der Supermarktkasse bleiben und sich um ihre eigenen Angelegenheiten kümmern. Mehr durfte sie nicht erwarten. Das war das Beste, was das Leben zu bieten hatte, dachte sie, während sie den Bon in die Tasche ihres Kittels schob. Sie wandte sich dem nächsten Kunden zu, begrüßte ihn und fing an, seine Lebensmittel einzuscannen. Das war das Beste, was das Leben zu bieten hatte, wiederholte sie. Zumindest für jemanden wie sie.

Carmen Figueroa warf Bridie über ihre Kasse hinweg einen Blick zu. Sie konnte kaum glauben, dass sie sich schon ein Jahr lang kannten. Sie erinnerte sich noch daran, wie anders Bridie ausgesehen hatte, als sie sie das erste Mal gesehen hatte. Dünn wie eine Bohnenstange, in einem Kleid, das aussah wie aus der Kleidersammlung, mit schlecht gefärbten Haaren und Fingernägeln, die bis zum Nagelbett abgekaut waren. Wenn das alles gewesen wäre, was sie an sich gehabt hätte, dann hätte Carmen sie wahrscheinlich nie bei sich aufgenommen. Aber etwas an den Augen der neuen Kassiererin hatte nicht zu dem ersten Eindruck gepasst. Sie waren groß und so blau wie die Augen einer Porzellanpuppe. Und sie waren zwar nicht im eigentlichen Sinne flehentlich, das wäre zu viel gesagt, aber als sie Carmen mit ihrer sanften Stimme und dem Akzent, der die Vokale in die Länge zog und die Konsonanten so weich klingen ließ, angesprochen hatte, waren ihre Augen vor

Hoffnung aufgeleuchtet, als hätte jemand in einem dunklen Raum ein Streichholz entzündet.

„Hast du an der Pinnwand im Pausenraum einen Zettel angebracht, dass du eine Mitbewohnerin suchst?“, hatte sie gefragt.

Carmen hatte geseufzt. „Ja, das war ich.“ Und so war es dann geschehen. Vor einem Jahr. Hm. Jetzt waren ihre hübschen Haare, die dem Ansatz nach zu urteilen normalerweise hellblond waren, immer noch braun gefärbt, aber es war ein helles Braun, und Carmen hatte sie überredet, es zu tönen, anstatt Färbemittel zu nehmen. Außerdem hatte Bridie endlich genug zugenommen, dass es nicht mehr wehtat, sie anzuschauen. Letzten Monat hatte sie Carmen erzählt, sie würde aufhören, an ihren Fingernägeln zu kauen, und das hatte sie auch getan, einfach so. Um ihren Erfolg zu feiern, hatten sie sich eine Maniküre gegönnt, obwohl Carmen sie dazu hatte überreden müssen. Bridie schien nie Geld für unnötige Dinge auszugeben. Carmen hatte sie sogar davon überzeugen müssen, dass es in Ordnung war, sich hin und wieder etwas Neues zum Anziehen zu kaufen.

Carmen juckte es immer noch in den Fingern, ihre Mitbewohnerin einer Typberatung zu unterziehen. Sie hatte ein so hübsches Lächeln, und mit ihren rosigen Wangen und der hellen Haut würde sie umwerfend aussehen, wenn sie wieder ihre natürliche blonde Haarfarbe hätte. Mit einem entsprechenden Aufheller wäre das kein Problem. Aber kein Argument der Welt hatte sie bisher dazu bewegen können. Wann immer Carmen sie zu überreden versucht hatte, hatte Bridie die Lippen zusammengepresst und über ihre Augen war eine Art Schleier gefallen, so wie es bei Carmens Katze war.

„Nein“, hatte sie jedesmal gesagt, und so wie sie es sagte, hätte man glauben können, Carmen hätte ihr vorgeschlagen, ins Weltall zu fliegen und nicht nur ihre Haare zu bleichen. Merkwürdig. Aber das war nur ein weiteres Indiz. Irgendetwas stimmte nicht mit Bridie. Sie konnte nicht sagen, was genau es war oder warum sie das glaubte. Es war nur so, dass Bridies Wesen und ihr Äußeres nicht zusammenzupassen schienen.

Bridie musste Carmens Blick in ihrem Rücken gespürt haben, denn sobald sie den Einkauf der Kirchendamen eingepackt hatte, drehte sie sich um und lächelte Carmen zu.

„Gehst du heute Abend mit Newlee aus?“, fragte sie mit beiläufiger Stimme.

Carmen sah sie misstrauisch an, aber Bridie lächelte ganz unschuldig zurück.

„Wir essen zu Hause", sagte sie. „Aber du brauchst deshalb nicht wegzugehen. Du kannst mit uns essen." Sie warf ihr die Einladung hin, halb ernst gemeint und halb um zu testen, wie Bridie reagieren würde.

„Ist schon in Ordnung", antwortete sie schnell. „Es läuft sowieso gerade ein Film, den ich sehen wollte." Sie wandte sich ab, sodass Carmen ihr Gesicht nicht mehr sehen konnte.

„Wie du meinst", sagte sie zu Bridies Rücken, aber sie ließ sich nicht täuschen. Es war so, wie sie gedacht hatte. Es hatte nichts mit dem Film zu tun. Bridie verdrückte sich, wann immer Newlee zu Besuch kam. Etwas an ihm machte Bridie nervös, und Carmen war sich ziemlich sicher, dass es die Tatsache war, dass Newlee Polizist war. Wenn sie es nicht besser wüsste, dachte Carmen grinsend, hätte sie schwören können, dass Bridie auf der Flucht war.

Sie runzelte die Stirn und starrte geradeaus. Was, wenn das wirklich der Fall war? Hm. Bridie wies alle Anzeichen auf. Sie war aus dem Nichts aufgetaucht. Sie redete die ganze Zeit von zu Hause, bekam die Zähne aber nicht auseinander, wenn mal jemand nachfragte und Genaueres wissen wollte. Dann war da noch die Tatsache, dass sie zuerst ausgesehen hatte, als wäre sie ein Jahr lang in einen Schrank gesperrt gewesen. Wenn man ihre Nervosität in Newlees Gegenwart dazurechnete, passte alles zusammen. Vielleicht hatte sie eine Bank ausgeraubt oder so etwas.

Ein Zwanzig-Kilo-Sack Hundefutter wurde auf ihr Laufband geworfen und forderte ihre Aufmerksamkeit. Es war der stämmige Biker.

„Hallo, Larry", begrüßte sie ihn.

„Hi, Carmen", nickte er. „Und ich nehme eine Stange Camel."

„Sofort", sagte sie, schloss ihre Kasse ab und ging zu dem Zigarettenschrank, wobei sie Bridie einen kurzen Blick zuwarf.

Nein. Natürlich hatte sie keine Bank ausgeraubt. Sie war einfach nur merkwürdig. Mit Sicherheit hatte Winslow, der Filialleiter, der keinen Funken Menschenfreundlichkeit besaß, ihre Referenzen überprüft. Ein paar große Augen hätten bei ihm nicht funktioniert. Irgendwann hatte er mal gesagt, dass Bridie früher irgendwo in der Pampa an der Kasse eines Supermarkts gesessen hatte – in einem dieser Orte, an denen man die Post zu Pferde verteilte. Aber andererseits könnte es auch sein, dass

Winslow ihre Referenzen nicht überprüft hatte. Bridie war in einer Woche erschienen, in der zwei andere Kassiererinnen gekündigt hatten, und sie hatten dringend Ersatz gebraucht. Wahrscheinlich hätte Winslow jeden eingestellt, der eine Kasse bedienen konnte und einen Puls hatte.

Carmen holte Larrys Camels, buchte seine Einkäufe und schloss dann hinter ihm die Kasse. Es war Zeit für ihre Pause und sie ging zum Eingang, um eine Zigarette zu rauchen. Auf dem Weg nach draußen zwinkerte sie ihrer Mitbewohnerin zu und lächelte. Im Grunde genommen war es ja egal.

Irgendetwas war da faul, aber es war nicht ihre Aufgabe, es herauszufinden. Sie zog ihre Zigaretten heraus, sah auf ihre Uhr und rechnete aus, wie lange sie noch arbeiten musste. Den Gedanken an Bridies Vergangenheit schob sie beiseite. Wenn etwas mit ihrer Mitbewohnerin nicht stimmte, würde es irgendwann herauskommen. Es kam immer heraus. Sie zündete ihre Zigarette an und fing an zu überlegen, was sie für Newlee kochen sollte.

Bridie hängte den Kittel in ihr Schließfach und steckte den Zettel mit Lornas Telefonnummer in ihre Manteltasche, ohne dass sie einen besonderen Grund dazu hatte. Wenn sie ihre Finger um das Papier schloss, hatte sie irgendwie das Gefühl, wieder der Mensch zu sein, der sie vor langer Zeit einmal gewesen war. Sie stempelte ihre Zeitkarte ab und ging die schmale Treppe vom Pausenraum hinunter. Ausnahmsweise war sie froh darüber, dass Carmen mit Newlee verabredet war. Ihr war nicht danach zumute, mit jemandem zu reden. Sie würde sich überlegen müssen, wo sie sich einige Stunden lang herumtreiben konnte, aber das machte nichts. Sie könnte wirklich ins Kino gehen, wie sie es gesagt hatte. Nachdem sie den Spar verlassen hatte, stand sie eine Minute unentschlossen da. Die gepflasterten Gehwege waren regennass und einige der Autos, die an ihr vorbei durch die schmalen Straßen fuhren, hatten Licht eingeschaltet.

Sie mochte Alexandria. Es war nicht ihr Zuhause, aber es war schön. Alt und hübsch. Alles war ordentlich und spießig. Die Gärten wurden von gusseisernen Zäunen eingerahmt, die Geschäfte waren sauber und alles war aus solidem, rotem Virginia-Backstein gebaut. Die altmodischen Straßenlaternen warfen helle Kreise auf die Straße.

Sie setzte sich in Bewegung. Dabei sah sie in die Schaufenster, an denen sie vorbeiging, warf einen Blick in das vornehme französische Restaurant Le Gaulois und den dazugehörigen Garten, in dem unter einer Weinlaube Tische standen. Im Sommer würde sie voller Laub und Romantik sein. Sie passierte den Imbiss, das Papierwarengeschäft, die schicken Boutiquen. Die Bäume, die in quadratischen, mit Steinen eingefassten Beeten standen, waren kahl, würden aber in wenigen Wochen mit hübschen blinkenden Lichterketten geschmückt sein. Es gab Hartriegel, Judasbaum, blühende Magnolien und Kirschbäume, die jetzt alle noch schliefen.

Sie begutachtete die Fenster des Blumenladens, das Bürogebäude der Stadtverwaltung, das Gericht, Gadsby's Taverne, das alte Gasthaus, in dem alle an demselben Tisch saßen und aßen. Fröstelnd zog sie die Jacke um ihr Kinn, und ohne dass sie ihnen bewusst den Befehl dazu gegeben hatte, trugen ihre Füße sie zu der alten Kirche. Sie bog in die Fairfax Street ein, die sie vom geschäftigen Treiben wegführte, und ging vorbei an den Backsteinhäusern mit ihren geschlossenen Fensterläden.

Da war sie. Starr und schön, stattlich und friedvoll ragte sie vor ihr auf. Erbaut 1788, stand auf der Tafel auf dem Gehweg davor. Sie wusste nicht, warum sie diese alte Kirche liebte, aber ihre klaren Winkel und die Festigkeit gaben ihr das Gefühl, sicher und geborgen zu sein. Das Gebäude war seit dem ersten Tag ihre Zuflucht gewesen.

Sie trat nicht sofort ein. Stattdessen ging sie um das Gebäude herum und folgte dem schmalen Weg, der zum dahinterliegenden Friedhof führte, dann ging sie an den Stechpalmen vorbei, unter dem Baldachin aus Kirschbäumen im Winterschlaf hindurch und vorbei an den gemulchten Blumenbeeten. Das Steinpflaster unter ihren Füßen war so alt, dass es beinahe schwarz aussah.

Sie blieb stehen. Einen Moment lang verharrte sie einfach und schaute. Da waren sie. Die Gräber. Einige waren Grüfte, andere merkwürdig aussehende tafelartige Grabsteine, die aus dem Boden herausragten. Das Gras um sie herum war ordentlich gemäht.

Dies waren Menschen, wurde ihr bewusst – Menschen, die gelebt und geatmet und geliebt hatten, und jetzt waren sie nicht mehr da. Ihr

Leben war vorüber. Mit der Zeit schloss sich die Lücke, die sie hinterlassen hatten, und nur die Steine blieben.

Sie blieb vor dem Grabstein stehen, den sie am liebsten mochte. Inzwischen musste sie die merkwürdigen f-förmigen Buchstaben nicht mehr in s übersetzen. Sie kannte die Inschrift beinahe auswendig, so oft hatte sie sie gelesen.

Errichtet im Gedenken an Eleanor, Gattin von Mr Daniel Wren, die dieses Leben am Tag des Herrn, 22. April 1789, im Alter von 32 Jahren verließ.

„Und ich hörte eine Stimme vom Himmel zu mir sagen: Schreibe: Selig sind die Toten, die in dem Herrn sterben von nun an. Ja, spricht der Geist, sie sollen ruhen von ihrer Mühsal; denn ihre Werke folgen ihnen nach."
Offenbarung XIV, Vers XIII

Diesen Teil liebte sie. Das mit dem Ruhen von der Mühsal und dass ihre Werke ihnen nachfolgten. Wie schön das wäre. Wenn gute Taten einem in eine süße, ewige Ruhe folgen könnten, statt dass die Erinnerungen einem wie wütende Hunde auf den Fersen waren.

Dieser Stein wurde über ihr errichtet auf Geheiß ihres untröstlichen Ehemannes, der mit zwei Kindern zurückblieb, um ihren Verlust zu beklagen, John und William Wren, drei Jahre alt …

Der Rest war verwittert. Einen Augenblick stand sie da und ergab sich dem süßen und schmerzlichen Gefühl des Verlusts. Der untröstliche Ehemann, die kleinen Kinder. Sie blinzelte. Es war kalt und ihre Füße wurden allmählich taub. Sie wandte sich um und ging zurück zum Eingang der Kirche.

Sie öffnete die Tür, trat ein und schloss die Augen. Man konnte das Alter des Gebäudes förmlich riechen, den schwachen modrigen Duft der Gesangbücher und Bibeln. Als sie die Augen öffnete, sah sie den Besuchertisch vor sich mit den kleinen Büchern und Broschüren. „Rettet unsere Orgel", lautete eine Überschrift, „Informationen über das Versammlungshaus der Gemeinde" eine andere. Eine Pinnwand hing an der Wand neben dem Tisch. Daran war ein Bild angebracht, auf dem ein Vogel aus seinem Nest fiel, und Zettel in unterschiedlichen Größen und Formen, beschriftet von verschiedenen Händen, waren darunter festgesteckt. „Es fällt nicht einmal ein Spatz auf die Erde, ohne dass euer Vater es weiß“, lautete die Überschrift. Bridie las ein paar von den Zetteln. „Betet für die Biopsie meiner Mutter“, stand auf einem. „Mein Mann ist seit sechs Monaten arbeitslos“, hieß es auf einem anderen. „Ich würde so gerne meinen Vater sehen, bevor er stirbt. Betet, dass er mir vergibt.“

Bridie schluckte. Sie zog die Nase kraus und trat in den inzwischen vertrauten Kirchenraum. Er war von einer merkwürdig schönen Strenge. Der Holzboden war auf Hochglanz poliert und mit einem fadenscheinigen roten Läufer bedeckt. Die einfachen kastenförmigen Bänke mit Türen davor und hölzernen Leisten waren so oft weiß gestrichen worden, dass der Lack dick und glänzend war. Die Fenster waren aus schimmerndem altem Glas, und auf jeder Fensterbank stand eine Sturmlaterne. Einmal war der Küster hereingekommen, als sie hier gesessen hatte, und hatte die Lampen mit einem langen Streichholz angezündet. Es hatte sie einen Augenblick lang glücklich gemacht, die Flammen flackern zu sehen, die sich in den Fenstern spiegelten, und daran zu denken, wie das Licht sie an jenem einsamen ersten Tag getröstet hatte. Jetzt seufzte sie und öffnete die Tür zu ihrer Bank – der Bank ganz hinten an der Seite. Sie trat ein und setzte sich. Dann schloss sie die Augen und vergaß die Zeit. Vielleicht war sie auch einen Moment lang eingenickt. Als sie hörte, wie die Tür im Vorraum der Kirche auf- und wieder zuging, schreckte sie hoch.

Sie stand auf und wollte zur Hintertür hinausschlüpfen, aber dann sah sie, wer da hereingekommen war. Sie konnte die Gestalt im offenen Türrahmen stehen sehen. Eine junge Frau. Nein, es war ein Kind, ein Mädchen, dünn, mit langen braunen Haaren. Und etwas an ihrer Miene kam ihr schmerzlich vertraut vor. Sie zeigte eine Mischung aus Verlust und bodenloser Verzweiflung. Bridie beobachtete, wie das Mädchen ein Stück Papier aus seiner Jackentasche zog und es unter dem Bild des Sperlings an der Pinnwand befestigte. Eine Zeit lang stand es mit hängenden Schultern vor der Pinnwand, und Bridie hätte es beinahe angesprochen, aber irgendetwas hielt sie zurück. Hatte nicht jeder ein Recht auf etwas Privatsphäre?, überlegte sie. Sie war hier ein Eindringling, und außerdem, was hatte sie diesem Kind schon zu bieten? Was auch immer das Mädchen brauchte, lag außerhalb ihrer Möglichkeiten. Trotzdem tat ihr Anblick ihr in der Seele weh, und plötzlich erinnerte sie sich an das Mädchen, das sie selbst einmal gewesen war; ein Mädchen, das hatte zusehen müssen, wie sein Leben und seine Familie sich in einer Weise auflösten, die es nie hätte vorhersehen können. Für kurze Zeit verschwamm das Mädchen aus der Vergangenheit mit dem Mädchen, das nur wenige Meter von ihr entfernt vor der Pinnwand stand.

„Hätte ich doch Flügel wie eine Taube, dann würde ich fortfliegen und zur Ruhe kommen!“, flüsterte sie.

Sie konnte sie nicht gehört haben – das war lächerlich –, aber das Mädchen hob den Kopf gerade in dem Moment, in dem die Worte über Bridies Lippen kamen. Es blickte in den dunklen Kirchenraum hinein, dann wandte es sich schnell ab und eilte hinaus, sodass die Schwingtür laut hinter ihm zufiel. Bridie ging zum Fenster, um zu sehen, wohin das Mädchen ging. Da war es. Es lief über den Rasen zwischen der Kirche und dem rotem Backsteinhaus nebenan. Die Tür ging auf und eine Frau trat auf die Veranda heraus. Bridie runzelte die Stirn und kniff die Augen zusammen, da etwas an der Frau ihr bekannt vorkam. Sie war mittelgroß, rundlich, und als sie sich umdrehte, erschrak Bridie, weil sie sie tatsächlich kannte. Das freundliche Gesicht der Frau war voller Sorge. Sie sagte etwas, dann schob sie das Mädchen ins Haus und schloss die Tür. Fassungslos wandte Bridie sich vom Fenster ab. Es war Lorna. Und das musste das Haus sein, in das sie Bridie zum Thanksgiving-Essen eingeladen hatte. Das Zuhause des jungen Mädchens.

Bridie zog den Kassenbon, auf den Lorna ihre Telefonnummer gekritzelt hatte, aus ihrer Tasche. Langsam ging sie zu der Pinnwand. Sie fürchtete sich vor dem, was sie dort sehen würde, aber sie musste trotzdem nachsehen. Obwohl sie Angst hatte, dass es ihr Schicksal besiegeln würde, wenn sie den Zettel des Mädchens las, konnte sie nicht anders. Die hängenden Schultern des Mädchens und seine fast mit den Händen greifbare Traurigkeit, in der Bridie sich wiedererkannte, kamen ihr wie eine Hand vor, die aus tosenden Wellen herausragte. Sie konnte sie unmöglich ignorieren. Also holte Bridie tief Luft und trat zu der Pinnwand, um den einen Zettel zu suchen, der vorher nicht dort gehangen hatte. Da war er. Ein Stück liniertes Papier, das aus einem Schulheft zu stammen schien. Die Buchstaben waren ordentlich mit Bleistift geschrieben. „Hilf mir, Gott!“, stand darauf.

Bridie wurde das Herz schwer. Wenn es irgendetwas anderes gewesen wäre, ein spezielles Problem wie: ‚Gott, hilf mir bei der Mathearbeit‘, oder: ‚Gott, bitte lass meine Katze nicht sterben‘, dann hätte sie ein schnelles Gebet geflüstert und wäre gegangen. Aber das hier, das war zu vage und beunruhigend, um es zu ignorieren. ‚Hilf mir, Gott?‘ Das konnte alles Mögliche bedeuten, umfasste alles von Krankheit bis Missbrauch. Bridie seufzte noch einmal und trat aus der Kirche in die kalte Nacht hinaus. Die Lichter im Haus nebenan brannten, wenn auch schwach. Es sah kalt und verlassen aus und Bridie bereute, dass sie heute hierhergekommen war. Sie drehte sich um und ging zurück in Richtung Stadtzentrum. Beim Kino blieb sie stehen und kaufte eine Karte für die romantische Komödie, die dort lief. Sie ging hinein und sah sich den Film an, aber die Handlung war dürftig und das Gelächter erschien ihr hohl. Als der Film vorbei war, ging sie nach Hause. In ihrer Wohnung in der schäbigen Seitenstraße angekommen, stellte sie erleichtert fest, dass sowohl Carmen als auch Newlee fort waren. Mit einem Gefühl der Resignation ging sie zum Telefon, noch bevor sie ihre Jacke auszog.

„Könnte ich bitte mit Lorna sprechen?“, fragte sie den Mann, der den Anruf entgegennahm. Sofort dachte sie an das strenge Gesicht von Alasdair MacPherson.

„Einen Moment, bitte“, sagte er. Bridie hörte ein schlurfendes Geräusch und dann Lornas Stimme.

„Lorna, hier ist Bridie Collins vom Spar.“

„Oh!“ Sie klang erfreut. „Wie schön, dass Sie anrufen.“

„Steht die Einladung zum Essen noch?“, fragte Bridie und hoffte halb, Lorna würde aus irgendeinem Grund Nein sagen. Dann könnte sie auflegen und sich guten Gewissens um ihre eigenen Angelegenheiten kümmern. Sie hätte dann getan, was sie konnte.

„Oh, wir freuen uns, wenn Sie kommen!“ Lorna sang beinahe vor Vergnügen.

„Was soll ich mitbringen?“, fragte Bridie, nachdem ihr Schicksal besiegelt war.

„Nichts. Wir essen um zwei, aber es wäre schön, wenn Sie mit uns in den Gottesdienst kommen würden, wenn Sie wollen.“

„Das wäre nett", sagte Bridie und seufzte. Lorna gab ihr eine Wegbeschreibung, die sie nicht brauchte, und dann legte Bridie auf. Sie fühlte sich, als hätte sie gerade den ersten in einer langen Reihe mit Dominosteinen angestoßen.

7

Bob klopfte energisch an die Mahagonitür und betrachtete seine glänzenden Lederschuhe, während er wartete.

„Herein." Whitemans Stimme war glatt und klangvoll. Wahrscheinlich trainierte er das. Aus Gewohnheit fuhr sich Bob übers Haar, obwohl er es kurz geschnitten hatte. Er reckte den Hals, richtete seine Krawatte und trat ein.

„Guten Morgen, Herr Präsident", sagte Bob, wobei er seinen Tonfall sorgfältig abwägte. Zu unterwürfig und Whiteman würde seine Motive erraten. Zu lässig und er würde als Schnösel gelten. Aber andererseits war in dieser Hierarchie jeder ein Schnösel, dessen Knochen nicht knirschten, wenn er auf einem anderen Stuhl Platz nahm. Ein bisschen neues Blut war es, was dieser Haufen brauchte, dachte er nicht zum ersten Mal. Ein paar wohl platzierte Beerdigungen.

„Setzen Sie sich, Bob."

Bob ließ sich auf dem Stuhl nieder, legte seine Ledermappe auf seinen Schoß und wartete. Er beugte den Kopf ein klein wenig vor und setzte eine ernste Miene auf.

Whiteman lehnte sich vor und zog die untere rechte Schublade seines Schreibtisches auf – die Problemschublade. Er holte eine Aktenmappe heraus, legte sie auf den Schreibtisch und trommelte dann mit den Fingern darauf. Bob las den Reiter – er war inzwischen recht gut im Auf-dem-Kopf-Lesen. *John Knox – Korrespondenz Gemeindevorstand.*

„Ich habe heute Morgen noch einen Brief von den Ältesten unserer Gemeinde in Alexandria erhalten", sagte Whiteman. „Der Pastor ist ein Studienkollege von Ihnen."

„Alasdair MacPherson", nickte Bob. „Der Jüngste in einer langen Linie von MacPhersons, die in dieser Gemeinde Dienst tun", fügte er hinzu, um zu zeigen, dass er auf dem Laufenden war. „Ich habe ihn noch einmal angerufen, nachdem Sie mich darum gebeten hatten, und diesmal konnte ich mit ihm sprechen."

„Und?"

Bob schüttelte den Kopf. „Er schien immer noch nicht willens, sich mit Ihnen zu treffen, Sir."

Whitemans Unterkiefer zuckte. Er nickte und nahm einen Briefbogen in die Hand. Ganz bewusst vermied es Bob, die Hand danach auszustrecken. Erst als Whiteman ihm das Schreiben hinhielt, griff er zu. Bob überflog den Inhalt. Dieselbe alte Leier.

Sehr geehrter Herr Kirchenpräsident Whiteman,
mit großem Bedauern sehen wir uns gezwungen, uns noch einmal an Sie zu wenden.

Klar, dachte Bob. Diese Typen waren nicht zufrieden, solange sie nicht irgendwo Unruhe stiften konnten. Er erinnerte sich an seine eigene unglückliche Kindheit als Pastorenkind. Sein Vater war immer zu beschäftigt gewesen, um sich seiner Familie zu widmen, aber egal, wie viel er gearbeitet hätte, die Gemeinde war nie zufrieden gewesen.

Die Situation, deretwegen wir Sie um Rat ersucht haben, hat sich nicht verbessert. Als wir mit unserem Pastor sprachen, wie Sie es vorschlugen, weigerte er sich rundheraus, unseren Bitten zu entsprechen, die wir als durchaus vernünftig empfanden. Nun bleiben uns nur wenig attraktive Alternativen.
Wir könnten natürlich eine Auflösung des Dienstverhältnisses anstreben, indem wir eine Gemeindeversammlung einberufen, Reverend MacPherson um seine Kündigung bitten, und dann die Petition an das Presbyterium richten, dies durchzusetzen. Wie wir in unserem ersten Schreiben bereits anmerkten, fürchten wir jedoch, dass ein solches Vorgehen entscheidenden Gemeindeaktivitäten ebenso schaden könnte wie dem Ruf von Reverend MacPherson.

Bob übersetzte das für sich. Wenn sie abstimmen ließen, würde die Gemeinde sich spalten und die Spenden würden noch weiter in den Keller gehen. Eine Situation, die man unbedingt vermeiden wollte.

Sollten Sie es jedoch für sinnvoll erachten, Reverend MacPherson zu ermutigen, eine Tätigkeit in der Verwaltung anzunehmen, glauben wir, dass die Arbeit des Herrn ohne Hindernisse fortgeführt werden könnte.

Die Arbeit des Herrn. Sicher. Das war natürlich für alle die oberste Priorität. Bob legte den Brief auf den Tisch.

„Und, was meinen Sie?" Whitemans silbernes Haar war streng zurückgekämmt. Seine dicken Augenbrauen hatte er zusammengezogen. Bob fragte sich, ob Whiteman sie kämmte und mit Haarspray behandelte. Zutrauen würde er es ihm.

„Interessant", sagte Bob, der sich nicht festlegen wollte, bevor er wusste, in welche Richtung der Wind wehte. Es gab hier eine richtige Antwort und er war entschlossen, sie zu finden. „Wie gesagt: Reverend MacPherson schien nicht sehr gesprächig." *Jedenfalls nicht mir gegenüber*, fügte er insgeheim hinzu. Er wusste, dass Alasdair noch nie viel für ihn übrig gehabt hatte. Und er wusste auch, warum.

MacPherson war einer von den unbeugsamen Typen. Er hatte eine Zwangsjackenmentalität, die schon von Weitem schmerzlich mit anzusehen war. Genau genommen, erinnerte Bob sich mit einem Rest von Verärgerung, war MacPherson sogar schuld an seinen eigenen nicht gerade glänzenden Noten in Hermeneutik.

„Ich bitte dich ja gar nicht, mir die Antworten zu sagen", hatte er gefleht, nachdem Alasdair in einer Klausur eine Eins geschrieben hatte. „Sag mir nur, welche Fragen in der Abschlussprüfung drankommen. Das ist doch kein Betrug", hatte er argumentiert. „Du ... äh ... hilfst mir nur, gezielt zu lernen."

Aber Alasdair hatte den Kopf geschüttelt und etwas gesagt, was Bob für einen klassischen MacPherson-Ausspruch hielt. „Es wäre nicht angemessen", oder so etwas in der Art. Also hatte Bob sich abgemüht und nur mit Mühe bestanden, was seinen Vater wieder einmal enttäuscht hatte. Nicht, dass es im Nachhinein eine Rolle gespielt hätte. Er hatte das Studium am Seminar aufgegeben und war an eine staatliche Hochschule gewechselt. Eine Zeit lang hatte er Journalismus studiert. Er schien ein gewisses Talent dafür zu haben, Geschichten aufzuspüren, doch dann war er in die Öffentlichkeitsarbeit gewechselt, als sein Vater diese Stelle für ihn aufgetan hatte. Natürlich war die Rolle als PR-Fachmann einer Kirche nicht gerade ein Sprungbrett für den Pulitzerpreis. Das Aufregendste, was er schrieb, war der monatliche Newsletter, aber irgendwann würde er ausbrechen. Sein Roman war halb fertig.

„Mich beunruhigt die Situation", intonierte Whiteman und holte Bob wieder in die Gegenwart zurück. „Normalerweise müsste die Sache zwischen Gemeinde und Presbyterium geklärt werden. Allerdings ist der Einwand dieser Leute berechtigt. Da Reverend MacPherson landesweit tätig ist, steht der gute Ruf der ganzen Kirche auf dem Spiel, und deshalb habe ich Sie eingeschaltet."

Bob nickte ernst.

„Ich mache mir auch Sorgen um MacPherson", fuhr Whiteman fort. „Jetzt, seit ich von den Querelen weiß, habe ich das Gefühl, dass ich mich nicht einfach aus der Sache heraushalten kann. Nach sorgfältiger Überlegung bin ich zu dem Schluss gekommen, dass die Ältesten der Gemeinde recht haben könnten. Vielleicht wäre eine Veränderung des Arbeitsbereiches geistlich belebend für ihn."

Bob nickte und seine Gedanken überschlugen sich, während er sich zu orientieren versuchte. *Worauf ist Gerry aus?*, fragte er sich. Das war einfach. Im Augenblick wollte Gerry als Kirchenpräsident wiedergewählt werden. Und was brauchte er dafür? Auch einfach. Er brauchte die Stimmen der Synodalen der Vollversammlung. Alle wussten, dass die Abstimmung bei der jährlichen Hauptversammlung eine reine Formalität war. Die Herde stimmte mit Ja für den, den der Rat empfahl, und dessen Mitglieder würden in den nächsten Monaten entscheiden, wer ihre Zustimmung erhielt. Hastig versuchte er diese Punkte mit der jetzigen Situation in Verbindung zu bringen. Wie passte das Problem mit MacPherson zu alldem?

Er ging noch einmal die Fakten durch. John Knox Presbyterian war eine der ältesten Gemeinden an der Ostküste und im Moment waren die Mitglieder alles andere als glücklich. In den letzten paar Quartalen hatten die wichtigsten Spender ihre Beiträge den zentralen Töpfen ihrer Kirche zugeführt anstatt der Ortsgemeinde. Es gab wichtige und einflussreiche Männer in dieser Gemeinde. Einer saß sogar in der Synode der Vollversammlung, und auch die anderen hatten Beziehungen. Wenn Gerry dafür sorgte, dass ihr Problem beseitigt wurde, könnten sie geneigt sein, ihn zu unterstützen. Und wenn Gerry wiedergewählt würde, würde auch Bob seinen Job weitere vier Jahre behalten.

„Ich möchte, dass Sie die freien Posten hier in der Zentrale durchgehen", fuhr Whiteman fort. „Finden Sie etwas Passendes, das Sie MacPherson anbieten können. Vielleicht wird er das Angebot ernster nehmen, wenn wir etwas Bestimmtes für ihn haben."

„Ich mache mich gleich an die Arbeit, Sir." Bob wollte sich erheben, aber dann zögerte er. Die Sache könnte hässlich werden. MacPherson knicke nicht so leicht ein. Wenn er sich nicht einmal mit Gerry treffen wollte, warum glaubte Whiteman dann, dass er auf seinen Vorschlag hin seine Gemeinde aufgeben und sich in die Postabteilung oder sonst wohin begeben würde, nur weil es für alle Beteiligten einfacher war?

„Sie haben etwas auf dem Herzen, Bob?"

Jetzt musste er vorsichtig sein. „Manchmal sind diejenigen mit den größten Problemen die Letzten, die ihre Situation erkennen", gab er zu bedenken.

Whiteman nickte.

„Die Phase der Verleugnung kann ziemlich hartnäckig sein."

Whiteman seufzte und schüttelte ein wenig den Kopf. „Ich wünschte, wir könnten ihn irgendwie davon überzeugen, dass es in seinem Interesse ist zu kooperieren. Allerdings kann ich verstehen, dass er nicht gehen will", überlegte Whiteman. „Die Gemeinde in Alexandria ist eine gebildete, intellektuelle Gemeinde, die in der Nähe einer Hauptstadt angesiedelt ist. Mit der Unterstützung der Mitglieder und Ältesten gäbe es keine finanziellen Schwierigkeiten. Ich bin selbst versucht, sie zu übernehmen", sagte er lachend.

Bob nickte ernst und ließ sich seine Aufregung nicht anmerken. Die Zukunft hatte sich gerade wie eine Handvoll Asse und Könige vor ihm aufgeblättert. Er sah Alasdair auf einem Verwaltungsposten und die einflussreichen Leute von Alexandria, die aus Dankbarkeit für Gerry stimmten. Dann gäbe es in jedem Fall ein Happy End. Wenn Whitemans Präsidentschaft bestätigt würde, kein Problem. Wenn nicht, könnte er in Alexandria auf den Thron steigen, und diese Option würde Bob ihm zum richtigen Zeitpunkt ins Ohr flüstern.

„Vielleicht sollte ich nach Alexandria fahren und persönlich mit MacPherson sprechen", bot Bob an.

Whiteman nickte langsam und zuckte mit den Schultern. „Vielleicht."

Bob schwieg. Er wusste, dass das noch nicht alles war. Gerry überlegte weiter, die Fingerspitzen gegeneinander gepresst.

„Wir müssen das sorgfältig vorbereiten", sagte er schließlich. „Ich würde die Sache gerne mit so wenig Aufruhr wie möglich regeln, und es würde helfen, wenn wir mehr über die Situation wüssten, bevor wir uns einschalten. Wir sollten die Beschwerden der Gemeinde lieber überprüfen, anstatt uns auf Gerüchte zu verlassen", sagte er.

Bob hätte vor Freude jubeln können. „Das sollten wir auf jeden Fall", stimmte er zu. „Ich stelle ein paar Nachforschungen an, bevor ich ihn besuche."

Whiteman nickte. „Ich rufe die Ältesten an und sage ihnen, dass sie erst einmal nichts weiter unternehmen sollen."

Bob gab Whiteman den Brief zurück und verabschiedete sich, zufrieden wie eine Katze, die gekrault wurde. Seine Füße glitten lautlos über die mit Teppich ausgelegten Flure, als er davonging. Grinsend betätigte er die Ruftaste für den Aufzug und federte auf den Fußballen, während er wartete. Er würde nach Alexandria fahren und mit einer unterschriebenen Kündigung in der Hand zurückkommen. Problem gelöst. Er musste nur irgendetwas in MacPhersons Vergangenheit finden. Einen Stock, mit dem man ihn vertreiben konnte.

Es entsprach seiner grundsätzlichen Überzeugung, dass jeder irgendein Geheimnis hatte, aber wenn er eine mögliche Ausnahme nennen müsste, dann wäre das vermutlich Alasdair MacPherson. Aber andererseits musste es gar nicht MacPherson selbst sein, der Dreck am Stecken hatte. Eine solche Operation war wie das Werfen von Granaten. Alles, was nah genug einschlug, würde Schaden anrichten, und er musste nichts davon vor Gericht beweisen, sondern ihn nur dazu bringen, dass er unterschrieb.

In Gedanken ging er noch einmal durch, was er über MacPherson und seine Familie wusste. Alasdair hatte drei Schwestern, an die Bob sich gut erinnerte. Die eine war hübsch und klug, die andere ein Schlachtschiff, und die dritte war ein rundliches, unscheinbares Ding, das nicht einmal dann einen Mucks von sich geben würde, wenn man auf es trat. Dort gab es wahrscheinlich nichts zu finden, aber er würde sich umhören. Dann war da die tote Ehefrau. An medizinische Berichte würde er nicht herankommen, aber er könnte den Totenschein einsehen und eine Kopie von dem Unfallbericht anfordern. Vielleicht hatte neben ihr auf dem Sitz ein Sixpack gelegen. Er konnte es nur hoffen. Bei den Babys war eindeutig nichts zu holen, aber die ältere Tochter hatte definitiv Potenzial.

Bob rückte seine Krawatte zurecht und kniff die Augen zusammen, während er auf die glänzenden Metalltüren starrte. Ihn überwältigte dieselbe Aufregung, die er immer empfand, wenn er irgendeiner Geschichte auf der Spur war. Er würde tun, was er am besten konnte. Ein paar Steine umdrehen und sehen, was darunter hervorgekrochen kam.

8

Bridie schob sich in die eher dünne Besucherschar des Thanksgiving-Gottesdienstes. Wahrscheinlich waren alle zu Hause und bereiteten ihren Truthahn zu. An der Tür zum Gottesdienstraum stockte der Einlass, weil ein alter Mann Zettel aushändigte und jeden persönlich zu einem Platz führte. Sie wartete geduldig. Als sie aufblickte, merkte sie, dass sie vor der Pinnwand stand, durch die der ganze Ärger angefangen hatte. Da war der kleine Spatz. Da stand die Verheißung, dass Gott ihn sah, wenn er zu Boden fiel. Sie spürte, wie sich ihre Mundwinkel nach unten zogen.

Ein schöner Gedanke, aber in ihrem eigenen Leben schienen sich die Beweise für das Gegenteil zu häufen. Sie dachte an die Lücke, die ihre Mutter hinterlassen hatte, und erinnerte sich daran, wie ihre Familie daraufhin auseinandergebrochen war. Es war mehr als eine Erinnerung. Sie sah alles in Farbe vor ihrem geistigen Auge ablaufen: Mamas Krankheit und Tod, dann Papa, der anfing zu trinken, gefolgt von überfälligen Rechnungen, leeren Schränken und irgendwann Schimpftiraden und Gewalt. Schließlich sah sie zu, wie die Sozialarbeiterin vom Jugendamt Jimmy, Bethie und Christy in den weißen Van mit dem Wappen von Virginia lud. Sie selbst war nur deshalb zurückgelassen worden, weil sie gerade achtzehn geworden war. Sie hatten ihre Geschwister in ein Kinderheim gebracht und nicht auf ihre verzweifelten Proteste gehört, sie könne auch weiterhin für sie sorgen, so wie sie es die letzten zwei Jahre lang getan hatte.

Dann erinnerte sie sich an die Anhörungen, die Verwandten, die so getan hatten, als würden sie ihrer Familie einen Gefallen tun, indem sie die Kinder auseinanderrissen und aufteilten. Wie sehr hatte sie sich bemüht, den Richter davon zu überzeugen, dass sie verantwortungsbewusst genug war, um für ihre Geschwister zu sorgen. Sie hatte die häuslichen Fertigkeiten abgespult, die sie geübt hatte, seit ihre Mutter gestorben war – Wäsche waschen, kochen, putzen, einkaufen, die Kinder rechtzeitig und mit Papier, Stiften, Mittagessen und warmer Kleidung versehen in die Schule schicken, sie pflegen, wenn sie krank waren, und aus nichts Weihnachts- und Geburtstagsfeiern zu zaubern. Sie könnte auch in Zukunft für ihre Geschwister sorgen; jetzt könnte sie es sogar noch besser, seit sie keine Angst mehr vor Papa haben musste.

Auch Grandma hatte sich für die Kinder eingesetzt. „*Geben Sie sie mir*", hatte sie gefleht. „*Reißen Sie die Kleinen nicht aus ihrem Umfeld. Es ist das einzige Zuhause, das sie kennen.*" Aber der Richter hatte entschieden, dass sie zu alt und ihre Gesundheit nicht gut genug war. „*Warum haben Sie die Kinder nicht schon vorher zu sich genommen?*", hatte er wissen wollen, und Bridie hatte selbst den letzten Nagel in ihren Sarg gehämmert, indem sie zugegeben hatte, dass sie ihrer Großmutter die Wahrheit verschwiegen hatte. Sie hatte das Gefühl gehabt, Papas Gemeinheit ertragen zu können, solange er die Kleineren in Ruhe ließ. Und irgendwie hatte sie gewusst, was passieren würde, wenn irgendjemand die Wahrheit über den Zustand ihrer Familie erfuhr. Sie würden aufhören, eine Familie zu sein. Und genau das war auch geschehen.

Der Richter beschloss, dass die beiden jüngeren Mädchen einen Neuanfang brauchten. Einen Neuanfang in South Carolina mit Privatschule und Tennisstunden. Bridie spürte die vertraute Bitterkeit in sich aufsteigen und fragte sich mutlos, wie es ihren Schwestern wohl mit Tante Brenda als Mutter erging. Und sie fragte sich, wo Jimmy gelandet war, nachdem er achtzehn geworden und bei Onkel Roy ausgezogen war. Hastig schloss sie die Augen und versuchte diese Gedanken zu verdrängen. Sie waren zu schwer zu ertragen.

Als sie die Augen wieder aufschlug, erneut auf die Pinnwand sah und das Versprechen las, der Vater würde für sie sorgen, traf sie die Bitterkeit wie ein Schlag. Das war eine Lüge. Es gab Leute, auf die Gott Acht gab, und bei anderen tat er es nicht. Manche Menschen waren einfach auf sich allein gestellt. Auf jemanden wie sie passte Gott nicht auf, und das war auch verständlich, wenn man bedachte, was sie schon alles getan hatte. Vielleicht waren ihm Spatzen wichtiger als Menschen. Vor allem Menschen wie sie.

„Entschuldigen Sie." Jemand berührte ihren Ellbogen, und ihr wurde bewusst, dass sie stehen geblieben war, ihr Körper erstarrt von ihren Gedanken. Sie schloss zu den anderen auf, betrat den Gottesdienstraum und setzte sich in eine der hinteren Bänke. Nach einer Minute spürte sie, wie sie ruhiger wurde. Diese Kirche, ihr vertrauter Ort, hatte eine beruhigende Wirkung auf sie. Ihr Blick wanderte über den warmen roten Teppich, die schimmernden Fenster, die runden Sturmlaternen auf den Fensterbänken. Der Altar war an diesem Morgen mit roten und goldenen Chrysanthemen geschmückt, die mit Efeuranken versehen waren, und die Orgel spielte eine hübsche Melodie. Sie versuchte sich zu erinnern, wann sie das letzte Mal in einem Thanksgiving-Gottesdienst gewesen war. Oder wann sie überhaupt das letzte Mal an einem Gottesdienst teilgenommen hatte.

Sie schloss die Augen und konnte beinahe Grandma, Mama, sich selbst und ihre Geschwister sauber und ordentlich zurechtgemacht in einer Reihe sitzen sehen. Papa war nie in die Kirche mitgekommen, aber der Rest der Familie war jeden Sonntag gegangen, zumindest, bis Mama krank geworden war. Erst in die Kirche und anschließend zu Grandma zum Essen. Sie konnte das schöne goldene Haar und das lächelnde Gesicht ihrer Mutter im Geiste vor sich sehen, wie sie Grandma beim Tischdecken half, und fast hörte sie Grandma singen.

Bridie öffnete die Augen und zwang sich, ihre Umgebung nüchtern zu betrachten. Sie war nicht zu Hause. Sie war hier, und es nützte nichts, sich an das zu klammern, was vergangen war. Was nicht wiederkommen würde. Sie konzentrierte sich wieder auf den Gottesdienst. Der Pastor erhob sich und ging zur Kanzel.

Sie runzelte die Stirn und sah genauer hin. Das war doch nicht zu fassen! Sie blickte in ihr Gottesdienstprogramm, und da stand der Name des Reverends auf der Innenseite: Alasdair MacPherson. Sie schüttelte kaum merklich den Kopf und starrte den Mann an, als er seinen Platz auf dem Podium einnahm. Ja, das war er, diesmal aus Fleisch und Blut, anstatt als dunkles Bild auf einem abgelaufenen Führerschein. Da war der vor Enttäuschung zusammengekniffene Mund, dieselbe Hakennase, das zurückgekämmte Haar. Derselbe strenge Blick, als wäre er ungehalten, als hätten ihn alle irgendwie im Stich gelassen. Er umklammerte die Seiten der Kanzel und begann zu predigen.

„Herr Gott, wie wunderbar du für uns sorgst, wie grenzenlos deine barmherzige Liebe ist. An diesem Thanksgiving-Fest danken wir dir für dein größtes Geschenk. Um einen Sklaven auszulösen, gabst du deinen Sohn.“ Sein Mund bewegte sich, aber sein Gesicht blieb steif und hart. Und seine Stimme, die tief und ruhig klang, passte nicht so recht zu den Worten, die er sprach und die eigentlich gerufen werden müssten, wenn man sie wirklich glaubte.

Bridie versuchte sich auf die Predigt zu konzentrieren, die etwas damit zu tun hatte, dass Menschen die Pflicht hätten, dankbar zu sein, und nicht darauf warten sollten, bis die Umstände um sie herum zufriedenstellend waren. Die Gemeinde saß da und hörte zu. Die Mienen waren so gesetzt und ernst, als müssten sie eine Tracht Prügel einstecken. Als der Gottesdienst vorbei war, sah sie unterschiedliche Emotionen in den Gesichtern der Gottesdienstbesucher. Manche sahen erleichtert aus, andere enttäuscht, wieder andere wütend. Sie konnte schon verstehen, warum. Seine Worte hatten sich schwer und belastend angefühlt, und alles, vor allem der Glaube, wirkte komplizierter und verwirrender, nachdem er gesprochen hatte.

Sie folgte den anderen nach draußen und floh dann in die Damentoilette, wo sie sich ungefähr eine Viertelstunde herumdrückte, bis sie den Moment nicht länger hinausschieben konnte. Sie straffte die Schultern, ging hinaus und wandte sich dem Pfarrhaus zu.

Es war ein rotes Backsteingebäude, wie beinahe alle Häuser in Alexandria, aber es lag weiter zurückgesetzt von der Straße als die anderen Häuser in diesem Block. Es war umgeben von einer Hartriegelhecke, aber es war nicht die glänzende grüne und stark duftende Sorte, die sie von zu Hause gewohnt war. Diese Sträucher waren dürre, alte, sterbende Pflanzen, die man von ihrem Elend erlösen müsste. Und Bäume waren zwar schön, dachte sie, während sie durch die verrottenden Laubhügel auf dem Gehweg stiefelte, aber es gab auch ein Zuviel davon. Sie fragte sich, ob durch diese Fenster überhaupt Licht in die Räume fiel, wenn die Bäume in vollem Saft standen. Je mehr sie sich dem Haus näherte, desto mehr hatte sie das Gefühl, dass es sie niederdrückte.

Aber das war albern. Sie schob den Riemen ihrer Handtasche höher und achtete darauf, die kümmerliche Kübelpflanze neben ihr auf der Veranda nicht umzustoßen, dann ging sie die Stufen zu der schwarzen Haustür hinauf, entschlossen, sich von einem Haufen Holz und Stein nicht einschüchtern zu lassen.

Was machst du eigentlich hier?, fragte sie sich trotzdem. *Du willst ein Kind retten, obwohl du nicht einmal dich selbst retten kannst? Und wovor? Vor nichts, so sieht es aus.*

Wieder war sie versucht zu gehen. Den Bus nach Hause zu nehmen und dann Lorna anzurufen und ihr zu sagen, dass sie unerwartet für die

Arbeit eingeteilt worden war. Aber dann stieg wieder das Bild des Mädchens, das den Zettel an die Pinnwand geheftet hatte, vor ihrem geistigen Auge auf, dazu die hängenden Schultern und die Verzweiflung auf seinem Gesicht. Bridie schob ihre eigenen Schulterblätter zurück, holte dreimal tief Luft und klingelte.

Man konnte eine Menge daran erkennen, wie ein Mensch Fremde begrüßte, dachte Bridie, während sie die ganzen höflichen Formalitäten absolvierte. Sie setzte ein Lächeln auf, zog ihre Jacke aus, begrüßte die Leute, die sie kannte, und lernte diejenigen kennen, denen sie noch nicht begegnet war. Aber mit den Gedanken war sie woanders. Grandma hatte immer freie Plätze am Sonntagstisch gehabt. Manchmal waren die Besucher Fremde gewesen, manchmal jemand, der einsam war, manchmal eine Missionarsfamilie, auf der Durchreise. Wer auch immer kam, war herzlich willkommen geheißen worden.

Jetzt war sie der Gast und Bridie hatte das deutliche Gefühl, fehl am Platz zu sein. Sie hätte ein Geschenk mitbringen sollen – eine Blume oder so etwas. Beinahe konnte sie ihre Mutter fragen hören, was mit ihren guten Manieren passiert sei. Nicht, dass Lornas Schwestern welche an den Tag gelegt hätten.

Winifred blickte erstaunt drein, als Lorna sie herumführte, und runzelte leicht die Stirn.

„Ihr erinnert euch an Bridie“, half Lorna ihr auf die Sprünge.

„Aus dem Lebensmittelgeschäft“, bestätigte Winifred kurz, bevor sie sich wieder dem Gespräch widmete, das sie mit ihrem Mann über die Sitzordnung führte.

Fiona war eigentlich ganz nett. Sie lächelte freundlich und sagte: „Schön, dass wir uns wiedersehen.“

Alasdair MacPherson begrüßte sie, reichte ihr die Hand und lief herum, als umgebe ihn ein dichter Nebel. Das Mädchen – es hieß Samantha, erfuhr sie – war nirgends zu sehen.

Die arme Lorna versuchte, sich um die beiden Kleinkinder zu kümmern und gleichzeitig die letzten Vorbereitungen für das Essen zu treffen. Bridie war gerne bereit zu helfen. Sie liebte kleine Kinder und hatte seit Jahren keine mehr auf dem Arm gehabt. Und ehrlich gesagt sahen diese armen kleinen Wichte aus, als könnten sie ein bisschen Zuwendung gebrauchen. Sie waren sauber und wohlgenährt, aber etwas an der Art, wie sie sich jammernd an Bridies Beine klammerten, ließ Bridie vermuten, dass keiner so recht Zeit für sie hatte. Lorna sagte, sie seien schlecht gelaunt, weil sie krank gewesen waren.

Bridie fragte, ob sie in der Küche helfen könne, und Lorna, deren liebes Gesicht von der Hitze des Ofens ganz gerötet war, bat sie, die Kinder zu füttern. Natürlich erklärte Bridie sich dazu bereit. Sie setzte die beiden in ihre Hochstühle, schnitt ein wenig Truthahn klein und fügte einen Löffel Stampfkartoffeln und ein paar grüne Bohnen hinzu. Nachdem sie sich satt gegessen hatten und dazu übergingen, mit dem Essen zu spielen, nahm Bridie sie aus ihren Stühlen, wischte ihnen Gesicht und Hände ab und brachte sie in das ungemütliche kleine Wohnzimmer.

Mit dem Jungen, der Cameron hieß, machte sie ein Spiel, bei dem man unterschiedlich geformte Klötze durch entsprechende Löcher stecken musste. Er sah ihr mit großen Augen zu und nahm alles, was um ihn herum geschah, begierig auf, aber er sagte nichts. Bonnie, das kleine Mädchen, plapperte wie eine Elster. Anschließend half Bridie Lorna, die Kleinen zu wickeln, und legte sie für den Mittagsschlaf in ihre Bettchen. Dann wuschen sie ab und Lorna rief die anderen zum Essen. Das ältere Mädchen, wegen dem sie eigentlich hier war, kam dann auch endlich die Treppe heruntergepoltert. Samantha war älter, als Bridie gedacht hatte, wobei dieser Eindruck vielleicht auch nur durch das ganze Make-up hervorgerufen wurde, das sie trug. Wahrscheinlich machte sie gerade einen Wachstumsschub durch, denn sie sah etwas zu groß für ihre Kleidung aus. Sie trug einen schwarzen Rock und einen langärmeligen schwarzen Pullover. Ihre Haare waren lang, gelockt und goldbraun. Sie hatte ein hübsches, feines Gesicht, aber ihre Augen wirkten hohl und müde, wie die eines Soldaten, der zu lange auf dem Schlachtfeld gewesen war und Dinge gesehen hatte, die niemand sehen sollte.

„Sollen wir uns setzen?“, fragte Lorna verlegen.

Bridie lächelte und nickte und folgte den anderen zum Tisch. Es war kein Wunder, dass Lorna sich darauf verlegt hatte, Fremde mitzubringen, um die Runde aufzumuntern. Fionas und Winifreds Männer sagten kaum ein Wort, sondern lungerten nur herum. Irgendwie verhielten sie sich wie Leute auf einer Beerdigung, die nicht so recht wussten, was von ihnen erwartet wurde.

Bridie blieb unentschlossen stehen, während die Schwestern wieder über die Sitzordnung diskutierten. Offenbar passte Lornas Idee, Bridie zwischen den Reverend und Samantha zu setzen, nicht jedem.

„Calvin ist Linkshänder, Lorna", sagte Winifred mit kaum verhohlener Verärgerung. „Du weißt, dass er vor Kopf sitzen muss."

Während sie stritten, sah Bridie sich im Esszimmer um. Auch dieser Raum wirkte dunkel und trostlos. Der Duft des Essens und die hübschen Teller auf der Damasttischdecke lockerten das Ganze ein wenig auf, aber insgesamt waren sie nur ein Tropfen auf den heißen Stein. Die Glühlampen in den Fassungen gaben einen so schwachen gelben Schein von sich, als wären sie deprimiert oder zu erschöpft, um heller zu leuchten. Die Fenster waren mit schweren Gardinen zugehängt. Es war eine Schande, denn das Haus hätte schön sein können, wenn jemand mit einer leichteren Hand dort gelebt hätte. Der Boden unter ihren Füßen war aus glänzendem Hartholz, und die Holzverkleidungen um Fenster und Türen waren aus poliertem Mahagoni. Aber an den Wänden hingen graubraune Tapeten. Bridie kniff die Augen zusammen und konnte kleine Gänseblümchen auf einem orangefarbenen Hintergrund erkennen.

Der Reverend räusperte sich und die Schwestern hörten auf sich zu streiten. Jeder stellte sich hinter seinen Stuhl. Calvin wählte den am einen Ende des Tisches. Sie nahm den Stuhl neben ihm und Samantha stand zu ihrer Rechten.

„Sollen wir beten?", fragte der Reverend. Seine Stimme war tief und klangvoll. „Vater, wir danken dir für alle deine guten Gaben", sagte er, und Bridie nutzte die Gelegenheit, um ihn zu mustern. Er war ein kräftiger und groß gewachsener Mann. Seine Kleidung war gut geschnitten und er machte einen ausgesprochen gepflegten Eindruck. Er wäre regelrecht gut aussehend, wenn er lernen würde, wie man lächelte.

„Amen", sagte er, als das Gebet zu Ende war.

„Amen", murmelte sie zusammen mit den anderen. Dann setzten sich alle und reichten das Essen herum.

Sie nahm von allem etwas und reichte die Schüsseln und Platten an Samantha weiter. Währenddessen versuchte sie ein paar Mal, ein Gespräch mit ihr anzufangen.

„Wo gehst du denn zur Schule? In welcher Klasse bist du?“ Samantha antwortete einsilbig und Bridie wünschte, sie könnte das Mädchen fragen, was es wirklich auf dem Herzen hatte. *Warum bist du so traurig, kleines Mädchen? Wer hat dir das angetan und warum?*

„*Bitte hilf mir*“, hatte auf Samanthas Zettel gestanden.

Ich bin hier, hätte sie am liebsten gesagt. *Sag mir einfach, was ich tun soll.*

Aber Samantha starrte nur auf ihren Teller und ihre Stimme blieb ausdruckslos. Nach einigen Augenblicken erkannte Bridie, wie lächerlich ihre Mission war.

Für wen hielt sie sich überhaupt? Beinahe hätte sie laut aufgelacht, als ihr bewusst wurde, wie absurd die Situation war. Sie, Mary Bridget Washburn, die momentan im Gefängnis sitzen würde, wenn die Wahrheit bekannt wäre, war hier, um jemanden zu retten. Fassungslos schüttelte sie den Kopf und konzentrierte sich wieder auf die Unterhaltung, die um sie herum immer wieder stockte und dann weiterruckelte wie ein Auto, dessen Tank fast leer war.

„Woher kommen Sie, Miss …äh … Collins?“, fragte Reverend MacPherson sie, während er seine Brille absetzte und sich die Augen rieb. Er legte die Brille auf das Sideboard, und sie fragte sich unwillkürlich, ob er sie später wohl suchen würde. Als er sie ansah, bemerkte sie seine Augen, die eine rauchig dunkelblaue Farbe hatten. Als hätte er ihre Gedanken gelesen, blickte er zum Sideboard hinüber, nahm seine Brille und setzte sie wieder auf.

„Charlotte, North Carolina“, log sie. Es war ein Ort, in dem sie oft genug gewesen war, um sich nicht zu verraten.

„Ah.“ Er nickte und seine Züge entspannten sich so weit, dass man es fast für ein Lächeln hätte halten können. „Eine schöne Gegend. Haben Sie noch Familie dort?“

„Meine Großmutter“, sagte sie, wieder eine Halbwahrheit. „Sonst ist niemand mehr in der Region. Meine Mutter ist gestorben.“ Vielleicht bildete Bridie es sich nur ein, aber es hatte den Anschein, als ginge eine kleine Welle der Emotion durch den Raum, huschte über jedes Gesicht und verschwand dann ebenso schnell, wie sie erschienen war.

„Oh“, murmelte Lorna mitfühlend. „Wie alt waren Sie, als sie starb?“

„Sechzehn“, antwortete sie.

„Und Ihr Vater?“, fragte Lorna.

„Ich weiß nicht, wo er ist", sagte Bridie, und das war die Wahrheit.

Es herrschte verlegenes Schweigen.

„Wie lange kommen Sie denn schon in unsere Gemeinde?", wollte der Reverend wissen und lenkte das Gespräch damit auf unverfänglicheres Terrain.

„Heute Morgen war ich das erste Mal da." Die vielen Male, die sie allein in die Kirche gegangen und dort gesessen hatte, zählte sie nicht. Das meinte er nicht.

„Ich hoffe, Sie kommen wieder und sagen uns, wenn wir irgendetwas für Sie tun können", lud er sie ein.

„Danke", antwortete sie, obwohl sie nicht die Absicht hatte, jemals wieder in einen ihrer Gottesdienste zu gehen. Aber sie musste zugeben, dass seine Einladung so klang, als wäre sie ernst gemeint.

Sie schämte sich ein wenig, weil sie den Mann in Gedanken schon verurteilt hatte. Sie hatte gedacht, was auch immer dem Kind fehlte, müsse die Schuld des Vaters sein. Aber jetzt, wenn sie genauer hinsah, war sie sich dessen nicht mehr sicher. Es erschien ihr wahrscheinlicher, dass das, worunter das Mädchen litt, auch dem Vater zu schaffen machte, obwohl sie nicht sicher war, wie sie darauf kam. An seinen Kleidern konnte es nicht liegen, denn an ihnen war nichts auszusetzen. Ein dunkler Anzug, ein weißes, gestärktes Hemd und eine Bügelfalte in den Hosenbeinen, an der man sich hätte schneiden können. Sein Gesicht war glatt rasiert, die Haare ordentlich geschnitten und gekämmt. Nur zwei Dinge an ihm waren nicht perfekt. Da war zum einen eine kleine Haarsträhne, die nicht bei den anderen bleiben wollte und die ihm immer wieder in die Stirn fiel. Und zum anderen waren an den Fingern seiner rechten Hand Tintenflecke.

Wieso also glaubte sie, dass er litt? Vielleicht war es seine Stimmung. Unter seinem ruhigen Äußeren wirkte er düster. Sie fragte sich, ob das etwas mit der Tatsache zu tun hatte, dass es keine Mrs Alasdair MacPherson gab.

Sie blickte in die Runde und beobachtete die anderen beim Essen. Die Unterhaltung schien beendet zu sein. Die Schwestern aßen alle winzige, genau portionierte Bissen und schoben anschließend das verbleibende Essen auf ihren Tellern zu ordentlichen kleinen Häufchen zusammen, indem sie jedes abseits liegende Stückchen Truthahn wieder in Reih und Glied brachten, hübsche kleine Quadrate aus dem

Kartoffelpüree formten und abtrünnige grüne Bohnen wieder einfingen. Der Reverend tat das nicht. Er aß ordentlich und schnell, aber so, als schmecke er die Dinge gar nicht. Mit den Gedanken schien er weit weg bei etwas oder jemand anderem zu sein.

Bridie wusste, dass sie gute Tischmanieren hatte. Die waren ihr weiß Gott eingebläut worden. *Sitz gerade. Benutze die richtige Gabel. Iss kleine Bissen. Kau mit geschlossenem Mund wie eine Dame. Nur weil du vom Land kommst, heißt das nicht, dass du dich wie ein Bauer benehmen musst.* Sie trank einen Schluck Wasser, nahm die Salatgabel, um ein Salatblatt aufzuspießen, brach ein kleines Stück von ihrem Brötchen ab und butterte und aß es.

Endlich war die Mahlzeit vorüber. Der Reverend entschuldigte sich und verschwand in seinem Arbeitszimmer. Die Schwestern nahmen ihre Sachen und überließen Lorna das Geschirr.

„Die Babysitterin, mit der du gesprochen hast, hat abgesagt", sagte Winifred. „Das hätte ich mir denken können." Sie schien nicht in der Lage zu sein zu gehen, bevor sie Lorna noch einen Stich versetzt hatte.

„Ich versuche jemand anderes zu finden", murmelte Lorna.

„Also, auf meine Hilfe kannst du nicht zählen. Ich habe in den nächsten Wochen keine Zeit. Erst ist der Weihnachtsbasar und dann werde ich am Fuß operiert."

Lorna nickte und Bridie glaubte einen Anflug der Erleichterung auf ihrem Gesicht zu sehen.

„Ich kann dir auch nicht helfen", ergänzte Fiona, aber sie klang im Gegensatz zu ihrer Schwester besorgt. „Mein Terminkalender ist voll mit Studenten, denen gerade erst bewusst geworden ist, dass sie auf dem besten Wege sind durchzufallen."

„Das macht nichts", sagte Lorna zu den beiden. „Ich komme hier schon klar."

Nachdem Winifred Fiona einen kaum verhohlenen ungläubigen Blick zugeworfen hatte, gingen die Schwestern.

Lorna weigerte sich, Bridies Angebot, ihr beim Abwasch zu helfen, anzunehmen, aber sie bestand darauf, dass sie etwas von den Resten mitnahm. Samantha saß in dem trostlosen kleinen Wohnzimmer neben der Küche vor dem Fernseher, und Bridie unternahm einen letzten Versuch, mit ihr Kontakt aufzunehmen, während sie darauf wartete, dass Lorna ihr Essen einpackte.

Sie setzte sich neben das Mädchen und erwog verschiedene Vorgehensweisen. Sie konnte natürlich die Wahrheit sagen. *Ich habe dich in der Kirche gesehen*, könnte sie sagen. *Und ich habe deinen Zettel gelesen.* Nein. Zu direkt. Jedes Kind würde sich daraufhin zurückziehen wie eine Schildkröte, die man mit einem Stock piesackte.

Vielleicht könnte sie Samantha zu einer Cola einladen und sie nach und nach besser kennenlernen. Ja, beschloss sie. Das war der beste Weg. Sie aus dem Haus zu holen. Interesse zu zeigen und zu sehen, wohin ihre Unterhaltung führte. Gerade als sie ihren Plan in die Tat umsetzen wollte, wandte Samantha sich zu ihr um.

„Sind Sie eine gesellschaftliche Außenseiterin?", fragte Samantha, und ihre braunen Augen wirkten erstaunlich kalt.

Bridie musste gegen ihren Willen lachen, aber Samantha lächelte nicht einmal. „Ich frage deshalb", fuhr sie fort, „weil die Leute, die meine Tante normalerweise einlädt, gesellschaftliche Außenseiter sind, die keine Freunde haben."

Bridie verspürte einen Stich in ihrem Herzen, obwohl sie wusste, dass es lächerlich war, sich von einem unglücklichen Teenager provozieren zu lassen. „Man könnte wohl sagen, dass ich eine gesellschaftliche Außenseiterin bin", gab sie zu.

Samantha hob eine Schulter, um auszudrücken, dass sie sich das gedacht hatte. „Wer hier aufläuft, ist meistens ziemlich am Ende", sagte sie, ohne den Blick vom Fernseher abzuwenden. „Das hier ist das Ende der Fahnenstange."

Bridie starrte sie an und überlegte krampfhaft, was sie darauf erwidern sollte. Plötzlich kam sie sich lächerlich vor. Dumm, fehl am Platz. Was hatte sie sich nur dabei gedacht, heute herzukommen?

„Ach, hier sind Sie, Bridie." Lorna kam mit einer Tüte in der Hand auf sie zu. „Ich bin wirklich froh, dass Sie gekommen sind", sagte sie und lächelte strahlend.

Bridie erwiderte ihr Lächeln, so gut sie konnte. „Mach's gut, Samantha", sagte sie. „Es war nett, dich kennenzulernen."

„Klar." Samantha sah sie nicht an, sondern betätigte nur eine Taste auf der Fernbedienung.

„Samantha", murmelte Lorna, aber Bridie nahm ihr die Tüte ab und beendete den peinlichen Augenblick.

„Danke für das wunderbare Essen. Wir sehen uns dann nächste

Woche im Laden." Sie plauderten, während sie zur Tür gingen, und schließlich war Bridie draußen, wo sie wieder frei atmen konnte. Seltsam. Schon oft im Leben hatte sie sich wie eine Gefangene gefühlt, und das Gefühl war schlagartig zurückgekehrt, sobald sie über die Schwelle dieses deprimierenden Hauses getreten war. Sie fühlte sich beinahe glücklich, weil sie es wieder verlassen konnte. An ihr nagte ein kleines Schuldgefühl, das Echo einer Anschuldigung. *Du bist hergekommen, um dem Mädchen zu helfen*, sagte die Stimme, *und das hast du nicht getan.*

Ich habe getan, was ich konnte, antwortete sie sich selbst, obwohl sie wusste, dass diese Ausrede irgendwann nicht mehr zog.

Es fällt nicht einmal ein Spatz auf die Erde, ohne dass euer Vater es weiß, fiel ihr wieder ein. Dann muss er sich eben selbst um diesen Vogel kümmern, gab sie trotzig zurück. Sie schob den Riemen ihrer Handtasche höher und ging in Richtung Bushaltestelle. Dort angekommen, drehte sie sich ein letztes Mal um und blickte zurück. Sie meinte eine kleine Bewegung hinter den Gardinen neben der Tür wahrgenommen zu haben. Oder hatte sie sich das nur eingebildet? Doch, da war es wieder. Eine Sekunde lang erblickte sie im Fenster das weiße, dünne Gesicht von Samantha, die ihr nachsah.

9

Noch eine Runde. Jonah durchquerte den Übungshof zum eintausendsechshundertsiebenundzwanzigsten Mal, seit er hier angekommen war. Es war eines seiner Hobbys, sich Dinge zu merken. Es bewahrte ihn davor, verrückt zu werden in dieser Welt aus Beton und Asphalt. Er ging weiter, beschritt mit beiden Füßen genau abgemessene Schritte. Genau einhundertfünfzig Schritte ging er, dann hob er den Kopf und blickte über den Zaun aus doppeltem Draht hinweg zu der Fabrik für Nummernschilder. Ein Klotz aus grauem Beton. Kein großartiger Ausblick, aber in die Weite zu sehen war besser, als auf den Asphalt und die Zigarettenkippen hinunterzustarren. Er wandte sich nach links und setzte sich wieder in Bewegung. Einhundertfünfzig Schritte. Sein Blick wanderte zu dem flachen Krankenhausgebäude hinüber, in dem er die ersten zwanzig Tage in der geschlossenen Abteilung verbracht hatte, angebunden an sein Bett wie ein gepökeltes Schwein, während das Crystal Meth seinen Körper verlassen hatte. In den Monaten danach hatte er bis zum Erbrechen das Zwölf-Schritte-Programm eingebläut bekommen. Er wandte sich nach links und ging weiter. Wieder einhundertfünfzig genau abgemessene Schritte. Als er den Kopf hob, sah er den Trakt für die Einzelhäftlinge vor sich. Wieder wandte er sich nach links und ging einhundertfünfzig Schritte. Dabei blickte er in diese Richtung in die Landschaft hinaus. Dort war nichts zu sehen außer zwölf Hektar voller Büsche, Gras und NATO-Draht. Jonah ließ sehnsüchtig den Blick schweifen und sog die Luft ein, wie sein alter Jagdhund es immer getan hatte. Wenn er in diese Richtung weitergehen könnte, würde er irgendwann auf die Hügel stoßen, nach denen er sich sehnte, auf den getupften Baldachin aus Ahorn, Eiche und Kiefer, auf weiche Teppiche aus Blättern und Nadeln.

„Porter." Der Wärter rief Jonahs Namen mit gelangweilter Eintönigkeit.

Jonah drehte sich um.

„Anwältin", sagte er und deutete mit dem Kopf auf die Tür.

Jonah nickte und bekam ein flaues Gefühl im Magen. Seine Anwältin bemühte sich nur her, wenn sie musste, also war sie sicherlich nicht nur gekommen, um ihm die Akte zu bringen, die er einsehen wollte. Sie musste irgendwelche Neuigkeiten für ihn haben. Nicht, dass er viel von Anwälten hielt. Aber selbst ein blindes Huhn fand hin und wieder ein Korn.

Er begleitete den Wärter zu der abgeschlossenen Tür und wartete, bis das Signal ertönte. Die Schlösser wurden elektronisch geöffnet, die Türen glitten auf und schlossen sich hinter ihm wieder. Automatisch zählte er seine Schritte den Gang hinunter und bemerkte, dass jeder seiner Schritte genau drei Kästchen des Linoleumbodens umfasste. Siebenundachtzig Schritte und er war im Besuchszentrum. Er hatte nur einmal Besuch gehabt. Seine Mutter. Sie hatte sich die Hand vor den Mund geschlagen, als sie ihn gesehen hatte, und geweint. Er hatte sie gebeten, nicht wiederzukommen.

„Sie sind aber nervös heute." Der Wärter tastete ihn ab und runzelte die Stirn.

Jonah antwortete nicht. Das Zeug, das er hier drin bekam, war kaum genug, um die schlimmste Sucht zu stillen. Der Wärter beendete seine Leibesvisitation und schob ihn weiter. Jonah betrat das kleine Zimmer, in dem er sich mit seiner Anwältin traf. Sie wartete schon dort, eine knochige kleine Frau. Eine schwarze Frau. Vom Gericht bestellt. Fast noch schlimmer als gar kein Anwalt. Er setzte sich auf den grünen Plastikstuhl und zog ihn näher an den Tisch. Der Wärter schloss die Tür ab.

„Mr Porter", begrüßte sie ihn.

Er nickte.

„Wie geht es Ihnen?"

Er starrte sie eine Minute lang an, ohne zu antworten. „Wie es mir geht?", wiederholte er schließlich. Sie machte ihn fertig. Sie machte ihn einfach fertig. Wahrscheinlich war ihr das Jurastudium durch irgendein Wohltätigkeitsprogramm ermöglicht worden, und jetzt saß sie hier in ihrem Kostüm, mit einer Aktentasche und einem Handy und fragte ihn, wie es ihm ging.

„Oh, mir geht es gut", antwortete er. „Sie behandeln mich wirklich gut hier. Ich werde von morgens bis abends bedient und muss nichts selber machen. Jeden Morgen werde ich geweckt, das Frühstück wird mir gebracht, und der Staat gibt mir ein kostenloses Mittagessen. Ich habe die Möglichkeit, Sport zu treiben, was ich übrigens gerade tat, als Ihr Besuch dazwischenkam. Wenn ich hier fertig bin, gibt es wahrscheinlich schon Abendessen, und anschließend verbringe ich ein paar vergnügliche Stunden mit meinen Freunden im Schlafsaal, bis jemand um Mitternacht das Licht ausmacht. Oh, mir geht es sehr gut. Danke der Nachfrage."

Seine Anwältin starrte ihn einen Augenblick lang an. Sie sah aus, als wollte sie lächeln. Er beschloss, ihr das Lächeln aus dem Gesicht zu wischen.

„Ich will nicht Ihr Freund sein. Ich will keine farbigen Freunde", sagte er, nur um gemein zu sein, und siehe da, das Lächeln verschwand. „Warum vergessen Sie nicht einfach, nett sein zu wollen, und machen nur Ihre Arbeit? Haben Sie die Akte mitgebracht, um die ich Sie gebeten habe?"

Sie schwieg eine Minute und sah ihn nur an, dann holte sie eine Mappe aus ihrer Aktentasche und reichte sie ihm. „Sie können darin lesen, während ich hier bin. Dasselbe gilt hierfür." Sie legte eine andere Akte auf den Tisch und lächelte, als hätte er sie nicht beleidigt. „Dies ist der Schriftsatz, den ich für Ihre Berufung eingereicht habe."

„Wie lange wird es dauern, bis sie eine Entscheidung treffen?"

Sie zuckte mit den Schultern. „Die haben ihre eigenen Zeitvorstellungen."

Er spürte Ärger in sich aufsteigen. „Wenn sie meine Verurteilung aufheben, wie lange dauert es dann, bis ich wieder frei bin?"

„Wenn sie einen neuen Prozess ansetzen, wird Ihr Fall an das Bezirksgericht in Nelson County zurückverwiesen und ein Termin festgesetzt. Das Ganze dauert eine Weile. Ihre beste Chance ist, dass der Staatsanwalt einen Deal mit Ihnen macht, anstatt den Prozess neu aufzurollen. Dann könnten Sie sofort freikommen, weil Ihnen die Zeit, die Sie bereits verbüßt haben, angerechnet wird."

„Das klingt gut", sagte er. Er ignorierte den Schriftsatz und zog die andere Akte näher. Die Razzia war auf einen Tipp hin erfolgt, selbst eine unbedeutende Pflichtverteidigerin hatte das erkannt. Er schlug die Mappe auf und blätterte durch die Unterlagen, bis er den Polizeibericht fand. Da war er. Jonah überflog ihn, bis er zu der Stelle kam, die er gesucht hatte.

Beamte ausgesandt nach Notruf einer Frau. Abschrift siehe unten.

Er las die Abschrift. Das war ganz Mary B. Sie hatte ihm lieb, höflich und eiskalt das Messer an die Kehle gesetzt und ihnen alles gegeben. Namen, Ort, Umsatzzahlen, sogar eine Wegbeschreibung. Er knirschte mit den Zähnen, klappte die Akte zu und schob sie zu der Anwältin hinüber. Sie nahm die Mappe und verstaute sie wieder in ihrer Aktentasche. Jonah rief den Wärter und erhob sich, um zu gehen.

„Ach, Mr Porter ..."

Er drehte sich um. Seine Anwältin lächelte süffisant.

„Einer der Richter, der über Ihr Schicksal befinden wird, ist Amerikaner afrikanischer Herkunft."

Er antwortete nicht, sondern wandte sich schweigend ab. Er wartete, bis der Wärter die Tür öffnete, und ging dann zu seiner Zelle zurück. Sollte sie ihren kleinen Triumph ruhig haben. Schwarz, weiß, gelb, grün – ihm war egal, welche Farbe seine Richter hatten, solange sie ihn hier herausließen. Er würde seine Wut nicht auf solche Dinge verschwenden.

Er ging in seine Zelle, zum Essen und wieder in seine Zelle. Dabei wartete er die ganze Zeit darauf, dass sein Magen sich beruhigte, doch das tat er nicht. Er war aufgewühlt und in seinen Gedärmen rumorte es. Er war nicht darauf vorbereitet gewesen, den Beweis dafür zu sehen, dass Mary Bridget ihn verraten hatte. Er war nicht auf die Tatsache vorbereitet gewesen, dass es ihm etwas ausmachen würde.

Jonah legte sich auf sein Bett und tat etwas, was er fast nie tat. Er kehrte an einen Ort zurück, den er nur noch ganz selten besuchte, unternahm eine kleine Reise in die Vergangenheit. Er konnte sie sehen, riechen, schmecken und die Stimmen von Menschen hören, die er seit Jahren nicht mehr gesehen hatte.

Mary Bridget Washburn kannte er schon sein ganzes Leben lang. Er war sieben gewesen, als sie geboren worden war, und er erinnerte sich noch daran, dass er zugesehen hatte, wie sie sich von einem flachsblonden kleinen Mädchen in eine schöne Frau verwandelt hatte.

Und er erinnerte sich an den Tag, der alles verändert hatte. Es war, nachdem Onkel Joshua gestorben war. Er war die Straße hinuntergegangen und hatte an die Gartentür ihres Hauses geklopft, vom Regen bis auf die Knochen durchnässt und triefend. Sein Leben war schlimm, und er wusste, dass ihres nicht viel besser war.

Sie hatte die Tür aufgerissen, und er sah sie noch immer genau vor sich, in ihren Jeans, einer weißen Baumwollbluse, die nicht in die Hose gesteckt war, und einem Paar Tennisschuhe ohne Socken. Es roch nach Essen – Hühnchen vielleicht. Das und der Gestank von Whiskey schlugen ihm entgegen. Sie hatte geweint und auf ihrer Wange war eine rote Schwellung zu sehen. Jonah spürte, wie seine Hände sich zu Fäusten ballten und sein Kragen ihn einengte, während die Szene sich wieder vor seinem geistigen Auge abspielte.

„Wo ist er?“, hatte er geknurrt.

„Im Gefängnis“, hatte sie gesagt und war dann in Tränen ausgebrochen. Er hatte sie an seine Brust gezogen, und selbst jetzt hatte er das Gefühl, dass sein Hemd von ihren Tränen nass sein würde, wenn er es berührte, und dass er ihre seidigen Haare unter seinen schwieligen Händen fühlen könnte, wenn er die Fäuste öffnete.

„Sie haben die Kinder abgeholt“, schluchzte sie. „Die Leute vom Jugendamt waren da und haben sie mitgenommen.“

„Komm mit mir“, hatte er geflüstert. „Wir gehen von hier weg.“

Sie hatte Nein gesagt, und dass sie versuchen wollte, das Sorgerecht für ihre Geschwister zu bekommen, also war er den Berg wieder hinaufgestapft. Aber es hatte nicht lange gedauert, bis sie mit dem grünen Seesack in der Hand bei ihm auf der Matte gestanden hatte.

„Sie sind weg“, hatte sie in einem Tonfall gesagt, den er noch nie bei ihr gehört hatte – hart und wütend. An diesem Tag waren sie weggegangen und keiner von ihnen hatte sich noch einmal umgesehen. Sie hatten sich ein paar Typen angeschlossen, die Jonah kannte, vor allem, um ein Dach über dem Kopf zu haben, aber es dauerte nicht lange, bis sie ein bisschen Kandis herstellten, das sie verkaufen konnten, und danach schien es, als gäbe es keine Alternativen mehr. Als wären die einzigen Entscheidungen, die zählten, schon vor langer Zeit getroffen worden, und zwar von anderen Leuten.

Jonah fühlte, wie sich seine Brust wieder zusammenzog, und plötzlich war ihm, als müsse er schreien, wenn er noch eine Minute stillsaß. Seine Arme juckten. Sein Gesicht juckte, sogar seine Augäpfel juckten. Er brauchte etwas. Er stand auf und lief in der Zelle auf und ab.

Zum hundertsten oder tausendsten Mal fragte er sich, was sie mit dem Geld gemacht hatte. Er wusste, dass sie es nicht ausgegeben hatte. Ein bisschen vielleicht, aber er war sich sicher, dass das meiste noch in dem grünen Seesack war, und so vorsichtig, wie sie immer war, hatte sie es bestimmt gut versteckt. Wie er sie kannte, würde es irgendwo in der Nähe ihres Elternhauses sein. Er sah das Haus ihrer Großmutter vor sich. Wahrscheinlich hatte sie das Geld dort irgendwo verstaut. In der alten Höhle, in der sie immer gespielt hatte, oder in einem der leeren Bienenkörbe ihres Großvaters. Vielleicht in der Gartenlaube unten am Bach oder hinter einem Haufen Steine.

Es spielte keine Rolle. Sie würde es ihm selbst sagen. Und zwar bald. Dafür würde er sorgen. Er lächelte angesichts der Tatsache, dass ihr Verrat seine Fahrkarte in die Freiheit sein würde – die Tatsache, dass sie ihre Razzia auf einen anonymen Anruf hin durchgeführt hatten, würde ihm hier raushelfen.

Ihn überkam ein hartes, bitteres Gefühl der Befriedigung, und plötzlich war er wütend auf sich selbst, weil er auf den Pfad der Erinnerung gegangen war, der ihn nirgendwohin führte und zu nichts nütze war. Er ermahnte sich, dass er keine Zeit mit Enttäuschungen und Selbstmitleid verschwenden wollte. Er holte tief Luft, und als er danach ausatmete, fühlte er sich wieder normal. Alles war fest, verschlossen und wo es hingehörte. Er würde bald hier rauskommen.

Und dann würde er vier Dinge tun, nicht mehr und nicht weniger, und zwar in einer ganz bestimmten Reihenfolge. Zu Boo's Taverne gehen und ein kaltes Bier trinken. Ein T-Bone-Steak mit Ofenkartoffel und allem Drum und Dran essen. Einen netten Abend mit Connie, dem Mädchen hinter der Bar, verbringen und sich zudröhnen. Und Mary Bridget Washburn finden. Diesmal löste der Gedanke an sie keine warmen Erinnerungen aus. Diesmal fühlte er gar nichts.

10

„Was meinen Sie damit, Sie können sie nicht nehmen?“ Alasdair bemühte sich, nicht die Stimme zu erheben.

„Ich meine, sie sind doch ganz offensichtlich krank.“ Die Erzieherin der Kindertagesstätte verschränkte die Arme und sah verärgert aus. „Ich wundere mich, dass Sie sich nicht mehr Gedanken über das Wohl Ihrer Kinder machen.“

Alasdair machte sich nicht die Mühe zu erklären, dass dies nur noch die Ausläufer ihrer Krankheit waren, sondern hob die beiden einfach hoch und setzte sie wieder ins Auto. Wenn er wieder zu Hause war, würde er sich ans Telefon hängen und alles absagen müssen. Am besten würde er versuchen, seine Anrufe mit dem Mittagsschlaf der Kinder zu verbinden. Sein Kopf dröhnte und er riss sich die Brille von der Nase und warf sie auf den Sitz neben sich.

Alasdair fuhr den kurzen Weg nach Hause und stellte den Wagen in die Garage. Kaum hatte er die Kinder ins Haus gebracht, klingelte das Telefon. Natürlich. Heute war Montag. Die Anrufe am Montag waren Beschwerden oder Nachfragen zur Predigt. Mittwochs waren es die unvermeidlichen Bitten in letzter Minute, für irgendjemanden beim Abendgottesdienst einzuspringen. Am Freitag dasselbe. Bei den Telefonaten am Samstag ging es um Abkündigungen im Gottesdienst. Und immer, jeden Tag riefen Leute an, die entweder einfach unzufrieden waren oder die jemanden zum Reden brauchten oder einen Sündenbock. Alasdair stieß einen tiefen Seufzer aus. Er ließ den Anrufbeantworter anspringen und lauschte der Nachricht, während er den Zwillingen die Jacken auszog.

„Herr Pfarrer, hier ist Ellen Smith.“

Er war froh, dass er nicht drangegangen war. Er wusste, was die Schatzmeisterin der Gemeinde wollte.

„Könnten Sie bitte noch einen Tag warten, bis Sie Ihren Gehaltsscheck einlösen? Ich muss etwas Geld umschichten und komme erst heute Nachmittag zur Bank.“ Er schüttelte den Kopf. Wieder mal ein Kopf-an-Kopf-Rennen zwischen Einnahmen und Ausgaben. Es war lächerlich. Ganz einfach lächerlich. Er glaubte nicht eine Sekunde lang, dass das Geld nicht da war. Die Gemeinde war nicht zufrieden mit ihm, da lag der Hase im Pfeffer. Er kochte vor Wut, weil die Kirche sich durch eine kleine Geste, durch ein kollektives Schließen der Portemonnaies, derartig beherrschen ließ.

Er setzte die Zwillinge in ihren Laufstall und erledigte die dringendsten Anrufe. Zum Glück war der Entwurf seiner Predigt für nächste Woche so gut wie fertig und seine Kolumne in der Zeitschrift *Gute Lehre* bereit zum Abschicken. Er sagte einen Seelsorgetermin ab und rief den Produzenten seiner Radiosendung an. „Ich bin krank", sagte er und gab damit die Wahrheit zu.

„Ich denke, wir können Ihren Ausfall überbrücken", sagte der Produzent. „Zumindest für eine Weile."

Gerade als Alasdair sein Notizbuch herausholte, um noch einige Gedanken zu seiner Sonntagspredigt zu notieren, klingelte das Telefon erneut. Die Zwillinge fingen an zu quengeln. Er sah auf seine Uhr. Es war noch viel zu früh für ihren Mittagsschlaf.

„Ja." Mehr als diese angespannte Begrüßung brachte er nicht heraus.

„Reverend –" Er erkannte den geradlinigen Tonfall von Margaret Beeson, einem langjährigen Gemeindemitglied. „Ich bin gerade meine Notizen vom Sonntag durchgegangen und mache mir Sorgen wegen eines Zitats, das Sie in Ihrer Predigt verwendet haben. Es war aus *Pardon, ich bin Christ* von C. S. Lewis."

„Mm." Alasdair gab einen vagen Laut von sich und wünschte, er hätte den Hörer nicht abgenommen.

„Ist Ihnen klar, dass Lewis kein Calvinist war? Er war in seiner Theologie eindeutig Arminianer."

„Das ist mir durchaus bewusst. Aber wenn es nicht um entscheidende Lehren geht, sollten Barmherzigkeit und Toleranz gegenüber anderen Standpunkten die Regel sein."

„Die Lehre von der Erlösung kann wohl kaum als nicht entscheidend bezeichnet werden. War er ein Prä- oder Postmillennialist?"

„Ich fürchte, das weiß ich nicht. Vielleicht könnten Sie Ihre Bedenken aufschreiben und mir schicken", schlug er vor, während er versuchte, freundlich zu klingen. „Dann kann ich mir in Ruhe Gedanken darüber machen."

Er legte auf und rieb sich die Schläfen. Jede Meinung darüber, wann

Christus auf die Erde zurückkehren würde, ob es vor oder nach dem tausendjährigen Friedensreich sein würde, schien gänzlich unerheblich für das, was in seinem Leben von Bedeutung war. Sein einziger Gedanke zu diesem Thema war der brennende Wunsch, die Wiederkunft möge heute stattfinden.

Bonnie heulte und Cameron stimmte ein. Alasdairs Kopfschmerzen waren jetzt ziemlich heftig und er spürte ein flaues Gefühl im Magen. Er wusste, dass er zu seinen Kindern gehen sollte, aber stattdessen ging er zum Sofa und setzte sich dorthin, während er die Wand vor sich anstarrte.

Vielleicht sollte er seine Gemeinde aufgeben. Er könnte Gerald Whitemans Angebot annehmen und dem Elend ein Ende machen.

Der Gedanke erschreckte ihn, aber einmal gedacht, stand er nun im Raum und verlangte anerkannt und erwogen zu werden. Sofort tauchte Annas Gesicht vor seinem geistigen Auge auf. Schuldgefühle versetzten ihm einen Stich. Es war schon ironisch, dass er jetzt, wo sie nicht mehr da war, eine Kündigung erwog, nachdem er sich zu ihren Lebzeiten so hartnäckig geweigert hatte, diese Option auch nur in Betracht zu ziehen.

„Es ist die höchste Berufung im Leben.“ Es war sein Vater, der jetzt sprach, und Alasdair sah ihn vor sich, mit geröteten Wangen, wie er angespannt gestikulierte und erläuterte. *„Es ist deine Kanzel. Übernimm die Verantwortung dafür und lass dich von niemandem vertreiben. Von niemandem“*, hatte er oft genug wiederholt, als hätte er die Gespräche heimlich mit angehört, die geflüsterten Bitten, die hinter der verschlossenen Schlafzimmertür geäußert worden waren. Nein. Er würde nicht aufgeben. Nicht, nachdem er so viel geopfert hatte, um weiterzumachen.

Camerons Stimme wandelte sich zu einem schrillen Kreischen, was bedeutete, dass er mit seiner Geduld am Ende war. Und Alasdairs Kopf hämmerte, sein Puls raste. Er musste alle paar Sekunden husten und sein Magen fing ernsthaft an sich zu verkrampfen. Ihm wurde heiß und kalt, dann wieder heiß.

Er würde die Kinder füttern. Wahrscheinlich hatten sie Hunger. Er stand mitten in der Küche und spürte, wie sein Magen sich umdrehte, aber schließlich gelang es ihm doch, den Zwillingen etwas zu essen zu machen. Anschließend wechselte er ihre Windeln und brachte sie für ihren Mittagsschlaf zu Bett. Dann legte er sich selbst hin.

Das Telefon weckte ihn um Viertel nach drei. Er war spät dran, um Samantha abzuholen.

Und tatsächlich war es Lorna, die aus der Schule anrief. „Alasdair, ist Samantha krank?“ Alasdair runzelte die Stirn und legte eine Hand auf die Küchenzeile, um sich abzustützen. Ihm war schwindelig und sein Kopf fühlte sich warm an.

„Soweit ich weiß, geht es ihr gut. Warum fragst du?“ Sein Puls beschleunigte sich noch mehr.

Am anderen Ende der Leitung entstand eine Pause. „Sie war heute nicht hier. Ich bin davon ausgegangen, dass sie krank ist.“

„Samantha war heute nicht in der Schule?“

„Nein, war sie nicht.“

„Ich habe sie heute Morgen abgesetzt.“ Er seufzte. „Sie muss geschwänzt haben.“

„Wäre sie dann nicht um drei wieder hergekommen, damit du nichts merkst, wenn du sie abholst?“

Alasdairs Haut wurde kalt und sein Herz fing an, noch mehr zu rasen als damals beim Fieber. „Ich gebe ihr noch eine Stunde“, sagte er. „Dann gehe ich zur Polizei.“

Es war voll, dann wieder ruhiger, wieder voller, dann ruhiger, den ganzen Nachmittag lang. Bridie hatte um ihre Kasse herum aufgeräumt und sogar die Türen mit Glasreiniger geputzt. Nachdem sie eine einzelne Kundin bedient hatte, eine ältere Dame, die vier Dosen Katzenfutter kaufte, sah sie sich um, ob sie noch etwas tun könnte.

Winslow löste das Problem für sie. „Gehen Sie nach hinten und machen Sie die Kühltruhe mit den Milchprodukten sauber“, wies der Filialleiter sie an. „Jemand hat einen Liter Milch verschüttet.“

Bridie ärgerte sich. Einen Moment lang überlegte sie, ob sie zu Winslow sagen sollte, das sei eine Arbeit für Aushilfen, aber noch während sie die Worte in Gedanken formulierte, konnte sie die Stimme ihrer Großmutter hören. „*Wenn Gott die Herrlichkeit des Himmels verlassen hat und auf die Erde gekommen ist, dann kannst du doch wohl die Bohnen pflücken*“, oder die Toilette putzen oder was auch immer

Grandma ihr gerade aufgetragen hatte. Sie lächelte, schloss ihre Kasse ab und machte sich auf den Weg zur Kühlabteilung.

Es war der dämlichste Fall von Ladendiebstahl, den Bridie jemals gesehen hatte. Erstens war die Täterin ganz falsch angezogen. Ihre Kleidung war zu dünn, sodass die Flasche, die sie hatte mitgehen lassen, sich klar unter ihrem T-Shirt abzeichnete, egal, wie sehr sie versuchte, sie mit ihren Armen zu verstecken. Außerdem lief sie hin und her, als würde sie sich vor feindlichen Truppen verstecken. In diesem Moment zum Beispiel lungerte sie hinter dem Regal am Ende des Ganges herum und spähte an einem Turm aus Dosen mit Schweinefleisch und Bohnen vorbei, als wartete sie darauf, dass die Schüsse nachließen und sie losrennen konnte.

Bridie trat hinter das Mädchen. „Los. Ich gebe dir Deckung", flüsterte sie.

Das Mädchen fuhr herum und ließ vor Schreck die Flasche fallen. Dunkles Glas verteilte sich im Gang und eine dunkelrote Flüssigkeit spritzte überall hin. Cabernet Sauvignon, keine Alkopops, wie die meisten Jugendlichen sie nahmen. Bridie blickte von ihren Tennisschuhen auf, die jetzt rosafarbene Tupfer hatten. Das verblüffte Gesicht, das zu ihr aufblickte, kam ihr immer bekannter vor. Sie starrte das Mädchen an und schüttelte dann den Kopf.

„Ich laufe dir immer wieder über den Weg."

Samantha starrte zurück, mit riesigen Augen, in denen sich Tränen sammelten.

„Was ist hier los?" Winslow kam abrupt neben ihnen zum Stehen, mit aufgerissenen Nüstern und geröteten Wangen. Der Filialleiter roch einen Ladendieb schneller als ein Bluthund und war unerbitterlich, wenn er einen von ihnen erwischte. „Ich schöpfte die strafrechtlichen Maßnahmen in vollem Umfang aus", sagte er gerne, um dann zu erklären, er tue den Jugendlichen eigentlich einen Gefallen. „Und?" Er keuchte beinahe, so aufgeregt war er.

Bridie setzte ein Lächeln auf. „Nur eine Flasche, die heruntergefallen ist."

So leicht ließ Winslow sich nicht abwimmeln. „Oh nein, das glaube ich nicht. Ein Mädchen in diesem Alter würde doch keine Flasche Wein kaufen, und was wollte sie damit machen, wenn sie sie nicht kaufen wollte? Nein, sie hat den Wein fallen gelassen, weil sie ihn stehlen wollte."

Die Tränen liefen jetzt über Samanthas Wangen. Die Wangen eines Kindes, wurde Bridie bewusst, als sie sie ansah. Sie war noch ein Kind.

„Wer hat gesagt, dass sie den Wein hat fallen lassen?" Sie drehte sich zu Winslow um und sah ihm direkt ins Gesicht. Seine geröteten Wangen färbten sich noch dunkler.

„Wollen Sie sagen, sie war es nicht?"

Bridie zögerte nur eine Sekunde. „Genau das will ich sagen. Ich war diejenige mit dem Wein. Sie ist zu schnell um die Ecke gebogen, und da ist die Flasche hingefallen."

Samanthas Tränen versiegten. Sie schniefte und wartete ab, was als Nächstes passieren würde. Ihr Augenmake-up folgte allmählich den Spuren ihrer Tränen und hinterließ schwarze Flecken unter ihren Wimpern. Bridie musste sich ein Lächeln verkneifen.

„Das glaube ich nicht", sagte Winslow. Seine Stimme war tonlos und seine Augen bohrten gemeine kleine Löcher in Bridies Lüge.

Aber anstatt sich zu schämen, wurde sie wütend. Konnte Winslow das Ganze nicht einmal auf sich beruhen lassen? Aber nein, er musste immer alle bis zum Äußersten treiben und die Situation dann so richtig auskosten.

Bridie verschränkte die Arme und funkelte ihn an.

„Wir werden es ja sehen", sagte er.

Bridie runzelte die Stirn, dann traf die Erkenntnis sie wie ein kalter Wind im Gesicht. Was hatte sie sich nur gedacht? Die Sicherheitskameras hatten doch alles aufgezeichnet.

„Wir drücken einfach auf die Rückspultaste, dann sehen wir es ja."

Ihr Magen verkrampfte sich, als hätte jemand eine Schlinge darum gelegt und zugezogen. „Gut", sagte sie, „wir werden ja sehen." Sie bluffte wieder, so wie sie es bei Jonah getan hatte, damals, in der Nacht vor so langer Zeit, als er ihr in die Augen geleuchtet hatte. Aber Winslow war nicht mit Drogen zugedröhnt. Was er an grauen Zellen hatte, arbeitete durchaus logisch, und auch wenn sein Verstand etwas begrenzt war, funktionierte er. Sie sah Samantha an, deren Augen wieder überzufließen drohten.

„Dann sehen wir nach", sagte er und befahl ihnen mehr voranzugehen, als dass er sie einlud. Bridie ging erhobenen Hauptes zwischen den Waren hindurch, vorbei an den Kassen. Ihre Kolleginnen sahen sie vorbeigehen, einige neugierig, andere mit wissender Miene. Sie hatten dieses Schauspiel schon oft genug miterlebt. Carmen stand mit offenem Mund da und vor Bridies Augen verwandelte ihre Miene sich von überrascht zu empört.

„Was ist hier los?", rief sie.

„Ich habe ein paar Ladendiebe erwischt, das ist los", gab Winslow zurück.

Carmen kniff die Augen zusammen und presste die Lippen aufeinander. Sie holte ihr Handy aus der Tasche und tippte eilig eine Nummer. Winslow ging ihnen voran ins Büro und begann an der Sicherheitskamera herumzufingern. Bridies Gedanken überschlugen sich. Wenn er die Polizei rief, konnte alles auffliegen. Ihr Ausweis würde einer genaueren Überprüfung wahrscheinlich nicht standhalten, und was wäre dann? Sie kannte Jonah gut genug, um zu wissen, dass er sie nicht einfach abgeschrieben hatte. Solange er glaubte, sie hätte sein Geld, würde er sie nicht verpfeifen, aber sie hatte keine Ahnung, was Dwayne gesagt hatte. Wenn sie ihre wahre Identität entdeckten, fanden sie vielleicht auch einen Haftbefehl für sie. Sie bekam es mit der Angst zu tun. Das Leben, das sie sich so sorgfältig aufgebaut hatte, verdunkelte sich um sie herum und fing an, über ihrem Kopf zusammenzuschlagen. Die Öffnung über ihr, die Licht und Luft hereingelassen hatte, wurde immer kleiner. Sie merkte, dass ihr Atem flacher ging, als bekäme sie nicht genug Luft.

Samantha sah sie an, offensichtlich besorgt. Bridie hatte Angst, sich übergeben zu müssen. Winslow merkte von alldem nichts. Er hatte das Band an die Stelle zurückgespult, die er gesucht hatte.

„Dann sehen wir mal", sagte er und drückte auf die Abspieltaste.

Da waren sie in körnigem Schwarzweiß. Bridie konnte ihre eigene Fußspitze in der oberen rechten Ecke des Bildschirms sehen, wo sie gerade die Kühltruhe fertig geputzt hatte. Im Vordergrund war Samantha zu sehen, die auf ihren hohen Hacken herumwackelte und sich mit schuldbewusster Miene in allen Richtungen umsah, bevor sie die Hand ausstreckte, eine Flasche Wein aus dem Regal nahm und dann schnell unter ihr Hemd steckte. Bridie sah wie hypnotisiert zu, wie sie selbst sich aufrichtete, ihre Hände abwischte, sich umdrehte und Samantha entdeckte. Jetzt ging sie auf das Mädchen zu. Ups. Die Flasche fiel zu Boden. Jetzt sprachen Samantha und sie miteinander. Hier kam Winslow. Es war irgendwie unwirklich. Jetzt spielte das Band ab, wie sie sich zu dritt unterhielten und Winslow in Richtung Büro zeigte. Dann verschwanden sie einer nach dem anderen aus dem Blickfeld der Kamera. Die letzten Bilder zeigten den Getränkegang, der jetzt leer war, abgesehen von den Glasscherben und der dunklen Flüssigkeit. Winslow drehte sich triumphierend um.

„Ich habe den Beweis“, sagte er. „Hier ist es schwarz auf weiß. Ihr beide auf Band. Ihr arbeitet schon länger zusammen, oder? Bridie steht Schmiere und gibt dir ein Zeichen, wenn die Luft rein ist, und dann kommst du und raubst mich aus?“

Bridie sagte nichts. Sie würde im Gefängnis landen. Im Gefängnis. Und niemand konnte ihr helfen.

„Sie haben bewiesen, dass ich gestohlen habe. Und das stimmt, das habe ich.“

Bridie öffnete erschrocken die Augen. Samantha sprach und ihre Stimme war mutig und klar. Ihre Wangen waren blass und ihre Augen immer noch dunkel umrandet, aber sie sah nicht mehr ängstlich aus.

„Sie haben mich auf Band, aber das ist alles. Sie hat nicht für mich Schmiere gestanden. Sie hat mich erwischt.“

Bridie blinzelte. Samantha starrte zurück. Winslow kniff seine kleinen schwarzen Marmoraugen zusammen und verzog den Mund zu einem zufriedenen Lächeln. „Hat sie deshalb für dich gelogen, als ich dich auf frischer Tat ertappt habe?“

Darauf schien es keine Antwort zu geben. Bridie hörte die Stimme ihrer Großmutter, die sie warnte, dass Lügen nie ein Problem lösten, sondern eine verfahrene Situation nur noch schlimmer machten. Sie schloss die Augen wieder.

„Gibt es hier ein Problem?“ Eine neue Stimme mischte sich ein. Bridie war ganz schwindelig. Sie zog sich einen Stuhl heran und setzte sich, bevor ihre Knie nachgeben konnten.

„Carmen hat mich angerufen und gesagt, es gebe Schwierigkeiten. Ich war in der Nähe und dachte, ich sehe nach, ob ich behilflich sein kann.“ Bridie schirmte ihre Augen vor Newlees Blicken ab, aber als sie zwischen ihren Fingern hindurchlugte, sah sie, dass seine Miene freundlich war und nicht anklagend. Samantha, die offenbar einsah, dass die Sache noch eine Weile dauern würde, zog sich ebenfalls einen Stuhl heran.

„Warum setzen wir uns nicht alle?", schlug Newlee lächelnd vor. Auch er nahm sich einen Stuhl, und als er sich setzte, knarrte das Leder. Winslow sah aus, als würde er einen Anfall bekommen. Er blieb stehen und fing an, auf den Tasten der Überwachungskamera herumzuhämmern und das Band zurückzuspulen. „Das Problem ist, dass diese junge Dame mich mit Hilfe meiner Angestellten bestohlen hat", sagte Winslow. „Ich wollte Sie gerade anrufen."

„Wie alt bist du, Fräulein?" Newlee richtete die Frage an Samantha. Sie wurde blass. Offenbar verlor sie bereits die Fassung, wenn ein Gesetzeshüter auch nur mit ihr sprach.

„Dreizehn." Ihre Stimme bebte. Sie sah mehr denn je wie ein Kind aus. Egal, wie viel Make-up sie um ihre Augen schmierte.

Newlee nickte und zog ein Notizbuch aus seiner Tasche. „Und wie heißt du?"

Samantha räusperte sich. „Samantha MacPherson."

Newlee schrieb. „Adresse?"

„Fairfax Street, Nummer 920."

Newlee schrieb weiter.

„Telefon?"

Samantha antwortete. Newlee schrieb.

„Eltern zu Hause?"

„Mein Dad –" Samantha räusperte sich noch einmal und wieder kamen ihr die Tränen. Die schwarzen Flecken bewegten sich in südlicher Richtung, angeführt von einem dunklen Rinnsal. „Mein Dad ist wahrscheinlich zu Hause." Sie gab einen Laut von sich, der irgendwo zwischen einem Schluckauf und einem Schluchzer angesiedelt war.

Newlee nickte und blickte auf. Winslow hatte das Band vorbereitet.

„Hier. Sehen Sie ruhig, Herr Wachtmeister. Los geht's." Er drückte die Starttaste und die geschmacklose kleine Szene lief erneut ab. Plötzlich erschien es Bridie, als wäre ihr ganzes Leben so. Dieselbe Szene, die sich ständig wiederholte. Nie eine Unterbrechung, nie eine Abwandlung. Eine Zeit lang kam sie klar, dann gab es eine Weggabelung, und sie nahm unweigerlich immer die falsche Abzweigung. Sie bedeckte ihre Augen wieder.

„Ich verstehe“, sagte Newlee mit ruhiger Stimme. „Sieht aus, als wäre jemand auf frischer Tat ertappt worden.“

„Genau“, krähte Winslow.

Bridie schloss die Augen noch fester. Samanthas Laute klangen jetzt eindeutig mehr nach Schluchzern.

„Und eine meiner eigenen Angestellten hat gelogen, um die Sache zu vertuschen“, fuhr Winslow fort. „Ich glaube, die beiden stecken unter einer Decke.“

„Das tun wir nicht.“ Samantha ergriff wieder das Wort und ihre Stimme klang fest, obwohl sie sichtlich Angst hatte. „Sie wusste nichts davon.“

Winslow wollte anfangen zu widersprechen, aber Newlee hob die Hand, um ihn daran zu hindern. „Ich glaube, es dürfte schwer werden, Ihre Anschuldigung zu beweisen“, sagte Newlee. „Nach allem, was ich auf dem Band sehe, gibt es keinen Grund anzunehmen, dass Ihre Angestellte etwas mit der Sache zu tun hatte. Ich schlage vor, Sie lassen sie weiterarbeiten. Ich nehme die Anzeige auf und bringe diese junge Dame hier nach Hause.“

Bridie hielt die Luft an. Vielleicht, vielleicht, vielleicht würde doch noch alles gut.

„Nein, nein, nein.“ Winslow schüttelte den Kopf. Samanthas Schluchzen wurde ein wenig lauter. Wahrscheinlich malte sie sich aus, wie sie in einem orangefarbenen Anzug und mit Fußfesseln im Gefängnis saß. „Bringen Sie *die da* nach Hause“, sagte Winslow mit einem Blick auf Samantha. „Ich wollte Sie sowieso anrufen. Aber um Miss Collins kümmere ich mich.“

Bridie ließ die Hände sinken und richtete sich auf. Es hatte keinen Sinn, die Wahrheit länger zu leugnen. „Die Mühe erspare ich Ihnen“, sagte sie und erhob sich.

„Oh nein, das werden Sie nicht.“ Winslow versperrte ihr den Weg. „Sie werden nicht kündigen, bevor ich Sie feuern kann.“

„Bin ich verhaftet?“ Bridie richtete die Frage an Newlee. Er schüttelte den Kopf, aber seine Miene war besorgt.

„Dann hole ich meine Sachen“, sagte sie zu Winslow. „Sie können in meine Personalakte schreiben, was Sie wollen.“

„Darauf können Sie wetten. Wenn ich mit Ihnen fertig bin, wird Sie niemand mehr einstellen.“

„Ich kann dich mitnehmen“, sagte Newlee.

„Ist schon in Ordnung“, protestierte Bridie. Das Letzte, was sie wollte, war ein vertrauliches Gespräch mit Newlee.

„Ich bestehe darauf.“

Sie sah ihn an. Er erwiderte ihren Blick. Samanthas Schluchzen verebbte allmählich. Sie blickte zwischen ihnen beiden hin und her, als verfolge sie ein Tennismatch.

„Dann gerne“, willigte Bridie ein und versuchte beiläufig zu klingen. „Ich hole nur meine Sachen aus dem Schließfach. Bin gleich wieder da.“

Winslow warf Newlee einen bösartigen Blick zu und trat widerstrebend zur Seite.

„Lass dir Zeit“, sagte Newlee und setzte sich wieder auf seinen knarrenden Stuhl.

Lorna kam genau in dem Moment an, als die Polizei vor dem Pfarrhaus vorfuhr. Sie ging als Erste ins Haus und ihre Augen waren vom Weinen schon ganz rot.

„Oh, Alasdair.“ Sie klammerte sich an seinen Arm. „Vielleicht hat sie ja nur geschwänzt.“

„Vielleicht“, sagte er und packte ihre Hand. „Vielleicht war es etwas voreilig, die Polizei zu rufen.“ Die Zwillinge heulten in ihren Bettchen im Obergeschoss. Er hatte sich einmal übergeben müssen, während er auf die Polizei gewartet hatte, und ihm war schon wieder schlecht. Der Raum schwankte ein wenig, und wenn er die Augen zumachte, drehte sich alles. Eine kleine dunkle Gestalt kauerte im Keller seiner Psyche und flüsterte Böses. Er hatte auf irgendeine ganz elementare Weise versagt, was seine Tochter betraf. Das wusste er seit Monaten, vielleicht schon seit Jahren, und jetzt war sie allein da draußen in der Welt, lange bevor sie in der Lage war, sich sicher darin zu bewegen. Er hatte sie im Stich gelassen. Die Erkenntnis traf ihn wie ein hinterhältiger Stich durchs Zwerchfell.

Der Polizeibeamte stand jetzt vor der Tür und trat ein. Während er anfing, Fragen zu stellen, wurde Alasdair in eine andere Zeit zurückversetzt, als er die gleiche Art von Fragen beantwortet hatte. *„Kam sie*

Ihnen beunruhigt vor, als sie ging?" „Wissen Sie, wohin sie gegangen ist?" „Wer hat sie zuletzt gesehen?"

„Haben Sie ein aktuelles Foto?", fragte der Polizist ihn jetzt.

Alasdairs innerer Bildschirm zeigte seine eigenen Bilder, die so schrecklich waren, dass er sie nicht ertragen konnte. Er hustete und fing an zu zittern.

„Ich finde eins", sagte Lorna unter Tränen.

Es klopfte an der Tür. Er und Lorna liefen beide zur Tür, und Alasdair dachte, wenn es jemand von der Gemeinde war, der sich beschweren wollte, würde er die Person zu Boden schlagen. Er riss die Tür auf, und seine Erleichterung war so groß, dass sie ihn wie ein Hitzeschwall durchströmte. Es war Samantha. Hinter ihr stand ein anderer Polizeibeamter mit einer Frau. Alasdair sagte kein Wort, sondern nahm Samantha in die Arme und erdrückte sie fast.

„Was hast du dir nur gedacht?", wollte er wissen und hielt sie auf Armlänge von sich, damit er sie ansehen konnte. Erst als er seine Worte hörte, merkte er, dass er gebrüllt hatte.

Samantha fing an zu weinen. Wieder. Ihr Make-up war bereits verschmiert und ihre Nase rot. Er wollte aufhören zu brüllen und sie stattdessen trösten, aber die ganzen Emotionen, die er als Krankheit, Schuld, Panik und Angst durchlebt hatte, bahnten sich ihren Weg in Form von Wut nach draußen.

„Alasdair", murmelte Lorna.

„Was hast du dir nur dabei gedacht?", schrie er wieder, seine Hände immer noch auf ihren Schultern. „Wo warst du?"

„Im Supermarkt", schluchzte sie.

„Es gab ein kleines Problem." Jetzt sprach der neue Polizist und gab seinem Kollegen ein Zeichen. Sie traten zur Seite und unterhielten sich in gedämpftem Tonfall.

Alasdair ließ Samantha los. Sie trat einen Schritt zurück. Er schüttelte den Kopf. Nichts von all dem ergab einen Sinn. Genau wie alles andere in seinem Leben. Allmählich fing jeder Tag mit dem gleichen Gefühl an. Als hätte irgendein kosmisches Wesen Spaß daran, eine Handvoll Puzzleteile willkürlich über seinem Kopf auszuschütten. „Hier, sieh zu, was du damit anfangen kannst." Blasphemie, das wusste er, aber so empfand er nun mal. Das war die Wahrheit.

„Warum warst du im Supermarkt?" Er stellte sich vor, wie Samantha an der Bonbontheke herumhing, sich Comics ansah, die Dinge tat, die Kinder eben tun, wenn sie aus der Schule weglaufen.

Samantha ließ den Kopf hängen. Der zweite Polizist trat vor. „Ihre Tochter wurde beim Ladendiebstahl erwischt – eine Flasche Wein."

Alasdairs Magen drehte sich um und er fragte sich, ob er sich gleich hier im Flur würde übergeben müssen.

Samantha hob das Gesicht zu ihm auf. Es war traurig und trostlos und passte genau zu seinen eigenen Gefühlen. „Geh in dein Zimmer", sagte er. Sie drehte sich um und ging nach oben, und ausnahmsweise stieg sie leise die Treppe hinauf.

Die Zwillinge schrien. Er stand da und starrte die Wand hinter den Polizeibeamten an, die sich wieder besprachen. Lorna ging nach oben, um nach den Kindern zu sehen. Jetzt fiel ihm die Frau auf, die hinter ihr gestanden hatte. Sie kam ihm sehr bekannt vor, aber er konnte sie irgendwie nicht einordnen.

„Ich glaube, wir sind hier fertig, Sir." Der erste Polizeibeamte sprach. „Wir werden keine Anzeige erstatten, sofern der Ladenbesitzer nicht darauf besteht."

„Ich kümmere mich darum", sagte Alasdair. „Sie wird bestraft."

„Ist das Ihre Lösung?", fragte die Frau scharf.

Alasdair drehte sich zu ihr um. „Kenne ich Sie?"

Die beiden Polizisten wirkten verlegen. Lorna kam mit einem Kind auf jeder Hüfte die Treppe hinunter. Die Frau, die gesprochen hatte, streckte die Arme nach Cameron aus. Er ließ sich von ihr auf den Arm nehmen, von Schluchzern erschüttert, und vergrub seine laufende Nase in ihren Haaren. Die Frau gab ihm einen Kuss auf den Nacken und fing an, mit kreisförmigen Bewegungen über seinen Rücken zu reiben. Jetzt erinnerte Alasdair sich an sie. Sie war bei einer Mahlzeit zu Gast gewesen. Das Essen an Thanksgiving.

„Ihre Tochter braucht Hilfe", sagte sie, und ihre Stimme war jetzt leiser, aber genauso knallhart. „Ein Mann mit Ihrer Intelligenz sollte in der Lage sein, das zu erkennen. Sie zu bestrafen, wird überhaupt nichts bringen."

Was haben Sie mit dieser Sache zu tun?, wollte er sie fragen. Warum sind Sie überhaupt hier? Aber die Übelkeit stieg vor den Worten in ihm auf. Er wandte sich um und verließ das Zimmer. Als er sich übergeben hatte, waren die Polizisten fort und der Flur leer. Aus der Küche konnte er Stimmen zu sich herüberdringen hören. Er stieg die Treppe hinauf und es fühlte sich an, als wäre jede Stufe eine ganze Reise. An Samanthas Tür ging er vorbei, ohne stehen zu bleiben, und dann legte er sich auf sein Bett, ohne auch nur die Decke zurückzuschlagen.

11

Bridie lag auf ihrem Bett und starrte zur Decke hinauf. Es gab keinen Grund aufzustehen. Schließlich hatte sie keine Arbeit mehr. Sie knuffte ihr Kissen und zog die Decke hoch, sodass nur noch ihre Nase darunter hervorschaute. Da hatte sie sich eine schöne Suppe eingebrockt. Wieder einmal. Was hatte ihr Vater immer gesagt, wenn ihre Mutter wollte, dass er jemandem half? Keine gute Tat bleibt ungestraft? „Da hattest du recht", sagte sie laut in das leere Zimmer.

Es war ein Fehler gewesen, Samantha retten zu wollen. Noch ein Fehler in einem Leben voller Fehler, angefangen mit Jonah. Es hatte damals so geschienen, als gäbe es keine Alternative, aber ihre Entscheidung hatte alles nur noch schlimmer gemacht. Dann hatte sie geglaubt, wenn sie nur von ihm wegkäme, wäre das die Lösung für all ihre Probleme. Die einzige kleine Komplikation war, dass sie beschlossen hatte, wenn sie sein Geld mitnähme, wäre das eine gute Idee, und dann war sie so dumm gewesen, es sich unter ihrer Nase wegstehlen zu lassen. Und das Schlimmste war, dass sie die ganze Zeit, die sie damit verbracht hatte, an Jonah und Dwayne zu denken und sie hinter jedem Busch zu wittern, genauso gut noch hätte dort sein können.

Das Gebet, dass sie vor langer Zeit geflüstert hatte, schien sie jetzt zu verhöhnen. „Hätte ich doch Flügel wie eine Taube, dann würde ich fortfliegen und zur Ruhe kommen! An einen sicheren Ort möchte ich eilen vor dem Wetter, vor dem tobenden Sturm." Sie schnaubte unter der Bettdecke. Egal, wie viele Kilometer sie zwischen sich und ihre Vergangenheit brachte, sie konnte nicht vor sich selbst fliehen. Und sie war es allmählich leid wegzulaufen.

Was wäre, wenn? Was, wenn sie nie mit Jonah fortgegangen wäre? Was, wenn Mama nicht gestorben wäre? Wahrscheinlich wäre sie jetzt Lehrerin. Das hatte sie werden wollen. Sie stellte sich vor, wie sie vor einer Klasse mit gestriegelten Kindern stand, die sie voller Liebe und Bewunderung ansahen, während sie ihnen Dinge beibrachte – gute Dinge, die sie wissen mussten. Aber das würde jetzt nie geschehen.

Wie könnte sie ein College betreten und sagen: „Ich möchte mich für das Lehramtsstudium einschreiben“? Nein. Sie würde nie Lehrerin sein oder Krankenschwester oder Mutter, und sie würde nie irgendetwas anderes haben als einen unbedeutenden Job und ein unbedeutendes Leben.

Sie könnte genauso gut wieder mit Drogen dealen.

Der Gedanke war so schockierend, dass sie einen Moment lang gar nichts mehr denken konnte.

Nicht, dass sie nicht schon früher darüber nachgedacht hatte, aber sie hatte die Idee sonst immer schnell wieder verworfen, für gewöhnlich mit einem Frösteln. Jetzt schien es die logische Alternative zu sein. Sie hatte keine Arbeit. Sie hatte eine Freundin – Carmen. Lorna zählte nicht. Christen mussten freundlich sein.

Und die Sache hätte noch einen Vorteil. Wenn sie in ihre alten Gefilde zurückkehrte, könnte sie sich mit jemandem zusammentun, der noch schlimmer und furchteinflößender war als Jonah. Wenn sie sich bei ihm ausreichend nützlich machte, übernahm er vielleicht ihre Schulden bei Jonah oder, was wahrscheinlicher war, verjagte ihn, wenn er wieder aus dem Gefängnis kam. Sie hatte genug Geld gespart, um zurückfahren zu können, wenn auch nur knapp, nachdem sie Carmen gegeben hatte, was sie ihr schuldete.

Sie lag noch einen Augenblick da und wägte die Alternativen ab. Zurück zum Drogendealen oder aufstehen und die Stellenanzeigen durchsehen. Hierbleiben oder zu dem Leben zurückkehren, vor dem sie geflohen war. Ihr war beinahe danach zumute, eine Münze zu werfen. Sie würde ihr Leben in die Luft werfen und sehen, wo es herunterkam. Warum nicht?

Aber aufzustehen, um eine Münze zu suchen, erschien ihr zu viel Mühe. Stattdessen beschloss sie, eine Wette abzuschließen. Mit Gott? Wer auch immer zuhörte. Sie setzte sich im Bett auf und nickte, als sie eine Entscheidung getroffen hatte. Wenn sie bis zum Abend einen Job gefunden hätte, würde sie hier in Alexandria bleiben, bis es an der Zeit war, eine größere Entfernung zwischen sie und Jonah zu bringen. Wenn sie bis zum Abend keinen Job gefunden hätte, würde sie zu den Hügeln zurückreisen, sich bei den Geschäften eines anderen unentbehrlich machen und es ihm überlassen, mit Jonah fertigzuwerden. Am Ende dieses Tages würde ihr Schicksal besiegelt sein – so oder so. Sie stand auf und fühlte sich ein wenig besser, obwohl es ein hartes, brüchiges Besser war. Sie sah sich mit zusammengekniffenen Augen im Zimmer um.

Sie machte sich nicht die Mühe, ihr Bett zu machen, sondern ging ins Bad und dann durch die Wohnung, um den Hörer des Telefons abzunehmen. Zum Glück war Carmens Tür geschlossen und Newlees Wagen war fort. Ihre Fahrt vom Pfarrhaus zurück war unangenehm gewesen und ihre Unterhaltung einseitig.

„Carmen macht sich Sorgen um dich“, hatte er begonnen.

Sie hatte mit verschränkten Armen zugehört und aus dem Fenster gestarrt, sodass sie sich vorkam wie Samantha.

„Wenn du Probleme hast, kann ich dir vielleicht helfen“, hatte Newlee ihr angeboten, und auch seine Stimme hatte besorgt geklungen.

„Danke“, hatte sie geantwortet. „Das weiß ich zu schätzen. Wirklich“, und einen Augenblick lang, als sie in Newlees breites, ehrliches Gesicht sah, war sie versucht gewesen, ihm alles zu erzählen. Ihm ihr Herz auszuschütten und einfach alles fallen zu lassen. Was für eine Erleichterung das wäre. Das Schweigen hatte sich zwischen ihnen ausgedehnt und war irgendwann zerrissen. „Das ist etwas, wobei du mir nicht helfen kannst“, hatte sie schließlich gesagt.

Jetzt öffnete sie die Haustür, lehnte sich über den Treppenabsatz und holte die Zeitung herein. Dann sperrte sie den Morgen schnell wieder aus, der wie ihre Laune kalt und düster war. Sie dachte an Samantha und fragte sich, wie ihr Tag wohl begonnen hatte. Als sie an Alasdair MacPhersons strenge Miene dachte, tat das Mädchen ihr leid, und wieder wünschte sie, es gäbe etwas, womit sie Samantha helfen könnte. Die Worte „verlorene Seele“ formten sich in ihren Gedanken, aber seltsamerweise erschien dazu Alasdair MacPhersons Gesicht vor ihrem geistigen Auge und nicht das von Samantha. Es müsste ihr eigenes Gesicht sein, sagte sie sich, und sie sollte sich um ihre eigenen Angelegenheiten kümmern.

Bridie kochte Kaffee und erledigte dann ihr anderes morgendliches Ritual. Sie setzte sich an Carmens Computer, fuhr ihn hoch und loggte sich auf dem Internetserver ein. Mit ein paar Klicks war sie auf der Seite der Justizbehörde von Virginia und fand den Insassen Jonah Porter. Sie klickte nicht auf das Bild, sondern überprüfte nur das Entlassungsdatum, das noch angenehm weit entfernt war.

Die Kaffeemaschine gurgelte. Der Kaffee war fertig. Sie schenkte sich eine Tasse ein und schlug die Stellenanzeigen auf.

„Es ist eine echte Grippe." Fionas Mann, der Internist war, hatte Alasdair nach einem Hausbesuch am vergangenen Abend die Diagnose gegeben. „Bettruhe und Hühnersuppe", hatte er verordnet.

Lorna schüttelte den Kopf und fragte sich, wie sie diese neue Krise bewältigen sollten. Sie hatte letzte Nacht im Gästezimmer geschlafen, damit sie sich um die Zwillinge kümmern konnte, die immer noch mehrmals in der Nacht weinend aufwachten. Wie ihre Schwester und ihr Vater schienen sie von Sorgen erschüttert, die sie nicht benennen konnten. Lorna hatte sich gestern Abend und heute frei genommen, doch ihre beiden Vorgesetzten waren gar nicht begeistert gewesen. Sie konnte hier unmöglich unbegrenzt die Stellung halten.

Sie legte jedem der Zwillinge noch eine Handvoll Cheerios auf das Tablett ihres Hochstuhls und sah auf die Uhr. Samantha musste gleich in die Schule, und seitdem sie sie vor vierzig Minuten geweckt hatte, war kein Laut mehr von oben zu hören gewesen. Nachdem sie die Zwillinge in ihr Laufställchen gesetzt hatte, stieg Lorna die Treppe hinauf und stieß die Tür auf. Samantha war noch im Bett, ein regloser Haufen aus Laken und Decken.

„Du bist nicht fertig für die Schule." Dadurch, dass sie das Offensichtliche bemerkte, gewann sie Zeit zum Nachdenken.

„Ich gehe nicht hin." Samanthas Stimme klang gedämpft und leise.

„Bist du krank?"

Lange Pause. „Ja."

Lorna seufzte und schloss die Tür. Dann sah sie nach Alasdair und stellte fest, dass er schlief. Sie ging wieder in die Küche. Die Zwillinge waren zufrieden, also überließ sie die beiden sich selbst, goss sich eine Tasse Kaffee ein und setzte sich, um nachzudenken.

Sie erinnerte sich daran, wie sie vor Wochen auf demselben Platz gesessen und für den armen Alasdair gebetet hatte, und wie sie sich hätte denken können, schien es, als hätte ihr Gebet alles nur noch schlimmer gemacht. Alasdair hatte immer noch Probleme mit seiner Arbeit, nur noch größere. Samantha war auf der Rebellenskala eine Stufe höher geklettert. Jetzt wurden schon ihre Freunde mit in das Netz der Verzweiflung hineingezogen – man musste sich nur die arme Bridie ansehen. Lorna stand auf und ging zur Spüle. Eine Auflaufform von vor zwei Tagen stand dort immer noch zum Einweichen, die angetrockneten Kartoffeln waren vollkommen verkrustet. Sie nahm den Scheuerschwamm und tauchte ihre Hand in die fettige Brühe. Ihre Wangen röteten sich, als sie daran dachte, was sie sich eingebildet hatte. Sie hatte gedacht, Gott hätte zu ihr gesprochen. Hätte ihr etwas versprochen. Sie schüttelte den Kopf. Im grauen Licht dieses Morgens konnte selbst sie, die Königin der Leugnung, die Wahrheit erkennen. Alasdair lag oben im verdunkelten Zimmer, völlig außer Gefecht gesetzt, seine Arbeit blieb unerledigt. Samantha hatte sich deprimiert im Bett zusammengerollt, und die Zwillinge würden einen weiteren ziellosen Tag verbringen. Nein, wurde ihr bewusst. Nichts von alldem konnte man irrtümlich für eine Gebetserhörung halten.

Es gibt einfach schwere Zeiten, sagte sie sich. Und nirgendwo steht, dass Gott sie beenden wird. Sie nahm einen Löffel aus der Schublade und fing an, den festgebackenen Kartoffelrand in der Auflaufform zu bearbeiten. Irgendwie hatte sie das Gefühl, als hätte jemand ihr einen riesigen Keil ins Herz getrieben und hämmerte jetzt darauf herum, um es ganz zu spalten. Natürlich war es *ihr* Gebet, das das Haus zum Einstürzen brachte, das den letzten Balken wegstieß, der alles aufrechthielt. *Ihr* Gebet, *ihre* Versuche zu helfen.

Sie kratzte und scheuerte und plötzlich sah sie in dem grauen Spülwasser, ohne es zu wollen, dasselbe Bild – Alasdair, mit offenem, lächelndem Gesicht, eine lachende Samantha und die Zwillinge, die geliebt und umsorgt wurden. Sie drehte das heiße Wasser voll auf, um das Bild wegzuspülen. *Das werde ich tun*, hatte sie zu hören geglaubt. *Und du darfst mir helfen.*

Lorna warf den Scheuerschwamm fort und stützte sich mit beiden Händen auf der Spüle ab. Sie war wütend. Nur mit Mühe widerstand sie dem Drang, etwas zu nehmen und zu zerbrechen, die schreckliche Auflaufform an die Wand zu werfen und zuzusehen, wie die Seifenblasen und Kartoffelstücke auf den schmutzigen Boden rutschten.

Stattdessen räumte sie das saubere Geschirr fort, machte die Flaschen für die Zwillinge fertig und stellte das Radio neben der Spüle an, während sie die Arbeitsplatte abwischte. Es war Zeit für Alasdairs

Sendung. Sie würde ihr die Möglichkeit geben, sich auf etwas anderes zu konzentrieren als auf ihre düsteren Gedanken. Die Eingangsmelodie ertönte, der Sprecher warb für die Studienbibel und die jüngste Veröffentlichung und sagte dann: „In dieser Woche bringen wir eine Auswahl von MacPhersons besten Gedanken." Eine Predigtreihe, die er vor zehn Jahren bei einer Tagung Reformierter Theologen gehalten hatte. Jetzt kratzten sie aber wirklich die letzten Reste zusammen. Das Wort ‚kratzen' erinnerte sie an die Auflaufform, die noch immer in der Spüle stand. Sie machte sich wieder an die Arbeit. Du liebe Güte, an den Seiten und dem Boden der Schüssel klebten noch genügend Kartoffeln, um eine weitere Person satt zu machen. Sie schnitt eine Grimasse, als sie den aufgeweichten Haufen in den Müll warf. Die Musik, ein Stück für Dudelsack, verklang, dann kam die Anmoderation in Form eines Zitats aus einer Predigt, die als Appetitanreger diente. Die Stimme ihres Bruders dröhnte aus dem kleinen Küchenradio.

„Jedes Mal, wenn Gott dir ein Versprechen gibt oder mir ein Versprechen gibt, oder wann immer er uns vor Augen stellt, was er tun will, dann können wir uns auf eins verlassen: Es wird auf die Probe gestellt werden. Nachdem Gott uns seinen Plan gezeigt hat, werden die Ereignisse uns beinahe immer glauben lassen, dass es unmöglich ist."

Lorna stand wie angewurzelt da, ihre Hände noch immer in der lauwarmen Mischung aus Kartoffeln und Spülmittel. Ihr war, als ließe eine göttliche Hand eine Botschaft direkt vor ihrer Nase baumeln. „Huhu! Hörst du zu, Lorna?" Plötzlich schämte und freute sie sich zugleich. Sie nahm die Hände aus der Spüle und trocknete sie mit einem Papiertuch ab, dann setzte sie sich wieder an den Tisch. Nach einer Weile neigte sie den Kopf. Die Stimme ihres Bruders sprach weiter und bildete den Hintergrund für ihr Gespräch mit Gott.

„Ich habe es mir also nicht eingebildet", flüsterte sie. „Ich weiß es. Du bist am Werk. Alasdair hat einfach recht. Für jede Verheißung Gottes gibt es einen Test." Sie schloss die Augen und wartete geduldig auf irgendetwas. Darauf, dass eine Stimme sprach, eine Hand sich regte. Auf irgendeinen Lohn für ihre Erkenntnis.

Nichts geschah. Sie schlug die Augen auf. Alles war genau so, wie es vorher gewesen war. Diesmal gab es kein Wunder. Keine Bilder. Sie lächelte und ging nach einigen Augenblicken zur Spüle zurück. Alasdair fuhr mit seiner Predigt fort und Lorna wurde in die Vergangenheit zurückversetzt, in glücklichere Tage, als Alasdairs leidenschaftlicher Glaube noch ein Feuer in kalten Herzen hatte entzünden können. Sie wusch die Auflaufform zu Ende ab und stellte sie auf das Abtropfbrett. Dann putzte sie die Spüle.

Als sie fertig war, setzte sie sich wieder an den Tisch und trank noch einen Schluck Kaffee, während sie die Ereignisse des gestrigen Tages trotz ihrer neu gewonnenen Hoffnung noch einmal Revue passieren ließ. Arme Bridie. Jetzt würde sie sich eine neue Arbeit suchen müssen.

Zwei Tatsachen wanderten aus verschiedenen Ecken ihres Gehirns zusammen und verbanden sich miteinander. Sie überlegte sorgfältig. Die Idee war gut. Nicht die Antwort auf all ihre Gebete, aber wenigstens würden dadurch zwei Probleme gelöst. Sie überlegte, ob sie Winifred oder Fiona anrufen und sie nach ihrer Meinung fragen sollte, aber dann wurde ihr klar, dass sie nicht die Zeit hatte, mit ihnen zu sprechen. Und Alasdair war nicht in einem Zustand, in dem man ihn zu Rate ziehen konnte. Es war ein echter Notfall, und entschlossenes Handeln war gefragt. Es lag an ihr. Sie verspürte ein flatterndes Gefühl der Aufregung.

Lorna holte das Telefonbuch und blätterte darin, bis sie die richtige Seite gefunden hatte. Der Name, den sie suchte, stand nicht darin. Sie überlegte wieder und schlug dann die Nummer des Supermarkts nach. Sie fragte nach dem Filialleiter, stellte sich vor und erklärte dann, was sie wollte.

„Ich tue das nur, weil Sie im Auftrag des Pastors anrufen", protestierte der Filialleiter. „Ich kann verstehen, warum Sie ein Hühnchen mit ihr rupfen wollen. Wo sie Ihre Nichte in die Irre geführt hat und so." Lorna machte sich nicht die Mühe, ihm zu widersprechen, sondern gab nur vage Laute von sich und schrieb die Information auf, die er ihr gab. Sie wählte die Telefonnummer mehrfach, aber jedes Mal sprang ein Anrufbeantworter an. Es würde nichts nützen, eine Nachricht zu hinterlassen. Nicht bei einer solchen Sache. Ihre Bitte konnte zu leicht abgeschlagen werden. Sie betrachtete die andere Information, die sie auf den Zettel geschrieben hatte – Bridies Adresse. Sie überlegte nur kurz, und nachdem sie noch einmal nach Alasdair und Samantha gesehen hatte, setzte sie die Zwillinge in den Wagen und fuhr los.

Bridie überflog die Stellenanzeigen und markierte einige, aber mehr aus Pflichtgefühl als in der Hoffnung, dass sie die Arbeit bekommen würde. Es wurden keine Kassiererinnen gesucht, und das schien alles zu sein, wofür sie geeignet war. Als es an der Tür klopfte, schreckte sie unwillkürlich zusammen. Sie ging zum Spion, blickte hindurch und trat dann einen Schritt zurück, während sie überlegte. Das zweite Klopfen gab den Ausschlag. Sie würde sich lieber der Person auf der Türschwelle stellen, als zu riskieren, dass ihre Mitbewohnerin aufwachte und Fragen stellte. Langsam zog sie die Tür auf.

„Hallo, Lorna“, sagte sie.

Bridie hörte zu, während Lorna ihr Angebot erläuterte. Sie beobachtete, wie die Zwillinge Carmens Schublade mit den Tupperdosen durcheinanderbrachten, ließ ihren kalten Kaffee im Becher kreisen und dachte nach. „Würde es bedeuten, dass ich auch dort wohne?“, fragte sie schließlich.

„Es könnte gelegentlich nötig sein, dass Sie über Nacht bleiben.“

Lorna sah besorgt aus, als wäre das ein Punkt, der eine Übereinkunft verhindern könnte. Aber eigentlich war Bridie im Moment jede Gelegenheit, Carmen und Newlee aus dem Weg zu gehen, willkommen.

„Alasdair ist oft unterwegs und ich selbst habe im Moment ein Problem. Ich habe eine zweite Stelle, bei der ich nachts arbeite und die ich nicht aufgeben kann, weil ich das Geld brauche. Aber jetzt, da Alasdair krank ist, sollte eigentlich auch nachts jemand bei den Kindern sein. Normalerweise könnten Sie natürlich nach dem Abendessen gehen. Sie könnten alle Mahlzeiten mit der Familie einnehmen und auch das Auto benutzen. Sie könnten tun, was Sie wollen. Es wäre so, als würden Sie zur Familie gehören“, fügte Lorna hinzu. „Ich weiß, dass der Lohn nicht hoch ist, aber wir könnten Ihre Krankenversicherung über die Gemeinde laufen lassen.“

Bridie dachte nach. Es wäre sicherlich keine Dauerlösung, aber es würde ihr Zeit geben, sich etwas anderes zu überlegen, und sie hätte einen Ort, an dem sie Newlee und Carmen aus dem Weg gehen konnte. Sie hatte gesagt, sie würde bleiben, wenn sie heute eine Arbeit fand.

Und dies war eine Arbeit, wurde ihr mit einer Erleichterung bewusst, die sie überraschte.

„Ich kann mich nicht auf eine bestimmte Dauer festlegen“, gab sie zu bedenken.

„Was auch immer Sie uns an Zeit widmen könnten, wäre ein Geschenk“, sagte Lorna schlicht.

Bridie überlegte noch etwas länger. Das Schweigen hing zwischen ihnen. „Also gut“, sagte sie schließlich. „Ich mache es für eine Weile. Wann fange ich an?“

Lornas Gesicht entspannte sich zu einem wundervollen Lächeln. „Gestern“, sagte sie.

12

Zwölf Stunden später stand Bridie in der Küche des Pfarrhauses und nickte pflichtbewusst zu allem, was Lorna sagte. Ihre Augen waren auf Lornas Gesicht gerichtet, aber ihre Gedanken drehten sich um all die Gründe, warum sie hätte Nein sagen sollen. Nein, nein, nein. N-E-I-N.

Lorna wuselte um sie herum und zeigte ihr alles. „Hier ist das Geschirr. Da finden Sie haltbare Lebensmittel. Die Babynahrung ist in der Speisekammer dort drüben. Samanthas Geld fürs Mittagessen ist hier. Ich sorge dafür, dass Sie genug Geld für Lebensmittel und Haushaltswaren haben. Hier ist ein kleiner Plan, den ich erstellt habe – Samanthas Schulzeiten, Mittagsschlaf der Zwillinge, solche Sachen." Lorna hielt inne.

Bridie nickte wieder.

„Ist das zu viel auf einmal? Ich will Sie ja nicht verwirren."

„Nein, überhaupt nicht." Sie war nicht verwirrt, denn sie hörte gar nicht zu. Sie dachte darüber nach, was sie hätte sagen sollen, anstatt Ja zu sagen, wie sie es getan hatte. Aber Lorna hatte sie so hoffnungsvoll angesehen.

„Sind Sie sich sicher, dass es Ihnen nichts ausmacht, ein paar Tage hier zu übernachten?", fragte Lorna.

„Es macht mir nichts aus." Zum ersten Mal an diesem Tag sagte sie die Wahrheit. Aber es hätte einfachere Wege gegeben, Carmen aus dem Weg zu gehen. Zum Beispiel sich in einem Motel einzumieten. Dieser Ort war schrecklich unordentlich.

Das heißt, eigentlich nicht unordentlich. Oberflächlich war das Haus aufgeräumt, aber darunter fühlte es sich schmutzig an. So als wäre der Anschein unheimlich wichtig, aber seit Jahren hatte niemand mehr die Kissen aufgeschüttelt, Teppiche ausgeklopft, die Fenster geöffnet und einmal richtig gründlich sauber gemacht. Alles diente dazu, Besucher zufriedenzustellen, aber nicht dazu, der Familie ein Gefühl der Geborgenheit zu geben.

Zum Beispiel das Wohnzimmer. Es war der größte Raum im Haus, aber diente es irgendeinem Zweck? Es war mit diesen schrecklichen

Möbeln vollgestopft und ordentlich anzusehen, aber die Bezeichnung „ungemütlich" war noch untertrieben. Sie bezweifelte, dass jemand länger als ein paar Minuten auf dem Sessel sitzen konnte, ohne dass ihm irgendein Körperteil einschlief. Und jeder Zentimeter war mit zerbrechlichen Antiquitäten zugestellt, jede Oberfläche voller Dinge, die die Kinder besser nicht in die Finger bekommen sollten. Dinge, die auf den ersten Blick hübsch aussahen, aber bei näherem Hinsehen vernachlässigt und traurig wirkten. Die Uhren waren hochwertig, aber keine von ihnen ging richtig. Das Silber war unterschiedlich stark angelaufen. Die gerahmten Bilder und Sticktücher, Porzellanfiguren, Vasen und Kerzenleuchter waren schön, aber seit Monaten nicht mehr abgestaubt worden. Und es gab eine Menge nutzloses Zeug, zum Beispiel eine Fingerhutsammlung und eine ganze Herde aus kleinen Glastieren, die aussahen, als würden sie bei der kleinsten Berührung zerbrechen. Das Esszimmer und sogar der Flur waren genauso ausgestattet. Eigentlich gab es, wie ihr bewusst wurde, im ganzen Haus keinen Platz, an dem es ungefährlich war, ein Kind loszulassen.

Der einzige Raum, der einigermaßen bewohnt aussah, war die Küche, aber auch hier waren die Prioritäten deutlich zu erkennen. Es gab eine winzige Ecke, kaum geräumiger als ein großer Wandschrank, in die sie ein kleines Sofa und den Laufstall der Kinder gequetscht hatten. Der Geschirrschrank im Esszimmer enthielt Unmengen an schönem Geschirr, aber hier in der Küche, wo die Familie tatsächlich aß, gab es nur eine bunte Mischung aus angeschlagenen Tellern, Schüsseln und Gläsern, die aussahen wie aus einem Laden für Bedürftige. Und von allem nicht einmal genug, um für die kleine vierköpfige Familie den Tisch zu decken.

„Das ist alles, glaube ich", schloss Lorna. „Sind Sie sich sicher, dass Sie klarkommen?"

Bridie nickte wieder. Innerlich gab sie spöttisch zurück: Was soll schon schiefgehen? Oben liegt der Reverend halbtot im Bett. Samantha verkriecht sich, weil sie die Familie entehrt hat. Und wenn es stimmt, was du mir gerade erzählt hast, müssten die Zwillinge in etwa einer Stunde für ihren ersten nächtlichen Wutanfall aufwachen. „Ich schaffe das schon", sagte sie und versuchte freundlich zu klingen und gegen die aufsteigenden Gefühle anzukämpfen, während sie Lorna zur Tür begleitete.

„Hier ist meine Telefonnummer bei der Arbeit", sagte Lorna zu ihr und gab ihr einen Zettel.

Bridie nahm ihn und schob ihn in ihre Tasche. Diese Zettel. So hatte das ganze Durcheinander angefangen.

„Ich komme morgen vorbei und sehe nach Ihnen", versprach Lorna.

Bridie nickte. Lorna umarmte sie schnell. Die Tür fiel ins Schloss.

Einen Augenblick stand sie da und spürte das Gewicht des riesigen alten Hauses auf sich. Es drückte sie nieder und die Kälte kroch ihr in die Knochen. Sie zog ihren Pullover an, ging in die Küche und lenkte sich damit ab, dass sie die Spülmaschine leerte und die Arbeitsplatte aufräumte. Es half nicht.

Das Haus war voller Menschen, sagte sie sich, und dann wurde ihr bewusst, dass genau das das Problem war. Sie hatte das Gefühl, nicht alleine zu sein. Als wäre da ein Wesen, das sie nicht sehen konnte. Es war ein merkwürdiges Gefühl. Sie starrte in die leeren Ecken, die von den schummrigen Lampen erleuchtet wurden, und sah nichts, niemanden. Aber sie hatte das Gefühl, wenn sie ihre Augen schärfer stellen könnte, würde sie etwas erkennen. Sie nahm sich vor, hellere Glühlampen zu kaufen. Dann sah sie auf ihre Uhr. Es war beinahe zehn.

Bridie beendete ihre Tätigkeit in der Küche und schloss die Tür zum Garten ab, die von dem kleinen Familienzimmer neben der Küche hinausführte. Sie konnte den Hof sehen, jedenfalls den Teil, der vom Licht auf der Veranda erhellt wurde. Das Gras war steif und weiß vom Frost. Die Kirche ragte wie ein dunkler Schatten auf dem Grundstück nebenan empor. Sie blickte in Richtung Friedhof und fragte sich, ob ihre merkwürdigen Gefühle von der Nähe einer rastlosen Seele herrührten.

„*Der Mensch stirbt einmal und wird dann gerichtet. Es gibt keine Geister*", hatte ihre Großmutter gesagt, als sie sie danach gefragt hatte. Unwillkürlich lächelte sie. Schon der Gedanke an ihre Großmutter beruhigte ihre flatternden Nerven.

Bridie schaltete die Außenbeleuchtung auf der Terrasse aus und setzte dann ihre Runde durchs Haus fort. Sie betrat jedes Zimmer, vordergründig, um alle Lichter auszuschalten, aber sie wusste, dass sie in Wirklichkeit nachsah. Sie wollte nur nachsehen. Mit eigenen Augen wollte sie sehen, dass sich nichts in den Ecken versteckte. Sie schaltete die Tiffanylampen im Wohnzimmer aus, löschte das Licht, das im Flur die Ahnen der MacPhersons beleuchtete, eine mürrisch dreinblickende Schar, die an den Wänden aufgereiht war, dann betätigte sie den Dimmerschalter des Kronleuchters im Esszimmer. Das Licht auf der vorderen Veranda beschloss sie brennen zu lassen. Sie schob den Riegel vor die Eingangstür und ging nach oben.

Die Stufen knarrten unter ihren Füßen. Natürlich taten sie das. Sie lugte in den Raum direkt am oberen Ende der Treppe, dessen Tür angelehnt war. Das Arbeitszimmer des Reverends, vermutete sie. Sie machte kein Licht an und ging auch nicht hinein, aber die Lampe im Flur war hell genug, um zu erkennen, dass alle vier Wände des Zimmers mit Büchern bedeckt waren. Auf der einen Seite stand ein riesiger Mahagonischreibtisch, auf dem sich Papierstapel türmten, außerdem standen zwei Sessel und ein kleiner Tisch im Raum, auf dessen Boden ein fadenscheiniger Perserteppich lag.

Sie ging weiter zu Samanthas Zimmer. Die Tür stand einen Spaltbreit offen. Sie konnte das Haar des Mädchens auf dem Kissen sehen und einen Teil ihrer Wange.

Dann warf sie einen Blick in das Zimmer der Zwillinge. Sie schliefen, lagen aber so zusammengerollt da, als wäre ihnen kalt. Der Raum war karg möbliert. Ein Wickeltisch, die beiden Kinderbettchen und eine Kommode. Nur ein paar Spielzeuge. Keine Dekoration. Als hätte niemand sich die Zeit genommen, ihre Ankunft zu feiern. Sie schlich so leise wie möglich ins Zimmer. Der kleine Junge atmete durch den Mund, und sie konnte sehen, wo er sich über die Nase gewischt hatte und der Schnodder an seiner Wange klebte. Armer kleiner Kerl. Arme kleine Wichte. Ihre Augen und ihr Herz brannten. Sie deckte die beiden mit warmen Decken zu und schlüpfte wieder hinaus. Die Tür zum Schlafzimmer des Reverends war fest verschlossen. Sie machte sie nicht auf.

Das Gästezimmer befand sich am anderen Ende des Flures. Es war klein, aber das war ihr ganz recht. Einrichtungsgegenstände gab es nur wenige: ein hartes Doppelbett mit Baldachin, eine Kommode aus Mahagoni, ein kleines Bücherregal, das halb mit Büchern gefüllt war, ein Schrank, dessen Türen nicht geschlossen blieben. Der Boden war aus Eichenholz und stark zerkratzt. Einen Teppich gab es nicht. Bridie zog den Reißverschluss ihres Rucksacks auf und holte ihren Schlafanzug heraus, froh darüber, dass sie einen aus Flanell eingepackt hatte. Sie zog ihn an und ging zum Schrank, um ihre anderen Sachen aufzuhängen. Zuerst schnupperte sie vorsichtig, ob es muffig roch, doch dann lächelte sie und holte tief Luft. Es roch gut – nach einer Mischung aus Zedernholz und altem Papier – und sie fühlte sich wieder ins Haus ihrer Großmutter zurückversetzt. Es war die erste angenehme Entdeckung, die sie hier machte. Sie hängte ihre Kleidung auf und nahm eine zusätzliche Decke aus dem Schrank. Sie war froh, dass die Tür nicht zuging. Der Duft würde sie nach Hause bringen. Sie legte die Decke über das Fußende des Bettes, dann putzte sie ihre Zähne, wusch sich das Gesicht und suchte in dem Bücherregal nach einer Lektüre. Am Ende entschied sie sich für eine alte Ausgabe von *Das Mädchen vom Limberlost.* Sie las, bis sie schläfrig wurde, dann schaltete sie das Licht aus und schlummerte ein, nachdem sie sich mehrfach gesagt hatte, dass das Knarren und Ächzen des alten Hauses nichts als Holz und Stein waren. Irgendwann fiel sie in einen unruhigen Schlaf.

Irgendetwas war hinter ihr her und schrie und jagte sie. Sie schreckte im Bett hoch. Ihr Herz hämmerte wie wild, ihr Mund war trocken und sie zitterte am ganzen Körper. Im ersten Augenblick wusste sie nicht, wo sie war. Sie starrte auf die geöffnete Tür des Kleiderschranks und es dauerte einige Sekunden, bis sie sich orientiert hatte. Sie war in Alexandria im Pfarrhaus. Sie hatte einen Albtraum gehabt; das war alles. Eine Minute blieb sie regungslos sitzen, bis ihr Atem ruhiger ging. Ihre Angst versuchte sie hinunterzuschlucken, indem sie sich sagte, dass es nur ein Traum gewesen war.

Ein wenig wackelig auf den Beinen stand sie schließlich auf und schaltete das Licht in ihrem Zimmer ein. Der Raum wirkte merkwürdig und ungewohnt. Furcht einflößend und unheimlich. Birdie ging zum Bett zurück und setzte sich, während sie sich dazu zwang, sich die Dinge um sich herum genau anzusehen. Da war ihr Rucksack, und ihre Kleider hingen im Schrank. Neben dem Bett erblickte sie ihre Schuhe und das Buch, in dem sie gelesen hatte. Der Traum fing an zu verblassen, aber sie hatte immer noch Angst.

Nachdenklich betrachtete sie das Bett, das ganze Zimmer, aber das Gewöhnliche wirkte auf sie weiterhin schräg, und ihr wurde bewusst, dass es ihr schon seit dem Augenblick so vorgekommen war, in dem sie das Haus betreten hatte. Als wäre alles ein kleines bisschen aus dem Lot geraten. Schief. Wenn man eine Weile hier wohnte, kam es einem wahrscheinlich normal vor. Das Auge gewöhnte sich daran oder man legte den Kopf ein wenig schief, ohne es zu merken. Menschen wollten, dass die Dinge gerade waren.

Sie schaltete ihre Nachttischlampe ein, sodass ihr Schein das Licht der Deckenbeleuchtung ergänzte. Das half ein bisschen, aber die Schatten, den die Einrichtungsgegenstände warfen, wirkten kalt und beunruhigend. Natürlich hatte sie sich seit ihrer Kindheit schon oft gefürchtet, aber nur vor realen Dingen. Nicht vor Schatten, vor Dunkelheit, vor Träumen, und nicht mit diesem nagenden Gefühl düsterer Vorahnung.

Birdie sagte ein paar Mal den dreiundzwanzigsten Psalm auf und hielt inne, um die Zeile „fürchte ich kein Unglück, denn du bist bei mir" zu wiederholen. Nachdem sie diesen Satz fünf oder sechs Mal vor sich hin gesprochen hatte, spürte sie, wie ihre Atmung sich wieder normalisierte.

Dann hörte sie einen Schrei und fuhr erneut zusammen. Ihr Herz machte einen Satz, als hätte ein Riese ihm einen Fußtritt verpasst. Erleichtert erkannte sie, dass es nur die Zwillinge waren. Wahrscheinlich hatte das den Albtraum ausgelöst. Nicht irgendein unheimliches Geschehen, sondern die weinenden Kinder, deren Geheule sich in ihre Träume geschlichen hatte. Sie stand auf und ging zum Kinderzimmer, wobei sie im Flur das Licht einschaltete.

Es war der kleine Junge, der weinte. Cameron. Sie ging zu ihm, hob ihn hoch und er verbarg seine laufende Nase an ihrer Schulter, froh darüber, dass eine Fremde ihn tröstete. Sie drückte ihre Lippen auf seinen Nacken und rieb ihm den Rücken. Seine Windel war schwer und voll gesogen. Ein so großer Junge sollte aufs Töpfchen gehen. Und warum sprach er nicht?

Birdie legte das Kind auf den Wickeltisch und zog ihm eine neue Windel an, dann ersetzte sie seine nasse Schlafanzughose. Sie wischte ihm den grünlichen Schleim von der Nase und nahm eine Flasche mit Paracetamol für Babys vom obersten Regal. Sie gab ihm einige Tropfen von dem Mittel. Morgen würde sie den Arzt anrufen. Dieses Kind war krank. Wahrscheinlich eine Mittelohrentzündung.

Lorna hatte gesagt, sie solle ihm eine Flasche machen, dann würde er wieder einschlafen. Bridie sah ihn an. Er saß jetzt auf dem Wickeltisch und seine dunklen Haare standen in alle Richtungen ab. Seine Augen waren verquollen und seine Miene war kläglich. Mit seiner kleinen Hand schlug er sich gegen den Kopf.

Bonnie war jetzt auch wach und stand leicht schwankend in ihrem Bettchen. Ihre Haare sahen aus wie ein flaumiger blonder Heiligenschein und der Schnuller in ihrem Mund bewegte sich rhythmisch vor und zurück, während sie mit großen Augen zusah.

Diese Kinder brauchten keine Flasche. Sie brauchten einen Menschen.

Sie nahm Cameron auf den Arm und setzte ihn auf ihre Hüfte, dann klappte sie das Gitter des Kinderbetts herunter und hob auch Bonnie hoch. Beim Hinausgehen legte sie mit dem Kinn den Lichtschalter um. Sie ging in ihr eigenes Zimmer zurück, schloss die Tür mit dem Fuß und legte beide Kinder auf ihr Bett. Nachdem sie das Deckenlicht ausgeschaltet hatte, kroch sie zwischen die beiden. Bonnie setzte sich hin und sah sie einen Augenblick an, während der Schnuller weiter seinen hypnotischen Rhythmus vollführte. Bridie ließ sie dort sitzen und zog Cameron an ihre Schulter. Nach einer Minute kuschelte Bonnie sich ebenfalls an sie. Sie nahm den seidig weichen Rand der Decke und rieb ihn zwischen Daumen und Zeigefinger.

Bridie lag auf der Matratze, starrte zur Decke hinauf und fragte sich, in was für eine traurige Welt sie da geraten war. Sie war voller Kummer, ein zeitloses Elend. Aber die Kinder neben ihr waren weich und lieb. Warme Bündel auf beiden Seiten ihres Herzens und ihr Atem ging regelmäßig und tief. Sie vergrub sich in den Kissen und war sich nicht sicher, wer hier wen tröstete.

13

Ein Finger stach ihr ins Auge und ihr Schlafanzug hatte einen nassen Fleck, wo Camerons gepolsterter Popo lag. Bridie öffnete das Auge, das nicht besetzt war.

„Guten Morgen“, sagte sie zu Bonnie, der Besitzerin des Fingers.

Bonnie lächelte und der Schnuller fiel heraus. Bridie erinnerte sich an ein Spiel, das sie mit ihrer Schwester gespielt hatte, als diese noch ein Baby gewesen war. Sie nahm den Schnuller und steckte ihn verkehrt herum in Bonnies Mund. Bonnie drehte ihn um, ohne ihre Hände zu Hilfe zu nehmen. Bridie lachte, vielleicht die erste wahre Freude, die sie seit Monaten empfand. Oder seit Jahren.

Cameron richtete sich ebenfalls auf und drehte sich, bis er die beiden sehen konnte. Seine Nase lief schon wieder.

„Du bist ganz nass“, sagte Bridie zu ihm. „Ganz nass.“

„Hm?“ Er gab einen fragenden Laut von sich.

„Du“, bestätigte sie, dann hob sie seine Schlafanzugjacke hoch und prustete laut auf seinen Bauch.

Er lächelte und rieb sich mit der kleinen dicken Hand über den Bauch.

„Du willst noch einen Bauchbrummer?“ Sie prustete wieder. Diesmal kicherte er.

„Was ist denn hier los?“ Es war Samantha. Sie stieß die Tür auf und spähte herein, während sie sich bemühte, ihr Interesse hinter einem verärgerten Stirnrunzeln zu verbergen.

„Wir spielen. Das ist los.“

„Nein, ich meine, was machen Sie hier?“

Bridie hörte auf, Cameron zu kitzeln, und setzte sich auf. „Hat dir das niemand erzählt?“

„Niemand erzählt mir irgendwas.“ Der düstere Blick kehrte zurück.

Bridie biss nicht an. Jemand hätte Samantha davon erzählen sollen, aber die Ereignisse hatten sich überschlagen, und daran war Samantha zumindest zum Teil selbst schuld. „Ich arbeite jetzt hier. Ich bin eure neue“ – sie suchte nach einem passenden Wort – „Haushälterin.“ Nein, das war nicht richtig. „Euer Kindermädchen.“ Sie versuchte es noch einmal und erntete nur ein finsteres Stirnrunzeln.

„Hm?“, machte Cameron und rettete sie damit. Bridie grinste und prustete wieder auf seinen Bauch.

„Du bist ganz nass“, wiederholte sie, dann stand sie auf und hob den durchnässten Jungen hoch. „Komm, wir machen dich sauber“, sagte sie. Bonnie rutschte vom Bett und lief hinterher.

„Ich brauche kein Kindermädchen.“ Samantha folgte ihnen.

„Die beiden aber.“

Dagegen konnte Samantha nichts einwenden. Bridie zog Cameron den nassen Schlafanzug aus und verpasste ihm eine trockene Windel. Danach hüllte sie ihn in einen sauberen Schlafsack und wiederholte die Übung mit Bonnie.

„Pass bitte auf sie auf, während ich mir was anziehe.“ Sie verließ das Zimmer, bevor Samantha sich beschweren konnte, und war keine Minute später wieder da.

Zu viert gingen sie hinunter. In der Küche faltete Bridie als erstes den Laufstall zusammen und schüttete das Spielzeug auf dem Boden aus. Diese Kinder würden keinen Augenblick länger eingesperrt verbringen, solange sie etwas zu sagen hatte. Sie machten sich gleich über das Spielzeug her, während sie anfing, das Frühstück vorzubereiten. Samantha stand immer noch da und beobachtete sie aus zusammengekniffenen Augen.

„Ich mache Porridge. Du gehst besser duschen, sonst kommst du zu spät zur Schule.“

„Ich gehe nicht in die Schule.“

Bridie unterbrach ihre Arbeit nicht. Sie füllte einen Topf mit Wasser, gab eine Prise Salz hinein, stellte die Herdplatte an und griff nach der Dose mit den Haferflocken. „Dann gehst du besser wieder ins Bett. Eins von beidem. In die Schule oder in dein Zimmer.“ Sie blickte nicht auf, sondern wog die Haferflocken ab und blickte auf den Topf.

Winzige Bläschen fingen an, sich an einigen Stellen zu bilden und wuchsen zu größeren zusammen. Eine Blase zerplatzte und stieg an die Oberfläche. Dann die nächste. Als das Wasser brodelte, rührte sie die Haferflocken hinein und gab anschließend vier Scheiben Brot in den Toaster, schnitt eine Banane auf und füllte drei Gläser mit Milch. Für sich selbst setzte sie eine Kanne Kaffee auf. Samantha stand nach wie vor da und beobachtete sie.

„Ich hasse diese Schule."

„Mehr als andere Schulen?"

„Ja." Du Idiot, sagte ihr Tonfall.

„Warum?" Bridie rührte das Porridge um und warf hin und wieder einen Blick auf die Zwillinge, die immer noch zufrieden spielten.

Samanthas Miene verfinsterte sich und Bridie beobachtete, wie das Schmollen von eben einem echten Schmerz wich. „Ich weiß nicht.

Das Schweigen brodelte zusammen mit dem Porridge. Als Letzteres fertig war, füllte Bridie es in die vier Schälchen, strich Butter auf den Toast und stellte den Teller mit Bananenstücken auf den Tisch. Sie setzte Cam und Bonnie in ihre Hochstühle, streute ein bisschen braunen Zucker auf ihr Porridge und schnitt ihren Toast in vier Stücke. „Wir beten", sagte sie zu Samantha, weil alte Gewohnheiten hartnäckig waren. Sie streckte die Hand aus und ergriff die von Samantha.

„Segne diese Speise an uns, Herr, und schenke uns Dankbarkeit für alles, was wir haben. In Jesu Namen", sagte sie. „Amen." Sie kam sich wie eine Heuchlerin vor, weil sie Gott anredete, als wäre sie tatsächlich mit ihm per Du.

Als sie den Kopf hob, hatte Samantha wieder ihre mürrische Miene aufgesetzt. Bridie ließ sich davon nicht beirren, sondern fing an ihr Porridge zu essen. Es war gut. Sie würde nachher auch für den Reverend welches kochen.

„Du stellst mich vor ein Problem, Samantha", sagte sie schließlich und die Erklärung schien das Mädchen zu erschrecken. „Ich bin hier zu Besuch. Eine Angestellte sozusagen. Ich denke vielleicht, dass du gute Gründe hast, die Schule zu hassen, aber solange ich nicht weiß, was für Gründe das sind, kann ich dich schlecht zu Hause bleiben lassen. Was soll ich deinem Vater erzählen? Verstehst du, was ich sagen will?"

Samantha nickte widerstrebend, und weil sie eine Chance witterte, vielleicht ihren Willen zu bekommen, ließ sie ein paar Informationen heraus. „Die Typen da behandeln mich schlecht."

„Mehr Einzelheiten", sagte Bridie zwischen zwei Bissen.

Samantha funkelte sie an, gab aber etwas nach. „Sie sagen, ich sei gestört. Keins der Mädchen will neben mir sitzen. Sie sagen, ich würde mir ein Gewehr besorgen und alle erschießen."

Bridie hielt inne. Mit einem Mal fühlte sich das Porridge in ihrem Mund wie ein Fremdkörper an. Sie riss sich jedoch zusammen, schluckte es hinunter und stand dann auf, um sich etwas Kaffee einzuschenken. Dabei bemühte sie sich darum, einen neutralen Gesichtausdruck zu bewahren. „Warum sagen sie das?“

Samantha zuckte mit den Schultern. „Ich weiß nicht.“

Bridie überlegte krampfhaft. Es konnte sein, dass Samantha übertrieb, um an ihr Mitgefühl zu appellieren. Oder sie sagte die Wahrheit. Es würde eine Weile dauern, das herauszufinden, und so viel Zeit hatte sie heute nicht. Sie traf eine Entscheidung. „Weißt du was? Ich brauche heute Hilfe hier. Ich muss mit Cameron zum Arzt, jemand muss sich um deinen Vater kümmern und es gibt ein paar Dinge, die hier im Haus zu erledigen sind. Ich biete dir zwei Alternativen.“

Samantha nickte und in ihren Augen lag ein neuer Glanz.

„Du kannst hierbleiben und mir helfen oder du kannst dich anziehen und ich fahre dich zur Schule.“

„Ich helfe Ihnen“, versprach Samantha und der Anflug von Verzweiflung in ihrer Stimme rührte Bridies Herz an. Sie lächelte dem Mädchen zu und ging das Risiko ein, Samantha übers Haar zu streichen. Samantha zuckte nicht zurück, sondern versteifte sich nur ein wenig.

„Gut“, sagte Bridie. „Dann fangen wir mal an.“

Der Reverend schlief, als Bridie sich in sein Schlafzimmer schlich, um nach ihm zu sehen. Im Raum war es dunkel, weil die Fensterläden das wenige Licht, das von außen hereindrang, aussperrten. Es roch muffig nach Staub und länger nicht gewechselten Laken und Krankheit, und das Bett war zerwühlt. Sie stellte das Tablett, das sie mitgebracht hatte, auf den Nachttisch und trat näher ans Bett. Er lag auf der Seite und seine Wangen waren gerötet. Sacht berührte Bridie seine Stirn. Sie war heiß. Er öffnete die Augen und sah sie mit trübem Blick an. Rasch nahm sie das Saftglas vom Tablett und hielt es ihm an die Lippen. Als er einen Schluck trank, lief etwas Saft über sein Kinn. Sie wischte das Rinnsal mit einer Serviette ab. Der Reverend ließ den Kopf wieder sinken und schloss die Augen, als hätte die Anstrengung ihn erschöpft.

Birdie ging ins Bad und kam mit zwei Aspirin zurück. Wieder hielt sie das Glas, während er die Tabletten nahm. Sie sagte nichts, außer dass sie ihn drängte zu trinken, bis das Glas halb leer war. Sie ließ das Tablett stehen, ging hinaus und schloss leise die Tür hinter sich. Unsicher biss sie sich auf die Lippe und überlegte. Er sah wirklich krank aus. Sie fragte sich, ob sie den Arzt rufen oder ihn gleich ins Krankenhaus bringen sollte.

Nachdem Samantha und sie die Kinder gebadet hatten und sie einen Arzttermin für Cameron gemacht hatte, ging sie noch einmal in das Zimmer des Reverends. Das Aspirin hatte offenbar geholfen. Er fühlte sich kühler an und schlief. Wahrscheinlich war es in Ordnung, ihn schlafen zu lassen, bis sie mit Cameron vom Arzt zurückkam. Wenn sie wieder da war, würde sie entscheiden, was sie mit ihm machen sollte. Wenn sie Glück hatte, war Lorna bis dahin gekommen. Sie erwog, Samantha zu Hause zu lassen, damit sie auf ihn aufpasste, aber nach einem Blick auf sie verwarf Bridie den Gedanken wieder. Samantha hatte genug zu tragen. Es war Zeit, dass sie lernte, ein Kind zu sein.

„Spricht er?“, fragte der junge Arzt, während er Cameron untersuchte.

„Nicht viel, aber genau weiß ich es eigentlich nicht. Ich habe diese Stelle gerade erst angenommen“, sagte Bridie, und sagte sich, dass es wirklich nur das war – eine Stelle. Sie warf Samantha einen Blick zu, damit sie die Frage beantwortete.

„Er sagt gar nichts“, sagte Samantha und stieß mit dem Fuß Bonnies Turm aus Bauklötzen um.

Der Arzt zog die Augenbrauen hoch, nickte aber nur und setzte seine Untersuchung fort.

„Oh-oh“, sagte Bonnie, als wollte sie das Ganze bestätigen. Sie verfügte über ein ganz ordentliches Vokabular. Auf, ab, mein, haben. Bitte und danke. Aber Cameron hatte Bridie noch nie reden gehört, abgesehen von dem fragenden Laut, den er von sich gegeben hatte. Seine Augen waren jedoch weit geöffnet und er bekam alles mit.

„Spricht jemand mit ihm?“, fragte der Arzt, als er seine Untersuchung beendet hatte und ein Rezept für Camerons Nasennebenhöhlenentzündung ausstellte.

Samantha hob den Kopf.

„Natürlich spricht jemand mit ihm“, antwortete Bridie halb beleidigt, aber noch während sie die Worte aussprach, musste sie an das erbärmliche Kinderzimmer denken, das so düster und kahl war wie der Rest des Hauses. Sie versuchte sich die Mutter der Kinder vorzustellen. Vielleicht war es ihr zu schlecht gegangen, als dass sie alles richtig für die Ankunft der Zwillinge hätte vorbereiten können. Und seit sie gestorben war, hatte die Familie schon Mühe gehabt, die Babys wenigstens ganz praktisch zu versorgen.

„Bei uns zu Hause spricht keiner mit dem anderen“, warf Samantha ein. „Warum sollte es bei Cam anders sein?“

„Wenn sie wirklich ein bisschen mehr Ansprache brauchen“, fragte Bridie in einem betont neutralen Tonfall, „was würden Sie dann empfehlen?“

„Zu diesem Zeitpunkt würde ich noch nicht an Logopädie denken. Nur jede Menge Interaktion. Spielen Sie mit ihm, lesen Sie ihm vor. Dazu braucht man kein Genie zu sein.“ Sein Lächeln schwächte die harten Worte etwas ab. „Reden Sie einfach mit dem Jungen.“

Bridie nickte. Das konnte sie tun.

Als Lorna abends vorbeikam, hatten Bridie und Samantha eine Menge geschafft. Sie hatten den Arzttermin wahrgenommen, Lebensmittel eingekauft, Camerons Medizin besorgt und ihm seine ersten zwei Dosen Antibiotikum verabreicht. Bridie hatte vier Maschinen Wäsche gewaschen, die Betten frisch bezogen und sich so viel Sorgen um den Zustand von Reverend MacPherson gemacht, dass sie den Schwager, der Arzt war, noch einmal angerufen hatte. Er war jetzt bei dem Kranken. Lorna war gleich nach der Arbeit hergekommen, und zu zweit falteten sie die Wäsche, während sie auf die Diagnose warteten.

„Es ist ein wahrer Segen für mich, dass Sie hier sind“, sagte Lorna und in ihren Augen glänzten Tränen der Dankbarkeit.

„Es macht mir Spaß“, gab Bridie zu und ihr wurde bewusst, dass es keine Lüge war. Etwas an der Art, wie sie die letzten vierundzwanzig Stunden verbracht hatte, schien etwas von dem Schmutz ihrer Vergangenheit wegzuwischen. Wie viele Stunden würde es dauern, bis sie ganz sauber war?, fragte sie sich mit einem Anflug von Bitterkeit.

Sie dachte an Kinder wie Samantha, problembeladen und einsam, die wahrscheinlich das Zeug genommen hatten, bei dessen Herstellung sie geholfen hatte, und ihr Glücksgefühl schwand. Die Ewigkeit hatte nicht genügend Stunden, um diese Schuld wegzuwaschen.

„Was ist los?“, fragte Lorna. Ihre Augen waren auf Bridie gerichtet und ihre Stimme klang besorgt.

„Nichts“, versicherte Bridie ihr und setzte ein strahlendes Lächeln auf. In diesem Moment kam Calvin die Treppe herunter und ersparte ihr jede weitere Erklärung.

„Es geht ihm nicht gut“, gab er zu, was Bridie für die Untertreibung des Jahrhunderts hielt. Jedes Mal, wenn sie heute nach dem Reverend gesehen hatte, war sein Blick trübe gewesen und er hatte kaum reagiert. Er erinnerte sie an Jonah, wenn er high war, abgesehen von der Paranoia, die hier zum Glück fehlte. „Er hat hohes Fieber“, fuhr Calvin fort, „und seine Lungen sind belegt. Aber er trinkt. Ich habe ihm eine Spritze gegeben und ein Antibiotikum zum Einnehmen.“ Er seufzte und schien seine Optionen abzuwägen. Als er einen Entschluss gefasst hatte, nickte er. „Ich warte noch eine Nacht, und wenn es ihm morgen nicht besser geht, weise ich ihn ein.“

Lorna sah besorgt aus. Bridie nickte. „Muss ich irgendetwas tun?“

„Zwingen Sie ihn zu trinken. Er sollte wenigstens jede Stunde einen halben Becher zu sich nehmen.“

Lorna murmelte. „Sie werden die ganze Nacht auf sein.“

„Soll ich ihn lieber gleich ins Krankenhaus bringen?“, fragte Calvin.

Noch ein Trauma für Samantha, und in ihrem Gemütszustand würde sie sich wahrscheinlich selbst die Schuld geben. Bridie schüttelte den Kopf. „Nein“, antwortete sie. „Ich kümmere mich um ihn.“

„Ich kann morgen gleich nach der Arbeit kommen“, versprach Lorna. Bridie nickte. Calvin ging.

Lorna und sie brachten die Zwillinge zu Bett und machten sich dann eine Tasse Tee. Samantha war in den Fernsehfilm der Woche vertieft.

„Sollen wir den Tee mit ins Wohnzimmer nehmen?“, fragte Lorna und deutete mit dem Kopf auf den lauten Fernseher.

„In Ordnung“, antwortete Bridie und folgte Lorna den Flur hinunter.

Dieses Wohnzimmer. Sie betrachtete den moderndes Überfluss um sich herum. Ihrer Meinung nach gab es zwei Alternativen. Alles ordentlich reinigen – Teppiche klopfen, Vorhänge saugen, Silber und Messing polieren, Uhren aufziehen – oder den ganzen Kram auf den Dachboden schaffen.

Sie fing an zu reden und erzählte Lorna von dem Gespräch, das sie mit Samantha über die Schule geführt hatte und von der Einschätzung des Arztes in Bezug auf Camerons Sprachschwierigkeiten. Lorna hörte aufmerksam zu. Ihr gütiges Gesicht legte sich in besorgte Falten.

„Und was das Haus betrifft", sagte Bridie, „habe ich ein paar Ideen, die ich gerne mit Ihnen besprechen würde."

Lorna nickte.

Sie sagte es ihr.

Lornas Augen wurden immer größer, während sie sprach. Als Bridie fertig war, nickte Lorna entschlossen und trank einen Schluck von ihrem Tee. Als sie die Porzellantasse wieder auf den Unterteller gestellt hatte, blickte sie auf und erwiderte Bridies Blick.

„Ich finde, das sind sehr gute Vorschläge", sagte sie, und Bridie hörte nur einen Anflug davon heraus, was diese Meinung sie kosten würde. Jahre des Kampfes gegen diese herrischen Schwestern zogen vor ihrem geistigen Auge auf. „Wie schon gesagt", fuhr Lorna fort, „Sie haben hier das Kommando. Tun Sie so, als wäre es Ihr Haus, als wären diese Kinder Ihre eigenen. Tun Sie das, was Sie für richtig halten."

„Sind Sie sich sicher?" fragte Bridie, die ihr noch eine letzte Chance geben wollte, einen Rückzieher zu machen.

Lorna nickte, nahm die Tasse wieder in die Hand und trank ihren restlichen Tee in einem Schluck. „Ich werde Winifred und Fiona die Sache erklären", sagte sie und stellte ihre Tasse klappernd zurück auf die Untertasse. Bridie konnte sehen, wie die Arterie in ihrem Hals pochte. Sie konnte sich vorstellen, wie dieses Gespräch aussehen würde.

„Wir haben ein paar Wochen Zeit, bevor sie wieder hier auftauchen", sagte Lorna mehr zu sich selbst als zu Bridie. Sie nickte und schien ein bisschen beruhigt. „So, jetzt gehe ich besser", sagte sie, und in ihrer Stimme schwang Bedauern mit. „Heute Nacht arbeite ich in der Filmfabrik. Nochmal danke", sagte Lorna, und ihr Blick suchte Bridies. „Sie wissen gar nicht, wie viel mir das hier bedeutet."

Bridie lächelte und tätschelte Lornas Schulter, dann brachte sie sie zur Tür. Sie fragte sich, was für ein Unglück dazu geführt hatte, dass Lorna zwei Jobs gleichzeitig machen musste, aber es stand ihr nicht zu, sie zu fragen. Sie umarmte Lorna zum Abschied, schickte Samantha ins Bett und ging dann in die Küche, wo sie überlegte, was sie dem Reverend zu trinken bringen sollte. Der Reverend. Sie konnte ihn wohl kaum weiterhin so nennen, aber ihn mit Alasdair anzusprechen, wäre anmaßend gewesen. In dem Zustand, in dem er sich derzeit befand, spielte es allerdings keine große Rolle, wie sie ihn nannte. Schließlich nahm sie eine Pepsi aus dem Kühlschrank. Sie enthielt Zucker, was nicht schaden konnte, denn er hatte mindestens seit einem Tag nichts mehr gegessen, und das Getränk würde seinen Magen beruhigen. Sie goss die Pepsi in ein Glas und schlug mit einer Gabel etwas von der Kohlensäure heraus, für den Fall, dass er Halsschmerzen hatte. Dann brachte sie ihm das Getränk. Er wachte so weit auf, dass er das Glas leer trinken konnte, öffnete dabei aber kaum die Augen, und sobald er fertig war, schlief er wieder ein.

Bridie schloss die Tür leise hinter sich und beschloss, ihren Wecker auf jede volle Stunde zu stellen und zwischendurch ein bisschen zu dösen. Aber zuerst ging sie durchs Haus und vollführte das gleiche Ritual, das sie am Abend zuvor vollführt hatte. Sie schloss die Türen ab, löschte die Lichter und blieb einen Moment am Fenster stehen, um auf die Fairfax Street hinauszusehen. Draußen schneite es ein wenig. Sie konnte die dünnen, fedrigen Flocken im Licht der Straßenlaterne sehen.

Einen Augenblick lang stand sie reglos da und lauschte, ob das alte Haus stöhnte und ächzte. Es enttäuschte sie nicht. Jetzt, da alle fort waren, kehrte das Gefühl der Beklemmung zurück, aber nicht mit solcher Macht wie am Abend zuvor. Sie fragte sich, ob sie sich einfach an die Atmosphäre gewöhnt hatte, wie alle anderen es offenbar auch getan hatten. Während sie langsam die Treppe hinaufstieg, kam sie sich trotzdem noch vor wie eine Gestalt in einem Schauerroman.

14

Bridie schlug die Augen auf und schaltete den Funkwecker aus. Es war ein Uhr und Zeit, nach Reverend MacPherson zu sehen. Sie stand auf, zog ihren Morgenmantel an und ging in sein Zimmer. Leise trat sie an sein Bett. Sein Gesicht war wieder rot und heiß. So heiß, dass sie Angst bekam, aber es gelang ihr, ihm zwei Aspirin zu verabreichen. Dann füllte sie hastig eine Schüssel mit Wasser und benetzte sein Gesicht und seine Haare, um ihn abzukühlen. Sie zog die Bettdecke bis zu seiner Taille herunter, zog ihm vorsichtig das T-Shirt aus, das er zum Schlafen trug, und kühlte seine Brust mit Wasser. Sie spülte gerade den Waschlappen in der Schüssel mit kaltem Wasser aus, als er aufschrie.

„Aah!“ Seine Stimme war laut und eindringlich, und sein Blick richtete sich in wilder Intensität auf sie. „Ah!“, rief er noch einmal.

Sie ließ den Lappen fallen und beugte sich über ihn, während Gedanken an Herzinfarkte und explodierende Arterien durch ihren Kopf schossen.

„Was ist denn, Alasdair?“ Ohne es beabsichtigt zu haben, sprach sie ihn mit seinem Vornamen an. „Alasdair, was ist los?“

Plötzlich strahlte sein Gesicht auf. Seine Augen waren dunkle, polierte Saphire, die vor Fieber und offenbar erfreulichen Halluzinationen glänzten. „Du bist zurückgekommen“, sagte er in einem ehrfürchtigen Flüstern.

„Ich bin hier“, sagte sie beruhigend und nahm seine ausgestreckte Hand.

„Du bist zurückgekommen.“ Diesmal waren die Worte gemurmelt, aber mit einer solchen Intensität und Leidenschaft, dass es Bridie unangenehm war. Er küsste ihre Handfläche und presste sie dann an sein Herz. Sie fühlte die Haare auf seiner Brust, die Hitze seiner Haut und konnte sogar das Hämmern seines rasenden Pulses spüren. Ein starkes Gefühl erfasste sie und verwirrte sie, weil sie doch wusste, dass sie nur eine Rolle spielte, ein Ersatz war für jemanden aus seinen Träumen oder seiner Vergangenheit. Er streckte die andere Hand nach ihr aus und berührte ihr Haar. „Du gibst mir doch noch eine Chance, oder?“

Noch eine Chance. Auch er wünschte sich noch eine Chance, und zwar so sehnsüchtig, dass sein atemloser Schmerz ihr Herz durchbohrte. Ihr kamen die Tränen. Sie nickte, und jetzt erinnerte sich nur noch ein Teil von ihr daran, dass sie nichts als ein Ersatz war, eine Gestalt in einem ergreifenden Traum.

Seine Miene verdüsterte sich und wurde schmerzverzerrt. „Kannst du mir jemals vergeben?“ Er richtete sich auf und streckte den anderen Arm nach ihr aus.

„Ja, ich vergebe dir. Natürlich“, besänftigte sie, nahm seine beiden Arme und senkte ihn vorsichtig auf die Matratze zurück. „Leg dich jetzt wieder hin.“

„Du gehst nicht?“

„Nein, ich gehe nicht. Jetzt leg dich hin.“ Sie legte seine Arme an seiner Seite ab. „Hier, trink das.“ Sorgsam hielt sie das Glas an seinen Mund und wischte ihm über Mund und Kinn, als er fertig war. Er ließ es zu, und der Fiebertraum musste zu Ende sein, denn als er das nächste Mal die Augen aufschlug, war von der tiefen Freude nichts mehr zu sehen. Jetzt redete er von Haushaltszahlen. Danach sprach er vom Rasenmähen. Er hatte versehentlich Mutters Gänseblümchen abgemäht, und so ging es immer weiter, die ganze Nacht lang. Bridie saß in dem Sessel neben seinem Bett und nickte zwischendurch immer wieder ein, wenn sie ihm nicht gerade etwas Wasser oder Limonade gab oder sein Gesicht kühlte.

Während des dunkelsten Teils der Nacht, zwischen drei und vier, wurde sie von Weinen geweckt. Der Reverend schluchzte. Tiefe, erschütternde, trockene Schluchzer. Sein Fieber hatte ihm alle Tränen geraubt.

Bridie versuchte ihn zu beruhigen. „Komm schon, Alasdair“, sagte sie. „Es ist gut. Alles ist gut.“ Sie tätschelte sein Gesicht und hielt seine Hände, aber jetzt war es, als würde er ihre Anwesenheit gar nicht bemerken. Hilflos setzte sie sich wieder neben ihn und in ihrer Verzweiflung überlegte sie, ob sie den Notarzt rufen sollte. Er war ein kräftiger, starker Mann. Was, wenn er gewalttätig würde? Was sollte sie dann tun? Ihr war selbst zum Weinen zumute. Warum war sie hierher, an diesen schrecklichen, traurigen Ort gekommen?

Wenn sie geglaubt hätte, dass Gott sie hörte, hätte sie Alasdair die Hände aufgelegt und für ihn gebetet. Vielleicht hätte ihn das getröstet. So hätte ihre Großmutter es gemacht. Und ihre Mutter. Sie dachte an die Nächte, in denen sie krank gewesen war oder sich gefürchtet hatte, und ihre Mutter neben ihr gesessen und sie beruhigt hatte. Und sie erinnerte sich daran, wie sie das getan hatte.

„Sei mir gnädig, o Gott, sei mir gnädig!“, zitierte sie aus längst vergangenen Sonntagsschultagen, wobei sie ihre Stimme erhob, damit sie über Alasdairs Weinen zu hören war. „Denn auf dich traut meine Seele, und unter dem Schatten deiner Flügel habe ich Zuflucht, bis das Unglück vorübergehe.“

Vielleicht war es nur Wunschdenken, aber es schien ihr, als hätte die Intensität seiner Schluchzer nachgelassen. Sie wischte sein Gesicht mit einem feuchten Lappen ab und zitierte einen anderen Psalm, bevor er es sich anders überlegen konnte.

„Zu Gott will ich rufen, der Herr wird mir helfen. Am Abend, am Morgen, am Mittag seufze ich und stöhne; er hört mein Klagen. Er befreit mich, bringt mein Leben in Sicherheit vor denen, die gegen mich kämpfen.“

Er sah sie mit fiebrig glänzenden Augen an, und sein Blick wurde etwas milder; das unruhige Funkeln darin legte sich. Als er versuchte, sich über die aufgeplatzten Lippen zu lecken, gab sie ihm etwas zu trinken und sagte noch einen Vers auf.

„Wirf dein Anliegen auf den Herrn; der wird dich versorgen und wird den Gerechten in Ewigkeit nicht wanken lassen.“ Ihre Stimme klang jetzt weich und besänftigend.

Alasdair lag still. Sie sprach weiter.

„Wer unter dem Schirm des Höchsten sitzt und unter dem Schatten des Allmächtigen bleibt, der spricht zu dem Herrn: Meine Zuversicht und meine Burg, mein Gott, auf den ich hoffe.“

Er schloss die Augen. Sie lehnte sich in ihrem Sessel zurück.

„Barmherzig und gnädig ist der Herr, geduldig und von großer Güte“, sagte sie die Verse auf, die aus irgendeinem Versteck in ihrem tiefsten Innern zu kommen schienen. „Er wird nicht für immer hadern noch ewig zornig bleiben. Er handelt nicht mit uns nach unsern Sünden und vergilt uns nicht nach unsrer Missetat.“

Sein Gesicht entspannte sich.

„Denn so hoch der Himmel über der Erde ist, lässt er seine Gnade walten über denen, die ihn fürchten. So fern der Morgen ist vom Abend, lässt er unsre Übertretungen von uns sein.“

Alasdairs Atem ging jetzt ruhig und gleichmäßig. Er schlief, aber sie sprach trotzdem weiter. Immer weiter, die ganze restliche Nacht hindurch, zitierte sie die hundert Bibelverse, die sie einst auswendig gelernt hatte. Jedes Mal, wenn Alasdair sich im Schlaf rührte, schien er ihre Stimme zu hören, die uralte Verheißungen aussprach, und dann schlief er wieder getröstet ein.

Es musste wahr sein, dass Gott einem nicht mehr zumutete, als man verkraften konnte, denn die Zwillinge schliefen bis sieben Uhr durch. Sie selbst musste ebenfalls eingeschlafen sein, denn das Weinen der Kinder weckte sie. Sie setzte sich in dem Sessel auf, den sie nahe ans Bett geschoben hatte, und zog vorsichtig ihre Hand aus der von Alasdair MacPherson. Er war blass, fühlte sich aber kühl an und schlief friedlich. Bridie betrachtete ihn eine Weile und fragte sich, ob er sich an die Nacht erinnern würde. Dann zog sie die Decke über seine nackten Schultern und schlich hinaus, um nach den Kindern zu sehen.

15

Bridie zog die schwere Tür des Pfarrhauses auf und musste unwillkürlich lächeln. Carmen lehnte mit toupierten Haaren und einem Minirock und einer Jacke aus schwarzem Leder am Geländer der Veranda und nahm einen letzten langen Zug von ihrer Zigarette. Sie drückte sie in der Kübelpflanze aus.

„Na, wenn das nicht unsere Supernanny ist", sagte sie.

Bridies Lächeln wurde noch breiter und sie breitete instinktiv die Arme aus, um Carmen in den Arm zu nehmen. Carmen grinste und erwiderte die Umarmung. Bridies Nase kribbelte von der mit Spray versehenen Haarsträhne, die sie berührte.

„Im Supermarkt ist es ganz schön öde ohne dich", sagte Carmen, die sie drückte und dann losließ. „Und zu Hause auch."

Bridie sah verlegen zu Boden. Sie war nicht mehr in der Wohnung gewesen, seit sie vor einer Woche diesen Job angenommen hatte. „Ich habe das Geld für die Monatsmiete in der Küche", sagte sie schnell.

„Behalt es." Carmen winkte ab und sah dann selbst ein bisschen verlegen aus. „Newlee hat bei mir übernachtet, seit du weg bist. Er ist eingesprungen."

Bridie nickte. Sie war ersetzt worden. Das war wohl zu erwarten gewesen, aber trotzdem tat es weh. Carmen schien ihre Gedanken zu lesen.

„Dein Zimmer gehört immer noch dir, solange du willst", versicherte sie ihr.

Bridie nickte. Inzwischen versuchte sie nicht weiter zu denken als bis zum Abend desselben Tages. „Danke. Bis der Reverend wieder auf den Beinen ist, werde ich aber wohl meist hier schlafen. Und danach muss er für eine Woche nach Boston. Er hält Vorträge bei einer theologischen Konferenz", sagte sie und gab den Worten die Betonung, die sie verdienten.

„Wow." Carmen zog eine Augenbraue hoch. „Sieh mal an, eine richtige Schicki-Micki-Familie."

Bridie grinste. „Es ist schön, dich zu sehen", und sie war überrascht, als sie merkte, wie sehr von Herzen diese Worte kamen. „Danke, dass du mir mit den Kindern hilfst."

„Machst du Witze? Das werde ich mir doch nicht entgehen lassen!" Carmen trat ein und hängte ihre Jacke über das Treppengeländer im Flur. Ihre Handtasche warf sie in eine Ecke. „Die Einrichtung hier erinnert mich an den Film, in dem die Gouvernante kommt und der Typ seine verrückte Frau auf dem Dachboden eingesperrt hat."

„*Jane Eyre*?", soufflierte Bridie.

Carmen schnipste mit den Fingern und zeigte auf Bridie. „Genau." Sie reckte den Hals in Richtung Treppe, als könnte sie wahnsinniges Gelächter von oben hören, dann ging sie zum Wohnzimmer, während sie ihre Umgebung mit offenem Mund anstarrte. Bridie folgte ihr kopfschüttelnd.

„Das ist echt ein unheimliches Haus. Wer ist das? Die erste Frau?" Carmen zeigte auf ein Ölgemälde, auf dem Alasdairs und Lornas streng dreinblickende Mutter abgebildet war.

Bridie warf ihr einen bösen Blick zu.

Carmen grinste nur. „Ich ziehe dich doch nur auf", sagte sie und betrat das Esszimmer, die Hände auf dem Rücken, während sie alles genau musterte. „Keine Sorge. Wenn ich mir erst mal Luft gemacht habe, werde ich mich benehmen. Ich war nur noch nie im Haus eines echten Adligen. Das ist eine neue Erfahrung für mich."

„Für mich auch." Bridie schnitt eine kleine Grimasse.

Carmens Augen waren jetzt voller Mitgefühl. „Du siehst müde aus."

„Es war eine lange Woche." Sie hatte ein schlechtes Gewissen, dass Lorna und sie es nicht früher geschafft hatten, sich um Samanthas Schulsituation zu kümmern. Aber auch wenn es keine so schlimmen Nächte mehr gegeben hatte wie die vor einer Woche, ging es dem Reverend erst seit gestern wirklich besser. Samantha hatte auch eine Erkältung bekommen und so hatte Lorna beschlossen, sie krank zu melden, bis sie mit der Rektorin sprechen konnten. Bridie hatte gehofft, der Reverend würde gesund genug sein, um sich selbst darum zu kümmern, aber auch wenn er inzwischen auf dem Weg der Besserung war, konnte er noch immer kaum etwas tun. Er war einfach zu schwach.

„Mrs Tronsett empfängt uns morgen", hatte Lorna gestern gesagt, und gerade als Bridie eine Ausrede hatte vorbringen wollen, damit sie nicht mitgehen musste, hatte sie Lornas Gesicht gesehen. Ihre Miene war so grimmig und niedergeschlagen gewesen, dass Bridie es nicht übers Herz gebracht hatte, sie im Stich zu lassen. Außerdem würde der Reverend vollauf beschäftigt sein, wenn es ihm wieder besser ging, nach allem, was Lorna ihr erzählt hatte. Seine Gemeinde versuchte ihn loszuwerden.

„Ich gehe jetzt besser", sagte Bridie mit einem Blick auf ihre Armbanduhr. „Unser Termin ist um zehn Uhr. Komm mit in die Küche und ich zeige dir, wo alles ist." Carmen folgte ihr, offenbar froh, an einem neuen Ort herumschnüffeln zu können.

„Ich habe über das Mädchen nachgedacht. Warum lässt du die Kleine nicht einfach in Ruhe?", schlug Carmen vor. „Es sind doch sowieso bald Weihnachtsferien. Im Januar ist ihr Vater wieder fit, dann kann er sich selbst darum kümmern."

Bridie nickte. Den Gedanken hatte sie auch schon gehabt. Auf diese Weise gäbe es ein Problem weniger, um das sie sich Gedanken machen musste. „Sie müssen die Entscheidung treffen", sagte sie. „Ich bin nur die moralische Unterstützung."

Es dauerte nur wenige Minuten, bis Bridie Carmen eingewiesen hatte. Ihre Freundin besaß eine schnelle Auffassungsgabe und hatte offensichtlich auf viele jüngere Geschwister aufgepasst. Sie mochte die Zwillinge auf Anhieb.

„Du bist ja ein Süßer", sagte Carmen zu Cameron und wurde mit seinem strahlenden Lächeln belohnt. Er sah aus wie sein Vater, das konnte Bridie erkennen, nachdem ihr das kleine Gesicht vertraut geworden war. Seine Haare hatten die gleiche braune Farbe, seine Augen waren ebenso rauchig blau. Und seine Medizin zeigte Wirkung, denn die Nase lief nicht mehr.

„Und du siehst aus wie eine kleine Prinzessin", wandte Carmen sich an Bonnie, die ihr gleich ihre kleinen Ärmchen entgegenstreckte. Carmen hob sie hoch und gab ihr einen Kuss auf das fedrige Haar. Dann wandte sie sich zu Bridie um. „Ich kann verstehen, warum du verliebt bist."

Bridie wurde ganz verlegen, ohne dass sie genau wusste, warum. „Samantha liest in ihrem Zimmer", ergänzte sie schnell. „Camerons Medizin ist im Kühlschrank. Er muss nach dem Mittagessen noch mal eine Dosis nehmen. Ich wollte eigentlich Brote vorbereiten, aber das habe ich nicht mehr geschafft."

„Ich kümmere mich darum", versprach Carmen. „Was ist mit seiner Heiligkeit? Braucht er irgendetwas?"

Bridie verdrehte die Augen, als sie Carmens Spitznamen für den Reverend hörte. „Bring ihm ein Tablett rauf. Suppe, Kräcker, Saft. Vor dem Mittagsschlaf der Kinder bin ich wieder da."

Carmen nickte und lächelte wissend. „Mittagsschlaf, hm? Du redest schon wie eine Mama."

Lorna lenkte den großen Kombi des Reverends aus der Garage auf die engen, vereisten Straßen von Alexandria. Sie waren voller Menschen, die Weihnachtseinkäufe erledigten und trotz des Schneeregens fröhlich aussahen. Weiße Lichterketten waren um die Straßenlaternen gewunden, und Girlanden und Kränze aus immergrünen Zweigen und Stechpalme schmückten jedes Schaufenster und jeden Eingang. Bridie spürte eine Freude in sich aufsteigen, die weder Zeit noch Umstände hatten auslöschen können. Bald war Weihnachten.

„Ich sollte dich ein bisschen in die Familiengeschichte einweihen", sagte Lorna, doch sie klang wenig begeistert.

„In Ordnung", sagte Bridie, die sich ebenso wenig sicher war, ob sie hören wollte, was Lorna ihr erzählen würde. Jede Tatsache, die sie kannte, jedes Ereignis, an dem sie beteiligt war, bildete einen Faden, der sie enger an diese bunt gemischte Ansammlung von Menschen binden würde. Und was geschah, wenn sie fest angebunden war? Sie hatte keine Ahnung, was die Zukunft für sie bereithielt. Aber wie auch immer ihr Schicksal aussah, es würde nichts mit diesen Menschen zu tun haben, die ihr ans Herz gewachsen waren. Dies war ein vorübergehendes Arrangement, ermahnte sie sich wieder einmal, während sie ihr Herz stählte. Wenn das neue Jahr begonnen hatte, würde sie versuchen, sich aus diesem Netz zu befreien. Sie würde der Familie helfen, ein neues Kindermädchen zu finden, jemanden, der länger blieb, und dann wäre sie frei. Aber irgendwie löste dieser Gedanke nicht das Glücksgefühl aus, das sie erwartet hatte.

„Samanthas Mutter Anna ist vor etwas mehr als zwei Jahren gestorben", sagte Lorna mit einem Blick zu Bridie, während sie den Wagen auf die Umgehungsstraße lenkte.

Bridie nickte. So viel wusste sie schon.

„Samantha war in der Schule und Alasdair war dabei, im Studio seine Sendung aufzunehmen. Ich hatte die Zwillinge für ein paar Stunden mit zu mir genommen, damit Anna sich ein bisschen ausruhen konnte. Sie waren zehn Tage alt."

Bridie spürte, wie eine dunkle Vorahnung in ihr aufstieg.

„Offenbar beschloss Anna, ein paar Erledigungen zu machen und Lebensmittel einzukaufen. Sie wollte Schokoladenflocken holen, damit Samantha und sie Plätzchen backen konnten. Das stand jedenfalls auf ihrem Zettel. Aber sie muss die Orientierung verloren haben. Sie rutschte in den Fluss. Mehrere Leute sahen, wie der Wagen sank. Ein Mann ist hinterhergesprungen, aber er hat ihre Tür nicht aufbekommen. Irgendwann kamen die Taucher, aber bis sie sie herausgeholt hatten, war es zu spät."

Bridie blinzelte. Sie hatte keine Ahnung von den Umständen gehabt, die zu Mrs MacPhersons Tod geführt hatten. Und jetzt, da sie Bescheid wusste, hatte sie keine Ahnung, was sie sagen sollte. Es war eine schreckliche Geschichte.

„Es war furchtbar", sagte Lorna. Ihre Stimme klang heiser und ihre Wangen waren feucht. „Es folgten dunkle Zeiten. Mein Mann und ich waren noch zusammen und ich habe nicht gearbeitet. Ich habe die meisten Nächte bei den Kindern verbracht und mich um die Zwillinge gekümmert."

Bridie sagte nichts, sondern hörte nur weiter zu. Der Schneeregen hatte sich in Eisregen verwandelt, der gegen die Autofenster schlug. Die Scheibenwischer kämpften in einem tröstlichen Rhythmus gegen den Regen an, und die warme Luft aus der Heizung fühlte sich gut an ihren Beinen an.

„Wie man sich vorstellen kann, war Samantha zuerst außer sich. Ganz wütend, beinahe wild. Dann hat sie sich beruhigt, und ich dachte –" Ihre Stimme brach und Bridie streckte die Hand aus, um sie zu trösten. „Tut mir leid", sagte Lorna und nahm das Taschentuch entgegen, das Bridie ihr aus der Packung in ihrer Handtasche reichte. „Man sollte meinen, nach all der Zeit könnte ich darüber sprechen, aber es tut so weh." Sie drückte einen Moment lang das Taschentuch an ihre Nase, dann räusperte sie sich und fuhr fort: „Ich dachte, sie hätte es überwunden, aber jetzt ist mir klar, dass alles zu perfekt war. Ich vermute, es war ihre Art, die Dinge wieder ins Lot zu bringen. Ihre Noten waren gut. Ihr Zimmer war aufgeräumt. Ihre Kleidung war ordentlich. Ihre Manieren waren vollendet. Sie muss etwas gebraucht haben. Etwas, um das sie nicht bitten konnte. Aber Alasdair versuchte, die Gemeinde am Laufen zu halten. Ich war mit den Zwillingen beschäftigt. Da haben wir Samantha wohl alle vergessen …"

„Wann hat sich ihr Verhalten geändert?", fragte Bridie nach einer Weile.

„Ungefähr vor sechs Monaten. Als sie dreizehn wurde. Es war, als hätte jemand einen Schalter umgelegt. Anstatt unser süßes, folgsames Kind zu sein, wurde sie wütend, trotzig, feindselig. Ihre Noten wurden schlechter und gingen dann ganz in den Keller. Sie fing an, sich heimlich mit Jungen zu treffen, und ihre Freundschaften mit anderen Mädchen zerbrachen, und zwar auf hässliche Weise. Sie redeten über Samantha. Du weißt ja, wie Mädchen in dem Alter tratschen."

Bridie dachte an das, was Samantha gesagt hatte. Als potenzielle Mörderin bezeichnet zu werden, hörte sich nicht gerade nach typischer Teenagerzickerei an.

„Jedenfalls", schloss Lorna mit trauriger, beinahe verzweifelter Stimme, „habe ich lange und oft gebetet, und trotzdem wurde die Situation immer schlimmer. Bis du gekommen bist", fügte sie hinzu, und ihre Stimme wurde von solcher Hoffnung erfüllt, dass Bridie ein warmes Glücksgefühl durchströmte, weil sie dieser traurigen kleinen Familie helfen konnte.

„Wie ist Alasdair mit alldem fertiggeworden?", fragte Bridie kühn und fühlte, wie ihre Wangen erröteten.

Lorna antwortete, ohne von der Straße aufzublicken. „Manchmal", sagte sie leise, „bin ich mir nicht einmal sicher, ob er überhaupt weiß, dass Anna nicht mehr da ist."

Mrs Tronsett war ungefähr sechzig Jahre alt, und so kleidete sie sich auch. Sie trug ein schlichtes, dunkelblaues Polyesterkostüm, Pumps mit flachen Absätzen und eine Timex-Armbanduhr mit einem dieser schmalen schwarzen Stoffarmbänder, die es wahrscheinlich seit den sechziger Jahren nicht mehr zu kaufen gab. Irgendwie erinnerte sie

Bridie an einige dauergewellte, blauhaarige alte Damen aus ihrer Vergangenheit, aber in dem Augenblick, in dem Mrs Tronsett den Mund aufmachte, war jede Ähnlichkeit verschwunden. Ihre Worte offenbarten eine Mischung aus Intelligenz und Direktheit, und Bridie mochte die Direktorin sofort.

„Dieses Kind befindet sich in einer Abwärtsspirale und wir müssen schnell handeln“, sagte sie. „Ihr unangemessenes Verhalten wird immer ernster.“ Sie richtete ihre ehrlichen grauen Augen auf Bridie und Lorna. „Ich habe vorgeschlagen, dass sie mit einer Therapeutin spricht, aber ihr Vater scheint sich dagegen zu sträuben. Ehrlich gesagt glaube ich, dass die ganze Familie Hilfe gebrauchen könnte, nach allem, was sie mitgemacht hat.“

„Vielleicht ist Alasdair jetzt offen dafür“, sagte Lorna, und Bridie las zwischen den Zeilen. Jetzt, da auch sein Leben sich in einer Abwärtsspirale befand, meinte sie vermutlich. Totales Scheitern hatte oft zur Folge, dass Menschen sich für Vorschläge öffneten.

„Gut.“ Mrs Tronsett nickte mit ihrem krausen Kopf. „Ich habe eine Liste mit Psychologen zusammengestellt, die Presbyterianisch sprechen.“ Ihr Mundwinkel verzog sich zu einem schwachen Lächeln. Lorna wirkte etwas schockiert darüber, dass die Rektorin einer kirchlichen Schule solche Witze machte.

„Ich habe Samantha schon einige Male zu mir gebeten, aber unsere Unterhaltungen sind nie über ein paar Sätze hinausgegangen.“ Jetzt war Mrs Tronsett wieder ganz sachlich. Sie bückte sich und zog eine Akte aus ihrer Schreibtischschublade. „Ihre Englischlehrerin hat mir das hier gegeben. Darum ging es bei einem unserer Gespräche. Ich habe sie gefragt, warum sie dieses Thema gewählt hat, weil ich hoffte, sie würde sich öffnen. Aber sie sagte nur, sie interessiere sich für das neue Zuhause ihrer Mutter.“

Mrs Tronsett reichte ihnen drei linierte Blatt Papier herüber, die in der Ecke zusammengeheftet waren. Lorna streckte die Hand danach aus, dann rutschte sie näher zu Bridie, damit sie beide daraufschauen konnten. Die Handschrift war dieselbe wie auf dem Zettel an der Pinnwand in der Kirche. „Die Hölle“, lautete die Überschrift, und Bridie fühlte, wie das Blut in ihren Adern gefror.

„Sieh dir das hier mal an.“ Bridie blickte hinter sich, um sich zu vergewissern, dass Samantha nicht in der Nähe war, dann reichte sie Carmen die Blätter.

Carmen nahm sie entgegen, warf ihr einen fragenden Blick zu und fing an zu lesen: „Der Große Westminster-Katechismus fragt: ‚Was sind die Strafen für Sünde im nächsten Leben?‘ Antwort: ‚Die Strafen für Sünde im nächsten Leben sind die ewige Trennung von der tröstenden Gegenwart Gottes und schmerzliche Qualen an Leib und Seele, ohne Unterlass, im ewigen Höllenfeuer.‘ Puh!“, murmelte Carmen.

„Lies weiter“, sagte Bridie mit düsterer Miene.

„Was genau ist die Hölle?“, las Carmen. „Ist sie ein See aus Feuer, ein Ort, an dem Würmer Tag und Nacht den Körper aufessen? Sieht man alle seine Fehler und Sünden immer wieder vor sich ablaufen? Oder ist sie das Nichts? Nur leer und dunkel? Niemand weiß es genau, denn wenn man dort hinkommt, kann man nicht mehr fort.“ Carmen schüttelte den Kopf. „Das ist ziemlich heftig für eine Dreizehnjährige. Wenn du nicht aufpasst, ist sie bald eine von diesen Gruftis mit schwarzem Lippenstift und schwarzen Haaren und Nägeln in der Lippe.“

Bridie nahm ihr den Aufsatz weg und warf ihr einen verärgerten Blick zu. „Das ist nicht besonders hilfreich, Carmen.“

„Tut mir leid.“ Wenigstens hatte Carmen den Anstand, sich zu schämen.

Bridie sank auf den Küchenstuhl und betrachtete noch einmal den schrecklichen Aufsatz. Sie kannte ihn schon fast auswendig.

„Was wollt ihr für das Mädchen tun?“

„Ich weiß es nicht“, sagte sie mit mutloser Stimme. Als sie aufblickte, biss Carmen sich auf die Lippe und sah sie mitfühlend an.

„Du magst sie wirklich, oder?“

Tat sie das? Bridie rieb sich den Nacken, der sich ganz verspannt anfühlte. Sie hatte nicht die geringste Ahnung, was sie tun sollte, aber es stimmte, dass ihr diese Tatsache eine Menge ausmachte. „Das ist wohl richtig.“

Carmen streckte die Hand nach den Blättern aus. „Darf ich?“, bat sie. „Diesmal bin ich auch nett.“

Bridie reichte ihr den Aufsatz.

Nachdem Carmen ihn noch einmal mit konzentrierter Miene gelesen hatte, blickte sie auf. „Und sie hat gesagt, dass ihre Mutter da ist?“

Bridie nickte. „Sie hat gesagt, sie wolle etwas über das neue Zuhause ihrer Mutter lernen.“

„Aber warum sollte sie das denken?“, fragte Carmen, die wie immer gleich zur Sache kam. „Ihre Mutter muss doch ziemlich fromm gewesen sein, wenn sie seine Heiligkeit geheiratet hat. Warum glaubt Samantha dann, dass sie nach ihrem Tod in der Hölle gelandet ist?“

16

Alasdair lag im Bett und starrte zu den Wasserflecken an der Decke hinauf. Seine Bettdecke war weich und roch gut, ganz im Gegensatz zu der kratzigen, zerknüllten Decke, mit der er angefangen hatte. Sie hatte das Bettzeug gleich am Anfang seiner Krankheit ausgetauscht. Er war aufgestanden, um zur Toilette zu gehen, und als er zurückgekommen war, war das Bett frisch bezogen gewesen. Eine Steppdecke, an die er sich aus seiner Kindheit noch vage erinnerte, hatte die Wolldecke ersetzt. Die Laken waren frisch und die Ecke einladend aufgeschlagen gewesen. Eine saubere Schlafanzughose und das dazugehörige Oberteil hatten auf dem Fußende des Bettes gelegen. Auf dem Tablett auf dem Nachttisch hatten ein Krug voll Wasser mit Eis und Zitrone und ein sauberes Glas gestanden. Der Mülleimer mit den benutzten Taschentüchern war geleert worden.

Es stimmte, was man von Krankheiten sagte: Sie ließen die Welt am Fußende des Bettes enden. Seine Welt bestand jetzt schon seit zehn Tagen aus Hitze und Durst, Übelkeit und keuchendem Husten, austrocknendem, verzehrendem Fieber und ihr. Ihre Gegenwart fühlte sich natürlich und vertraut an. Ihre Hände hatten die Schüssel gehalten, als er sich hatte übergeben müssen, und ihn anschließend gewaschen. Ihre kühle Hand hatte auf seiner Stirn gelegen und seine Hand gehalten. Ihre klaren blauen Augen hatten ihn aus dem wirren Dschungel seiner Fieberträume zurückgeholt. Ihre ruhige Stimme war wie ein starkes Seil gewesen, das ihn sicher umfing, als er keine Kraft mehr hatte, sich festzuhalten.

Während dieser Zeit hatte die Realität seines Lebens ihn aus ihrem Griff entlassen. Ja, er hatte Kinder. Sie erschienen ihm in seinen Träumen, aber gesehen hatte er sie schon lange nicht mehr. Die Dinge, die normalerweise seinen Alltag ausfüllten und die ihm so wichtig erschienen waren, waren zu entfernten Punkten am Horizont geworden, die mit jedem Tag weiter fortrückten. Selbst die Gemeinde hatte nicht mehr die Macht, ihn hochzuheben oder fallen zu lassen. Schließlich lag er schon am Boden. Sein Geist fühlte sich ebenso gequält und zerbrochen an wie sein Körper. Er war zurückgestutzt worden wie ein geschnittener Weinstock. Ganz dicht am Boden. Bis zur Wurzel.

„Wenn ich sprach: Mein Fuß ist gestrauchelt, so hielt mich, Herr, deine Gnade. Ich hatte viel Kummer in meinem Herzen, aber deine Tröstungen erquickten meine Seele."

Er sprach die Worte laut aus und bemerkte, dass seine Stimme heiser klang und aus der Übung. Es war einer der Verse, die sie zitiert hatte. Eine Verheißung nach der anderen hatte sie aus ihrem Herzen in seines gegossen. Er glaubte nicht, dass sie sie vorgelesen hatte, obwohl er sich da nicht sicher sein konnte. Genau genommen konnte er nicht einmal sicher sein, dass es überhaupt geschehen war. Die ganze Erinnerung könnte einem seiner überhitzten Träume entstammen. Aber das glaubte er nicht. Die Szene war zu realistisch, zu deutlich, um ein Traum gewesen zu sein. Er erinnerte sich daran, wie er geweint hatte, als die schiere Last seiner Sünden und Unterlassungen über ihm zusammengebrochen war. Er erinnerte sich daran, wie sie sich über ihn gebeugt und vertraute Worte zitiert hatte, die die Verzweiflung in Schach hielten. Nein, das war keine Einbildung gewesen. Es war geschehen. Dessen war er sich sicher. Wenn sie es nicht gewesen war, die ihn gegen die Dunkelheit verteidigt hatte, dann musste es ein Bote Gottes gewesen sein, den er geschickt hatte, um für ihn zu kämpfen, als er selbst keine Kraft mehr hatte.

Er setzte sich auf. Der Schwindel war beinahe fort. Sein Schwager Calvin hatte ihn gestern wieder untersucht. „Du hattest Grippe und Lungenentzündung", verkündete er, nachdem er Alasdairs Lunge abgehört hatte. „Beides ist dabei abzuklingen."

Sie hatte noch einmal nach ihm gesehen, nachdem Calvin sich verabschiedet hatte, und war leise im Zimmer umhergegangen. Seit das Fieber nachgelassen hatte, sprach sie nur mit ihm, wenn er sie zuerst ansprach, und dazu hatte er oft nicht die nötige Energie.

Sie hatte ihm ein Tablett und eine zusätzliche Decke gebracht.

„Danke", sagte er.

Sie nickte. „Geht es Ihnen besser?"

„Ja, danke."

Sie lächelte schüchtern. „Sie sehen aus, als fehlte Ihnen selbst zum Sterben die Kraft."

Er selbst hatte auch ein Lächeln zustande gebracht und sich über das

Glas mit farbloser Flüssigkeit gebeugt, das sie ihm mit rücksichtsvoll geneigtem Strohhalm hingehalten hatte.

„Seven-Up", hatte sie erklärt. „Ich habe die Kohlensäure mit der Gabel rausgeschlagen, damit sie Ihrem Hals nicht wehtut", und wieder war er gerührt gewesen. Eine so kleine Geste, aber so gütig.

Jetzt schob er sich ein Kissen in den Rücken und holte tief Luft. Er roch etwas Wunderbares. Es war der unverkennbare Duft von frisch gebackenem Brot. Als er die Augen schloss, war er wieder in Edinburgh, im Haus in der Whipple Street und sah zu, wie die Haushälterin einen goldenen Brotlaib aus dem Ofen zog. Er konnte sie vor sich sehen, als stünde sie in diesem Zimmer. Groß und schlank mit einem schlichten, ehrlichen Gesicht. Sie trug ein tailliertes Baumwollkleid und schwarze Schnürstiefel und den üblichen Pullover. Ihre Hände waren dick und knotig. Er erinnerte sich daran, wie sie das Brot in dicke Scheiben geschnitten und Butter daraufgestrichen hatte, die schnell zu einer tropfenden Pfütze geronnen war und die sie mit großen Inseln Brombeermarmelade besprenkelt hatte. Sein Magen zog sich zusammen, aber diesmal nicht infolge der Krankheit. Als sein Magen knurrte, wurde ihm bewusst, dass er Hunger hatte.

Alasdair stand auf, zog sich Hose und Hemd und Hausschuhe an und verließ sein Zimmer. Er blinzelte. Irgendetwas schien anders zu sein, und dieser Eindruck verstärkte sich noch, als er den Treppenabsatz erreicht hatte. Alles sah anders aus. Anstelle seiner üblichen Teilnahmslosigkeit empfand er Neugier. Während er die Treppe hinunterstieg, hörte er Stimmen aus der Küche dringen und bemerkte nach und nach die Veränderungen.

Erstens waren die Fenster nicht mehr verhängt. Jemand hatte die schweren Vorhänge, die fast immer zugezogen gewesen waren, zur Seite gezogen und festgebunden, und sogar die lichtdurchlässigen Stores waren entfernt worden. Die Scheiben waren sauber geputzt. Am Fuß der Treppe musste er über ein Babygitter aus Kunststoff steigen, wie er immer eines hatte kaufen wollen. Wieder blinzelte er, während er den Flur hinunterging und spontan das Wohnzimmer betrat. Auch dieser Raum hatte sich verändert, ebenso wie das Esszimmer. Dinge fehlten. Der Nippes, der seit drei Generationen dort gestanden hatte, war fort. Alle Tische waren leer.

Als er in die Küche kam, sah er, warum. Anstatt in ihrem Laufstall eingesperrt zu sein, liefen die Zwillinge frei herum. Cameron saß auf dem Boden und drosch mit einem Holzlöffel auf eine Plastikschüssel ein. Seine Haare waren geschnitten. Seine Nase lief nicht. Bonnie hing über der untersten Schublade und warf Gefrierdosen aus Kunststoff und die passenden Deckel hinter sich, ohne auch nur zu gucken, wo sie landeten. Sie trug Kleidung, die er nicht kannte, und ihre Haare waren hübsch gekämmt und wurden mit einer Spange zurückgehalten. In der Küche war es warm und der Brotgeruch erfüllte den ganzen Raum. Jetzt, als er näher dran war, erkannte er außerdem den Duft von Zimt und Ingwer. Bridie stand über die Arbeitsplatte gebeugt und bearbeitete einen Berg aus dunkelbraunem Teig.

„Guten Morgen", sagte er.

Sie hörte auf zu arbeiten und blickte auf. Ihre Augen waren beunruhigend blau und hell. Etwas an ihr, oder vielleicht die ungewöhnliche Situation, in der sie sich befanden, brachte ihn aus dem Gleichgewicht.

„Guten Morgen." Sie lächelte, beugte sich dann aber schnell wieder über ihre Arbeit. Vielleicht spürte sie es auch. „Wie ich sehe, fühlen Sie sich besser."

„Viel besser, danke."

„Was möchten Sie zum Frühstück haben?" Sie warf ihm einen kurzen Blick zu. „Ich mache Ihnen Rühreier, Porridge, was immer Sie wollen."

„Cornflakes reichen völlig."

Sie bückte sich, griff an Bonnie vorbei und nahm einen Topf mit Deckel aus dem Schrank. „Porridge ist leicht zu essen und hält lange vor."

Alasdair sah den dampfenden Topf vor sich. Er hatte seit Jahren kein richtiges Porridge mehr gegessen.

„Danke", sagte er und setzte sich dann an den Tisch, weil er nicht wusste, was er sonst tun sollte. Bridie – Miss Collins, ermahnte er sich selbst – machte sich an den Haferflocken zu schaffen, dann setzte sie Wasser auf. Kurz darauf stellte sie eine vorgewärmte Tasse und eine Teekanne vor ihn hin. Er hob den Deckel an. Lose Teeblätter schwammen auf dem dampfenden Wasser. Sie stellte ein Sieb neben seine Tasse und dazu ein Kännchen mit Sahne, eine Untertasse mit Zitronenscheiben und die Zuckerdose, bevor sie sich wieder an ihre Arbeit begab. Er sah sich im Zimmer um. Die Zwillinge plapperten vor sich hin und spielten. Er goss sich eine Tasse Tee ein, fügte ein wenig Milch und Zucker hinzu und trank einen zögerlichen Schluck. Seine Geschmacksnerven fühlten sich traumatisiert an und sein Magen war empfindlich. Er ließ die Flüssigkeit auf seiner Zunge kreisen. Zuerst schmeckte der Tee gut, aber gleich darauf wurde er zu stark und sauer. Er stellte die Tasse zur Seite.

Nach einer Weile servierte Bridie ihm das Porridge. Es war dick und cremig. Er streute braunen Zucker darüber, goss ein wenig Sahne darauf und aß es langsam mit kleinen Bissen.

Das Brot kam aus dem Ofen, bevor Alasdair fertig war, und es war, als hätte Bridie seine Gedanken gelesen. Sie schnitt ihm eine dicke Scheibe ab und legte sie auf seinen Teller, dann reichte sie ihm ein Glas Marmelade und die Butterdose. Er brach ein kleines Stück von dem Brot ab, wagte sich aber nicht an die Butter und die Marmelade heran. Es war gut, aber nach ein paar Bissen war er satt.

„Es schmeckt köstlich, aber ich bin noch nicht wieder ganz fit."

„Sie werden merken, wenn Sie richtig gesund sind, dann kommt auch Ihr Appetit wieder." Sie lächelte ihm zu und schien wegen seines halb gegessenen Frühstücks nicht beleidigt zu sein.

Cameron zog an seinem Bein. Bridie bückte sich und lächelte ihn an, während sie die Hände ausstreckte. „Was sagst du?", fragte sie.

„Hoch", antwortete Cameron klar wie eine Glocke.

Sie hob ihn hoch und setzte ihn auf ihre Hüfte.

Alasdair sah zu, wie sie miteinander spielten und redeten. Offensichtlich hatten die beiden in der Zeit, in der er außer Gefecht gewesen war, eine besondere Beziehung zueinander aufgebaut. Er lächelte und spürte Zufriedenheit in sich aufsteigen.

Das Telefon klingelte. Der Augenblick war vorbei.

Bridie nahm das Gespräch an. „Einen Augenblick, bitte", sagte sie.

Alasdair spürte die vertraute Müdigkeit in sich aufsteigen, nickte und streckte die Hand nach dem Hörer aus. Er bemerkte einen Stapel Telefonnotizen auf der Arbeitsplatte neben sich. Sein Porridge fing an, unangenehm in seinen Eingeweiden zu rumoren.

Mit halbem Ohr lauschte er den Sorgen des Sonntagsschulleiters in Bezug auf die vierte Klasse, dann legte er auf und trug seinen Teller zur Spüle.

„Meinen Sie, Sie sind am Freitag fit genug, um nach Boston zu fahren?", fragte Bridie ihn mit besorgter Miene.

Eine weitere Welle der Müdigkeit schlug über ihm zusammen. Er hoffte, die Vorkehrungen, die Lorna getroffen hatte, würden sich nicht in Luft auflösen. Langsam nickte er. „Ja, ich bin sicher, bis dahin bin ich wieder ganz gesund. Passt es Ihnen denn, bei den Kindern zu bleiben?"

„Ja, natürlich. Ich habe nur an Sie gedacht."

Jemand dachte an ihn. Er schüttelte ein wenig den Kopf. „Danke", sagte er, stellte den Teller ab und wandte sich zu ihr um. „Danke für alles. Dafür, dass Sie mich gepflegt haben, als ich krank war. Dafür, dass Sie sich um mich und meine Familie gekümmert haben. Sie wissen gar nicht, wie viel mir das bedeutet."

Sie schwieg wieder. Als sie Cameron auf den Boden setzte, fiel ihr ihr glänzendes Haar über die Schulter. Sie richtete sich auf und bedachte ihn mit einem undurchdringlichen Blick aus ihren vergissmeinnichtblauen Augen. „Das habe ich sehr gerne gemacht", sagte sie schließlich.

Alasdair nickte, und weil ihm nichts einfiel, was er sonst noch sagen könnte, schleppte er sich wieder die Treppe hinauf. Die Auszeit war vorüber.

17

Bob Henry saß auf der harten Motelmatratze und starrte zu dem Wasserfleck an der Decke hinauf. Es war seine zweite Woche im Capital City Motor Inn. Nur ein paar Kilometer trennten es vom Hilton und dem Sheraton, aber es war eine andere Welt. Selbst ein einfaches Accor-Hotel wäre eine Verbesserung gegenüber dem hier gewesen.

Anderthalb Wochen lang hatte er sich bei Leuten eingeschleimt und ihnen Kaffee und Kuchen ausgegeben. Die Bewohner des Ortes schienen nur zu bereitwillig über ihren Pastor zu tratschen. Er hatte zahlreiche Besuche bei der Stadtverwaltung gemacht, um Register einzusehen, und sein Laptop war so überhitzt von den vielen Stunden, die er online verbracht hatte, dass er wahrscheinlich den Bettüberwurf angekokelt hatte. Seine einleitenden Recherchen waren nicht völlig umsonst gewesen, aber er hatte auch noch keinen Volltreffer gelandet.

Zwei der Schwestern waren völlig sauber. Über sie gab es nicht einmal Gerüchte, und er hatte wirklich alles versucht, um etwas herauszufinden. Schade, dass es kein Verbrechen war, ein Drache zu sein, sonst hätte er Winifred ans Messer liefern können. Er hatte in der Universität herumgeschnüffelt, um zu sehen, ob es in Fionas Keller eine akademische Leiche gab – Plagiate oder Affären mit Studenten, aber nichts. Nada. Die jüngste der Schwestern, Lorna, war vor einem Jahr geschieden worden. In der Akte war eine Privatinsolvenz vermerkt, aber keine Polizeiberichte wegen häuslicher Gewalt, keine einstweiligen Verfügungen. Nichts Brauchbares.

Auf den Polizeibericht über Annas Unfall wartete er immer noch. Eigentlich müsste der aber jetzt jeden Tag kommen. Die hoffnungsvollste Anwärterin für das schwarze Schaf der Familie war die Tochter. Er hatte sich umgehört und Gerüchten zufolge hatte sie „Probleme", was zumindest ein Anfang war. Aber er hatte immer noch nichts, was er in bare Münze umsetzen konnte.

Und das war ein Problem. Bob lehnte sich auf seinem Kissen zurück und verschränkte die Hände hinter dem Kopf. Er musste sich etwas Neues überlegen.

Er ging im Geiste alle Kategorien kirchlicher Fehltritte durch. Das Beste, ein richtiger Killer, wäre natürlich eine Frau. Eine ungehörige Beziehung, für gewöhnlich mit einem verzweifelten Gemeindemitglied, war der häufigste Grund, warum ein Pastor ausgeschaltet wurde. Er hatte sich umgehört, aber nicht einmal MacPhersons Feinde wussten etwas von irgendeiner Frau.

Was sonst noch? Geld natürlich. Er warf einen Blick auf den Papierstapel am Fußende seines Bettes. Er hatte sich von der zentralen Buchhaltung eine Kopie der Gemeindefinanzen des letzten Jahres geben lassen, aber er hatte gehofft, sie nicht durcharbeiten zu müssen. Nichts langweilte ihn so sehr wie Zahlen. In Gedanken ging er die Liste mit anderen möglichen Verfehlungen durch: Drogen, Perverses, Sucht. Keine davon erschien ihm vielversprechend. Irgendwie sah er Alasdair nicht als heimlich Süchtigen, und dass er perverse Gelüste haben sollte, konnte selbst Bob sich nur schwer vorstellen.

Er schaltete mit der Fernbedienung den Fernseher ein und verfolgte ein paar Minuten lang die Nachrichten. Dann setzte er sich auf und rieb sich das Gesicht. Morgen würde er nach Richmond zurückfahren. Gerry hatte ihn zu sich bestellt, aber er wollte nicht abreisen, ohne gefunden zu haben, weswegen er hergekommen war. Er seufzte und nahm die erste Tabelle in die Hand. Er sollte sich eine Pizza bestellen, denn es würde eine lange Nacht werden.

18

Bridie drehte sich zur Seite, um die letzte Kiste durch die schmale Tür zum Dachboden zu bugsieren. Sie lächelte, als sie daran dachte, was für einen Unsinn Carmen über verrückte Ehefrauen erzählt hatte, die hier oben lebten. Bridie war sich ganz sicher, dass es hier oben keine Ehefrauen gab, weder verrückte noch andere. Dieser Dachboden war ihr in den vergangenen Tagen sehr vertraut geworden. Sie wünschte, sie hätte jedes Mal, wenn sie die schmale Treppe hinaufgestiegen war, einen Groschen bekommen oder einen Pfennig für jeden überflüssigen Gegenstand, den sie hier verstaut hatte – natürlich sorgfältig verpackt. Endlose Lagen Seidenpapier bewahrten Mama MacPhersons Schätze sicher für die nächste Generation auf.

Sie hatte sogar ein wenig Ordnung in das dort herrschende Durcheinander gebracht, obwohl sie gar nicht vorgehabt hatte, den Dachboden der MacPhersons aufzuräumen.

„Habt ihr irgendwelchen Weihnachtsschmuck?“, hatte sie Lorna vor ein paar Tagen gefragt. Bald würden die Feiertage kommen, ob sie es wollte oder nicht.

„Der ist auf dem Dachboden“, hatte Lorna geantwortet. Sie hatte auf ihre Uhr gesehen und Bridie hatte gewusst, dass sie wahrscheinlich zu spät zur Arbeit in der Filmfabrik kommen würde, wenn sie noch einmal hereinkam.

„Ach, ist schon gut. Vergiss es.“

„Nein“, hatte Lorna protestiert. „Ich finde, es wäre schön für die Kinder. Macht es dir was aus, mal nachzusehen?“

Sie hatte mit den Schultern gezuckt und sich einverstanden erklärt. Inzwischen verstand sie Lornas entschuldigende Miene. Der Ort war ein wahres Rattennest gewesen – von vorne bis hinten vollgestopft mit abgelegten Dingen reicher und vermutlich hochnäsiger Leute, die seit Jahrhunderten nichts weggeworfen hatten. Sie hatte zehn oder noch mehr Kisten durchgesehen und jede Menge Hüte und Kleider gefunden, die nach Mottenkugeln rochen, aber bis jetzt keine Weihnachtsdekoration. Ihre Suche war allerdings keine völlige Zeitverschwendung gewesen. Sie hatte ein paar sehr nützliche Dinge entdeckt – ein ganzes Service aus gutem, robustem Geschirr, das sie sofort in die Küche hinuntergebracht hatte, und ein dickes kariertes Tischtuch, zwei Wolldecken, zusätzliche Bettdecken, darunter ein paar wunderschöne alte Patchworkdecken, und einen riesigen dick gepolsterten Sessel, der unter einem Berg verblichener Gardinen begraben gewesen war. Außerdem hatte sie drei Lampen mit Porzellanfüßen gefunden, die das Wohnzimmer in ein gemütliches Licht tauchen würden.

Gut wäre, wenn sie jetzt noch finden könnte, was sie eigentlich suchte. Es wurde Zeit, dachte sie mit einem vertrauten Gefühl der Vorfreude. Etwas an den Feiertagen brachte das Kind in ihr zum Vorschein.

Sie stellte die Kiste, die sie trug, ab und wischte sich den Schweiß von der Stirn. Von der Anstrengung war ihr warm, aber sie würde sich schon bald abkühlen, denn hier oben war es empfindlich kalt. Sie beschriftete die Kiste mit einem Filzstift in großen schwarzen Buchstaben. Noch mehr weiße Damasttischdecken. Sie schüttelte den Kopf. Wie viele weiße Damasttischdecken konnte ein Mensch denn benutzen? Man könnte ein paar hübsche Frühlingsgardinen daraus nähen. Sie lächelte und stellte sich Winifreds Gesichtsausdruck vor. Aber sie würde im Frühling nicht mehr hier sein, sagte sie sich, während sie dem Stift mit einer entschlossenen Bewegung die Kappe aufsetzte.

Sie zog eine Kiste näher, die sie noch nicht durchgesehen hatte, schlug die Deckelteile zurück und runzelte die Stirn, als sie hineinblickte. Was in aller Welt war das? Ganz oben lag ein kleiner rosafarbener Rucksack. An dem Puh-der-Bär-Reißverschluss hing ein laminiertes Klassenfoto. *Miss Wilsons Kindergarten*, stand darunter. *Knox Presbyterian School.* Bridie lächelte und suchte Samantha auf dem Bild. Sie stand in der hintersten Reihe und trug ein hübsches rosafarbenes Kleid. Ihre Haare waren zu Zöpfen geflochten und ein fröhliches Lächeln erhellte ihr Gesicht. Bridie öffnete den Reißverschluss des Rucksacks. Er war gefüllt mit Arbeitsblättern, Schreibübungen und Bildern, auf denen Figuren mit riesigen Köpfen, dicken Bäuchen, dünnen Armen und Beinen und spinnenartigen Fingern und Zehen abgebildet waren. Sie lächelte. Jemand hatte beinahe alles aufgehoben, was Samantha in diesem Jahr gemacht hatte. Sie legte alles zurück, zog den Reißverschluss zu und sah wieder in die Kiste. Sie war voll mit Rucksäcken. Sieben insgesamt – einer für jedes Schuljahr von der Vorschule bis zur sechsten Klasse. Jemand hatte große Freude daran gehabt, alles aufzuheben. Hatte offensichtlich jede Kleinigkeit genossen und geschätzt, die Samantha hergestellt hatte. Sie schloss die Kiste wieder und stellte sie an die Wand, bevor sie sie mit dem schwarzen Stift beschriftete.

Aus der nächsten Kiste quoll ein Berg von Babykleidung hervor. Sie lächelte und hob eins der Kleider vom Boden auf. So winzig. Sie wünschte, sie hätte Cam und Bonnie sehen können, als sie noch Babys waren. Bei Gelegenheit musste sie Lorna mal nach Bildern fragen. Sie nahm ein anderes Ensemble in die Hand, diesmal ein rosafarbenes, und hielt es hoch. Als sie sah, was darunter lag, runzelte sie die Stirn – ein Paket mit winzigen Unterhemden, noch eingeschweißt. Sie grub weiter. Ein Set Babydecken, ebenfalls ungeöffnet, lag darunter. Sie schüttelte den Kopf, als sie weitere unbenutzte Babysachen aus der Kiste holte. Jemand musste nach Annas Unfall alles weggepackt haben.

Allmählich wurde ihr unbehaglich bei dem Gedanken, in all diesen Sachen zu wühlen, aber sie machte weiter, wobei sie sich nicht sicher war, ob es Neugier oder etwas anderes war, das sie antrieb. Je weiter sie zum Boden der Kiste vordrang, desto merkwürdiger wurde es. Die letzten Dinge waren noch als Geschenke verpackt. Ein Päckchen war mit schlafenden Babys dekoriert. Die Schleife war flachgedrückt, aber die Karte hing noch daran. *Herzlichen Glückwunsch, Alasdair, Anna und Samantha. Wir hoffen, eure Schätze kommen pünktlich und gesund an! Alles Gute, Bill und Sarah Andrews.* Sie legte die Karte zurück und starrte auf die plattgedrückten Geschenke, während sie zu verstehen versuchte, was sie hier sah.

Dass die Babysachen nach Annas Unfall weggepackt worden waren, konnte sie verstehen. Aber diese Geschenke waren offensichtlich vorher eingetroffen. Warum hatte Anna sie nicht geöffnet? Warum hatte sie die winzigen Kleidungsstücke nicht ausgebreitet, gewaschen und bereitgelegt, damit sie nach der Geburt die zarte Babyhaut berühren konnten? Konnte das dieselbe Frau sein, die so gewissenhaft jede Erinnerung an Samanthas Kindheit aufgehoben hatte?

Sie bahnte sich einen Weg zu den übrigen Kisten. Ein Teil von ihr forderte sie auf aufzuhören. Er mahnte sie, dass sie ihre Nase in Dinge steckte, die sie nichts angingen. Trotzdem öffnete sie den Deckel der nächsten Kiste. Sie enthielt eine Sammlung in Leder gebundener Alben. Bridie nahm eines der Bücher heraus und schlug es auf. Die

Handschrift war ordentlich und klein. Der Eintrag war von vor fünfzehn Jahren.

Alasdair meint, ich soll unser gemeinsames Leben aufschreiben, damit kein Augenblick verloren geht. Ich glaube, er hat recht, denn wenn ein Augenblick erst einmal gelebt ist, ist er vorüber, und unsere gemeinsame Zeit ist zu kostbar, als dass ihr dieses Schicksal widerfahren sollte. Ich werde alles aufschreiben, und wenn ich alt und grau bin und meine Kinder erwachsen sind, werde ich es ihnen vorlesen, damit sie uns so kennenlernen, wie wir heute sind.
Wir haben unsere Wohnung gefunden. Alasdair hat ein schlechtes Gewissen, weil sie klein und dunkel ist. Aber für mich ist sie ein schöner Ort. Ich werde ein Zuhause für uns daraus machen. Heute Abend werde ich zur Feier des Tages den Tisch schön decken und das Essen fertig haben, wenn er aus der Bibliothek zurückkommt.

Bridie hörte auf zu lesen und zwang sich, den Blick von den Seiten abzuwenden. Sie legte das Buch zurück. Ihre Hand zögerte, bevor sie zu dem letzten Band griff. Sie schlug ihn im hinteren Teil auf und sah einen Eintrag von vor zwei Jahren.

Manchmal habe ich das Gefühl, als wären die leeren Seiten dieses Buches meine einzigen Freunde. Als hätte irgendeine böse Macht mich von jedem anderen Menschen abgeschnitten. Alasdair sagt, ich soll gegen diese Gedanken mit der Bibel angehen, und ich weiß, dass er recht hat. Aber wenn sie mich überfallen, bringe ich irgendwie nicht die Kraft auf, ihnen zu widerstehen.
Letzte Woche, als es mir gut ging, bin ich mit Samantha einkaufen und essen gegangen. Wir haben neue Kleider ausgesucht. Als ich die Freude in ihrem kleinen Gesicht sah, wurde ich beinahe von Traurigkeit und Bedauern überwältigt, weil wir so viel Zeit verloren haben. Als wir wieder zu Hause waren, holte ich die Bibel heraus und schrieb ein paar Verse ab. Ich werde versuchen, sie zu lesen, wenn die Dunkelheit wiederkommt.

Bridie hob den Blick von dem Tagebuch. Das hier war privat. Es ging sie nichts an. Schnell klappte sie das Buch zu und saß dann still da, während sie sich fragte, was geschehen war. Wie hatte sich Anna von dem hoffnungsvollen jungen Mädchen in die Frau verwandelt, die von der Dunkelheit sprach, als wäre sie eine Person, die böse und vertraut war?

„Was machst du da?"

Bridie erschrak und drehte sich zu der Stimme um. Samanthas Kopf blickte über den Treppenabsatz.

„Die sind von meiner Mutter, oder?" Sie kam die letzten Stufen herauf, durchquerte den Dachboden und riss Bridie das Tagebuch aus den Händen. Sie blickte lange genug hinein, um ein paar Zeilen zu lesen, und wurde blass. „Das geht dich nichts an", sagte sie.

„Das weiß ich."

„Gib sie her."

Bridie rutschte zur Seite und hinderte Samantha nicht daran, die Kiste hochzuheben. Das Mädchen warf ihr noch einen düsteren Blick zu. Dann drückte sie die Kiste fest an sich und verschwand die Treppe hinunter. Bridie schüttelte den Kopf. Das hatte ihr gerade noch gefehlt. Ein weiteres Problem. Sie stand auf, schaltete das Licht aus und schloss die Tür zum Dachboden fest hinter sich. Sie würde das, was sie an Weihnachtsschmuck brauchte, bei Wal-Mart kaufen. In Kisten würde sie nicht mehr gucken.

Lorna sah sich zufrieden um. Die letzte Schüssel war abgetrocknet und verstaut, das letzte Kleinkind gewickelt und schlafen gelegt. Alasdair hatte seinen ersten vollen Arbeitstag seit zwei Wochen hinter sich gebracht und sich dankbar ins Bett zurückgezogen. Samanthas Zukunft war beschlossen, jedenfalls erst einmal. Alasdair hatte zugestimmt, dass sie bis zum neuen Jahr zu Hause bleiben sollte, was ihnen wenigstens eine vorläufige Verschnaufpause verschaffte. Samantha schien darüber ungeheuer erleichtert zu sein, was daran zu erkennen war, dass sie in ihrem Zimmer war und las, anstatt bei einer ihrer unberechenbaren Freundinnen zu schmollen.

„Tee?", fragte sie Bridie.

Bridie nickte dankbar, während sie die Spülmaschine anstellte. Sie sah müde aus, bemerkte Lorna. Und das war kein Wunder. In den vergangenen zwei Wochen hatte sie nachts Alasdair gepflegt und tagsüber die Kinder versorgt. Lorna schickte wieder einmal ein Dankgebet zum Himmel, weil Bridies Weg den ihren gekreuzt hatte. Sie hätte so gerne selbst für die Kinder gesorgt, aber das Wichtigste war, dass die Bedürfnisse der Kinder gestillt wurden. Sie war dankbar. „Setz dich“, sagte sie. „Ich mache das.“

Ausnahmsweise widersprach Bridie nicht, sondern ließ sich auf einen Stuhl fallen.

„Das Haus sieht fantastisch aus“, sagte Lorna. „Ich kann dir gar nicht sagen, wie sehr ich zu schätzen weiß, was du alles getan hast.“ Sie verdrängte den Gedanken an Winifred, die bald von ihrer Fußballenoperation genesen sein würde, holte den Tee heraus und setzte sich dann, um darauf zu warten, dass das Wasser kochte. „Und ich bin unglaublich froh darüber, dass du bei den Kindern bleiben kannst, während Alasdair bei seiner Tagung ist.“

„Kein Problem“, sagte Bridie. „Ich werde die Zwillinge ans Töpfchen gewöhnen, während er weg ist, und sie dazu bringen, dass sie die Nacht durchschlafen“, schwor sie. „Es wird höchste Zeit.“

Lorna lächelte.

„Ich habe heute ein paar Dinge auf dem Dachboden gefunden“, sagte Bridie nach einer Weile. Lorna blickte auf. Bridies Blick war voller Sorge. „Es sah aus wie Tagebücher, Erinnerungsalben.“

Lorna nickte und spürte ein innerliches Frösteln. Da waren sie also. „Annas Tagebücher“, bestätigte sie.

Bridie nickte.

Lorna stand auf und fing an, mit dem Spüllappen zu hantieren, wischte die saubere Arbeitsplatte ab und spülte dann den Lappen aus, um ihn anschließend wieder zusammenzufalten und dort aufzuhängen, wo er gerade noch gehangen hatte. „Anna war sehr gut darin, alles festzuhalten“, sagte sie. „Tagebücher, Fotoalben, jedes Stück Papier, das in dieser Familie produziert wurde. Ich wusste nicht, was aus den Sachen geworden war. Alasdair muss sie dort verstaut haben.“ Sie dachte an die eisige Selbstbeherrschung ihres Bruders in den Wochen nach Annas Tod, und irgendwie überraschte es sie nicht, dass er ihre Schwägerin in Kisten verpackt und auf dem Dachboden eingesperrt hatte.

„Samantha kam nach oben und sah, dass ich mir eins der Bücher angesehen hatte. Sie hat sie mitgenommen“, platzte es aus Bridie heraus, und auf ihrer Miene zeigte sich eine Mischung aus Schuldgefühlen und Verteidigungshaltung. „Es tut mir leid. Aber ich fand, dass ich nicht das Recht hatte, ihr das zu verbieten."

Lorna holte tief Luft.

„Ich wusste nicht, wem ich es erzählen sollte, also erzähle ich es dir."

„Ich verstehe." Der Kessel pfiff und Lorna drehte sich um, froh über die Aufgabe. Sie füllte Tee in die Kanne und goss dann das kochende Wasser hinein. Während sie die Tassen aus dem Schrank nahm und eine Milchtüte aus dem Kühlschrank holte, hatte sie Zeit nachzudenken. Bis der Tee gezogen war und sie beide vor gefüllten Tassen saßen, hatte sie eine Entscheidung getroffen.

„Das ist schon in Ordnung", sagte sie, während sie einen Löffel Zucker in ihren Tee rührte. „Sie soll sie behalten."

Einen Augenblick lang hing eine unbehagliche Stille zwischen ihnen im Raum. „Hast du keine Angst, dass sie mehr herausfindet, als sie wissen muss?", fragte Bridie schließlich.

Natürlich hatte Lorna daran gedacht, aber in ihrem Kopf setzte sich mit der Hartnäckigkeit einer Klette eine Überzeugung fest. „Ich glaube allmählich, ein Problem in dieser Familie ist, dass niemand über irgendetwas spricht. Es gibt zu viele Geheimnisse. Sie soll die Bücher behalten", wiederholte sie noch entschlossener. „Du weißt doch, was über die Wahrheit in der Bibel steht …"

Bridies Blick war immer noch auf sie gerichtet, aber er trübte sich bei dem Wort „Geheimnisse". Wahrscheinlich fragte sie sich, was für Geheimnisse das waren. Lorna schwieg, und nach einer Weile wandte Bridie den Blick wieder ab.

„Sie soll einen frei machen", beendete Lorna ihren Satz.

Bridie sah sie verwirrt an.

„Die Wahrheit", erklärte Lorna. „‚Dann werdet ihr die Wahrheit erkennen, und die Wahrheit wird euch frei machen.'"

„Oh", sagte Bridie, und sie nickte, aber ihr Gesicht sagte etwas anderes. „Richtig. So heißt es."

Samantha vergewisserte sich, dass ihre Tür geschlossen war. Nur zur Sicherheit schob sie ihren Stuhl davor und stapelte ein paar Bücher auf der Sitzfläche, damit er schwerer wurde. Dann nahm sie die Kiste und stellte sie mitten aufs Bett, bevor sie sich danebensetzte. Ihre Füße waren kalt, aber sie wollte sich nicht die Zeit nehmen, ein Paar Socken zu suchen. Im Schneidersitz saß sie auf dem Bett und betrachtete den Pappkarton, der vor ihr stand. Ihre Mutter war da drin. Alles, was von ihr übrig geblieben war. Nach einer Weile beugte sie sich vor und klappte den Deckel auf.

Sie hörte jemanden näherkommen und schob die Kiste weiter hinten aufs Bett. Es war ihr Vater, das konnte sie an den Schritten erkennen. Vor der Tür verstummten sie. Er klopfte an.

„Was ist?“

„Darf ich reinkommen? Ich reise morgen früh ab und möchte mich verabschieden.“

Der Stuhl stand im Weg, und wenn sie ihn wegziehen würde, würde er wütend werden und wissen wollen, warum sie ihn dorthin gestellt hatte, und wenn er von den Tagebüchern erfahren würde, würde sie endgültig Ärger kriegen.

„Ich bin beschäftigt.“

Sie wartete.

„Dann gute Nacht. Und tschüss. Wir sehen uns in einer Woche.“

Samantha hatte ein schlechtes Gewissen. Er klang so traurig. „Warte“, sagte sie, aber er hatte sie wohl nicht gehört, denn Sekunden später öffnete und schloss sich seine Schlafzimmertür. Sie atmete hörbar aus und saß eine Minute lang einfach nur da. Sie könnte zu ihm gehen. Und was tun? Ihn bitten, sie zum Abschied zu umarmen? Das wäre total blöd. Ein paar Minuten lang blieb sie reglos sitzen und dachte nach.

Dann stand sie auf und ging auf den Flur hinaus. Das Licht in seinem Zimmer war schon aus. Super. Wenn sie jetzt klopfte, wäre es ein Riesenaufstand. Er müsste sich wieder anziehen und es würde so aussehen, als wäre sie ein verzweifeltes kleines Mädchen. Und dann beschloss er vielleicht, dass sie sich mal wieder *unterhalten* müssten. Was übersetzt hieß: Er würde sie wegen all der Dinge anschreien, die sie verbockt hatte. Sie schüttelte den Kopf, ging in ihr Zimmer zurück und schob den Stuhl wieder an seinen Platz.

Nach einer Weile zog sie den Karton näher und öffnete ihn wieder. Eine halbe Ewigkeit starrte sie die Bücher an. Schließlich nahm sie eins aus der Mitte des Stapels und schlug es auf.

Heute hat Samantha gesprochen. Sie hat Muffin gesagt. Das ist Alasdairs Spitzname für sie, und er passt. Sie ist süß und klein und köstlich.

Samantha schlug das Buch zu. Ihre Hände zitterten, als sie es in die Kiste zurücklegte, den Deckel zuklappte und den Karton in ihren Wandschrank schob. Sie schaltete das Licht aus, vergrub sich unter der Bettdecke, setzte ihren Kopfhörer auf und drehte die Musik so laut auf, wie sie es ertragen konnte. Eine Zeit lang weinte sie, das Gesicht ins Kissen gedrückt, damit niemand sie hörte. Sie fragte sich, ob jemand kommen und nach ihr sehen würde. Tante Lorna oder Bridie vielleicht. Sie waren beide total nervig. Sie wartete und wurde allmählich schläfrig.

Dann fiel ihr der Stuhl ein. Sie stand auf und stellte ihn dorthin, wo er normalerweise war, dann öffnete sie die Tür und blickte auf den Flur hinaus. Von unten drangen Stimmen herauf. Sie ließ die Tür offen, ging zurück und kroch ins Bett, den Kopfhörer wieder auf den Ohren. Niemand kam. Auch gut, sagte sie sich, während sie sich die Augen mit dem Bettlaken abwischte. Sie wollte sowieso mit niemandem reden.

19

Samantha drehte sich um und schlug die Augen auf. Sie blickte auf ihre Uhr, und dann fiel es ihr wieder ein. Es fühlte sich an, als hätte jemand sie geschlagen. Dad war fort und einen Augenblick lang war sie richtig traurig, so wie früher, als sie klein gewesen war und manchmal keine Gelegenheit gehabt hatte, sich von ihm zu verabschieden, bevor er zur Arbeit ging. Das gleiche Gefühl hatte sie jetzt. Sie verspürte eine innere Leere und den Wunsch, sie hätte ihm bestimmte Dinge gesagt, und Angst, dass sie nie wieder die Chance bekommen würde, sie zu sagen. Sie blinzelte und riss sich dann zusammen. Du bist echt total bescheuert, sagte sie sich. Sie war nicht fünf, sondern dreizehn und Dad würde in einer Woche wieder da sein. Außerdem nervte er total und sie hatte ihm sowieso nichts zu sagen.

Sie drehte sich wieder um und ihr Blick fiel auf das Poster von *The Misfits*, das sie im Plattenladen gekauft hatte. Sie sollte sich ihre Haare schwarz färben. Vielleicht würde sie das auch tun. Jetzt, wo Dad weg war, würde niemand sie anschreien, wenigstens nicht sofort. Sie setzte sich auf und runzelte die Stirn. Jemand sang. Sie konnte die Stimme hören, die ganz munter durch den Heizungsschacht aus der Küche heraufdrang. Verärgert schnalzte sie mit der Zunge. Warum konnte sie nicht in einem normalen Haus wohnen anstatt in einem, in dem man jedes Wort hören konnte, das ein anderer sagte?

Sie stand auf und ging nach unten, wobei sie absichtlich die Füße hinter sich herzog und das schlurfende Geräusch ihrer Hausschuhe genoss. Es machte Tante Winifred wahnsinnig, wenn sie so schlurfte. Oder wenn sie die Schultern hängen ließ. Oder ihr die Haare in die Augen fielen. Aber Tante Winifred war nicht hier. Nur Bridie, das Landei aus Hooterville, und natürlich war sie es, die da irgendein doofes Weihnachtslied sang, das kein Mensch kannte.

Samantha lehnte sich in den Türrahmen zur Küche und lauschte dem Text. Er war völlig idiotisch. Irgendwas mit singenden Vögeln und einem Haus voller Freunde und Familie und Holz, das im Kamin knisterte, und schief gesungenen Weihnachtsliedern. Wenigstens der Teil stimmte.

Bridie hob den Kopf und hörte auf zu singen. Cam und Bonnie hatten wie immer keinen Plan und saßen mit irgendeinem Spielzeug in der Ecke.

„Was ist los?“ Bridie lächelte ihr zu, und das ärgerte Samantha noch mehr. „Magst du Weihnachten nicht?“

„Doch“, sagte Samantha. „Ich mag Weihnachten. Aber nicht Weihnachten bei den Waltons.“

Bridie antwortete nicht, sondern fing an zu summen und widmete sich wieder ihrer Tätigkeit an der Spüle, was auch immer sie dort gerade tat, und das ärgerte Samantha aus irgendeinem Grund. Sie kniff die Augen zusammen.

„Siehst du viele Freunde und Verwandte um den alten Weihnachtsbaum versammelt?“, spie sie aus. „Ist draußen irgendwo ein Vögelchen, das ein fröhliches Lied zwitschert? Sehen wir doch mal nach, ob im Garten ein Schneemann steht.“

Sie ging zur Terrassentür und spähte aus dem Fenster. Es hatte tatsächlich in der Nacht geschneit. Und wenn schon, sagte sie sich. Sie war kein kleines Kind, das ganz wild darauf war, Schneeengel zu machen. „Nö“, sagte sie. Sie lehnte sich mit verschränkten Armen an die Küchenzeile und blickte düster drein. Es war ätzend, wie Bridie die ganze Zeit lächelte. Plötzlich verspürte Samantha den Drang, Bridie so unglücklich zu machen, wie sie selbst sich gerade fühlte. „Ich brauche keine verlogene Weihnachtsstimmung von jemandem, der überhaupt keine Ahnung hat, was wirklich los ist. Wenn du fröhliche Geschichten suchst, solltest du nach Hause gehen. Wenn du Ahnung hättest, wüsstest du, dass das Leben nicht so ist, zumindest nicht hier.“

Bridie hörte auf zu lächeln. Samantha holte Luft und bekam ein wenig Angst. Sie hatte gar nicht so gemein sein wollen. Bridie stand da und sah sie einfach nur an. Jetzt würde sie kündigen wie all die anderen Babysitterinnen, und alle würden sauer auf sie sein. Wieder mal. Wie immer. Sie überlegte, ob sie ihre Worte zurücknehmen könnte, aber es war zu spät. Bridies Miene war ganz ernst geworden. Plötzlich beugte sie sich vor und fasste ihre Haare zu einem Knoten zusammen. Samantha konnte nicht erkennen, was sie vorhatte. Dann richtete Bridie sich wieder auf und entblößte ihren Hals. Eine zackige Narbe verlief von ihrem Ohr bis zum Kragen ihres Sweatshirts.

„Siehst du das?“, fragte Bridie.

Samantha lehnte sich ein wenig vor und sah genauer hin. Der Schnitt war tief gewesen. Selbst jetzt war noch eine Kerbe in Bridies Hals zu sehen. Und wenn schon. Sie hatte also eine Narbe. „Na und?"

„Das hat mein Daddy mir angetan", sagte Bridie, ohne dass ihr Tonfall sich änderte. „Mit einer Whiskeyflasche."

Samantha starrte sie an. Bridie hielt ihrem Blick stand.

„Okay." Bridie ließ ihre Haare los. Sie fielen auf ihre Schultern und bedeckten die Narbe wieder. „Diese Woche sind wir beide und die Kinder alleine und ich habe ein paar Ideen. Wenn du mit deinem Wutanfall fertig bist, können wir uns ja vielleicht eine schöne Zeit machen."

Samantha knibbelte an ihrem Nagelbett. Es fing an zu bluten. Sie schob sich den Finger in den Mund und kaute an ihrem Fingernagel. Dann zuckte sie mit den Schultern. „Egal."

„Geh dich anziehen", sagte Bridie. Ihr Lächeln war wieder da und Samantha verspürte so etwas wie Erleichterung. „Wir wollen los und etwas unternehmen."

„Na *gut*", gab sie zurück.

„Beeil dich", rief Bridie ihr nach.

Samantha nahm zwei Stufen auf einmal. Sie fragte sich, wohin sie fahren und was sie tun würden. Nicht, dass es sie interessierte.

20

Alasdair blickte sich rastlos in seinem Hotelzimmer um. Er war beim Gottesdienst gewesen und hatte sich mit den Veranstaltern der Tagung getroffen, um seine Vortragszeiten noch einmal abzustimmen. Seine Notizen waren vollständig und ihm so vertraut, dass er sie beinahe auswendig kannte. Er war gründlich vorbereitet und hatte bis morgen früh, wenn die Tagung anfing, nichts zu tun. Denn er hatte keine Lust darauf, im Begrüßungsraum herumzustehen, abgestandenen Kaffee zu trinken und pastorale Kriegsberichte mit den Teilnehmern der Tagung auszutauschen. Jetzt wäre also der perfekte Zeitpunkt, um seinen jährlichen Besuch bei Professor Cuthbert zu machen. Aber vielleicht sollte er in diesem Jahr nicht hingehen, dachte er, weil er wusste, dass ihn ein paar bohrende Fragen erwarteten.

Ungeduldig schüttelte Alasdair den Kopf. Allmählich war sein ganzes Leben so, als liefe er über ein Minenfeld. Er nahm das dicke Telefonbuch von Boston in die Hand und suchte die Nummer seines alten Mentors heraus, bevor ihn noch weitere Ängste überfallen konnten.

„Tut mir leid, dass ich so kurzfristig anrufe", entschuldigte Alasdair sich.

„Unsinn", erwiderte Professor Cuthbert mit freundlicher Stimme. „Du weißt doch, wie gerne ich dich sehe." Er beschrieb Alasdair noch einmal den Weg vom Bahnhof zu sich, und eine halbe Stunde später stand Alasdair vor dem braunen Reihenhaus des Professors.

Bridie betrachtete die Früchte ihres gestrigen Einkaufsbummels, die jetzt auf der Küchenzeile ausgebreitet lagen.

„Wie gefällt dir der Laden?", hatte sie Samantha gefragt, als sie das Geschäft betreten hatten. Die Gänge waren mit roten und grünen Girlanden und leuchtendem Weihnachtsschmuck dekoriert, und es duftete nach Karamellpopcorn. Wahrscheinlich konnte man irgendwo in Hongkong in einen Wal-Mart gehen und es würde dort auch nach

Karamellpopcorn riechen. Nicht gerade ein Nobelladen, und Bridie fragte sich, was hinter Samanthas verschlossener Miene vor sich ging.

Samantha zog eine Schulter hoch. „Ich war noch nie in einem Wal-Mart. Tante Winifred geht zweimal im Jahr mit mir zu *Lord and Taylor*, da kann ich mir dann was bei den reduzierten Sachen aussuchen."

Ja, dachte Bridie, das passte zu dem Eindruck, den sie allmählich von dieser Familie gewann. Sie hatten vielleicht nicht viel, aber das, was sie hatten, musste aus dem richtigen Laden kommen, für den Fall, dass jemand das Schildchen am Kragen sah. Nach außen muss alles gut aussehen, das war ihr Motto.

Nicht, dass sie nicht selbst ihre Fehler hatte, dachte Bridie, als sie das Zeug, das sie gekauft hatte, betrachtete. Also gut, vielleicht hatte sie ein bisschen über die Stränge geschlagen, aber ehrlich gesagt wusste sie nicht, worauf sie hätte verzichten können. Sie brauchte die Sachen für den Weihnachtsschmuck, den sie basteln wollte. Und sie brauchte ein paar Lichterketten, um die zu ergänzen, die sie schließlich in der Garage gefunden hatte und nicht auf dem Dachboden. Die roten und grünen Stumpenkerzen waren im Angebot gewesen, zwei für einen Dollar fünfzig, sie zählten also kaum. Mit der großen Samtschleife würde sie die Tannenzweige zusammenbinden, die der Mann ihr kostenlos dazugegeben hatte, als sie den Weihnachtsbaum gekauft hatte. Sie würde eine Türgirlande daraus binden, und man stelle sich nur vor, was die kosten würde, wenn man sie fertig kaufte. Da hatte sie sogar noch Geld *gespart.* Der Schmuck für den Weihnachtsbaum fiel kaum ins Gewicht, aber wahrscheinlich hätte sie ohne die CD mit Weihnachtsliedern oder das Weihnachtsvideo für die Kinder leben können. Aber die Stiefel waren auf jeden Fall notwendig, damit sie im Schnee spielen konnten, und der Spielzeugflughafen und die Puppe waren im Angebot gewesen, und die Unterhosen, auf denen „großer Junge" bzw. „großes Mädchen" stand, waren Teil ihres Plans für diese Woche. Dann blieben nur noch ein paar Einkäufe: Bunte Dekostreusel für Plätzchen, darunter die kleinen Silberkugeln, die sie so gerne mochte, die Zutaten für Gewürztee, die Fußmatte und die roten und grünen Geschirrtücher. Die sollte sie wahrscheinlich wieder zurückbringen.

Nein, widersprach etwas in ihr, und die Leidenschaft, mit der sie dieses Nein fühlte, überraschte sie. *Ich bin es leid, auf alles zu verzichten. Es ist Weihnachten und ich werde feiern.*

Woher kommt das denn?, fragte sie sich. Dieser Teil ihrer Persönlichkeit hatte sich lange nicht mehr zu Wort gemeldet. Sie wusste nicht genau, was es war, aber sie vermutete, dass dieser Zug auch für den letzten Gegenstand verantwortlich war, den sie in ihren Einkaufswagen gelegt hatte. Jetzt nahm sie die Schachtel in die Hand, betrachtete die maisblonde Haarfarbe und fragte sich, wieso sie das tat. Sie stellte sich nur selbst eine Falle. Die Sache konnte übel ausgehen. Dieser leidenschaftliche Teil von ihr, der sich da bemerkbar machte, sollte lieber schnell wieder einschlafen. Sie schob die Haarfarbe in die Einkaufstüte zurück und verstaute sie in der Ecke hinter dem Toaster.

„Ich brauche deine Hilfe", klagte Samantha. Bridie blickte zu dem Tisch hinüber, an dem Samantha mit Nadeln und Reihfaden hantierte. Die Idee, dass sie sich ein eigenes Kleid nähte, war ihr genial erschienen. Samantha hatte sich ein wenig entspannt, als sie den Stoff ausgesucht hatten, und sie hatten etwas, worüber sie reden konnten.

„Oh, ich weiß, wo das Problem liegt", sagte Bridie und ging zu ihr. „Du hast den Ärmel falsch herum eingesetzt."

„Anders geht er aber nicht. Das sieht total komisch aus."

„Ich weiß, dass es aussieht, als würde es nicht funktionieren", sagte Bridie, die den Ärmel heraustrennte und richtig herum feststeckte. „Aber so ist es richtig. Wenn du es gereiht hast, drehen wir es auf rechts, dann siehst du, was ich meine."

Samantha runzelte die Stirn und beugte sich über die Teile des Kleides.

„Die Ärmel einzusetzen, ist das Schwierigste an einem Kleid", machte Bridie ihr Mut. „Danach kannst du beinahe alles nähen."

Samantha antwortete nicht, sondern arbeitete in wortloser Konzentration weiter. Bridie setzte sich und sah ihr zu, für den Fall, dass sie noch einmal gebraucht wurde. Samantha sah auf, senkte den Blick aber schnell wieder auf den Stoff. „Wo hast du das alles eigentlich gelernt?", fragte sie.

„Meine Großmutter und meine Mutter haben mir das Nähen beigebracht. Grandma hatte eine alte Tretnähmaschine, und auf der durfte ich Patchworkdecken für meine Puppen nähen. Meine Mutter hatte eine elektrische Singer. Sie hat mir geholfen, einen Großteil meiner Kleidung selbst zu nähen."

„Meine Mutter hat mir nie etwas beigebracht." Samanthas Stimme war kalt, tonlos. Sie blickte nicht von ihrer Arbeit auf. Bridie erinnerte sich an Annas Sehnsucht und Schuldgefühle gegenüber ihrer Tochter, über die sie geschrieben hatte.

„Ich bin mir sicher, das liegt nicht daran, dass sie dich nicht geliebt hat“, sagte sie.

Samantha hob ruckartig den Kopf und sah sie mit großen Augen an, dann widmete sie sich wieder ihrer Arbeit. Sie sagte nichts.

„Wann sollen wir den Baum schmücken?“, fragte Bridie nach ein paar Minuten.

Samantha zuckte wieder mit den Schultern. „Ich kann mich gar nicht daran erinnern, wann wir das letzte Mal einen Weihnachtsbaum hatten. Wir schmücken immer den in der Kirche.“

Bridie schüttelte kaum merklich den Kopf. Was war mit diesen Menschen geschehen?

„Dieses Jahr werdet ihr einen bekommen“, versprach sie. Wenn sie eine Reaktion erwartet hatte, wurde sie enttäuscht. Samantha nähte mit gesenktem Kopf weiter und ihr braunes Haar fiel ihr so ins Gesicht, dass Bridie ihre Miene nicht sehen konnte.

„Was hältst du von heute Abend?“, schlug sie vor.

„Heute ist Sonntag.“

„Und?“

„Kirche“, sagte Samantha langsam und sarkastisch, nur für den Fall, dass sie nicht verstand.

„Ich habe keinen Predigtdienst“, gab Bridie zurück. „Du etwa? Ich glaube, Cam und Bonnie nehmen sich auch den Abend frei.“

Jetzt reagierte Samantha. Sie hob den Kopf und starrte Bridie ungläubig an. „Willst du damit sagen, dass wir nicht hingehen müssen?“

Bridie wagte sich vorsichtig vor. „Ich will damit sagen, dass jeder ein Recht auf etwas Zeit mit der eigenen Familie hat. Und ich habe fünfzig Dollar für einen Baum bezahlt, der draußen auf der Veranda vertrocknet.“

„Na, egal“, sagte Samantha, aber ihre Augen leuchteten, und als sie ihre Arbeit wieder aufnahm, summte sie.

Alasdair blickte zu den Wattebäuschen am Himmel hoch, während er die Treppe hinaufstieg. Die Luft fühlte sich dick an. Selbst seine Schritte klangen gedämpft. Bald würde es schneien. Er klingelte.

Nach ein paar Minuten erschien der Professor an der Tür und Alasdair erlebte wie jedes Jahr eine Überraschung. Irgendwie war Professor Cuthbert in Alasdairs Gedanken ewig mittleren Alters, eingefroren zu dem Zeitpunkt, als sie sich kennengelernt hatten. Jedes Jahr war er völlig unvorbereitet auf die Wirklichkeit, die der Lauf der Zeit schuf. Seit seinem Besuch im letzten Jahr war das Gesicht seines Freundes schmaler geworden, auch wenn er noch weit davon entfernt war, gebrechlich zu sein. Das Haar, das seine glänzende Glatze umringte, hatte den letzten Rotton verloren, und vielleicht bildete Alasdair sich das ein, aber das einst so leuchtende Blau seiner Augen wirkte ein wenig blasser. Cuthbert zog Alasdair in eine kräftige Umarmung und klopfte ihm auf den Rücken. Seine Freude stand ihm deutlich ins Gesicht geschrieben. „Komm rein", drängte er ihn und öffnete die Tür weit.

Alasdair lächelte und folgte ihm den schmalen Flur hinunter in das Zimmer, auf das er zeigte. Eine Flut der Erinnerungen schlug über ihm zusammen. Wie viele Stunden hatte er in diesem Haus verbracht, genau in diesem Arbeitszimmer, hatte gelesen und diskutiert, gebetet und argumentiert? Er blickte sich in dem kleinen, gemütlichen Raum um, sah die überladenen Bücherregale, den riesigen Schreibtisch, der mit unordentlichen Papierbündeln und gefährlich schiefen Bücherstapeln bedeckt war. Zwei antike Tiffanylampen warfen goldene Lichtpfützen auf den verblichenen roten Teppich. Die Vorhänge waren aus schwerem altem Brokat, und sie waren zugezogen, sodass man in einem schützenden Kokon saß. Ein kleines, gleichmäßiges Feuer brannte in dem kleinen Kamin auf einem Bett aus glühend roten Kohlen.

„Bitte setz dich", lud Cuthbert ihn ein. „Ich habe uns eine Kleinigkeit zu essen gemacht."

Alasdair setzte sich in den Sessel, auf den sein Freund gezeigt hatte, und lehnte sich in dem abgewetzten Leder zurück. Er fuhr über die Armlehnen und fühlte die feinen Risse des Alters. Auf dem niedrigen Tisch vor ihm stand das Essen. Eine Teekanne aus Steingut war in ein Frotteetuch gewickelt, das als Kannenwärmer diente. Zwei angeschlagene Porzellanteller waren mit dicken Sandwiches belegt, und eine

Schale mit Schokokeksen aus dem Laden stand neben zwei schweren Tonbechern. Das Essen sah einladend aus.

„Wie ich sehe, bist du immer noch gut beschäftigt“, bemerkte Alasdair und zeigte auf den überladenen Schreibtisch.

Cuthbert nickte. „Wie immer.“

„Arbeitest du an einem Zeitschriftenartikel? Einem Fachbuch?“

Der Professor schüttelte den Kopf. „Nein. An einem Andachtsbuch.“

„Wirklich?“

„Überrascht?“

„Ein wenig. Nur, weil ich den Eindruck hatte, dass dir die Theologie näher steht als –“

„Der Glaube?“

Alasdair blickte ihn scharf an. Cuthbert lächelte. „Überhaupt nicht. Dein Glaube wird in allem, was du geschrieben hast, deutlich. In deinem ganzen Leben.“

„Das ist sehr freundlich von dir.“ Cuthbert zog das Tuch von der Teekanne und hob sie hoch. Dabei geriet sie ein wenig ins Schwanken und etwas Tee schwappte auf eines der Brote. Er schien es nicht zu bemerken. „Aber ich gebe gerne zu, dass mein Glaube ein bisschen kopflastig war. Nördlich vom Hals angesiedelt sozusagen.“

Alasdair war sich nicht sicher, was er antworten sollte. Der Professor füllte die Becher und schaffte es, die Kanne wieder hinzustellen. Dann wickelte er erneut den improvisierten Kannenwärmer darum.

„Wie geht es deinen Schwestern?“, fragte er, während er Alasdair einen Becher reichte. Alasdair nahm ihn entgegen und tat Zucker und Milch hinein.

„Gut wie immer.“

„Das höre ich gerne. Und die Kinder?“ Der Professor beugte sich vor und fing an, seinen eigenen Tee zu süßen, sodass Alasdair einen Augenblick Zeit hatte, um nachzudenken. War er hergekommen, weil er Hilfe brauchte? Und wenn ja, konnte sein alter Mentor ihm denn überhaupt helfen? Oder würde er seinen Freund nur mit Problemen belasten, an denen er nichts ändern konnte?

„Dein Schweigen spricht Bände.“ Cuthbert setzte sich wieder in seinen Sessel und nippte an seinem Tee. Alasdair trank ebenfalls einen Schluck. Der Tee war heiß und verbrannte ihm die Zunge. Er stellte den Becher auf den Boden neben seinem Sessel.

Dann erst erwiderte er Cuthberts Blick, der unverwandt auf ihn gerichtet war. „Es hat ein paar Probleme gegeben“, wich er aus. „Ich hoffe, wir haben unser Tief bald hinter uns.“

„Es ist hoffentlich niemand krank.“

„Nein.“

Cuthbert nickte und hakte nach. „Was dann? Erzähl es mir.“

Alasdair nahm seine Brille ab und rieb sich die Augen. „Ich wüsste nicht, wo ich anfangen soll“, sagte er und setzte die Brille wieder auf.

„Irgendwo. Wir können immer noch an den Anfang zurückgehen.“

Alasdair lächelte, antwortete aber immer noch nicht.

„Ich habe von den Schwierigkeiten in der Gemeinde gehört.“

Alasdair seufzte, zog aber nicht mal eine Augenbraue hoch. Ihre Kirche war wie eine Kleinstadt. Es gab keine Geheimnisse.

„Ich hatte auch mal eine eigene Kanzel, weißt du.“

Alasdair nickte höflich.

„Ja, ich war sozusagen der Kapitän eines Schiffes.“ Cuthbert lachte leise und der Becher, den er vor seine Brust hielt, wackelte gefährlich.

„Niemand warnt einen vor den Piraten“, murmelte Alasdair düster.

Die Augen des Professors leuchteten belustigt auf und er nickte. „Das ist eine passende Analogie.“ Er stellte seinen Becher ab und lehnte sich in seinem Sessel vor. „Habe ich dir jemals von meinem Kampf mit Clive Newby erzählt, bei dem es darum ging, wer damals im Jahr 1967 die Kanzel übernehmen sollte?“

Alasdair schüttelte den Kopf und verspürte einen Anflug von Erleichterung darüber, dass sie nicht seine eigenen Probleme besprechen würden.

Cuthbert schien das nicht zu bemerken. Er fuhr sich genüsslich mit der Zunge über die Lippen, weil er seine Geschichte erzählen konnte. „Ich war Pastor, Clive war mein Assistent. Eine Gemeinde mit bis zu zweitausend Mitgliedern. Drei Gottesdienste jeden Sonntag. Spendentendenz steigend. Kirche bezahlt und die Spendenkampagne für eine neue schon auf dem Weg. Ich hatte die Gemeinde gegründet. Als ich anfing, trafen wir uns im Musiksaal der Highschool. Damals hatten wir fünfunddreißig Leute. Inzwischen waren wir eine der größten und lebendigsten Gemeinden in der Stadt. Als Clive beschloss, sich für den Pastorendienst zu bewerben, bekam ich natürlich Wind davon. Maudie hatte ihr Ohr immer am Boden.“

Alasdair nickte. Die Frau des Professors – Gott hab sie selig – hatte ihn an schlechten Tagen an Winifred erinnert.

„Clive verbreitete Unruhe und war auf eine Abstimmung aus, bei der ich abgelöst werden sollte. Aber ich startete einen Präventivschlag. Ich trommelte die führenden Ältesten zusammen, von denen ich wusste, dass sie hinter mir standen, und dann zogen wir von Haus zu Haus, um Unterstützung zu sammeln. Wir haben sozusagen die Truppen formiert. Wir dachten, wir hätten ihn geschlagen, aber wir hatten seine Überredungskraft unterschätzt. Bei der Gemeindeversammlung stand es beinahe unentschieden. Eine Pattsituation. Keiner von uns hatte die Mehrheit, um zu gewinnen. Keine Seite war bereit nachzugeben. Es war ein offener Krieg, wie du dir vorstellen kannst." Der Professor machte eine Pause, um einen Schluck Tee zu trinken, und Alasdair merkte, dass er angespannt war und wissen wollte, wie die Geschichte ausgegangen war. Aber anstatt weiterzuerzählen, erhob Cuthbert sich mühsam und schürte das Feuer mit dem Schürhaken, sodass die Funken aufstoben. Offenbar hatte er beschlossen, dass ein zusätzlicher Holzscheit nötig war. Bis er diesen aus der Kiste geholt, ihn aufs Feuer gelegt, die Ofentür geschlossen und den Schürhaken zurückgehängt hatte, hätte Alasdair vor Ungeduld schreien können.

„Und?", soufflierte er. „Was ist passiert?"

Cuthbert setzte sich und trank noch einen Schluck Tee, bevor er antwortete. Als er es schließlich tat, lag in seinen Augen etwas, das wie frischer Schmerz aussah. „Ich habe gewonnen", sagte er. „Ich bin Pastor dort geblieben. Aber es war ein schaler Sieg, das kann ich dir sagen."

„Inwiefern?", fragte Alasdair, obwohl er sich nicht sicher war, dass er die Antwort hören wollte.

„Ikabod."

Alasdair sah ihn mit großen Augen an. Ikabod. Hebräisch für „Die Herrlichkeit ist von Israel gewichen". Nach einem Augenblick erzählte Cuthbert weiter, aber jetzt klangen seine Worte eher traurig als lebhaft.

„Das Gebäude gehörte mir. Die Gemeinde gehörte mir. Newby ging. Ein paar Mitglieder nahm er mit, aber wir waren nahezu unbeschädigt. Das einzige Problem war, dass die Hand des Herrn nicht mehr unter uns wirkte. Er hatte uns beiseitegeschoben. Und ich wusste auch, warum. Ich hatte vergessen, was meine Aufgabe, warum ich hier auf der Erde war. Ich hatte meine Berufung mit meiner Position verwechselt."

Er sah Alasdair an, aber Alasdair wusste, dass sein Blick in die Vergangenheit gerichtet war. „Ich habe weiter gepredigt, aber es hat nichts genützt. Etwa ein Jahr später nahm ich die Stelle am Seminar an. Die Gemeinde hat mit jemand anderem weitergemacht. Weißt du", endete er mit einem melancholischen Lächeln auf den Lippen, „ich hatte vergessen, wer in Wirklichkeit der Kapitän des Schiffes ist. Die Gemeinde gehörte nicht mir, sondern ihm."

„Und?", erwiderte Alasdair. All seine unterdrückte Wut schwang in seiner Stimme mit. „Soll ich einfach zulassen, dass jemand kommt und sie mir wegnimmt?" Das mit den Piraten war ein dämlicher Vergleich, und er wünschte, er hätte ihn nie geäußert.

„Nein, aber hast du Gott gefragt, ob er eigentlich will, dass du sie behältst?"

„Was soll er denn machen?", gab Alasdair zurück. „Einen Zettel an den Kühlschrank kleben?" Seine Stimme klang scharf.

Eine Weile sagte keiner von beiden etwas. Alasdair brach das Schweigen als Erster. „Es tut mir leid."

Cuthbert lächelte. „Dir ist vergeben."

Sie saßen schweigend zusammen. Das einzige Geräusch war das Zischen und Knacken der Holzscheite im Feuer. Die Herrlichkeit war gewichen. Alasdair versuchte sich zu erinnern, wann er das letzte Mal Gottes Gegenwart gespürt oder seine Stimme gehört hatte. Es fiel ihm im Augenblick nicht ein.

Ohne dass er sich bewusst dazu entschlossen hatte, fing er an zu sprechen. „Eine Dunkelheit scheint sich über meine Familie gelegt zu haben", sagte er. „Samantha hat Probleme. Ich mag ihre Freunde nicht, aber ich verbiete ihr den Umgang mit ihnen auch nicht, weil sie so wenige hat. Sie hasst mich, das spüre ich. Das strahlt sie förmlich aus, wenn ich den Raum betrete. Cameron und Bonnie gebe ich längst nicht die Zuwendung, die sie brauchen. Ich spüre die Last einer Schwere auf meinen Schultern, die ich nicht abschütteln kann. Manchmal scheint es um mich herum buchstäblich dunkel zu sein. Ich schalte Lampen ein, aber nichts hilft."

„Das tut mir leid." In Cuthberts Augen lagen Güte und Mitgefühl. „Ich hatte das Gefühl, dass du zu kämpfen hast, aber ich war mir nicht ganz sicher."

„Das Schlimmste ist, dass ich mich genauso fühle, wie du es vorhin beschrieben hast. Die Herrlichkeit ist von mir gewichen. Ich predige, aber der Geist bewegt nichts. Ich bete und spüre keine Antwort. Ich lese in der Bibel, aber es sind nur Worte. Sie scheinen mich nicht zu berühren. Nicht wie früher." Er wusste nicht so recht, was er von Professor Cuthbert erwartete, aber was er sagte, überraschte Alasdair.

„Weißt du, je älter ich werde, desto mehr erkenne ich, dass nur eins zählt."

„Was ist das?"

„Ihn zu kennen. Mit ihm zu gehen. Wie Adam es in der Kühle des Tages im Garten getan hat. Etwas Wichtigeres gibt es nicht."

Alasdair spürte einen leeren Schmerz, eine Kälte in seiner Brust. „Tja, er scheint meine Nachrichten nicht mehr zu bekommen."

„Es sieht aus, als hätte er dich dir selbst überlassen", sagte Cuthbert nach einer Pause.

„Das hat er wohl."

„Ich frage mich, warum", überlegte der Professor, den Kopf leicht zur Seite geneigt, als würde er über ein besonders spannendes Rätsel nachdenken.

Alasdair hätte gelächelt, wenn er sich nicht so elend gefühlt hätte. „Ich weiß es nicht", sagte er. Schnell. Tonlos.

Cuthberts Augenbrauen wanderten einen Millimeter nach oben.

Alasdair verkrampfte sich.

„Vielleicht ist es so wie bei mir damals. Vielleicht hat die Arbeit des Herrn dich von ihm weggeführt", vermutete der Professor mit sanfter Stimme.

Alasdair entspannte sich und verspürte einen Anflug von Erleichterung. Es war ein Treffer, aber nicht ins Schwarze. Das Messer hatte sozusagen neben dem Abszess geschnitten. Aber es förderte trotzdem eine Wahrheit zutage, eine unangenehme Wahrheit. Die Ironie erfüllte ihn mit bitterer Heiterkeit. Er hatte noch nicht einmal das vorübergehende Vergnügen der Sünde gehabt, das Vergessen eines Trinkgelages, die Euphorie einer Drogenerfahrung, die körperliche Erleichterung durch verbotenen Sex, die mutwillige Befriedigung der Habgier. Seine Sünde war kalt und grau, aber sie hatte ihn in genau die gleiche Verzweiflung getrieben. Die heimtückischste Taktik des Feindes war auf ihn losgelassen worden. Erfolg. Und zwar ein Erfolg, der unangreifbar war. Erfolg bei der Arbeit des Herrn.

„Dagegen kann ich jetzt nichts machen.“ Es war zu spät für eine berufliche Neuorientierung. Viel zu spät für vieles.

Cuthbert zog eine Augenbraue hoch und trank wieder einen Schluck von seinem Tee. „Das sehe ich anders“, sagte er.

Alasdair runzelte die Stirn und wartete auf eine Erklärung.

„Du könntest damit aufhören.“

Alasdair sah ihn ungläubig an, so lächerlich war dieser Vorschlag. „Wie soll ich dann meinen Lebensunterhalt verdienen? Was soll ich stattdessen tun?“

„Oder vielmehr: Wer wärest du dann?“

Alasdair war verärgert und machte sich nicht die Mühe, das zu verbergen. „Ich sehe keinen Sinn darin, das Gute mit dem Schlechten aufzugeben. Selbst wenn ich meine Prioritäten nicht richtig gesetzt habe“ – was seiner Meinung nach noch nicht erwiesen war –, „glaube ich kaum, dass eine Kündigung das Heilmittel für die Krankheit ist.“

Cuthbert antwortete nicht. Er reagierte überhaupt nicht. Stattdessen holte er eine Zigarre aus seiner Tasche, packte sie aus, steckte sie sich in den Mund und nahm ein, zwei imaginäre Züge davon. Es war eine Angewohnheit, die Alasdair immer lächerlich erschienen war und die ihn jetzt über die Maßen ärgerte. „Man muss kein Gehalt beziehen, um Gott zu dienen“, sagte Cuthbert um die Zigarre herum. „Paulus war Zeltmacher. Du könntest Schuhe putzen und Gott dienen. Er braucht deine Vorträge und Radiosendungen nicht. Das Werk Gottes ist es, für Seelen zu sorgen. Und dafür braucht man keinen Predigerposten.“

„Du schlägst also vor, ich soll alles, für das ich so hart gearbeitet und so viel aufgegeben habe, einfach hinschmeißen.“

Cuthbert zuckte mit den Schultern. „Ich sage dir nicht, was du tun sollst. Ich zeige dir nur Alternativen auf. Man hat immer eine Wahl.“

Alasdair schüttelte den Kopf. Seine Emotionen brodelten. Noch hatten sie sich nicht zwischen Wut und Verzweiflung festgelegt.

Cuthbert sprach weiter und diesmal nahm er die Zigarre aus dem Mund. „Ich denke, es wäre so, als würdest du an dem losen Faden eines Pullovers ziehen“, bemerkte er leidenschaftslos, „wenn du zugibst, dass du einen Fehler gemacht hast.“

Alasdair runzelte die Stirn. *Wovon in aller Welt redest du?*, hätte er am liebsten geschrien.

Cuthbert richtete seinen merkwürdig durchdringenden Blick erneut auf ihn. „Was ich meine, ist: Wohin würde das führen?"

Alasdair stellte seinen Becher ab. Er wollte nur noch gehen. Aber das tat er nicht. Nach einer Weile nahm der Professor den Gesprächsfaden elegant wieder auf und sie unterhielten sich über Bücher und Artikel, ihre alten, vertrauten Themen. Irgendwann hatte Alasdair das Gefühl, dass er gehen konnte, ohne seinen Gastgeber zu beleidigen. „Ich muss los", sagte er, als eine Pause in ihrer Unterhaltung entstand.

„Du hast dein Sandwich noch gar nicht gegessen."

Alasdair betrachtete den Teller, den er nicht angerührt hatte. Er hatte keinen Appetit mehr. Energisch stand er auf. Der Professor folgte ihm zur Tür und auf den Treppenabsatz hinaus; dann blieben sie beide stehen, um sich zu verabschieden. Es schneite, und als Alasdair über die dunkle Straße blickte, konnte er kleine Lichtkreise um die Straßenlaternen herum sehen. Die Schneeflocken kamen aus dem Nichts, schwebten durch den Lichtschein, weich und trotzdem unnachgiebig, und verschwanden dann im Halbschatten, diesem Bereich, wo Licht und Dunkelheit einander begegneten und keines von beiden regierte.

„Alasdair –"

Er drehte sich um. Die Halbglatze des Professors glänzte im Licht der Straßenlaterne.

„Vergib mir, wenn ich dir zu nahe getreten bin. Bitte trag einem alten Mann seine Direktheit nicht nach."

„Das würde ich niemals tun", sagte Alasdair, und nach einem letzten Händeschütteln trat er in die kalte Nacht hinaus und ging über die schneebedeckten Gehwege zum Zug. Er würde ihm seine Worte nicht nachtragen. Aber er würde auch nicht diese eine, letzte Frage vergessen. *„Wohin würde das führen?"* Es würde ihn auf den Friedhof führen, in die Ecke ganz hinten, zu einem kleinen Rechteck aus Erde, auf dem *Anna Williams MacPherson* stand. Zweifellos würde ihn diese Reise dorthin führen, wenn er sie anträte.

21

„Wie hast du das nur gemacht?“, fragte Lorna, die bereits an der Eingangstür stand, um zu ihrem Nachtjob aufzubrechen. Bridie lächelte. Lorna klang so erstaunt, als hätten Cam und Bonnie fliegen gelernt, anstatt Pipi auf der Toilette zu machen und die Nacht durchzuschlafen.

„Die M&Ms haben beim Sauberwerden geholfen“, antwortete Bridie. „Außerdem waren sie so weit. Und was das Schlafen angeht, habe ich sie ferberisiert.“

„Bitte?“

„Dr. Ferber ist ein Kinderarzt, der ein Buch geschrieben hat. Ich habe es aus der Bücherei ausgeliehen. Die Kurzfassung ist, dass man sie den ganzen Tag mit Liebe überschüttet und sie dann ignoriert, wenn sie nachts weinen.“

Lorna lächelte. „Sie sehen jedenfalls so gut versorgt aus wie schon lange nicht mehr“, sagte sie, und in ihren hübschen braunen Augen glänzten Tränen. „Cameron spricht, und selbst Samantha macht einen glücklicheren Eindruck. Du bist ein Schatz, Bridie.“

Ein warmes Gefühl der Freude erfüllte Bridie.

„Und sieh dir all das an“, fuhr Lorna fort und umfasste mit einer Handbewegung das ganze Haus. „Alles sieht wundervoll aus. Ich kann es noch gar nicht fassen.“

Bridie nickte. Sie war selbst zufrieden mit dem Ergebnis. Irgendwie hatte das Malern und Putzen und Schmücken auch ihr Innenleben zurechtgerückt. Sich um ein Haus und Kinder zu kümmern, ließ Erinnerungen an die Zeit in ihr aufsteigen, in der sie für ihre Geschwister die Mutterrolle übernommen hatte. In der vergangenen Woche hatte sie oft die Gesichter ihrer Brüder und Schwestern im Geiste vor sich gesehen, während sie gebastelt und gekuschelt und gekocht hatte. Es hatte wehgetan, aber es war ein süßer Schmerz gewesen, und sie wollte ihn nicht missen.

In diesem Moment polterte Samantha die Treppe herunter und drehte sich um ihre eigene Achse. „Tada!“, sang sie und streckte die Arme aus.

„Mensch, das sieht fantastisch aus!“, rief Bridie.

„Ist das das Kleid, das du genäht hast, Samantha?“ Lorna klang erstaunt.

Samantha nickte stolz.

„Wie hübsch!“

„Der Kragen ist ein bisschen schief“, sagte Samantha entschuldigend.

„Wo denn?“, protestierte Bridie.

„Ich bin mir nicht sicher, ob ich den Saum ganz gleichmäßig hingekriegt habe.“

Bridie schüttelte den Kopf. „Ich finde, es sieht gut aus. Außerdem wird man es von einem galoppierenden Pferd aus gar nicht merken. Das hat meine Großmutter immer gesagt.“

Lorna stand mit Tränen in den Augen da und blickte so gerührt zwischen den beiden hin und her, als hätten sie gerade ihren Schulabschluss gemacht oder geheiratet. Bridie hoffte, dass der Gefühlsausbruch für Samantha nicht zu viel war. Sie hätte sich keine Sorgen zu machen brauchen. Samantha posierte vor dem Spiegel der Garderobe. „Es ist wirklich ganz gut geworden, oder?“

Bridie sah über die ungleichmäßigen Seitennähte und den nicht ganz mittigen Kragen hinweg. „Es ist toll. Und du hast es selbst genäht. Du solltest stolz darauf sein.“

Samantha drehte sich um und sah sie an. Für einen kurzen Augenblick trafen sich ihre Blicke. „Danke“, sagte sie kurz angebunden. Dann lief sie zur Treppe, bevor Bridie antworten konnte.

„Gern geschehen“, sagte sie leise zu Samanthas Rücken.

Samantha hängte ihr Kleid sorgfältig auf einen gepolsterten Bügel, den Bridie auf dem Dachboden gefunden hatte. Es war wirklich hübsch geworden. Sie hielt es noch einmal hoch. Eigentlich wollte sie es ansehen und nicht im Schrank verstecken. Auf der Suche nach einem Platz, an dem sie es aufhängen konnte, sah sie sich um und entschied sich für die Schranktür. Dadurch wurde zwar ihr *Misfits*-Poster verdeckt, aber was machte das schon. Samantha schlüpfte in ihren Schlafanzug, schlug dann ihr Bett auf und kroch unter die Decke. Sie war nicht kratzig, sondern weich, und roch nach Rosen anstatt nach Bleiche, seit Bridie die Wäsche machte.

Nach einer Minute stand sie auf, holte die Kiste hervor und zog sie an ihr Bett. Vielleicht sollte sie es heute tun.

Angespannt starrte sie auf den Karton. Ihr Herz fing an schneller zu schlagen und ihr Mund wurde trocken.

Sie musste nur die Hand ausstrecken und sich eins der Tagebücher nehmen. Einfach nehmen und anfangen zu lesen.

Samantha wollte ihre Mutter kennenlernen. Das wollte sie wirklich. Jeden Abend hatte sie die Kiste an ihr Bett gezogen und die Alben darin betrachtet. Dann hatte sie eins nach dem anderen herausgenommen, die Daten auf dem Einband überprüft und sie in die richtige Reihenfolge gebracht. Jeden Abend nahm sie das erste Tagebuch in die Hand und legte es auf ihren Schoß. Aber weiter kam sie nicht. Sie seufzte und starrte die Kiste an. Morgen würde ihr Vater zurückkommen. Dann würde Bridie nachts nicht mehr hier sein. Sie fand es gut, dass Bridie nachts hier war. Das Haus fühlte sich voll an, wenn sie da war. Aber es ärgerte sie, dass sie so empfand.

Sie nahm ein Buch aus der Mitte des Kartons und schlug es auf.

Ich sehe zu, wie Samantha mit Bauklötzen spielt. Sie baut geduldig ein Haus, Stein für Stein, und wenn sie fertig ist, macht sie es kaputt. Dann starrt sie eine Weile das Durcheinander an und beginnt wieder von vorne. Ich glaube, ich weiß, wie ein winziger Mensch sich in diesem Haus aus Holzklötzen fühlen würde. Man baut sich eine Welt auf, mühsam, Stück für Stück, und zwischendurch kommt eine geheimnisvolle Hand von oben und zerstört alles.

Samantha schlug das Buch zu. Hastig warf sie es zurück in die Kiste, dann saß sie einfach nur da und starrte es an. Auf der Treppe wurden Schritte laut. Ihre Tür stand offen, und wenn sie nicht gestört werden wollte, sollte sie die Tür zumachen. Bridie kam näher und streckte den Kopf ins Zimmer herein.

„Hi. Ich dachte, du schläfst längst."

Beinahe hätte sie gesagt: „Wie du siehst, schlafe ich nicht", aber dann beschloss sie, nicht schnippisch zu reagieren. „Noch nicht." Sie warf einen Blick auf den Karton neben ihrem Bett. Bridies Blick folgte dem ihren. Ihre Miene veränderte sich nicht.

„Darf ich reinkommen?", fragte sie fast beiläufig.

Samantha zuckte mit den Schultern. Wieder fing ihr Herz an zu hämmern. „Warum nicht."

Bridie schlenderte noch einmal zu dem Kleid. „Das ist wirklich schön", sagte sie lächelnd. „Wir müssen mal sehen, ob wir ein paar Ohrringe finden, die dazu passen."

„In der Duke Street gibt es einen Perlenladen", sagte Samantha. „Wir könnten selbst welche machen."

„Das ist eine super Idee!" Bridie strahlte sie an, als hätte sie gerade die Erdnussbutter erfunden oder so was.

„Ist doch keine große Sache", sagte Samantha mürrisch, doch dann war sie wütend auf sich selbst, weil sie sich gar nicht so zickig benehmen wollte.

„Na, dann gute Nacht", sagte Bridie. Sie ging zur Tür und legte eine Hand auf den Türknauf. In Samantha stieg plötzlich das gleiche Gefühl auf, das sie einmal gehabt hatte, als sie im Auto an der Gangschaltung herumgespielt und der Wagen sich in Bewegung gesetzt hatte.

„Licht an oder aus?", fragte Bridie.

„Was?" Ihre Stimme klang ganz komisch, irgendwie erstickt.

Bridie blieb stehen und ihre Miene wurde ernst. „Was ist los?", fragte sie und trat näher ans Bett.

Sie bekam keine Antwort. Samantha blinzelte nur und ihr Gesicht erstarrte zu einer Maske, die aussah, als könnte sie bei einem falschen Wort zerschellen.

Aha. Diese Samantha war wieder da. Nicht der abgebrühte Teenager, der Wein stahl und die Schule schwänzte. Dies war das Kind aus der Kirche, das kleine Mädchen mit den hängenden Schultern, das den Zettel geschrieben hatte.

Samantha hatte den Blick wieder auf den Boden gerichtet. Bridies Augen folgten ihm. Sie spürte, wie ein merkwürdiges Gefühl sich in ihr breitmachte – Sorge oder Angst –, als sie Annas Tagebücher sah.

Sie setzte sich auf das Bett und überlegte. Warum sollte sie vor dem, was in den Büchern stand, Angst haben? Schließlich würde der Inhalt sie in keiner Weise betreffen. Und sie hatte nichts mit dieser Familie oder diesem Kind zu tun, ermahnte ein Teil ihres Verstandes sie wieder einmal. Abbrechen und abhauen, riet er ihr. Bridie rieb sich die Stirn. Ihr Kopf war wie eine Fensterscheibe. Die Gedanken schlugen dagegen und prallten daran ab und keiner blieb so lange, dass sie ihn genauer hätte untersuchen können.

Samantha verlor jetzt völlig die Fassung. Sie vergrub den Kopf in ihrem Kissen.

Bridie streckte die Hand aus und rieb über den bebenden Rücken, während sie sich wünschte, jemand anders wäre hier, irgendjemand, der wusste, wie er dem Mädchen helfen konnte.

‚Bitte, Gott, schick mir jemanden, der mir hilft', hatte Samantha gebetet.

Und jetzt war sie hier. Wahrscheinlich war sie nicht unbedingt das, was Samantha sich vorgestellt hatte, aber offenbar war sie die Antwort auf das Gebet.

„Ich kann sie nicht lesen", sagte Samantha in das Kissen hinein.

Bridie spürte ein vertrautes Gefühl in sich aufsteigen. Sie hasste es, wenn sie dabei zusehen musste, wie Dinge zerbrachen, und nicht helfen konnte.

Aber du kannst doch helfen. Du willst nur nicht.

Na prima. Jetzt hörte sie auch noch Stimmen. Sie dachte an das, was sie über die Langzeitfolgen von Drogenmissbrauch gelesen hatte.

Du weißt, wer ich bin.

Oh. Noch besser. Sie hatte keine Flashbacks; sie hörte die Stimme Gottes. Das war natürlich etwas anderes.

Lies die Bücher, riet ihr die Stimme leise.

Bridie schüttelte den Kopf.

Lies sie.

„Um Himmels willen!", murmelte sie.

Samantha hob überrascht den Kopf.

„Nein, nein, ich habe nicht mit dir gesprochen", besänftigte Bridie sie und rieb ihr über den Arm.

Samantha starrte sie an. Aber immerhin hatte sie aufgehört zu weinen.

Bridie beschloss, mit vollem Risiko zu spielen. „Hast du Angst, sie zu lesen?"

Der Kopf verschwand wieder im Kissen. Noch mehr Schluchzer, und plötzlich konnte Bridie ihr Herz nicht länger verschließen. Ihr kamen selbst die Tränen und es war, als könnte sie den Spatz beinahe zu Boden fallen sehen.

„Komm her", sagte sie einladend, woraufhin Samantha sich umdrehte und ihr Gesicht an Bridies Schulter und Haar vergrub. Bridie schlang ihre Arme um den knochigen kleinen Leib und küsste den Lockenkopf. „Schhh. Ist ja gut. Du brauchst keine Angst zu haben."

Als die Schluchzer verebbten, platzten die Worte geradezu aus Bridie heraus.

„Hör zu", sagte sie und strich die Haare aus Samanthas tränennassem Gesicht. „Ich glaube, du musst wissen, was in diesen Büchern steht, aber ich kann mir vorstellen, wie schwierig es für dich ist, sie zu lesen."

Samantha sah sie aus großen Augen abwartend an.

„Möchtest du, dass ich sie mit dir zusammen lese?"

Die Anspannung schwand ein wenig aus Samanthas spitzem kleinem Gesicht. Sie nickte. Zwar glänzten ihre Augen auch wieder feucht, aber diesmal vergoss sie keine Tränen.

So. Sie hatte diesen Spatz aufgefangen, bevor er den Boden erreicht hatte. Rettung in letzter Minute, aber sie hatte ihn gerettet. Ihr kam der Gedanke, dass der Reverend vielleicht nicht begeistert darüber sein würde, dass seine Hausangestellte in seiner privaten Geschichte kramte. Sie hatte kein Recht, im Privatleben von Alasdair und Anna herumzuschnüffeln. Überhaupt kein Recht. Alle würden einen Wutanfall bekommen, wenn sie davon wüssten.

Sie lächelte, weil ihr die Ironie der Situation nicht verborgen blieb. Wenn sie die Wahrheit über Bridie wüssten, würden sie sich über ganz andere Dinge aufregen als das Lesen von Annas Tagebüchern.

Du bist hergekommen, um dem Kind zu helfen, ermahnte ihr unsichtbarer Freund sie.

„Das stimmt, das bin ich", erwiderte Bridie stumm, und plötzlich fiel ihr die Entscheidung gar nicht mehr so schwer. Sie war nicht hier, um sich mit dem Vater oder der Tante anzufreunden. Sie war nicht hier, um Familie oder Mutter und Kind zu spielen, obwohl all das Spaß gemacht hatte. Sie war hergekommen, um diesem Mädchen zu helfen, und das Mädchen bat sie darum, ihr auf diese Weise zu helfen. Das Schlimmste, was passieren könnte, war, dass sie erwischt und rausgeworfen wurde, und dann könnte sie mit reinem Gewissen gehen.

Allerdings konnte sie beinahe die Stimme ihrer Mutter hören, die sie voller Entsetzen tadelte, weil sie in den Privatangelegenheiten anderer Leute herumstöberte. Sie hatte Bridie noch nicht einmal erlaubt, die

Schmuckschatulle ihrer Großmutter zu untersuchen, ohne vorher um Erlaubnis zu fragen.

Andererseits hatte sie so einige Dinge getan, die ihre Mutter kaum gutheißen würde. Und obwohl dies ein schwacher Trost war, nahm sie das erste Tagebuch aus der Kiste und ließ sich auf der Bettkante nieder.

„Du kannst hier neben mir sitzen“, lud Samantha sie in einem seltenen Anflug von Zuneigung ein.

Bridie rutschte weiter nach hinten. Beide lehnten sich in die Kissen zurück und Bridie legte das Buch quer über ihrer beider Schoß.

Es war groß und aufwendig gestaltet, mit einem braunen Ledereinband. Anna hatte mit Goldfarbe ein Wort darauf geschrieben. *Ephemera.*

„Was bedeutet das?“, fragte Samantha und fuhr mit dem Finger über die Buchstaben.

„Wir sehen mal nach.“ Bridie schlug das Buch auf und zeigte auf das Wort, das dort noch einmal in schön geschwungenen Buchstaben stand. *„Ephemera“*, las sie, „die flüchtigen Dokumente des Alltags.“

„Was meint sie mit flüchtig?“

„Vergänglich“, sagte sie leise.

Samantha schwieg.

„Dies ist das Tagebuch von Anna Ruth Williams“, las Bridie, und unter der Zeile klebte Annas Bild. Sie war sehr schön. Das Foto sah aus, als wäre es auf einer Party gemacht worden. Sie stand in einem Türrahmen und lehnte sich an die Wand. Ihre Hände hatte sie auf dem Rücken versteckt und sie lächelte, als hätte sie ein Geheimnis. Ihre Haare waren lang und fielen in Locken um ihre Schultern. Sie trug tropfenförmige Perlenohrringe und ein schwarzes Kleid.

Auf der nächsten Seite waren zwei Blätter eines schweren Papiers sorgfältig in das Buch geklebt. Wieder hatte Anna in Kalligraphie geschrieben.

> *Ich sollte lernen, aber stattdessen lese ich mein Lieblingsbuch,* Der König von Narnia. *Wieder einmal.*
>
> *„Was magst du an dem Buch so, dass du es immer wieder liest?“, hat Vater mich einmal gefragt. Ich sagte, ich wisse es nicht, aber jetzt, nachdem ich darüber nachgedacht habe, glaube ich, dass mir die Art gefällt, wie die Macht der weißen Hexe bröckelt, als der König wieder im Land*

ist. So fühle ich mich jetzt auch. Es ist, als wäre Frühling, obwohl wir Oktober haben. Vater sagt, mir sei die Freiheit an der Universität zu Kopf gestiegen und ich solle mich auf mein Studium konzentrieren. Bestimmt hat er recht, aber ich glaube, ich bin so glücklich wie noch nie zuvor. Es ist so ein gutes Gefühl, von zu Hause fort zu sein. Ich habe ein schlechtes Gewissen, wenn ich das sage. Er ist so lieb zu mir und macht sich Sorgen, aber manchmal habe ich das Gefühl, dass ich ersticke. Hier kann ich atmen. Ich gehe zum Unterricht und anschließend wieder in mein Zimmer. Meine Mitbewohnerin ist nur selten da und ich genieße es, allein zu sein. Ich mache mir eine Tasse starken Tee, sitze einfach am Schreibtisch und sehe zum Fenster hinaus auf all die Blätter, die verschiedene Nuancen von Rostrot und Braun und Gold annehmen. Heute regnet es und der Wind reißt die Blätter ab und wirft sie in nassen Klumpen auf die Erde. Hier drinnen ist es warm und wundervoll. Die Heizungsrohre klopfen und pochen. Ich trinke noch einen Schluck Tee und blättere die Seite meines Buches um.

Bridie blätterte weiter. Auf der nächsten Seite war ein Stundenplan der Universität von Edinburgh festgelegt. Anna war eindeutig keine akademische Niete gewesen. Kreatives Schreiben, Ur- und Frühgeschichte, Physik und Einführung in die altsprachliche Literatur.

„Weiter“, drängte Samantha.

„Immer mit der Ruhe.“ Bridies Blick wanderte zu den Fotografien von Anna und ihren Freundinnen, die auf der nächsten Seite kunstvoll angeordnet waren. Anna und zwei andere Mädchen saßen in einem Restaurant an einem Tisch, mit vollem Mund und offensichtlich guter Laune. Die Speisekarte war danebengeheftet – Brody's Pub – mit einem Kringel um das Gericht, das Anna gegessen hatte.

Das nächste Bild zeigte Anna und einen nett aussehenden jungen Mann. Nicht Alasdair MacPherson. Anna trug einen albernen Hut und der Mann eine riesige Tasche. Bridie las die Bildunterschrift.

Hugh und ich auf dem Antikmarkt. Jede Menge Schätze – diesen hübschen Chapeau und dazu eine Esellampe und eine rosafarbene Tagesdecke aus Chenille. Da wird vielleicht ein neuer Einrichtungsstil nötig. Ich glaube, der Pfau auf schwarzem Samt würde einen fantastischen Blickfang abgeben. Werde darüber nachdenken.

„Wal-Mart hätte ihr gefallen", sagte Samantha.

„Und deswegen mag ich sie", sagte Bridie lächelnd. Dann blätterte sie um. Da war noch ein Bild – Anna lesend an ihrem Schreibtisch.

„Das Bild hat meine Mitbewohnerin gemacht", hatte Anna geschrieben und neben das Wort *Mitbewohnerin* das Foto eines anderen Mädchens geklebt. Sie war rundlich und sah mit ihren roten Locken fröhlich aus.

Sie heißt Ruby und macht eine Ausbildung zur Krankenschwester. Als ich sagte, dass ich ja vielleicht auch Krankenschwester werden könnte, hat Ruby Nein gesagt, ich sei zu sensibel. „Schreib du lieber", hat sie mir geraten. Wahrscheinlich hat sie recht. Trotzdem gefällt mir der Gedanke, jemanden zu versorgen. Die Welt anderer Menschen wieder ins Lot zu bringen. Darüber hat Ruby gelacht. „Als würden Krankenschwestern das tun", hat sie gesagt. Hier ist Rubys Lösung:

Ein Pfeil zeigte nach unten auf ein anderes Foto. Auch auf ihm war Anna zu sehen, wie sie am Schreibtisch saß, aber diesmal hatte sie eine Krankenschwesternhaube aus Papier auf.

Die hat sie für mich gemacht, und sie sagte, so könne ich Krankenschwester spielen, während ich Literatur studiere. Das Beste aus beiden Welten.

Samantha rutschte ein wenig näher und lehnte den Kopf sacht an Bridies Schulter. Bridie blätterte um. Noch ein Stundenplan. Im Winterquartal hatte Anna wieder das Schreibseminar belegt sowie einen anderen Literaturkurs und Soziologie und Kunst. Daneben standen die Noten vom Herbstquartal. Bridie pfiff anerkennend. „Sieh dir das mal an." Sie zeigte auf die Durchschnittsnote: 1,1.

Es gab weitere Bilder von ihr und ihren Freundinnen. Ein Zugfahrplan war auf die Seite geklebt und darunter hatte Anna geschrieben:

Ich bin ganz angespannt, wenn ich daran denke, dass ich über die Feiertage nach Hause fahre. Vater will bestimmt wieder über Mutter reden und ich will nicht über Mutter reden. Ich will glücklich sein. Aber ich male den Teufel an die Wand. Ich werde nach Hause fahren. Diesmal. Schließlich hat er mir die Fahrkarte gekauft. Aber wenn es so wird, wie ich erwarte, verbringe ich die Ferien in Zukunft im College.

Bridie blätterte neugierig um. Sie fragte sich, was für Probleme Anna mit ihrem Vater hatte.

Ich bin wieder in der Schule, und das keinen Augenblick zu früh. Heute Morgen bin ich aufgewacht und habe durch die dunkle Brille gesehen. Wie immer kam die Stimmung aus heiterem Himmel. Ich bin gestern Abend ganz fröhlich zu Bett gegangen, froh, wieder zurück zu sein, und dann bin ich so grau und schlapp aufgewacht wie die nackten triefenden Äste vor meinem Fenster. Ich bin nicht aufgestanden. Ruby kam gegen Mittag rein und fragte, was los sei, ob ich krank sei, und ich habe Ja gesagt. Sie hat mir Suppe aus der Mensa geholt und sich dann auf mein Bett gesetzt und mich wissend angesehen. „Du solltest mit jemandem reden", sagte sie. ‚Geh weg', wollte ich sie anschreien. ‚Geh einfach weg und lass mich in Ruhe.' ‚Mal sehen', habe ich stattdessen geantwortet. Irgendwann ist sie dann gegangen und ich habe mir die Decke über den Kopf gezogen und bin wieder eingeschlafen.

Auf dieser Seite waren keine Bilder. Nur ihre Zugfahrkarte aus den Weihnachtsferien, und sie war nicht ordentlich eingeklebt, sondern mit einem Stück Isolierband auf der Seite befestigt. Bridie warf Samantha einen Blick zu. Ihr Gesicht war wieder angespannt. Schnell blätterte Bridie um und las weiter.

Die Sonne scheint durch die Fenster. Die vergangene Woche kommt mir vor wie ein dunkler Traum. Ich weiß nicht, warum ich mich von diesen kleinen Hochs und Tiefs so beeinträchtigen lasse. Aber es ist vorbei, das ist die Hauptsache, und darüber bin ich froh. Ich glaube, ich werde mir einen Job suchen. Meine Kurse laufen gut, obwohl ich ein bisschen nachholen muss wegen letzter Woche. Aber insgesamt glaube ich, dass es gut für mich wäre, einen ausgefüllten Stundenplan zu haben, irgendeinen Ort, an den ich jeden Tag gehen muss und wo ich unter Leute komme. Ich habe mir selbst ein Versprechen gegeben. Egal, ob ich eine Arbeit finde oder nicht, werde ich jeden Tag mein Bett machen, duschen und essen.

Bridie runzelte die Stirn. Das waren ziemlich niedrige Erwartungen. Wenn man sich selbst versprechen musste zu essen, war das kein gutes Zeichen. Aber andererseits nahm sie wahrscheinlich nur eine Äußerung aus dem Zusammenhang. Immerhin waren Annas Noten, wenn man die Hausarbeiten und Klausuren, die in das Album geklebt waren, betrachtete, immer noch sehr gut.

Danach folgten viele Seiten mit Erinnerungsstücken. Programme von Theaterstücken, die sie gesehen hatte, Kinokarten, noch mehr Fotos von Anna und ihren Freundinnen. Viele Einträge über ihre Aufsätze, die Handlungen ihrer Kurzgeschichten, die schrecklich deprimierend klangen, aber was wusste sie schon? Offenbar war das Winterquartal ohne eine weitere Dunkle-Brillen-Episode vergangen. Der Stundenplan für das Frühlingsquartal war auf die nächste Seite geklebt. Bridie blätterte darüber hinweg, und plötzlich sah sie ihn, wie er sie aus dem Buch anstarrte: Alasdair MacPherson. Es war ein kleines Bild mit gedruckter Schrift darunter, wahrscheinlich aus einem Jahrbuch ausgeschnitten. Alasdair MacPherson, Pädagogische Hilfskraft, Fachbereich Theologie. Bridie lächelte.

Ich habe einen neuen Freund kennengelernt. Er heißt Alasdair MacPherson und unterrichtet Literatur zur Zeit der Bibel. Das heißt, eigentlich ist er kein richtiger Lehrer. Er ist im Hauptstudium und pädagogische Hilfskraft. Er fragt mich natürlich nicht, ob ich mit ihm ausgehe, denn das wäre nicht angemessen, aber er hat mich nach dem Unterricht zu sich gerufen, um mit mir über die These meines Aufsatzes zu sprechen, und dann kamen wir auf andere Themen zu sprechen, und plötzlich waren anderthalb Stunden vergangen. Das ist letzte Woche zweimal passiert. Er hat angeboten, eine Arbeitsgruppe zu leiten, und ich habe mich natürlich sofort angemeldet. Schamlos, ich weiß.
Ich bin so froh, dass der Kurs über die Literatur der Renaissance schon voll war, sonst wäre ich ihm nie begegnet. Ich sollte mich nicht so in die Sache hineinsteigern, aber er ist wirklich sehr attraktiv, und ich meine das nicht nur äußerlich, obwohl ich mich in dieser Hinsicht auch keineswegs beschweren kann.

Es folgten einige Seiten über unwichtige Dinge, aber dann wurde es wieder interessant.

Alasdairs Stelle als Hilfskraft läuft im Juni aus. Diese Botschaft wurde von einem vielsagenden Blick begleitet. Ich lächelte, weil ich wusste, was er mir damit sagen wollte. Wenn er nicht mehr mein Tutor ist, können wir uns einfach so treffen, weil wir zusammen sein wollen, und brauchen keine Ausreden mehr zu erfinden.

„Das ist sehr interessant", sagte ich, ohne irgendetwas zuzugeben. Er wirkte ein bisschen verlegen und sagte, er werde nur noch bis August in Schottland sein. Ich fühlte mich vor den Kopf gestoßen. Ich hatte einfach nicht daran gedacht, dass er das Land verlassen könnte, aber das wird er natürlich. Jedenfalls hat er sich definitiv über meine Reaktion gefreut. Grausamer Unmensch. Ich muss mich an die Arbeit machen. Meine Noten werden diesmal nicht so gut ausfallen wie Anfang des Jahres, fürchte ich, abgesehen von einem Seminar. Offenbar habe ich einen besonderen Hang zur Literatur zur Zeit der Bibel.

„Ich kann nicht glauben, dass sie Dad angehimmelt hat", knurrte Samantha. Bridie starrte vor sich hin und dachte an Alasdair MacPhersons rauchblaue Augen und attraktiven Gesichtszüge. Sie erinnerte sich daran, wie es gewesen war, seine heißen Lippen in ihrer Handfläche zu spüren und die Wärme seiner breiten Brust unter ihrer Hand. Sie konnte es glauben.

„Weiter", verlangte Samantha.

Bridie riss sich zusammen und blätterte um. Noch mehr Bilder, die diesmal Alasdair und Anna zusammen zeigten. Auf dem ersten Foto standen die beiden mitten auf einer schmalen, gewundenen Straße und lächelten. Diesmal war es Alasdair, der den Rucksack trug. Anna war offensichtlich wieder beim Trödelmarkt gewesen. Es war ein merkwürdiges Gefühl, die beiden zu sehen, und sie analysierte dieses Gefühl lieber nicht, sondern verdrängte den Anflug von Melancholie und las weiter.

„Zeig mir Schottland", hat Alasdair zu mir gesagt, als das Schuljahr zu Ende war, und ich habe ihm den Gefallen getan. In dieser Woche haben wir jeden Tag einen anderen Ausflug gemacht. Jetzt verstehe ich den Begriff „Wirbelsturm der Liebe".

Am Montag sind wir mit dem Zug in die Highlands gefahren und haben eine Wanderung gemacht. Übernachtet haben wir in einer Herber-

ge. Getrennt natürlich. Er hat mich zum ersten Mal berührt. Als wir auf dem Gipfel waren und unsere Blicke über die Landschaft schweifen ließen, zog er mich näher, strich die vom Wind in mein Gesicht gewehten Haare beiseite, beugte sich vor und küsste mich. Der Kuss war sanft, aber ungeheuer intensiv. So habe ich mich noch nie zuvor gefühlt.

„So genau wollte ich es gar nicht wissen", sagte Samantha.

Bridie blätterte um. Weitere Bilder. Anna und Alasdair standen vor einem Schloss. Bonbonpapiere, ein paar gepresste Blumen, Postkarten. Ein Zugfahrplan. Ein Kalender mit Alasdairs Namen in jedem Feld. Am Mittwoch waren sie zur Sternwarte gegangen, am Donnerstag hatten sie im Caledonian Hotel zu Abend gegessen. Am Freitag hatte Anna Alasdair vor die Wahl gestellt, entweder *Die Trojaner* von Berlioz auf Französisch zu hören oder einen Vortrag über postmodernen Tanz oder *Cosi fan tutte* auf Italienisch. Bridie lächelte, als sie den nächsten Eintrag las.

Er hat sich für das Konzert des Scottish Chamber Orchestra in Queen's Hall entschieden. Es war wundervoll. Anschließend hat er uns beiden große Becher mit sahnigem Kakao in einem Café bestellt. Wir haben ihn getrunken, sind über den Friedhof in der Innenstadt gegangen und haben die Grabsteine gelesen. Manche waren ziemlich traurig.
„Ich möchte einen großen fröhlichen Grabstein, wenn ich sterbe", sagte ich leichthin und wünschte, wir wären woanders spazieren gegangen.
„Ich hoffe, bis dahin vergeht noch sehr, sehr viel Zeit", antwortete er, und plötzlich wurde mir bewusst, dass ich lebe und noch nicht tot bin. Es gibt keinen Grund zu trauern.
Er erinnert mich an einen galanten Ritter. Es würde mich kaum wundern, wenn er eine Rüstung und ein Schwert trüge, aber wahrscheinlich habe ich nur zu viel Chaucer gelesen und das beeinträchtigt meine Wahrnehmung. Trotzdem, er hat eine ganz besondere sanfte Stärke an sich. Sie tut mir gut und der Beweis dafür ist, dass ich überhaupt keine dunklen Phasen hatte, seit er in mein Leben getreten ist. Ich weiß, dass es abstrus ist, aber es ist so, als wäre seine Seele die andere Hälfte von meiner. Ich weiß nicht, was ich tun werde, wenn er geht. Darüber will ich jetzt nicht nachdenken. Stattdessen will ich Gott dafür danken, dass er die Sehnsucht meines Herzens erhört hat.

Bridie schlug die letzte Seite auf. Sie war leer. Sie klappte das Buch zu.

Samantha blinzelte. „Ist das alles?“, fragte sie.

Bridie deutete mit dem Kinn auf Samanthas Wecker. Es war beinahe ein Uhr. „Wir müssen jetzt schlafen, aber wir können die anderen auch zusammen lesen, wenn du willst.“

Samantha nickte und Bridie legte das Tagebuch zu den anderen in den Karton zurück. „Gute Nacht.“

„Gute Nacht.“

„Licht an oder aus?“, fragte Bridie mit einer Hand an der Tür.

„An, bitte“, sagte Samantha, anstatt ihr ihr übliches „Egal“ entgegenzuschmettern.

Bridies Herz war schwer, als sie sich auszog und fürs Bett zurechtmachte. Anna war für sie ein Mensch aus Fleisch und Blut geworden und sie konnte sehen, wie diese neu gewonnene Freundin, die ihr sofort ans Herz gewachsen war, auf Schwierigkeiten zusteuerte. Annas Hoffnung und Verletzlichkeit schrien förmlich aus den Seiten ihres Tagebuches. Sie hatte so darauf vertraut, dass Alasdair MacPhersons Liebe sie heilen konnte.

„*Der Arm des Fleisches wird dich enttäuschen*“, hatte Bridies Großmutter sie gerne ermahnt, vor allem, nachdem sie angefangen hatte, mit Jungen auszugehen und mal den einen, mal den anderen mit nach Hause gebracht und in den höchsten Tönen von ihnen geschwärmt hatte. „*Liebe von ganzem Herzen, Mary, aber erwarte von niemandem außer Gott, dass er deine Leere füllt. Es hat noch nie einen Mann gegeben, der so etwas gekonnt hätte, und es ist mir egal, ob er deiner Meinung nach das Ei des Columbus ist.*“

Großmutter hatte recht, dachte Bridie, als sie in ihr Bett stieg. Plötzlich wurde sie von einer dunklen Vorahnung erfasst. Was tat sie hier nur? Annas Tagebücher zu lesen, war ihr wie eine gute Idee erschienen, wie etwas Heilendes – aber was war, wenn sie sich irrte? Was, wenn sich die Infektion durch das Aufstechen der Eiterbeule erst so richtig ausbreitete?

Sie betete nicht. Das wäre anmaßend gewesen, in Anbetracht der Tatsachen. Aber sie flüsterte ihre Zweifel und Fragen noch eine ganze

Zeit lang in die Dunkelheit und wünschte sich von ganzem Herzen, dass jemand ihr zuhörte. Anschließend lag sie da und dachte nach. Sie hatte keine Ahnung, wovon diese Familie geheilt werden musste, und noch weniger Ahnung, wie das zu bewerkstelligen war. Sie vermutete, dass sie einfach einen Schritt nach dem anderen tun musste. Bei der nächsten Gelegenheit würde sie deshalb wieder in Samanthas Zimmer gehen und ihr Tagebuch Nummer zwei vorlesen.

22

Alasdair näherte sich seinem Haus. Er blinzelte. Es war doch sein Haus, oder etwa nicht? War es in den acht Tagen, die er fort gewesen war, womöglich verkauft worden und die neuen Besitzer waren bereits eingezogen? Er hielt am Bordstein, wobei er über die vereisten Erhöhungen fuhr, die der Schneepflug hinterlassen hatte, stellte den Motor aus und schaltete die Scheinwerfer aus und starrte einen Augenblick lang einfach nur das Haus an.

Jemand hatte den Gehweg freigeschaufelt, aber nicht mit den ordentlichen, gleichmäßigen Bewegungen des Küsters. Der Weg sah aus, als hätten betrunkene Kobolde sich an die Arbeit gemacht. Er verlief zickzackförmig durch die Schneewehen und schwankte mal einen halben Meter nach links, mal nach rechts, um dann an der Veranda seinen verrückten Kurs zu beenden. Kleine Fußspuren waren im Schnee daneben zu sehen und liefen in der Mitte des Rasens zusammen. Er lächelte. Eine Schneefigurenfamilie war unter den schneebedeckten Ästen der Eiche versammelt. Sie war eine schiefe, beschwipst anmutende Truppe, aber königlich geschmückt. Er blinzelte und erkannte Vaters guten Hut und Mutters alte Fuchsstola, deren Kopf und Füße fesch auf Schneemamas üppigem Busen ruhten. Ach, du liebe Güte. Winifred sollte das besser nicht sehen.

Er stieg aus und war so fasziniert, dass er sich nicht die Mühe machte, seinen Koffer mitzunehmen, sondern gleich dem Labyrinth zur Veranda folgte. Das Haus war hell erleuchtet, von den Außenlaternen bis zu den hellen Lampen, deren Licht durch die Fenster fiel. Jemand hatte die Lichterketten aus der Garage geholt, und es sah aus, als hätte dieser Jemand jedes Licht, das im Laufe seiner Kindheit gekauft worden war, aufgehängt. An der Dachkante waren große bunte Glühlampen befestigt, die bonbonfarben leuchteten. Hier und da war die Lichterkette aus ihren Halterungen gerutscht und hing ein wenig durch. Offenbar hatte der Künstler sich nicht daran gestört, dass die Lichterkette nicht für das ganze Dach reichte, sondern einfach mit einem der neueren Modelle weitergemacht – kleineren, blinkenden Lichtern. Sie zierten ein Drittel des Daches, verliefen an den Fenstern entlang und blinkten in einem wilden Rhythmus. In drei Fenstern jedenfalls. Das vierte wurde ganz von weißen Lämpchen eingerahmt, ebenso wie die Tür. Alasdair fühlte, wie sein Gesicht sich zu einem ungewohnten Grinsen verzog, während er auf die Veranda zuging. Sie war auf die gleiche Weise geräumt worden, wie der Weg, und vier Stiefelpaare auf der Fußmatte verrieten die Identität der Heinzelmännchen: eins in Erwachsenengröße, eins ein wenig kleiner und zwei winzige Stiefelpaare – eins aus rosafarbenem Plastik, das andere in Rot, und die Preisschilder klebten noch daran. Auch die Fußmatte war neu. Der Weihnachtsmann winkte auf seinem Schlitten und ein Kranz aus Worten umrahmte seinen Kopf. *Ho ho ho. Fröhliche Weihnachten.*

Alasdair konnte nicht sagen, warum, aber plötzlich war seine Kehle wie zugeschnürt. Tränen traten ihm in die Augen. Er atmete ein und aus – und bemerkte, dass die Luft würzig duftete von dem riesigen Gesteck aus Tannenzweigen und rotem Band, das am Türklopfer befestigt war. Er legte die Hand auf den Türknauf, drehte ihn und trat ein.

Einen Augenblick lang war er verwirrt, weil er sich nicht sicher war, welchem seiner Sinne er zuerst folgen sollte. Der Geruchssinn siegte. Jemand hatte vor noch nicht allzu langer Zeit Zimtbrötchen gebacken. Der Duft überlagerte den Geruch von gebratenem Huhn, und beide wetteiferten mit dem scharfen, sauberen Geruch von frischer Farbe und dem harzigen Aroma von Tannennadeln.

Gleichzeitig nahmen seine Augen neue Eindrücke auf. Der Flur war zumindest teilweise für den Farbgeruch verantwortlich. Die Tapete war verschwunden. Und es war nicht schade drum, dachte er erleichtert. Die Wände waren jetzt in einem warmen Cremeton gestrichen und von einer Ecke zur anderen hingen in Bögen Seile aus dickem rotem Garn, an denen Weihnachtskarten in allen möglichen Formen, Größen und Farben hingen, und dazwischen selbst gebastelte Schneeflocken aus liniertem Notizblockpapier.

Er überlegte, welchem Geräusch er folgen sollte. Aus der Kirche drang Weihnachtsmusik herüber, mit Orgel und Glocken, aber die andere Musik hatte eine größere Anziehungskraft. Der Klang von Kinderlachen, der sich mit den Hintergrundgeräuschen und albernen Stimmen von Trickfilmfiguren vermischte, zog ihn sehr viel stärker an. Er ging den Gang hinunter, den er vage als dämmrigen, düsteren Flur in Erinnerung hatte, bemerkte im Vorbeigehen, dass die Ahnengalerie der MacPhersons entfernt worden war, um Platz für die neue Farbe zu machen, und blickte in das leer wirkende Esszimmer hinein, das offenbar noch nicht fertig war. Der Tisch war mit einem Laken bedeckt und an den Wänden hing nur noch die Hälfte der Tapete. Er bog um die Ecke ins Wohnzimmer. Einen Augenblick lang bemerkte niemand ihn und so hatte er die Gelegenheit, den Anblick, der sich ihm bot, auf sich wirken zu lassen.

Alles Vertraute war fort. Mutters antike Chippendale-Möbel waren verschwunden. Alle. Jetzt war die alte braune Couch, die in dem kleinen Raum neben der Küche gestanden hatte, der Mittelpunkt des Zimmers, und sie war mit Spielzeug bedeckt: eine Art Plastikgarage mit kleinen Spielfiguren, die ihn an Korken aus Weinflaschen erinnerten, zwei nackte Puppen und ein Pandabär aus Plüsch. Mehrere Bilderbücher lagen aufgeschlagen auf den Kissen. Die Wände waren in Buttergelb gestrichen. Mutters gerahmte Bilder, die Porzellanteller, der Nippes und alle Sammlungen waren fort. Die Intarsientische aus Mahagoni waren ebenfalls nicht mehr da, wobei er sich bei näherem Hinsehen fragte, ob sie nicht unter den rot karierten Decken an beiden Enden des Sofas versteckt waren. Die einzigen Gegenstände auf den Tischplatten, abgesehen von ein paar Matchboxautos, waren zwei billige Lampen mit Keramikfüßen, die durch ihre gelben Schirme ein warmes Licht verbreiteten.

Der Fernseher stand, wo vorher die Vitrine gewesen war. Die Kinder schienen sich eine Fassung von *Ein Weihnachtslied* anzusehen. Alasdair erkannte einige der berühmten Zeilen von Dickens, die hier von Mickey Mouse gesprochen wurden. Seine Kinder, alle drei, hingen davor in leuchtend bunten Sitzsäcken. Samantha, deren Haare geflochten waren, trug ein rot-weißes Flanellnachthemd und dicke Sportsocken und sah zusammen mit Cameron und Bonnie fern. Falls es wirklich Cameron und Bonnie waren.

Sein Sohn saß im Schneidersitz auf seinem eigenen leuchtend blauen Sitzsack und nahm abwechselnd einen Bissen von seinem Abendessen – einer Hühnerkeule, Makkaroni mit Käse und Karottenstiften – und zeigte auf den Fernseher. Er trank etwas aus einem Becher mit Deckel, der jedes Mal umkippte, wenn er ihn hinstellte. Milch. Eine weiße Pfütze tröpfelte heraus und sickerte in den Teppich.

Bonnie hatte das Interesse an dem Film verloren. Sie schob große Perlen auf den Drähten eines Gerätes hin und her, das wie ein Rechenschieber aussah. Hinter ihnen, in der Ecke, stand ein Weihnachtsbaum. Eigentlich, wenn man genauer hinsah, stand er gar nicht in der Ecke. Dieser riesige Baum, eine Tanne, wie es schien, nahm beinahe ein Viertel des ganzen Wohnzimmers ein. Er pulsierte förmlich von den vielen Lichtern, die an seinen Zweigen befestigt waren. Er war mit Ketten aus Tonpapier behängt, weiteren selbst gebastelten Schneeflocken, einer Kette aus Popcorn und Cranberries, die auf halber Höhe endete, und einigen Stücken aus Mutters Sammlung von Christbaumkugeln, aber auch sie schmückten merkwürdigerweise nur die obere Hälfte des Baumes. Im unteren Bereich hingen Kekse mit Zuckerguss an etwas, das aussah wie Lakritzschnüre. Das ganze Arrangement wurde von einem Zellophan-Engel gekrönt, dessen Glühbirne ausgebrannt zu sein schien. Ein Stapel bunt eingepackter Geschenke lagen auf der gestrickten Wolldecke, die um den Fuß des Baumes drapiert war.

Samantha war die Erste, die ihn bemerkte. Sie lächelte über etwas im Fernsehen, dann wandte sie den Kopf zur Tür um. Überschwänglich wirkte sie nicht gerade, aber wenigstens sah sie nicht so gequält aus wie am Tag seiner Abreise. „Hallo, Dad", sagte sie.

„Hallo", erwiderte er. Er hatte Angst, mehr zu sagen und so den Bann zu brechen, weil er fürchtete, all dies könnte verschwinden.

„Hallo, Dad", ertönte das Echo von Bonnie, die von ihrem Spielzeug aufblickte und ihn strahlend anlächelte.

„Hallo", sagte er wieder und seine Gefühle waren zu tief, als dass sie in ein Lächeln gepasst hätten. Er spürte, wie etwas in ihm aufbrach. Eine zärtliche Liebe zu diesen Kindern durchströmte ihn und zugleich ein Gefühl der Scham, weil er sie heute zum ersten Mal seit einer Ewigkeit richtig wahrnahm.

Cameron stand auf und stieß wieder seinen Plastikbecher um. Er trat auf den Teller mit dem Hühnchen und den Makkaroni, sodass die Karottenstifte durch die Luft flogen, lief auf Alasdair zu und schlang die Arme um dessen Beine. Alasdair hob ihn hoch. Er war frisch gebadet. Seine Haare waren im Nacken noch ein wenig feucht und er trug einen neuen, kuscheligen roten Schlafanzug mit Reißverschluss. „Hallo", sagte Cameron. Alasdair vergrub sein Gesicht an der Schulter des Jungen. Er konnte die warme Haut fühlen und die Seife riechen. Er kniff die Augen zusammen, bis die Tränen abgeebbt waren.

„Seht mal, wer wieder zu Hause ist“, sagte Bridie mit herzlicher und einladender Stimme. Er drehte sich um, um sie zu begrüßen, und die Veränderung ihres Aussehens traf ihn beinahe wie ein körperlicher Schlag. Später wurde ihm bewusst, dass sich nur ihre Haarfarbe verändert hatte, von hellbraun zu einem glänzenden Weißblond, aber als er in diesem ersten Augenblick den Kopf umwandte, war ihm, als hätte sich mehr als nur das verändert.

„Ich wollte, dass sie mit dem Essen auf Sie warten“, sagte sie entschuldigend, „aber ich war mir nicht sicher, wann Sie heimkommen würden.“

„Oh nein, das ist schon in Ordnung. Wirklich. Alles bestens.“ Er plapperte wie ein Idiot.

Cameron wand sich und wollte wieder hinunter. Ein Klingelton erschallte.

„Das ist mein Kuchen“, sagte Bridie. „Entschuldigen Sie.“ Sie drehte sich um und ging davon. Alasdair ließ Cameron hinunter und folgte ihr in die Küche.

Sie stand über die Backofentür gebeugt da und sah nach ihrem Kuchen. Ihre Haare fielen ihr in einem glänzenden Wasserfall über die Schultern. Sie warf ihm einen Blick zu und errötete. Oder vielleicht war es nur die Hitze vom Ofen. Sie schloss die Ofentür, richtete sich auf und wandte sich zu ihm um. Die kleine Arterie an ihrem Hals pochte. Gleich dahinter glaubte er eine perlenkettenartige weiße Narbe zu sehen. Er zwang sich, den Blick abzuwenden, und sah stattdessen auf seine Schuhe hinunter.

„Die Kinder machen einen sehr glücklichen Eindruck. Und das Haus sieht fantastisch aus.“ Er blickte auf, und als er sie ansah, flatterte der Puls an ihrem Hals wie ein Kolibri. „Ich weiß gar nicht, wie ich Ihnen danken soll.“

„Ich habe jede Minute genossen“, sagte sie, und da war wieder dieser Blick, diese melancholische Trübung der Augen, dieser Anflug von Traurigkeit in einer Situation, die voller Freude hätte sein sollen. Was hatte er nur an sich, das diese Wirkung auf Menschen hatte? Er schüttelte den Kopf und holte tief Luft.

Bridie, die offenbar beschlossen hatte, dass genug Zeit vergangen war, öffnete die Ofentür erneut und holte den Kuchen heraus. Es war ein Pie und ein regelrechtes Kunstwerk. Die goldene Füllung brodelte durch die Schlitze im Teigdeckel wie eine Eruption aus Zimt und Zucker und Äpfeln, und der Duft war himmlisch. Er riss Alasdair aus seinen düsteren Gedanken.

Sie zeigte auf den Tisch. „Ihr Abendessen ist fertig. Im Kühlschrank steht Salat, und Hühnchen und Gemüse sind dort." Sie zeigte auf die abgedeckten Töpfe auf dem Herd.

Ihr Abendessen, hatte sie gesagt. „Essen Sie nicht mit mir?" Die Worte waren heraus, bevor er darüber nachgedacht hatte.

Sie errötete wieder. „Ich wollte Sie nicht stören. Ich kann zu Hause essen."

„Unsinn."

Sie warf ihm einen skeptischen Blick zu und er schimpfte mit sich selbst. Warum sprach er immer wie sein Vater? Er versuchte es noch einmal. „Ich meine, ich würde mich sehr freuen, wenn Sie bleiben und mit mir essen würden, was Sie gekocht haben. Tun Sie mir den Gefallen?"

Die Röte in ihren Wangen nahm zu. Ihm kam der Gedanke, dass er vielleicht irgendeine Regel verletzt hatte, was die Beziehung zwischen Arbeitgeber und Angestellten betraf. Vielleicht wollte sie klare Grenzen zwischen ihrer Arbeit und ihrem Privatleben ziehen. „Wenn Sie nicht mögen, ist das natürlich auch in Ordnung", sagte er schnell.

„Nein." Sie schüttelte den Kopf. „Das wäre nett."

„Gut." Er lächelte. „Ich gehe mich frisch machen."

Sie nickte und wandte ihr gerötetes Gesicht dem Schrank zu, um einen weiteren Teller hervorzuholen.

Alasdair hatte sein Hühnchen, den Salat, die Stampfkartoffeln und die grünen Bohnen vertilgt und jetzt machte er sich über den Pie her. Das Eis enthielt echte Vanille und sammelte sich in köstlichen Pfützen um die zarten Äpfel. Es schmeckte besser als jedes Dessert, das er bisher gegessen hatte.

Bridie und er saßen einander gegenüber und tranken Kaffee. Einen Augenblick lang genoss Alasdair einfach den Moment – er hatte etwas von einer Normalität, wie er sie seit Jahren nicht mehr gehabt hatte, eine ruhige Unterhaltung am Ende eines Tages bei Dessert und Kaffee. Er entspannte sich und beugte sich vor, die Ellbogen auf den Tisch gestützt. „Das schmeckt wirklich gut", sagte er, nahm den Rest mit dem Löffel auf und genoss den letzten knusprig schmelzenden Bissen im Mund.

„Es gibt eine geheime Zutat", sagte Bridie lächelnd. Sie hatte ein reizendes Lächeln. Weiße, gerade Zähne und tiefe, fröhliche Grübchen. Die kornblumenblauen Augen vervollständigten das Bild von Unschuld und Helligkeit. Es bereitete ihm ein ungeheures Vergnügen, jemanden, der so offensichtlich von den Enttäuschungen des Lebens unberührt war, einfach nur anzusehen.

Er erwiderte ihr Lächeln. „Was auch immer das ist, es schmeckt köstlich."

„Ich komme aus einer Apfelgegend", sagte sie. „Ich glaube, es gibt keine Art, Äpfel zuzubereiten, die ich noch nicht ausprobiert habe. Gebraten, gebacken, als Kuchen, in Pies, getrocknet, kandiert, gefroren, eingemacht – alles."

„Wirklich?", fragte er, vor allem, damit sie weitersprach. Er liebte ihre begeisterte Miene, wenn sie von ihrer Heimat sprach. Hell und fröhlich.

„Das stimmt. Jeder Hügel, jedes Tal und jeder Hang hat seinen Obstgarten. Red Delicious, Golden Delicious, Stayman, Winesap, Rome, York, Empire, Granny Smith. Bei uns wachsen sie alle. Ich wünschte, ich hätte einen Penny für jeden Apfel bekommen, den ich gepflückt habe. Ich wäre eine reiche Frau."

„Dann ist das Land dort besonders gut für Äpfel geeignet?", fuhr er fort, indem er willkürlich irgendeine Frage wählte.

Sie nickte. „Kalkhaltige Böden. Gut für Obstbäume."

„Interessant."

Bridie nickte. „Meine Großmutter hat immer gesagt, sie glaube, dass Gott ihr Haus mitten in den Garten Eden gestellt hat." Bridie lächelte. „Manchmal glaube ich, sie hatte recht." Ihre Augen nahmen einen träumerischen Blick an, der in die Ferne gerichtet war. „Es ist wunderschön dort. Der Morgennebel hebt sich, und plötzlich fließt der Fluss über große alte Felsen, die aussehen, als hätte jemand sie absichtlich dorthin gelegt, genau an die richtige Stelle. Dann stürzt er sich durch das Tal, sprudelt und strömt über die flachen Steine im Flussbett. Es gibt einen alten toten Baum, der quer über einer flachen Stelle liegt, auf dem ich als Kind stundenlang gesessen habe. Vor allem im Winter mochte ich den Ort, wenn alle Tannen und Kiefern mit Schnee bedeckt waren."

„Das klingt wundervoll", ermunterte er sie. „Gibt es dort viele Seen?", fragte er und dachte an Schottland.

Sie schüttelte den Kopf. „Nicht sehr viele Seen, aber viele Flüsse und Bäche. Und Bäume, mehr Bäume, als man sich vorstellen kann. Birken, Walnussbäume, Eichen, Hemlocktannen, Tränenkiefern. Mein Uronkel hat aus Walnussholz Hackbretter hergestellt und an große Musikalienhandlungen verkauft, und die Leute haben mehrere Hundert Dollar für eines seiner Saiteninstrumente bezahlt. Er ist in der Gegend berühmt. War. Er lebt nicht mehr." Ihre Miene wurde ernst, doch dann erhellte sie sich gleich wieder, als ihr etwas einfiel. „Meine Urgroßmutter wurde von allen Granny genannt. Sie war die Hebamme. Sie kannte alle Kräuter und was für heilende oder schädliche Eigenschaften sie haben. Unter ihrem Hartriegel hat sie Blutkraut und Leberblümchen gepflanzt und sie ist immer in den Wald gegangen, um die Zutaten für ihre Heilmittel zu pflücken. Sie sagte, nichts sei besser gegen Warzen als Blutkraut, und sie hat geschworen, dass die Wurzeln von Leberblümchen schneller das Fieber senken als Aspirin. Aspirin kommt natürlich aus Weidenrinde", sagte Bridie mit einem blendenden Lächeln. „Stimmt doch, oder?"

„Ich glaube schon", murmelte er. Sie war faszinierend, und zum ersten Mal konnte er ihren Akzent richtig hören. Dass sie von zu Hause sprach, hatte ihn zum Vorschein gebracht.

„Da, wo ich herkomme, ist selbst der Dreck noch schön", sagte sie lächelnd. „Man geht irgendwo entlang und entdeckt kleine glänzende Stückchen Glimmer im Stein, die in der Sonne glitzern. Winzige Spiegel unter den Füßen."

Alasdair hatte eine Vision vom Himmel, bei der kostbare Edelsteine die Baumaterialien bildeten. Er lächelte. „Es klingt atemberaubend schön."

Ihr Lächeln schwand. „Manches ist schön. Aber es ist wie überall: Es gibt gute und schlechte Dinge."

„Bestimmt."

Sie schien unruhig zu werden und nahm ihre Kaffeetasse, um den Bodensatz darin kreisen zu lassen. „Und was ist mit Ihnen?"

„Hm? Oh, ich bin hier aufgewachsen." Er lächelte und seine Augen wirkten jetzt eher topasfarben als blau. Sie lehnte sich ein wenig vor, um genauer hinzusehen. Sie waren haselnussbraun. Irgendwie. Ein dunkles, lebendiges Blau mit goldbraunen Flecken. Nein. Jetzt waren sie wasserblau. Oder grau. Er neigte den Kopf zur Seite und sie veränderten sich wieder. Jedes Mal, wenn der Lichteinfall anders war, hatten sie eine andere Farbe.

„Abgesehen von der Zeit, als Sie in Schottland gelebt haben", sagte sie, um sich von der Farbe seiner Augen abzulenken.

„Richtig." Er schnitt eine Grimasse. „Meine Schwestern haben Ihnen das sicherlich alles längst erzählt."

Bridie hatte plötzlich ein schlechtes Gewissen. Sie wusste Dinge, die sie nicht wissen sollte. Dinge, von denen er nicht wusste, dass sie sie wusste. Sie musste aufpassen. „Dort haben Sie Ihre prägenden Jahre verbracht", zitierte sie Winifred, und Alasdairs Lächeln wurde breiter.

„Genau." Er gab einen amüsierten Laut von sich. „Ich war neun oder zehn, als wir nach Schottland zogen. Vier Jahre lang haben wir dort gelebt – fast fünf. Als wir hierher zurückkamen, hat Vater gleich wieder diese Kirche übernommen. Sie hatten ihn noch nicht einmal zu ersetzen versucht, sondern einen Interimspfarrer für vier Jahre eingestellt. Können Sie sich das vorstellen?", fragte er.

Bridie schüttelte höflich den Kopf. Sie hatte noch nie darüber nachgedacht, aber wenn das ungewöhnlich war, konnte sie sich vorstellen, wie schlimm es für Alasdair sein musste, dass dieselben Leute ihn jetzt loswerden wollten. Seine Gedanken mussten in die gleiche Richtung gewandert sein, denn er starrte durch sie hindurch, und seine Miene war düster.

„Und was ist dann passiert?", fragte sie, um ihn aus dieser Stimmung zu reißen. Er blickte auf und lächelte kurz.

„Dann habe ich hier in Alexandria meinen Highschoolabschluss gemacht, bin aufs College gegangen und zum Seminar in Boston. Mittendrin war ich ein Jahr lang in Schottland."

Er starrte auf die Wand und sah wohl die Vergangenheit wie einen Film ablaufen, und Bridie konnte sie auch sehen. Sie sah Anna mit ihren hellen Augen und den schönen Haaren. Anna, oberflächlich betrachtet ausgeglichen, aber im Innern gequält und aufgewühlt.

„Meine Frau stammte aus Schottland", sagte er und erzählte ihr damit etwas, das sie bereits wusste. „Damals habe ich sie kennengelernt. Ihr Vater war nicht glücklich, als ich sie ihm entführte.“ Schlagartig war Alasdair wieder fort, an jenem einsamen, privaten Ort, an dem er so viel Zeit verbrachte. Bridie folgte ihm dorthin und versuchte zwischen den Zeilen zu lesen. Als sie daran dachte, dass sie bald Dinge über seine Frau wissen würde, die er vielleicht nicht einmal selbst wusste, wenn er nicht auch ihre Tagebücher gelesen hatte, fühlte sie sich schuldig.

„Wir sind nach Boston zurückgekehrt, wo ich mein letztes Jahr am Seminar absolviert habe. Mein Vater ging in dem Jahr, in dem ich mit dem Studium fertig wurde, in den Ruhestand. Diese Gemeinde hat mich als ihren Pastor berufen, und seitdem bin ich hier.“

Sie erwiderte seinen Blick, wobei sie darauf achtete, dass ihre Miene nicht verriet, wie durcheinander es in ihrem Innern aussah.

Die Haustür ging auf und wieder zu.

„Hallo!“, erklang Lornas Stimme im Flur. Erleichterung und Bedauern erfüllten Bridie gleichzeitig. Die unbehagliche Situation war beendet, aber ihre Unterhaltung war es auch.

„Ich habe unser gemeinsames Essen genossen“, sagte der Reverend, dessen Hand auf dem Tisch ruhte, nur wenige Zentimeter von ihrer entfernt. Es war eine schöne Hand, breit für jemanden, der seine Zeit mit Lesen und Schreiben verbrachte. Blaue Tinte hatte die Hornhaut an seinem Mittelfinger gefärbt. Sie erinnerte sich daran, wie sie diese Hand während der langen Nächte seiner Krankheit gehalten hatte. Er hatte sich an sie geklammert, wie ein Ertrinkender sich an die Wrackteile seines Schiffes klammert. Hauptsache, er geht nicht unter.

„Ich auch“, sagte sie.

Alasdair nickte leicht und lächelte wieder. „Vielleicht möchten Sie jeden Abend bleiben und mit uns essen.“

Bridies Augen weiteten sich und es dauerte eine Weile, bis sie antwortete.

Er bemerkte ihr Zögern und schüttelte den Kopf. „Tut mir leid, ich dränge mich auf.“

„Nein“, sagte sie schnell. „Ich könnte hier mitessen.“

Er lächelte, und wieder bemerkte sie, wie das Lächeln sein ganzes Gesicht veränderte, seine harten Züge weicher machte und ihnen Wärme verlieh. „Gut“, sagte er, bevor er aufstand, um Lorna zu begrüßen.

Bridie begann die Teller in die Spülmaschine zu räumen, froh darüber, ihr gerötetes Gesicht verbergen zu können. Lorna kam herein und ersparte ihr weitere Gedanken. Nachdem sie ein wenig geplaudert hatten, entschuldigte Bridie sich, zog ihren Mantel an, sagte Samantha gute Nacht und ging nach Hause zu Carmens Wohnung. Den ganzen Weg über schalt sie sich: *Ihr Zuhause ist nicht dein Zuhause. Sie sind nicht deine Familie. Er ist nicht dein – was auch immer du spürst. Entwickele keine Gefühle für ihn*, ermahnte sie sich, aber ein Teil von ihr fragte sich, ob es nicht schon zu spät war.

23

Ihre Gespräche mit Alasdair setzten sich fort, egal, wie viele Vorträge Bridie sich selbst hielt. Ihre gemeinsame Zeit wurde sogar zu einem allabendlichen Ritual. Zwischen dem Schlafengehen der Zwillinge und der Stunde, die sie und Samantha damit verbrachten, in Annas Büchern zu lesen, kam Alasdair in die Küche hinunter. Bridie kam sich verrückt vor. Verlogen. Hin- und hergerissen. Sie überlegte, ob sie mit dem einen oder dem anderen aufhören sollte – damit, in seinem Leben herumzuschnüffeln, oder damit, beim Dessert mit ihm darüber zu sprechen. Zu beidem konnte sie sich nicht durchringen. Also saß sie ihm weiter jeden Abend gegenüber, trank Kaffee oder Tee, aß von den Nachtischen, die sie zubereitet hatte, und redete.

Und sie redeten über so vieles. Sie kannte seine Lieblingsdinge: Butterscotch und Karamell, einen guten Brotpudding, Berge und Kleinstädte. Sein Lieblingsfeiertag: Weihnachten. Seine Lieblingsfarbe: blau. Sein Lieblingsbuch: *Pardon, ich bin Christ* von C. S. Lewis. Sein Lieblingsurlaub: das Jahr, in dem seine Eltern ein Cottage in den Bergen von Pennsylvania gemietet hatten. Dort war er jeden Morgen vor dem Frühstück im See geschwommen und hatte draußen auf der Veranda geschlafen.

Sie sprachen davon, wie er als Junge gewesen war. Von seinen Träumen, seinen Gedanken, seinen Interessen. Er hatte nie vorgehabt, Pfarrer zu werden. Eigentlich hatte er Lehrer werden wollen. Er war verrückt nach Rittern und Burgen und las jedes Buch über König Arthur und die Ritter der Tafelrunde. Er hatte Insekten gesammelt, wahrscheinlich nur, um seine Schwestern zu ärgern. Er hatte immer gerne gelesen. Egal was. Er war gerne gelaufen und hatte Diskuswerfen geliebt. Warum hatte er damit aufgehört?

„Es raubte dem, was Gott mit mir vorhatte, zu viel Zeit."

„Bist du dir sicher, dass er dagegen war?", hatte sie nachgehakt. „Mir kommt es so vor, als wäre die ganze Sache seine Idee gewesen. Schließlich war er es doch, der dir die Begabung dazu gegeben hat."

Er hatte gezögert und sein Blick war in die Ferne geschweift, während er sich vorgestellt hatte, was gewesen wäre, wenn er einen anderen Weg eingeschlagen hätte. „Vielleicht hast du recht", hatte er leise gesagt.

„Und was ist mit dir?", hatte er gefragt, und sie hatte ihm von dem Mädchen erzählt, das sie früher einmal gewesen war. Sie war auch gerne geschwommen, hatte geangelt und war durch die Wälder gestreift. Unweit des Hauses ihrer Großmutter hatte sie sich in einer kleinen Lichtung ein Haus zum Spielen gebaut. Ein Baumstumpf als Tisch, Holzscheite, die sie herbeigeschleppt hatte, waren die Stühle gewesen, und auf Tellern aus Eichenblättern hatte sie Essen aus Eicheln angerichtet. Dann hatte sie dort gesessen und für sich gespielt, nachgedacht und gelesen und sie hatte mit Jesus gesprochen, als läge er neben ihr auf dem Bett aus Kiefernnadeln, die Hände hinterm Kopf verschränkt, und hörte ihr zu.

Sie erzählte ihm von ihrer Großmutter und von der Art, wie sie betete. Und sie erzählte ihm andere Dinge über sich und ihr Leben. Alberne kleine Dinge, die niemanden sonst interessieren würden, zum Beispiel dass ihre Großmutter nie Geschenke ausgepackt hatte und dass man in eine Schublade sah und dort ungeöffnete Päckchen fand – Schmuck und Unterwäsche, Handtücher und Nachthemden – alle für eine besondere Gelegenheit aufgehoben, die niemals kam. Sie erzählte ihm ein wenig von ihrer Mutter, ein bisschen weniger von ihrem Vater und ihren Geschwistern und gar nichts von dem Leben, das sie geführt hatte, bevor sie hierhergekommen war. Aber sie wollte es. Es wurde immer schwieriger, die Stimme in ihrem Innern niederzuschreien, die sie drängte, ihm alles zu erzählen.

Vielleicht würde er es verstehen, wenn sie es ihm erzählte, dachte sie wieder einmal, während sie nachsah, ob die Plätzchen gar waren. Vielleicht würde er sie mit dem warmen Blick seiner Augen ansehen, ihre Hand nehmen und sie mit seiner eigenen warm umschließen. „Das sind Dinge, die du getan hast", könnte er sagen. „Nicht, wer du bist."

Oder vielleicht würde er das nicht tun.

Tappe nicht in diese Falle, warnte sie sich. *Er ist nur ein Mensch. Er kann keine Sünden vergeben. Das kann nur Gott.*

Sie seufzte. Die Eieruhr klingelte. Genau in dem Moment, in dem sie das Blech mit den Plätzchen aus dem Ofen holte, pfiff der Teekessel. Sie lauschte, ob seine Schritte im Flur ertönten, und sie wusste, sobald sie sie hörte, würde ihr das Herz aufgehen.

Alasdair rückte seine Schreibtischlampe zurecht, sodass der Lichtschein auf die Predigtnotizen fiel, die er sich gerade machte. Seit seiner Rückkehr hatte er fleißig gearbeitet und keinen Anlass zur Kritik geboten. Er hatte Gemeindemitglieder besucht, sich Klagen angehört, Unzufriedenheit besänftigt. Und er war das alles so leid.

Er hasste die ganze hinterhältige, kleinliche, bösartige Kirchenpolitik. Sie war der Hauptgrund dafür gewesen, warum er nie Geistlicher hatte werden wollen. Wenn es bei dem Beruf nur darum gegangen wäre, Gott zu dienen, sein Wort zu verkündigen und die Heiligen zu ermutigen, was für eine Freude wäre das gewesen! Aber die Wirklichkeit sah anders aus.

Wenn über seine Position abgestimmt wurde, würde es eine knappe Entscheidung, das war ihm klar, und plötzlich fiel ihm die kleine Geschichte des Professors wieder ein. Es war möglich, gleichzeitig zu gewinnen und zu verlieren. Vielleicht sollte er der Sache ein Ende machen und der Gemeinde die Möglichkeit geben, den Pastor zu finden, von dem sie geleitet werden wollte.

Oder du könntest selbst wieder dieser Pastor werden, gab eine leise Stimme zu bedenken.

Leichter gesagt als getan, verwarf er den Gedanken, denn er wollte jetzt nicht in den vertrauten Morast aus Schuldgefühlen und Selbstvorwürfen steigen. Er konzentrierte sich wieder auf Bridie und sah noch einmal auf die Uhr.

Sie war eine attraktive junge Frau. Äußerlich natürlich, aber auch innerlich. Sie hatte ihm gebeichtet, dass sie nie aufs College gegangen war, aber sie war offensichtlich intelligent. Sie war klug und witzig, mit echter Weisheit und einer beinahe unheimlichen Auffassungsgabe gesegnet und dazu einer großzügigen Portion gesundem Menschenverstand.

Seine Familie war immer auf ihre gesellschaftliche Stellung bedacht gewesen. Viel zu sehr, erinnerte er sich, und der Gedanke an die herablassende Toleranz gegenüber anderen, die weniger angesehen waren, hinterließ einen faden Geschmack in seinem Mund. Bridie war erfrischend frei von alldem, und auch wenn sie ein einfacher Mensch war und, wie sie sagte, aus einfachen Verhältnissen stammte, waren ihre Manieren tadellos. Die Liebe siegte über die Etikette, wurde ihm bewusst, und Liebe war etwas, das sie im Überfluss besaß, selbst für die Ungeliebten. Er dachte daran, wie freundlich sie immer zu Winifred war. Vermutlich hätte sie selbst seine Mutter mit Güte behandelt.

Er dachte an ihre Wärme, ihre Zärtlichkeit, ihre Großzügigkeit, ihre stille Stärke, ihren Glauben, ihr seidiges Haar, die Art, wie es in einem glänzenden platinblonden Wasserfall um ihre Schultern fiel. Das Blau ihrer Augen, durchdringend und lebhaft, aber warm und einladend zugleich. Ihr Herz war für alle sichtbar.

Wenn er bei ihr saß und sie sich unterhielten und ihre Stimmen in einem gemurmelten Dialog verschmolzen, begann sich etwas in seiner Brust zu lösen und zu weiten, etwas, das sich bis jetzt fest und eingeengt angefühlt hatte. Er konnte es beinahe körperlich spüren. Es war ein Gefühl der Wärme und Erleichterung. „Aaah", wollte er sagen, „das ist besser."

Pass auf, riet ihm seine Vernunft, und unter der lakonischen Warnung gähnte seine größte Angst – eine scharfe, bodenlose Schlucht der Selbstverurteilung. Er hatte nicht das Zeug dazu. Wenn ihre Seele sich ihm in einer intimen Beziehung öffnen sollte, würde er auf irgendeine entscheidende Weise versagen. Er würde sie enttäuschen.

Alasdair kämpfte eine Weile gegen den dunklen Strom an, bis er seine Fassung wiedergewann. Sie würden einander ihre Herzen und Seelen nicht öffnen, ermahnte er sich entschlossen. Es war nichts als Dessert und Kaffee. Wieder blickte er auf seine Armbanduhr. Ah, es war Zeit. Er legte den Stift fort und ging die Treppe hinunter.

„Ich liebe Plätzchen mit Karamellstücken."

Bridie lächelte und sah zu, wie Alasdair in den dritten Keks biss und dann einen Schluck von seinem Tee trank. Sie hatte ihn dampfend heiß gemacht, mit einem Löffel Zucker und einem winzigen Schluck Sahne. So wie er es mochte. Sie stützte die Ellbogen auf die rot karierte Tischdecke und blickte in die Flamme der dicken Kerze, die hell und ruhig brannte.

„So", sagte er. „Ich habe mal wieder die meiste Zeit geredet."

„Das macht nichts", sagte sie schnell. „Ich höre gerne zu, wenn du aus deinem Leben erzählst."

Er nickte. „Aber habe ich nicht das gleiche Privileg verdient? Ich möchte gerne etwas von deinem Leben hören."

„Meins ist nicht sehr interessant."

„Das siehst vielleicht nur du so."

Sie zwang sich zu lächeln.

„Warte", schlug er vor, „ich helfe dir. Wir fangen mit etwas ganz Einfachem an. Was ist deine Lieblingsfarbe?"

Sie dachte einen Moment nach. „Weiß."

Er legte den Kopf schief. „Ich hätte gedacht, dass du Blau magst. Passend zu deinen Augen. Warum weiß?"

Sie überlegte wieder. „Es ist rein und sauber."

„Ja", nickte er, „das stimmt. Lieblingsmusik?"

Sie dachte an die Musik, die sie im Radio hörte, aber die Antwort kam aus einem Versteck tief in ihr drin. „Alte Choräle."

„Wirklich?"

„Findest du das merkwürdig?"

„Nein, überhaupt nicht. Nur für jemandem in deinem Alter. Warum magst du Choräle?"

„Wegen der Erinnerungen, die damit verbunden sind."

„Welches Lied magst du am liebsten?"

Sie erinnerte sich nicht nur daran, sondern hörte es förmlich, gesungen von der zittrigen Sopranstimme ihrer Großmutter. „‚Rettet die Irrenden'", sagte sie. „Ich glaube nicht, dass es in eurem Gesangbuch steht."

„Ich meine, ich hätte davon gehört", sagte er, aber wahrscheinlich wollte er nur höflich sein. „Hilf mir auf die Sprünge."

„Ich erinnere mich nur noch an einen Teil davon."

„Das macht nichts."

Sie sang leise.

„Im Herzen begraben liegen Gefühle;
vom Versucher zerstört, macht Gottes Gnade sie frei.
Berührt von der Liebe, geweckt durch die Güte
klingen die Saiten, die tot waren, neu."

„Das ist schön“, sagte er leise.

„Meine Großmutter hat das Lied immer gesungen.“ Bridie blinzelte mehrmals und schwieg. Sie war wieder dort und fühlte sich so geborgen und sicher, wie sie sich bei ihrer Großmutter immer gefühlt hatte, selbst nachdem alles angefangen hatte sich aufzulösen. Manchmal, wenn ihr Vater wieder losgezogen war, um zu trinken, hatte sie ihre Geschwister dorthin gebracht. Grandma hatte den Kleinen etwas zu essen gemacht, und wenn sie fertig gegessen hatten und draußen spielten, hatte sie Bridie gedrängt, sich hinzulegen. Während sie sich ausgeruht hatte, hatte sie zugehört, wie ihre Großmutter leise sang und dabei die Bohnen putzte. Erst das Knacken der Bohnen, dann ein dumpfes Geräusch, wenn sie in die Schüssel geworfen wurden. Knack, knack, knack, Plumps. Knack, knack, knack, Plumps. Im Hintergrund war das Surren des Ventilators zu hören gewesen, das ferne Muhen von Kühen, das Bellen eines Hundes, das Zischen des Dampfkochtopfes. Sie konnte beinahe den trockenen, leicht muffigen Geruch im Schlafzimmer ihrer Großmutter riechen, den intensiven Geruch von Zedernholz in ihrem Kleiderschrank, das süßlich sonnige Parfüm des Lakens, das sie über Bridies nackte Beine gelegt hatte, den Duft von Äpfeln und Holzrauch. Sie erinnerte sich an ihre Erleichterung, dass sie sich, zumindest eine Zeit lang, keine Sorgen machen musste. Jemand sorgte für *sie*. Allmählich wurde sie sich der Tatsache bewusst, dass Alasdair sie schweigend beobachtete.

„Wo warst du?“, fragte er leise.

„Zu Hause“, antwortete sie mit einem Kloß in ihrer Kehle.

Er sagte nichts, sondern nickte nur. „Du erzählst nie von zu Hause. Nicht richtig.“

Er hatte es also bemerkt.

Alasdair sagte nichts. Er stellte seine Tasse ab und wartete darauf, dass sie etwas erwiderte.

„Ich bin das schwarze Schaf der Familie“, sagte sie schließlich.

Er verzog keine Miene und widerstand dem Drang, ihr zu widersprechen. Er vermutete, dass sie übertrieb, aber andererseits, wer kannte den anderen schon, trotz aller gemütlicher Unterhaltungen, die sie miteinander geführt hatten? „Und deshalb fühlst du dich ihnen entfremdet? Und hast das Gefühl, dass du nicht nach Hause zurückkannst?“

„Ich kann wirklich nicht nach Hause zurück“, sagte sie mit einem ironischen Lächeln. Etwas an dem, was er gesagt hatte, schien sie zu amüsieren.

„Ist deine Familie nachtragend?"

„Es hat nichts mit meiner Familie zu tun", sagte sie. „Ich weiß, ich spreche in Rätseln. Tut mir leid."

Er schüttelte leicht den Kopf.

Nach einer Weile ergriff sie wieder das Wort. „Ich habe mal geglaubt", sagte sie abrupt. „Jetzt bin ich mir nicht mehr so sicher."

Alasdair sah sie einen Augenblick an, und die Sehnsucht war ihr deutlich vom Gesicht abzulesen. „Bist du dir nicht sicher, ob die Verheißungen stimmen, oder nicht sicher, dass sie dir gelten?"

Er hatte mitten ins Schwarze getroffen. Ihre Augen füllten sich mit Tränen, aber sie blinzelte sie fort.

„Du bist nicht die Einzige, die Gott enttäuscht hat." Er erinnerte sich an seine Beichte bei Professor Cuthbert nach Annas Tod, wo er von seinem Versagen und seinem tiefen Bedauern gesprochen hatte.

„Was würdest du jemandem wie mir sagen?", fragte sie und schniefte die Gefühle fort.

„Jemandem, der sich sozusagen von der Herde entfernt hat?"

Sie nickte, und wieder sah er den sehnsüchtigen Blick in ihren Augen.

„Ich würde sagen, wo es Sünde im Überfluss gibt, ist noch mehr Gnade da." Und es war merkwürdig, aber kaum hatte er die Worte ausgesprochen, schienen sie ihm ebenso zu gelten, wie ein Rettungsboot, in dem Platz für zwei war. „Je größer der Verlust und das Versagen, desto größer ist Gottes Erlösung und Erbarmen."

„Nicht für mich. Ich habe all das verloren." Ihre Stimme klang tonlos, aber dahinter hörte er Angst und Sehnsucht. Sie schrien zu ihm und er antwortete.

„Du kannst es nicht verlieren", sagte er einfach. „Das ist unmöglich." Woher kamen all diese Worte? Er wusste nicht, ob er sie selbst glaubte, und wieder schien es ihm, als wäre alles, was er sagte, eine Botschaft für sie beide. „‚Wohin soll ich gehen vor deinem Geist'", zitierte er, „‚und wohin soll ich fliehen vor deinem Angesicht? Bettete ich mich bei den Toten, siehe, so bist du auch da.'"

Sie schwieg eine Weile, und die Augen, die sie ihm schließlich zuwandten, waren leer und qualvoll. „Und was ist, wenn man sich freiwillig in die Hölle begeben hat?"

Er antwortete ohne Zögern. „Gerade dann."

„Du weißt nicht, was ich getan habe", sagte sie und wagte kaum zu atmen.

„Das muss ich auch nicht."

Sie schwieg so lange, dass er schließlich weitersprach. „Aber ich habe keine Angst, es zu hören."

Sie sagte nichts, und er wartete geduldig ab, wie sie sich entschied.

„Vielleicht beim nächsten Mal", sagte sie und stand auf, um seine Teetasse aufzufüllen.

Als sie in Samanthas Zimmer trat, war Bridie völlig ausgelaugt.

Samantha stürzte sich sofort auf sie. „Wo warst du denn so lange?" Sie saß am Kopfende des Bettes und hatte augenscheinlich bereits auf Bridie gewartet. Sie runzelte die Stirn und schien Bridies gerötete Augen zu bemerken.

„Allergien", sagte Bridie mit einer wegwerfenden Handbewegung, um ihr zuvorzukommen. „Komm, wir lesen weiter."

Samantha sah sie skeptisch an.

„Oder willst du das heute Abend ausfallen lassen?", fragte Bridie hoffnungsvoll. „Auf mich brauchst du keine Rücksicht zu nehmen."

„Nein, ich will weiterlesen." Samantha warf ihr einen letzten neugierigen Blick zu. „Mach die Tür zu", befahl sie.

Bridie sah sie an, aber sie tat, was das Mädchen verlangt hatte.

Sie hatten bereits mehrere Alben durch, obwohl es eine Weile gedauert hatte. Bilder und Gedichte, ausgeschnittene Artikel und Listen, Eintrittskarten und jede Menge Seiten in Annas schöner Handschrift, auf denen jede Einzelheit aufgeführt war, die an Alasdair MacPherson bewundernswert war.

Bridie kletterte aufs Bett.

„Beeil dich", drängte Samantha sie.

„Nur keine Panik", gab Bridie zurück, während sie sich in aller Ruhe zurechtsetzte. „Also gut", sagte sie schließlich. „Du kannst anfangen."

Samantha schob das Buch rüber, sodass es quer auf beider Schoß lag, und schlug den Ledereinband auf. Diesmal sahen sie keine Bilder, sondern mehrere handgeschriebene Seiten, die in das Buch geheftet waren.

Letztes Wochenende haben wir Vater besucht. Er hält nichts von Alasdair. Ich bin enttäuscht, obwohl ich nichts anderes erwarten konnte. Er gibt es natürlich nicht zu. Er sagt, sein Zögern habe nichts mit Alasdair zu tun, sondern mit seiner Überzeugung, dass ich noch nicht bereit sei für eine ernsthafte Beziehung – bla, bla, bla.
Wir waren gerade erst von unserem Besuch zurück, als ich einen langen Brief von ihm bekam, der voller Warnungen und Bitten war. Er hat mir gestanden, dass er einen neuen Therapeuten hat, und dieser hat angeblich den Schlüssel zu aller Weisheit und Erkenntnis. Natürlich will er, dass ich auch zu dem Mann gehe. Er hat meine Hochs und Tiefs angesprochen, was ich ungerecht finde. Alle Frauen haben solche Gefühlsschwankungen. Ich sehe nicht ein, warum ich der Natur ins Handwerk pfuschen sollte, indem ich irgendwelche Expeditionen in die Vergangenheit unternehme. Es bringt doch nichts, im Mülleimer alter Erinnerungen zu wühlen. Ich bin jetzt glücklich und das Leben geht weiter. Vielleicht frage ich Alasdair, was er dazu meint, aber ich bin mir sicher, er würde es genauso sehen wie ich.
Der Gedanke an Alasdair weckt gemischte Gefühle.

Bridie hielt im Lesen inne. Sie kannte das Gefühl auch.

Mir wird immer deutlicher bewusst, dass unsere gemeinsame Zeit sich dem Ende zuneigt. Ich versuche nicht daran zu denken, sondern jeden Tag zu genießen.

Vielleicht sollte sie das auch tun. Sich ganz fallen lassen und die Situation genießen, solange sie währte. Der Gedanke ließ einen Hoffnungsschimmer in Bridies Herz fallen.

„Weiter“, drängelte Samantha. Bridie wandte ihre Aufmerksamkeit wieder Annas Tagebuch zu.

Alasdair und ich waren heute zusammen im Gottesdienst, und in der Predigt ging es darum, dass man die Vergangenheit hinter sich lassen und nach dem streben soll, was vor einem liegt. Kann das Zufall sein? Ich habe es als Bestätigung für meine Entscheidung aufgefasst, meinem Vater schonend, aber entschlossen beizubringen, dass ich seine Entscheidung, zu einem neuen Therapeuten zu gehen, unterstütze, aber dass

ich für mich selbst keinen Bedarf sehe. Er leidet. Ich nicht. Ich bin jetzt glücklich. Glücklicher, als ich jemals war.
Heute Nachmittag habe ich ein Stück Teekuchen getoastet, dick mit Butter und Honig beschmiert und einen Bissen davon ganz bewusst genossen. Ich ließ ihn auf meiner Zunge liegen und habe ihn im Mund herumbewegt. So ist mein Leben jetzt. Süß und befriedigend.
Ich habe heute Abend im Buch der Prediger gelesen. Ich liebe den Vers, in dem es heißt, dass Gott alles zu seiner Zeit schön gemacht hat. Dies ist meine Zeit.

Es folgten weitere Eintrittskarten und Konzertprogramme. Viele Fotos von Alasdair und Anna bei Ausflügen. Noch mehr Blumen.
„Langweilig." Samantha blätterte die nächsten Seiten durch.
„Langsam", sagte Bridie und blätterte zurück.
Samantha seufzte. „Sie schreibt immer wieder dasselbe. Anscheinend hat sie alles, was Dad tat, wunderbar gefunden."
„Still", sagte Bridie und las weiter.

Er hat diese leidenschaftliche, zielstrebige Hingabe an Gott, nach der ich mich schon mein ganzes Leben lang sehne. Von meiner eigenen Unsicherheit ist bei ihm nichts zu spüren. Nein, er ist solide und verlässlich.

Samantha schnaubte verächtlich. „Siehst du, was ich meine?"
„Jetzt halt dich mal ein bisschen zurück", sagte Bridie, ohne aufzublicken. Samantha seufzte.

Ich frage mich, ob es gut für mich ist, dass ich mit ihm zusammen bin. Vielleicht färbt ja etwas von seiner Beständigkeit auf mich ab. Ich lächle, während ich das schreibe. Wäre die Welt nicht ein besserer Ort, wenn man die Menschen in einen Topf werfen und miteinander vermischen könnte?

Wieder waren einige Seiten mit Bildern eingefügt.

Wie sich herausgestellt hat, muss ich mir keine Gedanken über seine Abreise machen. Nie wieder. Alasdair hat mich gefragt, ob ich ihn heirate! Ich bin die glücklichste Frau auf der ganzen Welt. Ich habe Vater ange-

rufen, um es ihm zu erzählen, und natürlich musste er alles verderben, indem er mir alle möglichen Fragen gestellt hat und meinte, das käme alles zu plötzlich. Warum kann er sich nicht einfach für mich freuen? Warum muss er alles ruinieren? Ich werde nicht mehr an ihn denken und meine Freude genießen. Ich bin Gott so dankbar. Es stimmt, dass er uns genau das gibt, was wir brauchen.

„Mann, mir wird schlecht."

Wir werden hier heiraten. Alasdair sagt, es sei besser so. Irgendwas mit seinen Schwestern. Ich hoffe, sie werden mich mögen. Er sagt, ich solle mir keine Gedanken machen. Es gebe überhaupt nichts, was ich diesbezüglich tun könne. Ich bin mir nicht sicher, was das bedeutet, aber es klingt nicht sehr gut.

„Da hat sie recht gehabt", sagte Samantha.

Über all das will ich nicht nachdenken. Heute bin ich verlobt. Ich heirate meinen Prinzen, den einen, für den ich geschaffen wurde und der für mich geschaffen wurde.

Samantha steckte sich demonstrativ den Finger in den Hals. Bridie ignorierte sie und blätterte um.

Die Hochzeit von Anna Ruth Williams und Alasdair Robert MacPherson, lautete die Überschrift, wieder in der schönen Schrift und mit goldener Tinte geschrieben. Das *M* hatte Anna verziert. Alle möglichen schönen Blumen wuchsen daraus hervor und flossen in verschiedenen Farben über die Seite. Ein professionelles Hochzeitsfoto war unter der Überschrift eingeklebt.

Sie war wunderschön. Ihr Kleid war aus elfenbeinfarbener Seide und schulterfrei. Ihre Haare waren auf dem Kopf hochgesteckt, mit einigen Strähnen, die sich spielerisch lockten. Die Schleppe ergoss sich über die Stufen der Kirchentreppe. Alasdair trug einen schwarzen Anzug mit blauer Weste und Bridie konnte die Kette seiner Taschenuhr sehen. Er lächelte und sah glücklich aus. Anna hatte sich bei ihm untergehakt. Er drückte ihre Hand, als hätte er Angst, sie in der Menge zu verlieren.

Unsere Hochzeitsfeier war klein, aber schön. Nur ein paar Freunde und Verwandte, und Reverend Twisp natürlich. Vater ist gekommen und hat nicht zu sehr gestört, obwohl deutlich wurde, dass er mit alldem nicht einverstanden ist. Am wenigsten damit, dass Alasdair sein einziges Kind nach Amerika mitnehmen wird. Ich verdränge den Gedanken. Heute Nacht sind wir in London. Morgen brechen wir nach Boston auf, wo Alasdair sein Studium an der Universität beenden will. Danach will er vielleicht einen Lehrauftrag annehmen. Aber wer weiß, was die Zukunft bringen wird? Freude. So viel weiß ich, wenn ich ihn hier neben mir sehe.

Bridie seufzte. Samantha langte über ihren Schoß hinweg und schlug die Seite um.

Boston ist groß und geschäftig und Furcht einflößend. Unser Zimmer ist schäbig und befindet sich in einem unangenehmen Stadtteil. Alasdair hat mir versprochen, dass wir heute Abend die Wohnungsangebote durchgehen, wenn er von seinem Abendseminar nach Hause kommt. Es gefällt mir gar nicht, dass er mich abends hier alleine lassen muss. Er sagt, wenn ich die Tür abschließe und verriegele, sei ich sicher. Das habe ich getan, aber ich fürchte mich trotzdem. Es ist heiß, aber ich habe zu viel Angst, um das Fenster zu öffnen.
Gestern hatte ich wieder eine Episode.
„Anna", hat er gesagt, „du musst lernen zu kämpfen. Du darfst dich nicht hinlegen und dich von diesen Gefühlen bestimmen lassen."
„Du hast recht", habe ich zugestimmt. „Bitte bete für mich. Es ist so schwer, wenn ich solche Gefühle habe."
Er hat seine Hände auf meine Schultern gelegt und gebetet. „Diese Schultern sind so müde, Herr. Gib ihr Kraft." Ich habe geweint, aber anschließend ging es mir viel besser. Er hat Wasser aufgesetzt und mir eine Tasse Tee gemacht. Dann musste er weg, aber schon der Gedanke an ihn gibt mir Kraft. Ich weiß, dass es absurd ist, aber es ist, als würde sich seine Stärke auf mich übertragen.
Ich habe mir seinen Rat zu Herzen genommen und in der Bibel gelesen und gebetet. Danach habe ich mich ein bisschen besser gefühlt. Das verleiht mir Kraft.

Bridie warf Samantha einen Blick zu, um ihre Reaktion einzuschätzen. Ihr kleines Gesicht sah traurig aus. Bridie überlegte krampfhaft, was sie sagen könnte.

Nein, sagte die kleine Stimme wieder. *Es ist die Wahrheit. Lies sie.*

Wir haben unsere Wohnung gefunden, und heute bin ich fröhlich.

Gut. Bridie spürte, wie die Anspannung in ihren Schultern sich löste, und auch Samanthas Miene entspannte sich ein wenig. Die nächsten paar Seiten waren mit Farbklecksen und kleinen Proben verschiedener Materialien versehen. Anna hatte außerdem einige Skizzen von ihren Einrichtungsideen angefertigt – Überwürfe, die sie nähte, Möbel, die sie lackierte, Arrangements aus Pflanzen und Bildern und Teppichen. Es gab Bilder von der Wohnung, Zimmer für Zimmer, und sie sah schön aus. Anna hatte ein Händchen für Inneneinrichtung. Alles war in Weiß und Hellgrün und Rosa gehalten, und es gab viele Körbe und Grünpflanzen, Rattan und Chintz und polierte weiße Tische. Die Bilder sahen aus wie Ölgemälde in zarten, gedämpften Pastelltönen. Alles rosig.

Esellampe, hatte Anna geschrieben, mit einem Pfeil in Richtung Tisch. Samantha lächelte.

Ich habe die amerikanische Entsprechung für Antikmärkte gefunden. Sie nennen es Flohmarkt. Keine Ahnung, warum, weil nirgendwo ein Floh zu sehen ist. Jedenfalls war ich gestern auf einem und werde wieder hingehen, weil ich so viele Schätze gefunden habe, dass ich sie kaum alle aufzählen kann. Ich habe einen wunderbaren Teppich gefunden, der nur ein bisschen fadenscheinig ist, einen gusseisernen Kronleuchter, der in weiß gestrichen und mit kleinen rosafarbenen Kerzen ganz entzückend aussehen wird. Chintzkissen, ein ganzes Porzellanservice in gutem Zustand, und das beste Schnäppchen – noch einen Bettüberwurf aus rosafarbener Chenille, der das alte braune Sofa prima zudecken kann. Es war Bestimmung, dass ich dieses Teil entdeckt habe. Alasdair sagt, dass er sich eine zweite Arbeit suchen muss, um das alles zu bezahlen, aber ich glaube, er freut sich. Er schien sogar ganz begeistert, als ich ihm sagte, dass das nicht nötig sein würde. Dass ich beschlossen habe, mir selbst Arbeit zu suchen.

„Und was ist mit deiner Ausbildung?“, fragte er.
„Darum kümmere ich mich als Nächstes“, verkündete ich und konnte das Glück, das er ausstrahlte, förmlich spüren. Wir hatten einen wundervollen Abend. Den besten seit Langem.

Samantha verdrehte die Augen. „Egal. Lies weiter“, sagte sie. Der nächste Eintrag war eine Woche später erfolgt.

Alasdair hat mich heute verletzt. Zum ersten Mal habe ich den scharfen Stich der Leere gespürt. Ich bin zu ihm gegangen, damit er für mich betet, als er gerade am Lernen war. Ich glaube, es hat mich besonders verletzt, dass er so ruhig war. Wenn er wütend geworden wäre, hätte ich es darauf schieben können, dass er es im Zorn gesagt hat, aber er war ganz ruhig und sachlich. „Ich bin nur ein Mann, Anna. Kein Priester“, sagte er. „Geh selbst zu Gott. Es ist nicht nötig, dass ich für dich bete. Darin liegt genauso wenig Zauberkraft wie in deinen Gebeten für mich.“
Ich versuchte zu erklären, dass Gott ihn dazu benutzte, mich zu erden und mir Frieden zu geben. Ist das nicht die Aufgabe eines Ehepartners? „Ist das nicht die Bedeutung davon, wenn zwei Menschen eins werden?“, fragte ich.
„Nein“, antwortete er. „Ich bin mir nicht sicher, was es bedeutet, aber ich glaube, nicht das. Es ist keine Rechenaufgabe, bei der eine halbe Person und eine andere halbe Person eine ganze ergeben, sondern zwei ganze Menschen kommen zusammen, um etwas ganz Neues zu erschaffen.“ Ich sagte ihm, dass ich der Meinung sei, er rede Unsinn, und fing an zu weinen. Er starrte mich ganz merkwürdig an, als wäre ich eine Furcht einflößende Mutation eines Menschen. Ich verließ das Zimmer. Nach einer Weile kam er hinter mir her. Er war sehr sanft und zärtlich und sagte, es tue ihm leid, dass er mich verletzt habe. Er sah so traurig aus und ich spürte, wie meine Stimmung noch düsterer wurde, als wäre mein Gemüt an seins gefesselt und beide zusammen an einen Stein, der in den See geworfen wird. Danach ging er in die Bibliothek, um etwas für seinen Kurs vorzubereiten. Normalerweise arbeitet er hier. Ich habe ihn vertrieben.
Alasdair kam spät zurück und brachte mir das Vorlesungsverzeichnis der Universität mit. Er sagte, ich sollte an der Uni hier Literaturkurse besuchen. Obwohl das Quartal schon angefangen hat, könnte ich mich

noch einschreiben und zuhören. Ich sagte, ich würde darüber nachdenken, aber ich weiß, dass er nur versucht etwas zu finden, damit ich beschäftigt bin. Beschäftigt, damit er die Möglichkeit hat, sich um seine eigenen Dinge zu kümmern. Seine Familie kommt nächste Woche, um mich kennenzulernen, und ich habe Angst, dass sie mich nicht mögen werden.

„Oh-oh", sagte Samantha. Bridie las den nächsten Eintrag ohne weitere Bemerkung.

Die Sonne scheint heute Morgen durch die Fenster unserer Wohnung. Es ist ein wunderbarer Tag mit einem Anflug von Herbst in der Luft, und ich fühle mich viel besser. Und ich weiß jetzt, was mein Problem ist. Wer wäre nicht deprimiert, wenn er tausende Kilometer von zu Hause weg ist, allein in einem neuen Land? Jetzt geht es mir schon viel besser. Ich habe sogar einen Kuchen für Alasdairs Verwandte gebacken.

„Ich habe auch irgendwie ein ungutes Gefühl", bestätigte Bridie Samanthas Meinung. Ein Blick auf die nächsten Zeilen gab ihnen recht.

Der Besuch seiner Verwandtschaft war schrecklich. Seine eine Schwester, Winifred, ist gemein, und ich fürchte, seine Mutter ist genau wie sie.
„Ihr müsst nach Alexandria kommen, damit wir eine richtige Zeremonie und einen Empfang veranstalten können", sagte sie. Ich sagte nichts, sondern lächelte nur, aber am liebsten hätte ich gesagt, dass ich schon richtig verheiratet bin, und was wollte sie denn noch? Ich war ein bisschen sauer, weil Alasdair nicht mehr gesagt hat. Er hat nur zugesehen, und ich glaube, manchmal fand er es lustig.
Sein Vater war schroff und mit den Gedanken woanders, und er zog Alasdair immer wieder zur Seite, um ihm etwas zuzuflüstern, aber ich habe nur ein, zwei Worte mitbekommen – Älteste und Haushalt und Sitzungen. Kirchendinge. Nur ein Mitglied der Familie war nett zu mir – Alasdairs Schwester Lorna. Ich glaube, sie weiß, was es heißt, eine Außenseiterin zu sein.
Meine neue Schwiegermutter bot an, mit mir einkaufen zu gehen und mir bei der Einrichtung der Wohnung zu helfen. „Sie ist eingerichtet", antwortete ich, und dann herrschte eisiges Schweigen, bis Fiona anfing

zu plappern. Den ganzen Tag über war es furchtbar. Nachdem sie uns zum Essen eingeladen hatten, habe ich den Kuchen aufgetischt, und er war in der Mitte nicht ganz durch. Sie saßen alle da und löffelten klitschigen Schokoladenkuchen in ihre Münder. Ich wäre am liebsten gestorben. Lorna versuchte zu helfen, indem sie sagte, sie habe gehört, Puddingkuchen sei ganz beliebt und es sei doch sehr geschickt von mir, einen zu machen, aber es hat niemanden getäuscht. Winifred hat sich sogar noch mit ihr gestritten. „Das ist kein Puddingkuchen", sagte sie. Als wollte sie sie ablenken, fragte Fiona mich, welche Kurse ich belegen würde, aber sie schob ihren Kuchen zur Seite, ohne ihn anzurühren. Winifred ließ die Sache aber nicht auf sich beruhen. „Ich erkenne Pudding, wenn ich ihn esse", sagte sie, „und das hier ist kein Pudding." Dann sagte Mutter MacPherson: „Winifred, es reicht. Ungeachtet der Schwierigkeiten, die Anna mit dem Kuchen hatte, ist dein Benehmen unentschuldbar." Und das Unglaublichste am ganzen Tag ist, dass Alasdair, als ich ihm später von der Unterhaltung erzählte, gelacht hat!! „Das ist so typisch", sagte er. „Sie haben dir alle eine kleine Charakterstudie von sich geliefert."

Ich versuchte ihm zu erklären, wie ich mich gefühlt hatte – dumm und wertlos. Ich hoffte, er würde mich in den Arm nehmen und mir sagen, dass ich all das nicht war – wenigstens in seinen Augen nicht. Aber er sagte nur, die anderen wären diejenigen mit dem Problem, und ich sollte versuchen, sie alle nicht so ernst zu nehmen, sonst würde ich noch verrückt, und dann ist er zur Uni gegangen, um zu lernen.

„Lies Psalm 146", sagte er zum Abschied. Ich bin wütend über seine selbstherrliche Art und noch wütender darüber, dass ich getan habe, was er gesagt hat.

„Verlasst euch nicht auf Leute, die Macht und Einfluss haben! Sie sind auch nur Menschen und können euch nicht helfen. Sie müssen sterben und zu Staub zerfallen, und mit ihnen vergehen auch ihre Pläne. Wie glücklich aber ist jeder, der den Gott Jakobs zum Helfer hat und auf ihn seine Hoffnung setzt, auf den Herrn, seinen Gott! Der Herr hat die ganze Welt geschaffen: den Himmel, die Erde und das Meer, samt allen Geschöpfen, die dort leben. Seine Treue hat kein Ende, er steht zu seinem Wort."

Ich weiß nicht, ob ich wütend oder traurig sein soll. Ich gehe schlafen.

Bridie hielt inne und sah Samantha an.

„Lies weiter", sagte Samantha. Sie klang verärgert.

Bridie las weiter.

Ich habe beschlossen, das Leben bei den Hörnern zu packen. Ich habe mich für meine Kurse eingeschrieben und mir eine Arbeit gesucht. In einem Altenheim. Dreimal die Woche helfe ich nachmittags den Bewohnern bei verschiedenen Dingen – Basteln und so etwas. Und als ich zum ersten Mal dort war und beim Perlenauffädeln half, habe ich eine Freundin kennengelernt. Sie heißt Elizabeth Bacon und ist eine sehr interessante Persönlichkeit. Früher war sie Juwelierin und ich habe mich für meine ungeschickten Handarbeiten geschämt.

„Für Sie ist das Auffädeln von Perlen bestimmt Kinderkram", entschuldigte ich mich.

„Überhaupt nicht", erwiderte sie. „Es ist eine Beschäftigung."

Wir haben uns ein bisschen unterhalten. Sie hat meinen Ehering bewundert und gesagt, der Diamant sei erstklassig. Sie ist ein direkter und fröhlicher Mensch. Genau die Art Freundin, die ich brauche.

Danach folgte eine ganze Reihe Eintragungen über Boston. Dinge, die Anna tat. Wie es schien, war es ihr in den folgenden Wochen gelungen, sich ein eigenes Leben aufzubauen. Sie ging zu ihren Seminaren und schloss sogar Freundschaft oder zumindest Bekanntschaft mit jemandem in ihrem Wohnblock, der sie zu Flohmärkten und Secondhandläden begleitete. Es gab melancholischere Einträge, die beinahe verzweifelt klangen und von ihrer tiefen Liebe zu Alasdair handelten.

„Das will ich gar nicht wissen", sagte Samantha mit einer abwehrenden Handbewegung. „Die Sachen kannst du überspringen." Bridie blätterte schnell weiter, nicht sicher, ob es an ihrem Respekt vor Annas Privatleben lag oder an etwas anderem.

Alasdair freut sich über meine neue Lebensauffassung und hat sich dafür entschuldigt, falls es so ausgesehen habe, als wollte er mich abweisen. Ich sagte ihm, er wisse offenbar nicht, welch heilende Wirkung er auf mich hat und auf alle anderen Menschen. Ich glaube, Gott benutzt Menschen, um unsere Bedürfnisse zu stillen. Irgendwann werde ich versuchen, es ihm besser zu erklären. Jetzt muss ich gehen und meine

Hausaufgaben machen. Ich bin bei meinem Literaturkurs ins Hintertreffen geraten und morgen muss ich eine Übung in meinem Schreibseminar abgeben und ich will mich nicht daransetzen. Es geht mir nicht besonders gut.

Bridie klappte das Buch zu.

„Ich hasse das."

„Was? Was hast du denn?", fragte Bridie.

„Ich hasse es einfach, wie sie mittendrin aufhört."

„Geduld. Morgen lesen wir weiter. Und danach sollten wir uns besser um die Weihnachtsvorbereitungen kümmern."

Bridie sagte gute Nacht, küsste Samantha auf die Stirn und schaltete das Licht aus. Im Haus war alles still. Ein Lichtschein fiel unter der Tür zu Alasdairs Arbeitszimmer hindurch, aber die Tür war geschlossen. Was würde er sagen, wenn er wüsste, was sie auf der anderen Seite der Wand taten? Sie ging hinunter und trat in die kalte Nacht hinaus. Dann schloss sie die Tür ab, damit die MacPhersons in Sicherheit waren.

24

Bob Henry warf die letzte Tabelle des Finanzberichts der Gemeinde angewidert beiseite. In wenigen Tagen war Weihnachten und er war hier. Immer noch wühlte er herum und fand nichts. Seine Freundin war auf die Bahamas gereist. Ohne ihn. Und er saß hier in seinem fensterlosen Büro und ging immer noch die Zahlen aus Alexandria durch. Völlig korrekte Zahlen.

Es fehlte kein Cent aus der Portokasse. Es gab keine schwarzen Kassen. Nichts, das nicht korrekt abgerechnet war. Jetzt suchte er schon seit Wochen in dem ganzen Zeug und hatte sogar einen befreundeten Buchhalter gebeten, sich die Zahlen näher anzusehen. Nichts. Nada. Und ihm lief die Zeit davon. Gerry fragte seit Wochen nach seinen Ergebnissen, weil er den Ältesten der Gemeinde eine Rückmeldung geben wollte. Erst gestern hatte er die Sache erneut angesprochen.

„Edgar Willis hat wieder angerufen, Bob. Ich brauche bald deinen Bericht."

„Es gibt nur noch ein paar Fakten, die ich überprüfen muss, Sir", hatte Bob sich gewunden. Aber er konnte seinen Vorgesetzten nicht mehr lange hinhalten und nicht nur wegen dessen Ungeduld. Bobs eigener Zeitplan war ebenfalls knapp. Die Mitglieder des Rats der Vollversammlung mussten vier Monate vor der Jahresversammlung ihre Empfehlung für den Präsidenten abgeben. Das bedeutete, dass in diesem Augenblick Entscheidungen getroffen wurden. Wenn Bob irgendetwas aus dem Hut zaubern wollte, das die Ältesten der Knox-Gemeinde vor Vergnügen in Ohnmacht fallen ließ, dann war jetzt der richtige Zeitpunkt dafür. Er seufzte, rieb sich den steifen Nacken und machte sich wieder über die Unterlagen her, die überall auf seinem Schreibtisch ausgebreitet lagen.

Er fing noch einmal beim laufenden Monat an. Die Spenden waren rückläufig, aber das war um die Feiertage zu erwarten. Außerdem war das Erste, was passierte, wenn eine Gemeinde unzufrieden war, das Zuklappen der Geldbörsen. Er schüttelte den Kopf und blätterte die Seiten durch. Wieder einmal. Sein Blick fiel auf das vorletzte Blatt, einen gelben Formulardurchschlag. Er runzelte die Stirn. Jemand Neues war in der Liste der über die Kirchengemeinde krankenversicherten Personen aufgetaucht. Bridget Collins. Ihr Geburtsdatum war neben ihrer Sozialversicherungsnummer angegeben. Wer war sie?

Er schlug das Telefonbuch auf und wählte die Nummer der Personalabteilung. Nein, versicherte die Frau ihm. Es gab keine neuen Angestellten der Gemeinde in Alexandria. Die einzige offene Stelle war die des Hilfspastors, aber sie war noch nicht offiziell ausgeschrieben worden.

Bob legte auf und kratzte sich am Kinn. Das war interessant. Er schlug eine andere Nummer nach – die des Gemeindebüros in Alexandria. Die Sekretärin nahm ab. Er erinnerte sich an sie – ein junges, zerbrechliches Ding mit ängstlichen Augen, mit dem er geflirtet hatte, als er letztes Mal dort gewesen war. Sie hatte ihn nicht gemocht. Beinahe hatte sie ihn beschuldigt, Unruhe zu stiften, und nachdem er ein paar unschuldige Fragen gestellt hatte, war aus ihr kein Wort mehr herauszubringen gewesen.

„Hier ist Henry Fallon von der Personalabteilung", log er, indem er den erstbesten Namen nannte, der ihm einfiel – den seines Großvaters mütterlicherseits. „Ich habe hier eine Ergänzung der Krankenversicherungsliste und bin ein wenig verwirrt."

„Ja?", antwortete sie, ohne ihre Hilfe anzubieten.

„Hm. Diese Bridget Collins. Was ist ihre Aufgabe? Ich muss irgendetwas eintragen. Wir können nicht einfach so Leute in die Krankenversicherung aufnehmen."

„Sie ist das Kindermädchen, und bevor Sie anfangen zu diskutieren, müssen Sie wissen, dass ich Lorna gesagt habe, dass es diesbezüglich Schwierigkeiten geben könnte. Ich gebe Ihnen ihre Nummer, falls Sie Fragen haben."

„Wessen Kindermädchen?"

„Das von Reverend MacPherson. Er hat Miss Collins eingestellt, damit sie auf die Kinder aufpasst."

„Wohnt sie bei ihm im Haus? Denn wenn sie zur Familie gehört, ist sie keine Ganztagsangestellte und hat keinen Anspruch auf Sonderleistungen." Brillant. Und er hatte sich noch nicht einmal Mühe gegeben.

„Das weiß ich nicht. Rufen Sie Lorna an – Reverend MacPhersons Schwester. Hier ist ihre Nummer." Sie leierte Zahlen herunter, die Bob sich nicht notierte. Nachdem er das Gespräch beendet hatte, saß er ein paar Minuten lang da und dachte nach.

Er überprüfte das Geburtsdatum und rechnete ein bisschen. Bridget Collins war sechsundzwanzig Jahre alt. Er fragte sich, wie sie aussah. Wenn sie hübsch war, würde ihm das seine Arbeit erleichtern. Halbherzig schrieb er die Sozialversicherungsnummer ab, ohne sich viel davon zu versprechen. Die Chancen, dass Alasdair eine Affäre hatte, standen äußerst schlecht, aber er musste schließlich nichts beweisen, sagte er sich. Er musste nur genug haben, um MacPherson davon zu überzeugen, dass es in seinem Interesse und dem seiner Familie war zu kündigen.

Am besten würde er noch einmal nach Alexandria fahren und sehen, was er herausfinden konnte. Ein wenig besserer Laune nahm er das Telefon erneut in die Hand und rief einen der Verwaltungsangestellten an, dessen Sohn für den Staatsanwalt arbeitete. Er würde ihn bitten, etwas über dieses Kindermädchen in Erfahrung zu bringen, obwohl er das, was er wissen wollte, wahrscheinlich selbst im Internet finden könnte, wenn er an den richtigen Stellen suchte. Wenn man den Namen und die Sozialversicherungsnummer einer Person hatte, gab es fast nichts, was man nicht über sie herausfinden konnte.

25

„Glaubst du, Tante Lorna wird sie gefallen?“, fragte Samantha und hielt die Kette hoch, an der sie gearbeitet hatte.

„Ich glaube, sie wird begeistert sein“, sagte Bridie. Der Besuch in dem Perlengeschäft war ein Riesenerfolg gewesen. Alle würden selbst gefertigten Schmuck zu Weihnachten bekommen.

Bridie sah Samantha noch ein Weilchen zu, dann setzte sie sich aufs Bett und schlug das Buch auf, das Samantha auf dem Kopfkissen hatte liegen lassen. Von der ersten Seite schaute Annas Gesicht sie an, und Bridie erschrak darüber, wie sehr sie sich dieser Frau inzwischen verbunden fühlte. Wie lebendig sie geworden war. Ihr Gesicht war ihr vertraut wie das einer lieben Freundin. Ah! Sie hatte sich die Haare schneiden lassen. Die Frisur, die ihr Gesicht weich einrahmte und sich hinter den Ohren lockte, stand ihr. Ihr Gesicht war so hübsch, ihre Züge ganz fein und erlesen. Auf diesem Bild lächelte sie und ihre Augen leuchteten. Neben ihr stand eine jüngere, lebhaftere Fassung des Alasdair, den sie selbst kannte. Sein Gesicht war ihr sogar noch vertrauter geworden. Bridie widerstand dem Drang, mit dem Finger über seine Züge zu fahren. Sie kniff die Augen zusammen, konnte aber nicht erkennen, ob er schon damals Tintenflecke an seinem Finger gehabt hatte. Sie holte tief Luft und begann zu lesen.

„Zeig mir Boston“, habe ich zu Alasdair gesagt. „Wie du mir, so ich dir.“ Und zu meiner Überraschung hat er es getan.

„Wach auf“, sagte er heute Morgen zu mir und brachte mir eine dampfende Tasse Tee und ein frisches Croissant auf einem Tablett. Er hat sogar ein Deckchen daruntergelegt – das er von einem der Beistelltische gestohlen hatte. „Heute gehörst du mir“, sagte er. Es war wunderbar, das zu hören.

Ich aß mein Frühstück und zog mich dann an. Er wartete ungeduldig. Den Vormittag verbrachten wir damit, Buchhandlungen abzuklappern. Er hat mir eine wundervolle Blake-Ausgabe gekauft und ich habe ihm einen Band mit Calvins Kommentar gekauft, den er schon länger haben möchte. Die Stadt ist wirklich schön. Die Blätter färben sich und die Luft ist kühl und frisch. Mittags haben wir in einem kleinen Café in der Nähe vom Französischen Kulturzentrum und von der Bibliothek gegessen. Wir hatten Zwiebelsuppe mit einer dicken käsigen Kruste, und zum Nachtisch haben wir uns einen Schokoladencrêpe geteilt. Am Nachmittag haben wir die Old North Church besichtigt und den Schauplatz der Boston Tea Party. Zum Abschluss waren wir in der Sternwarte, gerade als die Sterne am Himmel erschienen. Es war wundervoll. Der ganze Tag war himmlisch.

„Bist du dir sicher, dass sie von Dad spricht?“, fragte Samantha, während sie die nächste Perle auffädelte. Bridie warf ihr einen Blick zu. Der nächste Eintrag war vom November.

Jetzt ist richtig Winter. Unsere kleine Wohnung ist gemütlich und warm, während der Eisregen an unsere Fenster prasselt. Es ist wohl nicht so schwierig, zwei Zimmer und eine Toilette zu heizen. Na ja, die Wohnung ist zwar nicht groß, aber das wird durch ihren Charme wettgemacht.
Ich habe ein Geheimnis. Ich habe es noch niemandem erzählt, aber ich glaube, ich bin schwanger. Ich kann die Veränderung in meinem Körper spüren, obwohl ich erst ein paar Tage zu spät bin. Ich fühle mich sehr schwer, gewissermaßen überreif, und mir ist ein bisschen flau. Wir werden sehen. Nächste Woche ist es für einen Test noch früh genug. Ich frage mich, was er wohl sagen wird. Ich glaube, er wird sich freuen, aber man weiß ja nie. Wir sind schließlich erst ein paar Monate verheiratet. Vielleicht hätte er lieber noch gewartet. Ich habe Angst, es ihm zu erzählen. Warum hat eine Frau immer das Gefühl, dass sie allein dafür verantwortlich ist und der Mann nur ein Zuschauer ist anstatt Teilhaber?
Mir ist noch ein Gedanke gekommen. Vater. Mir wird das Herz schwer. Wenn ich schwanger bin, wird die Nachricht ihn wütend machen. Vielleicht sage ich ihm nichts, bis die Schwangerschaft schon weit fortgeschritten ist oder ich das Baby sogar schon bekommen habe. Dann erspare ich mir seine ständigen Ermahnungen, mit jemandem zu sprechen. Jedenfalls werde ich mir von ihm nicht die Freude nehmen lassen. Nur weil meiner Mutter etwas passiert ist, heißt das nicht, dass mir

auch etwas passiert. Ich denke an Devon, wenn es ein Junge wird, und Clarice, wenn es ein Mädchen ist. Oder vielleicht Ellen und William. Wir werden sehen.

„Clarice." Samantha schnitt eine Grimasse. „Sie hat offenbar nicht *Hannibal* gesehen."

„Es ist doch ein schöner Name", sagte Bridie.

„Ich mag deinen Namen", sagte Samantha. „Mary Bridget."

Bridie wandte sich mit einem Ruck zu ihr um. Samanthas Kopf war wieder über die Perlen gebeugt. „Woher weißt du das?", fragte sie mit bemüht ruhiger Stimme.

„Aus deiner Bibel. Sie lag im Gästezimmer und ich habe sie gesehen, als ich dort Staub gewischt habe. Wie kommt es, dass Washburn draufsteht, wenn du Collins heißt?", fragte sie, und auch jetzt blickte sie nicht von ihrer Handarbeit auf.

Bridies Herz hämmerte und sie gab eine waghalsige Antwort. „Ich führe ein Doppelleben."

„Nein, jetzt mal im Ernst." Samantha blickte auf, interessiert, unschuldig und überhaupt nicht misstrauisch.

„Sie hat meiner Mama gehört." Bridie spürte einen Stich in ihrem Innern, als ihr die Lüge über die Lippen kam. Plötzlich verspürte sie den Drang, ihre Worte zurückzunehmen. Die ganze Wahrheit zu sagen.

Und rechtzeitig zu Weihnachten im Gefängnis zu landen. Das wäre doch mal eine nette Überraschung.

„Es ist ein hübscher Name", sagte Samantha, den Kopf wieder über ihre Perlen geneigt. Der Augenblick war vorüber. Bridie konzentrierte sich wieder auf Annas Tagebuch und versuchte, ihr schlechtes Gewissen zu beruhigen.

Ein Laborergebnis vom Krankenhaus schmückte die nächste Seite. Und die Quittung für einen Schwangerschaftstest mit dem Wort *Ja!!!* und dem Datum in roter Tinte quer darüber geschrieben. Neben dem Zettel hatte Anna ein Babymützchen befestigt. Es war mit Spitze und Satinbändern versehen, die bis zum unteren Rand der Seite fielen.

Ich habe es Alasdair erzählt und er war wunderbar. Zuerst war er überrascht, aber dann war die Freude in seinem ganzen Gesicht zu sehen. Ich habe ihn gefragt, ob es für ein Baby zu früh sei, aber er

hat den Kopf geschüttelt und mich geküsst. Er sagte, unsere Pläne seien nicht wichtig, sondern Gottes Pläne – er hatte zwar gedacht, wir würden noch warten, aber offenbar seien wir überstimmt worden. Ich bin sehr erleichtert und freue mich jetzt noch mehr. Ich habe meinen Vater angerufen, weil Alasdair darauf bestand, und selbst er hat sich gefreut. Anschließend hat er allerdings noch eine Weile mit Alasdair geplaudert. Ich habe ihn gefragt, worüber sie gesprochen haben, aber Alasdair sagte nichts Genaues. „Er will nur, dass ich gut auf dich aufpasse", sagte er und gab mir einen Kuss auf die Wange, aber ich glaube, sein Blick war ein wenig besorgt. Typisch Vater, selbst über einen Ozean hinweg dem Augenblick die Freude zu rauben.
Ich werde das nicht zulassen. Wenn er sein Leben mit Trübsinn färben will, dann ist das seine Sache, aber ich werde es nicht tun. Gleich heute bin ich losgezogen und habe angefangen einzukaufen. Ich habe in Secondhandläden nach einem Kinderbett gesucht, aber stattdessen habe ich diese kleine Mütze gefunden. Mir ist ziemlich schlecht, und die Mütze anzusehen, erinnert mich an die Freude, die mich am Ende des Weges erwartet.
Ich muss heute Nachmittag zur Arbeit. Manchmal bereue ich, dass ich die Arbeit angenommen habe, aber ich bin gerne bei den alten Leuten, vor allem bei Elizabeth. Sie hat sich richtig gefreut, als ich ihr die Neuigkeit erzählt habe. Sie und ich sind gute Freundinnen geworden. Ich habe ihr von dem Besuch von Alasdairs Familie erzählt und sie konnte gar nicht mehr aufhören zu lachen. „Ach, Schätzchen, nimm sie nicht ernst", riet sie mir. „Sie haben ganz offensichtlich keine Klasse."
Darüber musste ich den ganzen Tag lächeln. Wie wütend Mutter MacPherson wäre, wenn jemand ihr erzählen würde, ihre Sippe hätte keine Klasse. Lorna natürlich ausgenommen. Sie ist wirklich lieb. Hier ist der Brief, den sie mir nach dem Puddingkuchen-Fiasko geschickt hat.

Ein kleines Blatt weißes Briefpapier war neben einen viktorianischen Valentinsgruß geklebt, der vor Herzen und Spitze in Rosa, Grün und Weiß überquoll.

Ich habe diese Karte in einem Antiquitätengeschäft gesehen und an dich gedacht, Anna. Auch wenn kein Valentinstag ist, musste ich sie kaufen. Es war so schön, dich kennenzulernen. Eure Wohnung ist wun-

derschön. Ich hoffe, es macht dir nichts aus, dass ich eine deiner Ideen kopiert habe. Ich habe auf Mutters Dachboden einen alten gusseisernen Kronleuchter gefunden, ihn weiß angemalt, und jetzt hängt er mit kleinen rosafarbenen Kerzen in meinem Esszimmer. Jedes Mal, wenn ich ihn sehe, denke ich an dich und danke Gott dafür, dass er meinem Bruder eine so wunderbare Frau geschenkt hat und mir eine so nette Schwägerin.
Alles Liebe, Lorna
PS: Ich freue mich darauf, dass wir uns Weihnachten sehen.

„Oh-oh", sagte Samantha. „Ich sehe schon, da braut sich was zusammen."

Davon konnte man ausgehen.

Alasdair sagt, wir müssen Weihnachten in Alexandria verbringen. Ich bin ins Schlafzimmer gegangen und habe geweint, aber bevor ich wieder rauskam, habe ich mir die Tränen abgetrocknet. Ich weiß, dass ich dumm und unreif bin. Das habe ich auch Elizabeth erzählt und sie sagte nur, ich solle ihnen zeigen, was echte Klasse ist. Wahrscheinlich hat sie recht.
Alasdair sagt, sein Vater will etwas mit ihm besprechen. Ich hoffe, es geht nicht um irgendeinen schrecklichen Namen, der in der Familie weitergegeben werden muss. Was ist, wenn sie statt Devon oder Clarice auf Imogen oder Orbit bestehen? Aber ich male den Teufel an die Wand. Mein Schreibseminar habe ich aufgegeben. Wenn ich arbeiten war, habe ich einfach nicht genügend Energie.

Bridie sah zu Samantha hinüber, die lächelte. Sie hatte aufgehört, Perlen aufzufädeln, und hörte gespannt zu. Es folgten mehrere Seiten mit Babythemen. Eine Zusammenfassung ihrer Arztbesuche. Verschiedene Listen mit Namen. Ein paar Farbkleckse für eine Ecke des Schlafzimmers, die sie in eine Babyecke verwandeln wollte. Noch mehr Namen. Beschreibungen von Näharbeiten, die sie plante: Decken und kleine Kleider. Bridie verglich das unwillkürlich mit den ungeöffneten Babygeschenken auf dem Dachboden. Wahrscheinlich gab es eine ganz logische Erklärung dafür. Sie blätterte um, und dann war Weihnachten, so wie jetzt.

Weihnachten hier ist ein ziemlicher Reinfall. Wir sind heute Nachmittag, am Heiligabend, angekommen. Es gibt keinen Baum. Nur ganz wenig Schmuck. Das Pfarrhaus ist groß und kalt. Offenbar verstehen sie dort das Prinzip einer Zentralheizung nicht. Und sie sagen, die Europäer wären ungebildet.
Der Höhepunkt des Tages scheint der Heiligabendgottesdienst zu sein, der schön war, aber für meinen Geschmack zu lang. Ich hatte Mühe, wach zu bleiben. Die Familie hat beschlossen, sich gegenseitig nichts zu schenken, verkündete mein Schwiegervater mir. „Jedes Familienmitglied spendet stattdessen zu Ehren der anderen etwas in den Missionsfonds", erklärte er. Ich nickte nur und Alasdair zog unseren Umschlag heraus. Fertig vorbereitet, und mir hat er kein Wort davon gesagt. Ich habe in meinem Koffer Geschenke mitgebracht, aber ich glaube, ich sage besser nichts davon. Nur Lorna bekommt ihres. Sie ist wirklich lieb. Ich hoffe, die antiken Kämme gefallen ihr. Sie werden in ihren Haaren hübsch aussehen, glaube ich.

Der nächste Eintrag war vom 25. Dezember.

Es war nicht so schlimm, wie ich befürchtet hatte.
Es war schlimmer.
Das Essen war in Ordnung, abgesehen davon, dass sie die ganze Zeit gestritten haben, wer wo sitzen soll, und dass sie an der armen Lorna herumgemeckert haben, weil sie ein Süßkartoffelsoufflé gemacht hat anstatt irgendeines Karottengerichts, das Winifred deshalb in letzter Minute zubereiten musste, ohne die richtigen Johannisbeeren zu haben. Wie es aussieht, ist das Menü seit der Schlacht von Hastings in Stein gemeißelt. Lammbraten, neue Pellkartoffeln, der oben erwähnte Auflauf, der ziemlich ungenießbar war, und zum Nachtisch Pflaumen-Trifle, von dem Mutter MacPherson sagt, dass das Rezept seit sieben Generationen in ihrer Familie vererbt worden sei. Er war so trocken, dass er bereits vor sieben Generationen hätte gebacken sein können.
Ich sollte mich schämen.

Samantha kicherte. „Es gibt Dinge, die ändern sich nie."
„Ist das wirklich das, was ihr an Weihnachten esst?", fragte Bridie.
Samantha nickte. „Jedes Jahr."

Bridie fühlte, wie ein sturer Zug ihres Wesens an die Oberfläche drängte. „Das klingt so, als wäre es mal Zeit für eine Veränderung."

Samanthas Augen leuchteten auf. „Cool. Was sollen wir essen?"

„Wie könnten Truthahn machen."

„Steak", entgegnete Samantha.

„Steak ist zu teuer."

„Wie wäre es mit Hühnchen?"

Bridie nickte. „Klar. Huhn ist billig. Alle mögen es. Sogar Cam und Bonnie. Also gut. Es gibt gebratenes Huhn. Was noch?"

„Stampfkartoffeln und Sauce."

„Ich backe Brötchen."

„Wackelpudding. Roten und grünen."

Bridie lächelte. Es würde Theater geben, das stand fest. Roter und grüner Wackelpudding anstatt Karotten-Johannisbeer-Auflauf.

Samantha schien ihre Gedanken zu lesen. „Tante Winifred wird die Krise kriegen."

„Tja", sagte Bridie, dann brachen sie beide in Gelächter aus.

„Was sollen wir zum Nachtisch essen?", fragte Samantha. „Das ist der wichtigste Teil."

„Was magst du denn gerne?"

„Alles außer dem ekligen Pflaumenzeug."

„Kürbiskuchen?"

Samantha schüttelte den Kopf. „Irgendwas Schokoladiges."

„Meine Großmutter hat ein Rezept für Schoko-Toffee-Schichttorte, die ist so gut, dass einem die Tränen kommen."

„Kannst du sie anrufen und dir das Rezept geben lassen?"

Bridies Herz hämmerte. „Ich kenne es auswendig", antwortete sie, und bevor Samantha noch etwas sagen konnte, las sie schnell weiter.

Ich bin entsetzt. Alasdair hat zugesagt, die Gemeinde seines Vaters zu übernehmen, ohne es mit mir zu besprechen. „Wie konntest du nur?", habe ich ihn gefragt, und mir war abwechselnd so, als würde ich in Ohnmacht fallen oder explodieren. Er sagt, ich würde überreagieren, und dass sein Vater aus gesundheitlichen Gründen in den Ruhestand gehen müsse, und es sei beschlossene Sache. „Wie lange schon?", wollte ich wissen. „Warum hast du mir nicht erzählt, dass es beschlossene Sache ist? Warum hast du nie etwas davon gesagt, wenn ich gesprochen

habe, dass du in irgendeiner Kleinstadt Lehrer werden könntest?"
Es war ihm sichtlich unangenehm. „Na ja, vielleicht dachte ich, das wäre tatsächlich eine Möglichkeit", sagte er. „Aber überleg doch mal, Anna. Ist dir klar, was für eine Chance das ist? Es ist eine angesehene Gemeinde. Das könnte für mich ein wichtiger Karriereschritt sein. Außerdem müssen wir für ein Kind sorgen."
„Wie konntest du zusagen, ohne mich auch nur zu fragen? Oder es mir wenigstens zu sagen?"
„Ich hätte es mit dir besprechen sollen", entschuldigte er sich. „Ich werde Vater anrufen und ihm sagen, dass ich noch etwas Zeit brauche."
Ich sagte nichts. An diesem Abend unterhielten wir uns nicht mehr darüber. Ich weiß nicht, ob er seinen Vater angerufen hat oder nicht. Ich schlief schon, als er ins Bett kam, und er war fort, bevor ich heute Morgen aufgewacht bin. Wahrscheinlich werde ich nach Alexandria ziehen, ohne Theater zu machen. Aber irgendwie fühlt es sich an, als ob ich meine Träume für das Leben, das wir zusammen hätten führen können, begraben müsste. Wenn wir dorthin ziehen, zu seiner Familie, dann ist das das Ende dieser Träume.
Ich habe Elizabeth davon erzählt, als ich bei der Arbeit ankam. Sie sagte, ich solle das Beste daraus machen. Dass man nicht nur einen Mann heirate, sondern seine ganze Familie. Ich weiß nicht, ob ich diesen konkreten Mann geheiratet hätte, wenn ich Winifred und Mutter MacPherson vorher kennengelernt hätte. Ich schäme mich dafür, dass ich das schreibe. Ich liebe ihn wirklich und ich weiß, dass ich überreagiere, wie er gesagt hat. Vielleicht liegt es an meiner Schwangerschaft, dass ich so aufgebracht bin.
Alasdair hat mir heute Blumen mitgebracht, als er von seinem Abendkurs nach Hause kam. Ich habe ihm gesagt, dass ich nach Alexandria gehen und mich nicht anstellen werde. Er hat mich lange angestarrt, ohne etwas zu sagen. Ich weiß nicht, was er denkt. Anders als ich es gehofft hatte, hat er aber nicht angeboten, die Stelle abzulehnen. Ich bin zutiefst verletzt. Als hätte er eine Prüfung nicht bestanden, von der er gar nicht wusste, dass er sie ablegen muss. Ich gehe jetzt schlafen.

Bridie blätterte um. Das war der letzte Eintrag gewesen.
„Schade", sagte Samantha, aber sie wirkte nicht sehr beunruhigt. Of-

fenbar standen die Einzelheiten ehelicher Vertrautheit auf ihrer Prioritätenliste nicht sehr weit oben.

„Ich bin sicher, sie hat sich an den Gedanken gewöhnt."

Samantha nickte. Sie hielt Lornas Kette hoch. „Fertig."

„Die ist toll geworden, Liebes." Bridie stand auf und legte das Tagebuch in den Karton zurück. Alle weitere Lektüre würde bis nach Weihnachten warten müssen.

„Du musst jetzt gehen", sagte Samantha mit einem geheimnisvollen Blick auf die Tüte aus dem Perlengeschäft.

„Ah", sagte Bridie. „Der Weihnachtsmann."

Samantha nickte. Bridie ging und versuchte nicht daran zu denken, dass sie Samantha angelogen hatte.

26

„Ich glaube, wir werden Spaß haben, wenn wir beide an Heiligabend hierbleiben“, sagte Lorna.

Bridie lächelte sie an. Lorna hatte etwas an sich, das es einem unmöglich machte, sie nicht zu mögen. Eine Liebenswürdigkeit und Unschuld. Sie spürte einen Stich in ihrem Herzen. Früher hatten die Leute das auch von ihr gesagt. „Ich freue mich auch darauf“, sagte sie, während sie eine Hühnerbrust abtrennte.

Das Telefon klingelte. Lorna nahm ab, und sofort lag Anspannung in der Luft.

„Ja.“ Lorna nickte, das Telefon an ihr Ohr gepresst. „Mhm. Ja.“ Lange Pause. „In Ordnung.“ Sie legte auf.

Bridie vermutete, dass es Winifred war. Fiona gab Lorna für gewöhnlich die Gelegenheit, selbst ein paar Worte zu sagen. Aber die Tatsache, dass Lorna widerspruchslos zugestimmt hatte und angespannt wirkte, war ein Hinweis darauf, dass es die ältere, unzufriedenere Schwester war, mit der sie gesprochen hatte.

Lorna lächelte entschuldigend, als hätte sie etwas getan, das ihr leidtun müsste. „Winifred ist aufgebracht, weil Audrey Murchison darauf besteht, nach dem Gottesdienst heute Abend Kaffee anzubieten, obwohl Heiligabend ist. Winifred behauptet steif und fest, dass niemand kommen wird. Sie kommt her, um mit Alasdair darüber zu sprechen.“

Bridie zog eine Augenbraue hoch. Wegen einer solchen Kleinigkeit den Pastor zu belästigen, erschien ihr etwas übertrieben, aber was wusste sie schon? Vielleicht war die Versuchung einfach zu groß, wenn es sich bei dem Pastor um den eigenen kleinen Bruder handelte. „Was kümmert es Winifred überhaupt? Wenn sie keinen Kaffee trinken will, kann sie doch einfach direkt nach Hause gehen.“

„Du kennst Winifred offensichtlich nicht“, sagte Lorna und lächelte müde. „Schon allein das Wissen, dass die anderen mit dem Kaffee da sein werden, ist Grund genug für sie, völlig außer sich zu sein.“ Sie verstaute die letzten Lebensmittel und wandte sich zu Bridie um. „Ich wollte ihr eigentlich sagen, dass sie die Sache auf sich beruhen lassen soll.“

„Und warum hast du es dann nicht getan?“

Lorna sah sie mit einem so erstaunten Blick an, als wollte sie sagen, das sei doch offensichtlich.

Bridie erwiderte ihren Blick. „Was kann sie denn machen? Dich ins Gefängnis werfen?“ Das hatte sie nicht sagen wollen, es war ihr einfach so rausgerutscht.

Lorna sah aus, als hätte sie etwas ganz Neues gehört. Bridie beendete ihre Arbeit, stellte das Huhn in den Kühlschrank, wusch sich die Hände und schrubbte Spüle und Arbeitsfläche.

Als es klingelte, machte Lorna vor Schreck beinahe einen Satz. „Das ist sie“, sagte sie, und es bestand kein Zweifel daran, wen sie meinte.

Bridie trocknete ihre Hände ab und folgte ihr zur Tür. Auch wenn Winifred schon wütend hier ankam, würde sie mit Sicherheit noch wütender wieder gehen. Und das wäre ihre Schuld. Sie würde deshalb nicht zulassen, dass Lorna sich dem Sturm allein entgegenstemmen musste.

Winifred humpelte herein, einen Fuß von ihrer Operation noch immer bandagiert. Es dauerte einen Moment, bis sie mit ihrem Stock den Eingang gemeistert hatte. Ihr Gesicht war noch blasser als gewöhnlich und wirkte ein wenig abgehärmt. Plötzlich empfand Bridie so etwas wie Mitgefühl. Die demütigeren Teile des Körpers wusste man erst zu schätzen, wenn ihnen etwas fehlte. Sie zum Beispiel würde ohne flinke Füße in jede Menge Schwierigkeiten geraten, dachte sie lakonisch.

Lorna schloss die Tür hinter ihrer Schwester und wischte sich die Handflächen an der Schürze ab. Winifred hob den Kopf und blickte sich mit einem leichten Stirnrunzeln um. Bridie sah, wie die Erkenntnis sie in Phasen überkam, und noch entfaltete sich die volle Wirkung nicht. Dann, als sie ihre Umgebung ganz erfasste, öffneten sich ihre sonst fest zusammengepressten Lippen und die Mundwinkel fielen herunter. Anschließend röteten sich ihre Wangen, ihr Mund verzog sich zu einer dünnen Linie und verschwand dann völlig. Als sie sprach, klang ihre Stimme ruhig. Beinahe beiläufig fragte sie. „Was habt ihr getan?“

Bridie hatte den Mund schon geöffnet, um zu antworten, aber Winifred hatte die Frage an Lorna gerichtet und sah sie an, während sie auf eine Antwort wartete.

„Wir haben ein bisschen renoviert.“ Lornas Stimme klang fröhlich.

Winifred antwortete nicht. Sie drängte sich an ihnen vorbei und hinkte langsam den Flur hinunter. Bridie sah, wie sie die Wände mit den Blicken streifte und keine Porträts von irgendwelchen MacPhersons fand. Winifred warf einen Blick ins Esszimmer und musste bemerkt haben, dass die Wände nicht mehr mit Regalen voller Porzellan und Kristall bedeckt waren, das umzufallen drohte. Als sie das Wohnzimmer erreichte, blieb sie im Türrahmen stehen. Bridie sah es vor sich und stellte sich vor, wie es auf Winifred wirken musste: die bunten Sitzsäcke, die alte, abgewetzte Couch, der alberne Baum. Oh-oh. Cam und Bonnie knabberten Plätzchen von den unteren Ästen, und der Boden unter ihren Füßen war mit Krümeln übersät. Cameron war offenbar auf der Toilette gewesen und hatte leider vergessen, sich seine Unterhose wieder anzuziehen. Sein kleiner Hintern war splitternackt. Es schien ihn nicht zu stören.

„Hi", sagte er und schob sich noch ein Stück Plätzchen in den Mund.

„Selber Hi", antwortete Bridie.

Winifred fand das nicht lustig. „Wo sind Mutters Möbel? Wo sind all ihre Sachen?" Ihr Gesicht war kalkweiß. „Wo ist das Sofa, wo die Récamière, und was ist mit den Sesseln passiert?"

„Das ist alles auf dem Dachboden", antwortete Lorna, und ihre Stimme klang jetzt nicht mehr ganz so unbeschwert.

Winifred ließ ein kaltes Schweigen in ihre Richtung driften, drehte sich um und humpelte mühsam zur Treppe. Bridie nutzte die Gelegenheit, um Cams Hose zu finden und ihm beim Anziehen zu helfen.

„Ich haben?", fragte er und hielt das Plätzchen hoch, das er bereits angeknabbert hatte.

„Natürlich kannst du es haben." Bridie gab ihm einen schnellen Kuss auf die Wange und bürstete mit dem Fuß die Krümel in den Teppich. Nach ein paar Minuten tauchte Winifred wieder auf. Diesmal richtete sie sich an Bridie.

„Sie haben das alles gemacht", sagte sie mit tonloser Stimme.

Bridie öffnete den Mund, um die Verantwortung zu übernehmen.

„Wieso glaubst du das?", warf Lorna scharf ein. Ihre Wangen waren vor Zorn gerötet.

„Ich bin davon ausgegangen, dass du nicht so dumm bist."

„So dumm, mich mit dir anzulegen?"

„Sei nicht albern."

„Bin ich albern? Oder geht es nicht in Wirklichkeit darum, Winifred? Steht dein Name auf der Urkunde?“

„Dieses Haus gehört uns allen, das weißt du genau.“

„Aber Alasdair und die Kinder wohnen hier. Und wenn diese Veränderungen ihnen das Leben angenehmer machen, wieso solltest du dann etwas dagegen haben? Vielleicht gefällt es dir nur nicht, weil es nicht deine Idee war.“

„Dies ist ein Pfarrhaus, Lorna.“ Winifreds Augen waren kalt vor Wut. „Und es ist nicht nur Alasdairs Wohnort, sondern auch der Aufbewahrungsort unserer Familiengeschichte. Mutters Sachen sind alle auf dem Dachboden eingemottet. Was glaubst du, was das für ein Gefühl ist?“ Ihre Stimme zitterte und sie tat Bridie ein bisschen leid. Es musste schwer sein, Veränderungen zuzulassen, wenn man eine so gewichtige Geschichte hatte. Aber diese Art der Vergangenheit konnte eine erdrückende Last darstellen, die einen auf der Stelle festhielt und Stück für Stück begrub.

„Mutters Glasfiguren waren ausgestellt, seit ich klein war“, fuhr Winifred fort. „Ich weiß noch, wie ich sie mir stundenlang angesehen habe.“

Bridie warf Lorna einen Blick zu und sah einen merkwürdigen Ausdruck auf ihrem Gesicht. Es war, als würde sie ihre Schwester zum ersten Mal richtig wahrnehmen. Als Mensch und nicht nur als eine Macht. In ihrem Blick lag eine Mischung aus Mitleid und Verständnis. „Du könntest sie mit nach Hause nehmen, Winifred.“

Das Mitgefühl in Lornas Stimme schien Winifred mit einem Ruck aus ihrer nostalgischen Stimmung zu reißen. Ihr Rücken straffte sich und das Kinn schob sich wieder vor. „Darum geht es nicht, und das weißt du ganz genau. Ich sehe einen Augenblick nicht hin und du bringst das ganze Pfarrhaus durcheinander.“

„Ich würde es nicht als durcheinanderbringen bezeichnen.“

„Wie nennst du es denn dann? Sie hat die Diele quietschgelb gestrichen. Im Esszimmer hat sie Mamas hübsche Tapete mit einem bunten Muster ersetzt.“

Es war von Waverly und hatte ein halbes Vermögen gekostet. „Es sind viktorianische Bauernrosen“, warf Bridie ein.

„Und ich finde sie schön“, verteidigte Lorna sie standhaft.

„Wie ich sehe, hat sie die Küche mit Kaffeetassen und Teekannen tapeziert.“

„Das ist doch lustig“, sagte Lorna.
„Das Spielzeug der Kinder liegt im ganzen Haus herum.“
„Es ist auch ihr Haus. Außerdem hat der Kinderarzt gesagt, dass sie mehr Interaktion brauchen“, erklärte Lorna.
„Kinderarzt! Was spricht denn gegen Calvin?“
„Nichts spricht gegen Calvin“, sagte Lorna, und Bridie konnte sich irren, aber sie meinte ein kleines Lächeln auf Lornas Lippen zu entdecken.
„Ich habe gerade einen Blick in Samanthas Zimmer geworfen“, wütete Winifred weiter. „Es sieht geradezu teuflisch aus. Überall Bilder von Zauberei.“
„Ich würde einen blauen Bettüberwurf mit Sternen drauf kaum als Zauberei bezeichnen. Gott hat den Himmel geschaffen, damit er seine Herrlichkeit widerspiegelt. Außerdem, wenn du daran schon Anstoß nimmst, hast du das Poster von den *Misfits* offensichtlich nicht gesehen.“
„Warte, bis Fiona von alldem erfährt“, spielte Winifred ihren Trumpf aus.
„Sie weiß es schon“, parierte Lorna und hatte den Anstand, dabei nicht einmal zu lächeln. „Sie war gestern Abend hier, weil sie wissen wollte, was sie morgen mitbringen soll, und sagte, es sei eine Verbesserung. Sie sagte, ein paar der Veränderungen hätte sie selbst vorschlagen sollen.“
„Das ist doch hirnrissig! Was meinst du damit, dass sie gefragt hat, was sie mitbringen soll? Sie ist dieses Jahr mit dem Trifle dran.“
„Es gibt keinen Trifle“, erklärte Lorna beinahe gleichgültig. „Es gibt gebratenes Huhn, Stampfkartoffeln und Schokoladenkuchen.“ Die letzten Worte genoss sie, als sie sie langsam wie kleine Häppchen fallen ließ. „Und … roten … und … grünen … Wackelpudding.“
Winifred sagte nichts. Sie stand reglos da. Die Haustür ging auf. Alasdair kam herein und blickte mit misstrauischer Miene von einer zur anderen.
Winifred drehte sich zu ihm um und zeigte dann auf Bridie. „Sie hat dieses Haus völlig ruiniert“, sagte Winifred und ihre Stimme zitterte ebenso sehr wie ihre Hand. „Sie hat all die schönen Dinge unserer Mutter weggeschafft und durch diesen Müll ersetzt.“
Einen Augenblick tat Alasdair nichts. Er sah Winifred an, dann Lor-

na und schließlich Bridie, die gerade ihre eigene Krise durchmachte. Sie war zu weit gegangen. Ihre Wangen glühten vor Scham. Für wen hielt sie sich eigentlich, dass sie hier hereinplatzte und alles veränderte? Sie musste unwillkürlich an Alasdairs Reaktion denken, als Anna im Boot seiner Familie aufgestanden war. Er hatte sie wieder hinuntergezogen. Und Bridie hatte ganz sicher nicht den Status, den Anna gehabt hatte. Sie war nur eine Angestellte.

Alasdair stand reglos da und starrte auf die Wand über ihrem Kopf. Vielleicht sah er Anna und ihren Puddingkuchen vor sich, Anna und das Weihnachtsessen, Anna und so ziemlich jede Begegnung mit seiner Familie. Seine Miene war undurchdringlich. Nach einem Augenblick konzentrierte sein Blick sich wieder auf die aktuelle Situation, genauer gesagt auf ihr Gesicht. Sie senkte den Blick zu Boden und wagte es nicht, ihn wieder zu heben. Nach einer Minute sah sie, wie die schwarzen Schuhe sich abwandten und weggingen. So. Die Geschichte würde sich wiederholen. Ihr Herz rutschte bis in ihre Tennisschuhe.

„Ich muss gestehen, dass ich mir nie etwas aus Mutters Möbeln gemacht habe, Winifred."

Bridie hob den Kopf gerade noch rechtzeitig, um zu sehen, wie Alasdair einen der Sitzsäcke mit dem Fuß auflockerte und sich dann darauf niederließ. „Die hier sind mir viel lieber", sagte er und Bridie spürte, wie etwas in ihrer Brust aufbrach. Alasdair war viel zu groß für den Sitzsack, und es sah albern aus, wie sein Kopf über das eine Ende und seine Füße über das andere hingen. Er verschränkte die Arme hinter dem Kopf und nahm eine völlig entspannte Haltung ein. Sie musste mit aller Macht dagegen ankämpfen, nicht laut loszulachen, so groß war ihre Erleichterung.

Dann blickte sie zu Winifred hinüber. Dass Alasdair sich auf die Seite des Feindes schlug, brachte sie endgültig in Rage.

„Nein!", schrie sie. Sie stieß ihren Gehstock auf den Boden auf. „Das könnt ihr nicht machen. Es ist falsch. Es ist lächerlich. Es ist gewöhnlich und inakzeptabel. Mutter würde es hassen. Vater würde es hassen. Ich hasse es. Ihr könnt das nicht tun. Nein! Nein! Nein!" Mit den Worten kamen kleine Tröpfchen Speichel aus ihrem Mund und ihr ganzer Leib bebte.

Bridie starrte sie an. Lorna schüttelte den Kopf. Jetzt sah Alasdair aus, als sähe er seine Schwester zum ersten Mal. Wenigstens eine Minute lang sagte niemand etwas. Als Alasdair dann sprach, war sein Tonfall sachlich und unmissverständlich.

„Wir können es nicht nur tun, sondern wir haben es schon getan. So ist es jetzt und so bleibt es auch. Du hast die Wahl, ob du es akzeptierst oder nicht. Ich hoffe doch, dass unsere Beziehung nicht unter einem Streit über Möbel leidet, aber ich kann nicht zulassen, dass du in meine Familie kommst und Lorna und Bridie so behandelst. Dieses Verhalten ist unentschuldbar und ich werde es nicht tolerieren."

Winifred starrte ihn an. Ihre starre Miene löste sich auf. Einige Minuten lang regte sich keiner und das einzige Geräusch waren Winifreds gedämpfte Schluchzer. Schließlich war es Bridie, die das Schweigen brach.

„Kommen Sie", sagte sie zu Winifred und berührte sie am Arm. „So schlimm ist es doch gar nicht." Sie holte ein Taschentuch für sie und Winifred ließ sich zu der Couch geleiten.

Alasdair erhob sich von seinem Sitzsack. „Zeig mir, was du nach Hause mitnehmen möchtest, dann trage ich es für dich nach unten." Seine Stimme klang freundlich, aber nicht reuevoll. „Das heißt, wenn Lorna nichts dagegen hat, und natürlich erwarte ich, dass du mit ihr und Fiona absprichst, was du behalten kannst."

Winifred nickte und schniefte. „Und, hast du?", fragte sie Lorna.

„Habe ich was?" Lorna sah aus, als versuchte sie ein kompliziertes mathematisches Problem im Kopf zu lösen.

„Hast du etwas dagegen, wenn ich ein paar von Mutters Dingen mitnehme?" Winifred wiederholte ihre Frage mit einem erstaunlichen Mangel an Ungeduld.

„Nein, natürlich nicht."

Winifred nickte und tupfte sich Augen und Nase trocken. „Die Glasfiguren und das Teeservice nehme ich gleich mit", sagte sie und klang so kleinlaut, dass sie Bridie richtig leidtat. Es musste sehr schwer sein zu erkennen, dass man nur ein Mensch ist, nachdem man so viele Jahre lang wie eine kleine mächtige Gottheit in der eigenen Welt geherrscht hat.

„Warten Sie, wir legen den Fuß hoch", schlug Bridie vor. Sie half Winifred, es sich bequem zu machen, und holte ein Kissen für ihren Fuß. „Was halten Sie davon, wenn ich Ihnen eine Tasse Tee bringe?", bot sie an.

Winifred nickte wortlos, aber wieder kamen ihr die Tränen. Bridie lächelte sie an und tätschelte ihren Arm.

„Ich bin gleich wieder da", versprach sie und ging davon, um den Tee zu machen.

Lorna folgte ihr auf den Flur hinaus. Als sie in der Küche waren und Bridie das Wasser aufgesetzt hatte, wandte Lorna sich zu ihr um, und ihre Miene wirkte immer noch erstaunt.

„All die Jahre", sagte sie, „und mehr wäre gar nicht nötig gewesen."

Alasdair weigerte sich, den Kaffeeausschank nach dem Heiligabendgottesdienst abzusagen. Es waren allerdings nicht viele Besucher da und Winifred schien sich genug erholt zu haben, um diesen kleinen Triumph zu genießen. Sie stand hinter der silbernen Kaffeekanne und betonte ihren Sieg, indem sie viel mehr Styroporbecher füllte, als diese kleine Versammlung leeren konnte. Die Becher standen reihenweise vor ihr, stumme Zeugen der Tatsache, dass sie recht gehabt hatte und Audrey Murchison nicht. Bridie saß da und nippte an ihrem heißen Apfelwein. Sie drehte sich um, um nach Lorna Ausschau zu halten, und sah sich plötzlich Alasdair gegenüber, der sich zu ihr herunterbeugte.

„Worüber denkst du nach?", fragte er lächelnd.

Bridie versuchte den Adrenalinstoß, der durch ihren Körper fuhr, zu ignorieren. Sie war überrascht, ihn hier zu sehen. Das war alles. „Woher willst du wissen, dass ich über etwas nachdenke?", erwiderte sie mit ruhiger Stimme, obwohl ihr armes Herz immer noch wie ein fliehendes Pferd galoppierte. „Du solltest dich nicht so anschleichen."

„Tut mir leid." Er lächelte, stellte einen Fuß auf den metallenen Klappstuhl und ließ die Arme auf seinem angewinkelten Knie ruhen. „Ich merke, dass du in Gedanken bist, weil es dir ins Gesicht geschrieben steht. Ich lebe jetzt schon eine ganze Weile mit dir zusammen und bin nicht von gestern."

Solche unschuldig klingenden Worte. ‚Ich lebe mit dir zusammen.' Bridie trank einen Schluck von ihrem Glühwein und wünschte, er wäre eisgekühlt anstatt heiß. „Man sieht mir immer an, was ich denke, das stimmt. Schon meine Großmutter hat das immer gesagt."

„Manche Menschen sind eben unfähig, sich zu verstellen." Er lächelte. Jemand rief nach ihm. Er wandte sich um und hob eine Hand, um den Mann zu grüßen, der ihn gerufen hatte. „Ich rede besser mit ihm."

„Ich sollte auch gehen", sagte Bridie und trank den letzten Schluck aus ihrem Becher. „Ich muss noch Strümpfe füllen." Sie erhob sich vom Tisch und bemerkte, dass einige neugierige Blicke auf ihr ruhten.

„Ich komme bald nach Hause", sagte er, und wieder trafen seine Worte sie mitten ins Herz. Zu Hause. Unser Zuhause. Sie nickte, aber als sie durch die quietschende zweiflügelige Tür hinausging, war sie ganz durcheinander. Hinter ihr fiel die Tür ins Schloss, während sie auf den mit Raureif bedeckten Rasen trat. Er knirschte unter ihren Füßen und die Luft war knackig kalt. Sie fühlte sich gut an auf ihrem fiebrigen Gesicht. Ihrem fiebernden Gehirn. Sie hatte das Gefühl, als raste sie in einem Auto ungebremst eine Bergstraße hinunter, das Gaspedal durchgedrückt, und steuerte in voller Fahrt auf ein Unglück zu. Sie musste anhalten. Oder wenigstens langsamer werden. Das Problem war nur, dass sie das nicht wollte.

Es war schon nach Mitternacht. Offiziell war jetzt Weihnachten und im Haus war es endlich still geworden. Alle lagen im Bett und träumten von Süßigkeiten oder Geschenken. Alle außer ihm. Er war allein mit einem vertrauten Gefährten.

Alasdair lehnte sich ans Schlafzimmerfenster, woraufhin es von seinem Atem beschlug. Er konnte die schwachen Umrisse der Grabsteine sehen, die geisterhaften Tische, an denen niemand feiern würde, und zum ersten Mal in seinem vernünftigen Leben verstand er, warum Menschen an den Spuk von Geistern glauben konnten.

Es war seltsam, aber es schien, als würden manche Menschen, wenn sie ihren letzten Atemzug taten, sanft einschlafen und still von einem Leben zum nächsten hinübergehen wie ein Kind, das auf dem Sofa einschläft und dann in seinem eigenen Bett aufwacht. Andere hingegen schienen dieses Leben zu verlassen, aber nicht weiterzugehen.

So wie Anna.

Ihm war, als hinge sie immer noch jeden Tag an ihm. Sie war die stille Zuhörerin bei jedem Gespräch. Sie beobachtete ihn jede Nacht, wenn er in seinem Bett lag. Sie sah zu, wie er mit Bridie Tee trank, wie er mit seinen Kindern spielte. Sie lauschte, wenn er predigte.

In den Monaten nach ihrem Tod hatte er gebettelt und sie angefleht. Verlass mich nicht, Anna. Bitte, verlass mich nicht. Er hatte nicht gewusst, dass diese Worte, zusammen mit ihrer Gegenwart, ihn eines Tages verfolgen würden.

Er trat vom Fenster zurück, verärgert über seine irrationale Übertreibung, dann legte er sich wieder ins Bett. Dort lag er, die Augen fest geschlossen, und zwang sich einzuschlafen.

Bridie wartete, bis es still war im Haus, bevor sie aus dem Bett stieg. Sie und Lorna teilten sich das Gästezimmer an diesem besonderen Abend. Lorna schlief neben ihr und ihr Atem ging langsam und gleichmäßig. Bridie schlich nach unten und vermied geschickt die beiden knarrenden Stufen. Im Flur zog sie die Vorhänge zur Seite und blickte zum Fenster hinaus. Kein Schnee.

Na gut, man konnte nicht alles haben. Die Nacht war trotzdem auf glitzernde, helle Art schön. Winzige Frostpartikel hingen in der Luft und verliehen den Straßenlaternen und Verandalampen Heiligenscheine. Sie ließ die Gardine los und schlich in Richtung Wohnzimmer. Die Tischlampen schaltete sie nicht an, aber die Lichter am Weihnachtsbaum ließ sie aufleuchten.

Sie grinste. Der Baum sah schrecklich aus. Alle Plätzchen waren fort, sodass die unteren Äste nackt waren, abgesehen von den Kühlschrankmagneten mit tropischen Früchten, die Samantha mit Büroklammern daran befestigt hatte. Die Geschenke für die Kinder stapelten sich unter dem Baum und ihre Weihnachtsstrümpfe, aus denen Zuckerstangen, Mandarinen und Schokoküsse quollen, lehnten an den Päckchen. Bridie legte die Weihnachts-CD ein und drehte die Lautstärke herunter, damit niemand gestört wurde. Sie setzte sich auf den Sitzsack, lehnte den Kopf zurück und ließ sich von der Musik umspülen. *O komm, o komm, du Morgenstern, lass uns dich schauen, unsern Herrn. Vertreib das Dunkel unsrer Nacht …*

Etwas in ihr rührte sich, etwas Tiefes und Ewiges, und es erschütterte die tiefen Abgründe ihres Herzens wie ein unterirdisches Erdbeben.

So viele Geheimnisse. Ihre und Annas und Alasdairs. So streng gehütet. So viel Kraft war nötig, um zu verhindern, dass die Geständnisse über ihre Lippen kamen. Durch das Leben zu gehen, war dadurch beinahe unmöglich, weil die Füße immer vorsichtig waren. Immer den Boden testeten, bevor man das Gewicht verlagerte, dann schnell die gleiche Vorsichtsmaßnahme vor dem nächsten Schritt. Man konnte niemandem trauen. Konnte nie entspannen. Die Erde selbst war instabil, unbeständig. Vielleicht fest genug, um sich darauf zu verlassen, aber wahrscheinlicher war es, dass sich darunter Höhlen, ganze Räume und Tunnel, Gänge, Gewölbe und Gräber befanden. Die Geheimnisse lagen wie Lazarus still und kalt darin, fest umwickelt mit Grabtüchern, irgendwo zwischen Leben und Tod. Sie warteten auf jemanden, der sie ans Tageslicht rief, sie losband und befreite.

Was hatte Lorna gesagt, als sie darüber gesprochen hatten, ob sie die Tagebücher lesen sollten? Etwas über die Wahrheit, die einen frei machte? Sie lächelte angesichts der bitteren Ironie. Ihre Wahrheit, sollte sie die jemals einem Menschen erzählen, würde genau das Gegenteil bewirken. Wenn sie die Wahrheit sagte, würde sie ins Gefängnis kommen. Aber in diesem Moment war ihr das beinahe gleichgültig. Sie war doch schon im Gefängnis, oder etwa nicht?

Was konnte schlimmer sein als die gähnende Leere in ihrem Inneren, die früher einmal durch Gottes Gegenwart gefüllt gewesen war? Jetzt war dort, wo er gewesen war, nur noch ein riesiges Loch. Wäre es im Gefängnis nicht besser, wenn ihr Herz dann wieder rein sein konnte?

Aber das war das Problem, nicht wahr? Konnte es wieder rein werden? Wirklich? Sie wusste, was ihre Großmutter, ihre Mutter und auch Alasdair sagen würden. Aber etwas tief in ihr drin konnte ihnen nicht glauben. Sie hatte Angst, dass dieser Schmutz zu tief ging, vielleicht bis zum Grunde ihres Wesens.

„Ach, wie mein Herz sich nach dir sehnt“, flüsterte sie, und die Worte kamen aus einem unbewachten Ort in ihrem tiefsten Innern. „Ach, wie mein Herz sich nach dir sehnt. Mehr, als der Wachmann auf den Morgen wartet.“

Oh ja. Sie hatte das Gefühl, sie könnte ein Leben im Gefängnis besser ertragen als noch einen Tag ohne Gott zu verbringen. Denn sie hatte ihm ihr Leben anvertraut, egal, was diese anklagende Stimme ihr in den frühen Morgenstunden einreden wollte. Es war mehr gewesen, als nur am Ende eines Gottesdienstes eine Karte auszufüllen oder während eines Gebets die Hand zu heben oder bei einem Aufruf nach vorne zu gehen. Sie lächelte und erinnerte sich daran, wie sie versucht hatte, es ihrer Großmutter zu erklären. „Es ist so, als hätte ich einen unsichtbaren Freund", hatte sie gesagt. Einen unsichtbaren Freund, der zufällig auch der Gott des Universums war. Einen unsichtbaren Freund, der sein Leben für sie gegeben hatte.

Sie atmete leise ein und aus, ein und aus, ein fortwährendes Geschenk von dem Einen, der alles zusammenhielt, der geduldig wartete und wartete und wartete, bis sie es eines Tages leid war zu fliehen. Bridie trocknete ihre Augen mit dem Ärmel ihres Schlafanzuges. Sie war müde und würde jetzt anhalten, wenn sie nur wüsste, wie.

27

„Sie ist wunderschön. Ich finde, damit sehe ich richtig geheimnisvoll aus.“ Tante Lorna legte sich die Mondsteinkette um, zog eine Schulter ihres Pyjamas herunter und richtete einen schmachtenden Blick an die Zimmerdecke.

„Du siehst albern aus“, sagte Samantha.

„Danke.“ Tante Lorna lächelte, zog ihren Schlafanzug wieder zurecht, beugte sich vor und gab Samantha einen Kuss auf die Wange. „Ich finde die Kette toll.“

„Mach deine auf“, drängte Samantha Bridie und schob Cams Kassettenrekorder unter ihrem Bein weg. Er hatte wie immer keinen Plan, hing ständig an Dad und spielte mit dem Feuerwehrauto, das Samantha ihm geschenkt hatte. Seine restlichen Geschenke hatte er noch nicht einmal ausgepackt. Sie lächelte. Bonnie gefiel ihre sprechende Puppe auch. Sie hatte ihr schon alle Kleider ausgezogen.

Bridie betrachtete den Geschenkestapel, der vor ihr lag. Samantha hatte dafür gesorgt, dass sie die gleiche Anzahl hatte wie alle anderen. Sie war gestern Abend sogar in die Drogerie gegangen und hatte noch mehr gekauft, für den Fall, dass sie nicht genug hatten. Aber es waren genug da. Dad hatte etwas für Bridie gekauft und Tante Lorna hatte ein paar Sachen an Cams und Bonnies Stelle eingepackt.

„Hier.“ Samantha zeigte auf das Papier, das sie ausgesucht hatte – mit den Vögeln darauf, weil es sie an das dämliche Lied erinnerte, das Bridie gesungen hatte. „Die sind von mir.“

Bridie nahm eins der Geschenke. Samantha versuchte sich daran zu erinnern, was in dem Päckchen war. Ach ja, das war das Haarspray.

„Mensch, woher wusstest du, dass ich so eins für meine Handtasche brauche?“

„Sie macht sich Gedanken“, sagte Tante Lorna, und plötzlich, ohne irgendeinen besonderen Grund, war Samantha froh, dass sie zu dieser Familie gehörte. Sie strich sich die Haare aus dem Gesicht und lehnte sich an Dads Beine, während sie zusah, wie Bridie das kleine Set aus Kamm und Bürste und den Klappspiegel auspackte.

„Jetzt bin ich rundherum ausgestattet“, sagte Bridie und lächelte. Sie sah glücklich aus.

„Das Beste hast du noch nicht mal ausgepackt. Da, nimm das hier.“

Bridie nahm die kleine Schachtel mit den Ohrringen in die Hand. Samantha hatte vergessen, wie die Steine hießen, aber sie waren genauso leuchtend blau wie Bridies Augen und in echtes Silber gefasst. Sie hielt beinahe den Atem an, als Bridie die Schachtel öffnete.

„Oh!“ Bridie hielt die Ohrringe hoch. „Die sind wunderschön!“ Bridie heulte doch tatsächlich. „Die werde ich immer in Ehren halten, Samantha.“

Samantha lächelte. „Mit richtigen Kleidern sehen sie besser aus als mit Joggingsachen.“

„Du musstest mich einfach auf den Boden der Tatsachen zurückholen, oder?“

Wieder lächelte Samantha. Ihr Vater stieß sie mit den Knien an. „Gehst du uns einen Kaffee holen, Samantha? Er müsste durchgelaufen sein.“

„Und sieh bitte nach den Zimtbrötchen“, sagte Bridie.

„Nichts auspacken, bevor ich wieder da bin.“

Sie versprachen, dass sie warten würden. So schnell sie konnte, stellte Samantha Tassen und Kaffee und Zucker und Sahne auf das Tablett und ging zurück ins Wohnzimmer. Dad hatte die Weste im MacPherson-Karo angezogen, die Bridie für ihn genäht hatte, und sie sah über seinem Sweatshirt total bescheuert aus.

„Die Brötchen brauchen noch fünf Minuten“ verkündete Samantha und ließ sich wieder auf den Boden fallen. „Also, wer ist jetzt dran?“

„Ich glaube, du“, sagte Dad und gab ihr ein Päckchen, eine kleine Schachtel. Sie öffnete sie und erblickte auf einem Bett aus schwarzem Samt eine Kette, ein Herz mit einem winzigen Diamanten in der Mitte. Dad nahm die Kette aus der Schachtel und legte sie ihr um den Hals. „So“, sagte er und tätschelte ihre Schulter. „Jetzt sehen alle Jungen, zu wem du gehörst. Du bist mein Schatz, bis ich deine Hand irgendwann jemand anderem gebe.“ Samantha sagte immer noch nichts. Sie lehnte sich an seine Knie und sah zu, wie Bridie und Tante Lorna ihre restlichen Geschenke auspackten, und ab und zu berührte sie das kleine Herz und rückte die Kette gerade.

28

Der Januar begann mit zwanzig Zentimeter Neuschnee, der wochenlang liegen blieb, wobei immer wieder ein paar Zentimeter hinzukamen, sobald ein Teil geschmolzen war. Samanthas Schule blieb drei Tage lang geschlossen und Bridie spielte draußen mit den Kindern, bis ihre Gesichter ganz gefühllos waren. Anschließend taute sie sie mit Kakao und heißen Bädern wieder auf. Sie machte knisternde Feuer und herzhafte Suppen und frisches Brot. Inzwischen wusste sie, was jeder in der Familie am liebsten aß. Sie wusste, wie sie ihre Eier mochten und ob sie ihre Butterbrote mit Kruste aßen oder ohne und kannte ihre Lieblingskleidung. Es wurde immer einfacher so zu tun, als gehörten sie ihr. Sie alle.

Ihre Unterhaltungen mit Alasdair bei Tee und Kuchen und Pudding und Keksen setzten sich fort. Manchmal saßen sie einfach nur schweigend da, die Dessertteller zwischen sich, und genossen die Süße. Sie kannte ihn. Und er kannte sie. Vielleicht nicht die Tatsachen, aber man konnte doch das Herz eines Menschen kennen, ohne seine Geschichte zu kennen, oder etwa nicht?

Etwas machte ihr jedoch sehr zu schaffen. Bridie räumte gerade die Reste vom Abendessen fort, als ihr bewusst wurde, was es war. Es war, als wäre sie zwei ganz verschiedene Personen. Eine, die mit den Kindern spielte, die ihnen geholfen hatte, aus Wattebäuschen und Plakafarbe Weihnachtsmänner zu basteln und Rentiere aus Korken und Pfeifenputzern. Sie war die Person, die größere Betten für die Zwillinge gekauft und ihnen beigebracht hatte, darin liegen zu bleiben, nachdem sie alle Lampen außer dem Nachtlicht ausgeschaltet hatte. Die andere Frau aber lag abends wach und überlegte stundenlang, wie sie den Weg zurück von der Person finden konnte, die sie in ihrem vorigen Leben, an das sie nicht denken wollte, geworden war. Bis jetzt hatte sie noch keinen Weg gefunden.

Und dass sie Alasdair nach wie vor hinterging, lastete schwer auf ihrem Gewissen. Ihr einziger Trost war, dass sie Annas Tagebücher fast zu Ende gelesen hatten. Sie hätten eigentlich schon fertig sein müssen, aber sie lasen jetzt nicht mehr jeden Abend darin. Es war, als wäre keine von ihnen erpicht darauf, in diesem Teil von Annas Leben zu stochern, und sie würden nur deshalb weiterlesen, weil sie nun einmal damit angefangen hatten.

Sie waren anders, diese Alben. Seit Samanthas Geburt schien Anna einen Großteil ihrer Energie darauf zu verwenden, das Leben ihrer Tochter zu dokumentieren anstatt ihr eigenes. Natürlich gab es auch ein paar persönliche Einträge. Berichte über einige heftige Auseinandersetzungen darüber, was sie als Alasdairs übermäßiges Gemeindeengagement zum Nachteil seiner Familie betrachtete. Gefolgt von einem Gefühl der Resignation. Resignation in Bezug auf alles – auf die unromantische Partnerschaft, die ihre Ehe geworden war, auf die unglückliche Beziehung zu Alasdairs Verwandten, darauf, dass sie nicht in der Lage zu sein schien, aus ihrem eigenen Leben etwas zu machen. Ohne Alasdairs Ermutigung, ohne die Hoffnung, die aus ihrer Vorstellung von seiner vollkommenen Liebe entsprungen war, schien sie sich mit einem flachen, dämmrigen Leben abgefunden zu haben, das nur von ihrer Tochter erleuchtet wurde.

Bridie beobachtete aufmerksam Samanthas Reaktion, als sie die Tagebücher aus diesen Jahren lasen, aber es war nicht so einfach zu erkennen, was sie dachte. Die Geschichte ihrer Mutter zu hören, löste kein Augenverdrehen mehr aus, aber sie wirkte auch nicht mehr wie der fallende, verzweifelte Spatz. Sie schien etwas für sich zu entdecken. Ihre Eltern waren auch nur Menschen. Echte Leute mit Gefühlen, Konflikten, Vorlieben und Fehlern, die nichts mit ihr zu tun hatten.

Samantha hatte die Ohren gespitzt, als Bridie vorgeschlagen hatte, die sieben Rucksäcke durchzusehen. Sie hatten sich jedes Blatt Papier angesehen, das Samantha in der Grundschule produziert hatte.

Und beinahe waren sie erwischt worden.

„Was macht ihr Mädels denn eigentlich da drin?“, hatte Alasdair eines Abends gefragt und auf Samanthas Zimmertür gezeigt, als Bridie herausgekommen war.

Bridie war erstarrt. Sie konnte ihn einfach nicht anlügen. Nicht jetzt. Nicht mehr. „Wir reden über Geheimnisse“, hatte sie gesagt. Er hatte gelächelt, ohne es zu verstehen.

Aber bald würde es keinen Grund mehr geben zu lügen, tröstete sie sich. Bald würden Annas Tagebücher ihren Zweck erfüllt haben und sie würde sie wieder auf dem Dachboden verstauen. Es war nur noch eins übrig.

29

Sondra saß im Konferenzzimmer der Staatsanwaltschaft von Nelson County und wartete darauf, dass er erschien. Heute würden sie Jonah Porters Schicksal besiegeln, und sie hatte kaum Zweifel daran, wie die Sache ausgehen würde. Das Berufungsgericht hatte zugunsten ihres Klienten entschieden und seine Verurteilung aufgehoben. Außerdem war sie sich ziemlich sicher, dass Thomas Dinwiddie sich weigern würde, einen zweiten Prozess anzustrengen. Warum hatte sie dann so ein ungutes Gefühl? Sie dachte an ihren Klienten – sein eiskaltes Schweigen, seine leblosen, leeren Augen – und ihre Frage beantwortete sich von selbst.

Jonah Porter war aufgrund von unrechtmäßig erworbenen Beweisen verurteilt worden, erinnerte sie sich.

Er ist schuldig, gab sie zurück, *und das weißt du auch.*

Sie schlug die Akte auf und zog den Schriftsatz heraus, den sie beim Berufungsgericht eingereicht hatte. Sie las ihn noch einmal, in der Hoffnung, diesmal kein so schlechtes Gewissen wegen des Ergebnisses zu haben. Sie überflog die Fakten. Wachtmeister Hinkley vom Polizeirevier Charlottesville war um 17.09 Uhr angerufen worden, weil er den verlassenen Pick-up untersuchen sollte. Er war um 17.22 Uhr auf dem Parkplatz der Lebensmittelkette eingetroffen. Das Team von der Gefahrgutabteilung war um 17.35 Uhr ausgesandt worden und danach hatte Hinkley auf dem Revier angerufen und gesagt, es gebe wahrscheinlich einen Grund für einen Durchsuchungsbeschluss für Mr Porters Wohnung. Doch zu diesem Zeitpunkt wurde ihm gesagt, das Polizeipräsidium von Nelson County habe bereits Beamte zu dem Wohnort losgeschickt, da sie einen anonymen Hinweis erhalten hätten. Sie blätterte zu der Abschrift des Anrufs, die die Polizei von Charlottesville angefertigt hatte, weil sie hoffte, dass sie etwas übersehen hatte. Aber das war nicht der Fall. Dort stand der Eintrag, mit gelbem Textmarker hervorgehoben: *Um 16.09 Uhr rief eine unbekannte Zeugin an und nannte den angeblichen Standort eines Drogenlabors. Sie wurde an die Polizeibehörde von Nelson County verwiesen.*

Sie blätterte weiter zur nächsten Seite, dem letzten Nagel im Sarg sozusagen. Noch ein Eintrag, diesmal vom Sheriff von Nelson County. Um 16.45 Uhr waren Beamte zu dem möglichen Drogenlabor ausgesandt worden.

Sondra legte die Akte auf den Tisch. Es ging kein Weg daran vorbei. Die Durchsuchung war rechtswidrig gewesen. Anonyme Hinweise mussten bestätigt werden und ihre Bestätigung – durch die Utensilien für die Drogenherstellung, die sie in dem Wagen gefunden hatten – war in diesem Fall erst nach der Durchsuchung erfolgt. Vierundzwanzig Minuten zu spät.

Sie schlug die letzte Seite auf und las das Urteil, das vom Berufungsgericht des Bundesstaates Virginia ergangen war. Sie gewährten Jonah Porter einen neuen Prozess und verwiesen den Fall zurück an das Gericht von Nelson County. Sie sollte stolz sein. Warum bereitete dieser Sieg ihr so viel Kummer?, fragte sie sich wieder.

Sie hörte Schritte und Thomas Dinwiddie rauschte ins Zimmer und lenkte sie von ihren Gedanken ab. Vielleicht war das auch besser so. Sie begrüßten einander mit einem Händeschütteln. Dann stellte er seinen Aktenkoffer auf den Tisch und ließ ihn aufschnappen. Dabei warf er einen Blick auf das Urteil, das sie gelesen hatte, was ihr ein wenig unangenehm war. Irgendwie hatte sie das Gefühl, dabei erwischt worden zu sein, wie sie sich an jemandes Unglück weidete. Er wirkte jedoch nicht beleidigt. Vielmehr lächelte er ironisch.

„Funktionierende Demokratie. Verursacht ein warmes, glückliches Gefühl, nicht wahr?“

Sie blickte ihn scharf an. Sein Gesicht war gutmütig und offensichtlich an die gähnende Kluft zwischen Gerechtigkeit und Urteil gewöhnt. Sie zuckte mit den Schultern, zu zwiespältig, was ihre Rolle in dieser Sache betraf, als dass sie ihr Verhalten hätte verteidigen wollen. „So ist das System nun mal“, sagte sie. „Jeder hat das Recht auf eine Verteidigung.“

„Genau. Gott schütze Amerika.“

Sondra überlegte, was sie als Nächstes sagen sollte. Er ersparte ihr die Mühe, indem er schnell die Mappe in seiner Hand durchsah und sie dann mit seinen hellblauen Augen ansah. „Ich sehe keinen Grund, noch einmal mit der ursprünglichen Anklage vor Gericht zu gehen. Ich werde für Drogenbesitz plädieren anstatt Drogenhandel. Wenn die

Zeit, die er gesessen hat, angerechnet wird, kann er nach Hause zurück, sobald er sich schuldig bekennt."

„Ich bin erstaunt, dass Sie so leicht klein beigeben", protestierte sie und ihr war bewusst, dass sie gegen ihren eigenen Klienten argumentierte.

Der Staatsanwalt zuckte mit den Schultern. „Sie haben diese Runde gewonnen."

Sondra nickte, gab ihm noch einmal die Hand und ging. Sie zweifelte nicht daran, dass Jonah Porter den Schuldspruch annehmen würde. Und in wenigen Tagen würde er draußen sein. Als sie zu ihrem Auto ging, fühlte sie sich regelrecht erschöpft, mental ebenso wie körperlich. Sie verspürte nur einen Wunsch – die Sache hinter sich zu bringen und Jonah Porter nie wiedersehen zu müssen. Und auch niemand anderen, der so war wie er, wurde ihr bewusst.

30

Jonah sah zu, wie der Winter von Virginia mit seinen kahlen Ästen am Fenster des Anstaltbusses vorbeizog, während das Fahrzeug auf seinem Weg von der Haftanstalt zurück zum Gefängnis von Nelson County die Straße hinunterrumpelte. Die Wälder waren dunkel, das Unterholz verzweigt und mit toten Blättern bedeckt. Er konnte einen Hochsitz sehen. Kurz darauf kamen sie an einer Apfelplantage vorbei, die bald von Blüten übersät sein würde. Er hatte jeden Quadratzentimeter von Nelson County durchstreift und jeden Biberdamm, jedes Schildkrötenei und jeden Kaninchenbau gekannt. Er hatte alles gewusst, was man über das Pflanzen, Aufziehen und Ernten wissen konnte. Er hatte Bienen gehabt und Honig gemacht – süß und klar und rein. Eine Zeit lang hatte er sogar Pfauen gezüchtet. Jonah schloss die Augen und sah die Hände seines Onkels vor sich, dick und schwielig. Er fragte sich, was sein Onkel wohl sagen würde, wenn er ihn jetzt sehen könnte. Hastig schlug er die Augen auf und sah wieder aus dem Fenster. Diese Frage wollte er lieber nicht beantworten.

Die Fahrt war zu schnell vorüber. Jonah stand auf und zog den Kopf ein, um nicht an die Decke des Busses zu stoßen. Dann humpelte er den Weg entlang, so schnell das mit den Fußfesseln möglich war, folgte dem Wärter ins Gefängnisgebäude und versuchte an nichts zu denken, während sie seine Personalien überprüften und ihn in seine Zelle brachten. Erst als er dort allein war, nahm er seine Umgebung wieder wahr, und selbst dann wünschte er sich, er könnte an dem anderen Ort bleiben. Ihm war, als würde etwas in ihm ihn aufpeitschen und sich in ihm aufstauen. Er versuchte es zu ignorieren und sah sich um.

Gefängniszellen waren überall gleich. Es spielte keine Rolle, ob man in North Carolina oder in Virginia saß. Das waren die einzigen beiden Bundesstaaten, deren Gastfreundschaft er gekostet hatte, aber er vermutete, dass eine Gefängniszelle in Seattle, Washington, ungefähr genauso aussah wie diese: Betonboden, Edelstahltoilette, Bettgestell, kein Kopfkissen.

Draußen hatte es angefangen zu regnen. Während sie den Papierkram erledigt hatten, war ein Unwetter aufgezogen. Er konnte es durch die doppelt verglasten, verstärkten Fenster nicht hören, aber wenn er den Kopf in einer bestimmten Position hielt und sich auf die Zehenspitzen stellte, konnte er es durch die dünnen Schlitze aus Plexiglas sehen. Früher hatte er Regen gemocht, aber jetzt machte er ihn nur noch nervös. Dann juckte es ihn überall.

Er wandte seinen Blick vom Fenster ab und fing an, in der Zelle auf und ab zu gehen. Als Mary Bridget und er weggelaufen waren, hatte es auch geregnet. Heftiger, alles fortspülender Regen war auf sie herabgeprasselt. Er war durch die weiße Wand gefahren, die auf die Windschutzscheibe seines alten Pick-ups trommelte, und sie hatte geschlafen, den Kopf an seine Schulter gelehnt. Sein Arm war eingeschlafen, aber er wäre nie auf die Idee gekommen, sie aufzuwecken.

Abrupt blieb er stehen und legte sich auf sein Bett, wo er auf die gleiche Art pockennarbige, isolierte Decke hinaufstarrte, die er schon hunderttausend Mal gesehen hatte. Er spürte, wie ihn die Wut packte. Jetzt, wo die Freiheit in Sicht war, konnte sie gar nicht schnell genug kommen. Er konnte nicht länger warten. Ein Tag war schon zu lang. Eine Stunde war zu lang. Er brauchte jetzt, in diesem Augenblick, ein paar Dinge.

Hier im Bezirksgefängnis konnte er nichts bekommen. Keine von den kleinen Leckereien, die seine Kumpels aus der Krankenabteilung herausgeschmuggelt hatten. Gar nichts, mit dem er sich etwas hätte betäuben können.

Jonah knirschte mit den Zähnen und ermahnte sich, Ruhe zu bewahren. Es gab keine andere Möglichkeit. Um hier herauszukommen, musste er morgen im Gericht auf schuldig plädieren, und um das zu tun, hatte man ihn hierherbringen müssen. Er würde es einfach aushalten müssen, bis er draußen war und sich holen konnte, was er brauchte. Jonah zwang sich, an etwas anderes zu denken. Er dachte daran, was er tun würde, wenn er frei war, wen er anrufen würde und in welcher Reihenfolge. Wie er sie suchen würde. Er lag dort, bis das Licht ausgeschaltet wurde, und starrte an die Decke seiner Zelle, während er die Deckenpaneele und die Stunden bis zu seiner Freilassung zählte.

Sondra wandte sich der Tür zu, die in den Wartebereich führte, und durch die in diesem Moment ihr Klient kam. Er sah aus wie ein Not leidender Bauer in dem Heilsarmeeanzug und dem Hemd, die sie von ihrem eigenen Geld gekauft hatte. Er hatte ihr nicht gedankt. Nicht, dass sie das erwartet hatte. Wieder einmal fragte sie sich, warum sie sich überhaupt mit ihm und seinesgleichen abgab. Es war eine rhetorische Frage. Die Antwort lag darin begründet, wer sie war, und hatte nichts mit ihnen zu tun. Der Wärter führte ihren Klienten zum Tisch der Verteidigung und Jonah Porter setzte sich neben sie, still und stoisch. Sein dunkles Haar war zu lang, aber ordentlich zurückgekämmt. Seine hohe Stirn zeugte von Intelligenz und sie musste zugeben, dass er tatsächlich klug war. Ein Gespräch mit ihm hatte das erwiesen. Vielleicht hatte sein Drogenmissbrauch ein paar Gehirnzellen zerstört, aber bislang hatte sie noch nichts davon bemerkt. Trotzdem bekam sie eine Gänsehaut, wann immer sie ihn ansah. Seine Augen waren leere dunkle Höhlen. Man konnte hineinspähen, doch anstatt seine Seele zu sehen, fanden sich dort nur endlose Kilometer Nichts. Er empfand keinerlei natürliche Gefühlsregungen, soweit sie das beurteilen konnte. Eigentlich legte er überhaupt keine Emotionen an den Tag. Es hatte den Anschein, als wäre ihm schon lange nichts mehr wichtig. Als könnte er sein Gegenüber – buchstäblich – genauso gut töten wie ansehen. Sie unterdrückte ein Frösteln. Und dies war der Mann, dessen Freilassung sie erreicht hatte.

Der Richter trat ein und sie erhoben sich. Sie fragte sich, ob es zu spät war, ihre Einigung rückgängig zu machen. Die Sache auch nur anzusprechen, wäre unerhört und unmoralisch, tadelte sie sich selbst. Bevor sie ihren Gedanken weiter verfolgen konnte, rief der Richter das Gericht zur Ordnung. Mr Porter stand auf, als sein Name aufgerufen wurde, und bekannte sich schuldig im Sinne der Anklage, auf die sie sich verständigt hatten. Sie sagte, was sie zu sagen hatte, Dinwiddie ergänzte seinen Teil, und dann war alles vorbei.

Porter warf ihr einen letzten Blick aus diesen leeren Augen zu und ging davon, ohne noch ein Wort an sie zu richten. Sondra blickte ihm nach und widerstand dem Drang, sich zu bekreuzigen.

Dinwiddie trommelte mit den Fingern auf ihren Tisch, ein fröhlicher kleiner Salut.

„Nächstes Mal kriege ich ihn", sagte er, als hätte er ihre Gedanken gelesen. Oder vielleicht hatte er auch nur ihre schuldbewusste Miene richtig gedeutet. „Und es wird ein nächstes Mal geben, darauf können Sie sich verlassen." Er lächelte. Nichts für ungut, wollte er wohl sagen.

„Ich weiß." Sie spürte wieder die Müdigkeit in ihren Gliedern, zusammen mit einem Gefühl der Scham.

Thomas Dinwiddie nickte ihr kurz zu und schlenderte dann leise pfeifend davon.

„Warten Sie", rief sie ihm nach. Irgendwie fühlte es sich an, als wäre er das letzte Rettungsboot, das von der sinkenden *Titanic* ablegte.

Er drehte sich um, die Augenbrauen hochgezogen. Hastig schob sie den Stapel Papier in ihren Aktenkoffer, ließ ihn zuschnappen und lief dann los, um ihn einzuholen.

„Ich habe mich nur gefragt …"

Er wartete höflich.

„Haben Sie in Ihrer Abteilung vielleicht eine freie Stelle?"

Jonah ging vom Gefängnis aus zu Fuß in die Innenstadt von Lovingston. Er könnte versuchen, per Anhalter nach Woodbine zu fahren, aber vermutlich würde ihn niemand mitnehmen. Wahrscheinlich stand ihm sein Gefängnisaufenthalt deutlich ins Gesicht geschrieben. Außerdem wäre das ohnehin vollkommen unsinnig. Dort wartete keiner auf ihn, und es gab dort niemanden, der ihm etwas bedeutete. Nach Hause zurückzukehren stand nicht auf seiner To-Do-Liste. Er ging an der Autobahn entlang und drehte sich hin und wieder zu den Bergen um. Da waren sie, die diesigen blauen Hügel, deren Gipfel heute von einer tief hängenden Wolkendecke umgeben waren. Er lief ein paar Schritte, drehte sich um und sah sie an, dann lief er wieder ein Stück.

Er kam an der Schule vorbei, an der Baptistenkirche, dem Lebensmittelladen, dem Möbelgeschäft und dem Geschäft für Agrarbedarf, dann überquerte er den Parkplatz der alten Tankstelle, von der aus Ted Willis Heizöl verkaufte, und ging zur Rückseite des Gebäudes, wo der Hintereingang zur Bowlingbahn war. Genau, wie er es sich gedacht hatte. Da waren dieselben Leute wie früher versammelt. Mehr oder weniger. Er entdeckte ein paar neue Gesichter und ein paar von den alten waren nicht mehr da, wahrscheinlich, weil sie etwas Urlaub auf

Staatskosten genossen, so wie er es getan hatte. Aber ein paar erkannte er, einen davon mit Namen, und hob die Hand zum Gruß.

„Ich dachte, du wärst weg", sagte Bobby Lee Wilcox, der sein Nicken erwiderte und mit dem Daumen die Asche von seiner Zigarette schnipste. „Ich habe gehört, du und Heslop wärt im Knast."

„Ich hab meine Zeit abgesessen", antwortete Jonah, ohne ins Detail zu gehen.

Bobby Lee nickte und trank einen Schluck aus seiner Whiskeyflasche.

Jonah schob sich an ihm vorbei und ging ins Bowlingcenter. Er blinzelte ein paar Mal, bis seine Augen sich an die Dunkelheit gewöhnt hatten. Hier drin war niemand, den er kannte. Er ging zur Bar, kaufte eine Schachtel Zigaretten und bestellte sich ein Bier. Und noch eins. Er trank schnell, während er der hämmernden Musik und dem Klappern von Kugeln und Kegeln lauschte. Als er ausgetrunken hatte, ging er auf die enge Toilette, schloss die Tür ab und zählte, was von seinem Freilassungsgeld noch übrig war. Achtzehn Dollar und ein bisschen Kleingeld. Nicht genug, um sich irgendetwas zu kaufen. Dabei brauchte er dringend Klamotten. Er musste Mary Bridget finden und sein Geld zurückholen. Aber zuerst brauchte er etwas, um seine Nerven zu beruhigen. Er ging an die Bar und bestellte sich ein drittes Bier. Nachdem er den ersten Schluck getrunken hatte, fühlte er sich ein bisschen besser. Er nahm die Flasche mit nach draußen. Bobby Lee lehnte noch immer an der Mauer.

„Ich brauche Eis", sagte er. Bobby Wilcox war nicht seine erste Wahl, aber es schien nicht viele andere zu geben.

Bobby rieb sich mit der Hand über sein vernarbtes Gesicht und schüttelte den Kopf. „Hab keins."

Jonah wartete. Das war noch nicht alles.

„Ist heutzutage gar nicht so einfach zu kriegen. Die haben ein Auge drauf."

„Ja, hab ich gehört."

Bobby Lee verstand den Witz nicht. „Früher hätte ich die Leute zu dir geschickt", sagte er. „Warum braust du dir nicht selbst was?"

Jonah machte sich nicht die Mühe zu antworten. Er hatte keine Ausrüstung, keine Zutaten und kein Geld, um zu kaufen, was er brauchte. Und das hatte er ihr zu verdanken.

„Versuch's mal bei Tim McPhee", schlug Bobby vor. „Er hatte letztens was."

Jonah warf seine Flasche auf den Gehweg. Sie zerschellte mit einem befriedigenden Knall. Er hatte entschieden, was er tun würde. Ihm blieben noch ein paar Stunden, bevor die Schicht in der Möbelfabrik vorbei war. Zeit genug, um sich ein oder zwei Autoradios zu beschaffen. Damit könnte er genug Geld machen, um sich eine Ausrüstung zu kaufen, und dann wäre er wieder im Geschäft. Er nahm eine Abkürzung durch den Wald und ging in Richtung Fabrikparkplatz.

31

Sondra rieb sich die Schläfen und widerstand dem Drang, ihren Kopf auf den Tisch zu legen und zu weinen.

„Wie kommt es, dass Jonah raus ist und ich nicht?", wiederholte ihr Klient mit zusammengezogenen Augenbrauen und einem Schmollmund.

Gott hatte wirklich Sinn für Humor. Kaum hatte sie den Fall Jonah Porter zu den Akten gelegt, hatte ein anderer Anwalt auf der Liste der Pflichtverteidiger einen Herzinfarkt gehabt und seine Fälle waren unter den anderen aufgeteilt worden. Ihr hatte man Porters Komplizen zugewiesen, einen Dwayne Junius Heslop. Verglichen mit Heslop war Porter ein Stephen Hawking gewesen. Sie holte tief Luft und fing von vorne an.

„Mr Porter wurde ein neuer Prozess zugestanden, weil er aufgrund einer illegalen Durchsuchung verhaftet wurde. Der Staatsanwalt glaubte, nicht genügend Beweise zu haben, um in einem zweiten Prozess eine Verurteilung zu erreichen, deshalb hat er die bereits abgebüßte Strafe angerechnet und ihn freigelassen. Sie hingegen wurden nicht während der Razzia verhaftet, die nach dem anonymen Hinweis erfolgte. Sie wurden in der Innenstadt von Charlottesville festgenommen, während Sie Methamphetamin bei sich hatten, das Sie an einen verdeckten Ermittler der Polizei verkaufen wollten. Nur weil die beiden Ereignisse am gleichen Tag stattfanden, heißt das nicht, dass Ihre Situation dieselbe ist wie seine."

Sondra beobachtete, wie Dwayne Heslop sich abmühte, zwei und zwei zusammenzurechnen und vier herauszubekommen, und sie fragte sich, ob es für ihn zu spät war, die Vorschule zu besuchen.

„Es ist nicht fair, dass er rauskommt und ich nicht." Dwayne Heslops breites Gesicht verzog sich zu einer missmutigen Grimasse. „Wir haben doch alles zusammen gemacht. Jetzt kommt er raus und ich bin noch drin, und die andern haben überhaupt keinen Ärger. Das ist unfair."

„Manchmal ist das Leben eben nicht gerecht, Mr Heslop." Sondra sammelte ihre Unterlagen ein. Sie verspürte ein schlechtes Gewissen.

Eigentlich sollte sie alle ihre Klienten aggressiv vertreten, und nicht nur die, deren IQ höher war als ihre Schuhgröße. Ihr kam eine Idee. Es war nur eine vage Möglichkeit, aber sie fühlte sich verpflichtet, sie zu erwähnen. „Wer sind diese anderen?"

Heslop hob seinen riesigen, struppigen Kopf. „Da waren zwei Typen, die das Zeug für uns verkauft haben, und Jonahs Mädchen hat die Zutaten für den Kandis gekauft. Es ist ungerecht, dass die alle frei rumlaufen, genau wie Jonah, und ich hier noch sechs Monate absitzen muss."

Sondra seufzte und wandte sich wieder ihrem Klienten zu. „Wenn Sie mir Namen und Einzelheiten nennen, könnte ich zum Staatsanwalt gehen und sehen, ob er bereit ist, einen Deal zu machen."

In Heslops trüben Augen leuchtete eine gewisse Schläue auf, während er nachdachte. „Ich bin keine Petze", sagte er, als hätte sie ihn dessen beschuldigt. „Aber es ist einfach nicht fair, dass sie davonkommen und ich immer noch hier sitze."

Sie wartete und hoffte, dass er reden würde. Ihre Motive waren nicht ganz uneigennützig. Sie hatte nach einem Grund gesucht, Tom Dinwiddie anrufen und sich erkundigen zu können, ob er beschlossen hatte, jemanden einzustellen.

„Okay", sagte er. „Ich erzähl's Ihnen."

Sie setzte sich wieder, holte ihren Block heraus und zog die Kappe von ihrem Füller.

„Die beiden Typen waren Eldon Hightower und Smartie Henderson. Smartie sitzt schon in North Carolina wegen einer Sache in Wautauga County. Aber Eldon ist noch irgendwo. Ich könnte ihn wahrscheinlich finden."

Herr, schenk mir Geduld, betete Sondra im Stillen. „Und die Frau?"

„Sie heißt Mary."

Sondra hob Blick und Stift und wartete darauf, dass er weitersprach. „Nachname?", hakte sie nach.

„Warten Sie. Da muss ich überlegen." Sein Gesicht verzog sich, während er sich konzentrierte, und der riesige Kopf bewegte sich hin und her. „Fing mit W an. Winston? Worthington?" Er ließ die Schultern hängen. Sondra steckte die Kappe wieder auf ihren Füller.

„Washburn!" Triumphierend schrie er den Namen beinahe heraus. „Das Mädchen heißt Mary Bridget Washburn."

Sondra nickte und machte sich ein paar Notizen, während er die

Einzelheiten ergänzte. Diese Mary Bridget Washburn hatte offensichtlich an dem Tag, an dem Mr Porter verhaftet worden war, die Biege gemacht. Mr Heslop zufolge war sie mit dem Geld abgehauen. Das ergab einen Sinn. Zweifellos war von ihr auch der anonyme Hinweis gekommen.

Sondra runzelte die Stirn und erinnerte sich daran, dass sie Mr Porter eine Kopie der Anrufaufzeichnung gezeigt hatte. Plötzlich erhielten sein vorgeschobenes Kinn und das Leuchten in seinen Augen, als er die Akte gelesen hatte, eine düstere Bedeutung.

„Ich melde mich wieder bei Ihnen", sagte sie. Sie stand auf, verabschiedete sich von Mr Heslop und ging schnurstracks zu ihrem Büro zurück, von wo aus sie Tom Dinwiddie anrief. Sie fragte nicht einmal nach dem Job, sondern erzählte ihm von Mary Bridget Washburn und ihren Sorgen. Erst als er ihr versprach, sich darum zu kümmern, beruhigte sie sich ein wenig.

Je eher sie einen Haftbefehl für Ms. Washburn ausstellten, desto besser würde sie sich fühlen. Nicht, weil Sondra den brennenden Wunsch verspürte, sie zur Rechenschaft zu ziehen, sondern weil sie ruhiger schlafen würde, wenn diese junge Frau sicher hinter Schloss und Riegel saß. Sie dachte an Jonah Porters tote Augen, und plötzlich schien ihr die Vorstellung, dass Mary Bridget Washburn mit durchgeschnittener Kehle irgendwo in einem Graben gefunden wurde, gar nicht mehr so abwegig.

Jonah ging zur Wohnung und klopfte, wobei er darauf achtete, sich seine Knöchel nicht an den Appartementnummern zu verbrennen, denn sie waren glühend heiß, genau wie die Matte auf der Betonstufe vor ihm.

Diesmal war jemand zu Hause. Er konnte den Fernseher hören. Als er das erste Mal hergekommen war, war niemand da gewesen, also war er losgezogen und hatte sich Stoff besorgt. Aber jetzt war er wieder hier, und bald würde er das wissen, weswegen er hergekommen war. Er rieb sich mit der Hand übers Kinn und dachte wieder an das, was sie getan hatte. Sie war weggelaufen und hatte ihn verlassen. Seine Sachen gestohlen. Sie scherte sich einen Dreck um ihn, und als er sich all das wieder ins Gedächtnis rief, war es wie ein scharfer Stich in seine Eingeweide.

Er hasste sie.

Jonah ließ den Hass in seinem Innern wachsen, bis die schmerzende Stelle ganz davon erfüllt war. Es war ein harter, kalter, metallgrauer Hass, und er fühlte sich gut an. Er half ihm. Im Prinzip fühlte er sich wie eine Rüstung an, wie einer von diesen Stahlbetonbunkern in seiner Brust. Ja, genau so war es. Es war genau so wie so ein Ding in seinem Innern.

Noch einmal klopfte er an die Tür. Eine Frau öffnete. Sie war dürr und trug Ohrringe und Tätowierungen. Auf dem Arm hielt sie ein Baby. Sie starrte ihn an und Jonah versuchte sich an den Namen des Typen zu erinnern, wegen dem er hier war.

„Willst du mit Eric sprechen?“

Er nickte. Genau, so hieß er.

„Kleinen Moment.“ Sie schlug ihm die Tür vor der Nase zu.

Jonah steckte sich eine Zigarette an, während er wartete. Aus der Wohnung nebenan kam ein Junge. Er hatte einen von diesen großen roten Gummibällen, den er auf den Boden aufprallen ließ. Wahrscheinlich in der Schule geklaut. Als er Jonah bemerkte, hörte er auf mit dem Ball zu spielen und ging wieder hinein. Wer war er? Wen würde er anrufen? Jonah überlegte, ob er ihm folgen sollte, aber bevor er eine Entscheidung treffen konnte, ging die Tür wieder auf. Es war der rothaarige Kerl. Jonah hatte seinen Namen schon wieder vergessen, aber er wusste noch, was er wollte.

„Du hast einen Ausweis für jemanden gemacht und ich muss sie finden.“

Der rothaarige Kerl schüttelte den Kopf. Er machte Anstalten, die Tür wieder zu schließen.

Jonahs Cousine war rothaarig gewesen. Sie hatten sie immer gehänselt. *Lieber tot als rot. Lieber tot als rot.* Jonah schob den Fuß in die Tür und griff nach der Pistole, die er im Bund seiner Jeans hatte. *Lieber tot als rot.*

„Hey“, sagte der Typ. „Das ist doch nicht nötig.“

Korrekt. Nötig war es nicht. Für einen Moment hatte er seinen Plan vergessen. Er steckte die Waffe weg, griff in seine Tasche und zog das Geld heraus, das er mit den Verkäufen einer Woche verdient hatte. „Ich könnte dir was bezahlen“, sagte er.

Der Typ rieb sich die Stirn, aber Jonah war kalt, und er hatte keine Lust mehr zu warten. Außerdem konnte der Junge von nebenan jeden Augenblick wiederkommen. Er trat vor, drückte die Tür mit dem Knie auf und der Kerl stolperte rückwärts. Dann standen sie nebeneinander in der Wohnung. Ein Mädchen saß vor dem Fernseher. Das war sie, Mary B., die da saß und wieder ein Kind war. „Da bist du ja", sagte Jonah, und Wut machte sich in ihm breit. „Warum hast du es genommen? Was hast du damit gemacht?"

Mary B. hatte Angst, das konnte er sehen. Das sollte sie auch. Sie stand auf und ging zu der tätowierten Frau, während der Trickfilm weiter lief.

„Hör zu", sagte der rothaarige Kerl. „Wir finden jetzt, was du suchst, und dann gehst du wieder."

„Komm mit, Brittany", sagte die tätowierte Frau zu dem Mädchen. „Komm mit mir."

Das Mädchen drehte sich auf dem Weg aus dem Zimmer zu Jonah um. Große braune Augen. Nicht blau. Aha. Sie hatte nur so getan, als wäre sie Mary B. Er kniff die Augen zusammen und sah den Typen an.

„Du hörst besser auf, mich hinzuhalten, und sagst mir, wohin sie gegangen ist."

„Sag mir, wen du suchst", sagte der Typ, ging zu seinem Computer, betätigte ein paar Tasten und klickte mit seiner Maus.

„Mary Bridget Washburn."

Der Typ klickte eine Weile weiter und schüttelte dann den Kopf. „Niemand mit diesem Namen."

Jonah schüttelte ebenfalls den Kopf. „Guck noch mal nach. Ich weiß, dass sie hier war. Wüsste nicht, wo sie sonst hingehen sollte."

„Wie sieht sie denn aus?"

„Blond. Blaue Augen. Hübsch."

Der Mann schüttelte erneut den Kopf.

Allmählich wurde Jonah wütend, aber dann fiel ihm etwas ein. Er lachte. Der rothaarige Mann sah ihn mit großen Augen an.

„Wahrscheinlich hat sie einen großen grünen Seesack mit sich rumgeschleppt mit meinem Geld drin."

Der Typ starrte Jonah eine Weile an, als überlegte er, was er tun sollte. Im hinteren Teil der Wohnung schrie das Baby, und das schien ihm bei der Entscheidung zu helfen. Er wandte sich wieder seinem Computer zu, klickte noch ein paar Mal, und nach einer Minute spuckte der Drucker zwei Blatt Papier aus. „Hier sind Kopien von ihrem Führerschein und dem Sozialversicherungsausweis“, sagte der Mann, als er sie Jonah reichte.

Jonah nahm die Blätter und sah sie sich genau an, während er versuchte zu verstehen, was sie bedeuteten. Nach einer Minute war es ihm klar. Sie hatte sich in ihre Mama verwandelt. Das war in Ordnung. Spielte für ihn keine Rolle. „Ich muss wissen, wo ich sie finden kann“, sagte er.

Der Typ schüttelte den Kopf und Jonah spürte, wie etwas aus seinem Bauch heiß nach oben stieg. Sein Brustkorb war voll davon, und er hatte das Gefühl, schreien zu müssen. „Du hörst besser auf, mich hinzuhalten“, brüllte er den rothaarigen Mann an.

„Ist ja schon gut!“ Der Rotschopf sah ihn wieder ängstlich an. „Wenn sie arbeitet, kann ich vielleicht rausfinden, wo, aber das dauert eine Weile. Komm in einer Stunde wieder.“

Die Hitze begann sich wieder zurückzuziehen. „Ich warte“, sagte Jonah. Aber er setzte sich nicht. Auf den Möbeln war Ungeziefer, das konnte er sehen.

Während er wartete, sah er sich den Trickfilm an, den das kleine Mädchen hatte laufen lassen, aber nach einer Weile tippte der Kerl ihm auf die Schulter.

„Hier.“ Er reichte Jonah noch ein Blatt Papier. Jonah versuchte es zu lesen, aber es hatte keinen Sinn. Die Wörter sprangen zu schnell herum, als dass er ihnen hätte folgen können.

„Was steht da?“

„Spar Lebensmittelladen“, sagte der Mann. „In Alexandria.“

„Alexandria“, wiederholte Jonah.

Der Mann nickte.

„Das ist doch gar nicht in Kalifornien.“

Der Mann starrte ihn an. „Nein, in Virginia. Autobahn 64 bis zur 81, dann rüber auf die 66. Dauert vielleicht drei bis vier Stunden.“

Jonah nickte. Das war gut. Er hatte keine Ahnung, wie er nach Kalifornien hätte kommen sollen. Grinsend zog er das Geld aus seiner Tasche und drückte dem Typ zwei Fünfziger in die Hand. Anstatt mehr zu verlangen, schob der Rothaarige ihn einfach nur zur Tür hinaus. Er war kaum draußen, als die Tür hinter ihm ins Schloss fiel und der Riegel vorgeschoben wurde.

32

Bridie war mit dem Frühstücksgeschirr beschäftigt und wünschte, sie könnte zu ihm durchdringen. Heute war er der andere Alasdair. Der, der in seiner eigenen Welt lebte, und sie hatte herausgefunden, was diese Verwandlung auslöste. Es waren die ganzen Gemeindeangelegenheiten. Wenn er damit beschäftigt war, wurde er zu einem anderen Menschen. Einem, der getrieben war, der nicht über Geistesgaben und Vergebung redete oder davon, dass nichts uns von Gottes Liebe trennen kann. Nein, dieser Alasdair sah aus, als hätte er das Wort Gnade noch nie gehört.

Nicht, dass er selbst viel davon erfahren hätte. Er hatte sich in dem Bestreben, für diese Leute eine gute Arbeit zu machen, beinahe umgebracht, hatte bis tief in die Nacht an seinen Predigten gearbeitet und alle Anfragen für Vorträge abgelehnt, für die er die Stadt hätte verlassen müssen. Aber trotz seiner vielen Arbeit wollten sie ihn loswerden. Erst gestern Abend waren sie wieder zum Pfarrhaus gekommen, angeführt von dem schwachen alten Edgar Willis. Alasdair hatte anschließend nicht viel gesagt, aber Lorna hatte sie eingeweiht. Sie würden eine Gemeindeversammlung einberufen, um Alasdair abzuwählen, es sei denn, er fuhr an diesem Samstag mit ihnen nach Richmond zu einem Treffen mit dem obersten Kirchenboss.

„Sie hoffen, dass er den Job annimmt, den der Präsident ihm anbietet", hatte Lorna gesagt.

„Meinst du, das tut er?", hatte Bridie gefragt.

Lorna hatte zweifelnd den Kopf geschüttelt. „Ich weiß es nicht. Wenn er kämpft, wird er die Gemeinde spalten. Es gibt keine gute Lösung."

Jetzt warf Bridie ihm einen Blick zu. Ihr Herz war schwer vor Besorgnis. Alasdair war hier und doch nicht anwesend, und sie wünschte, sie wüsste, wie sie ihn zurückholen könnte. Er hatte fünfzehn Minuten lang hinter ihr am Tisch gesessen, hatte nicht in der Zeitung gelesen und nicht geredet, sondern nur vor sich hin gestarrt. Wahrscheinlich wäre er glücklicher, wenn er in einer Tankstelle arbeiten würde, aber das sagte sie ihm natürlich nicht. Sie überlegte, was sie sagen könnte, und wieder fiel ihr nichts ein.

In diesem Moment kam Samantha die Treppe heruntergepoltert. Sie klapperte mit den Türen und bediente sich bei Cornflakes und Milch.

„Bist du dir sicher, dass ich dir nichts zu essen machen kann?", fragte Bridie Alasdair. Er stand auf, schob seinen Stuhl zurück und kam auf sie zu. Er sah so traurig aus. Plötzlich verspürte sie den Drang, die Hand auszustrecken und ihn zu berühren. Aber trotz all ihrer Unterhaltungen berührten sie einander nie, abgesehen von den Nächten damals, als er krank gewesen war.

„Nein, danke." Er schüttelte den Kopf und langte an ihr vorbei, um seine Tasse in die Spüle zu stellen. „Was dieses Wochenende betrifft ...", sagte er. „Bist du dir sicher, dass es dir nichts ausmacht, bei den Kindern zu bleiben, wenn ich nach Richmond fahre?"

„Das ist wirklich kein Problem. Soll ich am Samstagabend auch noch bleiben oder nur am Freitag?"

„Wahrscheinlich reicht Freitag. Ich fahre morgen Nachmittag hin und übernachte im Hotel. Die Besprechung ist am Samstagmorgen, und sobald sie vorbei ist, fahre ich wieder zurück."

Bridie nickte. Dann sah er ihr zum ersten Mal an diesem Tag in die Augen und es schien ihr, als würde er sie anflehen, ihn aufzuhalten. *Tu etwas*, schien er zu bitten. *Lass nicht zu, dass ich mich noch weiter von mir selbst entferne. Lass mich nicht dieser Mann bleiben, der ich geworden bin.*

Aber was kann ich tun?, sandte sie zurück. *Wie kann ich dir helfen, wenn ich doch nicht einmal mir selbst helfen kann?*

Samantha schob sich zwischen sie und stellte ihren Teller und den Löffel in die Spüle. Ein paar Cornflakes schwammen noch in einer Pfütze aus Milch. „Wer fährt mich?", fragte sie und brach damit den Bann.

„Ich", sagte Bridie und ihr Gesicht errötete ohne Grund. „Ich hole nur Cam und Bonnie, dann fahren wir."

Sie wandte sich von Alasdair ab und zwang sich, nicht aufzublicken, als die Küchentür sich öffnete und schloss.

„Kannst du nicht schneller machen?“, fragte Bob. Das Computersystem der Regierung wurde offensichtlich von Maultieren bewegt.

Gerry bombardierte ihn mit Nachrichten auf seiner Mailbox, aber Bob würde sie nicht beantworten, bis er gute Neuigkeiten hatte. Er war sich sehr wohl im Klaren darüber, dass der Sand der Zeit mit ziemlicher Geschwindigkeit durch die Uhr des Lebens rieselte. Heute war Donnerstag. Gerry hatte ihm mitgeteilt, dass die Ältesten der Gemeinde in Alexandria die Geduld verloren. Am Samstag kamen sie zu einem Treffen nach Richmond, um die Sache auf die eine oder andere Weise zu regeln. Bob wusste, es war höchste Zeit, dass etwas geschah. Seine Zukunft stand auf dem Spiel. Wenn er mit dem auskommen musste, was er hatte, würde er das tun, aber zu diesem Zeitpunkt war ihm jede zusätzliche Hilfe willkommen.

„Hör mal, ich dürfte das eigentlich gar nicht machen“, beschwerte Jim Wigby sich. „Ich helfe dir nur, weil mein Vater mich darum gebeten hat und weil ein Großteil dieser Sachen ohnehin öffentlich zugänglich ist.“

Bob ignorierte ihn.

Jim scrollte die Liste hinunter, und da waren der Name und die Sozialversicherungsnummer von Bridget Collins. Aber das passte nicht. Bob runzelte die Stirn und versuchte zu begreifen, was er da sah. Dem Register der Behörden von Virginia zufolge war Bridget Collins tot und viel zu alt, um diese Frau zu sein.

Plötzlich erinnerte er sich an seine eigenen – wie sollte man sagen – Experimente mit den Tatsachen, als er die Gemeindesekretärin ausgefragt hatte. Er hatte den Namen seines Großvaters benutzt. Er war ihm gleich eingefallen und leicht über die Lippen gekommen, als er schnell reagieren musste. Vielleicht hatte MacPhersons Kindermädchen das Gleiche getan. Was bedeutete, dass sie vielleicht etwas zu verbergen hatte. Sein Puls ging schneller.

„Sieh nach, ob es Heirats- oder Geburtsurkunden gibt.“

Jim grunzte, gehorchte aber.

Er brauchte ein paar Minuten und musste einige Umwege nehmen, aber schließlich hatte Bob eine Liste – vier Urkunden über Lebendgeburten waren Bridget Collins Washburn ausgestellt worden, und er hatte die Daten und die Sozialversicherungsnummern aller Kinder.

„Überprüf die hier“, sagte er und zeigte auf den Eintrag des ältesten

Kindes. „Das passt vom Geschlecht und vom Alter her. Da ist ihre Sozialversicherungsnummer, also dürfte es kein Problem sein, ihren Namen herauszufinden."

„Das wird aber eine Weile dauern."

„Ich warte."

Mit einem ungeduldigen Seufzer legte Bob den rechten Fuß auf sein linkes Knie und trommelte mit den Fingern auf seinem Schuh. Wenn er der Typ dafür gewesen wäre, hätte er jetzt gebetet.

„Ich habe sie. Mary Bridget Washburn." Jim notierte die Information und reichte sie Bob.

„Sieh nach, ob es irgendwelche Vorladungen oder Haftbefehle gibt. Und ich brauche ein Bild."

„Das darf ich eigentlich nicht."

Bob richtete sich auf, jetzt nicht mehr in der Stimmung für Spielchen. „Da bin ich anderer Meinung", sagte er. „Wenn diese Frau ein Pseudonym benutzt und auf Kinder aufpasst, ist da ganz offensichtlich etwas faul. Es wäre doch nicht schön, wenn rauskommt, dass du es wusstest und nichts unternommen hast."

„Du bist wirklich ein Dreckskerl", sagte Jim, tippte aber trotzdem die Adresse der Internetseite der Kriminalitäts-Auskunftstelle der Vereinigten Staaten ein.

„Das wird eine Weile dauern." Diesmal kam es zähneknirschend heraus.

„Ich warte", wiederholte Bob.

Jim warf ihm einen finsteren Blick zu. „Ich gebe dir noch zwanzig Minuten. Wenn du mehr brauchst, solltest du einen Detektiv engagieren." Bob ignorierte ihn. Stumm ging er auf den Flur hinaus, kaufte sich ein Sandwich und goss sich noch einen Becher von der braunen Brühe ein, der hier als Kaffee durchging. Er war auf etwas gestoßen, das spürte er.

Bob aß das Brot, schüttete den Kaffee in sich hinein und ging zurück zu Jims erbärmlichem kleinen Büro. Dann war die lange Nacht vorüber. Jim strahlte, als Bob das Zimmer betrat.

„Sieh dir das hier an", sagte er und zeigte auf den Computerbildschirm.

Bob stürmte näher und spähte über Jims Schulter. Aber hallo! Volltreffer. Mary Bridget Washburn wurde gesucht, weil sie Betäubungsmittel hergestellt und vertrieben hatte.

„Wenn sie das Kindermädchen ist, hat sie ein paar Geheimnisse", sagte Jim.

„Das würde ich auch sagen", stimmte Bob ihm zu und sein Puls raste.

„Sollen wir die Polizei anrufen und sie hopsnehmen lassen?"

„Nein", antwortete Bob schnell. „Ich kümmere mich selbst darum." Jetzt war das Timing entscheidend. Nachdem er Jim die Informationen über Mary Washburn hatte ausdrucken lassen, ging er in sein Büro zurück. Er musste nachdenken.

Fast wäre Bridie an dem Spar vorbeigefahren und zum nächsten Supermarkt gegangen, aber dann beschloss sie, dass das albern wäre. Sie holte Cam und Bonnie aus ihren Kindersitzen und ging hinein. Als sie ihren Einkaufswagen an den Kassen vorbeischob, begrüßte sie ein paar Leute, die sie kannte. Jeremy, der Tüten packte, und Florence aus der Drogerieabteilung. Winslow sah sie nicht und darüber war sie froh. Carmen stand an der ersten Kasse, grinste und plauderte und ließ Kaugummiblasen zerplatzen. Bridie sammelte schnell ein, was sie an Lebensmitteln brauchte, und stellte sich dann an Carmens Kasse an.

„Wie geht's?", fragte Carmen und strahlte sie an. Sie griff unter die Kasse und gab Cam und Bonnie ein paar Aufkleber. Bridie nahm sich vor, ihre Kleidung danach abzusuchen, bevor sie sie in die Wäsche tat. Wenn einer von diesen Aufklebern in den Trockner geriet, bekam man ihn nie wieder los.

„Ziemlich gut", sagte Bridie. „Und dir?"

„Wir haben einen Termin festgelegt und ich habe meinen Ring", verkündete Carmen und streckte ihre Hand aus. Es war ein ziemlich großer Diamant. Bridie stieß die angemessenen bewundernden Laute aus.

„Ich möchte, dass du bei der Hochzeit dabei bist", sagte Carmen, mit einem Mal ernst.

Bridie starrte in Carmens gütige, herzliche Augen und plötzlich erschien ihre eigene Situation ihr unerträglich. Sie hing irgendwie in der Schwebe. Das war schlimmer, als im Gefängnis zu sitzen. Wenigstens konnte man im Gefängnis seine Strafe absitzen und wieder rauskommen. Sie jedoch würde nie frei werden. Sie würde nie sagen können, wo sie in einem Jahr, einem Monat, einer Woche oder auch nur am nächsten Tag sein würde. Ihr Leben konnte durch eine Neuanordnung der Zahlen auf einem Computerbildschirm eine ganz andere Wendung nehmen. Sie erschrak. Es waren Wochen vergangen, seitdem sie zuletzt auf der Gefängniswebsite nachgesehen hatte. Carmen sah sie an und ihre lebhaften Augen blickten gekränkt drein.

„Nichts würde mich glücklicher machen, als bei deiner Hochzeit dabei zu sein", sagte Bridie wahrheitsgemäß. Sie beugte sich über das Band mit den Waren und schloss Carmen in die Arme. Als sie sie losließ, sah sie, dass Carmen wieder so glücklich aussah wie zuvor.

„Wenn du dir wegen der Kosten Sorgen machst – das brauchst du nicht. Wir finden schon eine Lösung."

„Danke", sagte Bridie, dankbar für die Ausrede, die Carmen ihr bot.

Carmen plauderte noch ein wenig über die Hochzeit, über das Datum, den Ort, den Empfang und ihr Kleid. Bridie hörte zu und lächelte, lenkte Cam und Bonnie von den Süßigkeiten an der Kasse ab und holte schließlich zwei Zwanziger aus ihrem Geldbeutel, um ihre Lebensmittel zu bezahlen.

Carmen gab ihr das Wechselgeld, dann hob sie einen Finger. „Warte", sagte sie. „Im Büro wurde eine Nachricht für dich hinterlassen. Jemand hat angerufen, sogar zwei Mal, aber das weiß ich nur, weil Jeremy den zweiten Anruf entgegengenommen hat. Winslow ist wirklich albern." Sie schnitt eine Grimasse und Bridie überlegte, wer sie hier angerufen haben könnte, vor allem so hartnäckig. Wer sollte sie überhaupt anrufen?

Carmen gab ihr den Zettel. *Hat keinen Namen hinterlassen. Soll zurückrufen*, hatte Jeremy geschrieben. Sie schüttelte den Kopf. Wahrscheinlich eine Verwechslung. Trotzdem war es merkwürdig, und ihr Magen zog sich ein wenig zusammen. „Hat der Anrufer gesagt, worum es geht?", fragte Bridie.

Carmen schüttelte den Kopf. „Zu Jeremy nichts, und wenn er es Winslow erzählt hat, wird der es mit ins Grab nehmen – es sei denn, es ist etwas, das dir schadet. Dann setzt er es in die Zeitung."

Wieder wurde Bridie von einer dunklen Vorahnung erfasst. Wenn man ein schlechtes Gewissen hatte, war es mit dem Sinn für Humor nicht weit her. Sie würde zurückrufen, sobald sie zu Hause war.

„Übrigens gebe ich die Wohnung auf, Bridie", sagte Carmen mit entschuldigender Miene. „Wir kaufen ein Haus in Herndon."

Bridie nickte. Das hatte sie erwartet. Es war nur eine Frage der Zeit gewesen. „Sag mir, wann es so weit ist, dann hole ich meine Sachen."

„Das eilt nicht", sagte Carmen. Bridie schob ihren Einkaufswagen weiter und winkte zum Abschied. Jemand stand hinter ihr an der Kasse.

„Ich bin heute Abend zu Hause, aber danach übernachte ich ein paar Tage im Pfarrhaus. Alasdair verreist."

„Alasdair", wiederholte Carmen lächelnd, während sie eine Tüte Mehl einscannte.

Bridie erwiderte das Lächeln nicht, sondern verabschiedete sich noch einmal. Es schien, als kämen die Dinge zu einem natürlichen Ende. Carmen heiratete. Alasdair war wieder auf den Beinen und würde wahrscheinlich mit seiner Familie nach Richmond ziehen. Sie und Samantha waren beinahe damit fertig, die Tagebücher zu lesen. Es war Zeit weiterzuziehen. Allerdings verspürte sie bei diesem Gedanken nichts als eine kalte Schwere. Bridie lud ihre Lebensmittel und die Kinder in den Wagen und fuhr zum Pfarrhaus zurück, sorgfältig darauf bedacht, es nicht als Zuhause zu bezeichnen, nicht einmal insgeheim.

Jonah schaltete die Lüftung im Badezimmer des Motels ein und drehte die Flamme des Gaskochers ein wenig höher. Dann schob er die Kaffeefilter beiseite. Beinahe hätte er ein Einmachglas mit Lauge umgestoßen, weil seine Hände so zitterten. Er knirschte mit den Zähnen. Drei Tage lang hatte er alles zusammengekratzt und geschnorrt, um high zu sein, hatte Autoradios und Handys geklaut. Er war ganz nah dran, beruhigte er sich selbst. Es würde nicht mehr lange dauern.

Heute hatte er den Lebensmittelladen gefunden. Er war hineingegangen, um seine Erkältungsmedizin zu kaufen, und dann hatte er ein bisschen mit einem Jungen gequatscht, der beim Einpacken der Waren half und gerade draußen eine Zigarette geraucht hatte.

„Kennst du Bridie Collins?", hatte er gefragt.

Der Junge hatte genickt. „Sie arbeitet nicht mehr hier, aber ich glaube, sie wohnt immer noch bei Carmen."

„Carmen?"

„Die erste Kassiererin. Sie kommt später."

Jetzt war später, wurde Jonah bewusst. Er versuchte die Hände ruhig zu halten, während er die gewohnte Routine ablaufen ließ, trotzdem verbrannte er sich zweimal die Finger, als er einen Löffel von dem Zeug erhitzte und sich spritzte. Als er dann zu dem Motelbett torkelte und den Beutel mit den Erkältungstabletten zur Seite schob, schlug das Meth mit einem Mal ein. Er merkte es im ganzen Körper. Wie Meereswellen, die in ihm zerbrachen und eine nach der anderen die negativen Dinge davontrugen und nur eine Spur aus glitzerndem, süßem, sandigem Staub zurückließen. Er stellte sich vor, wie er sich bückte und den glänzenden Sand aufhob und aß. Er schmeckte wie Kandis, wie Zucker direkt aus der Tüte, und schmolz auf der Zunge. Jonah leckte sich die Lippen. Sie waren trocken, schmeckten aber süß. Die Wellen zerbrachen wieder und immer wieder. Doch mit jeder Welle wurde auch ein kleines Stückchen von ihm weggespült. Er stand auf. Wenn er in Bewegung blieb, konnte er den Wellen davonlaufen.

Jonah schloss die Tür seines Motelzimmers hinter sich ab und überquerte die vierspurige Straße. Er hatte sich angewöhnt, seinen Wagen auf dem Restaurantparkplatz auf der anderen Seite der Autobahn abzustellen. Er lief lieber ein paar Meter, als noch einmal gefasst zu werden.

Damit er den Mund hielt, hatte Jonah dem Jungen vom Lebensmittelladen zwanzig Dollar gegeben. Der Junge hatte gesagt, er solle heute Abend wiederkommen. Dann wäre Carmen da, und für noch einen Zwanziger würde er sie ihm zeigen. Jonah würde Carmen einfach nach der Arbeit nach Hause folgen und sie würde ihn geradewegs zu Mary führen. Er stieg in sein Auto, ließ den Motor an und fuhr vorsichtig und langsam zurück zum Spar.

Bridie wählte die Nummer gleich, nachdem sie im Pfarrhaus angekommen war. Ihre Hände zitterten, während es klingelte. Dann sagte eine künstliche Stimme, der Teilnehmer des Mobilfunknetzes sei zurzeit nicht erreichbar. Sie legte auf und beruhigte sich, während sie überlegte, wer der Anrufer sein könnte. Schließlich fiel ihr die Frau ein, die Tupperpartys veranstaltete. Sie hatte gesagt, sie würde Bridie irgendwann anrufen. Das musste sie sein, dachte sie, und versuchte es zu glauben. Sie war paranoid, das war alles.

Trotzdem. Diese Nachricht – ein unschuldig aussehender Zettel –

schien ihr wie das Ende eines Märchens, das zu schön gewesen war, um wahr zu sein.

Alasdair rührte sein Abendessen kaum an und entschuldigte sich vor dem Nachtisch, weil es ihm nicht gut gehe. Er sagte, er werde sich in sein Arbeitszimmer zurückziehen. Bridie leerte seinen beinahe vollen Suppenteller in den Mülleimer. Ihr wurde bewusst, dass sie in einer Fantasiewelt gelebt hatte. In einer Welt, in der die Geschichte ein Happy End hatte, ohne dass sie die Wahrheit sagen und Ekel und Entsetzen in den Gesichtern der Menschen sehen musste, die sie lieben gelernt hatte, während sie ihnen von ihrer Vergangenheit erzählte. Von ihrem eigentlichen Wesen.

Schnell räumte sie das Geschirr fort und ging nach oben, um mit Samantha das letzte Tagebuch zu lesen.

Während Samantha es sich bequem machte, schlug Bridie das Buch auf und eine dunkle Vorahnung erfüllte sie. Annas erste Bücher hatten ein Gefühl der Ganzheit vermittelt, waren ein zusammenhängendes Werk gewesen, dessen Seiten von ihrer Persönlichkeit durchdrungen waren. Die letzten Tagebücher bildeten keine Einheit mehr, die Berichte waren willkürlich. Anna hatte es den Briefen und Fotos überlassen, einen Großteil ihrer Lebensgeschichte zu erzählen. Als wäre sie es leid, die Lücken zu füllen.

Dieses Buch machte den Eindruck, als sei es noch weniger zusammenhängend als die anderen. Nichts war durchdacht und mit äußerster Sorgfalt eingeklebt, es gab keine Aufsätze und kaum noch Einträge in ihrer eigenen Handschrift. Dieses Album schien nur aus Gewohnheit zusammengestellt worden zu sein. Einmal Chronist, immer Chronist, auch wenn das Leben um einen herum auseinanderfiel.

Es gab ein paar handgeschriebene Einträge, aber nicht auf hochwertigem Papier, das ordentlich eingeklebt war. Spitze Striche bedeckten die Seiten, Ergüsse des Herzens in dickem schwarzem Filzstift. Auch hier waren die flüchtigen Belege ihres Lebens zu sehen, aber nicht sorgfältig angeordnet mit Überschriften und Anmerkungen. Nein, diese Zettel, diese Lebenszeugnisse, waren willkürlich eingeklebt. Eine Rechnung hier, eine Karte von einem Gemeindemitglied dort, Arzttermine und Einkaufslisten und daneben Samanthas benotete Hausaufgaben und Zeichnungen. Alles war ungeordnet aufgetürmt. Ihr Leben lag in Scherben zwischen diesen schweren Seiten. In ihrem Album bekamen die Ereignisse eine eigene Dynamik und Bridie fragte sich, ob es in Annas Leben auch so gewesen war. Alles geschah zu schnell, um es zu kommentieren und zu ordnen. Es wurde nur noch weggeräumt, um später sortiert zu werden.

Samantha, die vielleicht dieselbe Scheu verspürte wie sie, rückte ein wenig näher und lehnte den Kopf an Bridies Schulter, als sie die letzte Etappe auf Annas Weg zurücklegten. Dies war das letzte Stück der gewundenen Strecke, die Anna von der Frau, die gewissenhaft jedes Lebensjahr ihrer Tochter Samantha fotografiert und dokumentiert hatte, zu der Mutter hatte werden lassen, die nicht einmal die Geschenke für ihre ungeborenen Kinder ausgepackt hatte. Sie würden den Weg gemeinsam gehen, aber mittlerweile bezweifelte Bridie, dass es eine heilsame Reise wurde. Ihr Ziel wurde immer klarer.

Sie blätterte zum Anfang zurück.

Ein professionell fotografiertes Porträt starrte sie an, nein, mehrere Porträts, bemerkte Bridie, als sie das erste ein wenig anhob. Da waren sie: Alasdair, Anna und Samantha, die für den Fotografen posierten. Alasdair stand hinten. Er hatte eine Hand auf Annas Rücken gelegt, die andere auf Samanthas Schulter. Er sah angespannt aus, als könnte er die Familie nur mit Mühe zusammenhalten. Samantha musste auf dem Bild ungefähr zehn Jahre alt sein. Sie sah schlaksig aus. Ihre Augen waren nicht dunkel und gequält, wie damals, als Bridie ihr zum ersten Mal begegnet war, aber sie waren ein bisschen zu weit aufgerissen, sahen nervös und besorgt aus. Aber Anna war diejenige, auf der Bridies Blick schließlich zum Ruhen kam.

Oh nein. Es tut mir so leid, wollte sie sagen. Sie seufzte, hätte aber am liebsten gestöhnt.

„Was ist?“, fragte Samantha und ihre Stimme klang so angespannt, wie ihr Gesicht auf dem Bild aussah.

Anstatt zu antworten, schüttelte Bridie den Kopf. Annas Gesicht war immer noch schön, aber sie sah unglaublich müde aus. Erschöpft und ausgemergelt. Sie war dünner als früher. Die Knochen in ihrem Gesicht zeichneten sich unter ihrer zarten Haut ab. Sie war weiß wie eine Wand und es sah aus, als hätte ein Künstler dunkle Halbmonde unter ihre Augen gemalt.

Auf dem nächsten Foto war die ganze Familie abgebildet. Mutter MacPherson und die Sippe. Diesmal saß die Mutter in königlicher

Pose in dem Ohrensessel und Alasdair stand genau hinter ihr. Winifred und Fiona standen zu beiden Seiten neben ihm. Lorna und die Außenseiter am Rand. Anna versteckte sich im Hintergrund, ihr weißes Gesicht zwischen den Männern von Fiona und Winifred. Wo war Alasdairs Vater?

Samantha betrachtete die Fotos, ohne etwas zu sagen, und legte sie dann zur Seite. Darunter war ein zusammengefaltetes Papier, das aussah wie ein Gottesdienstblatt. Auf dem Deckblatt war ein von Lilien umgebenes Kreuz abgebildet.

„Ich bin die Auferstehung und das Leben. Wer an mich glaubt, der wird leben, auch wenn er stirbt."

Samantha schlug das Heft auf. *In Memoriam. Douglas Rutherford MacPherson.* Papa MacPherson war also gestorben.

„Woran ist er gestorben?", fragte Bridie.

Samantha zuckte mit den Schultern. „Ich weiß es nicht mehr. Er war lange im Krankenhaus und Grandma ist gleich nach ihm gestorben."

Und siehe da, gleich danach, datiert nur wenige Monate später, folgte noch ein zusammengefaltetes Papier. Ein neues Bild, ein neuer Vers, die gleiche Angelegenheit. *Eileen Marie Rushford MacPherson. „Recht so, du tüchtiger und treuer Knecht."*

Eine mit dickem Filzstift beschriebene Seite folgte.

Wir haben sie beide innerhalb weniger Monate begraben. Komisch, ich dachte immer, sie wären unser Problem. Ich habe ihnen natürlich nie den Tod gewünscht, aber irgendwie dachte ich, wenn sie nicht da wären, wäre ich frei. Herrlich frei, ohne dass mir jemand auf die Finger schaut und mir sagt, dass ich alles falsch mache. Erst ist Vater MacPherson gestorben und jetzt Mutter, und anstatt unendlich erleichtert zu sein, bin ich traurig. Jetzt fällt mir so vieles ein, was ich hätte tun oder sagen sollen. So viel in ihrem Leben war lobenswert, aber ich habe alles über einen Kamm geschoren. Anstelle herrlich frei zu sein, fühle ich mich einsam. Das Haus wirkt so leer, jetzt, wo Mutter nicht mehr auf ihrer Récamière sitzt und liest und Tee trinkt. Ich mag gar nicht mehr in das Zimmer gehen.

Danach waren einige Zeitungsartikel eingeklebt. Über Alasdair. Eines zeigte ihn in seinem Talar auf der Kanzel. Er sah entschlossen und kämpferisch aus. Die Bildunterschrift verriet, dass er irgendeinen Preis für herausragende Leistungen im Rundfunk erhalten hatte. Der nächste Zeitungsausschnitt war die Kolumne eines Redakteurs, von der Lorna ihr bereits erzählt hatte. Dort hieß es, er sei der größte Apologet seit C. S. Lewis. Bridie überflog den Artikel. Das konnte einem schon zu Kopf steigen. Nicht so einfach, auf dem Teppich zu bleiben, wenn man mit Samuel Rutherford und John Knox verglichen wurde.

„Ich frage mich, was Anna den ganzen Tag gemacht hat", überlegte Bridie. „Kannst du dich daran erinnern?"

Samantha schüttelte den Kopf. Sie runzelte die Stirn. „Ich weiß noch, dass sie immer auf mich gewartet hat, wenn ich nach Hause kam. Sie wollte, dass ich mit ihr rede."

Selbst in den nüchternen Worten wurde die erdrückende Last deutlich. „Das war bestimmt manchmal lästig, oder?", sagte Bridie. Samantha sah sie entsetzt an.

„Nein." Ihre Antwort kam wie aus der Pistole geschossen und ließ keine Diskussionen zu.

Bridie zuckte mit den Schultern. „Ich hatte meine Mama lieb, aber ich hätte nicht gewollt, dass sie sich nur um mich dreht. Das ist eine ganz schöne Belastung."

„Blätter weiter."

Bridie gehorchte. Ein paar Fotos fielen aus dem Buch. Eine Geburtstagsfeier. Gut. Bridie überrollte eine Welle der Erleichterung. Was konnte an einer Geburtstagsparty schon traurig sein? Sie sah genauer hin. Zwischen den anderen, die um den Tisch saßen, war ein fremdes Gesicht zu sehen. Die üblichen Verdächtigen waren da: Alasdair, Samantha, die Schwestern, aber neben Anna saß ein ihr unbekannter Mann – schlank, mit grau meliertem Haar.

„Das ist Moms Vater", sagte Samantha und zeigte auf das neue Gesicht. „Er ist jetzt auch tot."

„Mmm", machte Bridie wieder. So viele Menschen gestorben.

Papa kam zu meinem Geburtstag. Den ganzen Weg von Schottland hat er dafür zurückgelegt. Und ich weiß auch, warum. Ich bin einunddreißig, genauso alt, wie meine Mutter war. Ich habe keine Lust mehr, mit ihm zu streiten, und selbst wenn er recht hat, was kann man schon machen? Was geschehen soll, wird so oder so geschehen.

„Wie ist deine Mutter gestorben?“, fragte Samantha Bridie mit tonloser Stimme.

„Sie ist an Krebs gestorben, da war sie noch nicht einmal vierzig. Ein Jahr lang war sie krank und ich war oft nicht in der Schule, weil ich mich um sie gekümmert habe. Aber ich habe es gerne getan.“ Bridie starrte in die Vergangenheit und spürte wieder diese Angst, die sie immer gepackt hatte, wenn sie vom Schulbus den Weg hinaufgelaufen war, und dann die Erleichterung, wenn sie das Haus betreten hatte und Mama immer noch bei ihnen gewesen war. Sie hatte mit Kissen gestützt in ihrem Krankenhausbett gesessen, das sie ins Wohnzimmer geschoben hatten, und Grandma hatte sie bemuttert, obwohl es ihr selbst nicht gut ging. Schon allein der Gedanke daran rief die gleichen Gefühle wie damals hervor. Ihr Herz hämmerte so heftig, dass sie fürchtete, ihr Körper würde zittern. Aber das bildete sie sich wohl ein.

Samantha jedenfalls ging nicht auf ihre Bemerkung ein, sondern wiederholte nur im selben grimmigen Tonfall: „Blätter weiter.“

Vater muss mit Calvin gesprochen haben. Er war letztes Wochenende hier, als Alasdair in seinem Arbeitszimmer war und seine Predigt geschrieben hat. „Ich würde dir gerne ein Antidepressivum verschreiben. Jahrestage können ziemlich bedeutend sein“, sagte er und fragte, ob ich mit einem Therapeuten sprechen würde. Ich nickte nur. Was haben Therapien nur an sich, dass die Leute so sehr darauf vertrauen? Sie müssen unsere modernen Alchemisten sein, von denen wir uns erhoffen, dass sie das Blei unseres Lebens nehmen und Gold daraus machen. Wie aberwitzig! Sie sind nur blinde und stolpernde Menschen, die andere auf eine Reise führen, die diese allein zurücklegen müssen. Ich habe wenigstens eins gelernt. Für die sinkende Seele gibt es keinen Gefährten, keine andere Hälfte, die die Lücken füllt. Ich habe aber nicht widersprochen, sondern ihm gedankt und das Rezept und den Namen des Therapeuten von ihm angenommen.

Und offenbar hatte sie einen Termin gemacht und die Tabletten genommen. Die nächsten paar Einträge, einige Monate später datiert, hatten etwas von der Lebendigkeit der früheren Bücher. Sie hatten gemeinsam einen Ausflug gemacht, Anna und Alasdair und Samantha. Nach New York. Bridie nahm die Schnappschüsse aus dem Umschlag und Samantha breitete sie auf dem Bett aus. Da waren die drei am Times Square, bei der Freiheitsstatue, auf Ellis Island. Einfach eine glückliche kleine Familie, die es genoss, sich die Sehenswürdigkeiten anzusehen.

„Hat der Ausflug Spaß gemacht?", fragte Bridie Samantha.

Sie nickte und zeigte auf ein Foto, auf dem sie zu dritt um einen Tisch mit rot karierter Decke saßen, auf dem eine Kerze brannte. „Das war in Little Italy. Wir haben in diesem einen italienischen Restaurant gegessen, aber es gab keinen einzigen Italiener dort. Die Bedienung war aus China oder so, der Koch war Inder und die Besitzerin Afrikanerin. Wir haben darüber gelacht. Aber das Essen war gut." Bridie betrachtete das Bild. Anna sah besser aus. Die dunklen Ringe waren verschwunden.

Sie blätterte die anderen Bilder durch. Und schlug die nächste Seite auf.

Alasdair und ich verstehen uns in letzter Zeit gut. Wie reden sogar wieder miteinander. Am Wochenende sind wir zu zweit nach Rehoboth Beach gefahren. Lorna hat unterdessen auf Samantha aufgepasst. Wir hatten eine wundervolle Zeit. Es war wie in unseren ersten gemeinsamen Tagen. Wir sind stundenlang spazieren gegangen und haben geredet und in unserer Wohnung vor dem Kamin gesessen. Es ist eine ungeheure Erleichterung für mich. So, als wäre mir eine Last, die ich mit mir herumgetragen habe, abgenommen worden.

Er hat mich gefragt: „Was soll ich tun, wenn die dunklen Tage wiederkommen? Wie kann ich dir helfen, wenn du dich so fühlst?"

Ich wusste nicht, was ich sagen sollte. „Sie kommen nicht wieder", sagte ich, aber es war eher ein Wunsch als ein Versprechen.

Danach folgten einige Seiten mit der alten Anna. Tagebucheinträge, die ordentlich geschrieben und auf die Seiten geklebt waren. Fotos von Samanthas Theateraufführung in der Schule und von Samanthas Geburtstagsfeier, Alasdairs Predigtnotizen, ein Arzttermin bei Dr. Albert Chenowith, Gynäkologe.

Wie vermutet bin ich schwanger. Bridie sah auf das Datum und rechnete nach. Cam und Bonnie.

Ich wusste es schon, bevor ich den Test gemacht hatte. Sobald ich den Verdacht hatte, habe ich meine Antidepressiva abgesetzt. Der Therapeut sagte, es gebe vielleicht ein anderes Medikament, das ich nehmen könne, aber ich will nichts tun, was dem Baby schadet.
Ich bin ein bisschen sprachlos, weil die Geschichte sich wiederholt. Ich hatte nicht vor, noch einmal schwanger zu werden, schon gar nicht in diesem Jahr. Ich bin genauso alt wie Mutter es war, als sie mit mir schwanger wurde. Allein der Gedanke daran weckt gemischte Gefühle in mir, und keins dieser Gefühle ist gut. Ich frage mich allmählich, ob ich mich in einer Art kosmischer Zeitschleife befinde. Einer Form der Prädestination. Mir scheint, je mehr ich versuche, nicht wie meine Mutter zu werden, desto stärker wird der Sog ihres Schicksals.
Ich will nicht so denken, denn es schadet mir nur. Heute war ich bei meinem Therapeuten, zum ersten Mal seit vielen Monaten. Vater würde sich freuen. Ich wünschte nur, er wäre hier und ich könnte es ihm erzählen. Wenn ich einen Sohn bekomme, möchte ich ihn nach meinem Vater und meinem Mann nennen. Cameron Alasdair MacPherson. Die beiden Männer in meinem Leben.

„Sie hat noch eine Zugabe bekommen", scherzte Bridie.

Samantha nickte nur. Je näher sie der Gegenwart kamen, desto angespannter wirkte sie.

Der nächste Abschnitt handelte hauptsächlich von Samantha. Schulische Dinge: Theater, musikalische Aufführungen. Noch ein paar Gemeindeveranstaltungen.

Diesem Block folgte eine ganze Reihe leerer Seiten. Ganz zum Schluss war ein Stapel Papiere zwischen die Seiten geschoben.

Eine Einladung zur Babyparty, die die Frauen der Gemeinde für Anna veranstaltet hatten. Ein Foto von Anna, hochschwanger, umgeben von Geschenken, das Gesicht merkwürdig emotionslos. Nicht traurig. Nicht fröhlich. Nur da.

Eine Liste mit allen Geschenken und den Namen derer, die sie mitgebracht hatten, damit man Danksagungen verschicken konnte. Und da waren die Danke-Karten. Einige angefangen, andere noch unberührt, die passenden Umschläge mit einer Banderole versehen.

Weitere Fotos. Von einem lächelnden Alasdair, der zwei winzige Bündel im Arm hielt. Von Samantha und den Babys, Lorna und den

Babys. Fiona und Winifred und den Babys. Von Anna, bleich und fahl, von Kissen gestützt, einen Zwilling in jedem Arm. Bridie betrachtete ihr Gesicht näher und wieder fiel ihr die Ausdruckslosigkeit auf. Die Leere. Als wäre niemand zu Hause.

Dann kam nichts mehr bis zur letzten Seite. Sie wurde nervös und Samantha lag neben ihr wie eine gespannte Feder. Würde es eine Art Abschluss geben, oder würden sie am Ende mehr Fragen haben als vorher? Plötzlich verspürte Bridie einen Stich der Reue. Vielleicht hätten sie diese Reise gar nicht antreten sollen. Aber jetzt waren sie am Ende angelangt. Schnell blätterte sie weiter, bevor Samantha ihr den schroffen Befehl dazu geben konnte.

Calvin war heute hier und hat mit mir über Wochenbettdepressionen gesprochen. Er hat vorgeschlagen, dass ich mich eine Zeit lang in ein Krankenhaus begebe, bis ich neue Tabletten nehmen kann und sie wirken. „Lorna wird sich um die Zwillinge und um Samantha kümmern", hat er gesagt. „Du brauchst dir keine Sorgen zu machen." Und plötzlich wurde mir klar, dass er recht hatte. Lorna würde sich um sie kümmern. Sie ist so lieb und gutherzig. Beständig. Immer da, wenn man sie braucht. Sie wäre die perfekte Mutter, und plötzlich weiß ich, warum sie keine eigenen Kinder hat.
Ich habe Calvin gesagt, ich würde darüber nachdenken und ihm am Montag Bescheid geben. Das Wochenende habe ich damit verbracht, eine Entscheidung zu fällen, und heute bin ich mir sicher. Alasdair hat gesagt, dass er heute ins Studio geht, um seine Sendungen aufzunehmen, und dass er Lorna gebeten hat, zu kommen und auf die Kinder aufzupassen.

Samantha zitterte. Bridie legte das Buch ab und drückte sie fest an sich. „Willst du aufhören?"

Samantha schüttelte den Kopf, und diesmal war sie es, die das Album in die Hand nahm. Der letzte Eintrag. Nur ein Absatz.

Ich habe beide Babys im Arm gehalten, bevor Lorna kam, um sie zu holen. Es war, als würde ich sie zum ersten Mal sehen. Bis jetzt war ich immer zu müde und überwältigt, wenn ich sie angesehen habe, aber heute hat sich das nicht so angefühlt. Sie sind wundervoll. So winzig und vollkommen. Ich habe sie geküsst und gesegnet. Lorna kam. Wir haben Tee getrunken und Muffins gegessen. „Du siehst besser aus", hat sie gesagt. „Ich fühle mich auch besser", habe ich erwidert, und das ist die Wahrheit. Ich habe das Gefühl, als sei eine große Last von mir gewichen. Als hätte ich gekämpft und gekämpft, und könnte jetzt endlich aufhören zu kämpfen. Ich habe die Babys noch einmal geküsst, dann hat sie sie genommen und versprochen, sie rechtzeitig zurückzubringen, damit ich Samantha am Bus abholen kann. Ich habe Samantha einen kleinen Brief geschrieben. Ich bin so stolz auf sie, und das muss sie wissen.

Und das war das Ende. Einfach so. Nichts sonst. Die letzten Worte. Samantha weinte leise und die Tränen liefen ihr über die Wangen. Sie stand auf, ging zu ihrer Kommode und kam mit einem abgegriffenen Umschlag zurück. Sie reichte ihn Bridie und Bridie erkannte die Handschrift. Die schöne, sorgfältige Schrift war wieder da, nicht die spitzen Striche der depressiven Monate.

Meine liebste Samantha,
du musst wissen, dass du mein Herz mit Freude füllst. Ich wünsche dir nur das Allerbeste. Ich möchte, dass du Glück und Freude erlebst und überhaupt keine Dunkelheit. Ich weiß, das ist unmöglich, und trotzdem glaube ich, dass ein sauberer Kummer besser ist als eine lebenslange schattenhafte Angst. In einer vollkommenen Welt gäbe es beides nicht. Nur Glück und warmen Sonnenschein auf deinem Gesicht. Keine Stürme oder Untiefen.
Ich lese in der Bibel, und da sehe ich, wie Gott den Sturm stillt, das Meer teilt, die mächtigen Wellen zurückhält. Er ist Herrscher selbst über die mächtigsten und unerbittlichsten Kräfte. Ich wünschte, ich hätte damals gelebt, als er seine Hand ausstrecken konnte, damit die Wellen unter meinen Füßen zu einem festen Boden wurden.
Ich liebe dich und werde es immer tun. Möge dein Leben voller Freude und Segen sein.
Mama

Bridie trocknete sich die Augen mit dem Ärmel. Samantha weinte lautlos in ihren Armen. Nach ein paar Minuten hörten ihre Schultern auf zu beben. Sie holte ein Taschentuch aus der Schublade neben ihrem Bett und putzte sich die Nase. Ihr Schweigen wirkte ruhig und schien aller Energie entleert, der guten wie der schlechten.

„Sie hat sich umgebracht", sagte Samantha, und Bridie sah, wie der Damm brach und die ersten Tropfen Wasser heraussickerten. Samantha hatte es die ganze Zeit gewusst. Jetzt fasste sie endlich in Worte, was sie die ganze Zeit allein mit sich herumgetragen hatte.

„Ja", stimmte sie leise zu. „Ich glaube, das hat sie."

„Warum?" In dem einen Wort schwang eine unendliche Qual mit und die Tränen begannen wieder zu fließen. Bridie nahm ihre Hand, streichelte sie und ließ Samantha weinen. Mögliche Antworten schossen ihr durch den Kopf wie ein Band, das zu schnell abgespielt wurde. Anna hatte ihr ganzes Leben lang mit Depressionen zu kämpfen gehabt. Die Anspielungen auf den Tod von Annas Mutter erhielten plötzlich eine ganz neue Bedeutung. Aber das waren keine Antworten. Nicht im engeren Sinne.

„Ich weiß es nicht", sagte Bridie und holte tief Luft, „aber eins weiß ich."

Samantha hob ihr Gesicht.

„Du hättest nichts tun können, um es zu verhindern."

Samantha schüttelte den Kopf. „Was, wenn ich zu Hause gewesen wäre? Ich hätte mit ihr reden können und vielleicht hätte sie zugehört."

Bridie schüttelte den Kopf und fragte sich, wie abgenutzt diese Fragen wohl waren, wie oft Samantha sie sich insgeheim schon gestellt hatte. „Du hast den letzten Eintrag gelesen. Sie war an einem Ort angekommen, an dem sie Dinge aus dem Zusammenhang wahrgenommen hat. Was immer geschah, sie deutete es als ein Zeichen, dass ihre Entscheidung richtig war. Sie hatte sich eingeredet, dass Lorna dir und den Babys eine bessere Mutter sein würde, als sie es war. Nichts, was du hättest sagen können, hätte sie umgestimmt. Überleg mal, wie viele Leute versucht haben, ihr zu helfen. Ihr Vater, dein Onkel Calvin, Lorna, du. Dein Vater hat alles getan, was er konnte."

Volltreffer. Der Kopf sank wieder und die Tränen flossen. „Ich dachte, er wäre schuld."

„Ich weiß, aber es war nicht seine Schuld."

„Glaubst du, er wird mir vergeben?"

„Ich weiß, dass er das wird.“ Ob er sich selbst vergeben würde, war eine ganz andere Sache.

Samantha schwieg, aber Bridie war nicht der Meinung, dass sie auch nur annähernd fertig waren. Nach einer Minute kam Samantha auf ihre größte Angst zu sprechen. Bridie hatte es schon lange kommen sehen, seit dem Tag im Büro der Direktorin. *Herr, gib mir die richtigen Worte,* betete sie. *Ich bin ein unreines Gefäß, aber du kannst mich trotzdem gebrauchen.*

„Glaubst du, sie ist in der Hölle?“ Die Worte fielen mit der Macht einer Bombe, aber Bridie war darauf vorbereitet. Noch bevor Samantha den Satz beendet hatte, schüttelte sie den Kopf. „Ich glaube mit absoluter Gewissheit, ohne jeden Zweifel, dass sie nicht in der Hölle ist.“ Und Gott musste ihr Gebet erhört haben, denn wie ein hübscher kleiner Edelstein fiel ihr einer der hundert Verse ein. „‚Meine Schafe hören meine Stimme, und ich kenne sie und sie folgen mir; und ich gebe ihnen das ewige Leben, und sie werden *nimmermehr umkommen*, und niemand wird sie aus meiner Hand reißen.‘“

Während Samantha das verdaute, wich der angespannte, spitze Ausdruck aus ihrem Gesicht. Doch sie weinte immer noch ein wenig.

„Was ist, wenn ich auch so traurig werde wie sie?“

Herr – noch einmal, flehte Bridie und hielt die Hand auf, als könnte die Antwort buchstäblich vom Himmel fallen. Sie tat es.

„Die Traurigkeit deiner Mama ist ihr zum Verhängnis geworden“, sagte sie, „weil sie davor weggelaufen ist. Zuerst ist sie aufs College gegangen, um davor zu fliehen. Dann ist sie weggelaufen, indem sie sich ganz auf deinen Daddy konzentriert hat; dann, indem sie nach Amerika gekommen ist. Sie dachte, wenn sie den traurigen Ort hinter sich lässt, würde auch die Traurigkeit verschwinden. Und schließlich ist sie weggelaufen, indem sie sich nur noch um dich gedreht hat. Aber man kann vor den Dingen nicht weglaufen“, sagte Bridie und sah sich selbst in dem alten rostigen Pick-up, wie sie die Straße hinunterfuhr, die Tasche mit dem Geld auf dem Sitz neben sich. „Wenn du das versuchst, holen sie dich immer wieder ein. Irgendwann musst du anhalten, dich umdrehen und dich dem, was dir auf den Fersen ist, stellen. Sonst jagt es dich geradewegs in dein Grab.“

Samantha stieß einen tiefen Seufzer aus. Bridie musterte sie genau. Ihr Gesicht sah traurig aus, aber ruhig.

„Wenn du traurig bist, sag es deinem Vater. Erzähl es Tante Lorna. Dreh dich um und sieh der Traurigkeit in die Augen, dann kann sie dich nicht überfallen. Jeder ist traurig“, endete Bridie. „Man braucht keine Angst davor zu haben. Das Weglaufen verleiht den Gefühlen erst ihre Macht.“

Samantha nickte. Sie schlang ihre Arme um Bridies Hals und Bridie hielt sie lange fest. Sie strich über Samanthas Haar und wischte sich immer wieder ihre eigenen Augen am Ärmel trocken.

Alasdair blickte auf den halb fertigen Stapel Predigtnotizen, der vor ihm auf dem Schreibtisch lag. Er sollte sie wegräumen und sich auf seine Fahrt nach Richmond vorbereiten.

Warum?, fragte ein anderer Teil von ihm. Warum fuhr er nach Richmond in einem letzten Versuch, seine Karriere zu retten? Warum tat er überhaupt alles, was er tat? Er sah sich auf der Kanzel, ein Meer aus Gesichtern vor ihm. Hungrige Menschen, die darauf warteten, dass er fünf Brote und zwei Fische in Nahrung für eine große Menge verwandelte. Menschen, die ihre Stifte gespitzt hatten und über leere Seiten hielten. Seiten, die er mit Worten der Weisheit füllen sollte. Er fühlte sich unerträglich müde.

Was hatte er ihnen denn zu sagen? In welche Richtung wies er sie? Wann hatte er das letzte Mal Gottes Stimme vernommen? Wann hatte er zuletzt die Bewegung des Heiligen Geistes in seinem Herzen gespürt? Wann war Gottes Wort das letzte Mal vor seinen Augen zum Leben erwacht? Wie lange war das her? War es ein Wunder, dass die Menschen, deren Hirte er war, abstumpften und schwerhörig wurden?

Seine eigene Sehnsucht nach Gott war ebenso wie die der anderen abgetötet worden. Er hatte seinen eigenen Stein fest vor die Graböffnung geschoben und jede Auferstehung verhindert. Dort lag er nun, sosehr er auch schob und sich abmühte und verzweifelt betete. Und Engel schienen auch nicht in der Nähe zu sein.

Er wusste, wann er sich verschlossen hatte. Nur zu gut konnte er sich noch an den Tag erinnern. Nach einem langen Tag mit Aufnahmen war er vom Rundfunkstudio nach Hause gekommen. Der Polizeiwagen hatte vor dem Haus gewartet. Keine heulenden Sirenen, keine blinkenden Lichter. Er stand einfach am Bordstein und wartete. Und da hatte er es gewusst. Er hatte es sofort gewusst. Die einzige Frage war gewesen, wie, und die war kurz darauf beantwortet worden.

Danach hatte er versucht, sich um alles zu kümmern. Hatte versucht, die Trümmer so schnell wie möglich aufzuräumen, damit niemand anders verletzt wurde. Hatte die Flammen gelöscht und die Toten begraben. Er hatte getan, was er konnte, aber offenbar war es nicht genug gewesen. Es war nie genug, nicht wahr? Es war nie genug gewesen.

Alasdair ließ den Stift fallen und rieb sich den Nacken. Warum war er Pfarrer geworden? Warum ertrug er so viel Elend, um an etwas festzuhalten, das er von Anfang an nicht gewollt hatte? Er überlegte und überlegte, doch er konnte sich einfach nicht erinnern. Sein Vater hatte ihm gesagt, er solle es tun, und als guter Sohn hatte er gehorcht.

Er seufzte und versuchte sich zusammenzureißen. Von nebenan konnte er die Stimmen von Bridie und Samantha hören. Nichts von alldem war Bridies Schuld. Er hatte gesehen, wie gekränkt sie gewesen war, als er sich nach dem Essen zurückgezogen hatte, nachdem er kaum ein Wort mit ihr gewechselt hatte. Es war noch nicht zu spät, auf sie zuzugehen. Er stand auf. Er würde sie bitten, mit ihm hinunterzugehen und mit ihm zu reden. Nicht aus irgendeinem Pflichtgefühl heraus, sondern weil er es wollte, wurde ihm klar, als er zur Tür ging. Er musste mit ihr reden.

33

Samantha beobachtete, wie Bridie das letzte Album in die Kiste zurücklegte und sah sich noch einmal das Bild an, das sie herausgenommen hatte – von Mom in ihrem Partykleid. Sie fragte sich, was ihr Vater wohl sagen würde, wenn sie es an ihre Wand hängte. Die Tür ging auf.

Ach, du liebe Zeit. Das war nicht gut.

Dad kam lächelnd herein, und dann sah er das Bild in ihrer Hand. Er blickte zu Bridie hinüber und zu der Kiste mit den Tagebüchern, und sein Gesicht wurde ganz weiß. Wie der Kühlschrank oder so. Dann sah er Bridie unverwandt an. Es war, als wäre sie gar nicht da.

„Was habt ihr gemacht?"

„Es war meine Idee", sagte Samantha und versuchte es zu erklären.

„Was ist das alles?", fragte er, immer noch an Bridie gewandt. „Woher habt ihr die?"

„Sei ihr nicht böse."

„Halt du dich da raus, Samantha."

„Sie waren auf dem Dachboden", sagte Bridie. „Ich wollte dich nicht hintergehen, Alasdair."

Dads Miene war jetzt wie versteinert. „Da stehen Dinge drin, die sie nicht wissen sollte." Seine Stimme klang merkwürdig.

„Ich wusste es schon", sagte Samantha. „Ich wusste, dass sie es absichtlich getan hat."

Dad sah sie an, dann drehte er sich um und sah wieder zu Bridie hinüber, und zum ersten Mal bekam Samantha es mit der Angst zu tun. Er sagte ganz lange kein Wort und Bridies Gesicht wurde ebenfalls vollkommen blass. Samantha befürchtete, sie könnte anfangen zu weinen.

Dann sagte Dad ganz leise: „Das habt ihr also hier drin gemacht."

Als Bridie nickte, sagte Dad: „Ich muss mit dir reden."

Bridie ging mit ihm aus dem Zimmer und Samantha folgte ihnen auf den Flur hinaus. Dad ging als Erster die Treppe hinunter. Es war nicht gerecht, dass Bridie die ganze Schuld für die Sache in die Schuhe geschoben bekam.

„Geh in dein Zimmer, Samantha", brüllte er sie an.

„Gut", sagte sie und ging direkt zum Heizungsschacht. Sie legte sich flach auf den Teppich und legte das Ohr an das Gitter. Nach einer Minute hörte sie sie. Klar und deutlich. Sie sprachen beide ziemlich laut.

„Ich habe es für Samantha getan", sagte Bridie.

„Für Samantha."

Sie kannte diesen Tonfall. Den hatte er drauf, wenn er versuchte herauszufinden, was genau man verbrochen hatte.

„Ja", antwortete Bridie. „Sie ist der Grund, warum ich überhaupt hier bin. Ich habe sie in der Kirche gesehen. Sie hat einen Zettel an die Pinnwand geheftet – die mit dem fallenden Spatz – und deshalb bin ich hergekommen, und das hier war wichtig für sie."

Samantha stockte der Atem. Sie hatte nicht gedacht, dass ihr Gebet erhört worden war. Hm.

„Sie musste die Wahrheit erfahren", sagte Bridie. „Sie kannte sie zwar schon, aber da niemand sie aussprach, hat sie alles in sich hineingefressen."

„Du hast keine Ahnung, was die Wahrheit ist."

Dad klang gemein.

„Ich weiß, dass Anna sich das Leben genommen hat. Es ist offensichtlich, wenn man die Augen aufmacht. Sie wurde immer depressiver und keiner von euch konnte ihr helfen, sosehr ihr es auch versucht habt. Irgendwann war sie es einfach leid zu kämpfen und ist in den Fluss gefahren."

Lange herrschte Schweigen. Samantha konnte fühlen, wie ihr Herz hämmerte. Sie fragte sich, ob sie nach unten gehen sollte.

„Hat Anna über *ihre* Mutter geschrieben?", fragte Dad, ein bisschen leiser, aber immer noch mit dieser schrecklich tonlosen Stimme. Samantha presste das Ohr so fest auf den Boden, dass es wehtat. „Dass sie eine Überdosis Schlaftabletten genommen hat, als Anna sechs Wochen alt war? Hat sie darüber geschrieben, dass ihr Vater immer wieder davon gesprochen hat und versucht hat, Anna zum Reden zu bringen? Hat sie alle Therapeuten aufgelistet, die durch ihr Leben marschiert sind, und geschrieben, wie machtlos sie waren? Sie konnten nicht verhindern, dass die Geschichte sich wiederholte. Aber sag du es mir: Was hätte ich tun sollen? Wenn Schweigen nicht funktioniert und Reden nicht funktioniert, was funktioniert dann?"

„Ich weiß es nicht", sagte Bridie, und jetzt klang *sie* wütend. „Aber vielleicht gibt es ja einen Mittelweg zwischen den beiden Extremen, nämlich so zu tun, als wäre nichts passiert, und sicher zu sein, dass sie eine tickende Zeitbombe ist, die irgendwann explodiert."

Oh-oh.

„Wie kannst du es wagen, mir vorzuwerfen, ich hätte so getan, als wäre Annas Tod nie geschehen? Ihr Tod hat seit dem Tag, an dem sie starb, jeden Augenblick meines Lebens und jede Aktivität dieser Familie beeinträchtigt."

„Dann ist es vielleicht Zeit, dass du sie loslässt."

„Und wie soll ich das machen?"

„Ich weiß es nicht", sagte Bridie. „Aber das hier ist ein Anfang. Erheb deine Stimme. Schrei zu Gott. Die Trauernden werden getröstet werden."

Dann waren sie beide still. Samantha wartete sehr lange und immer noch sagte keiner von beiden etwas.

„Soll ich morgen wiederkommen?", fragte Bridie schließlich.

„Ich denke schon", sagte er, und er klang wirklich wütend. „Jetzt ist es zu spät, andere Pläne zu machen."

Kurz darauf hörte Samantha, wie die Tür auf- und zuging, und sie stand auf und lief ins Gästezimmer, um aus dem Fenster auf die Straße hinunterzusehen. Da ging Bridie. Sie hatte noch nicht einmal ihre Jacke mitgenommen, sondern nur die Handtasche. Als Samantha das sah, ging es ihr besser. Bridie würde wiederkommen.

Sie ließ die Gardine los und ging in ihr Zimmer zurück. Noch vor zwei Monaten wäre sie jetzt auf Dad wütend gewesen, hätte ihn vielleicht sogar gehasst. Aber jetzt tat er ihr irgendwie leid. Trotzdem würde er sich an den Gedanken gewöhnen müssen, dass sie wusste, was los war.

Jonah wartete schon eine Ewigkeit vor dem Spar. Er ließ den Motor im Leerlauf laufen und hatte das Gefühl, explodieren zu müssen, wenn er nicht aussteigen konnte. Er musste sich bewegen. Wieder drangen die kleinen Glassplitter durch seine Haut nach außen. Er kratzte eine Stelle an seinem Arm, dann eine andere. Er kratzte, bis seine Hand blutig war. Dann kaute er auf seiner Unterlippe und zündete sich noch eine Zigarette an. Seine Hände zitterten. Er legte eine andere CD ein und drehte die Lautstärke auf, damit er das Hacken nicht mehr hörte. Er wünschte, sie würden aufhören, aber er wusste, dass es keinen Sinn hatte.

Wieder gingen die automatischen Türen auf und er warf seine Zigarette aus dem Fenster. Eine alte Frau kam heraus, und der Junge, der ihm Carmen gezeigt hatte, trug ihre Einkäufe. Jonah lehnte sich auf seinem Sitz zurück und trommelte im Rhythmus der Musik auf seinem Lenkrad. Er brauchte Benzin. Der kleine dunkelhaarige Typ in dem Motelzimmer neben ihm hatte es nachts herausgesogen, als Jonah geschlafen hatte. Er hatte ihn mit den Lippen am Tank gesehen.

Der Junge ging mit dem leeren Einkaufswagen hinein. Als die Türen sich wieder öffneten, kam eine Frau heraus. Sie war fett und zog ein kleines, fettes Mädchen hinter sich her, und ihr fetter Mann folgte ihnen mit dem Einkaufswagen.

Fett. Fett. Fett. Bett. Fett. Nett. Klosett. Duett. Fett. Die Türen gingen erneut auf. Da war sie, die Frau, die wusste, wo Mary war. Carmen. Sie sah zu ihm herüber und er fragte sich, was sie in ihrem Beutel hatte. Konnte Mary in diesem Beutel sein? Vielleicht war das der Grund für das hackende Geräusch, das er gehört hatte. Nein. Mary war woanders. Und Carmen sah ihn an, und das war nicht gut.

Er bückte sich, als suche er etwas auf dem Boden des Wagens. Eine Minute lang verharrte er so. Als er den Kopf wieder hob, sah er, dass ein Streifenwagen um die Ecke gebogen kam. Jonah erstarrte. Darin fuhren die Dämonen. Das bedeutete, dass sie wieder da waren. Oh nein. Und Carmen steckte mit ihnen unter einer Decke, denn das Dämonenauto hielt am Bordstein, und sie beugte sich hinein und gab dem Fahrer einen Kuss. Judas hatte auch geküsst. Judas war eine Frau. Wer wusste davon? Jonah wusste jetzt, was in dem Beutel war. Es waren die dreißig Silberstücke. Er fragte sich, ob er sie aufgehängt und baumelnd finden würde, wenn er loszog, um Mary zu suchen und die Stücke seines Gehirns zurückzuholen. Und sein Geld. Sein Geld. Er klammerte sich an diesen Gedanken, während das Judasmädchen in den Wagen des Dämonen stieg.

Seine Hände zitterten, als er den Motor aufheulen ließ. Seine einzige Chance war, ihnen überallhin zu folgen und dann zu warten, bis der Dämon ging. Dann könnte er hineingehen und Mary holen.

Er folgte ihnen langsam den ganzen Weg zu dem kleinen Mietshaus, aber anstatt weiterzufahren, parkte der Dämon sein Auto und stieg zusammen mit der Frau aus. In diesem Augenblick beschloss Jonah, dass er es nicht länger aushielt. Er würde später zurückkommen müssen. Er notierte sich die Adresse auf einem Zettel und steckte ihn in seine Tasche. So würde er diesen Ort morgen wieder finden, auch wenn sie heute Nacht diesen Teil seines Gehirns herausschnitten.

34

Am Freitagmorgen kämmte Bob sich die Haare, gurgelte mit Mundspülung und legte Krawatte und Jackett an. Er betrachtete sich in dem kleinen Spiegel des Hotelbadezimmers. Seine Augen waren gerötet, aber er sah trotzdem ziemlich gut aus. Nachdem er Jim Wigby verlassen hatte, die Hände um die noch warmen Informationen über Mary Bridget Washburn geschlossen, hatte er nachgedacht. Es hatte nicht lange gedauert, bis sich in seinem Kopf ein Plan geformt hatte. Es würde ihm überhaupt nichts nützen, wenn Gerry, MacPherson und die Ältesten morgen bei Tee und Keksen ihre Meinungsverschiedenheiten ausräumten. Er würde nur dann von den Monaten fleißiger Arbeit, die er investiert hatte, profitieren, wenn er Gerry und den Ältesten MacPhersons Kopf höchstpersönlich auf einem Silbertablett servierte, bevor die Besprechung stattfand.

Also war er die Autobahn hinuntergerast und gegen vier Uhr gestern Nachmittag in Alexandria angekommen. Es war ihm gelungen, sich ein Treffen mit dem Redakteur für den Bereich Religion bei der *Washington Post* zu erschwindeln, das besser gelaufen war, als er gedacht hatte, dann war er beim Spar vorbeigefahren. Er hatte dem Filialleiter das Foto von Mary Washburns letztem Führerschein gezeigt, und er hatte die Identität bestätigt. Dann hatte Bob sich hier eingemietet und die ganze Nacht geschrieben. Der Artikel, der dabei herausgekommen war – ein Kunstwerk, auch wenn er selbst das sagte –, lag ordentlich ausgedruckt und in einen Umschlag gesteckt in seinem Aktenkoffer, zusammen mit den Informationen, die er in Erfahrung gebracht hatte. Egal, wie die Dinge heute liefen, er konnte nicht verlieren. Riskant? Ja, das war es. Aber andererseits war er noch nie davor zurückgeschreckt, die Würfel rollen zu lassen.

Bob packte sein Rasierzeug ein, zog den Reißverschluss seines Koffers zu, schaltete seinen Laptop aus und sah dann auf seine Uhr. Es war Viertel nach sieben. Ein bisschen früh für einen Besuch, aber er wollte nicht riskieren, dass er MacPherson verpasste. Er nickte zufrieden, nahm seine Sachen, schaltete das Licht aus und ging zur Rezeption, um seinen Schlüssel abzugeben.

Jonah kramte den Zettel heraus, auf dem er sich die Adresse notiert hatte. Die Zahlen sprangen herum, sodass er sie nicht entziffern konnte, und er konnte sich nicht mehr an den Weg erinnern, den er gestern zu der Wohnung zurückgelegt hatte. Gestern? Ja, da war er sich ziemlich sicher. Er verlangsamte sein Tempo und fuhr die Gasse hinunter, um dann in eine Straße einzubiegen, die ihm ein wenig bekannt vorkam. Er sah ein u-förmiges Backsteingebäude mit einem Hof in der Mitte. Das war es. Und da war das Auto des Dämonen, das immer noch davor parkte. Er rieb sich das Kinn und nahm noch einen Schluck aus der Whiskeyflasche.

Er hatte vorgehabt, zur Tür zu gehen, aber er überlegte sich, dass es vielleicht besser war zu warten, bis jemand herauskam. Noch einmal blickte er auf die Adresse, aber jetzt waren die Zahlen verschwunden, einfach vom Zettel gehüpft.

Alasdair saß am Küchentisch und trank noch eine Tasse Kaffee. Er hatte nicht geschlafen. Oder höchstens ein bisschen, hier und da. Die meiste Zeit hatte er damit verbracht, in den Tagebüchern zu blättern, entschlossen, denselben Weg zu gehen, den seine Tochter und Bridie zurückgelegt hatten. Wie könnten sie darüber sprechen, wenn er es nicht tat? Er hatte seine Frau auf den Seiten ihrer Bücher wiedergefunden. Dabei hatte er gelächelt und geweint und gelitten. *Das ist es,* war ihm irgendwann bewusst geworden, während er die schweren Seiten umgeblättert hatte. *Das hast du mit aller Macht versteckt. Diesen Menschen.*

Als es klingelte, warf Alasdair einen Blick auf die Uhr. Es war zu früh für Bridie, und er war froh darüber, denn er wusste immer noch nicht, was er zu ihr sagen sollte. Er war nicht mehr wütend, aber verletzt. Gekränkt durch ihre Doppelzüngigkeit. Doch was hätte er gesagt, wenn sie damit zu ihm gekommen wäre? Er konnte sich selbst beinahe sagen hören, es gebe nichts zu besprechen, während er innerlich bereits krampfhaft über ein besseres Versteck für Anna nachgedacht hatte. Ein Schließfach. Einen Kellerraum, den niemand außer ihm öffnen konnte. Einen Ort, aus dem sie nicht herauskommen konnte. Er ging zur Tür und machte auf, ohne durch den Spion zu sehen.

„Bob." Der Name kam ohne Zögern heraus, automatisch, obwohl der Mann, der vor ihm stand, bei näherem Überlegen ganz anders aussah als sein Kommilitone vor fünfzehn Jahren. Dicker, etwas weniger Haare, ein bisschen dunkler vielleicht, aber möglicherweise war das nur das Licht.

„Ich wollte fragen, ob du ein paar Minuten Zeit für mich hast."

„Ich muss mich auf eine Besprechung vorbereiten."

„Es muss nicht lange dauern."

Alasdair trat automatisch von der Tür zurück. Das jahrelange Training zeigte seine Wirkung. „Bitte, komm doch rein."

„Danke."

Er schloss die Tür. Beinahe hätte er auf das Wohnzimmer gezeigt, doch dann wurde ihm bewusst, dass es keine gute Stube mehr war. Außerdem spielten Cam und Bonnie schon dort. „Gehen wir doch in mein Arbeitszimmer hinauf", schlug er vor, und Bob Henry folgte ihm die Treppe hinauf. Alasdair klopfte an Samanthas Tür und bat sie, nach unten zu gehen und auf die Zwillinge aufzupassen. Dann führte er Bob in sein Arbeitszimmer und bot ihm einen Stuhl an.

Für sich selbst zog Alasdair den Schreibtischstuhl vor, sodass er Bob gegenübersaß. Sie wechselten ein paar Belanglosigkeiten. Alasdair bemerkte, dass Bobs Blicke immer noch hin und her huschten, wenn man mit ihm sprach. Als versuche er alle möglichen Richtungen einzuschätzen, die das Gespräch nehmen könnte, und auf jede davon vorbereitet zu sein. Eine beunruhigende Angewohnheit.

„Du fragst dich, warum ich hier bin", sagte Bob schließlich und sah ihn unerwartet direkt an.

Alasdair zuckte ein wenig mit den Schultern. „Ich nehme an, es hat etwas mit der anderen Sache zu tun." Die andere Sache. Wie feinfühlig, wie euphemistisch. Er war schon wieder dabei, etwas Unangenehmes irgendwo im Dunkeln zu verbergen. Wie viel Energie er darauf verwendete, Bezeichnungen für Dinge zu finden, Wege, über sie zu reden, ohne wirklich über sie zu reden. „Mit der Tatsache, dass meine Gemeinde mich ersetzen will", korrigierte er sich. „Es geht sicher um die Sache mit Gerald Whitemans Stellenangebot."

Bob nickte. „Genau." Er ließ seinen Aktenkoffer aufschnappen und

Alasdair wurde unangenehm an sein Treffen mit den Mächtigen Drei erinnert. Seiner Meinung nach war aus einem Aktenkoffer noch nie etwas Gutes gekommen. Er bezweifelte, dass dies die Ausnahme von der Regel sein würde.

Bob legte ein Blatt Papier auf den kleinen Beistelltisch, als würde er ein Kartenblatt ausspielen. Darauf stand das Wort Offenbarungseid.

„Was ist das?" Er wurde wütend, als er Lornas Namen darunter sah.

„Dies, mein Freund, ist dein Leben."

Nicht mein Leben, sondern das meiner Schwester, wollte er gerade sagen, aber bevor er die Worte aussprechen konnte, gesellte sich ein zweites Blatt Papier zu dem ersten. Es war ein Polizeibericht. Alasdair nahm ihn in die Hand. *30. November. Ladendiebstahl durch eine Minderjährige. Spar Lebensmittelgeschäft.*

„Woher hast du das?"

„Der Filialleiter hat mir eine Kopie von seinem Bericht gegeben. Das hat er gerne getan."

„Was soll das? Was glaubst du eigentlich, wer du bist?"

„Ich bin ein Mann, der seine Arbeit machen muss", sagte Bob mit unbekümmerter Miene. „Soll ich aufhören? Oder soll ich weitermachen?"

Alasdair ballte die Faust und hätte sie am liebsten auf Bobs spitze Nase niedersausen lassen.

„Denn wenn du willst, dass ich aufhöre, musst du nur hier unterschreiben." Noch ein Schlag. Ein Blatt schweres, cremefarbenes Briefpapier. Alasdair las den ersten Satz. Seine Kündigung, komplett mit Datum und einer Linie für die Unterschrift am Ende.

„Kommt gar nicht in Frage."

Bob hob die Hand. „Sag niemals nie." Er legte noch ein Blatt Papier auf den Stapel. Annas Unfallbericht.

Alasdair nahm ihn in die Hand. Wieder hatte er das merkwürdige Gefühl, in dieser Situation ein Beobachter zu sein und kein Mitwirkender. Er las den Bericht – zum ersten Mal. Dort standen alle Einzelheiten. Die er kannte, über die er aber nie sprach. Unfall mit einem Kraftfahrzeug. Ort: George Washington Memorial Parkway. Zeit: 13.32 Uhr. Straßenzustand: nass. Der Beamte vor Ort hatte das geschrieben, nachdem Taucher das Opfer herausgeholt hatten, von den Rettungssanitätern Wiederbelebungsversuche unternommen worden waren, das Opfer aber bei Ankunft im Mt.-Vernon-Krankenhaus für tot erklärt worden war. Geschätzte Geschwindigkeit beim Aufprall: 100 km/h. Keine Bremsspuren entdeckt. Zeugen hatten ausgesagt, das Fahrzeug habe beschleunigt, bevor es die Straße verließ und im Wasser verschwand.

Er legte das Blatt Papier auf seinen Schoß. „Du bist widerwärtig."

„Ich könnte mir vorstellen, dass die *Washington Post* einen Artikel bringen will. Vor allem, wenn man das hier noch dazunimmt." Er ließ den letzten Stapel Papier auf den Tisch fallen.

Alasdair nahm die Unterlagen in die Hand. Es war ein Haftbefehl für jemanden namens Mary Bridget Washburn. Wegen Herstellung und Vertrieb von Betäubungsmitteln. Drogenhandel, übersetzte er.

„Ich kenne diese Person nicht." Aber noch während er das sagte, dachte er mit einem kurzen Stolpern seines Herzschlags, dass er sie vielleicht doch kannte.

„Du armer, naiver Kerl", sagte Bob. Er warf die Farbkopie eines abgelaufenen Führerscheins aus dem Bundesstaat Virginia auf den Tisch.

Alasdair holte zitternd Luft und atmete langsam wieder aus. So. Das war also ihr Geheimnis.

Es hatte Hinweise gegeben. Ja. Er erinnerte sich und sah jetzt die Dinge, die er nicht hatte sehen wollen. Die vagen Informationen über ihre Familie und ihre Heimat, dass sie immer mit dem Bus fuhr und bar bezahlte, aber vor allem die Traurigkeit und die Schuldgefühle. Er hatte gewusst, dass sie etwas vergraben hatte. Er hatte nur nicht gewusst, was, und er hatte nicht gewusst, wo. Und ihm wurde klar, dass er nichts dagegen gehabt hatte, es dabei zu belassen.

„Ich sehe die Schlagzeilen schon vor mir", fuhr Bob fort. „‚Bekannter Prediger beherbergt Verbrecherin.' Vielleicht ein paar Andeutungen über eine Beziehung. Der Rest des Artikels wird die Einzelheiten deines Lebens enthalten. Deine Geschichte. Deine schmutzigen kleinen Familiengeheimnisse. Vielleicht sind sie nicht so pikant wie die von Jim Bakker oder Jimmy Swaggart, aber an einem Tag, an dem nicht viel los ist, geben sie doch eine schöne Story ab. Weißt du, ich habe schon überlegt, ob du hiervon was gewusst hast. Vielleicht hat sie dir ja Stoff besorgt. Du warst während der ganzen Schwierigkeiten bemerkenswert ruhig. Hattest du vielleicht ein bisschen Hilfe? Und ich wette, sie hat Samantha was gegeben, schon damals, als sie noch beim Spar gearbeitet hat. Der Filialleiter ist jedenfalls davon überzeugt. Er glaubt, sie hätten – wie hat er sich ausgedrückt? – unter einer Decke gesteckt. Er hat eine entsprechende Aussage gemacht. Wie wäre es mit dieser Schlagzeile: ‚Pfarrer stellt Dealerin seiner Tochter ein.' Das ist doch besonders bequem. Sie kriegt ihre Drogen, ohne auch nur aus dem Haus zu gehen."

Alasdair legte den Haftbefehl auf den Tisch. „Was willst du?", fragte er.

„Ich will deine Kündigung", antwortete Bob Henry, ohne zu zögern. „Ich faxe sie zu Whiteman und er faxt ein Stellenangebot in der Verwaltung zurück. Wir haben einen prima Job für dich gefunden."

„Und was ist, wenn ich mich weigere?"

Bob Henry zuckte mit den Schultern. „Es ist deine Entscheidung. So oder so gehe ich von hier aus direkt zur *Post*. Der Redakteur für die Sparte Religion ist ein netter Kerl. Wir haben uns gestern unterhalten und er lässt in der morgigen Ausgabe Platz für einen Artikel über dich. Den ich geschrieben habe." Bob lehnte sich auf seinem Stuhl zurück und ein kleines Lächeln umspielte seine Lippen. „Wusstest du, dass es immer mein Traum war, Reporter zu werden, Alasdair? Nachdem ich das Theologiestudium an den Nagel gehängt hatte, habe ich Journalismus studiert. Das Problem ist", fuhr er fort, „um einen anständigen Job zu bekommen, muss man beweisen, dass man den Instinkt eines Journalisten hat – diese Intuition, um eine Geschichte aufzuspüren, und die Hartnäckigkeit, sie zu verfolgen, wohin sie auch führt. Man nehme jemanden mit Schreiberfahrung – wie mich – und kombiniere ihn mit einer explosiven Story, dann öffnen sich die Türen vielleicht, wer weiß. Jedenfalls", sagte Bob, „habe ich zwei Artikel geschrieben, und mir ist egal, welchen von beiden ich abgebe. Beide haben ihre Vorteile. Wenn du die Kündigung unterschreibst, bekommt die *Post* den Artikel über deine neue Tätigkeit in der Kirchenverwaltung und den Kasten über die Belastung von Pastoren. Dann fahre ich nach Richmond und Gerry lobt mich über den grünen Klee. Wenn du nicht unterschreibst, reiche ich die andere Geschichte ein. Die wird dir nicht so gut gefallen. Aber es liegt an dir", sagte Bob Henry und er sah aus, als wäre es ihm tatsächlich völlig gleichgültig, wofür Alasdair sich entschied.

Er könnte die Stelle annehmen, dachte Alasdair. Er könnte dafür sorgen, dass all das hier ein Ende hatte. Doch mit dieser Erkenntnis legte sich eine Schwere auf ihn. Dann würde es noch mehr Geheimnisse geben. Noch mehr Geheimnisse und noch mehr Menschen, die davon wussten. Noch mehr Angelhaken, die sich in sein Fleisch gruben und an denen jeden Augenblick jemand ziehen konnte. Noch mehr Gründe, nachts wach zu liegen und sich zu fragen, wer wohl die Wahrheit kannte.

„Unterschreib, Alasdair. Ansonsten", sagte Bob kopfschüttelnd, „muss ich dich nackt ausziehen und an den Pranger stellen."

Nackt ausziehen. Genau das war geschehen. Bob Henry hatte den Vorhang weggerissen und er würde seine Drohungen wahr machen. Daran hatte Alasdair keinen Zweifel. Jeder würde sehen, dass der mächtige Reverend auch nur ein Mensch war. Wenn er erst einmal seinen Ruf verlöre, hätte er nichts mehr zu verlieren.

Dann hätte er endlich seinen Frieden, wurde ihm bewusst. Ja. Er hätte beinahe vollkommenen Frieden, wenn es nichts mehr gäbe, was er schützen musste. Was könnten sie ihm dann noch tun?

„Ich unterschreibe gar nichts", sagte er.

„Dann petze ich", drohte Bob und Alasdair lächelte. Ihr Gespräch erinnerte ihn mittlerweile an Sticheleien unter Kindern.

„Tu, was du willst", sagte er, und kaum hatte er die Worte ausgesprochen, spürte er den ersten Anflug von Freiheit.

Das niederdrückende Gefühl überfiel Bridie, noch bevor sie die Augen aufgeschlagen hatte. Sie zog die Decke höher. Am liebsten wäre sie wieder eingeschlafen und nie mehr aufgewacht. Im grauen Licht dieses Morgens wirkten ihre Vorstellungen von einem Happy End hoffnungslos kindisch. Sie lächelte freudlos, als sie an die Gelegenheiten dachte, bei denen sie Alasdair bei Kaffee und Kuchen beinahe die Wahrheit gesagt hätte. Das wäre eine schöne Katastrophe gewesen. Wenn er sie bereits wegen Annas Tagebüchern rauswerfen wollte, was hätte er dann erst getan, wenn er die Wahrheit über sie erfahren hätte? Was hatte sie sich nur gedacht?

Bridie drehte sich um und blickte auf die Uhr. Es war Zeit aufzustehen, wenn sie zum letzten Mal ihre Pflichten für ihn und die Kinder erfüllen wollte. Sie würde zum Pfarrhaus gehen, Samantha zur Schule bringen und diese letzten zwei Tage mit den Kindern verbringen. Und danach wäre sie wieder arbeitslos. Sie erinnerte sich an den Tag, der noch gar nicht so lange her war und an dem sie einen Handel mit Gott geschlossen hatte. Entweder fand sie eine Arbeit, bevor der Tag zu Ende war, oder sie würde wieder anfangen zu dealen.

Diesmal machte sie sich nicht die Mühe eines solchen Handels. Irgendwie hatte sie das Gefühl, als wäre ihr Schicksal schon vor lange Zeit beschlossen worden, vielleicht sogar, bevor sie geboren worden war. So kommt das also, überlegte sie sich, während sie duschte und sich anzog, die paar Dinge zusammensuchte, die sie mitnehmen wollte, und sie in ihren Rucksack stopfte. So wird man also zu einem Versager. Eine schlechte Entscheidung hier, ein blöder Umstand dort. Das ein paar Monate, ein paar Jahre lang, und das war das Ergebnis.

Bridie zählte, was sie noch an Geld hatte, und steckte einen Großteil davon mit einer Nachricht für Carmen in einen Umschlag, den sie auf ihrer Kommode liegen ließ.

Dann schlich sie leise ins Wohnzimmer und spähte zum Fenster hinaus. Newlees Streifenwagen parkte vor dem Haus, aber die beiden waren noch nicht auf. Als sie sich ein letztes Mal in der kleinen Wohnung umblickte, schienen ihr die Worte, die sie an Carmen geschrieben hatte, plötzlich nicht mehr genug zu sein. Sie schob die Hand in ihre Tasche, um den Wohnungsschlüssel herauszuholen, und zog mit dem Schlüssel einen kleinen Zettel heraus. Die geheimnisvolle Telefonnummer. Nach dem Drama des vergangenen Abends hatte sie die Sache ganz vergessen. Sie ging zum Telefon und wählte noch einmal die Nummer.

„Hallo?"

„Hier ist Bridie Collins." Ihr Puls pochte laut in ihren Ohren, ihre Zunge klebte an ihrem Gaumen und sie hatte Schwierigkeiten zu schlucken. „Sie hatten versucht, mich zu erreichen."

„Kleinen Moment", sagte die Frau. Es folgte ein raschelndes Geräusch und Bridie glaubte das Wimmern eines Babys zu hören. Eine Tür wurde geschlossen. „Ja", sagte die Frau. „Ich lebe mit Eric zusammen. In Charlottesville."

Bridies Magen zog sich zusammen. „Warum rufen Sie mich an?"

„Jemand hat nach Ihnen gefragt und Eric hat Sie verraten."

„Wer war es?", fragte Bridie mit ruhiger Stimme, obwohl sich ihr der Magen umdrehte.

„Großer, dünner Kerl. Komischer Typ, high vom Speed. Er hat immer auf seiner Lippe gekaut und sich in die Arme gezwickt."

„Was hat Eric ihm gegeben?"

„Alles, was er hatte. Wenn ich Sie gefunden habe, findet er Sie auch."

„Danke", sagte Bridie.

„Jetzt sind wir quitt", antwortete die Frau und legte auf.

Bridies Hände zitterten, als sie das Telefon auf die Station zurücklegte und den Computer einschaltete. Beinahe hätte sie vor Ungeduld geschrien, während sie darauf wartete, dass das Gerät hochfuhr, dann klickte sie auf das Herzsymbol, das für ihre bevorzugte Internetseite stand, und gelangte sofort zur Justizbehörde von Virginia und die Gefängnisinsassenliste. Sie gab den vertrauten Namen ein letztes Mal ein: Porter, Jonah.

Als das Bild sich aufbaute, starrte sie nur darauf, zu verängstigt, um sich zu rühren. Ihr Atem ging in flachen Zügen. Porter, Jonah. Status: Entlassen. Sie beugte sich vor und las das Wort immer wieder, während sie überlegte, was sie tun sollte. Schließlich klickte sie auf das Bild. Da war er. Dasselbe kantige Gesicht, dieselben rauen Züge. Seine auffälligen Augen waren leer, hohl, als wäre die Seele dahinter nach und nach weggefressen worden. Er war draußen. Und er wusste, wo sie war.

Sie musste fort. So viel war jetzt klar. Sie sollte nicht einmal zum Pfarrhaus gehen. Sie könnte Jonah zu ihnen führen, und wer wusste schon, was dann passieren würde. Bridie zögerte und biss sich auf die Unterlippe.

„Hallo."

Sie zuckte zusammen.

Carmen stand im Türrahmen und starrte sie mit einem merkwürdigen Blick an. „Was ist los?"

Bridie antwortete nicht, sondern wandte sich wieder dem Computer zu und schaltete ihn aus. Als sie sich zu Carmen umdrehte, starrte ihre Mitbewohnerin sie immer noch an. „Was ist?", fragte Carmen noch einmal und ihre Stimme klang jetzt ein wenig schärfer.

„Nichts." Ihre Antwort kam zu schnell.

„Und das da?"

„Was?"

„Das." Carmen zeigte auf Bridies Rucksack und warf ihr noch einen prüfenden Blick zu. „Und was ist mit dir? Du benimmst dich so wie damals, als wir nachts Espressobohnen gegessen haben."

„Mit mir ist nichts", log Bridie und versuchte so natürlich wie möglich zu klingen. „Den Rucksack habe ich gepackt, weil ich im Pfarrhaus übernachte. Alasdair muss verreisen."

Carmen starrte sie unverwandt an, ohne zu lächeln oder zu nicken. „Bist du dir sicher, dass du mir nichts erzählen willst?"

Das war nicht die gute alte ‚Leben-und-leben-lassen'-Carmen.

„Es gibt nichts zu erzählen. Ich muss los."

Carmen nickte, aber sie ging nicht in die Küche, um Kaffee zu kochen, wie sie es sonst immer tat.

Bridie öffnete die Wohnungstür, fest entschlossen zu verschwinden, bevor Newlee herauskam und anfing, Fragen zu stellen. Sie spähte in den grauen Morgen hinaus, aber sie konnte die Umgebung nicht zu lange auskundschaften, sonst würde Carmen misstrauisch werden und Newlee aufwecken, und dann könnte sie sich gleich mit erhobenen Händen ergeben. Soweit sie sehen konnte, war niemand draußen. Sie trat ins Freie und zog die Tür hinter sich zu. Aber anstatt den Weg zu nehmen, huschte sie durch den Garten zur Straße. Es regnete und ein leichter, feuchter Nebel hing in der Luft. Bridie überquerte die Gasse und nahm den langen Weg um den Häuserblock, wobei sie in Laufschritt fiel, um den Bus eine Haltestelle weiter nördlich zu erwischen.

Sie stieg ein und rutschte auf ihrem Sitz herunter. Außer ihren Augen bewegte sich nichts, während sie Alexandrias Gehwege absuchte, die vom Regen glänzten, aber schon voller Leute waren. Er war nicht da. Oder wenigstens sah sie ihn nicht.

Allmählich beruhigte sich ihre Atmung, auch wenn ihr Herz immer noch raste. Der Bus fuhr am Pfarrhaus und der Kirche vorbei. Sie blieb sitzen, aber auf halbem Weg zur nächsten Haltestelle siegte ihr Herz über ihre Vernunft. Sie musste sich verabschieden. Sonst würde Samantha glauben, sie wäre einfach abgehauen. Sie betätigte das Haltesignal und stieg aus. Dann blickte sie sich um. Nachdem sie sich vergewissert hatte, dass niemand ihr folgte, machte sie eine Hundertachtziggradwende.

Jonah setzte sich gerade rechtzeitig auf, um Mary aus den Büschen neben dem Mietshaus auftauchen zu sehen. Er brauchte eine Sekunde, um den Wagen anzulassen, was in Ordnung war, weil er sie nicht erschrecken wollte. Er folgte ihr mit einigem Abstand, und als sie in den Bus stieg, schob sich ein großer SUV vor ihn und versperrte ihm eine Weile den Blick. Er versuchte mit allen Mitteln, weit genug zurückzubleiben, damit sie ihn nicht sah, wenn sie sich umdrehte, aber dicht genug aufzuschließen, um sie im Blick zu behalten.

Er gab sein Bestes und schließlich stieg sie aus. Er fuhr an den Straßenrand, wendete und fuhr, so langsam es ging, zurück. Und er hatte Glück, denn gerade als er dachte, er hätte sie verloren, sah er sie plötzlich. Da war sie und ging durch ein schwarzes schmiedeeisernes Tor.

Jonah bog um die nächste Ecke und fuhr in die Gasse hinter dem Parkplatz der Kirche, wo niemand ihn bemerken würde, stieg aus und überquerte den Friedhof. Er konnte all die Geister sehen. Sie hielten sich an den Händen und spielten auf der Wiese Froschhüpfen. Er konnte sie singen hören, konnte sehen, wie sie sich an den Händen hielten und im Kreis bewegten. *Fröschlein in der Wiese, spring, bevor ich dich zum Hüpfen bring.* „Wir helfen dir, wiederzubekommen, was sie dir weggenommen hat“, sangen sie. „Wir helfen dir, wiederzubekommen, was sie dir weggenommen hat.“

Er nickte, setzte sich auf die Marmorbank und wartete, bis sie ihm sagten, was er tun sollte.

35

Bridie betrat das Haus durch den Hintereingang, dann lehnte sie sich mit dem Rücken gegen die Tür und versuchte ihren Atem zu beruhigen.

Mit der Zeit dämpften die Geräusche der Normalität ihre Panik zumindest ein bisschen. Wasser lief. Ein Paar Tennisschuhe, wahrscheinlich Samanthas, schlugen einen unregelmäßigen Rhythmus gegen die Wand des Trockners. Sie roch Kaffee, der auf der Herdplatte angebrannt war, und den zitronig seifigen Geruch von Spülmittel. Sie trat auf den Flur hinaus. Von hier aus konnte sie hören, wie Cam und Bonnie im Wohnzimmer vor sich hin plapperten, und dazu das Hintergrundgeräusch des Fernsehers. Sie sahen sich wieder einmal das Weihnachtsvideo an. Wahrscheinlich würden sie das am vierten Juli noch gucken. Bridies Puls verlangsamte sich. Sie stellte ihren Rucksack und die Handtasche ab und zog ihre Jacke aus. Dann ging sie zum Fenster, das auf die Straße hinausging, und spähte an der Gardine vorbei. Da draußen war niemand. Kein Mensch.

„Du bist hier." Samanthas Stimme schreckte sie auf.

Sie nickte, beschloss aber, ihr gleich die Wahrheit zu sagen. „Ich kann aber nicht bleiben."

Samanthas Miene wurde ernst.

„Wo ist dein Vater?"

„Er ist oben mit irgendeinem Typen."

Bridie nickte und ihre Gefühle schwankten zwischen Kummer und Erleichterung.

„Warum musst du denn gehen? Dad wird sich schon wieder einkriegen. Da bin ich mir sicher."

Bridie schüttelte den Kopf. „Das ist es nicht."

„Was dann?"

Sie holte tief Luft und atmete sie langsam wieder aus. „Ich habe ein paar schlimme Sachen gemacht."

„Was für Sachen?"

Bridie wand sich. „Das möchte ich lieber nicht sagen. Ich habe keine Zeit, es dir zu erklären, und dafür wären eine Menge Erklärungen nötig."

Samantha dachte darüber nach, dann schüttelte sie den Kopf. „Deshalb gehst du also weg."

Bridie zuckte mit den Schultern. „Na ja, es ist kompliziert."

„Mir kommt es nicht kompliziert vor", sagte Samantha und verschränkte die Arme. „Für mich klingt es so, als würdest du genau das tun, von dem du mir gestern Abend gesagt hast, dass ich es nicht tun soll."

Bridie starrte sie an.

„Weglaufen." *Du Idiot*, sagte ihr Tonfall. Bridie musste unwillkürlich lächeln.

„Manchmal ist es nicht so einfach, Samantha."

Samantha zuckte mit den Schultern. Offensichtlich kaufte sie ihr diese Erklärung nicht ab. „Egal."

Bridie schüttelte den Kopf. Es gab nichts, was sie sagen könnte. Jede Einzelheit, die sie preisgab, würde Samanthas Enttäuschung nur noch vergrößern. „Sind Cam und Bonnie im Wohnzimmer?"

Samantha nickte, ohne zu antworten, und Bridie ging um sie herum ins Wohnzimmer.

„Hi", begrüßten die beiden sie.

Sie konnte die Begrüßung nicht einmal erwidern. Wortlos umarmte und küsste sie beide und ging dann in die Küche, wo sie wieder auf Samantha stieß.

„Ich muss gehen", wiederholte Bridie. Ihre Kehle war wie zugeschnürt und schmerzte.

Zuerst dachte sie, Samantha würde so stehen bleiben, mit verschränkten Armen und düsterer Miene, aber in letzter Minute schlang sie die Arme um Bridie und drückte sie fest an sich. „Komm zurück, wenn du kannst", bat sie, und Bridie konnte es nicht einmal ertragen, sie anzusehen, als sie die Hintertür öffnete und ging.

Carmen konnte das Gesicht nicht vergessen. Sie ging in der kleinen Wohnung auf und ab und rauchte und versuchte zu überlegen, was sie tun sollte, aber sie konnte an nichts anderes denken als an das maskenhafte Gesicht und diese kalten, unheimlichen Augen. Zum hundertsten Mal überlegte sie, ob sie Newlee wecken sollte, aber wie immer hielt irgendetwas sie zurück. Wenn Newlee sich erst einmal einmischte, würde nichts im Verborgenen bleiben, und sie war sich ziemlich sicher, dass es hier um Dinge ging, die Bridie lieber für sich behalten wollte. *Du könntest deine Geheimnisse mit ins Grab nehmen*, ermahnte sie sich, und der Gedanke erschütterte sie so sehr, dass sie nicht einmal bemerkte, dass Newlee in den Türrahmen getreten war.

„Was ist los, Baby?", fragte er, und sie konnte beinahe sehen, wie die Schläfrigkeit in seinen Augen der instinktiven Wachsamkeit des Polizisten wich.

Sie konnte die Sache unmöglich für sich behalten. Carmen holte tief Luft und stieß die Wahrheit damit zusammen aus. „Ich weiß nicht, was los ist, Newlee, aber irgendetwas stimmt hier nicht. Ich habe ein ungutes Gefühl."

„Weswegen?" Seine Muskeln spannten sich an, als würde alles, was ihr zu schaffen machte, auch ihn beunruhigen.

Sie zögerte noch ein letztes Mal, dann beschloss sie, dass es keinen anderen Weg gab. „Du weißt, dass ich die Privatsphäre anderer Leute respektiere, und ich bin die Allerletzte, die mit Steinen werfen würde."

„Was ist passiert?", drängte er.

Sie konnte es genauso gut ausspucken. „Ich bin vorhin reingekommen, als Bridie gerade den Computer ausgemacht hat. Sie wirkte so durcheinander, dass ich hinter ihr hergeschnüffelt habe. Das war nicht besonders schwer, schließlich benutzt sie mein Internet. Ich habe den Verlauf angeklickt, um zu sehen, was sie aufgerufen hat. Und da habe ich das hier gesehen."

Sie ging zum Computer und bewegte die Maus hin und her. Wieder erschien das Bild auf dem Monitor und Newlee beugte sich über sie, um es sich anzusehen. Er runzelte die Stirn und seine Miene verfinsterte sich. Wahrscheinlich konnte er sehen, dass das Gesicht einem Verbrecher gehörte, ohne die Worte darunter zu lesen. Wie zuvor bekam Carmen eine Gänsehaut, als ihr Blick darauf fiel. Jonah Porter. Weiß, männlich, dreiunddreißig Jahre alt. Status: entlassen. Straftat: Herstellung und Vertrieb von Betäubungsmitteln.

Die Muskeln in Newlees Unterkiefer zuckten. Er richtete sich auf und war plötzlich ganz Polizist.

„Ich habe ihn gesehen, Newlee", platzte sie heraus. „Gestern nach der Arbeit war er vor dem Laden. Er sah völlig high aus. Deshalb ist er mir aufgefallen."

„Wo ist Bridie jetzt?" Er stellte die Frage auf dem Weg ins Schlafzimmer, wo er sich sein T-Shirt über den Kopf zog und in seine Kleider schlüpfte.

„Sie hat gesagt, dass sie zum Pfarrhaus geht." Carmen drückte ihre Zigarette aus und fing an, sich ebenfalls etwas überzuwerfen. Sie war gerade fertig, als Newlee seine Stiefel anzog. „Ich gehe dort rüber", sagte sie und griff nach dem Wohnungsschlüssel und ihrer Handtasche.

„Warte." Seine Stimme klang scharf. Es war eindeutig ein Befehl, kein Vorschlag.

Carmen wartete. Sie war nicht einmal versucht zu widersprechen, sondern sah nur mit großen Augen zu, wie er seine Waffe anlegte.

Da war sie. *Folge ihr*, hatten die Geister gesagt, und Jonah war aufgestanden, hatte sich in den Wagen gesetzt und war Mary gefolgt. Ob in dem Rucksack, den sie sich über die Schulter geworfen hatte, sein Geld war? Sie stieg in den Stadtbus ein und Jonah folgte ihm, wobei er einmal bei Rot und zweimal bei Gelb über eine Ampel fuhr, um sie nicht aus den Augen zu verlieren. Der Bus fuhr auf die Autobahn hinaus. Sie kamen an seinem Motel vorbei und dann bog der Bus in einen Bahnhof ein, vor dem die Überlandbusse der Greyhoundlinie standen. Mary stieg aus und ging in das Gebäude.

Bob starrte Alasdair an. MacPherson zuckte nicht einmal mit der Wimper.

Na, fantastisch. Was hatte dieser Kerl in den Adern, dass ihn all das nicht aus der Ruhe brachte? Bob fiel nichts ein, was er sonst noch hätte sagen, wie er ihm sonst noch hätte drohen können.

MacPherson beugte sich vor und Bob schöpfte neue Hoffnung. Gut. Oder roch er nur den entfernten Duft von Kaffee? MacPherson sah

Bob mit zusammengekniffenen Augen an, als würde er ein Insekt unterm Mikroskop betrachten. „Warum machst du das, Bob?“, fragte er.

Bob starrte zurück, zu überrascht, um etwas zu erwidern.

„Irgendetwas muss dich doch antreiben“, fuhr MacPherson fort. „Dieser Wunsch, um jeden Preis zu gewinnen. Du hast einen guten Job. Warum reicht es dir nicht, ihn einfach gut zu machen?“ Er sah ihm direkt in die Augen, ohne zu blinzeln.

‚Warum reicht es nicht?‘, fragte Bob sich, und plötzlich schien es ihm, als verdiene diese Frage eine Antwort, auch wenn er nicht die Absicht hatte, sie Alasdair MacPherson zu geben. Es war wirklich merkwürdig, wenn er einmal richtig darüber nachdachte. Die ganze Zeit, während er mit MacPherson gesprochen hatte, war es so gewesen, als wäre er ein Schauspieler, der seine Zeilen aufsagt. Und so war es immer gewesen. Er durchlebte Ereignisse nicht einfach, er schrieb ein Skript dafür und spielte eine Rolle, und anschließend beurteilte er seine Aufführung mit den Augen eines unsichtbaren Publikums. War seine Darbietung eindrucksvoll? War sie dramatisch? Wie hatte er ausgesehen? War er ein Star? Oder eine Niete? Was würden die Kritiken sagen? Jedes Gespräch, jede Interaktion, jede Freundschaft, jedes Rendezvous, jeder Job war eigentlich eine Szene, die er spielte. Jetzt spähte er in das dunkle Theater, auf der Suche nach dem geheimnisvollen Publikum. Vorne in der Mitte saß sein Vater mit einer Tüte Popcorn. Und Bob wartete immer noch auf seinen Applaus.

Er war kein unfreundlicher Mensch, nur sehr beschäftigt. Immer hatte er etwas zu tun und seine Augen suchten den Horizont permanent nach neuen Aufgaben ab. Er hatte schon immer Ausschau nach dem nächsten Bedürftigen gehalten und den Jungen, der ihm am Bein hing, gar nicht bemerkt. *„Guck mal, Dad“*, hatte Bob gesagt. *„Sieh mal, was ich mache.“* Dann war ein kurzer Blick gekommen, das übliche Lächeln, der distanzierte Gesichtsausdruck, der schnelle Rückzug. Zurück zu wichtigen Dingen.

Er hatte nicht einmal den Trost, dass er begabteren Geschwistern die Schuld geben konnte. Sein Bruder und seine Schwester waren ebenso ignoriert worden. Jeder von ihnen hatte eigene Methoden des Protests. Dennis hatte sich so verhalten, dass er negative Aufmerksamkeit bekam, und Sherry, die Arme, war ständig in Therapie. Bob hatte versucht, selbst etwas zu erreichen. Er lächelte bitter, als er sich – den erwachsenen Bob – vor sich sah, wie er immer noch an den Beinen seines Vaters hing. Und immer noch rief: *„Sieh mich an."*

Bob schüttelte ein wenig den Kopf, um die Bilder zu verscheuchen, dann konzentrierte er sich wieder auf Alasdair MacPherson. Er beantwortete seine Frage nicht, sondern nahm seine Unterlagen und stand auf. „Ich gebe dir eine Stunde", sagte er. „Entweder du rufst bis dahin an oder du liest in der *Post* darüber."

MacPherson beobachtete ihn, ohne ein Wort zu sagen.

Grimmig schrieb Bob seine Handynummer auf eine Visitenkarte und hielt sie ihm hin. Alasdair nahm die Karte nicht, sondern sah Bob nur mit einem Ausdruck in seinem Gesicht an, der Bob wütend machte. Bob warf die Karte auf den Schreibtisch, verabschiedete sich kurz angebunden und ging. Jedes Zögern, das ihn vielleicht noch zurückgehalten hatte, wurde von der aufsteigenden Bitterkeit weggespült. MacPherson sollte sich sein Mitleid für sich selbst aufheben. Er war derjenige, der es brauchen würde. Bob ließ seinen Wagen an und fuhr direkt zum Büro der *Washington Post.* Er würde im Eingangsbereich auf MacPhersons Anruf warten und währenddessen seiner Story den letzten Schliff geben.

36

Bevor Alasdair die Treppe ganz hinuntergestiegen war, klingelte es. Er ging in den Flur und spähte durch den Spion. Ein Mann und eine Frau standen davor. Beide kamen ihm irgendwie bekannt vor. Er riss die Tür auf.

„Wo ist Bridie?“, fragte die Frau, bevor er ein Wort sagen konnte.

Als er hörte, wie sich die Hintertür öffnete und schloss, ließ er die beiden im Flur stehen und rannte beinahe zur Küche. Mit hungrigen Blicken trat er durch die Tür.

„Samantha hat mich angerufen“, begrüßte Lorna ihn. „Sie muss zur Schule gebracht werden.“ Ihr Gesicht drückte Besorgnis aus, und nachdem sie ihn gemustert hatte, wirkte sie noch beunruhigter. „Wo ist Bridie?“, fragte sie und umklammerte die Stuhllehne. „Was ist hier los?“

Er antwortete ihr nicht, sondern ging in den Flur zurück. Lorna folgte ihm auf den Fersen.

„Carmen, was machen Sie denn hier?“, fragte Lorna.

„Carmen?“, wiederholte Alasdair begriffsstutzig.

„Ich bin Bridies Mitbewohnerin“, erklärte Carmen. „Das hier ist mein Verlobter, Newlee Blackstone. Wir machen uns Sorgen um Bridie. Ist sie hier?“

„Sie war hier“, warf Samantha vom Treppenabsatz ein. „Sie ist wieder gegangen.“

„Wie lange ist das her?“, fragte der Verlobte.

„Ungefähr eine Viertelstunde.“

„Was ist denn los?“, wollte Alasdair wissen. Newlee und Carmen sahen einander an.

„Wo wollte sie hin?“, fragte Newlee.

„Ich weiß es nicht“, sagte Samantha. „Das hat sie nicht gesagt. Sie hat nur gesagt, dass sie gehen muss.“

„Samantha, geh in dein Zimmer. Lorna bringt dich gleich zur Schule.“

„Auf keinen Fall.“

„Geh!“, befahl Alasdair. „Das ist mein Ernst.“

Samantha, geh in dein Zimmer. Samantha, geh in dein Zimmer. Jedes Mal, wenn etwas Interessantes passierte, wurde sie in ihr Zimmer geschickt. Sie starrte eine Zeit lang auf den Boden, dann ging sie mit einem Seufzer zum Heizungsschacht. Das wurde zwar allmählich langweilig, aber wie sollte sie sonst herausfinden, was los war?

Sie bückte sich und blieb eine Weile auf dem Boden sitzen. Auch diesmal konnte sie alles hören. Carmen vom Spar sagte etwas davon, dass ein Typ hinter Bridie her sei, und Dad behauptete, sie habe mit Drogen gedealt.

Das konnte nicht sein.

Samantha hörte noch ein paar Minuten zu und versuchte zu entscheiden, was sie tun sollten. Carmens Polizistenfreund sagte, er werde eine Fahndung herausgeben.

Samantha richtete sich auf, trat auf den Flur hinaus und ging zum Gästezimmer, wobei sie darauf achtete, dass niemand sie sah. Als würde sich jemand um sie kümmern. Sie ging hinein und setzte sich auf das Bett. Ein paar von Bridies Sachen hingen noch im Kleiderschrank. Ihre Bibel lag auf dem Nachttisch neben dem Buch, das sie gerade gelesen hatte. Samantha öffnete den Reißverschluss der weißen Lederhülle und schlug die erste Seite auf.

Für Mary,
Nur ein Leben, das wird schnell vergehen.
Nur was für Christus ist, das wird bestehen.
In Liebe,
Grandma

Mary Bridget Washburn war also wahrscheinlich Bridies richtiger Name und nicht der ihrer Mutter, wie sie gesagt hatte. Bridie hatte sie angelogen. Sie blätterte weiter. Auf der nächsten Seite standen Bridies Name und Adresse, mit blauer Tinte geschrieben.

Mary Bridget Washburn
Route 4, Box 252
Woodbine, Virginia 22908

Samantha blätterte die Bibel durch, um zu sehen, ob es noch andere Hinweise auf Bridies Vergangenheit gab. Zwei Zettel fielen heraus. Ein Ausschnitt aus einer Zeitung und etwas, das sie aus dem Internet ausgedruckt hatte. Sie nahm den Zeitungsartikel und faltete ihn auseinander. Ein Schwarz-weiß-Foto von einem Polizeiwagen, der vor einer Hütte stand. Ein Bericht darüber, wie Drogenhändler verhaftet worden waren. Sie entfaltete das andere Blatt Papier. Es war ein Ausdruck der Justizbehörde von Virginia. Irgendeine Akte. Jonah Porter. Samantha runzelte die Stirn. Das war nicht gut. Es bedeutete, dass das, was sie gesagt hatten, stimmte. Bridie war eine Drogendealerin und sie hatte sie die ganze Zeit angelogen.

Samantha legte die Zettel beiseite. Wahrscheinlich sollte sie jetzt wütend sein, aber das war sie nicht. Sie setzte sich wieder aufs Bett und es war merkwürdig, aber es kam ihr vor, als würde jemand in ihrem Kopf ein Video abspielen. Zuerst sah sie Bridie, die zum Essen kam und versuchte, nett zu ihr zu sein, und sie sah sich selbst, wie sie Bridie hatte abblitzen lassen. Dann sah sie sich im Spar, als sie versucht hatte, den Wein zu stehlen, und Bridie, die für sie gelogen hatte, damit sie keine Schwierigkeiten bekam, und deswegen ihre Arbeit verlor. Jetzt kamen die Bilder schneller, eins nach dem anderen: Die Weihnachtseinkäufe, die Renovierungarbeiten im Haus, das Plätzchenbacken, wie sie Moms Tagebücher gelesen und geredet und geweint hatten. Als der Film zu Ende war, wischte Samantha sich über die Augen und verschränkte die Arme.

Na und? Was spielte es schon für eine Rolle? Ihr war egal, was Bridie getan hatte oder wer sie vorher gewesen war. Bridie. Mary. Egal. Wen interessierte das schon? Ein Mensch verdiente eine zweite Chance, oder nicht?

Samantha blickte auf die Bibel hinunter. Sie wusste nicht, wohin sie gehen oder was sie tun sollte.

„Gott, ich könnte ein bisschen Hilfe gebrauchen. Bitte“, fügte sie hinzu. Sie öffnete die Augen und schloss sie dann wieder. Keine Filme mehr. Sie schob den Zeitungsartikel und den Ausdruck in die Bibel zurück und stand auf, um sie auf den Tisch zurückzulegen. Doch in letzter Sekunde überlegte sie es sich anders und steckte sie stattdessen in den Bund ihrer Jeans. Sie hatte das Gefühl, als könnte sie ihr noch nützen. Als sie im Flur war, hörte sie, dass die anderen unten immer noch wild diskutierten. Schnell rannte Samantha in ihr Zimmer zurück und holte den Umschlag mit dem Geld heraus, das sie zu Weihnachten bekommen hatte. Tante Winifred und Tante Fiona gaben ihr immer je zwanzig Dollar. Sie stopfte die Scheine in ihre Hosentasche und schlich zur Treppe.

Sie redeten immer noch. Samantha ging hinunter und an ihnen vorbei, ganz ruhig, und natürlich bemerkte sie niemand. Nachdem sie zur Hintertür hinausgegangen war, den Rasen überquert hatte, blieb sie stehen. Wohin ging sie eigentlich? Sie biss sich auf die Lippe und beschloss, einen Schritt nach dem anderen zu machen.

Wenn sie Bridie wäre, was würde sie tun?

Aus der Stadt verschwinden.

Und wie? Sie hatte schließlich kein Auto.

Mit dem Bus.

Genau. Ja. Bridie hatte ihr erzählt, dass sie mit dem Bus nach Alexandria gekommen war. Also würde sie die Stadt wahrscheinlich auch auf diesem Weg wieder verlassen. Wie man mit dem Bus fuhr, wusste Samantha. Jetzt machte sich das Schuleschwänzen bezahlt.

„Linie 223 Richtung Fairfax, Gainesville, Haymarket, Strasburg, Harrisonburg, Staunton und Charlottesville fährt ab Bahnsteig 2."

Bridie hörte die Ansage und streckte den Kopf aus der Tür der Damentoilette. Jonah war nirgends zu sehen, deshalb schlängelte sie sich zum Abfahrtsbereich durch, blieb aber auf halbem Wege dorthin stehen. Das Mädchen da drüben an der Tür sah aus wie Samantha. Sie runzelte die Stirn. Das Mädchen an der Tür *war* Samantha. Sie winkte heftig und Bridie wartete, während Samantha auf sie zugerannt kam.

„Samantha, was machst du hier?"

„Ich bin gekommen, um dir zu sagen, dass es in Ordnung ist."

„Was meinst du damit, dass es in Ordnung ist?"

„Ich meine, es ist in Ordnung, dass du Drogen genommen und verkauft hast. Ich meine, jeder macht Fehler."

Bridie starrte sie mit offenem Mund an und schüttelte den Kopf.

„Ich meine, du bist doch jetzt nicht mehr so. Das weiß ich."

Bridie schlang die Arme um sie und Samantha erwiderte ihre Umarmung.

„Komm mit zurück. Dad tut es schon leid. Er verteidigt dich und so."

„Wirklich?" Bridies Herz schmolz, doch als sie an ihre Situation dachte, schüttelte sie wieder den Kopf. „Das sollte er aber nicht." Sie ging weiter auf den Bahnsteig zu, an dem der Bus abfahren sollte.

„Warte doch mal", flehte Samantha sie an. Sie hatte Tränen in den Augen und ihre Stimme klang verzweifelt.

„Ich kann nicht warten, Samantha", sagte Bridie, verlangsamte aber ihre Schritte. „Es tut mir leid, ich muss gehen."

„Warte. Bitte." Samantha drehte sich um und rannte zu den Münztelefonen. Sie wandte sich nur so lange ab, wie es dauerte, die Münzen einzuwerfen und zu wählen. Bridie blickte zwischen ihr und dem Bus hin und her, der bereits den Motor angelassen hatte. Die Luft roch nach Diesel und sie konnte hören, wie die Türen sich schlossen. Warum wartete sie? Wenn sie mit Samantha zurückging, würde sie nur hier verhaftet werden und dieses letzte Vorhaben nicht umsetzen können. Sie riss den Blick von Samantha los und lief auf das Drehkreuz zu.

Eine Hand packte ihren Arm, und die Gedanken, die ihr durch den Kopf schossen, waren zu schnell, als dass sie viel Sinn ergeben hätten. Bei der ersten Berührung hatte sie gehofft, es handele sich um Alasdair. Aber noch bevor sie den Kopf drehen konnte, deutete alles darauf hin, dass sie sich irrte. Diese Hand gehörte nicht Alasdair. Sie war nicht sanft, sondern packte fest zu. Sie tat ihr weh, voller Hass und Wut und Verrücktheit. Als sie sah, um wen es sich handelte, war sie nicht einmal überrascht. Ihr Herz hatte Jonah erkannt, bevor ihre Augen es taten.

„Bring mich nicht dazu, irgendwelche Leute hier zu töten", zischte er und öffnete kurz seine Jacke, um ihr den Kolben einer Pistole zu zeigen.

Sie gab keinen Laut von sich, sondern ließ sich von ihm zur Tür ziehen, wobei sie es vermied, zu Samantha hinüberzusehen. Keinesfalls wollte sie, dass Jonah Notiz von ihr nahm. Er stieß sie zu einem alten Plymouth, öffnete die Fahrertür und ließ sie rüberrutschen.

Als Nächstes packte er ihren Rucksack und wühlte darin herum, wobei er Kleider und Kosmetika überall auf dem Sitz verteilte. „Wo ist es?", fragte er, als er fertig war.

Sein Geld natürlich. Und sobald sie ihm sagte, dass es nicht mehr da war, würde sie es auch nicht mehr sein. Außerdem konnte sie mit einem Blick erkennen, dass er high war. Und zwar in der Phase, in der er am verrücktesten, am paranoidesten war. Sie hatte ihn schon oft so gesehen. Er nahm immer mehr Drogen, um den Rausch jedes Mal, wenn die Wirkung nachließ, noch zu übertreffen. Dies war das schlimmste, das gewalttätigste, das gefährlichste Stadium. Als Nächstes würden ein paar Minuten völliger Klarheit folgen und dann der Zusammenbruch. Dann würde er schlafen, wie im Koma, und niemandem gefährlich werden. Sie musste Zeit schinden. Vor allem jedoch musste sie ihn von Samantha wegbringen, die jetzt auf den Wagen zukam.

Jonah riss ihr die Fahrkarte aus der Hand, und zu spät wünschte sie sich, sie hätte sie vorhin fallen lassen.

Er las den Zielort auf dem Ticket, sah sie an, als hätte er sich das schon gedacht, ließ den Motor an und fuhr mit quietschenden Reifen vom Parkplatz. Bridie riskierte einen letzten Blick auf Samantha, aber anstatt hysterisch zu werden, wie sie es erwartet hatte, starrte Samantha das Auto an, als wollte sie sich jede Einzelheit einprägen. Dann wandte sie sich ab und lief in den Busbahnhof zurück.

„Sprich langsamer, Samantha, und sag mir, wo du bist." Alasdair hielt sich das freie Ohr zu und war froh, dass er das Gespräch in der Küche angenommen hatte. Das Gesicht von Lorna, die ihn beobachtete, wurde blass.

„Ich bin am Busbahnhof und irgendein Typ hat Bridie gerade gezwungen, in ein Auto zu steigen, und ist mit ihr weggefahren."

„Bleib, wo du bist." Er legte auf und griff nach seiner Jacke, die an der Garderobe hing. Dann trat er in den Flur und bedeutete Newlee stumm, in die Küche zu kommen. In zwei Sätzen erzählte er, was passiert war.

„Wir gehen hinten raus", sagte Newlee. „Wenn wir vorne rausgehen, macht Carmen uns Schwierigkeiten."

„Ich bleibe bei den Kindern", versprach Lorna.

„Könnten Sie Carmen vielleicht nach Hause fahren?"

„Natürlich."

„Wir nehmen mein Auto", sagte Newlee zu Alasdair. „Dann haben wir Funk."

Alasdair nickte, und plötzlich war nichts mehr wichtig – nicht seine Karriere, nicht sein Haus, nicht seine Zukunft, nicht die Geheimnisse, die er morgen in der Zeitung lesen würde. Er hatte nur noch einen brennenden Wunsch, nämlich Bridie zu finden und nach Hause zu holen. Ihm war egal, was sie getan hatte. Er wusste nur, dass er den Gedanken, sie zu verlieren, nicht ertragen konnte.

Samantha wartete vor dem Busbahnhof auf sie, nicht drinnen, wie er es ihr aufgetragen hatte. Sobald das Auto langsamer wurde, sprang sie auf den Rücksitz. „Hier ist das Nummernschild“, sagte sie und streckte die Hand aus. Sie hatte die Buchstaben- und Ziffernfolge mit blauem Kugelschreiber daraufgeschrieben. Sein Herz schwoll vor Stolz an. Sie war eine Kämpfernatur.

„Bist du in Ordnung?“

„Mir geht's gut. Sie wollte in einen Bus steigen, der nach – hier, ich habe es auf meine Hand geschrieben, nachdem ich angerufen habe – Fairfax, Gainesville, Haymarket, Strasburg, Harrisonburg, Staunton und Charlottesville fährt.“

Newlee schaltete den Polizeifunk ein und gab das Nummernschild durch. Das Auto war gestohlen. Das überraschte ihn nicht.

„Ich glaube, ich weiß, wohin sie will“, sagte Samantha. Diesmal hielt sie ihm die Bibel hin, aufgeschlagen auf einer Seite, auf der ein Name und eine Anschrift standen – Bridies echter Name – Mary Bridget Washburn.

„Woodbine liegt südlich von Charlottesville in Nelson County“, sagte Newlee. „Das ergibt Sinn. Daher kam der Haftbefehl.“ Er führte noch ein paar Gespräche über Funk. „Ich würde sagen, wir fahren nach Charlottesville und hoffen, dass die Polizei den Wagen findet, bevor wir dort ankommen.“

„Erst bringen wir meine Tochter nach Hause“, sagte Alasdair.

„Nein! Ich verspreche, dass ich nicht im Weg sein werde. Aber ich will nicht nach Hause.“

„Wir haben wahrscheinlich nicht viel Zeit“, gab Newlee zu bedenken. „Außerdem werde ich ihn nicht festnehmen. Das übernimmt die Polizei vor Ort oder der Bezirkssheriff.“

Alasdair nickte. Sie fuhren mit Blaulicht, aber ohne Sirene, und abgesehen vom Knistern des Funkgeräts herrschte Stille im Wagen.

37

In Washington D. C. hielten sie an, damit Jonah auf einem Parkplatz ein Autoradio stehlen konnte. Dann mussten sie zu jemandem fahren, den er kannte und der ihm fünfzig Dollar dafür geben würde, und eine Weile darauf warten, dass er nach Hause kam. Es war nach elf Uhr, als sie die Innenstadt von Charlottesville erreichten. Jonah hatte sich einen Schuss gesetzt und die letzte Stunde ununterbrochen geredet. Verrücktes Zeug über Geister und Dämonen und über die Hölle, und dass er gedacht hatte, sie hätte sein Gehirn gestohlen, aber in Wirklichkeit sei es sein Herz gewesen. Bald musste ihm der Treibstoff ausgehen. Es musste einfach so kommen.

„Ich brauche was", sagte Jonah. Er fuhr auf den Parkplatz eines kleinen Lebensmittelladens, der geschlossen war. Jonah fing an zu brüllen und sagte, er würde mit dem Wagen durch die Glastür donnern.

„Der Supermarkt am Busbahnhof hat noch auf", sagte Bridie schnell. „Soll ich fahren?"

Er funkelte sie an, lenkte aber den Wagen in die richtige Richtung, und zum Glück hatte sie recht gehabt, was die Öffnungszeiten des Supermarkts betraf. Aber bei Jonah war nichts einfach. Zuerst wollte er, dass sie hineinging. Dann sollten sie beide gehen. Dann wieder nur sie. Dann er. Es erinnerte Bridie an das Rätsel mit dem Fuchs und dem Huhn und dem Sack Mais, bei dem nur zwei davon zugleich in ein Boot passten und man dreimal übersetzen musste. Er wollte sie nicht im Auto lassen, weil er wusste, dass sie wegfahren würde, und er wollte sie nicht allein in den Laden gehen lassen, weil er befürchtete, dass sie durch den Hintereingang verschwinden könnte. Schließlich sagte er zu ihr, sie solle reingehen, aber keine Dummheiten machen.

„Wenn du nicht in fünf Minuten wieder da bist, erschieße ich jemanden", sagte er und zog seine Waffe, um sich zu vergewissern, dass sie ihn verstanden hatte. „Die da", sagte er und zeigte auf die Frau im Wagen nebenan, von der er behauptete, sie sei Annie Oakley. „Oder ihn", sagte er, und fügte hinzu, der Mann, der Einkaufswagen auf dem Parkplatz einsammelte, sei der Arzt, der mit seinem Traktor abgehauen war.

„Ich bin gleich wieder da“, versprach sie. „Mach bloß nichts Verrücktes.“

Sie kaufte seinen Schnaps und zwei Packungen Diätpillen. Sie traute sich nicht, auch noch Hustensaft zu kaufen, weil sie Angst hatte, die Leute in dem Laden könnten Verdacht schöpfen. Als sie ihre Einkäufe zur Kasse trug, wurde ihr bewusst, dass ihre bittere Drohung Wirklichkeit geworden war. Sie hatte gesagt, sie könnte genauso gut wieder ins Drogengeschäft einsteigen. Und hier war sie. Wie fühlte sich das an?, fragte sie sich selbst. War es ein gutes Gefühl? So, als ob sie dort war, wo sie hingehörte? Sie konnte es nicht sagen. Sie wusste nicht, was sie fühlte, außer dass sie müde und hungrig und heruntergekommen und verbittert war. Sie hatte keine Ahnung, wem ihre Verbitterung galt. Sich selbst? Gott, weil er es ihr so schwer machte, ein anständiges Leben zu führen?

Der Mann an der Kasse war ein o-beiniger kleiner Kerl mit schütterem Haar, das er in alle Richtungen gekämmt hatte, um die kahle Stelle auf seinem Kopf zu verdecken. Er sah sie misstrauisch an. Hastig bezahlte sie die Sachen und ging, so schnell sie konnte, zu Jonah zurück. Sie blickte sich einmal um und bemerkte, wie er am Fenster stand und ihr nachsah, als sie wieder in den Wagen stieg.

Jonah fuhr ein Stück die Straße hinunter, fuhr auf den Parkplatz eines Motels und befahl ihr, hineinzugehen und ein Zimmer zu buchen. Er hatte seine Ausrüstung im Kofferraum und ließ sie alles hineintragen – Einmachgläser, feuerfestes Geschirr, Schläuche, eine Flasche mit Lauge. Gut. Je eher er sich mehr von dem Zeug braute und es nahm, desto eher würde er den Höhepunkt erreichen und desto eher würde er zusammenbrechen. Man konnte den Motor nicht unbegrenzt höher aufdrehen.

„Bau es auf“, sagte er, als sie in dem Zimmer waren. Er trank einen Schluck von seinem Bier und fuchtelte immer noch mit der Waffe herum.

„Ich weiß nicht, wie das geht.“ Es war die Wahrheit.

Er zeigte es ihr und sie setzte seine Anweisungen um, so gut sie konnte. Nachdem sie fertig war, wusch sie sich gründlich die Hände. Jonah stand auf und fing mit seiner Zubereitung an. Weil Bridie nicht wusste, was sie sonst tun sollte, legte sie sich aufs Bett, wobei sie sorgfältig darauf achtete, die Bettdecke nicht aufzuschlagen, weil sich darunter

Läuse oder Wanzen verbergen konnten. Nicht einmal ihre Jacke zog sie aus. Zum Glück schien Jonah das Geld vergessen zu haben, denn sie hatte immer noch keine Ahnung, was sie sagen sollte, wenn er danach fragte.

Sie musste geschlafen haben. Das Nächste, was sie mitbekam, war, dass er sich über sie beugte und sie wachrüttelte. „Wir fahren weiter", sagte er. Sie musste seine Ausrüstung zurück zum Auto tragen, dann stiegen sie ein. Jonah fuhr. Als sie auf die Autobahn fuhren, schirmte Bridie ihr Gesicht von ihm ab.

Offenbar war sie wieder eingenickt. Als sie erwachte, sah sie vertraute Orientierungspunkte. Aber anstatt Freude traf sie die Scham wie ein Schlag.

„Nein. Nicht hier. Nicht so. Bitte."

„Ich will mein Geld", sagte Jonah, „und ich weiß, dass du es hier versteckt hast."

Alasdair goss sich auf der Polizeiwache in Charlottesville noch einen Becher von dem abgestandenen Kaffee ein und machte ein Päckchen Kakao für Samantha ausfindig. Mit beidem ging er zurück zu dem Kunstledersofa im Empfangsbereich und sah dann auf seine Uhr. Die ganze Nacht und noch immer kein Wort seit dem hoffnungsvollen Anruf des Ladenbesitzers. Merkwürdig, dass die Nachricht von der bevorstehenden Verhaftung eines geliebten Menschen einem das Herz leichter machen konnte.

Newlee beendete sein Gespräch mit dem diensthabenden Beamten. Er gesellte sich wieder zu ihnen, zog einen Metallstuhl näher und schüttelte den Kopf. „Es hat keinen Sinn, hierzubleiben", sagte er freundlich. „Wir werden informiert, falls sie ihn finden. *Wenn* sie ihn finden, sollte ich besser sagen. Diese Typen machen alle irgendwann einen Fehler."

Das Problem war, dass er Schaden anrichten konnte, bevor das geschah. Alasdair schüttelte den Kopf. „Wir bleiben", verkündete er rundheraus. „Fahren Sie ruhig zurück, wenn Sie müssen", sagte er zu Newlee. „Wir kommen schon irgendwie nach Hause."

Samantha nahm seine Hand und schenkte ihm ein strahlendes Lächeln.

Newlee schüttelte den Kopf. „Mir macht es nichts aus, hierzubleiben, wenn es Ihnen nichts ausmacht“, sagte er und stand auf, um sich ebenfalls noch einen Kaffee zu holen.

Alasdair setzte sich wieder aufs Sofa und versuchte seine verspannten Muskeln zu lockern. Ihm wurde bewusst, dass er nichts tun konnte. Überhaupt nichts, außer zu warten und zu beten, dass diese Geschichte ein Happy End haben würde.

38

Hattie hatte den größten Teil des Vormittags damit verbracht zu beten. Letzte Nacht hatte sie wieder einen ihrer Träume gehabt, über den sie jetzt nachdachte. Martha war vor einer Weile gekommen und hatte mit ihr gebetet. Irgendwann hatte ihr Geist sich geklärt.

„Jetzt ist es gut", hatte Hattie gesagt. „Die Schlacht ist gewonnen. Jetzt müssen nur noch die Scherben aufgesammelt werden."

„Mhm. Ja", hatte Martha zugestimmt.

Seitdem hatte Hattie geduldig gewartet, war dabei hin und wieder eingenickt, hatte gelesen und dem Zischen von Marthas Dampfbügeleisen gelauscht, das sich einen Weg durch die Falten bahnte. Ihre Freundin fuhr einmal, zweimal, dreimal, viermal mit dem Eisen darüber, dann drehte sie den Kopfkissenbezug um und machte dasselbe auf der anderen Seite. Die Baumwolle leuchtete weiß unter ihren dunklen Fingern. Sie faltete den Kissenbezug in der Mitte, bügelte, viertelte, bügelte wieder. Der angenehme Geruch von Dampf und Stärke vermischte sich mit dem Duft des Bratens, den sie zubereitete.

Hattie musste eingeschlafen sein, eingelullt von Marthas Rhythmus. Als sie das Knirschen von Kies hörte, fuhr sie hoch.

Martha stellte das Bügeleisen ab, ging zum Fenster und zog die Gardine zurück. Sie riss die Augen auf und legte eine Hand auf ihr Herz. „Herr, erbarme dich", sagte sie. „Sie hatten recht, Miss Hattie." Sie ließ die Gardine los und ging zur Tür.

Da war es. Ihr Zuhause, oder das, was Bridie am ehesten so bezeichnen würde – dieses alte, weiße, mit Schindeln bedeckte Haus mit dem schrägen Blechdach und der breiten Veranda davor. Die glänzenden Buchsbaumpflanzen und die riesigen Azaleen schmiegten sich immer noch an das Fundament. Weiter draußen auf dem weiten grünen Rasen standen, genau wie sie es in Erinnerung hatte, zwei große Eichen und Hartriegel und Judasbaum, der gerade anfing, sich rosa zu färben. An einer Seite erblickte sie die Gruppe aus Tränenkiefern. Dahinter, genau wie sie ihr im Traum erschienen waren, lagen die diesigen blauen Berge. Aber so hatte sie nicht nach Hause kommen wollen. Nicht so. Niemals.

Jonah hielt den Wagen in der Hälfte der Einfahrt an. „Wo hast du es versteckt?", fragte er. „In den Bienenstöcken?"

Sie schüttelte den Kopf.

„Wo dann? Unten beim Brunnen? Irgendwo im Wald? Oder bei der Lichtung, auf der du früher gespielt hast?"

Sie schüttelte den Kopf. „Das Geld ist weg, Jonah."

Er blinzelte und sah sie verständnislos an.

„Jemand hat es mir gleich am ersten Tag gestohlen. Im Bus."

„Du lügst."

„Das tue ich nicht. Deshalb habe ich dich verraten. Damit du mich nicht verfolgst."

Er sah sie eine Minute lang unverwandt an. „Ich glaube, meine Beine sind abgefallen", sagte er.

Sie schloss die Augen und rieb sich die Nasenwurzel.

Jonah schaltete die Automatik des Wagens in Parkstellung und stellte den Motor aus. „Wir gehen rein."

„Nein." Das durfte nicht geschehen.

Erst als sie die Waffe an ihrer Schläfe spürte, öffnete sie die Augen.

„Steig aus."

Sie öffnete die Tür und stieg aus. Der knirschende Kies unter ihren Füßen war das einzige Zeichen dafür, dass dies kein böser Traum war. Jonah folgte ihr. Die Pistole berührte jetzt nicht mehr ihren Kopf, aber sie war auch nicht sehr weit weg.

Die Fliegengittertür öffnete und schloss sich und Bridie blickte zur Veranda hoch, wobei sie Jonah, die Waffe und das Geld völlig vergaß. Sie blieb stehen, erschrocken und erstarrt angesichts dessen, was sie sah.

Die Frau, die herausgekommen war, war nicht ihre Großmutter. Es war eine schwarze Frau. Sie stand da, eine Hand auf die Hüfte gestützt, und betrachtete die Besucher. Bridie hatte Mühe, nicht auf den Boden zu sinken, so tief war ihr Kummer.

Sie hatte zu lange gewartet, war zu lange fort gewesen. Grandma war tot. Sie blieb stehen und nur ihre Augen bewegten sich. Dort war die Schaukel, auf der sie als Kind gesessen hatte. Da war die Senke, in der sie ihr Spielhaus eingerichtet hatte. Weiter hinten standen Grandpas Bienenstöcke und die Apfelbäume. Grandmas Wäscheleine lugte hinter dem Haus hervor. Alles, was ihr an diesem Ort vertraut war, schien sie jetzt zu verspotten. Nichts davon gehörte mehr ihr. Das alles gehörte jetzt jemand anderem, und der Mensch, den sie am meisten auf der Welt liebte, war nicht mehr da. Der Schmerz zerriss ihre Brust mit jedem Atemzug und Herzschlag. Sie hatte zu lange damit gewartet, nach Hause zu kommen.

Die schwarze Frau stand abwartend da. Irgendwann setzten sich Bridies Füße beinahe von alleine in Bewegung. Langsam erklomm sie die Stufen. Die Frau warf Jonah einen skeptischen Blick zu, aber sie schien keine Angst zu haben. Anschließend drehte sie sich um und sprach mit jemandem im Haus.

„Sie ist hier, Miss Hattie", sagte sie.

Als sie den Namen hörte, schlug Bridie das Herz bis zum Hals. Die Frau öffnete die Fliegengittertür, Bridie trat ein und da saß Grandma in einem Rollstuhl, als hätte sie auf Bridie gewartet. Sie war etwas gebrechlicher, als Bridie sie in Erinnerung hatte, von der Arthrose schwerer gezeichnet, aber ihre Augen leuchteten noch immer und sie lächelte so lieb wie eh und je. Sie trug ein dunkelblaues Kleid mit Punkten und ihre Hush Puppies, und ihre Bibel lag aufgeschlagen auf ihrem Schoß. Bridie ging zu ihr, sank neben ihrem Stuhl auf die Knie, und ihre Großmutter nahm sie in den Arm. Sie spürte, wie die Tränen flossen. Aber nicht lange. Jonah riss sie unsanft zurück und schob sie weiter ins Haus.

„Mach die Tür zu", befahl Jonah der schwarzen Frau, die ihm einen hochmütigen Blick zuwarf und sich keinen Zentimeter rührte.

„Machen Sie ruhig, Martha", sagte Grandma. „Obwohl ich finde, dass du dir einen höflicheren Tonfall zulegen solltest, Jonah Porter."

Jonah sah sie überrascht an, dann murmelte er eine Entschuldigung.

Bridie fuhr sich über die Augen und starrte ihn ungläubig an. Andererseits sollte sie sich nicht wundern. Nichts Böses oder Zerstörerisches hatte je in Grandmas Gegenwart bestehen können. Oder vielleicht stand Jonah endlich kurz vor dem Zusammenbruch und verlor allmählich die Kontrolle. Er schien ein bisschen zu wanken, während er im Zimmer herumlief. Aber er ging noch immer auf und ab und zählte laut, während er über die Linoleumfliesen lief.

Grandma schüttelte den Kopf und schnalzte leise mit der Zunge. „Die sind schlimm, diese Drogen."

Das konnte man wohl sagen. Bridie zog sich einen Stuhl heran, setzte sich neben Grandma und nahm ihre Hand.

Jonah hörte auf, hin und her zu gehen, und schien sich daran zu erinnern, weshalb er hier war. „Wo hat sie es hingetan?", fragte er Grandma.

„Was denn?"

„Mein Geld."

Das regte Grandma auf. „Ich habe nichts mit irgendwelchem Geld zu tun, Jonah Porter. Und das solltest du auch nicht. Du solltest dich lieber um deine Seele kümmern."

Er fuhr sich mit der Hand übers Gesicht und richtete die Waffe auf Bridie. „Steh auf", sagte er.

Sie stand auf und tätschelte die Hand ihrer Großmutter ein letztes Mal.

Jonah ging zur Wand und riss das Telefon heraus. Er nahm eins von Grandmas Tranchiermessern von der Arbeitsplatte und schnitt das Kabel durch. Dann hielt er die Pistole an Marthas Kopf und durchbohrte Bridie mit seinen Blicken. „Wenn hier irgendein Polizist auftaucht, erschieße ich sie beide."

„Herr, erbarme dich", sagte Martha. „Legen Sie das Ding weg."

„Tu das nicht, Jonah. Bitte!", flehte Bridie. Wie waren sie nur in diese Situation geraten? Sie musste ihn von hier weglotsen, bevor jemand verletzt wurde. Aber wohin sollten sie gehen? Überall gab es Menschen, die verletzt werden konnten, entweder, indem Jonah auf sie schoss, weil sie wie Annie Oakley aussahen, oder indem sie ihnen Crystal Meth verkauften. In diesem Augenblick wusste Bridie, was sie tun musste.

Während der nächsten vier Stunden tat sie alles, was Jonah ihr auftrug. Sie leerte jede Schublade aus, jeden Schrank und jedes Regalfach und stocherte mit dem Besen unter jedem Möbelstück herum. Selbst draußen durchsuchte sie ein paar Verstecke. „Es ist nicht hier", sagte sie schließlich erneut, so entnervt, wie sie es noch nie gewesen war. „Ich sage die Wahrheit. Das Geld ist mir gestohlen worden."

Wieder blinzelte Jonah und schien nicht zu verstehen, was sie sagte. Kopfschüttelnd ging sie in die Küche zurück und er starrte ihr dümmlich hinterher. In diesem Augenblick war es ihr beinahe egal, ob er sie erschoss oder nicht. Martha trug in aller Ruhe den Braten auf und nahm ein Blech mit Brötchen aus dem Ofen, als Bridie den Raum betrat. Jonah folgte ihr blinzelnd und versuchte sich zu konzentrieren.

„Kommt, wir essen etwas", sagte Grandma. Bridie lächelte. Das alles war so unwirklich. Aber zugleich war es die Wirklichkeit. Da war der Tisch, mit einem rot-weiß karierten Tischtuch und den alten geblümten Tellern gedeckt. Martha stellte ein Einmachglas mit Pflaumengelee darauf.

„Holen Sie doch bitte mal den Stuhl von dort drüben", sagte sie zu Jonah. Er gehorchte, und Bridie hätte sich nicht gewundert, wenn er „Ja, Ma'am" gesagt hätte.

Sie setzten sich allesamt, Grandma sprach das Tischgebet und Bridie machte sich trotz der angespannten Lage über das Essen her. Sie war völlig ausgehungert. Als sie sich daran zu erinnern versuchte, wann sie das letzte Mal etwas gegessen hatte, gelang es ihr nicht.

„Jonah Porter, weißt du eigentlich, nach wem du benannt bist?"

Er fuhr lange genug aus seiner Benommenheit hoch, um Grandma anzusehen, als wäre sie verrückt. „Das war der Name meines Großvaters", sagte er. Seine Aussprache war undeutlich und er konnte kaum noch die Augen offen halten. Er war an dem Punkt, an dem er bald das Bewusstsein verlieren würde, und am liebsten hätte Bridie vor Erleichterung gejubelt. Stattdessen nahm sie sich noch ein Brötchen und bestrich es mit Butter und Pflaumengelee.

„Ich rede von Jona in der Bibel", sagte Grandma und Bridie erkannte die Stimme der Sonntagsschullehrerin. Sie schüttelte den Kopf und grinste. Nur Grandma konnte eine Geiselnahme in eine Gelegenheit zur Evangelisation ummünzen.

Grandma sah Jonah durchdringend an und fuhr mit ihrem Vortrag fort. „Gott sagte, er solle nach rechts gehen, und er ging nach links, und du bist genauso wie er. Seit du ein kleiner Junge warst, hast du dich quergestellt", verkündete sie. „Wenn man dich in den Fluss werfen würde, würdest du flussaufwärts treiben."

Jonah blinzelte.

„Gott gab Jona einen Auftrag, aber anstatt zu gehorchen, lief er vor Gott weg. Genau, wie du es tust."

„Ja, Ma'am."

„Ich weiß zufällig ganz genau, dass Gott einen Auftrag für dich hat, Jonah Porter. Kannst du dich nicht mehr daran erinnern, wie du in dem Bibellager in den Ferien nach vorne gekommen bist? Und sieh dich heute mal an."

Jonah ließ den Kopf hängen.

„Schlaf ja nicht ein, wenn ich mit dir rede."

Er riss den Kopf wieder hoch. „Nein, Ma'am." Er blinzelte.

„Nun ja, Gott ließ Jona seine Rebellion nicht durchgehen, und dir wird er dein Verhalten auch nicht durchgehen lassen. Er sandte einen großen Fisch, der Jona verschlucken sollte. Und ich würde sagen, du stehst selbst ganz kurz davor, im Bauch eines Wals zu landen."

Jonah starrte sie an und blinzelte, und wieder senkten sich seine Lider.

Bridie trank einen Schluck von ihrem Eistee und beobachtete, wie Grandma zum entscheidenden Stoß ansetzte.

„Du hast die Wahl. Du kannst so weitermachen wie jetzt, oder du kannst tun, was der Jona in der Bibel getan hat. Er hat zum Herrn, seinem Gott gebetet, damit der ihn aus dem Fischbauch holte. Das kannst du auch tun. Nur weil du etwas Schlimmes gemacht hast, bedeutet das nicht, dass du so bleiben musst. Außerdem, was meinst du eigentlich, was du hier tust? Willst du uns alle umbringen? Mir ist das egal, und Martha auch. Wir gehen in Gottes Herrlichkeit ein. Aber ist das wirklich das, was du willst?"

Jonah fuhr sich mit der Hand durchs Gesicht. „Mary B., du musst mir sagen, was du mit dem Geld gemacht hast", sagte er beinahe flehend.

„Ich schwöre dir bei der Bibel meiner Großmutter, dass ich es nicht habe, Jonah. Ich sage die Wahrheit. Jemand hat es mir gestohlen – wenn das nicht wahr ist, will ich auf der Stelle tot umfallen." Vielleicht war das nicht der passendste Ausdruck.

Jonah schüttelte den Kopf. Dann sah er sie mit einem Blick an, der beinahe ganz klar war, und einen Moment lang sah sie den alten Jonah. Er lächelte schief. „Du machst mich echt fertig, Mary. Wirklich."

„Kehr um zu Gott, Jonah", drängte Grandma ihn. „Es ist noch nicht zu spät."

Jonah stand auf und hätte beinahe seinen Stuhl umgeworfen. „Doch, das ist es, Miss Hattie."

„Niemals." Grandma schüttelte den Kopf, die Lippen fest zusammengepresst.

„Mhm", stimmte Martha zu. „Nein, Sir, es ist nie zu spät."

„Ihr macht mich alle verrückt“, sagte er, und als wollte er nur vor die Tür gehen, um eine Zigarette zu rauchen, verschwand er nach draußen.

Sie starrten ihm nach. Nach der ersten Schrecksekunde sprang Bridie auf und ging zum Fenster. Jonah stieg in den Plymouth, ließ ihn an und fuhr in einer Staubwolke rückwärts die Einfahrt hinunter.

„Also dann“, sagte Grandma.

„Mhm.“ Martha schüttelte den Kopf und trank einen Schluck von ihrem Eistee.

Bridie ging zurück zum Tisch und setzte sich wieder. Die Ereignisse hatten eine unvorhergesehene Wendung genommen.

Als Nächstes wandte Grandma sich an Bridie. „Und du, Fräulein?“, sagte sie. „Jetzt liegt es an dir, würde ich sagen. Was willst *du* tun?“

Bridie brauchte nicht lange, um sich zu entscheiden. Sie stand auf, ging zur Tür hinaus und schlug den Weg in den Wald ein. Nachdem sie etwa einen halben Kilometer gewandert war, erreichte sie das Haus der Cassidys, die immer noch dort wohnten, wie sie erfreut feststellte.

„Ja?“, fragte Mrs Cassidy auf ihr Klopfen hin mit großen Augen, ohne die Fliegengittertür zu öffnen. Offenbar war Bridies Ruf ihr vorausgeeilt.

„Ich wollte fragen, ob ich mal Ihr Telefon benutzen darf“, sagte Bridie.

„Wen rufst du denn an?“, fragte Mrs Cassidy. „Ich wähle die Nummer für dich.“

Sie sagte es ihr, dann ging sie zu ihrer Großmutter zurück, um zu warten.

„Ich wusste, dass Sie wiederkommen würden“, sagte Martha. Sie war mit dem Abwasch schon fast fertig.

Grandma lächelte ihr zu. Sie hatte am Fenster gesessen und hinausgesehen. „Ich auch“, sagte sie. „Aber ich habe die ganze Zeit gebetet, um auf Nummer sicher zu gehen.“

Bridie ging zu ihr und kniete sich wieder neben sie. „Es tut mir furchtbar leid“, sagte sie und spürte, wie die Reue, die sie so lange verdrängt hatte, sich einen Weg nach draußen bahnte. „Ich weiß, ich hätte zu dir kommen sollen, als sie die Kleinen abgeholt haben, aber ich war wütend auf Gott. Ich wollte nichts über ihn hören. Ich hasste ihn und ich wollte niemanden um mich haben, der anders fühlte. Aber ich weiß, dass ich im Unrecht war. Wenn ich die Uhr zurückdrehen könnte, würde ich alles anders machen. Ich wünschte, ich könnte all das ungeschehen machen."

„Das weiß ich." Grandma streckte ihre knotige Hand aus und legte sie auf Bridies Hand. „‚Wenn eure Sünde auch blutrot ist, soll sie doch schneeweiß werden.' Jesaja eins, Vers achtzehn."

„Ich habe schreckliche Dinge getan."

„Das spielt keine Rolle. Du kannst mit deiner Sünde das Kreuz nicht übertrumpfen."

Bridie sah ihre Großmutter an und plötzlich fiel ihr kein Grund mehr ein, warum sie ihr nicht glauben sollte. *Du kannst mit deiner Sünde das Kreuz nicht übertrumpfen.* Es war das Gleiche, was Alasdair gesagt hatte. *„Wo es Sünde im Überfluss gibt, ist noch mehr Gnade da."* Eine zarte Ehrfurcht erfüllte ihr Herz.

„Es ist, wie Gott gesagt hat", fuhr ihre Großmutter fort. „Wem viel vergeben wird, der wird auch viel lieben."

Sie würde wohl wirklich mehr lieben, als sie es jemals für möglich gehalten hatte, wenn das die Wahrheit war. Bridie legte ihren Kopf an Grandmas Schulter und schüttete Gott den ganzen Kummer in ihrem Herzen aus. Sie weinte und weinte, und jedes Mal, wenn sie dachte, sie wäre fertig, weinte sie noch mehr. Und es kam ihr vor, als würden diese Tränen die Zeit fortspülen. Ein zehrender Tag nach dem anderen fiel von ihr ab, ein ermüdendes und fades Jahr nach dem anderen. Als sie irgendwann keine Tränen mehr hatte, fühlte sie sich erschöpft, aber gereinigt und getröstet. Sie spürte, wie Gottes Liebe sie umfing wie ein paar warme, starke Arme. Sie ließ den Kopf an der Brust ihrer Großmutter ruhen, so wie sie es als Kind immer getan hatte, und trocknete sich Nase und Augen mit dem Taschentuch, das Grandmas Freundin ihr in die Hand gedrückt hatte.

„Danke, Jesus", flüsterte Grandma. „Danke, lieber Herr, dass du sie nach Hause gebracht hast."

„Einmal sein Kind, immer sein Kind", murmelte Martha. „Niemand kann es aus Gottes Hand reißen."

Sie schickten nicht nur einen Streifenwagen, sondern zwei. Einen aus Nelson County und einen aus Alexandria. Bridie trat auf die Veranda hinaus. Die Nachtluft war kühl, duftete aber süß. Sie holte tief Luft und wünschte, sie könnte hier sein, wenn die Apfelbäume blühten.

Der Hilfssheriff von Nelson County öffnete die Tür seines Wagens und stieg aus.

Sie ging eine Stufe nach unten, um ihn zu begrüßen.

„Sind Sie diejenige, die sich selbst angezeigt hat, Ma'am?"

Bridie nickte. „Soll ich die Hände heben oder irgendwas?"

„Nein, Ma'am", sagte er, „das ist nicht nötig." Dann las er ihr ihre Rechte vor, genau wie im Fernsehen.

Martha trat hinter sie und legte einen Arm um sie. Erst jetzt dämmerte es Bridie, was sie erwartete. Sie hatte die plötzliche Vision, wie ihre Großmutter umfiel und sich die Hand aufs Herz presste, während man sie in Handschellen abführte.

„Das wird sie umbringen", murmelte Bridie Martha zu.

„Sie hat schon eine Menge durchgemacht und es hat sie noch nicht umgebracht", gab Martha zurück.

Jetzt stieg auch der Fahrer des Wagens aus Alexandria aus. Es war Newlee. Am liebsten wäre Bridie vor Scham gestorben. Er sprach mit dem Sheriff von Nelson County, dann nickte er jemandem auf dem Beifahrersitz seines Wagens zu. Ein zweiter Mann stieg aus und sie erkannte ihn sofort, trotz des dämmrigen Mondlichts.

„Oh nein", sagte sie zu Martha. Aber Martha war schon wieder hineingegangen.

Alasdair ging auf sie zu, mit aufrechtem Gang und erhobenem Haupt. Er tat so, als sähe er den Sheriff nicht einmal. Am Fuß der Treppe blieb er stehen und blickte zu ihr hinauf.

„Du müsstest doch eigentlich in Richmond sein", sagte sie.

„Ich war nicht in der Stimmung dazu."

„Geht es Samantha gut?"

„Sie ist auf der Polizeiwache. Sie haben ihr einen Teddy gegeben. Sie kocht vor Wut."

„Du weißt, was ich meine."

„Es geht ihr gut. Es war richtig von dir, ihr die Wahrheit zu sagen."

Beschämt senkte sie den Kopf. Sie konnte es nicht ertragen, ihm noch länger in die Augen zu sehen. Seine Schuhe stiegen die Stufen hinauf. Als er vor ihr stand, streckte Alasdair seine tintenbefleckte Hand aus und hob mit dem Finger ihr Kinn an. „Das bist nicht du", sagte er und seine Stimme klang sanft, aber entschlossen. „Das darfst du nie glauben."

Der Polizist kam auf die Veranda und Alasdair ließ seine Hand sinken.

„Wir gehen besser, Ma'am", sagte der Hilfssheriff.

„Kann ich mich noch von meiner Großmutter verabschieden?", fragte sie, während sie sich bemühte, nicht die Fassung zu verlieren.

Er nickte.

Bridie ging hinein. Grandma saß mit ihrem Rollstuhl am offenen Fenster und hatte alles mit angehört.

„Grandma", sagte sie, „ich kann nicht hierbleiben."

„Nein", pflichtete ihre Großmutter ihr bei. Ihr Blick war auf Alasdair gerichtet. „Du musst ein paar Dinge erledigen."

„Nein, Grandma." Bridie zerriss es fast das Herz. „Ich muss ins Gefängnis."

„Ach, aber nicht lange."

„Ich muss eine Strafe absitzen, Grandma."

„Das musst du nicht."

Wurde sie senil? Verstand sie denn nicht?

Grandma richtete sich so weit auf, wie ihre Arthrose es zuließ, und sah Bridie mit dem gleichen Blick an, der sie schon oft zur Räson gerufen hatte. „Der Engel ist gekommen und hat Petrus befreit, oder nicht?"

„Ja, das hat er."

„Und hat er nicht auch das Erdbeben geschickt, damit Paulus aus dem Gefängnis in Philippi entkommen konnte?"

„Ja, das hat er."

„Siehst du", sagte sie, als wäre alles, was sie sagte, völlig logisch, „du gehst eine Weile ins Gefängnis, aber du bleibst nicht dort", verkündete Grandma. „Das hat der Herr mir gezeigt."

Martha, die hinter Grandmas Rollstuhl stand, zuckte mit den Schultern. „Wenn sie sagt, dass der Herr ihr etwas gezeigt hat, dann hat sie in der Regel recht. Letzte Nacht hat sie geträumt, dass Sie diese Treppe heraufkommen."

Bridie musste trotz allem lächeln. Sie beugte sich über ihre Großmutter und drückte ihr Gesicht an ihre weiche Wange.

„Auf Wiedersehen."

„Du kommst wieder", versprach Grandma.

39

Gerald Whitemans Frau ließ Bob herein und führte ihn in Gerrys Arbeitszimmer. „Er telefoniert gerade“, sagte sie. „Aber er kommt gleich.“

Bob setzte sich auf den Stuhl, den sie ihm anbot, und lehnte Tee und Kaffee ab, damit sie so schnell wie möglich ging. Sobald sie fort war, holte er die *Washington Post* aus seinem Aktenkoffer. Er konnte sich noch immer nicht an dem Artikel satt sehen und an dem Namen, der darunter stand: *von Robert Henry.*

Es war eine wunderbare Doppelseite. MacPhersons missratene Familie kam im Lokalteil groß heraus, anstatt auf der Themenseite für Religion vergraben zu sein. Als sie die Geschichte gelesen hatten, hatte die Redaktion beschlossen, dass sich ein ausführlicher Bericht lohnte. Eine Viertelseite Foto, und er hatte genau den richtigen Ton getroffen. Anstatt wie ein Sensationsbericht daherzukommen, las sich der Artikel wie eine kluge Analyse. Ein Blick hinter die Fassade der Perfektion, in MacPhersons gequälte Seele, ein nachdenklicher Kommentar zu der Belastung, der Geistliche ausgesetzt waren. Der Redakteur war beeindruckt gewesen, und so wie Bob es sich erhofft hatte, waren ihm neue Aufträge versprochen worden. Nach ein paar Monaten, vorausgesetzt, er lieferte Entsprechendes, würden sie ihm einen Schreibtisch, einen Computer und eine volle Stelle geben. Es wäre kein Karrieresprung, aber das war Bob egal. Er sah sich plötzlich in dem geschäftigen Redaktionsbüro, das Telefon zwischen Ohr und Schulter geklemmt, wie er sich auf einem Block Notizen machte. Die Türklingel holte ihn in die Gegenwart zurück. Er hörte Schritte im Flur und ihm wurde flau im Magen.

Die Szene, die sich gleich abspielen würde, könnte zwei Wendungen nehmen. Die Ältesten der Gemeinde in Alexandria und Gerry könnten ihm dankbar sein, weil er MacPherson wirkungsvoll entsorgt hatte. Für die Gemeinde selbst oder die Kirche dürfte es kaum Konsequenzen geben, da der Artikel deutlich gemacht hatte, dass sie von den Ausmaßen seiner Probleme nichts geahnt hatten. Und nach dieser Art von Presse konnte MacPherson sich unmöglich weiter gegen seine Kündigung wehren. Blieben also nur noch die Formalitäten. Aber Bob war Realist. Es bestand durchaus die Möglichkeit, dass die Ältesten zimperlich wurden und ihr schlechtes Gewissen an ihm ausließen, obwohl er dafür gesorgt hatte, dass ihre Wünsche in Erfüllung gingen. Er warf die *Post* wieder in seinen Aktenkoffer. Selbstgefällig zu erscheinen würde ihm nicht weiterhelfen.

Die Schritte kamen näher. Er stand auf, als sie eintraten: Gerry, gefolgt von Sutton, Sedgewick und Smith. Der verstaubte kleine Edgar Willis war nicht dabei. Und MacPherson fehlte ebenfalls. Nicht, dass Bob ihn hier erwartet hatte.

Sie setzten sich, ohne zu lächeln. Gerrys Gesicht war grau und er sah aus, als würde er jeden Augenblick anfangen zu weinen. Die Besucher blickten grimmig drein. Sogar wütend. Bob spürte, wie sein Magen sich zusammenzog. Also gut. Dann eben so.

Noch bevor jemand sprach, klappte Sutton seine Aktentasche auf und ließ ein Exemplar der *Washington Post* auf die Marmorplatte des Couchtisches fallen. Er drehte sich um und funkelte Bob an. Bob schob sein eigenes Exemplar der Zeitung noch tiefer in seinen Aktenkoffer und schloss mit dem Fuß den Deckel.

„Dafür sind Sie verantwortlich", erklärte Sutton mit geblähten Nüstern, während ein winziges Netzwerk aus geplatzten Äderchen auf seinen bleichen Wangen sichtbar wurde. „Edgar Willis hat dieser Artikel so mitgenommen, dass man ihn mit Herzschmerzen ins Krankenhaus bringen musste."

Gerry warf Bob einen gequälten Blick zu.

Bob versuchte mit ihnen zu diskutieren. „Wenn MacPherson erst einmal fort ist, ist die Sache ganz schnell vergessen", besänftigte er die aufgebrachten Ältesten. „Sobald die nächste interessante Story auftaucht. Und ich bin mir sicher, jetzt, wo all das herausgekommen ist, wird er kündigen." Er lächelte aufmunternd. „Die Kirche und die Gemeinde wussten von nichts", versicherte er ihnen. „Es ist klar, dass Sie keine Ahnung von irgendwelchen kriminellen Machenschaften hatten. Sie werden die Sache unbeschadet überstehen."

Sutton wandte sich an Whiteman. „Wir haben Sie lediglich gebeten, mit Reverend MacPherson zu sprechen. Wir haben uns Sorgen um ihn gemacht und Sie sind sein geistlicher Mentor."

„Das war mir durchaus klar", sagte Whiteman entschieden. „Glauben Sie mir, ich hatte hiervon keine Ahnung." Alle richteten ihre wütenden Blicke auf Bob.

Sein Herz hämmerte wieder, aber diesmal vor Wut und nicht vor Angst. So war es immer. Die Leute wollten, dass etwas getan wurde, aber sie wollten nicht wissen, wie es getan wurde, damit sie kein schlechtes Gewissen haben mussten. „Sie wollten MacPherson loswerden und Sie wussten genau, dass ihm das schaden würde, was auch immer Sie unternehmen. Was Ihnen jetzt nicht gefällt, ist die Tatsache, dass Sie in Verlegenheit gebracht worden sind. MacPherson ist Ihnen egal. Sie machen sich Sorgen darüber, wie *Sie* dabei aussehen."

„Das ist ganz und gar nicht wahr", gab Sutton zurück.

„Sie wollten ihn loswerden und Sie wollten, dass jemand im Hintergrund die Fäden zieht; sonst wären Sie den offiziellen Weg gegangen."

„Wir wollten nicht, dass eine offizielle Beschwerde seinem Ruf schadet", schaltete Smith sich ein, und er sah aus, als meinte er jedes Wort ernst. „Wir dachten, wenn Reverend Whiteman ihm eine Position in der Verwaltung organisieren könnte, würde er den Köder vielleicht schlucken. Eine offizielle Abstimmung hätte seiner Karriere geschadet. Sein Vater war einer meiner besten Freunde, müssen Sie wissen. Das hätte ich seinem Sohn nicht antun können." Seine Miene verhärtete sich wieder. „Wir wollten vielleicht, dass Sie offene Worte sprechen, aber es war nie die Rede davon, ihn zu irgendetwas zu zwingen, und ganz sicher nicht von irgendeiner Art von Erpressung. Dies ist die Kirche und nicht die Mafia."

„Wir hätten das hier niemals gutgeheißen", sagte Sutton tonlos und warf einen angewiderten Blick auf den Zeitungsartikel.

„Natürlich nicht", stimmte Whiteman ihm zu.

„So laufen die Dinge nun einmal in der Welt", gab Bob zurück. „Das scheinen Sie nicht zu verstehen."

Sie sahen ihn alle mit grimmigen Mienen an. Nur Gerry sprach. „Oh, ich glaube, das verstehen wir", sagte er. „Wir verstehen das sehr wohl."

Bob erkannte das Stichwort für einen Abgang, wenn er es hörte. Er ließ seinen Aktenkoffer zuschnappen und erhob sich, aber an der Tür zögerte er und sah sich noch einmal um.

Gerry beugte sich vor, den Kopf in die Hände gestützt. „Also gut", sagte er zu den anderen. „Was machen wir jetzt?"

40

Am ersten Abend, nachdem Alasdair eine Kaution hinterlegt und sie nach Hause gebracht hatte, nachdem Lorna sie umarmt und auf die Wangen geküsst und ihre Hand getätschelt hatte, nachdem sie ein halbe Stunde lang mit Samantha gesprochen hatte, die von den Ereignissen eher inspiriert als traumatisiert zu sein schien, nachdem sie ins Kinderzimmer geschlichen und einen Blick auf Cam und Bonnie geworfen hatte, ging Bridie in die Küche und stellte fest, dass Alasdair ein Dessert für sie zubereitet hatte. Apple Pie. Fertig gekauft, aber er hatte ihn warm gemacht und mit einer Kugel Vanilleeis darauf serviert. Der Tee hatte gezogen und war fertig, und mitten auf dem Tisch stand eine dicke, neue Kerze, die nach Vanille roch. Der Duft vermischte sich mit dem Aroma von Zimt und Äpfeln.

„Ich habe die Apfelbäume bei dir zu Hause gar nicht gesehen", sagte Alasdair, während er ihr eine Tasse Tee einschenkte und einen Löffel Zucker hineintat, so wie sie es gerne mochte. „Wir müssen bald wieder hinfahren. Dann nehmen wir die Kinder mit und du kannst uns alles richtig zeigen."

Bridie blinzelte.

„Iss deinen Kuchen", schlug er vor, „bevor das Eis schmilzt."

Sie nahm ihre Gabel, kaute einen Bissen und zwang sich, ihn hinunterzuschlucken. Eigentlich hatte sie keinen großen Hunger. „Ich kann nicht so tun, als wäre nichts geschehen", sagte sie rundheraus.

Alasdair schob sich eine Gabel voll Kuchen in den Mund und sah sie nachdenklich an, während er den Bissen hinunterschluckte und mit einem Schluck Tee nachspülte. „Das würde ich auch nie vorschlagen. Im Gegenteil. Ich glaube, wenn man einander näherkommt, während man Geheimnisse für sich behält und vorgibt, jemand zu sein, der man nicht ist, dann ist man dem anderen nicht nur eine Erklärung schuldig, sondern auch eine Entschuldigung." Er stellte seine Tasse ab. „Es tut mir leid", sagte er schlicht. „Du warst nicht die Einzige, die ein Geheimnis hatte."

„Das kann man wohl kaum miteinander vergleichen." Bridie wich seinem Blick aus. Sie schämte sich so sehr, seitdem ihre Schande offengelegt war, sodass alle sie sehen konnten. Fühlte sich so gedemütigt. Plötzlich dachte sie an den Zeitungsartikel und betrachtete Alasdairs ruhige Miene in einem anderen Licht. Sie war nicht die Einzige, die bloßgestellt worden war, und sie konnte ihre Großmutter beinahe sagen hören, das sei doch eine gute Gelegenheit, Demut zu üben und sich von Gott aufrichten zu lassen. Ihre Augen brannten. Sie nahm die Papierserviette und trocknete sich damit die Augen.

„So anders ist es nun auch wieder nicht. Niemand ist wegen deiner Gleichgültigkeit gestorben“, sagte er leise.

„Niemand, von dem ich weiß.“

Er zuckte mit den Schultern. „Wie lange wollen wir uns also noch selbst bestrafen? Ich nehme an, das ist die Frage. Keine Qual kann jemals den Preis bezahlen oder wiederbringen, was wir verloren haben, oder unsere Taten ungeschehen machen.“

Er sah sie prüfend an. „Was ist?“

Sie schüttelte kurz den Kopf und zog mit den Zinken ihrer Gabel ein Muster auf der Tischdecke nach. „Mir ist nur gerade einer von den hundert Versen eingefallen.“

„Welcher denn?“

„‚Wenn wir behaupten: wir sind ohne Schuld, betrügen wir uns selbst und die Wahrheit lebt nicht in uns. Wenn wir aber unsere Verfehlungen eingestehen, können wir damit rechnen, dass Gott treu und gerecht ist: Er wird uns dann unsere Verfehlungen vergeben und uns von aller Schuld reinigen.‘“

Alasdair blickte einen Moment lang an ihr vorbei, dann wandte er ihr wieder seinen Blick zu. Der Anflug eines Lächelns umspielte seine Lippen. „Na, dann“, sagte er, „scheint mir unsere Antwort doch auf der Hand zu liegen.“

„Siehst du, und schon denkst du wieder, du wüsstest alles.“ Sie nahm noch einen Bissen von dem Pie. Er schmeckte gar nicht schlecht.

Jetzt lächelte er übers ganze Gesicht.

„Ich wollte nicht, dass es so kommt“, sagte sie.

„Wie ist es dann dazu gekommen?“ Seine Miene war offen und freundlich, seine Augen waren voller Mitgefühl.

Sie zögerte nur einen Augenblick, dann legte sie ihre Gabel weg und erzählte es ihm, indem sie diesmal dort anfing, wo sie sonst immer aufgehört hatte.

Samantha hörte nicht sehr lange zu, nur bis sie sich sicher war, dass die beiden auf der richtigen Spur waren. Bridie würde es wieder gut gehen, dachte sie und schloss die Klappe über dem Heizungsschacht. Jetzt, seit sie über alles redete. Samantha kletterte in ihr Bett und zog die Bettdecke höher. Die Steppdecke schmiegte sich schwer und warm an ihr Gesicht und es fühlte sich an, als hätte jemand den Arm um ihre Schultern gelegt. Sie drehte sich um und schloss die Augen. Vielleicht würde es ihnen allen wieder gut gehen.

41

Sondra hatte sich allmählich bis zum Grund des Stapels mit Fällen vorgearbeitet, die sie abschließen musste. Sie öffnete Mary Bridget Washburns Akte und tippte mit einem manikürten Finger darauf. „Wie ist es hiermit? Sie erklärt sich bereit, gegen Porter auszusagen, und plädiert auf schuldig, was den Vorwurf des einfachen Drogenbesitzes angeht. Strafe auf Bewährung."

Tom Dinwiddie warf ihr einen skeptischen Blick zu. „Meinen Sie, ich werde schwach?"

Sondra lächelte. „Ich meine, Sie wollen genauso wenig wie ich, dass dieses Mädchen im Gefängnis landet. Sie hat sich geändert. Außerdem wissen wir beide, wer die eigentlichen Täter waren."

Dinwiddie erwiderte ihr Lächeln mit einem ironischen Grinsen. „Nennen Sie mich ruhig einen sentimentalen Narren", sagte er und unterschrieb die Prozessabsprache für Mary Bridget Washburn mit einem unleserlichen Schnörkel. „Sagen Sie ihr von mir, sie soll gehen und hinfort nicht mehr sündigen."

„Ich werde es weitergeben. Sie ist wieder in Alexandria. Noch am Tag ihrer Verhaftung hat der Pastor die Kaution gestellt."

Dinwiddie nickte und kam auf ihren nächsten Fall zu sprechen. „Und jetzt zu Mr Porter."

Sondra nahm seine Akte und überflog sie. Er würde nicht so viel Glück haben. Am Ende hatte er einen Hilfssheriff von Nelson County, der versucht hatte, ihn festzunehmen, mit einer Waffe bedroht. Wenn Jonah Porter aus dem Krankenhaus kam, musste er sich nicht nur auf Monate, sondern Jahre im Gefängnis einstellen.

„Er wird dafür bezahlen", sagte Dinwiddie, ohne zu zögern.

Wie schade, hätte Sondra am liebsten gesagt. Aber das tat sie nicht, sondern zuckte nur ein wenig mit den Schultern und hoffte, dass sie so neutral genug wirkte. „Also gut", sagte sie, „das wäre dann wohl alles."

Dinwiddie nickte und folgte ihr zu seiner Bürotür. „Kommen Sie am Mittwoch vorbei, dann haben wir Ihren Vertrag fertig und Sie können unterschreiben."

„Ich kann es kaum erwarten“, sagte sie und hielt die Akte von Mary Bridget Washburn hoch. „Dieser Schriftsatz wird meine letzte offizielle Handlung als Pflichtverteidigerin sein. Halleluja!“

Dinwiddie belohnte sie mit einem Lächeln. „Ich freue mich darauf, Sie an Bord zu haben.“

Bridie legte den Arm um Samantha, die sie fest an sich drückte. „Sieh mal“, sagte Bridie. „Gott hat den Friedhof nur für die Trauerfeier deiner Mama geschmückt.“ Sie gingen durch die knospenden Apfelbäume und die Kirschblüten auf die kleine Gruppe Gemeindemitglieder zu, die am Grab warteten.

„Ich bin froh, dass du dich entschieden hast, das zu machen, Alasdair“, sagte Lorna und drückte den Arm ihres Bruders.

„Anna hat es verdient“, sagte er. „Ich hätte das schon viel früher tun sollen.“

Winifred sagte ausnahmsweise einmal nichts. Fiona tupfte sich die Augen mit einem Taschentuch.

Der neue Grabstein war sehr schön. Darauf war das eingravierte Gesicht eines Engels zu sehen, der Anna sogar ein bisschen ähnelte und der von drei kleinen Cherubinen umgeben war.

Anna Ruth Williams MacPherson
Frei von allen Fesseln
ruht sie mit allen Heiligen in der Freude
ihrer himmlischen Heimat

Der Gottesdienst war kurz, aber bewegend. Es gab Tränen. Samantha schluchzte leise an Bridies Schulter. Lorna weinte still und wischte sich die Tränen an Camerons Hemd ab. Bridie weinte auch, um alles, das verloren war. Um Mütter und Kindheiten, um Zeiten, die sie nie mehr zurückholen konnten.

Alasdair las einen Bibeltext vor und betete dann. Sein Gesicht war müde, aber endlich voller Frieden. Keine gequälten Augen mehr, die eine gefesselte Seele dahinter verrieten.

„Vater, wir vertrauen dir Anna an. Sie ist zu dem Einen zurückgekehrt, der sie aus dem Staub der Erde geformt hat, und ist jetzt umgeben von einer Wolke von Zeugen, die Zeit und Raum umspannt. Wir danken dir, dass Christus selbst sie willkommen geheißen hat, als sie aus diesem Leben schied. Möge er, der Herr der Herrlichkeit, der für sie gekreuzigt wurde, ihr Freiheit und Frieden schenken. Möge er ihr die Herrlichkeit seines ewigen Reiches zeigen, wenn sie ihren Erlöser von Angesicht zu Angesicht sieht. Amen."

Er schlug die Bibel zu und kniete dann am Grab nieder. Die Leute gingen einer nach dem anderen an ihm vorbei und jeder hinterließ eine Gabe. Als sie fertig waren, lag ein Wall aus frischen Blumen am Fuß der marmornen Steinplatte. Anschließend gingen sie ins Pfarrhaus zurück und Bridie war froh, dass sie sich mit dem Bedienen und Ausschenken beschäftigen konnte. Irgendwann verabschiedeten sich alle, außer der Familie. Bridie ging durchs Haus, sammelte die leeren Tassen und Teller ein, und vielleicht bildete sie sich das nur ein, aber sie meinte, einen Unterschied merken zu können. Es herrschte eine friedvolle Atmosphäre im Haus. Kein Glück. Noch nicht. Aber die Möglichkeit, dass Glück irgendwann einziehen konnte, sogar in diesen Mauern. Die kalte Gegenwart, die so lange hier geherrscht hatte, war verschwunden.

42

Sie warteten alle im Flur, als Alasdair von der Besprechung zurückkam – Winifred, Fiona, Bridie und die Kinder. Er konnte ihre Besorgnis verstehen. Es war in der Tat ein wenig beunruhigend gewesen, dass der Kirchenpräsident den ganzen Weg von Richmond hierher zurückgelegt hatte, um mit ihm und den Ältesten der Gemeinde zu sprechen. Alasdair hielt Lorna die Tür auf und folgte ihr dann ins Haus.

Alle sahen ihn mit erwartungsvollen Blicken an. Er überlegte, ob er sich einen Scherz erlauben sollte, aber sie waren zu angespannt. Jeder von ihnen hatte einen etwas anderen Gesichtausdruck. Winifred hatte zum Sprung angesetzt. Fiona war höflich besorgt. Bridie … Es war schwer, ihre Miene zu durchschauen, und ihre Gedanken interessierten ihn am meisten. Er beschloss, sie nicht länger zu quälen.

„Gerald Whiteman sagte, die Verfolgung, die unsere Familie ertragen musste, sei nicht zu entschuldigen, und er will tun, was er kann, um uns dafür zu entschädigen. Die Mächtigen Drei haben zugestimmt. Ich habe die Wahl zwischen einer beliebigen freien Stelle in der Verwaltung in Richmond und dem weiteren Gemeindedienst hier mit voller Unterstützung der Ältesten. Es war ein einstimmiger Beschluss. Sogar Edgar Willis hat dafür gestimmt."

Winifred nickte zufrieden. „Dann sind sie offensichtlich wieder zur Vernunft gekommen", verkündete sie. Alasdair verstand sie. Dies war ein wenig Balsam auf die Wunden, die der Zeitungsartikel bei ihr geschlagen hatte. Sie hatte er am schwersten getroffen. Fiona war auch unglücklich darüber gewesen, aber vor allem um seinetwillen. Lorna hatte es gut gefunden, dass endlich mal alles ans Tageslicht gekommen war. Samantha hatte gesagt, auf dem Bild sehe er aus wie ein Depp. Er lächelte.

„Wahrscheinlich wollen sie einen Rechtsstreit vermeiden", fuhr Winifred fort. „Ich habe gehört, dass Bob Henry gefeuert wurde."

„Was hast du ihnen geantwortet?", unterbrach Samantha sie und erntete dafür ein Stirnrunzeln von Winifred.

Alasdairs Lächeln wurde breiter. „Ich habe gekündigt", sagte er und hörte noch immer das Staunen in seiner eigenen Stimme.

„Ja!“, rief Samantha triumphierend.

„Das ist unmöglich!“, platzte Winifred heraus.

Er ignorierte sie.

„Und wie geht es dir jetzt?“, fragte Bridie. In ihrer Stimme und ihrer Miene lag Besorgnis.

„Gut“, sagte er. „Es fühlt sich richtig an. Ich habe mich selbst zuvor einen Moment lang gefragt, ob ich es aus Trotz oder Verärgerung getan habe, aber das glaube ich nicht. Ich habe einfach das Gefühl, dass es etwas anderes gibt, was ich jetzt tun soll. Whiteman sagte, die Kirche werde das Haus kaufen und wir können uns den Erlös teilen. Wenn man die heutigen Immobilienpreise bedenkt, müssten wir eigentlich alle einen ordentlichen Notgroschen erhalten.“

„Und was willst du jetzt tun?“, fragte Fiona. „Dich deinen Rundfunksendungen und dem Schreiben widmen?“

Alasdair schüttelte den Kopf. „Diesbezüglich habe ich heute Morgen die entsprechenden Anrufe erledigt. Ich habe meine Radiosendung und die Zeitschrift aufgegeben und meinem Verlag gesagt, dass ich eine Zeit lang nichts schreiben werde.“

Winifred war blass geworden und sah aus, als würde sie gleich in Ohnmacht fallen. „Aber was willst du denn *dann* machen?“

Er zuckte mit den Schultern. „Ich weiß es nicht.“ Wie frei er sich fühlte, als er diese Worte aussprach. Wie leicht und ausgeglichen.

Winifreds Gesicht war ein einziges ungläubiges Staunen. Schnell warf er Bridie einen Blick zu. Ihre Miene war blass, aber stoisch. Er konnte nicht erkennen, was in ihr vorging. Er räusperte sich. „Ein anderes Mitglied unserer Familie hat auch Neuigkeiten. Sie wird eine Stelle in der Kirchenverwaltung annehmen.“

Jetzt war Winifred wirklich wütend. „Davon hast du ja kein Wort gesagt, Fiona“, sagte sie vorwurfsvoll.

Fiona schüttelte den Kopf. „Er meint nicht mich.“

„Ich habe nicht von Fiona gesprochen“, bestätigte Alasdair. „Ihr könnt Lorna gratulieren. Ich darf euch Präsident Whitemans neue Assistentin vorstellen.“

„Nein!“ Winifred konnte es nicht fassen. Lorna hatte vor Freude ganz rote Wangen.

„Da verdiene ich mehr als bei meinen jetzigen Jobs zusammen, und er hat gesagt, dass ich mich in der Verwaltung hocharbeiten kann.“

Bridie klatschte vergnügt in die Hände und Freude erhellte ihr Gesicht. Doch gleich darauf wurde sie wieder ernst.

„Und was ist mit dir, Bridie?", fragte Lorna, als hätte sie seine Gedanken gelesen. „Was wirst du machen? Hast du dich schon entschieden?"

Alasdairs ganzer Körper verkrampfte sich, denn die Frage überrumpelte ihn. Er hatte sich eine bestimmte Szene ausgemalt, und dieser Verlauf des Gesprächs passte nicht in seine Pläne. Aber daran konnte er jetzt nichts ändern. Er holte tief Luft und wartete auf ihre Antwort.

Bridie zögerte einen Moment und ihre hellblauen Augen füllten sich mit Tränen. Aber als sie sprach, klang ihre Stimme ruhig und fest. „Ich möchte nach Hause", sagte sie.

Alasdair spürte, wie sein Herz sich löste und sanft zu Boden schwebte, wo es liegen blieb. Das war also das Ende. Er blickte zu Boden, damit sein Gesicht ihn nicht verriet.

Nach einer Weile blickte er zu ihr auf, aber anstelle der nüchternen Entschlossenheit, mit der er gerechnet hatte, oder vielleicht dem gefassten Ausdruck einer Vernunftentscheidung, sah er Sehnsucht – reine, unverhohlene Sehnsucht. Was auch immer sonst unklar war, eins war völlig offensichtlich. Er durfte sie nicht verlieren. Ohne nachzudenken, begab er sich aufs Glatteis, und als er den Mund öffnete, hatten die Worte, die herauskamen, keinerlei Ähnlichkeit mit der Rede, die er so sorgfältig geübt hatte.

„Wir bringen dich hin." Es klang wie ein beiläufiges Angebot, aber keinem der Anwesenden entging die Bedeutung. Das Schweigen war ohrenbetäubend und alle wirkten beinah so schockiert, als hätte er nicht nur ein paar Worte gesagt, sondern eine Waffe gezogen und eine Salve auf Mutters kristallenen Kronleuchter abgefeuert. Winifred fiel die Kinnlade herunter. Fiona hob eine ihrer eleganten Augenbrauen und verzog den Mund zu einem kleinen Lächeln. Lorna sah aus, als würde sie vor Freude platzen. Samantha fing an, auf und ab zu hüpfen, und rief: „Ja! Ja! Ja!"

Aber das eine Gesicht, das zählte, war nicht zu durchschauen. Nur die großen Augen verrieten ihm, dass sie ihn überhaupt gehört hatte. Und plötzlich erfüllte ihn eine ganz neue Emotion, eine, die er seit Jahren nicht mehr erlebt hatte. Was, wenn er zu weit gegangen war? Was, wenn sie nicht wollte, dass er mitkam und ihr Leben verkomplizierte?

Dass er, ein alter Mann mit jeder Menge Altlasten, hinter ihr herlief? Was, wenn sie ihn nicht wollte?

Es war, als gäbe es nur sie beide im Raum. Sein Mund war trocken. Er schluckte. „Wenn du nichts dagegen hast“, fügte er hinzu, und dann wartete er auf ihre Antwort, während ihm das Herz bis zum Hals schlug.

Aus den großen Augen flossen Tränen. Bridie biss sich auf die Lippe und schüttelte leicht den Kopf und Alasdair fühlte, wie sein Herz schwer wurde. Aber gerade als er den Mund aufmachen wollte, um zu sagen, was auch immer ihr helfen würde, sich von ihnen allen zu befreien, kam sie auf ihn zu. Er breitete die Arme aus und sie ließ sich von ihnen umfangen. Von seinen Gefühlen überwältigt, vergrub er sein Gesicht in dem seidig blonden Haar, das sich unter seiner Hand weich und kühl anfühlte, und atmete ihren Duft ein, wie Sommerluft mit einem Hauch Geißblatt. Er konnte sich immer noch nicht an seine Rede erinnern, aber das spielte keine Rolle. Zärtlich küsste er sie und sprach dann das aus, was in seinem Herzen war.

„Von dem Augenblick an, in dem ich in den Wagen gestiegen bin, um dich zu suchen, wusste ich, dass du ein Geschenk an mich bist, und ich zu dumm war, um es zu begreifen. Ich liebe dich, Bridie, von ganzem Herzen. Würdest du mich zu deinem Ehemann nehmen?“

„Nichts würde mich glücklicher machen“, sagte sie, und plötzlich erschien alles ganz einfach.

Bridie sah sich ein letztes Mal um. Das Pfarrhaus war innen blitzblank. Selbst das grimmige, unfreundliche Äußere sah einladend und elegant aus. Die beiden großen Ahornbäume standen in vollem Laub, der Rasen war saftig und grün, die neuen Buchsbäume dufteten und glänzten und die weißen Ornamente leuchteten geradezu. Sie hatte einen riesigen Tontopf mit Stiefmütterchen vor dem schmiedeeisernen Tor platziert, das jetzt glänzend weiß gestrichen war, um den neuen Pastor und seine Frau willkommen zu heißen.

Alasdair und sie luden all ihr irdisches Hab und Gut auf einen wackeligen Mietanhänger. Die Kühlbox in dem alten Kombi war für die Fahrt mit Erdnussbutterbroten, Safttüten und Kakao gefüllt. Alasdair hatte nur ihre persönlichen Dinge behalten, doch Winifred und Fiona hatten ihn nur zu gerne um all die Sachen von Mutter MacPherson erleichtert. Das sei gut so, hatte er zu ihnen gesagt. Ein Neuanfang sei genau das, was er brauche.

Winifred hatte nicht so viele Schwierigkeiten gemacht, wie Bridie erwartet hatte. Noch am gleichen Tag, als er ihr den Heiratsantrag gemacht hatte, hatte Alasdair seine Schwester in sein Arbeitszimmer mitgenommen. Bridie hatte keine Ahnung, was er gesagt hatte, aber Winifred war mit geröteten Augen und kleinlaut wieder herausgekommen.

„Du kannst Mutters Hochzeitskleid aus elfenbeinfarbener Seide tragen“, hatte sie verkündet. Aber sie hätte beinahe einen Anfall bekommen, als sie ihr später sagten, dass sie beschlossen hätten, sich von dem Pastor der Nachbargemeinde in seinem Arbeitszimmer trauen zu lassen, und sie hielt gar nichts davon, dass ihr Bruder mit der ganzen Familie nach Woodbine zog. „Das ist die albernste Idee, von der ich je gehört habe“, hatte sie noch gestern Abend gemurmelt, als sie sich voneinander verabschiedet hatten. An diesem Morgen fand ein Basarvorbereitungstreffen statt, und Winifred konnte es sich nicht leisten, dabei zu fehlen, da Audrey Murchison sonst wieder die Speisen- und Getränkeorganisation an sich reißen würde wie im vergangenen Jahr. „Völlig absurd“, waren ihre Abschiedsworte gewesen, „irgendwohin zu fahren, ohne zu wissen, wo ihr wohnen werdet oder was du dort machen willst.“

„Was anderes hat Abraham auch nicht getan, als er Ur in Chaldäa verließ und ins Verheißene Land aufbrach“, hatte Alasdair geantwortet.

Aber Abraham hatte keine Autoclubmitgliedschaft und keine Landkarte gehabt, dachte Bridie, als sie ihn über die Motorhaube gebeugt dastehen und die Karte studieren sah, um die Fahrtroute festzulegen. Und sie hatten einen Ort, wo sie wohnen konnten, jedenfalls vorübergehend. Ihre Grandma war vor Freude ganz aus dem Häuschen gewesen, weil Bridie nach Hause kam und ihren Mann und die Kinder mitbrachte. Sie war im siebten Himmel.

„Eine Sache möchte ich noch tun“, sagte sie zu Alasdair.

Er nickte und hob den Kopf lange genug, um ihr zuzulächeln. Schon jetzt war seine Miene entspannter und hatte den gehetzten Ausdruck verloren. „Lass dir ruhig Zeit.“

Sie ging über den kühlen Rasen zur Kirche. Als sie am Haus vorbeikam, hörte sie, wie Samantha und die Zwillinge nach Alasdair riefen. Sie ging schneller, erklomm noch einmal die Steintreppe und trat in den kühlen Vorraum, während sie daran zurückdachte, was für eine Zuflucht er damals für sie gewesen war. Sie sah die Pinnwand mit dem fallenden Spatz und die Gebetsanliegen dieser Woche darunter. Während sie sich erinnerte, lächelte sie und trat in den Gottesdienstraum.

Die Fensterläden waren geöffnet und das helle Morgenlicht strömte durch die alten Glasscheiben. Es ergoss sich über die roten Samtkissen und landete in glänzenden Wellen auf dem tiefroten Teppich. Trotzdem war sie nicht versucht zu bleiben, sondern ging den Mittelgang hinunter und zur Hintertür hinaus.

Sie ging unter der Laube aus Holzapfelblüten hindurch zum Friedhof, aber diesmal blieb sie nicht an dem alten Grab stehen, das sie früher besucht hatte. Sie ging weiter, bis sie vor ihrem Ziel stand. Dieser Marmorstein sah im Vergleich zu den ihn umgebenden verwitterten Platten hell und sauber aus. An seinem Fuß war das Gras, das mit winzigen Gänseblümchen gesprenkelt war, ordentlich gestutzt. Sie legte die Hand auf den kühlen weißen Stein und tat, weswegen sie hergekommen war.

„Selig sind die Toten, die in dem Herrn sterben", murmelte sie. „Möge sie von ihren Mühen ruhen und mögen ihre Werke ihr bis in die Ewigkeit nachfolgen", sagte sie und ihr wurde bewusst, dass sie ebenso für sich selbst betete, wie sie Anna segnete. Sie fühlte sich erlöst, rein, und zum ersten Mal hatte sie das Gefühl, dass sie vielleicht auch irgendwann unter einer solchen Grabinschrift ruhen könnte. „Ich werde sie lieben, Anna", flüsterte sie. „Danke, Herr."

Kurz darauf hörte sie Schritte auf dem gepflasterten Weg und die Holzapfelbäume erbebten so, dass ein Blütenschauer auf das Gras regnete. Samantha erschien mit Cameron und Bonnie auf den Fersen.

„Komm, Bridie, wir wollen los." Samanthas warme Hand umschloss ihren Arm und zog sie, wie ein Kind es tun würde, mit leuchtenden Augen fort.

„Ich komme", sagte Bridie. Sie nahm Samantha in den Arm und drückte ihr einen Kuss auf die Stirn. Verschwitzt war sie und ihre Haare waren ein Wirrwarr aus klebrigen Locken. Sie war wieder ein kleines Mädchen, wenigstens für den Moment. Bridie nahm Cameron und

Bonnie an der Hand und dann gesellten sie sich alle zu Alasdair, der am Auto wartete. Sie verabschiedeten sich von der kleinen Gruppe Menschen, die gekommen waren, um ihnen alles Gute zu wünschen, und was Bridie als Letztes sah, war Lorna, die winkte und sich die Augen wischte.

Lorna winkte, bis das Auto verschwunden war, dann trocknete sie ihr Gesicht und putzte sich die Nase. Wieder einmal. Es tat weh, sie ziehen zu lassen, aber es war ein süßer Schmerz, der mit Freude vermischt war. Einige der unerschütterlichen MacPherson-Unterstützer gingen in die Kirche zurück, um sich gegenseitig über altbackenen Plätzchen und Kaffee ihr Leid zu klagen.

„Kommst du mit?“, fragte Fiona.

„Nein.“ Ohne einen Grund zu nennen, schüttelte sie den Kopf.

„Dann mach es gut“, sagte Fiona, und das war es. Lorna lächelte erstaunt. *Nein* war ein so einfaches Wort, wenn man sich erst einmal daran gewöhnt hatte. Sie drehte sich um und blickte zum Pfarrhaus hinüber, dem Haus, das in ihrem Leben und in ihrer Vorstellung eine so entscheidende Bedeutung gehabt hatte. Jetzt verließ sie es. Endlich. Sie befreite sich davon wie ein Schiff von einem Anker. Bereit, aufs weite Meer hinauszusegeln. Morgen würde sie nach Richmond abreisen, und wer wusste, was sie dort erwartete? Ihr Herz klopfte fast ein bisschen aufgeregt, als sie auf das Haus zuging.

Sie öffnete die Haustür und trat ein. Alles war geputzt und hübsch und neu. Sie ging nach oben in ihr altes Schlafzimmer. Es wirkte sehr klein. Als sie den Flur hinunterging, warf sie einen Blick in jedes Zimmer und erinnerte sich an die Zeit, in der die einzelnen Räume Vater und Mutter, Alasdair, Fiona und Winifred gehört hatten. Dann ging sie nach unten und lief durch den leeren Flur, durch das Esszimmer, das eine solche Veränderung erfahren hatte, und in die Küche. Vor der Spüle blieb sie schließlich stehen.

Sie legte die Hände auf die Arbeitsplatte und betrachtete die Wand, die hell und weiß war, anstatt mit düsteren orangefarbenen Pilzen bedeckt. Hier hatte sie gebetet. Sie schloss die Augen, und da waren sie wieder, wie sie sie in ihrer Vision gesehen hatte. Alasdair, mit offener und glücklicher Miene. Eine lächelnde Samantha, die wieder wie ein Kind aussah. Die Zwillinge, geliebt und umsorgt. So wie sie heute Morgen ausgesehen hatten, als sie Abschied genommen hatten. *Das werde ich tun*, hatte Gott gesagt. *Und du darfst mir helfen.*

Sie öffnete die Augen, überwältigt von Freude, und plötzlich war dieses alte Haus, dieser winzige Ort, zu klein, um das Gefühl einzudämmen.

„Danke, Vater", sagte sie laut mit kräftiger, klarer Stimme. „Danke, dass du deine Versprechen immer hältst. Wenn du sagst, dass du etwas tun wirst, dann tust du es auch."

Sie lächelte, blickte sich ein letztes Mal um, und dann schloss sie, ohne sich noch einmal umzudrehen, die Tür ab, schob den Schlüssel darunter hindurch und ging von zu Hause fort.

Sie fuhren den ganzen Vormittag. Hinter ihnen in einem fort plapperten die Zwillinge, während Samantha sich wieder in einen Teenager verwandelt hatte und über ihren Kopfhörer Musik hörte. Bridie lehnte den Kopf gegen die Kopfstütze und blickte zum Fenster hinaus, während der alte Kombi Kilometer um Kilometer zurücklegte.

„Welchen Namen hast du benutzt?", hatte Grandma gefragt, obwohl sie genau wusste, dass sie Mamas Namen gewählt hatte.

„Bridie", hatte sie geantwortet.

„Mary bedeutet bitter, kummervoll. Der Name deiner Mutter bedeutet stark und klug. Ich frage mich, ob dir bewusst war, was du tust, als du ihn dir ausgesucht hast", hatte sie lächelnd gesagt.

Jetzt blickte Bridie zu Alasdair hinüber. Wieder einmal fiel ihm die Strähne ins Gesicht. Er musste ihren Blick gespürt haben, denn er sah sie mit einem zärtlichen Gesichtsausdruck an, so als wäre sie etwas Kostbares, das er beinahe verloren hätte, aber wiedergefunden hatte. Dann streckte er seine Hand aus und sie ergriff sie. Die Finger, die sich um die ihren schlossen, wiesen blaue Tintenflecke auf.

„Bald bist du zu Hause", sagte er und deutete mit dem Kopf auf das Schild, das verkündete, dass es bis Woodbine noch zwölf Kilometer waren.

Sie nickte nur, weil die Gefühle sie so überwältigten, dass sie nicht sprechen konnte. Und ihr wurde bewusst, was sie in ihrem tiefsten Innern schon immer gewusst hatte: Du kannst vor Gott nicht davonlaufen, egal, wie weit du gehst. Egal, wie viel Mühe du dir gibst. Er geht dir nach und ruht nicht, bis er dich zurückgeholt hat. Sie sog den Anblick der diesigen blauen Berge am Horizont in sich auf, und die Wahrheit war so schön und so ewig, wie sie es waren. Sie war niemals allein gewesen. Gott hatte immer ein Auge auf den Spatz gehabt. Er hatte die ganze Zeit über ihr gewacht.